Luigi A

Fra Tommaso Campanella

Vol. I

Luigi Amabile

Fra Tommaso Campanella
Vol. I

Riproduzione dell'originale del 1882.

1ª edizione 2022 | ISBN: 978-3-36801-762-0

Verlag (Editore): Outlook Verlag GmbH, Zeilweg 44, 60439 Frankfurt, Deutschland
Vertretungsberechtigt (Rappresentante autorizzato): E. Roepke, Zeilweg 44, 60439 Frankfurt, Deutschland
Druck (Tipografia): Books on Demand GmbH, In de Tarpen 42, 22848 Norderstedt, Deutschland

FRA TOMMASO CAMPANELLA
VOL. I

Dall'originale che possiede in Roma il Sig. Principe di Teano

FRA TOMMASO CAMPANELLA

LA SUA CONGIURA, I SUOI PROCESSI

E LA SUA PAZZIA

NARRAZIONE

CON MOLTI DOCUMENTI INEDITI POLITICI E GIUDIZIARII,
CON L'INTERO PROCESSO DI ERESIA
E 67 POESIE DI FRA TOMMASO FINOGGI IGNORATE,

PER

LUIGI AMABILE

già prof. ord. di Anatomia patologica nella R. Università di Napoli,
già Deputato al Parlamento Nazionale.

«La così detta congiura, che il Baldacchini e i più dei biografi Campanelliani qualificano eterno ed insolubile problema degli eruditi». — Berti, T. CAMPANELLA. 1878

VOL. I.

NARRAZIONE, PARTE I.

NAPOLI
CAV. ANTONIO MORANO, EDITORE
371, Via Roma, 372
—

1882

INDICE

PREFAZIONE

I.

La congiura di fra Tommaso Campanella, il fatto più cospicuo della vita del filosofo calabrese ed uno de' più audaci disegni di riscossa nel Napoletano, continua pur troppo ad essere finoggi un problema. Affermata da tutti quando essa avvenne, negata poi mano mano in seguito, e più spesso per pietà verso il povero filosofo rimasto a marcire in prigione senza condanna, fu ammessa in modo vago od anche negata affatto da' biografi principali venuti posteriormente, come il Cyprianus e l'Echard, che ebbero sott'occhio le semplici enunciazioni dell'accusa e le vive denegazioni del filosofo a propria difesa. Riaffermata poi con varii particolari ed ingiuriosi commenti dal Giannone, che ebbe il vantaggio indiscutibile di poter leggere una copia manoscritta del processo, a' tempi nostri essa si è vista, variamente, negata di nuovo o al contrario ammessa con la medesima asseveranza. Si è vista negata di nuovo massime da coloro i quali se ne sono occupati di proposito, raccogliendo documenti ma dando troppa importanza a quelli della difesa, e negata perfino sdegnosamente, quasi che fosse stata un'azione ignominiosa l'aver tentato di condurre la patria a libertà; al contrario si è vista ammessa come fatto notorio, fuori controversia, massime da coloro i quali se ne sono occupati di passaggio, dietro le assertive del Giannone, quasi sempre senza alcuna ricerca di nuovi documenti, e non di rado con l'aggiunta di particolari addirittura fantastici.

In siffatta condizione si trova tuttora questo gravissimo argomento, che domina sull'intera storia del Campanella; il quale, costretto a scolparsi a ogni modo e per ogni via fino alla morte, l'ingarbugliò al maggior segno, giungendo non solo a dissimulare le proprie opinioni, ma anche a sostenerne vivacemente alcune che non può affermarsi essere state davvero le sue; ond'è che riesce del pari difficilissimo indagarne seriamente il pensiero e le convinzioni intime, se non si conosca e quando e dove e come egli scrisse ciò che scrisse. I maggiori biografi del Campanella meritamente stimati, il Baldacchini, il D'Ancona, il Berti, hanno spiegato le imputazioni di novità disegnate nel campo politico e religioso, alle quali il Campanella soggiacque, co' vaticinii astrologici e mistici d'imminenti mutazioni che egli predicò nella fine del secolo 16° (Baldacchini e Berti), inoltre con l'odio e la calunnia de' frati che non tolleravano la nuova filosofia antiaristotelica della quale egli si era fatto campione (D'Ancòna). Questo per altro aveva addotto in sua discolpa il Campanella medesimo oppresso da sì gravi imputazioni, e si conosceva perfettamente da grandissimo tempo[1]. Sarebbe stato necessario fare un'analisi minuta ed un riscontro accurato de' documenti della difesa e de' documenti dell'accusa, i quali ultimi già da un pezzo si sono rinvenuti in discreto numero, illustrandoli anche con quelli derivanti da persone indifferenti: ma, bisogna pur dirlo, non si è rinvenuto chi si sobbarcasse a questo lungo e penoso lavoro, mediante il quale solamente è possibile avere, se non la verità piena ed intera, difficilissima ad aversi ne' processi politici in ispecie, almeno ciò che è più vicino alla verità o non affatto contrario alla verità. Ed è pur singolare questa svogliatezza per lo studio minuto de' documenti circa la congiura del Campanella. Si può affermare senza timore di smentite che il Giannone medesimo, avendo sott'occhio una copia del processo, la percorse a sbalzi e del tutto superficialmente, senza andare fino in fondo. Lo attestano le parecchie notizie inesatte che da lui furono date, come quella de' «25 frati del convento di Pizzoni» che invece furono 25 voluti capi clerici e laici ivi congregati, e quella della complicità di 300 frati di diversi ordini, 200 predicatori, 1800 fuorusciti, parecchi Vescovi e Baroni, esagerazioni de' sobillatori per eccitar la gente, ripetute da' denunzianti, ridotte alle proporzioni vere nel corso del processo; così pure la notizia di un congiurato «affogato in mare», mentre invece fu soffocato da' suoi compagni, e la notizia di Maurizio de Rinaldis preso come «spensierato» e confesso «prima e dopo la tortura», mentre invece fu preso ben lungi dalla sua provincia e non confessò nulla malgrado torture inaudite; perfino le notizie della costituzione del doppio tribunale per la congiura e per l'eresia, della condanna riportata dal Campanella etc. etc., si risentono gravemente della poca attenzione messa nello studio degli Atti processuali. In che maniera poi sieno stati a' giorni nostri studiati gli Atti pervenuti fino a noi, si vedrà più sotto.

Facciamo dapprima una rassegna di tutti i documenti che si posseggono, capaci di chiarire l'arruffata quistione della congiura. Ci atterremo ad una classificazione che ci sembra naturalissima, in tre categorie; documenti dell'accusa, documenti della difesa, notizie e relazioni degl'indifferenti.

I documenti della difesa possono dirsi quelli che hanno singolarmente richiamata l'attenzione, massime perche hanno campeggiato a lungo quasi soli, oltrechè emanavano direttamente dal Campanella e quindi apparivano degnissimi di fede. Tali sono in primo luogo le notizie sparse copiosamente nelle opere, negli opuscoli, nelle lettere del filosofo ed anche di qualche suo amico ben noto, p. es. Gabriele Naudeo: il Cyprianus e l'Echard posero uno studio particolare nel raccoglierle, senza trascurare anche le altre di diversa provenienza e di diverso genere; sono state quindi facilmente ripetute da tutti i posteriori, che hanno trovato il lavoro già fatto[2]. Una menzione particolare merita tra questi documenti la *Lettera proemiale* dell'opera intitolata *Atheismus triumphatus*, scritta dal Campanella nella fossa di Castel S. Elmo il 1606-1607, rinvenuta dallo Struvio col ms. dell'opera in Jena, ed ivi pubblicata il 1705: essa dà notizie tanto del processo della congiura ed eresia, quanto degli altri sofferti già prima. Ma a' tempi nostri si sono avuti diversi altri documenti di tale categoria sempre più importanti. Gaspare Orelli di Zurigo, il 1634, pubblicando in Lugano le *Poesie filosofiche* del Campanella con le annotazioni annesse, rimaste tanto lungamente conosciute solo pel semplice ricordo del loro titolo e per la traduzione di alcune di esse tentata dall'Herder, fornì una quantità di notizie interessantissime. Una completa esposizione poi di tutta la faccenda della congiura e sue conseguenze, dettata senza dubbio dal Campanella, venne pubblicata il 1845 in Napoli da Vito Capialbi di Monteleone: essa è intitolata *Narratione della historia sopra cui fu appoggiata la favola della ribellione*, ed è seguita da un'*Informatione sopra la lettura delli processi fatti l'anno 1599 in Calabria* etc., mancanti entrambe di alcune carte in fine. Il Capialbi affermò di averle tratte da un autografo, ciò che è verosimile, ed inoltre affermò essere lo scritto medesimo dato dal povero filosofo, il 1626, all'avvocato Parisi e a Gio. Battista Contestabile nel momento di dover informare il Consiglio chiamato a decidere sulla sua sorte, ciò che è verosimile egualmente: ma la lettura di esso mostra fuori dubbio che fu composto il 1620, forse quando si ebbe una prima volta bisogno d'informare il Viceré di quel tempo Card.[1] Borgia, e mostra pure che l'Informazione deve porsi innanzi alla Narrazione[3]. Quasi contemporaneamente, e mano mano successivamente, si sono avute le moltissime lettere del Campanella, pubblicate in ispecie dal Baldacchini, dal Centofanti, dal Berti, da noi medesimi[4] ma al Berti si deve dippiù un estratto degli *Articuli prophetales*, che trovò manoscritti nella Casanatense, e che sono propriamente una ricomposizione posteriore ed ampliata di quelli già scritti dal filosofo a propria difesa durante il processo; inoltre un estratto dell'*Apologia ad amicum*, che si trova in appendice agli Articoli anzidetti. Meritano poi di essere menzionate ancora una *Difesa pel Campanella* scritta dall'avvocato de Leonardis, e due analoghe *Difese per Giulio Contestabile e Marcantonio Pittella*, clerici involti nel processo della congiura, che si vedrà tra poco dove e da chi trovate; inoltre una *Difesa per Gio. Paolo e Muzio di Cordova*, gentiluomini di Catanzaro ritenuti egualmente complici, che si conosce appena per alcuni frammenti riportati dal Capialbi nelle sue note apposte alla Narrazione del Campanella. Come si vede, questa categoria è ben fornita, ma, naturalmente, va accolta con le più grandi riserve: non si giungerebbe mai alla scoperta del vero qualora si udisse soltanto la voce dell'imputato, ed è strano che un fatto così ovvio non sia stato mai tenuto presente da' moderni biografi del Campanella.

Passando alla categoria de' documenti dell'accusa, non farà maraviglia se essi siano abbastanza scarsi, mentre i processi non erano pubblici, e d'altronde si sa che il processo originale della congiura o «tentata ribellione» fin dal 1620 era stato già bruciato o disperso. Per lungo tempo non si è avuta che l'esposizione del Giannone, degna di riguardo perchè risultante dalla lettura di una copia del processo, ma sempre da doversi discutere col confronto di altri documenti. A' giorni nostri poi si è avuta una serie importantissima di scritture autentiche, per la maggior parte estratte già ufficialmente dal processo e degne della più grande attenzione. Un napoletano bibliotecario della Palatina di Firenze, Francesco Palermo, le trovò nell'Archivio di Stato di quella città insieme con altre scritture di non minore interesse, e il 1846 ne fece una pubblicazione sommaria nell'Archivio Storico italiano: il Centofanti lo prevenne coll'annunziare di avere scoperto tali scritture, che del resto neanche in sèguito mostrò di avere mai studiate[5]. Il trovarsi annotate nel d.^{to} Archivio sotto il titolo di «Processo contro il P.^e Tommaso Campanella e più altri inquisiti» ha fatto dire al Palermo, e ripetere da coloro i quali hanno avuto a parlarne, che trattavasi di una copia abbreviata del processo, ma questo non è del tutto esatto. Trattasi veramente, per la più gran parte, de' così detti *Riassunti degl'indizii*, che il Mastrodatti compilava in più copie su ciascuno imputato, estraendo gl'indizii dalle deposizioni processuali con la maggior fedeltà, per trasmetterli a ciascun Giudice allorchè era venuto il momento di spedire le cause: ad essi va unita la *Requisitoria del fiscale* contro il Campanella, oltrechè la Difesa pel Campanella e le Difese pel Contestabile e pel Pittella superiormente già indicate; va unito ancora un *Elenco degli ecclesiastici incriminati*, con la relativa sentenza o condizione di sentenziabilità aggiunta posteriormente in margine (ciò che trovasi fatto pure quasi sempre in coda di ciascun Riassunto degl'indizii), più un doppio *Breve Papale* circa la costituzione del tribunale Apostolico della congiura, ed anche un *Sommario dell'Informazione di Calabria*, presa da due frati Domenicani. Evidentemente l'Elenco e il primo Breve rappresentano le copie di due scritture poste a capo del processo per gli ecclesiastici fatto in Napoli, e l'Informazione di Calabria rappresenta la copia di un allegato di questo processo; ma i Riassunti degl'indizii e la Requisitoria, al pari delle Difese, rappresentano Atti giudiziarii concomitanti, che solo convenzionalmente possono chiamarsi Atti processuali, non facendo parte delle scritture del processo; ond'è che gioverebbe preferire il nome di Atti giudiziarii, il quale ha un significato più largo e viene a comprendere tutte queste scritture. Nè è dubbio per noi che esse, con altre ancora delle quali si parlerà più sotto, abbiano appartenuto a Monsr Jacopo Aldobrandini fiorentino Vescovo di Troia, Nunzio in Napoli e Giudice in entrambi i processi della congiura e dell'eresia; portate da costui in Firenze vennero poi, circa il 1670, nelle mani del Senatore Carlo di Tommaso Strozzi, d'onde più tardi, insieme con tutte le altre carte Strozziane, nell'Archivio Mediceo. Il Palermo, sia per amore di brevità, sia per fretta nel vedere tenute d'occhio le sue ricerche, sia pel proposito di dare più tardi una storia delle cose del Campanella come si può bene argomentare da più circostanze, non pubblicò i documenti interi, ma invece una «Esposizione delle cose principali contenute nel processo informativo», aggiungendovi pochissime parole d'introduzione, con le quali fece rilevare esser posto fuori dubbio che il Campanella avesse concepita una rinnovazione politica e l'avesse apparecchiata; egli preferì che i lettori se ne persuadessero da loro medesimi, la qual cosa non si vede punto avvenuta, non essendo stati i documenti ricercati e discussi con la debita premura. Il D'Ancona pubblicò più tardi il doppio *Breve Papale* circa la costituzione del tribunale per la congiura, ed anche l'*Elenco degli ecclesiastici incriminati*. In questi ultimi tempi poi il Berti ci ha dato dippiù una *Denunzia di alcuni cittadini di Catanzaro* avuta dallo stesso d'Ancona e creduta inedita, ma essa era stata già pubblicata nel Rendiconto dell'Accademia Pontaniana del 1864 pag. 62, a cura del Baldacchini, il quale l'aveva ricevuta in dono dall'insigne magistrato Pirro Giovanni De Luca; costui la rinvenne in copia legalâ tra le carte familiari di una Signora discendente da uno de' denunzianti (Gio. Battista Sanseverino); oggi trovasi depositata nell'Archivio di Stato in Napoli, a cura dell'Accademia suddetta. Questa Denunzia fu già oppugnata dal Campanella nella sua Narrazione, ed è superfluo dire che tanto essa, quanto la maggior parte de' documenti contemplati nella presente categoria, esigono del pari una critica condotta con molto accorgimento: l'atroce severità con la quale si difendevano i dritti dello Stato, le torture crudelissime, le speranze d'immunità come quelle di premii, le cure della propria salvezza, hanno potuto e dovuto far asserire più volte cose ben lontane dal vero.

Infine, circa la categoria delle notizie e relazioni degl'indifferenti, bisogna riconoscere che questa indifferenza è ammissibile fino ad un certo punto, giacché a fronte di un fatto così straordinario nessuno si mostrò interamente spassionato; ma in somma non si tratta di documenti venuti fuora da persone interessate a negar tutto o ad accoglier tutto; e del resto la circostanza del non trovarsi una indifferenza completa importa solo che la critica debba anche qui intervenire accuratamente. Possiamo annoverare nella presente categoria in primo luogo le notizie de' cronisti e scrittori contemporanei, le quali per verità si riducono a semplici affermazioni generiche sprovvedute di un certo corredo di particolari, eco evidente del gran rigore spiegato dallo Stato e dalla Chiesa contro il Campanella e i suoi compagni di sventura: il valore di queste affermazioni sta sopratutto nella concordanza che vi si nota, e che riesce certamente assai significante, poiché se la faccenda si fosse prestata a dubbî, qualcheduno si sarebbe spinto a manifestarlo. Ma gravissimo è l'interesse delle relazioni venute in luce a' giorni nostri per opera principalmente dello stesso Francesco Palermo, il più benemerito della storia del Campanella. Da una parte dobbiamo a lui il *Carteggio del Nunzio Aldobrandini* con la Corte di Roma, vale a dire del suddetto Jacopo Aldobrandini Vescovo di Troia, e non già Cinthio Aldobrandini come il Palermo ritenne: oltre l'ufficio di Nunzio, il Vescovo di Troia tenne pure quelli di Giudice, e non solo nel processo della congiura ma anche in quello dell'eresia, ciò che basta a fare intendere l'importanza capitale delle sue lettere e delle risposte avute da Roma. D'altra parte dobbiamo egualmente al Palermo il *Carteggio dell'Agente di Toscana* in Napoli, che fu Giulio Battaglino, un napoletano da lungo tempo a' servigi del Gran Duca e in piena intimità con la Corte Vicereale. Deve poi aggiungersi ancora agli anzidetti il *Carteggio del Residente Veneto*, che fu Gio. Carlo Scaramelli e dopo di lui Gio. Maria Vincenti. Questo Carteggio fa parte del vol. 2° della Storia arcana ed aneddotica d'Italia pubblicata da Fabio Mutinelli il 1856, e con sorpresa non si vede messo a profitto da alcuno di coloro che si sono occupati del Campanella, mentre pure si conosce quanto gli Agenti Veneti fossero acuti e diligenti osservatori: nel caso nostro poi l'Agente Veneto si mostra il più spassionato fra tutti, non sempre esatto per le cose avvenute in Calabria, nemmeno esattissimo per le cose avvenute in Napoli, ma sempre abbondante ne' particolari; senza dubbio la sua contribuzione di notizie non

7

è di poco valore, quantunque abbia bisogno, come tutte le altre, di un accurato riscontro.

Dietro questa rassegna si converrà che i documenti non sono punto mancati, in ispecie circa la persona del Campanella e degli ecclesiastici incriminati di congiura, mentre diversamente è accaduto pe' laici; la quistione poi dell'eresia connessa con quella della congiura è rimasta veramente al buio. Di certo per poche o nessun'altra congiura si possiede un numero di documenti tanto grande, bensì, come dicevamo, è mancato lo studio minuto de'documenti; e ci rincresce molto, ma siamo costretti a provarlo, dovendo anche necessariamente dimostrare come e perché la congiura del Campanella sia rimasta tuttora un problema. Faremo quindi un breve commento alle cose dette su questo tema a' giorni nostri da' maggiori biografi del Campanella, e daremo anche un breve cenno delle cose dette da qualcuno de' più rispettabili scrittori; che senza essersene occupato di proposito ha avuta occasione di parlarne.

Il Baldacchini va qui posto fuori causa. Egli scrisse nel 1840, ed allora nè la Narrazione del Campanella, nè gli Atti giudiziarii e i Carteggi del Nunzio e dell'Agente di Toscana erano per anco noti; quando poi venne alla 2ª edizione del suo libro, nel 1847, avrebbe dovuto rifare ogni cosa e glie ne sarebbe anche mancato il tempo. Eppure, malgrado avesse accolta l'opinione che la colpa del Campanella fosse stata l'aver palesato inconsideratamente i vaticinii astrologici e i sogni cavati da S. Brigida e dall'Apocalisse, ebbe premura di aggiungere: «nè dico interamente falsa l'accusa di meditata ribellione, perciocché troppo pubblicamente il governo punì quelli che ne potè provare colpevoli...; nè tampoco dico che il Campanella per inconsiderato desiderio di novità non vi accedesse, bene dico ed affermo ch'ei non ne fu primo autore, com'egli ebbe a replicare più volte in Francia a' suoi amici, quando poteva confessare il tutto senza pericolo». Aggiunse inoltre: «di questa congiura, qual ch'ella fosse stata, io qui non iscrivo la storia particolare; accidente della vita di un uomo di scienza, ella mi ha solo porto l'opportunità di sceverare alcune sue idee da'fatti che gli si appongono»[6]. Del Resto si scagliò contro il Giannone, e sostenne che i processi fatti in que' barbari tempi non meritavano la menoma fede. Certamente parecchie obbiezioni si possono e si debbono fare alle cose da lui dette e pocanzi riportate. La congiura non fu un accidente secondario nella vita del filosofo, mentre egli ne rimase addirittura schiacciato fino alla morte; né si potrà mai definire qual parte egli vi abbia presa, finchè non se ne sveleranno i particolari, nè sarà mai facile trovare chi abbia potuto avere tanta autorità da farlo accedere a una congiura, mentre per lo meno si conosce che l'indole sua non comportava di essere secondo a veruno; nè poi egli avrebbe potuto manifestarsi a un tratto in Francia vecchio fautore di repubblica e di nuova religione, dopo di averlo negato per tanti e tanti anni, nè avrebbe veramente potuto farlo senza pericolo, mentre si conosce che vi era oppresso dalla miseria, e costretto a mendicare soccorsi dallo Stato e dalla Chiesa.

Ma è inutile insistere, quando il Baldacchini non ha voluto o non ha potuto trattare l'argomento, che senza dubbio avrebbe saputo trattare meglio di ogni altro: basta aver rilevato che egli ammise genericamente esservi stata una congiura, la qual cosa dagli altri biografi è stata nettamente negata.

Il D'Ancona si occupò della congiura, ma attenendosi puntualmente alla Narrazione pubblicata dal Capialbi e già dettata dal Campanella, comunque di tale provenienza non si fosse mostrato persuaso: ed è facile intendere a quali conclusioni si fosse avviato, con la scorta della esposizione fatta da un uomo carcerato da oltre un ventennio, e destinata ad informare i Giudici che doveano ancora sentenziarlo. Volle seguire strettamente la massima, che «quando gli autori parlano di sé stessi, sempre alle loro attestazioni prima che alle altrui devesi ricorrere»; la quale massima per verità non avrebbe escluso un ricorso serio alle attestazioni altrui, trattandosi di un autore imputato di fatti gravissimi, in pericolo di pessima morte, e quindi in necessità di difendersi anche nascondendo e ingarbugliando il vero. Trasportato da baldanza giovanile e da affetto impetuoso, il D'Ancona emulò il Baldacchini negli sdegni contro il Giannone, pescò appena, per deriderla, qualche strana, o maligna, o insulsa testimonianza inserta negli Atti giudiziarii, abbracciò tutti in un fascio i ricordi de' processi sofferti dal Campanella in tempi e luoghi diversi, e conchiuse sommariamente essere «inventata la congiura...; mattissima accusa che per mezzo de' Turchi volesse piantar la repubblica...; impossibile ch'egli volesse farsi Re...; impossibile ch'egli volesse proclamar nuova legge e nuova religione...; ribalderia credere ch'egli macchinasse col Turco...; sciocchezza presumer un'alleanza fratesca» etc. etc.[7]. Non credè di dover porre a riscontro della Narrazione del Campanella una narrazione condotta con elementi cavati dagli Atti giudiziarii; percorse questi Atti, pubblicò anche due di essi come abbiamo già riferito più sopra, e per gli altri si limitò a ripetere l'annunzio che li avrebbe pubblicati il Centofanti; ma degli Atti medesimi da lui pubblicati, come di quelli percorsi, non mostrò di avere acquistata una conoscenza chiara. Infatti, dando l'Elenco de' 24 ecclesiastici incriminati, a capo de' quali il Campanella, mostrò di credere che fosse quella la lista di tutti i congiurati rimasti in iscena, e non vide che ci erano rimasti ancora più che cento laici, senza contare che taluni altri erano stati già puniti con l'estremo supplizio, secondochè il Carteggio dell'Agente di Toscana facea pure conoscere. Dando il doppio Breve, mercé cui Clemente VIII nominava i Giudici della congiura per gli ecclesiastici, con facoltà di amministrare le torture etc., continuò a parlare di Spagna e di spagnuoli che processarono e torturarono il Campanella, mentre ogni cosa fu veramente fatta ad istanza del Governo Vicereale, ma da Delegati Apostolici, dietro ordini formali emanati da Roma: vedesi per altro questo errore professato da tutti coloro i quali hanno più o meno trattato del Campanella, come se non vi fosse stata a que' tempi l'immunità ecclesiastica, e da ciò può bene argomentarsi quanto le nozioni sulle cose del Campanella si trovino fuori via. Citando poi la

Requisitoria del fiscale, il d'Ancona l'attribuì allo Xarava, mentre una lettera annessa al Breve, pubblicata da lui egualmente, mostrava essere stato nominato fiscale D. Giovanni Sances. Parlando delle atrocissime torture sofferte dal Campanella, ripetè con gli altri che le avea sofferte senza neppure mandar fuori un lamento (fiore rettorico assai male a proposito), mentre nell'Elenco da lui pubblicato, a fianco del nome del Campanella leggevasi «confexus». Volendo riportare le conclusioni del tribunale intorno al clerico Giulio Contestabile, divenuto accusatore del Campanella per salvarsi, scambiò le parole finali del Riassunto degl'indizii con quelle della Difesa, ed affermò essersi concluso, «ex omnibus constat notoria innocenza ipsius cl. Julii Contestabilis», mentre invece avrebbe dovuto leggere, «exulatus per quinquennium». E chiudiamo oramai queste annotazioni, le quali in verità ci procurano grandissima pena.

Venendo al Berti, dobbiamo dire che egli egualmente non ha creduto punto alla congiura, essendosi anche meno del d'Ancona occupato de' documenti raccolti, eccettuati quelli raccolti da lui medesimo. Già trattando di Giordano Bruno, nel 1868, egli avea manifestata l'opinione, «che il processo del Campanella, meglio che da' documenti insino ad ora pubblicati, si ricava da ciò che ne dice in più luoghi delle sue opere»; di poi, avendo avuta tra mani la Denunzia de' cinque di Catanzaro, e trovati gli Articoli profetali e l'Apologia che vi è annessa, su questi documenti appunto si è poggiato, per sostenere essersi il Campanella soltanto dato «ad annunziare in privati colloquii e dal pergamo, così a' laici come a' chierici che scossi dalla sua facondia gli si stringevano intorno» vaticinii astrologico-mistici di prossimi mutamenti; e però ha stabilito che «in questi vaticinii, e più ancora nelle aggiunte che a quelli altri frati facevano ripetendoli, è da cercarsi in gran parte la spiegazione del fatto cui si diè nome di congiura». Ha ammesso che arbitrariamente Maurizio de Rinaldis bandito, per mutare la sua fortuna, avesse iniziato pratiche presso i turchi, e che fra Dionisio Ponzio, esaltato per le profezie del Campanella, avesse del pari arbitrariamente iniziato pratiche presso alcuni cittadini di Catanzaro; ha ammesso che il Campanella non avesse sconsigliato i più animosi dal porsi con le armi in mano sulle montagne al fine di premunirsi contro i futuri rivolgimenti, ma in somma ha conchiuso: «le deposizioni processuali nulla palesano che accenni a congiura; lo stesso Rinaldis ed il frate Dionisio non avevano forse complici, ma operarono entrambi di loro arbitrio; nissun fatto si recò nel processo che provasse che Campanella fosse capo di congiurati e che una congiura propriamente detta fosse stata ordita in Calabria; quindi i giudici non poterono profferire, per quanto ostili, una sentenza di condanna contro esso; laonde, trascorsi pochi anni, venne il processo sospeso, e gli ufficiali regi, non sapendo come trarlo legalmente a morte, stettero contenti di ritenerlo nella terribile sepoltura del carcere»[8]. In verità le deposizioni processuali si possono impugnare e ripudiare, o per lo meno valutare in un senso assai meno grave; ma sarebbe impossibile provare co' documenti raccolti che i Giudici le avessero valutate in tal

10

guisa, e che sia stato quello indicato dal Berti l'andamento del processo, del quale per altro egli non ha fatto conoscer nulla, essendosi limitato a darne un semplice annunzio in una quindicina di versi. Il primo Breve Papale, pubblicato dal D'Ancona, mostra che avrebbero dovuto profferire la sentenza di condanna due sole persone, il Nunzio Aldobrandini, che non era già il Card.^{le} Aldobrandini ma il Vescovo di Troia, e il magistrato clerico D. Pietro de Vera, entrambi Delegati del Papa; nè dipese punto dal Nunzio, come si rileva molto bene dal suo Carteggio pubblicato dal Palermo, il non aver profferito la detta sentenza, e l'essere quindi il Campanella rimasto nelle carceri dello Stato, dove trovavasi rinchiuso appunto col consenso del Nunzio. L'Elenco degl'incriminati ecclesiastici, pubblicato egualmente dal D'Ancona, mostra che il Campanella era ritenuto da' Giudici «confexus», e il Carteggio anzidetto lo suggella, spiegando pure in termini non equivoci come «reputandosi l'uno confesso che è il «Campanella, et l'altro convinto che è il Pontio, potrà facilmente «essere la fine delle loro cause il degradarli e darli alla Curia «secolare», vale a dire mandarli al patibolo. Lungi dunque dal non aver trovato nelle deposizioni processuali fatti che provassero il Campanella essere stato capo di congiura propriamente detta in Calabria, i Giudici Apostolici vi aveano trovato questi fatti pienamente, come ve l'aveano trovato anche dal canto loro i Giudici Regii per gl'infelici laici, onde parecchi di costoro erano stati riconosciuti colpevoli di «tentata ribellione» ispirata dal Campanella, e quindi trascinati, attanagliati, impiccati, squartati. Ed accenniamo appena che furono riconosciuti numerosi complici ma non tra' frati; che nelle deposizioni processuali c'è il fatto di un importante colloquio del Campanella con taluno de' firmatarii di quella Denunzía, su cui il Berti si è fondato per provare l'opposto; che volendo stare alle sole assertive consegnate in qualche documento senza il riscontro degli altri, massime poi alle sole assertive del Campanella, si corre certo rischio di essere trasportati assai lungi dal vero. Ma basti aver mostrato che lo studio minuto de' documenti delle diverse categorie non è stato fatto.

Poco ci tratterremo su coloro i quali non si sono occupati di proposito della congiura del Campanella. Citeremo in primo luogo il prof.^{re} Bertrando Spaventa, che ne' suoi Saggi di Critica filosofica riprodusse una carica a fondo sul lavoro del D'Ancona, già da lui pubblicata poco dopo la comparsa di tale lavoro[9]. Ma la natura medesima della critica dello Spaventa lo condusse a discettare in modo speculativo sul lavoro del D'Ancona, anzichè a studiare i documenti, mediante i quali avrebbe confermato non essere stato reso bene il carattere del Campanella, e avrebbe avuto modo di renderlo egli stesso con maggiore esattezza. Del resto lo scopo suo principale fu manifestamente quello di aprirsi la via alla esposizione e alla critica delle dottrine filosofiche del Campanella, sul quale tema egli si mostrò, come ognuno lo conosce, profondamente versato.

Citeremo in secondo luogo il prof.^{re} Francesco Fiorentino, che nel suo magnifico libro sul Telesio, discorrendo de' casi del Campanella, si spinse un poco piú addentro nelle cose della congiura, ma dando molta importanza al Bassà Cicala, che ritenne essere stato un calabrese cosentino, nominato Pietro Cicala, già compagno di Marco Berardi divenuto poi popolare col nome di Re dei monti, essendo entrambi sfuggiti al carcere e al rogo inquisitoriale. Il Campanella avrebbe volto l'occhio a lui, conoscendolo odiatore degli spagnuoli per amore della Calabria[10]. Pertanto la storia veramente ci mostra il detto Bassà essere stato un messinese, oriundo genovese, a nome Scipione Cicala, preso da' turchi nella sua adolescenza, e non amico ma devastatore di Reggio e di molti altri paesi della Calabria nel 1594, sotto gli occhi del medesimo Carlo Spinelli che fu poi il persecutore del Campanella. Del resto il Fiorentino riconobbe appieno nel Campanella il merito del «sublime ardimento, che non può annidare in animi volgari, e che perciò o fu discreduto o parve follia»; ma non entrava nel disegno del suo libro il discutere i particolari di tale ardimento.

Citeremo inoltre l'insigne patriota e prof.re Luigi Settembrini, che in fatto di cospirazioni nel Napoletano non si potè mai dire davvero poco informato. In un Elogio di Michele Baldacchini egli ebbe occasione di parlare della congiura del Campanella, e diede un'importanza incomparabilmente maggiore al Cicala, ritenendolo del pari calabrese ma qualificandolo diversamente. Secondo lui, tutti coloro i quali scrissero la vita del Campanella non tennero molto conto di quell'uomo straordinario che fu il Bassà Cicala: costui «fece nascere e fu occasione» alla congiura, cui «presero parte alcuni Vescovi, alcuni baroni, molti ecclesiastici e molti banditi, e per dilargarsi fra tanti avea dovuto essere meditata da lungo tempo, e se aveva un capo non fu il Campanella, il quale era tornato da poco a Stilo e non poteva muovere tutta quella macchina, nè dal processo che si fece apparisce esserne stato egli l'autore, ma vi entrò tardi e vi operò a suo modo». In somma, con quella sua vivissima fantasia che lo rendeva tanto caro a chiunque ebbe la fortuna di avvicinarlo, egli voleva che fosse attribuita la più gran parte in questa congiura a «Dionisio Cicala», secondo lui già povero contadino calabrese di Castelli, paesello non molto lontano da Stilo, fatto schiavo mentre tagliava erbe in campagna, e divenuto poi conquistatore di Tunisi cacciandone gli spagnuoli, parente del Sultano, Vicerè in Tunisi, Tripoli ed Algieri, famoso capitano a Lepanto, col nome di Ulucci-Alì[11]. Ma certamente egli confondeva con Scipione Cicala, divenuto Bassà Cicala o Sinan-Bassà che fu veramente in rapporto co' congiurati mossi dal Campanella, un altro capitano di mare antecessore del Cicala, che fu propriamente Ucciali-Alì, detto anche Ucchiali-Alì da' suoi conterranei, Uluge e Chilige-Alì da' turchi, Uluzzi-Alì da' veneziani, fatto schiavo nel modo suddetto, e divenuto celeberrimo nell'impero ottomano, come l'attestano le Relazioni di molti Baili Veneti pubblicate dall'Albèri, oltre alle Memorie del Sagredo[12]; riesce poi superfluo dire che gli Atti processuali, citati dal Settembrini, mostrano le cose in modo ben diverso. — Non taceremo nemmeno che il racconto del Settembrini, insieme con la Denunzia dal Berti creduta inedita, ispirò al dotto magistrato Francesco Sav.° Arabia le sue Scene sul Campanella, e in una prefazione, con quella competenza che lo distingue, egli fece una giustissima critica della Narrazione del Campanella tanto apprezzata dal Capialbi e dal D'Ancona come fondamento di storia, senza entrare per altro nella disamina degli Atti processuali, che gli avrebbero fatto ripudiare anche Ulucci-Alì e la Denunzia[13].

E qui ci fermiamo, aggiungendo solamente essere stato dimandato in questi ultimi mesi, non ricordiamo più da chi ma non in Napoli, se il Campanella non dovesse dirsi «una specie di Lazzaretti abortito sul nascere». Per conto nostro non esitiamo a rispondere, che siffatta rassomiglianza non è solo irriverente, ma addirittura sciagurata. Il carrettiere di Arcidosso, che iniziò la sua missione profetica con le truffe, e la continuò in buono accordo coi clericali di Francia e gli arrabbiati della Curia Romana contro la patria divenuta libera ed una, non ha proprio nulla di comune col filosofo di Stilo, che tutto sacrificò pel grandioso concetto di liberare la sua patria dal doppio giogo di Spagna e di Roma; l'impresa del carrettiere di Arcidosso è stata veramente una macchia per la Toscana, mentre l'impresa del filosofo di Stilo fu una gloria per la Calabria. Ma in somma riesce evidente che si è pur sempre lontani, molto lontani, dall'avere studiato i documenti atti a chiarire le cose del Campanella.

II.

Da alcuni anni, ricercando in Italia ed anche nell'estero notizie e documenti intorno a' vecchi medici e naturalisti napoletani, ci siamo imbattuti in gravi scritture finoggi ignorate intorno al Campanella; e quantunque sapessimo che non ce ne sarebbe venuto plauso da un grosso numero di persone, che nulla ama, nulla venera e nulla sa, incapace di comprendere altro che l'arte proficua alimento unico degli spiriti volgari, ci siamo sobbarcati a dure fatiche per trarne le copie. Basta citare il Processo di eresia, che giustamente il Berti dice essere «rimasto del tutto ignoto», e che, passato in tre diverse collezioni private con altre scritture di S. Officio riferibili più o meno direttamente al Campanella, è stato da noi raccolto e trascritto, risultandoci una copia di due grossi tomi in folio, complessivamente di 1412 pagine. Un'altra raccolta, assai meno voluminosa ma non meno importante, è stata quella del Carteggio ufficiale del Viceré di Napoli con la Corte di Madrid sulla faccenda del Campanella, rinvenuto nel vecchio Archivio di Spagna in Simancas, dove ci eravamo recati per le nostre primitive ricerche. Decisi a partecipare al pubblico le cose che possedevamo, ci siamo successivamente tenuti in obbligo di occuparci di proposito anche del Campanella in quanti Archivii e Biblioteche ci è stato possibile visitare, per arricchire sempre più la nostra raccolta, rivedendo in pari tempo ciò che era già noto, per acquistarne nozioni complete ed estenderle maggiormente all'occorrenza. Così in Madrid, in Dublino (dove sapevamo trovarsi non meno di 66 volumi di carte di S. Officio tolte nel 1848 all'Archivio dell'Inquisizione Romana), in Londra, in Parigi, in Montpellier, e poi nelle Biblioteche e negli Archivii di Stato di Torino, di Venezia, di Modena, di Firenze ed Urbino, di Roma, di Napoli, abbiamo cercato ciò che poteva esservi di manoscritti, di lettere, di documenti e notizie di ogni specie tanto sul Campanella, quanto sulle molte e diverse persone che da' documenti raccolti risultava aver figurato intorno a lui, come amici, nemici, fautori, persecutori, giudici etc.; e dobbiamo dire che le nostre fatiche sono riuscite tutt'altro che vane. Anche nel Grande Archivio di Napoli, di dove erano venute fuori, l'una dopo l'altra, due lettere di Soprintendenti che attestavano non trovarvisi nulla intorno al Campanella, abbiamo trovato varie cose intorno a lui, oltrechè moltissime intorno a coloro i quali furono più o meno in relazione con le cose sue[14]. Nè abbiamo poi mancato di procurarci l'ingresso nell'Archivio della Compagnia dei Bianchi di giustizia, per cavarne i particolari delle esecuzioni e delle discolpe de' calabresi che si conosceva essere stati giustiziati in Napoli; nè abbiamo mancato di rovistare i Libri parrocchiali della Chiesa del Castel nuovo, per cavarne notizie su varii nomi, che in ispecie i nuovi documenti ci aveano fatto conoscere.

In tal guisa siamo pervenuti a raccogliere una quantità di documenti abbastanza notevole, alcuni pochi de' tempi anteriori alla congiura ed a' relativi processi, altri ben numerosi de' tempi della congiura e de' processi, altri pochi de' tempi posteriori: e sotto questa triplice categoria li pubblichiamo in un volume aggiunto alla nostra narrazione, ma riportandovi le sole scritture riferibili strettamente a' fatti e persone della congiura ed eresia, mentre le molte altre scritture riferibili a' tanti fatti e persone che vi hanno un'attinenza meno stretta o semplicemente relativa, son riportati a piè di pagina là dove nella narrazione accade di doverne discorrere. Né abbiamo esitato ad includervi anche parecchi documenti editi, non tacendo mai siffatta loro qualità, sempreché ci sieno apparsi di molto interesse per la piena intelligenza dell'argomento, ovvero ci sia occorso di farvi correzioni ed aggiunte nel rivederne gli originali, la qual cosa possiamo dire esserci occorsa piuttosto sovente.

Ma in ispecie per la categoria, de' documenti de' tempi della congiura e de' processi, gioverà qui fare una rassegna che ne dia qualche notizia determinata, contemplandone i diversi capi o gruppi.

I. *Carteggio Vicereale con la Corte di Madrid.* — Son 40 documenti rinvenuti ne' fasci di carte che in Simancas si trovano sotto la rubrica «Secretaria de Estado, Negociacion de Napoles»; fanno parte del «Legazo 1096, Leg. 1097, Leg. 1099» (anni 1598-99, 1600-01, 1603), e qualcuno trovasi nel Leg. 1095 (an. 1596-97) per una di quelle lievi anomalie inevitabili negli Archivii; principalmente per siffatto motivo estendemmo le ricerche fino al Leg. 1106 (an. 1610-11), ma senza frutto.

Vi figurano oltre venti lettere originali del Vicerè, quasi sempre dirette a S.M.^{tà} Cattolica, ed una in minuta della medesima M.^{tà} diretta al Vicerè, otto copie di lettere di Carlo Spinelli, il crudele repressore della congiura, ed una di D. Luise Xarava, il feroce Avvocato Fiscale, dirette al Vicerè, inoltre diverse relazioni appartenenti ad un Commissario, ad un Capitano, ad un Agente in Roma, una copia della prima Informazione presa da fra Marco il Visitatore e fra Cornelio di Nizza ed un'altra del Breve Papale che istituì il Tribunale per gli ecclesiastici ribelli (questi ultimi due documenti analoghi a quelli che già si conosce trovarsi in Firenze; del resto il primo di essi più importante, perchè mostra in appendice essere stata comunicata a Giudici laici la copia di un'Informazione di S.^{to} Officio). Ma vi brillano massimamente l'importante Denunzia testuale di Lauro e Biblia, e l'importantissima Dichiarazione scritta dal Campanella, da lui rilasciata all'Avvocato Fiscale poco dopo la sua cattura. Tutti questi documenti non rappresentano il Carteggio intero, poichè vi sono indizi di diverse lacune, e d'altronde vedremo tra' documenti rinvenuti nell'Archivio di Napoli qualche altra lettera di S.M.^{tà} la cui minuta non si trova in Simancas: ma costituiscono ciò che n'è rimasto in que' fasci di scritture, e riferendosi quasi per intero all'ultimo quadrimestre del 1599, illuminano abbastanza lo svolgimento delle cose di Calabria, la qualità e quantità de' congiurati, le vedute del Governo e de' suoi ufficiali, le vedute di Roma, la parte attribuita al Turco, i severissimi provvedimenti adottati. Sono scritti quasi sempre in lingua spagnuola e così saranno riportati, potendosi lo spagnuolo intendere senza difficoltà dalla gente latina. Bisogna solo avvertire che la lingua vi è abbastanza impura, l'ortografia consentanea al tempo, la punteggiatura poi deficientissima e molto irregolare, non trovandosi nell'originale che pochissime virgole e sovente gittate a caso: questa punteggiatura soltanto ci è parso necessario di migliorare, per rendere sempre più agevole l'intelligenza del testo; nel rimanente si è cercato di serbare la più scrupolosa fedeltà. Queste stesse avvertenze vanno fatte pe' pochi documenti in italiano ed in latino che vi si trovano compresi: essi sono stati copiati da ufficiali spagnuoli del tempo, e naturalmente questa circostanza vi si fa sentire non poco[15].

II. *Carteggio del Nunzio Pontificio in Napoli con la Corte di Roma.* — Questo Carteggio, contenuto nelle Scritture Strozziane dell'Archivio di Firenze, va dal 1592 al 1605 ed occupa 31 grossi volumi, i quali recano le lettere di Roma in originale e quelle di Napoli in minute, comunque il Catalogo dell'Archivio, sotto il nome di «Aldobrandini Mons. Jacopo» segni solamente «Lettere da esso scritte a varî...». Sono le Filze 205 a 236 num.^{ne} nuova, e propriamente le 205-221 recano le lettere di Roma, e le 222-236 recano le lettere o meglio le minute di Napoli non autografe come il Palermo ha creduto. Volendo circoscriversi nel periodo strettamente riferibile al Campanella, si tratterebbe delle Filze 212 e seg.^{ti} e 229 e seg.^{ti}. Il Palermo, che scoprì questo Carteggio, ne estrasse sole 32 lettere, delle

15

quali 16 integralmente, e le altre, per amore di brevità e forse anche pel proposito di non trattare lo svolgimento de' processi, mancanti sempre di qualche brano; tutte poi mancanti d'indirizzo quando partono dal Nunzio e di firme quando vengono al Nunzio, essendo solamente notato in massa che sono dirette a' Card.[li] Aldobrandini, S. Severina e Borghese. Noi abbiamo voluto averle nella loro integrità, come pure nella loro lezione precisa, non che munite degli indirizzi e provenienze rispettive; e con l'aggiunta di parecchie altre che erano state omesse, e di poche altre scritte dal Nunzio al Vicerè, al Castellano di Castel nuovo, a diversi Vescovi etc. sempre in rapporto all'argomento in esame, abbiamo potuto aumentarne il numero per modo che ascendono a non meno di 114 lettere. Queste vengono pubblicate tutte insieme nell'apposito gruppo, comprendendovi anche le edite senza tralasciar mai di dichiararlo, e con varie correzioni specialmente nelle date, alcune volte abbastanza importanti. Dobbiamo aggiungere che nel Carteggio esistono pure diverse lacune, mancando evidentemente molte lettere di Roma, alcune delle quali sono citate in quelle che si hanno, e mancando qua e là interi fascicoli o «Registri» delle lettere di Napoli, come risulta dalla numerazione ad essi apposta e da' salti sensibili nelle date. Ci è parso necessario notare queste lacune là dove sono risultate manifeste, perchè ne sieno prevenuti i futuri ricercatori, e perchè non si credano, per que' periodi, sopite le trattative del negozio, mentre invece ci mancano le notizie delle trattative. Riesce poi quasi superfluo avvertire, che percorrendo tutti i 31 volumi, come noi li abbiamo percorsi, vi si trovano tante altre notizie e documenti sulle persone e sulle cose di que' tempi, capaci di chiarire non solo gli umori di Napoli e di Roma, che naturalmente ebbero la più grande influenza sull'andamento de' guai del Campanella, ma anche capaci di chiarire i fatti medesimi nella loro essenza: basta accennare le precedenti guerre fratesche de' Ponzii co' Polistina per l'assassinio del P.[e] Provinciale fra Pietro Ponzio, le gravi quistioni giurisdizionali nelle Diocesi di Nicastro e di Mileto, le cresciute ricezioni de' fuorusciti in asilo ne' conventi, perfino le discordie di famiglia tra' Contestabili e Carnevali, circostanze tutte che il Campanella continuamente allegò come basi degli odî suscitati contro la sua persona. Queste altre notizie e documenti troveranno il loro posto nel corso della narrazione.

III. *Carteggio dell'Agente Toscano in Napoli col suo Governo.* — Questo Carteggio, diretto a Lorenzo Usimbardi Segretario del Gran Duca da Giulio Battaglino, e in sèguito, morto costui, dal lettore di dritto Alessandro Turaminis senese, trovasi nell'Archivio Mediceo, e va dal 1592 in poi, occupando le Filze 4084 e seguenti. Il Palermo, intorno alla congiura ed a' processi, vi raccolse solamente 5 brani di lettere dell'ultimo quadrimestre del 1599; noi vi abbiamo proseguito le indagini, e abbiamo portato ad 11 il numero di questi brani, taluno de' quali, se fosse stato ricercato sin da che fu nota l'esistenza di questo Carteggio, avrebbe fatto evitare qualche solenne abbaglio circa le torture del Campanella.

Naturalmente nelle Filze suddette si trovano anche altre notizie illustrative di que' tempi, ma vi abbiamo trovato inoltre molte lettere di particolari, taluni de' quali figurarono nelle faccende in questione: basta citare p. es. da un lato lettere autografe di Mario del Tufo notissimo amico del filosofo, e d'altro lato lettere autografe nientemeno che di D. Loise Xarava suo implacabile persecutore, e poi lettere del Principe di Bisignano, di D. Lelio Orsini, del Duca di Vietri, nominati quali complici della congiura etc.; e ne abbiamo trovate egualmente in altre Filze intitolate appunto «Lettere di Napoli di particolari», sicchè ce n'è risultato un mucchio di notizie che serviranno nella narrazione. Aggiungiamo che, pei tempi anteriori alla congiura, abbiamo trovato una lettera del Battaglino illustrativa della vita del Campanella, e pe' tempi della congiura abbiamo trovato nello stesso Archivio Gazzettini ed Avvisi, dei quali si parlerà più sotto. — Avvertiamo infine che non abbiamo mancato di rovistare in Firenze l'Archivio d'Urbino, oggi posto accanto al Mediceo, ma ci è accaduto trovarvi soltanto notizie di particolari; e la cosa medesima diciamo qui di passaggio relativamente all'Archivio di Torino.

IV. *Carteggio del Residente Veneto in Napoli col suo Governo.* — Questo Carteggio costituito da' dispacci che erano spediti al Ser.^{mo} Principe dal Residente Veneto, il quale fu Gio. Carlo Scaramelli a tempo della congiura e de' processi, e poi Anton Maria Vincenti per alcuni anni successivi, trovasi nell'Archivio a' Frari tra le scritture dette «Senato-Secreta» sotto la rubrica «Napoli», e per l'anno 1599 e seguenti reca i n.ⁱ 15 e seguenti. Il Mutinelli, nella sua Storia arcana ed aneddotica, pubblicò solamente 10 lettere o brani di lettere concernenti la congiura e i congiurati, tratte da questo Carteggio pel periodo compreso tra il 14 settembre 1599 e 7 febbraio 1600: noi abbiamo cominciato lo spoglio del Carteggio da alcuni anni prima e l'abbiamo continuato per varii anni dopo, badando pure alle notizie sull'armata turca, che essendo stata ritenuta un elemento essenziale della congiura meritava tutta l'attenzione; e così abbiamo più che raddoppiato il numero de' documenti, oltre all'aver restituito alla loro integrità quelli già noti. È superfluo poi dire che molte importanti notizie relative a quei tempi si cavano dal Carteggio, studiato non pe' soli anni 1599-1600, anche circa le cose che non parrebbe aver dovuto richiamare gli sguardi del Residente, p. es. circa le lotte giurisdizionali in Calabria: ma nulla sfuggiva a' Residenti, bensì, pel troppo entrare ne' particolari, essi non di rado riuscivano inesatti, salvo il caso in cui gl'interessi di Venezia fossero direttamente impegnati. Notiamo di aver fatto anche ricerche nel Carteggio de' Residenti co' Capi del Consiglio de' Dieci e con gl'Inquisitori di Stato, ma senza frutto.

V. *Carteggio dell'Ambasciatore Veneto in Roma col suo Governo.* — Essendo corse trattative in Roma per la faccenda del Campanella, da parte del Vicerè mediante l'Ambasciatore di Spagna, abbiamo reputato conveniente percorrere anche i dispacci dell'Ambasciatore Veneto in Roma, che pel 1599-1600 fu Giovanni Mocenigo, dispacci conservati egualmente tra' «Senato-Secreta» sotto la rubrica «Roma» co' n.[i] 43-45. Ed abbiamo trovato due brevi notizie, non inutili per la nostra narrazione.

VI. *Carteggio del Bailo da Costantinopoli ed Avvisi di Levante.* — L'importanza delle notizie sull'armata turca per ciò che si volea tentare in Calabria, e il fatto della fuga a Costantinopoli di uno de' capi dell'impresa, fra Dionisio Ponzio con un altro frate ritenuto complice, ci hanno deciso a rovistare anche i dispacci dei Baili, che furono a que' tempi il Capello ed il Gradenigo, e poi il Nani e il Contarini, ma prendendo note su varii anni, anche per acquistare nozioni precise intorno al Bassà Cicala. Abbiamo scorsi i bellissimi Rubricarii e poi anche i Dispacci originali conservati nei soliti «Senato-Secreta»; ma abbiamo veduti inoltre i così detti Codici Brera, che si conosce esser passati da Milano a Venezia dietro ordine del Governo austriaco, per gli Avvisi che Venezia comunicava a varii Governi e tra gli altri a quello Vicereale di Napoli. L'aspettativa non è stata delusa: abbiamo raccolto un importante dispaccio e varie notizie tanto pel volume de' documenti quanto per le note su' fatti della narrazione.

VII. *Gazzettini ed Avvisi di Roma.* — Il valore che altrettali documenti vanno acquistando, sebbene troppo spesso riescano utili per la buona intelligenza dello stato della pubblica opinione a tempo di un fatto notabile più che per la precisa conoscenza del vero, ci ha spinti alle più attive ricerche di essi. Ne abbiamo trovati dovunque, ma di quelli dell'anno 1599 e seguenti, con notizie sulla faccenda del Campanella, solo in tre luoghi e sotto questi titoli: Lettere di Fr.[co] Maria Vialardo dirette al Sig.[r] Giovanni Galletti (pseudonimo ovvero ufficiale del Gran Duca) conservate nell'Archivio Mediceo; Avvisi di Roma della Cancelleria Estense, mandati in servigio di casa d'Este, conservati nell'Archivio di Modena; ed ancora Avvisi di Roma della collezione Urbinate, in servigio de' Duchi di Urbino, oggi esistenti nella Biblioteca Vaticana. Le lettere del Vialardo, un cavaliere torinese male andato, che scriveva anche pel Duca di Savoia, come si rileva da alcuni frammenti de' suoi Avvisi che abbiamo trovati nell'Archivio di Torino, son veri «Gazzettini» di Avvisi, e con tal nome si trovano qualificate nello Spoglio dell'Archivio Mediceo; dànno le notizie più stravaganti, e riescono assai curiose per questo. Gli Avvisi della Cancelleria Estense sono più pochi e sobrii, mentre quelli della collezione Urbinate sono più numerosi e pieni; gli uni e gli altri recano nomi di congiurati da doversi notare, ma del resto contengono sempre grosse sciocchezze, e basta dire che si chiudono con la notizia che il Campanella venne finalmente appiccato! Non sarà per altro inutile conoscere anche questo.

VIII. *Atti Amministrativi e giudiziarii esistenti nel Grande Archivio di Napoli.* — Abbiamo raccolti in questo gruppo non meno di 32 documenti inediti, costituiti da ordini del Governo venuti fuori per la congiura e pe' congiurati, sia allo scopo della repressione e gastigo degl'incriminati, sia per la premiazione de' persecutori. Alcuni possono dirsi veramente Atti processuali, giacchè senza dubbio gli originali di essi furono inseriti nel processo: tali sono gli ordini circa la costituzione del tribunale pe' laici, e circa la forgiudicazione di varii contumaci. Uno poi deve dirsi essenzialmente Atto processuale, ma fu già edito, la Denunzia de' 5 di Catanzaro, che ora trovasi nell'Archivio e che riproduciamo, dovendosi correggere in più punti e massime riguardo ad alcuni nomi. I documenti inediti sono stati rinvenuti ne' più svariati generi di scritture e Registri, in quelli così detti *Curiae,* in quelli *Notamentorum, Sigillorum, Privilegiorum, Litterarum* etc. Cinque di essi son costituiti da Lettere Regie, delle quali si sarebbe dovuto trovare le minute in Simancas, e non ci è occorso di trovarle, come non ci è occorso di trovare in Napoli la Lettera della quale in Simancas esiste la minuta. Adunque non solamente in Napoli si deplorano le lacune continue, ma bisogna dire che in Napoli le lacune sieno state procurate fin da' tempi del Vicerè. Questo fatto, che spiega come pe' negozii politici di maggior rilievo l'Archivio riesca sempre quasi muto, può bene dimostrarsi con uno de' documenti che pubblichiamo (Doc. 234); esso, al pari di varii altri dello stesso genere, è in copia evidentemente mutilata, coll'attestazione del Segretario del Vicerè che la copia concorda con l'originale. Da ciò si vede esservi stato un altro luogo, l'Archivio particolare de' Vicerè non pervenuto fino a noi, nel quale erano sepolti i documenti più importanti, senza trasmetterli, o trasmettendoli in copie mutilate nell'Archivio di Stato. — Anche qui poi s'intende che non è mancata una grande quantità di documenti e notizie, che troveranno luogo nel corso della narrazione, avendocene fornito i detti generi di scritture e diversi altri, a cominciare dalle *Numerazioni de' fuochi* e da' Registri *Partium,* senza contare i documenti riferibili alle cose del Campanella ne' tempi anteriori e posteriori a quelli della congiura e de' processi. Veramente anche da quest'ultimo lato avrebbe dovuto trovarsi qualche cosa di più, e sebbene dalle scritture viste ci sia noto esservi stati Registri *Secretorum* non giunti fino a noi, questo solo motivo non riesce a soddisfarci. La nostra impressione nello studiare le scritture dell'Archivio è stata sempre questa, che oltre alle tante rincrescevoli lacune, originarie per l'esistenza dell'Archivio segreto e fortuite pe' molti incendii e le varie devastazioni accadute durante i tumulti popolari, ve ne sieno state anche altre procurate posteriormente, quando si credè buon sistema di governo sopprimere perfino la storia di questo paese tanto disgraziato. Difatti, non appena si giunge al periodo di qualche avvenimento storico un poco importante, si può esser certi che s'incontrerà una lacuna e non nelle sole scritture essenziali; tuttavia son rimaste sempre notizie svariatissime sulle persone e sulle cose di ciascun periodo, da farne acquistare una nozione spesse volte considerevole. Così nelle faccende del Campanella, da' più elevati personaggi a' più bassi malfattori e fuorusciti che vi si trovano nominati, dalle più alte quistioni giurisdizionali alle più umili pratiche di amministrazione verificatesi nel tempo della congiura e de' processi, tutto vi riesce, più o meno, convenientemente illustrato.

IX. *Atti delle esecuzioni registrate nell'Archivio de' Bianchi di giustizia.* — Due documenti abbiamo rinvenuti in questo bellissimo Archivio, che non è aperto al pubblico, per le indiscrezioni rincrescevoli alle quali le ricerche su' giustiziati potrebbero dar luogo. Esso fu ricercato dall'Abate Cuomo pe' giustiziati de' tempi di Masaniello, e i relativi documenti si leggono manoscritti nella Biblioteca che l'Abate generosamente donò al Municipio di Napoli; ma non sappiamo che alcuno abbia mai pensato a farvi ricerche pe' giustiziati del tempo del Campanella. I documenti non sono che due, perchè due soli furono i calabresi giustiziati in Napoli coll'assistenza della Confraternita de' Bianchi, mentre sei altri furono giustiziati coll'assistenza de' PP.[i] Ministri degl'infermi, come risulta da notizie autentiche. Nel primo de' detti documenti si leggeranno con interesse le «escolpazioni», nel secondo i nomi degli assistenti a ben morire, oltre qualche circostanza speciale dell'esecuzione. Non abbiamo poi mancato di raccogliere un terzo documento, relativo al supplizio di un altro individuo, già processato per la congiura e l'eresia, carcerato col Campanella e in istrette relazioni con lui, liberato e poi di nuovo processato e condannato per altra causa; ma tale documento, escluso dal presente gruppo, è stato incidentalmente registrato a parte nella narrazione.

X. *La difesa di due incriminati laici, Gio. Paolo e Muzio di Cordova.* — È la sola difesa di laici che si possegga, ed appena in frammenti, che furono posti nelle note alla Narrazione del Campanella aggiunte dal Capialbi. Essendo state tali note omesse dal Palermo nel riprodurre la Narrazione, son rimaste poco o nulla conosciute, ed intanto esse recano più notizie delle deposizioni raccolte nel processo pe' laici. Avremmo voluto pubblicare il documento tutto intero, giacchè si possiede dagli eredi Capialbi; ma le continue nostre insistenze, durate più anni, non son state esaudite.

XI. *Atti giudiziarii circa gli ecclesiastici incriminati di congiura, esistenti nelle Scritture Strozziane di Firenze.* — Abbiamo già avuta occasione di menzionare questi documenti, e di dire che per la maggior parte di essi il Palermo pubblicò soltanto una «esposizione delle cose principali», ond'è che si può considerarli veramente quasi tutti inediti. Furono rinvenuti nel Codice Strozziano n. nuov. 330, intitolato «Casi strani», dove si trovano alla rinfusa: l'importanza grandissima di essi ci ha decisi a riordinarli e pubblicarli integralmente, anche a costo d'incorrere nelle ripetizioni che vi si trovano con una certa frequenza; come pure a non trascurare nemmeno gli editi, per alcuno de' quali non manca la necessità delle correzioni. Nel riordinarli abbiamo posto in primo luogo l'Elenco degl'incriminati e il primo Breve del Papa, poi il Sommario dell'Informazione di Calabria (atti veramente processuali), in seguito i Riassunti degl'indizii per ciascun incriminato giusta la sua importanza e qualità, con le Requisitorie e le Difese che per alcuni di essi ci vennero conservate (atti puramente giudiziarii). Aggiungiamo che uno studio delle citazioni de' folii del processo, registrate sopratutto in questi documenti ed anche in taluni altri, ci ha fatto ricavare uno «Schema del processo della congiura» che ne dà un'idea sicuramente non disprezzabile. Abbiamo così potuto scoprire che l'intero processo, o meglio l'intera serie de' processi, col titolo di «tentata ribellione» componevasi di 4 volumi, de' quali i due primi comprendevano i processi di Calabria, essendo Giudice Commissario Carlo Spinelli e Fiscale D. Luise Xarava; gli altri due comprendevano i processi di Napoli, l'uno pe' laici, condotto certamente da Marc'Antonio de Ponte con D. Giovanni Sances fiscale assistito dallo Xarava, e l'altro per gli ecclesiastici, condotto dal Nunzio Aldobrandini e da D. Pietro De Vera, Commissarii Apostolici, col medesimo D. Giovanni Sances fiscale; le numerose citazioni di folii, poste nel loro ordine progressivo, rendono discretamente bene la fisonomia di ciascun processo, e tutto ciò servirà anche a facilitare la ricognizione de' documenti che potranno venir fuora nell'avvenire. Dippiù uno studio de' nomi, registrati del pari in questi documenti ed in altri ancora, ci ha fatto ricavare un «Elenco degl'incriminati laici», che fa riscontro a quello degl'incriminati ecclesiastici e dà un'idea notevole dell'estensione della congiura, o forse meglio delle conseguenze della congiura. Questi due lavori figureranno tra alcune Illustrazioni poste al sèguito dei Documenti.

XII. *Apologia del Campanella.* — Quest'Apologia, trovata dal Berti nella Casanatense annessa agli Articoli profetali già scritti dal filosofo in sua difesa e poi rifatti, non è stata pubblicata che in sunto, essendo l'esemplare, per colpa dell'amanuense, troppo scorretto. Avendone noi trovato un esemplare egualmente nella Nazionale di Napoli, oltrechè in quella di Madrid, ma pure scorretti, diamo nella loro integrità il testo dell'esemplare Casanatense e di quello napoletano, perchè si possano correggere abbastanza bene l'uno con l'altro.

XIII. *Processo di eresia con gli allegati e le poesie del Campanella, ed altre scritture d'inquisizione.* — Questo processo è costituito egualmente da una serie di processi, a' quali può anche darsi la denominazione di «processi ecclesiastici», sia perchè ecclesiastici per eccellenza, sia perchè in tal guisa vedonsi più volte menzionati dal Campanella. Esso è stato fornito, come abbiamo già detto, da tre collezioni private, e si compone essenzialmente di quattro volumi, con la giunta di un quinto di allegati; ma a ciascuno de' volumi si possono unire altre scritture staccate, che illuminano molto i fatti del Campanella e socii ne' tempi de' processi e ne' tempi di poco posteriori. Così ci troviamo di aver redatta la nostra Copia in sei volumi, che danno materia a due tomi: e poichè tutte queste scritture son rimaste affatto ignorate, tanto che il Berti si è lasciato perfino dire sembrargli «dubbio che il tribunale ecclesiastico abbia potuto trovare eresie nelle predicazioni del Campanella», crediamo opportuno darne conto con una certa larghezza. La serie de' processi fu cominciata in Calabria, primitivamente in Monteleone da fra Marco da Marcianise Visitatore e da fra Cornelio di Nizza suo compagno, poco dopo in Gerace dal Vescovo di Gerace unitamente con questi stessi frati, e fu da ultimo menata innanzi e condotta a termine in Napoli dal Nunzio, dal Vicario

Arcivescovile e dal Vescovo di Termoli, il quale poi, essendo disgraziatamente morto durante il processo, fu sostituito dal Vescovo di Caserta. Si ebbero quindi, essenzialmente, due processi di Calabria ed uno di Napoli, ma per un'altra commissione data da Roma al Vescovo di Squillace, se n'ebbe anche un altro detto di Squillace, condotto indipendentemente dagli altri: il processo di Napoli, che fu l'ultimo, venne compiuto in tutte le sue parti, cioè a dire, secondo il costume del tempo, distinto in offensivo, ripetitivo, e difensivo. Aggiungiamo che sulla coperta de' volumi, che compongono tutta la serie de' processi, non si legge alcun titolo relativo alla qualità dell'imputazione, come per solito si ha ne' processi di S.^{to} Officio; ma questa trovasi notata segnatamente ne' Capitoli del fiscale napoletano con le parole «De haeretica pravitate et atheismo», aggiuntovi inoltre «et relapsu». Dobbiamo anche dire che in qualche vecchia carta di S.^{to} Officio tutto il complesso di questi Atti processuali trovasi talvolta indicato con la denominazione generica di «Acta fratrum», rappresentando, anche per la sola parte svolta in Napoli, un processo contro frati straordinario, condotto da tre Curie riunite, quelle del Nunzio, dell'Arcivescovo Diocesano e del Ministro dell'Inquisizione Romana; ma eccone specificati i diversi volumi, col loro titolo nell'ortografia originale.

I. «Processus formatus in provintia Calabriae contra fratrem Thomam Campanellam, et alios fratres predictae provintiae ordinis predicatorum, super non nullis ad Sanctum Officium pertinentibus». Questo volume comprende l'inquisizione fatta dal Marcianise e dal Nizza in Monteleone (dal 1° al 9 7bre 99), e l'altra dal Vescovo di Gerace in Gerace unitamente con gli anzidetti (dal 13 al 19 8bre), entrambe condotte e scritte da fra Cornelio di Nizza; inoltre un'informazione presa da un delegato del Vescovo di Gerace contro il Clerico Cesare Pisano (13 7bre), la quale trovasi cucita in fine del volume, e la ricognizione de' carcerati ecclesiastici venuti in Napoli, fatta dal Rev. Antonio Peri fiorentino, Uditore del Nunzio Jacopo Aldobrandini Vescovo di Troia, per parte di costui nel Castel nuovo di Napoli (23 9bre). In questa ricognizione per la prima volta figura un breve esame di fra Tommaso, il solo fornito di firma autografa, perocchè gli esami successivi coincidono col tempo della sua pazzia. — A questo volume si possono unire due altre scritture importantissime, di poco posteriori per tempo, esistenti in un volumetto separato col titolo che segue:

«In hoc volumine sunt Denuntia Cesaris Pisani terrae Montis leonis (sic) qui denuntiavit tam de se, et abiuravit tanquam hereticus formalis, quam de infrascriptis fratribus videlicet, Fratre Thoma Campanella, Fr. Dionisio Pontio, Fr. Josepho de bitonto, Fr. Dominico de Stignano, et Denuntia Mauritii Rinaldi de Stilo (sic) qui denuntiavit contra predictos Campanellam et fr. Dionisium Pontium in rebus ad S. Officium pertinentibus». — Trattasi di due dichiarazioni *ad exonerationem conscientiae*, fatte da questi due infelici poco prima di essere giustiziati (15 gen. e 3 feb. 1600). Sono scritte, come i volumi seguenti e tutto il complesso delle altre carte, da Gio. Camillo Prezioso, Notario e Mastrodatti ecclesiastico, che s'incontra tanto sovente ne' processi di S. Officio di que' tempi.

II. «Secundus Processus offensivus compilatus in civitate Neapolis contra fr. Thomam Campanellam et alios fratres ordinis predicatorum et etiam Repetitivus contra eosdem». Questo titolo dispensa da altre spiegazioni. Gli esami sono condotti segnatamente dal Vescovo di Termoli fra Alberto Tragagliolo da Firenzuola. L'offensivo va dal maggio all'agosto 1600: vi si notano, tra gli altri, gli esami del padre e del fratello del Campanella che vennero egualmente carcerati, gli esami del Campanella che mostrasi pazzo, con l'atto del 1° tormento di un'ora di corda permesso dal Papa per conto dell'eresia; inoltre una nuova denunzia intorno ai rapporti, molto confusamente noti, fra lui ed un Ebreo astrologo nella sua prima gioventù, e naturalmente rifulgono molte circostanze della sua vita passata, fra le altre quella di un processo precedente avuto nel 1591, del tutto ignorato finoggi e tale da aggravare estremamente la sua condizione giuridica. Il ripetitivo, dietro i Capitoli di accusa del fiscale, e gl'Interrogatori dati dagli Avvocati, va dall'agosto all'8bre, e comprende le Ripetizioni de' testimoni contro il Campanella, contro fra Gio. Battista di Pizzoni e contro fra Dionisio Ponzio, terminando co' giuramenti de' rispettivi avvocati difensori. Uno de' più curiosi documenti vi è alligato, la relazione di due dialoghi passati di notte tra il Campanella, già dichiaratosi pazzo, e fra Pietro Ponzio suo amicissimo, raccolti da scrivani mandati a spiarli; questa relazione è inviata in copia dall'altro tribunale, e fa quindi parte del processo della congiura. Vi è alligato inoltre uno specchietto di appunti critici fatti dal Vescovo di Termoli alle diverse deposizioni fin allora raccolte.

III. «In hoc volumine sunt: Tertius: Defensiones fratris Dionisii Pontii, Defensiones fratris Jo. Baptistae de Pizzone, Comparitio fratris Petri de Stilo declarantis nolle facere defensiones et expediri, Informatio capta de furore Campanellae. Copia informationis captae per Ill.^m et Rev.^m episcopum Squillacensem etc., Summarium factum in S.^to Officio de Urbe... in causa fratris Thomae Campanellae et aliorum fratrum ordinis predicatorum pro causa ad S.^m Officium spectante». Anche qui il titolo dispensa dalle spiegazioni. Il processo difensivo va dal 7bre al 9bre 1600, e vi si fanno notare gli esami a difesa di fra Dionisio, accompagnati da parecchie copie di documenti provenienti dall'altro tribunale; gli esami a difesa di fra Gio. Battista di Pizzoni, seguìti da altri fatti più tardi per accertarne la morte avvenuta nel carcere; gli esami di 10 testimoni che affermano la pazzia del Campanella, onde per lui non si può più procedere agli esami difensivi. Nel Sommario di tutta la causa redatto in Roma (giacchè sempre si mandavano a Roma tutte le carte de' processi di S. Officio che non erano addirittura lievissimi, e di là se ne dirigevano le fila e s'inviavano le condanne o le assoluzioni deliberate in Congregazione) si fanno notare diversi appunti sul processo, un cenno di diverse irregolarità, contradizioni e dubbi, e da per tutto il

23

più grande interesse per la verità. — A questo volume si può anche riferire un altro fascio di scritture analoghe ed importantissime, che non fanno propriamente parte del processo e sono di altra provenienza, essendo state trovate fra le carte rimaste presso il Vescovo di Caserta, che sostituì come giudice il Vescovo di Termoli morto durante lo svolgimento della causa. Eccone il titolo: «Summaria facta in urbe, et neapoli per Dom. Benedictum Mandina Episcopum Casertanum bonae memoriae. — Reassumptum inditiorum et aliorum quae videntur constare... contra subscriptos Fratres carceratos tanquam complices Fratris Thomae campanellae, et quae in eorum defensione ponderantur». — Sono i Summarî completi de' processi non solo offensivi ma anche difensivi; e in essi gli appunti non si limitano agli andamenti de' processi, ma si estendono alle persone de' primi processanti Marcianise e Nizza, e vi si citano inoltre i giudizî del fu Vescovo di Termoli desunti dalle lettere da lui scritte a Roma. Dippiù sono i Riassunti degli indizî co' voti dei Giudici, riferendosi il voto di ciascuno, contro fra Pietro Ponzio, fra Paolo della Grotteria, fra Giuseppe Bitonto, fra Pietro di Stilo, fra Domenico di Stignano, fra Silvestro di Lauriana e fra Dionisio Ponzio, i soli frati rimasti giudicabili, mentre il Campanella con la sua pazzia si sottraeva al giudizio. Evidentemente questi Riassunti co' voti dei Giudici si mandarono a Roma e servirono di base alla deliberazione della Sacra Congregazione: e vi è annessa la Lettera del Card.[1] Borghese che partecipa tale deliberazione mandata in copia al Mandina, la quale presenta qualche leggiera variante a fronte di quella già conosciuta e ripetuta anche nel volume seguente.

IV. «Quartus processus compilatus in causa fratris Thomae Campanellae et aliorum fratrum ordinis predicatorum inquisitorum et carceratorum pro causis ad Sanctum Officium spectantibus, post commissionem admodum Illustris et Rev.[mi] domini episcopi Casertani». — Questo volume importantissimo, rinvenuto più tardi in un'altra collezione, rappresenta l'ultimo periodo della causa, che pel Campanella corre dal marzo 1601 al gennaio 1603. Oltre alcuni nuovi articoli addizionali contro di lui, esso reca le sue difese scritte, presentate da fra Pietro di Stilo come già composte prima della pazzia, ricopiate da altri e fornite di aggiunte e correzioni di mano di fra Tommaso: queste consistono in una elaborata arringa e negli Articoli profetali, e riguardano propriamente il fatto della congiura. Reca inoltre il terribile atto del tormento della veglia, durato 36 ore, che fu ordinato dal Papa in Congregazione per scovrire la simulazione della pazzia, e non già dato dall'altro tribunale per la ribellione come finora si è creduto. Reca i certificati de' medici intorno alla pazzia scritti dopo il tormento. Reca l'incidente di una rissa accaduta tra frati e laici nelle carceri, dopo la quale si fece una ricerca e si rinvennero molte scritture di diverso genere, carte di sortilegio, corrispondenze, poesie, e tra queste le poesie del Campanella raccolte da fra Pietro Ponzio. Reca ancora nuovi esami in difesa di fra Dionisio, che presenta sempre nuovi articoli prima di fuggirsene dalle carceri; tra questi esami quelli relativi ad una voluta ritrattazione del Pizzoni prima che morisse. Reca infine l'informazione sulle scritture trovate, la deliberazione venuta da Roma intorno al Campanella e agli altri frati, e le sentenze pronunziate. — A questo volume vanno uniti i conti della spesa delle ultime somme di danaro, le quali si facevano venire da' conventi di Calabria per sussidio de' frati, essendo i compagni del Campanella rimasti in carcere fino al giugno 1604.

V. «Scripture *(sic)* seu secreta manu scripta prohibita inventa in archa fratris Dionisii Pontii in Castro novo cum relationibus Rev.^{di} Theologi de illorum qualitatibus». — È questo un volume di allegati al processo, che comprende tutte le scritture trovate presso i carcerati, e non solamente quelle che stavano nella cassa˜ di fra Dionisio; ve ne sono perfino alcune trovate già in Castello dell'ovo presso Felice Gagliardo, uno de' complici nella congiura. Specialmente a questo giovane di vivacissimo ingegno, ma di animo guasto, appartengono diverse scritture di sortilegi, corrispondenze con fuorusciti di Calabria, e certe curiose produzioni letterarie, poesie in italiano ed in dialetto calabrese. Ma la parte cospicua del volume è rappresentata da 82 poesie del Campanella, delle quali soltanto 14 o 15 sono conosciute ed anche con varianti. Esse riescono di un'importanza grandissima specialmente per la storia, avendo d'altra parte quasi tutte ben poco valore letterario.

— Dànno poi materia per un VI. volume le scritture seguenti, anche di S.^{to} Officio, che non fanno parte de' processi del Campanella, ma vi stanno bene come appendice, illustrando la vita di lui, de' frati e di alcuni laici implicati nella congiura.

a. — «Contra Horatium Santa Croce de Civ. hieracensi Prov. Calabriae, Felicem Gagliardum predictae Civ.^{is} hieracensis carceratum in Castro novo, qui scripsit, et transcripsit secreta et alia scripta, descripta et contenta in actis fratrum, et que fuerunt reperta in archa fratris Dionisii Pontii». — È un processo intorno alla rissa e alle suddette scritture trovate in Castello; vi sono uditi diversi frati, e finisce coll'abilitazione del Sta Croce, e col tormento, coll'abiura e coll'abilitazione anche del Gagliardo. Va dal 13 gen.° 1602 al 2 marzo 1604.

b. — «Denuntia magna facta in magna Curia Vicariae de quam pluribus heresibus de se et aliis, tempore quo erat condennatus ad ultimum supplicium, per Felicem Gagliardum de Civitate hieracensi». — Questa scrittura contiene particolari curiosissimi e gravi intorno al Campanella, pel tempo nel quale trovavasi con lui carcerato il Gagliardo, essendo costui tornato in potere della giustizia per un omicidio commesso dopo la sua liberazione. È del 5 luglio 1606.

c. — «Informatio capta per Rev. Vicarium Civ. Neocastri prov. Calabriae ulterioris contra fratrem Petrum Pontium ordinis predicatorum ejusdem civitatis». — Riguarda uno scandalo dato da fra Pietro dopo la sua liberazione, avendo in Chiesa pubblicamente protestato contro un Cappuccino che predicava l'Immacolata

Concezione. Caratterizza fra Pietro, chiarisce il credito di questi frati dopo il processo, dà qualche notizia di fra Dionisio fuggito in Turchia. Va dal dic.ᵉ 1604 al gen.º 1605.

d. — «Contra fratrem Petrum Calabrum ordinis predicatorum carceratum in carceribus Castri novi, et fratrem Andream Casalis Corsani ordinis S. Augustini carceratum in carceribus Magnae Curiae Vicariae». — È un processo in sèguito della denunzia di un Lelio Macro di Pietrafitta già carcerato in Castel nuovo e condannato a morte per altre cause, il quale dà per fatto, ovvero anche finge, che un fra Pietro Domenicano (sicuramente fra Pietro di Stilo) avea voluto indurlo a credere molte eresie. Vi sono notizie del Campanella, anche per parte di altre persone di Stilo che vennero esaminate. Va dal luglio all'agosto 1605.

Come si vede, dal lato de' Processi dell'eresia la raccolta potrebbe dirsi perfino esuberante; non di meno vi si fa desiderare ancora qualche cosa: 1.º l'Informazione commessa da Roma e presa dal Vescovo di Squillace, poichè quella inserta nel vol. 3.º è supplementare, commessa dal Vescovo di Termoli per ulteriori chiarimenti; 2.º il Carteggio con Roma del Vescovo di Termoli, e di poi anche del Vescovo di Caserta, nel corso del Processo di Napoli. Fortunatamente i Sommarî ci dànno le cose importanti dell'Informazione e del Carteggio del Vescovo di Termoli: ma giova sapere che c'è questa lacuna, comunque fino ad un certo punto, affinchè nelle ulteriori ricerche si tenti di colmarla. Le carte del Vescovo di Caserta sono andate disperse in guisa, da potersi attendere di trovarne qualche fascio dove meno si pensi. È manifesto frattanto che riescirebbe impossibile dare alle stampe tutto ciò che si è di sopra accennato: non vi sarebbe il tornaconto, e però dobbiamo limitarci a darne i pezzi più rilevanti. Così ci siamo prefissi di non tralasciare alcuna delle scritture che riflettono essenzialmente la persona del Campanella, aggiuntevi quelle che riflettono almeno fra Dionisio Ponzio; giacchè tutte le scritture veramente convergono al Campanella, e mostrandosi lui ben presto pazzo, figurano per lui coloro che lo circondano. D'altra parte ci siamo prefissi di non tralasciare alcuna delle scritture trasmesse dal tribunale della congiura a quello dell'eresia, perchè si cominci ad avere un piccolo nucleo di documenti interi anche del processo della congiura[16]. Del resto, pel desiderio di riuscire fedeli espositori, ci siamo sempre ingegnati di riportare nella narrazione brani testuali di qualunque documento, sicchè non si sentirà in modo assoluto la mancanza di quelli che si omettono; ed avendo deciso che un giorno o l'altro la nostra Copia ms. de' processi debba prender posto in qualcuna delle pubbliche Biblioteche, ci è parso di poterla talvolta citare, allorché nella narrazione accada di avere ad esporre fatti contenuti in documenti che rimarranno inediti. Per fare poi acquistare una piena nozione di tutto il processo e delle altre scritture di S.ᵗᵒ Officio che vi si connettono, abbiamo stimato conveniente pubblicare l'indice particolareggiato della nostra Copia ms., costituendone una delle Illustrazioni poste al sèguito de' Documenti.

XIV. *Due altri Discorsi inediti del Campanella sopra l'aumento dell'entrate del Regno.* — Queste scritture, come quella che segue, appartengono già al periodo in cui la conchiusione del processo della congiura rimaneva sospesa nella sola persona del Campanella, ed egli tentava tutte le vie per non rimanere dimenticato. In un codice della Casanatense fu già trovato dal Dragonetti, e poi pubblicato dal D'Ancona, un «Arbitrio o Discorso primo sopra l'aumento dell'entrate nel Regno di Napoli», che si sa aver rappresentato originariamente una delle proposte fatte fare dal Campanella in suo nome al Vicerè; ma al sèguito di questo Discorso primo ve ne sono ancora nello stesso codice due altri qualificati *secondo* e *terzo*, che rappresentarono altre proposte analoghe, sempre allo scopo di far guadagnare al Re, con ciascuna di esse, 100 mila ducati. Non sappiamo come mai questi Discorsi siano stati negletti fino a rimanere ignorati; è possibile che non siano stati ritenuti di un merito eguale a quello del Discorso primo; ma per la storia del Campanella il merito non è diverso, e quindi li pubblichiamo, con alcune correzioni delle mende lasciatevi dall'amanuense.

XV. *Le promesse fatte dal Campanella per riacquistare la libertà; lettera al Card.[l] S. Giorgio.* — Questo documento, con altri analoghi, fu già pubblicato dal Centofanti, e le necessità della nostra narrazione ci spingono a ripubblicarlo. Ci occorre mettere sotto l'occhio de' lettori così le promesse, come l'elenco de' libri composti dal Campanella fino al 1606, e la versione da lui adottata per la faccenda della congiura e dell'eresia. La lettera al Card.[l] S. Giorgio, il quale figura anche molto nella nostra narrazione, ne dà notizie sufficienti.

Son questi i documenti de' tempi della congiura e de' processi; seguono poi gli altri pochi relativi a' tempi posteriori, trovati nell'Archivio di Napoli, nella Biblioteca nazionale di Madrid, nell'Archivio di Modena e finalmente nell'Archivio particolare di S.A.R. il Duca d'Aosta, dove è noto che si conserva l'Epistolario inedito di Cassiano del Pozzo, in cui, oltre alle lettere autografe del Campanella pubblicate già dal Baldacchini, se ne hanno pure altre di qualche amico intimo del filosofo con notizie capaci d'illustrarne la storia. Dobbiamo pertanto dire che avremmo desiderato di pubblicare inoltre la Narrazione del Campanella ripristinata nella sua lezione, e almeno in parte i documenti che si contengono nell'Epistolario inedito di Giovanni Fabre venuto in proprietà dell'Ospizio degli Orfani di Roma: ma non ci è riuscito di effettuare il nostro desiderio. La Narrazione del Campanella, che offre con tanti particolari i fatti e le circostanze della congiura e de' processi secondo la versione della difesa, avrebbe trovato posto degnamente tutt'intera e riveduta a lato de' documenti secondo la versione dell'accusa. Essa fu pubblicata dal Capialbi con molte lacune, nelle quali si legge «qui il ms. è inintelligibile»: in sèguito, durante il breve respiro di libertà del 1848, venne fuori un foglio volante, col quale si avvertivano i lettori della Narrazione, che il Regio Revisore aveva di suo arbitrio posto in tanti luoghi essere il manoscritto inintelligibile sopprimendo le parole e le frasi del Campanella, e si davano queste parole e frasi soppresse. Il Palermo, nel ripubblicare la Narrazione, avea già cercato di riempire le lacune con frasi plausibili, ma esso non riuscirono sempre felicemente, come di poi si è potuto vedere; d'altra parte il foglio volante non è punto pervenuto a tutti i lettori della Narrazione. Queste circostanze, e l'altra del dubbio circa l'essere o non essere lo scritto autografo, come pure il bisogno di rivederne interamente la lezione e studiarne tutte le accidentalità che sempre possono rivelare qualche cosa, ci hanno fatto insistere per più anni presso gli eredi Capialbi, perchè ci permettessero di darvi un'occhiata e prenderne una copia per ripeterne la pubblicazione, facendo noi una corsa in Calabria a tale oggetto: ma abbiamo invano atteso una risposta concludente, e ci siamo rassegnati a desistere, rimanendo a vedere quando gli eredi Capialbi sentiranno ciò che debbono alla memoria del loro benemerito antenato ed al loro cognome. Circa i documenti dell'Epistolario di Giovanni Fabre riferibili al tempo compreso tra il 1607 e il 1615, sono oramai non meno di tre anni che il Berti ne fece l'annunzio all'Accademia de' Lincei; e l'Amministrazione dell'Ospizio degli Orfani si nega perfino a concederne la lettura, per deferenza al Berti che dovrà pubblicarli. Noi intendiamo questa delicatezza: frattanto non ha guari il Berti si è deciso a pubblicarne solamente cinque, con un racconto fondato sulle notizie che ha rilevate negli altri[17]. Bisognerà dunque attendere ancora, e sottostare pur sempre al rischio di qualche facile smentita, trattando di un periodo pel quale i documenti ci sono, ma non sono accessibili a noi. Fortunatamente il nostro tema non si estende sino al detto periodo in un modo essenziale, ed attenendoci alle cose finora esposte dal Berti, sempreché non ci apparisca evidente il contrario, possiamo riposare tranquilli. Decisi per altro a ripigliare la penna all'occorrenza, quando non ci verrà più negato di vedere questi documenti con gli occhi nostri, pubblichiamo quelli da noi trovati riferibili agli anni successivi, perchè chiunque voglia possa profittarne.

Non lasceremo poi il tema de' documenti, senza dichiarare che per quanto ci è stato possibile abbiamo cercato di rispettarne l'integrità, ed in ogni caso ne abbiamo rispettata scrupolosamente la forma. Perfino le frasi curialesche, la presenza del tale e non del tal altro Giudice in un interrogatorio, insomma le menome particolarità che sembrerebbero superflue, hanno non di rado la loro importanza, e possono offrire al critico materia di notevoli considerazioni; laonde abbiamo stimato opportuno piuttosto limitare il numero de' documenti che mutilarli. D'altro lato conoscendo che coloro i quali sono avvezzi a farne oggetto di studio vi leggono molte altre cose al di là delle notizie che essi contengono, abbiamo stimato indispensabile darli nella precisa lezione nella quale li abbiamo trovati; e sarebbe assai rincrescevole, se dopo di aver fatto lungamente i maggiori sforzi per riprodurli con fedeltà, sino ad aver reso un po' vacillante la propria ortografia, dovessimo incontrarne biasimo anzichè lode. Aggiungiamo pure che dietro siffatto principio non ci siamo nemmeno trattenuti dall'adoperare nel corso della narrazione voci e maniere del tempo, che sappiamo bene non essere ammesse nel linguaggio purgato; serbare la fisonomia del tempo ci è sembrato desiderabile sopra ogni altra cosa[18]. E pe' documenti inserti nel corso della narrazione abbiamo preferito di abbondare, come abbiamo preferito di abbondare nelle citazioni e nelle ricerche intorno agl'individui che in qualunque modo abbiamo trovato nominati nelle cose del Campanella. I nomi e i fatti di altrettali individui possono sempre dare adito a ritrovamenti ulteriori: le carte di famiglia anche degl'individui meno elevati, come si è visto p. es. nel caso di Gio. Battista Sanseverino, tanto più gli Archivi privati delle famiglie nobili, possono riuscire sorgenti di scritture perfino di primaria importanza. E però non abbiamo esitato ad addentrarci anche nelle genealogie e parentele di queste famiglie, convinti che se ne sarebbe avuto ad un tempo la nozione chiara delle persone ed un possibile fonte di nuovi documenti.

III.

Ci rimane a dire de' criterii a' quali ci siamo ispirati, e dell'andamento che abbiamo dato alla nostra narrazione.

I criterii principalissimi sono stati segnatamente due: tener sempre innanzi agli occhi le condizioni de' tempi, badando di non presentare e giudicare gli uomini e le cose come se fossero de' tempi attuali; non perdere mai di vista che trattasi di quistioni estremamente ardue, badando di venire a qualche affermazione solamente dietro analisi o critiche minute. Non occorrerebbe dire tutto ciò, ma non è colpa nostra se ci sentiamo obbligati a ricordarlo, mentre a proposito de' fatti del Campanella lo vediamo posto in dimenticanza, tanto che ci apparisce necessario fare alcune considerazioni sull'argomento anche da questo lato.

Cominciando dalle pratiche della congiura, naturalmente si ha che il Campanella dovè trovarsi in mezzo a frati sbrigliatissimi, in mezzo a fuoruscit con le mani lorde di sangue e di rapina; e tale fatto ha potuto e potrebbe ancora dare a taluni motivo di scandalo. Ma oltrechè in un disegno d'insurrezione erano in grado d'intervenire soltanto persone manesche e poco timorate, non deve sfuggire che molto tristi erano allora generalmente i costumi de' frati, molto tristi i costumi delle persone che aveano un po' di forza nel braccio, tanto più se appartenenti a classe elevata e nobile. A noi è sembrato di sognare quando abbiamo letto nel libro della Colet, che «i conventi erano allora l'asilo de' più grandi spiriti», e parimente nell'opuscolo dell'Angeloni Barbiani, che «mentre tutto il laicato cadeva o infiacchiva... una vita nuova s'agitava nei monasteri e la bianca lana di S. Domenico era segnale di risorgimento e di moto»[19]. Il laicato non era tutto fiacco, e se in molta parte era fiacco ed anche tristo, ciò accadeva per l'influenza predominante de' monasteri; nè i monasteri vanno giudicati per la presenza in essi di qualche rara individualità, che d'altronde vi stava assolutamente a gran disagio, come si conosce appunto in persona del Campanella. Tra le migliaia e migliaia di persone, che indossavano la cocolla, od anche il ferraiolo nero de' clerici, per menare vita rispettata e senza stenti, immune da' rigori delle leggi dello Stato e dal pagamento delle tasse, doveano esservi persone colte e persone amiche di libertà; tuttavia nel caso nostro se ne ebbero in numero insignificante. Ma conviene persuadersi che il fra Cristofaro del Manzoni, in tempi non molto lontani da quelli del Campanella, fu veramente un riflesso della bella anima dello scrittore, non il ritratto del frate del tempo, considerato anche il caso raro del frate dabbene: e l'Innominato medesimo fu un tipo eccezionale sotto il rispetto della sua qualità d'innominato, mentre a' Signori prepotenti e carichi di delitti non dispiaceva punto di essere chiamati col proprio nome e cognome, ma solo volevano che il loro nome e cognome fosse pronunziato con gran timore. Basta percorrere pochi volumi del Carteggio del Nunzio Aldobrandini, per capacitarsi delle qualità de' frati in ispecie Domenicani, e pochi volumi de' Registri *Curiae*, dell'Archivio di Napoli, per capacitarsi delle qualità de' laici prepotenti in ispecie nobili; se ne avranno alcuni tipi nel corso della narrazione nostra, e si vedrà che il Campanella venne a trovarsi in mezzo a persone relativamente assai meno triste, ed anche in mezzo a persone molto dabbene.

Circa l'essenza stessa della congiura, si sarebbe voluto e si potrebbe ancora volere la dimostrazione di una vasta trama, forse anche con depositi bene accertati di fucili e di cannoni, in somma con apparecchi tali da riuscire a combattere efficacemente un colosso come la Spagna. Ma nessuna congiura, nessun tentativo di ribellione, ha proceduto mai in tal guisa; nè la gravità di una congiura, e peggio anche l'esistenza di essa, va misurata co' grandiosi apparecchi, i quali anzi, se sono grandiosi, menano a farla sventare con la massima facilità. Analogamente ha potuto e potrebbe ancora sembrare, che le prediche del Campanella sulle vicine difficoltà nelle quali si sarebbe trovato il Governo, e le sue sollecitazioni a raccogliersi, ordinarsi ed armarsi, per profittare di quelle difficoltà e venire ad un diverso ordinamento dello Stato, fossero sfoghi innocui di un visionario, cose da curarsi con la noncuranza. Ma anche se il paese avesse allora goduto un regime di libertà, si può metter pegno che gli alti Ufficiali dello Stato, i Consiglieri napoletani medesimi non che i Magistrati, conoscendo il nesso che si stabilisce tra il pensiero e l'azione, valutando le conseguenze del pervertimento de' giudizii nelle moltitudini, non si sarebbero mai mostrati fino a tal punto (chiamiamo le cose col loro nome) scioperati o sleali. Noi che tendiamo a smarrire perfino la nozione etimologica della parola *Stato*, noi che assistiamo all'applicazione della teorica che sia lecito l'apostolato contro la forma di Governo esistente, lecito il prepararsi ad un mutamento radicale di essa facendone solo quistione di tempo e di opportunità, noi che professiamo ottimo consiglio sempre il lasciar correre, lasciar fare, lasciar passare, predicando poi con grande disinvoltura che è difficile, difficilissimo il governare con la libertà, noi non possiamo pretendere che il Governo, i Consiglieri e i Magistrati d'allora, avessero dovuto pensare ed agire come noi. Trattandosi poi di una dominazione straniera, è naturale attendersi che perfino un tentativo appena adombrato sia stato ritenuto gravissimo, e subito schiacciato da una repressione del tutto sproporzionata, con mezzi e modi feroci: eppure si vedrà che la congiura del Campanella non fu un tentativo appena adombrato.

Così la congiura come la repressione meritano pure di essere valutate non solo in rapporto al tempo, ma anche in rapporto ai luoghi ed alle circostanze. Vi furono trattative col Turco più o meno spinte, non importa se condotte dall'uno più che dall'altro degl'incriminati; vi furono al tempo medesimo insinuazioni che il Papa avrebbe aiutato il movimento, che sollecito del benessere del Regno, feudo della Chiesa, vi avrebbe messe le mani sue, e ciò mentre i Vescovi, segnatamente in Calabria, si spingevano con ardore incredibile nelle lotte giurisdizionali. Ecco più di quanto occorreva perchè non solo gli spagnuoli ma anche i Consiglieri napoletani si mostrassero senza pietà, e la gente illuminata come tutto il volgo, per diverse vie, negasse ogni simpatia a' poveri incriminati, nè solamente a' tempi della congiura, ma anche molti anni dopo e perfino qualche secolo dopo. Si potè da parecchi, per commiserazione verso un uomo straordinario, quando lo si vide caduto in un abisso di miserie, negare che egli avesse concepito e menato innanzi una congiura, ma non mai scusare questa congiura e giustificare le circostanze che dicevasi averla accompagnata. Tali circostanze meritano un'attenta ponderazione; gioverà quindi fermarci un poco sopra di esse.

Si era ancora ben lontani da' tempi ne' quali abbiamo visto principalmente i fautori della Curia Romana acquistare e consigliare l'acquisto de' valori turchi, facendosi sostegno della mezzaluna. Allora i turchi erano i nemici aborriti del nome cristiano e della santa fede, da doversi sempre maledire e combattere, nè poteva perdonarsi a chi avesse solamente pensato a stabilire qualunque maniera di relazioni intime con loro. Vero è che molti e molti calabresi non la pensavano addirittura così, ed andavano a rifugiarsi in Turchia per godervi la pace negata loro in patria, sicchè nella sola Costantinopoli ve n'era una colonia molto numerosa, la quale in gran parte lavorava nell'arsenale turco, ed abitava «un grossissimo casale» fabbricato appunto da Ucciali-Alì presso la casa sua e detto la «Calabria nuova», come è attestato anche nella Relazione del Bailo Contarini. Ma tutti costoro dall'universalità dei calabresi rimasti in patria erano chiamati maledetti da Dio; e non occorre dire che da qualunque ceto del rimanente del Regno, più o meno, si professava la medesima opinione, e che gli spagnuoli la rincalzavano potentemente, contribuendovi del pari il loro fanatismo religioso ed il loro interesse. Vi fu quindi, allora e poi, un coro di vituperii sugli sventurati calabresi, che aveano cercato di far coincidere la loro insurrezione con l'ordinaria venuta autunnale de' turchi verso le coste di Calabria, e di procedere d'accordo con essi anche consentendo che occupassero qualche punto delle coste; ciò fece dire avere i congiurati disegnato di dar la Calabria in mano de' turchi, i quali, non bisogna dimenticarlo, sino al principio di questo secolo erano tuttora temuti anche come conculcatori della fede cristiana, comunque già da un pezzo fossero in tramonto. Gli esempî storici addotti dal Baldacchini e dal D'Ancona, per provare che diversi Principi cristiani e il Papa medesimo più di una volta non si erano peritati di stringere la mano a' turchi, e che quindi non era stata poi gravissima la colpa del Campanella, se pure la commise, nel trattare accordi col Cicala, potrebbero servire per uso nostro qualora noi ne sentissimo il bisogno; ma non potranno mai servire ad attenuare il fatto che Governo e paese, allora e poi, sentirono assai malamente gli accordi del Campanella e de' patrioti calabresi co' turchi.

D'altro lato ancora peggiore fu l'impressione de' voluti accordi col Papa, segnatamente nel ceto più colto, oltrechè negli spagnuoli; e qui bisogna tener presenti anche le condizioni speciali del Regno di Napoli. Se è vero che un paese, come un individuo, deve avere un pensiero, un'aspirazione, uno scopo, senza il quale gli è impossibile il vivere, l'unico pensiero che sottrasse alla morte le Provincie napoletane può dirsi essere stato la lotta contro le pretensioni e le cupidige della Curia Romana, la quale ad ogni menoma occasione ripeteva essere il Regno di Napoli un feudo della Chiesa, temporaneamente dato a governare al tale o tal altro col permesso dei superiori, potersi sempre ripigliare dalla Chiesa quando lo credesse; anche il Carteggio del Nunzio Aldobrandini, ne' tempi di poco anteriori a quelli de' quali ci occupiamo, mostra che la Curia si fece un dovere di ricordarlo a proposito della difficoltà mossa dal Vicerè Conte di Miranda intorno all'esazione delle decime senza il consenso del Re[20]. Questa lotta tenne accesa la lampada che per tante ragioni avrebbe dovuto spegnersi; e non si possono leggere senza commozione i documenti che attestano gli sforzi de' padri nostri, tanto più meritevoli di ammirazione, in quanto che i Vicerè spagnuoli, per quell'affettato fervore religioso che parve gran mezzo di ottima educazione e fu lo spegnitoio di ogni sublime ideale, li lasciavano sovente scoverti di rimpetto alla Curia; ed essi con le loro hortatorie affrontavano le scomuniche, le quali avevano a quei tempi un'efficacia notevole, e potevano anche menare direttamente a un processo di eresia, per la massima allora in corso che coloro i quali fanno i sordi nella scomunica dànno a sospettare di essere eretici. Non si trattava soltanto di custodire le ordinarie prerogative dello Stato nelle ordinarie quistioni giurisdizionali, in ciò altri Stati ancora, e massimamente Venezia, non tenevano allora una condotta meno risentita della nostra; si era ognuno persuaso avere gli ecclesiastici per divisa «tutto ci si deve e niente dobbiamo», ringalluzzendo sempre co' fiacchi e ristando solo co' forti, laonde a nessuno veniva in mente mai d'«ignorare» ciò che essi facevano, di «non curare» gli sfregi quotidiani alle leggi dello Stato. Ma qui in Napoli si trattava di qualche cosa di più, si trattava di preservare l'esistenza medesima dello Stato, minacciato di disfacimento e di assorbimento da parte della Curia. Ognuno sapeva bene che due dinastie da potersi dire proprie, già naturalizzate, aveano soccombuto per guerre mosse dal Papato; ed erano sempre vive le ricordanze di un Papa, Paolo IV Carafa, che ci aveva mossa direttamente una guerra di conquista; laonde la vigilanza e l'oculatezza non parevano mai sufficienti, si sospettava sempre altissimamente degli ecclesiastici, si riteneva che essi fossero i veri e proprî nemici della patria. Si potrebbe perfino dire che questa lotta d'indipendenza dalla Curia avesse tenuti occupati gli animi in guisa, da attraversare per lungo tempo i desiderî d'indipendenza dallo straniero, desiderî che non mancavano punto, come l'attestano i parecchi documenti che ancora ne rimangono malgrado la cura presa dagli spagnuoli per distruggerli, e che sarebbe una buona azione evocare dall'oblio nel quale giacciono; si sentiva la fatale necessità di cercare nelle forze di una grande potenza quella tutela che le risorse sole del Regno non bastavano a dare. Ad ogni modo questa lotta senza posa, questa repressione delle esorbitanze ecclesiastiche, meticolosa, accanita, incessante, merita di essere meglio conosciuta ed apprezzata, e la narrazione ci darà campo di mostrarne qualche cosa. Non era un rabbioso pettegolezzo di avvocati, come talvolta è accaduto di udire da persone pregevolissime ma non bene informate delle cose napoletane, era il sentimento pungente della patria in pericolo; e lo scopo fu raggiunto, e potrebbe sorriderne soltanto chi giudicasse le cose con la scorta delle idee de' tempi nostri, commettendo un solenne anacronismo. Lo Stato divenne ciò che doveva essere, la personificazione della patria e il simbolo della civiltà: a questo principio s'informò una schiera di dotti e valorosi giuristi, e costituì una scuola che è il più gran vanto del passato di Napoli, co' suoi pregi e co' suoi inconvenienti. A questa scuola appartenne il Giannone, che non aveva odio personale contro gli ecclesiastici, sibbene quel fondo di odio sentito da tutti coloro i quali s'interessavano delle sorti dello Stato e vedevano negli ecclesiastici i nemici della peggiore specie: così, naturalmente, era vano attendersi, che il Giannone avesse mostrato simpatia pel Campanella. Giurista positivo, considerando le pretensioni di lui a riformare il mondo, dovea reputarlo perfino un ignorante, «col capo pieno di varie fantasie, portentosi delirî, sorprendenti illusioni». Difensore acerrimo dello Stato, considerando le giaculatorie Papesche del filosofo e i vaticini tratti dall'Apocalissi, da varî Santi e perfino dal Responsorio di S. Vincenzo Ferrer, onde ritenevasi obbligato co' suoi frati a predicare la santa repubblica, dovea reputarlo «un grande imbroglione», dovea esser condotto a tirare al peggio ogni cosa, dando il massimo peso alle accuse ed anche alle accuse più grossolane senza curarsi d'altro; e se avea percorso gli Articoli profetali e l'Apologia, come è possibile, avendovi letta quella frase «nos dolis et mendaciis collusimus ad vitam servandam», qual maraviglia che nella sua mente abbia potuto sorgere quel concetto così crudamente espresso? Con ogni probabilità, negli ultimi ed infelicissimi anni della vita sua, egli dovè modificare moltissimo i suoi giudizî intorno al povero frate da lui tanto severamente trattato; dovè specialmente rincrescergli l'aver detto che «a lungo andare pure seppe co' suoi imbrogli uscire dal carcere». Noi facciamoci un dovere di non irritarci per le convinzioni altrui quando non le dividiamo; e pel povero Giannone invochiamo piuttosto che si elevi un segno, una memoria, un monumento, e meglio che altrove dinanzi a quella cittadella di Torino ove patì quello strazio che aspetta ancora un qualche lavacro espiatorio; la Monarchia medesima dovrebb'esserne sollecita, poichè il confessare un errore non offende ma rafferma l'opinione della nobiltà dell'animo. Intanto l'avversione così profonda alla persona e all'impresa del Campanella, durata ne' giuristi fino a' tempi del Giannone ed ancora più oltre, fa ben comprendere l'avversione destata a' tempi della congiura e quindi anche la feroce repressione che ne seguì. L'aiuto che il Papa avrebbe dato all'insurrezione rappresentò una di quelle fandonie, che vanno sempre sparse a piene mani quando si tratta d'incitare ad un movimento insurrezionale; eppure il Governo non ne dubitò menomamente, e sebbene avesse avuto ben presto motivo di disingannarsi, i parecchi incidenti verificatisi durante il processo ridestarono senza posa i sospetti e le diffidenze, e così pure li ridestarono in sèguito le professioni di fede Papesca, che il Campanella non cessò mai di fare quando non vide altra possibile speranza di aiuto che nel Papa. Lo stesso principio da lui continuamente svolto, che per un buono assetto delle cose del mondo fosse necessario l'avere riuniti in una persona sola il potere spirituale e il temporale, ciò che del resto veniva a riferirsi egualmente al capo della repubblica da lui concepita, doveva senza dubbio farlo apparire agli occhi delle persone che s'interessavano alle sorti dello Stato un nemico mortale del paese; e così possono bene intendersi certi rigori e certi giudizii, apparsi sempre di difficile spiegazione.

Ciò che sinora abbiamo detto, circa la feroce repressione della congiura, comprende naturalmente anche il processo; ma su questo conviene del pari fermarsi un poco. Sarebbe strana pretensione voler trovare nel processo l'osservanza delle infinite guarentige che oramai circondano l'accusato, e che alla sensività morbosa e alla svenevolezza de' tempi nostri non sembrano ancora bastanti. Si riteneva che l'efficacia e l'esemplarità della pena esigesse imprescindibilmente l'applicarla alla minor distanza possibile dal giorno in cui il reato era stato commesso; non si conoscevano le lungaggini e le procedure macchinose, bastava un Giudice, un Fiscale ed un Mastrodatti aiutato da' suoi scrivani, ed il mezzo di prova definitiva, mezzo deplorabile ma già reso accetto dall'abitudine, era sempre la tortura, più o meno spinta ne' casi ordinarî, assai spinta nei casi di lesa Maestà. In tal guisa vedremo condotto innanzi il processo pe' laici, su' quali il Governo avea la mano libera, bensì abbreviando i termini *ad modum belli*, impiegando la tortura fin dalle prime informazioni e servendosi di torture atrocissime, ciò che del resto era ammesso da tutti i giuristi del tempo: il delitto di lesa Maestà dicevasi allora «privilegiato», cioè tale da ammettere modi di procedura e mezzi di rigore eccezionalissimi, mentre oggi è divenuto quasi privilegiato in un senso diametralmente opposto; deve dirsi dunque che tutto fu fatto in regola, almeno in quanto alla forma, pe' poveri congiurati laici. Pel Campanella poi e per gli altri ecclesiastici vi furono dapprima due frati a' quali venne ben presto associato pure un Vescovo, e più tardi, in Napoli, vi furono due Giudici invece di uno, nominati entrambi dal Papa, oltre il Fiscale e il Mastrodatti; ed anche furono impiegate le torture durante il processo informativo e torture atrocissime, non di meno sempre ne' limiti del dritto ed anzi col consenso espresso del Papa; così, egualmente da questo lato, deve dirsi che tutto fu fatto in regola. Senza dubbio ciò non significa punto che i risultamenti del processo debbano ritenersi l'espressione della verità, come sarebbe puerile il ritenerlo senz'altro pe' processi de' tempi nostri, massime pe' processi politici, e tanto più dopo che vi abbiamo adottato quella sorprendente maniera di farli giudicare: sempre occorrerà di analizzarli con un penoso lavoro, senza preoccupazioni, senza pregiudizii, con la conoscenza de' tempi, de' luoghi, delle persone, di tutte le circostanze, a fine di rintracciarvi, ne' limiti del possibile, la verità; ma non potrà mai esser lecito di rifiutarvisi con una comoda pregiudiziale, poggiata su' troppi vizii dell'andamento de' processi. Nel caso nostro il Baldacchini ha mostrato di credere che pure a' tempi del processo del Campanella non si sia prestata troppa fede alla congiura, poichè nel Carteggio del Nunzio con la Corte di Roma si parla della «causa di *pretesa* ribellione»: ma tale era il linguaggio del tempo; finchè la sentenza non era pronunziata, dicevasi il tale o tal altro *preteso* reato, come ora dicesi la tale o tal'altra *imputazione* di reato. Ugualmente il D'Ancona trova nel Giannone «preziosa» la parola di «processo *fabbricato*»: ma tale era la parola in uso; *processus formatus* traducevasi appunto in *processo fabbricato*, e neanche per facezia si potrebbe in ciò vedere la significazione di processo inventato. L'uno e l'altro poi notano che le confessioni furono fatte *in tormentis*, e con parole di sdegno si scagliano contro il modo allora usato di fare i processi: «Alcuni vili uomini, i quali non avevano ufficio di magistrato, non stipendio, non grado, nell'ombra del mistero raccoglievano, Dio sa come, le pruove; quest'inquisitori o scrivani..., il cui nome solo mettea spavento, facevano un traffico infame del loro mestiero, sempre, anche nelle cause de' privati; pensate dove il governo accusava, giudicava e condannava. Non v'era pubblica discussione del fatto, non libera difesa dell'accusato; tal'era un giudizio criminale». In verità non può non sorprendere che perfino dopo la conoscenza de' documenti trovati dal Palermo, a proposito del processo del Campanella siano state riprodotte le parole qui riferite, con l'asserzione che il Governo non solo accusava, ma anche giudicava e condannava senza libertà di difesa, mentre que' documenti mostravano addirittura l'opposto, ed anche intorno alle atrocissime torture, sulle quali davvero non si potrà mai passare alla leggiera, mostravano che i principali imputati le aveano sofferte senza nulla confessare, eccetto il povero Campanella che non era stato in grado di resistervi. Ma in somma donde mai dovrà scaturire la verità in un fatto per lo quale vi è stato un processo criminale, se non dall'esame di questo processo? Che non se ne debbano accettare senz'altro i risultamenti, sta benissimo: anche i nostri successori, liberati una volta dal pregiudizio tanto più grave del cittadino-giudice, come noi siamo finalmente riusciti a liberarci dal pregiudizio del cittadino-milite, convinti del santo principio «ognuno al suo mestiere», avranno a fare su' risultamenti de' nostri giudizii criminali una critica più fondata e non meno acerba di quella fatta dal Baldacchini e dal D'Ancona su' giudizii antichi. Ci pare proprio di udirli.

«Dodici uomini per lo più inetti, scelti senza criterii ragionevoli, senza obbligo della menoma nozione di ciò che è necessario ad un magistrato, spessissimo anche privi della più discreta cultura mentre i codici già riboccavano di sottili distinzioni giuridiche da potersi bene intendere solamente dietro appositi studî, assistevano allo svolgimento del giudizio e davano i pronunziati, Dio sa come, sul fatto: questi cittadini-giudici o giurati, il cui nome riempiva di speranza i colpevoli e i loro avvocati, sottostavano a tutte le influenze, seduzioni e peggio, non foss'altro, per la loro incapacità; e se disgraziatamente taluno di essi conosceva o pretendeva di conoscere la legge, costui trascinava tutti gli altri dove voleva, perocchè mentre doveano decidere nel silenzio e nel raccoglimento, non essendo ammessa la discussione fra loro, questa si faceva sempre e ad onore e gloria del più inframmettente e capace d'imposi. Il Governo teneva i così detti giudici del dritto, magistrati con grado e stipendio, ma erano destinati ad ascoltare e tacere, ad esser complici di errori grossolani e rendersi indifferenti al giusto e all'ingiusto, mentre il Presidente, occupatissimo, dovea fra le altre cose affaticarsi a far comprendere agl'ignoranti giudici del fatto le sottili distinzioni ammesse dal codice ne' diversi reati, senza riuscirvi novanta volte su cento per l'intrinseca natura delle cose; gli avvocati liberissimi nel dire, prolungare ed intralciare, poichè i riguardi doveano concedersi agli accusati anzichè alla società che accusava, agli uomini implicati ne' delitti anzichè agli infelici giudici costretti ad abbandonare il lavoro proprio non per giorni ma per settimane, trasmodavano in tutti i sensi per far colpo sugl'ignoranti, su' quali non poco pesava pure l'atteggiamento della maggior parte del pubblico che prendeva interesse nel giudizio, intervenendovi come ad una scuola d'istruzione sul miglior modo di perpetrare i delitti e scansarne la pena. Così i pronunziati intorno al fatto venivano fuori per lo meno a caso, le sentenze doveano calcarsi su que' pronunziati e tutto si guastava; i cittadini medesimi cercavano con ogni mezzo di scansare tale ufficio, poichè non era permesso il rifiutarvisi, ma grosse multe obbligavano a godere e far godere i beneficî di quest'aurea libertà; tal era un giudizio criminale». Bisognerebbe disperare de' miglioramenti serii delle istituzioni umane, per ritenere che siffatta critica, da potersi allargare e prolungare per un volume, non abbia ad essere pronunziata da' nostri successori: così Dio pietoso non voglia che abbiano a pronunziarla con maledizioni verso di noi imbevuti di dottrinarismo fino a smarrire il senso della realtà, dominati da pregiudizii assai più che non crediamo, molto spesso repugnanti a predicare su' tetti ciò che riconosciamo tra le mura domestiche, ed avviati pur troppo a mostrare, dolorosamente, che non è tanto difficile conquistare un gran bene quanto è difficile conservarlo. Ma essi non si rifiuteranno certamente a discutere i processi de' tempi nostri; bensì li vaglieranno con tutta la cura possibile, costretti a guardarsi dalle esagerazioni che abbiamo introdotte in un certo senso, dopo quelle che hanno dominato in un senso opposto.

Che si tratti di quistioni estremamente ardue, è stato già ammesso da coloro i quali hanno voluto vedere un po' addentro nel fatto della congiura del Campanella. E veramente ogni imputazione politica grave, massime in tempo di servitù, suscita sempre nell'animo dello storico una perplessità inevitabile, se non sull'esistenza medesima della colpa ventilata, almeno sulla precisa indole ed estensione di essa. Ma la perplessità cresce a mille doppi nel fatto del Campanella, trattandosi di un'imputazione politica complicata da un'imputazione religiosa, seguita da processi senza dubbio formati in tempi orribili per oscurantismo, efferatezza e rapacità, presso al sorgere pauroso di un nuovo secolo, tra lotte giurisdizionali accanite, sospetti governativi eccitati, malumori popolari profondi, inimicizie cittadine roventi, odii frateschi implacabili; aggiungendovi lo zelo ferocemente interessato de' primi Inquisitori, le torture e spoliazioni inaudite, il terrore universalmente diffuso, la sollecitudine in molti e nello stesso Campanella di salvarsi ad ogni costo, il guiderdone apertamente dimandato da alcuni plebei, e non meno apertamente ambito da alcuni nobili, si ha un cumulo di quistioni non solo oscure, ma anche complesse ed intralciate al più alto grado. Chi si è lusingato di avere pienamente risoluto il problema, in un modo o in un altro, uscirà presto d'illusione, quando da' nuovi documenti saprà che uno de' Giudici ecclesiastici, antico Inquisitore e peritissimo nella materia processuale, il Vescovo di Termoli, reputava il processo di eresia «malissimamente fondato» e riteneva anche il fondamento del processo di congiura «molto tenue anzi falso»; invece un altro Giudice successo al primo, originariamente avvocato, non meno avveduto ed anche esercitato nelle cose del S.to Officio e ne' più alti negozii, il Vescovo di Caserta, non aveva il menomo dubbio sulla verità di entrambe le imputazioni e trovava anzi nell'una un valido appoggio per l'altra. Difatti, tutto considerato, la congiura del Campanella ci si presenta senza mezzi termini, o come una macchinazione da parte sua per un audacissimo tentativo di rivolgimento politico e religioso ad un tempo, o come una macchinazione da parte del Governo per estinguere anche la più lontana velleità di un rivolgimento. D'altronde, giustamente o ingiustamente, i processi vennero a costituire il Campanella in una posizione giuridica tale, da non avere innanzi a sè che una di queste due vie: o sobbarcarsi all'ultimo supplizio, sia montando rassegnato, come Maurizio de Rinaldis, sulla scala della forca, sia montando alteramente, come allora appunto faceva in Roma Giordano Bruno, sul rogo dell'inquisizione; ovvero adoperare tutti gli accorgimenti, i cavilli, le finzioni ad ogni costo, che poteva suggerirgli il suo ingegno versatile e sottilissimo. Egli prescelse quest'ultima via, e disse, disdisse, accusò, scusò, non potè resistere, fece la sua confessione ne' tormenti; di poi, propriamente nella faccenda dell'eresia, si mostrò pazzo, ed appunto per questa pazzia, alla quale non si prestò credito, ebbe quel tormento crudelissimo da lui medesimo narrato non senza qualche garbuglio, lasciando per lo meno nel buio perchè e da chi l'avesse avuto; in tal guisa egli giunse a sottrarsi alla morte dal lato dell'eresia e a pigliar tempo dal lato della congiura, tanto da essere poi lasciato in una prigionia indefinita, onde il fatto della sua pazzia ci è apparso importante al punto, da doverlo notare fin sul titolo di questo libro. Nessuno potrebbe legittimamente fargli un rimprovero di avere prescelta la seconda via anzichè la prima, e si vedrà che egli aveva una ragione riposta, un po' più alta di quella della propria conservazione, per non comportarsi altrimenti: ma è chiaro che egli più di tutti dovè contribuire ad addensare le nebbie intorno alle cose sue, non solo quando si trovò sotto l'enorme pressione de' testimoni e de' Giudici, ma egualmente durante e dopo la lunga e terribile prigionia; è chiaro che egli dovè con le notizie date ne' suoi scritti svariatissimi sconvolgere in tutti i sensi i fatti processuali, fino a rimanerne i suoi più cari amici crudelmente bistrattati, le sue convinzioni intime ostentatamente rigettate e con ogni probabilità dissimulate per tutto il rimanente della sua vita.

Adunque non è possibile sentenziare in fretta e in furia sopra quistioni di loro natura intralciate, e divenute studiatamente sempre più intralciate: bisogna procedere oltremodo riguardosi e cauti, attingere a tutti i fonti, investigare, vagliare, confrontare, e questo, lo diciamo francamente, ci mantiene alquanto angustiati. Giacchè ci accade spesso di leggere tirate contro i così detti infarcimenti di erudizione, contro la facile erudizione, contro l'analisi minuta, ed inni alla forza d'intuizione, alla potenza della sintesi e ad altrettali parole rumorose. La facile erudizione! Forse per questa facilità si trovano sempre quasi deserte o affatto deserte le sale di studio degli Archivii, tanto che si è mostrati a dito, e spesso con taccia di stravaganza, allorchè vi si accede piuttosto frequentemente; forse per questa facilità avviene altrettanto, allorchè si accede alle pubbliche Biblioteche e vi si dimandano libri di vecchia data. Pur troppo ogni lavoro che sforzi chi legge ad occuparsi sul serio è preso in uggia, ed assai sovente lo si dichiara indigeribile, sol perché le facoltà digerenti sono affievolite. Ma non c'è rimedio: il Campanella non è di que' soggetti che si possano capire a prima vista, e in sèguito delle sue traversìe dovè rendersi tanto più riboccante d'incognite da tutti i lati; basta vedere che con la medesima chiarezza egli è apparso ad alcuni monarchico e cattolico per eccellenza, passionato fautore della Monarchia di Spagna e del Papato, ad altri è apparso uomo senza alcuna religione ed alcuna fede, canzonatore degli spagnuoli e del Papa. Bisogna dunque ingegnarsi a rifarne la storia con più numerosi documenti e più retti criterii, lasciare da parte i voli pegasèi, ed attenersi ad un viaggio pedestre, abbastanza faticoso, molte volte noioso; con tutto ciò non lasciarsi nemmeno illudere dalla speranza di aver detta l'ultima parola, ma contentarsi di avervi con qualche efficacia spianata la via e farsi un dovere di agevolarne in tutti i modi l'accesso. Ecco quindi, in pochi cenni, l'andamento dato alla nostra narrazione.

Indispensabili ci sono apparse le seguenti cose. Cominciare a parlare del Campanella fin dalla sua nascita, per accompagnarlo passo passo ne' suoi studii, nelle sue amicizie, nelle sue peregrinazioni, ne' suoi primi incontri col S.^{to} Officio, che non furono pochi nè di poca importanza: si avranno così tante notizie che aiuteranno di molto a conoscere non solo l'uomo, i suoi tempi, le sue relazioni, ma anche certi fatti in intima connessione con quelli della congiura e consecutivi processi, giacchè vi sono da questo lato antecedenti degni di molta considerazione. Tener presenti le opere d'ingegno da lui successivamente composte, indagandone con ogni diligenza le date della composizione ed anche della ricomposizione per quelle in buon numero che furono ricomposte, non senza notarvi in pari tempo taluna delle varianti introdottevi quando riesca possibile: le vicende del Campanella non doverono avere poca influenza sulle idee che egli venne a manifestare, e i lunghi cataloghi delle sue opere, così come li abbiamo, senza la data rispettiva di ciascuna, non contribuiscono a far intendere l'atteggiamento suo ne' diversi tempi, ma invece possono menare come hanno menato a notevoli abbagli. Non lasciare indietro alcuna nozione delle persone e delle cose del tempo, dovendo cercar lume da per ogni dove, apprezzare le circostanze in mezzo alle quali si potè pensare a un disegno d'insurrezione, giudicare ciascuno di coloro i quali vi presero parte effettiva o supposta, o vi ebbero in qualunque modo relazione: specialmente per quelle persone che condivisero col Campanella le esultanze, gli errori, i meriti, le tristi conseguenze, non si potrebbe in altro modo valutare l'atteggiamento che assunsero, la credibilità di ciò che dissero; e la cosa medesima vale pe' persecutori, pe' Giudici e via via fino alle supreme Autorità dello Stato e della Chiesa. Appellarsi di continuo a' documenti, far parlare essi medesimi sempre che si può, citare i fonti di qualunque fatto che si asserisca, anche se pel momento non sembri di una certa importanza: abbiamo troppe volte avuto motivo d'indignarci, perchè, nel caso di materie molto quistionabili, gli scrittori non si siano creduti in dovere di citare i fonti, per documentare le loro assertive e facilitarne contemporaneamente lo studio agli altri che vi avrebbero atteso in sèguito; nel caso attuale, certamente quistionabile ancora, sarebbe grave la mancanza delle citazioni e di tutte le dilucidazioni opportune, tanto più che infine non occupano un grandissimo spazio, e coloro i quali non vi prendono interesse possono saltarle.

Da un lato solo forse ci siamo veramente lasciati trasportare un po' troppo, dal lato delle memorie di Napoli, avendo spesso abbondato in particolari nel farne menzione. Ma ci ha arriso la speranza che i napoletani avrebbero gradito leggere questa narrazione, e rilevato con compiacenza il ricordo delle cose del tetto nativo. Considerando l'interesse destato sempre da quelle scene, in verità abbastanza luride, che s'intitolano dal Masaniello, nelle quali, tra mille rovine, una plebe sfrenata faceva pur sempre udire le rauche grida di Viva il Re di Spagna, ci è parso impossibile che altrettanto interesse non sarebbe riuscita a destare la congiura che s'intitola dal Campanella, la sola che preparava il grido d'indipendenza, recando poi tanto strazio ad uno di coloro i quali hanno maggiormente onorata la patria. E se ci fossimo ingannati? Ce ne increscerebbe molto per l'editore, giacchè per la prima volta abbiamo trovato un vero e proprio editore; quanto a noi, siamo già abituati ad avere solamente quel premio che dà a sè stesso il dovere adempiuto.

Nella fine di luglio 1598, fra Tommaso Campanella, dopo parecchi anni di assenza, se ne ritornava nella sua Calabria, e fermatosi un poco in Nicastro si riduceva poi direttamente a Stilo suo luogo natale. Quivi, scorso appena un anno, nell'agosto 1599, si trovò imputato di quella rinomata congiura che s'intitolò dal suo nome, per la quale la Calabria fu aspramente percossa, parecchi furono giustiziati, moltissimi dispersi e spogliati de' loro beni; ed egli, con un gran numero di compagni laici ed ecclesiastici, tradotto a Napoli soffrì un doppio processo, di congiura e di eresia, fu costretto a mostrarsi pazzo per qualche tempo, ne riportò immani sevizie e 26 anni di carcere. Questo fatto capitale della vita del Campanella noi intendiamo di narrare; ma gioverà vedere con ogni diligenza tutti i precedenti del filosofo, non solo per rettificare diverse cose ed aggiungere ulteriori notizie a quanto si conosce della sua biografia, ma principalmente per rilevare diverse circostanze rimaste oscure od ignote, e tutto ciò che può dare un po' di luce appunto nella tenebrosa faccenda della congiura e dell'eresia.

CAP. I.PRIMI ANNI DEL CAMPANELLA E SUE PEREGRINAZIONI.
(1568-1598).

I. Si conosce oramai per documenti essere il Campanella nato in Stilo, il 5 7bre 1568, da Geronimo e Caterina Martello, ed essere stato battezzato col nome di Gio. Domenico, il 12 7bre, nella Chiesa di S. Biagio al Borgo, che le scritture dell'Archivio di Stato ci rivelano a que' tempi una delle cinque Chiese parrocchiali della città, oggi ridotte a tre. Coloro i quali poterono consultare i libri della detta parrocchia, che furono poi dispersi col sacco dato a Stilo da' briganti il 29 agosto 1806, assicurano di avervi letto questo brano: «A 12 settembre 1568. Battezato Giovan Domenico Campanella figlio di Geronimo, e Catarinella Martello nato il giorno cinque, da me D. Terentio Romano Parroco di S. Biaggio del Borgo»[21]. La data della nascita ha avuto pure una conferma, degna di menzione, nelle notizie trovate in un processo celebre del 1630, che si conserva nell'Archivio di Stato in Roma e che fu illustrato dal Bertolotti, quello dell'infelice D. Orazio Morandi Abate di S.ª Prassede, colpito dallo sdegno di Urbano VIII irritato contro gli

Astrologi che aveano cominciato a presagire e a divulgare imminente la sua morte: quivi, in un registro delle «natività» di molti personaggi distinti, si legge anche la natività di fra Tommaso Campanella con la data «An. 1568, Mens. Sept., Die 5, Hora 12, Min. 6. Hor. p. m.»; così rimane pienamente eliminato il dubbio, che quel Gio. Domenico notato ne' libri parrocchiali potesse non essere colui il quale prese poi il nome di fra Tommaso[22]. Ma in quanto alla sua madre, dobbiamo dire che appunto nel processo di eresia pe' fatti di Calabria si legge un interrogatorio da lui sottoscritto, nel quale essa è detta «Caterina Basile»[23]: non potendo negar fede a un documento simile, accorderemmo tutt'al più che questa Basile sia stata una 2ª moglie di Geronimo, madrigna di fra Tommaso nel tempo della carcerazione. Si trovavano con lui carcerati egualmente Geronimo suo padre ed anche Gio. Pietro suo fratello (circostanza sinoggi ignorata), ed egli forse stimò bene evitare una dichiarazione, la quale avesse potuto sembrare difforme dalla dichiarazione che questi suoi parenti avrebbero fatta; ad ogni modo non sapremmo rinunziare in alcuna guisa alla notizia che fornisce il documento nostro. Dobbiamo aggiungere che ci siamo occupati di cercare qualche lume ne' Registri della *Numerazione de' fuochi* esistenti nell'Archivio di Stato in Napoli; ma precisamente all'epoca di fra Tommaso vi si trova una lacuna, che ci ha tolto di saperne altro. Abbiamo bensì potuto rilevare che gli antenati del Campanella in origine si cognominavano «Loli» ed ebbero in sèguito il cognome «Campanella», come pure che taluno di loro si ridusse a prendere domicilio in Stignano, casale di Stilo lontano da esso un cinque a sei miglia[24]. Vedremo or ora che il padre di fra Tommaso fece anch'egli lo stesso più tardi, onde allora e poi si tenne da alcuni l'erronea credenza che il Campanella fosse nato in Stignano; ma nell'interrogatorio medesimo anzidetto, e troppe altre volte nelle sue opere e nelle sue lettere, il Campanella si disse di Stilo, e fino a non molti anni fa, presso la Chiesa di S. Biagio, vi si mostrava la casa in cui egli nacque; oggi se n'è perduta qualunque traccia!

La sua famiglia ci risulta in umile stato, priva di beni di fortuna ed anche della più elementare cultura. Non una volta il filosofo ebbe a dire di esser nato povero[25]; ma è parso al Berti che la famiglia dovesse ritenersi educata ed autorevole, specialmente perchè uno zio di fra Tommaso fu lettore di dritto nell'Università di Napoli, una sua sorella fu donna istruita, e suo padre e un prossimo congiunto ebbero l'onore di rappresentare la città di Stilo[26]. Tutto ciò ha bisogno di essere rettificato: vedremo più in là che lo zio non fu propriamente lettore dello studio pubblico, e quanto alla sorella o meglio cugina Emilia, il Campanella medesimo ci lasciò scritto che era convulsionaria, e si mostrava di tratto in tratto chiaroveggente e sapientissima in Teologia «senza imparare»[27]; nè il padre fu veramente uno degli eletti della città di Stilo quando nel 13 7bre 1541 gli Stilesi espulsero il Duca di Nocera, come è stato affermato dal Capialbi, perocchè a quell'epoca Geronimo padre del Campanella era appena da pochi anni nato, sibbene molto più tardi fu sindaco del casale di Stignano, ed allora bastava la qualità di uomo probo per esser chiamato a tali ufficii. Egli poi in uno de' documenti che lo riguardano, da noi rinvenuto nell'Archivio di Stato, affermava di vivere nobilmente delle sue sostanze: ma era questo un ripiego frequentemente usato per sottrarsi alle tasse, perocchè, col «non fare arte nisciuna» si pretendeva, ed era riconosciuta, la qualità di gentiluomo e l'immunità specialmente dal testatico[28]. Certo è che il processo di eresia dibattuto in Napoli, al quale dobbiamo spessissimo appellarci perchè ricco di notizie di ogni genere bene accertate, ci mostra Geronimo padre e Gio. Pietro fratello del Campanella esercenti entrambi l'umile mestiere del calzolaio, ed oltracciò entrambi analfabeti[29]; ci mostra ancora, a quell'epoca, la famiglia di Geronimo in Stignano composta di 9 donne tra figlie e nipoti in una grande miseria, delle quali sono menzionate soltanto Costanza che abbracciò la vita monastica, Lucrezia che prese marito ed andò a risedere alla Motta Gioiosa, Giulia ed anche Emilia cugina, figlia dello zio; ci mostra infine un fratello del Campanella a nome Giulio, che andò a risedere egualmente alla Motta Gioiosa, e l'altro a nome Gio. Pietro dimorante in Stilo. Unicamente il piccolo Gio. Domenico, pel suo svegliato ingegno, fu mandato a scuola dalla più tenera età, ma non studiò altro che grammatica, e poi due anni di logica e fisica di Aristotile, indossando da fanciullo l'abito di chierico, che più tardi mutò in quello di S. Domenico[30]. Possiamo perfino dare il nome del suo probabile maestro di grammatica: questi dovè essere Agazio Solea, poichè uno de' frati i quali gli furono poi compagni di sventura, fra Pietro Presterà di Stilo suo costante ed efficace amico, depose di averlo conosciuto «piccolo alla scola», ed in un altro processo posteriore di S. Officio contro questo fra Pietro, un Vincenzo Ubaldini di Stilo depose di essere stato con costui alla scola presso il grammatico Agazio Solea[31]. Oggi in Stilo si mostra ancora una casa annessa alla Chiesa di S. Biagio, appartenuta al Parroco della Chiesa maestro del Campanella: ma se Agazio Solea fosse stato Parroco, difficilmente in un processo ecclesiastico sarebbe stata omessa tale sua condizione.

Certamente le speciali attitudini del piccolo Gio. Domenico decisero il padre a favorirlo nelle sue tendenze allo studio, avendo mostrato ben presto un intelletto acutissimo straordinariamente accoppiato ad una memoria prodigiosa. Anche per un frenologo egli sarebbe stato soggetto di studio del più alto interesse; poichè presentava sette prominenze molto appariscenti nel suo capo, e vedremo in sèguito che egli riteneva que' «sette monti» qual dono di Dio.

Come abbiamo avuto occasione di dire, il padre emigrò con la famiglia da Stilo a Stignano. Il Campanella medesimo ci lasciò la notizia di tale fatto, dicendo che mentre si trovavano emigrati in Stignano sopravvenne la peste, introdotta mediante panni da Algieri in Messina, quindi da Messina in Placanica e Stignano per colpa del Barone di Placanica, e suo padre che presedeva a quella terra estinse la peste salvando sè e la famiglia[32]. Non sapremmo dire con precisione in quale anno sia accaduto tale fatto, ma dovè accadere non molto tempo prima che il Campanella vestisse l'abito di S. Domenico; poichè da una parte le sue parole lasciano intendere che si trovò egli pure in Stignano a quell'epoca, ed oltracciò nel processo più volte menzionato leggiamo che un frate appunto di Stignano, fra Domenico Petrolo suo compagno di sventure, disse di averlo conosciuto fin da che era «prevetello» (*int.* piccolo prete); d'altra parte se egli aveva già studiato la logica in Stilo e tutti gli altri suoi studii furono poi fatti durante la sua vita monastica, ne consegue che dovè rimanere in Stignano non molto tempo. Certamente egli vi rimase per tutto il tempo in cui ebbe a soffrire una quartana ostinata, che sappiamo averlo afflitto durante sei mesi, mentre pure in età più tenera ne avea sofferto rimanendogli un male di milza. Il Berti ha fatto notare che nell'opera *Medicinalium* il Campanella ci lasciò scritto essersi risanato tutte e due le volte mediante le cure magiche di una donna; noi aggiungiamo che da un'altra opera, quella *De Sensu rerum,* si rileva essere avvenuta una di queste cure, e naturalmente la seconda, mentre egli già vestiva l'abito di frate, poichè si ebbe per essa «la licenza del suo priore dottissimo e Teologo»[33]. E però siffatta credenza nelle arti magiche non può addebitarsi esclusivamente al Campanella, come il Berti ha pensato, mentre vi partecipavano, comunque indirettamente, i Priori e i Teologi.

Sarà bene pertanto rammentare ciò che trovasi registrato nel *Syntagma de libris propriis,* intorno agli studii della sua piccola età, e alle circostanze che accompagnarono la sua risoluzione di farsi frate. Noi terremo sempre un conto speciale delle notizie consegnate in quest'opera, comunque ci risulti abbastanza inesatta: non abbiamo nulla di meglio da poter tenere per guida, e d'altronde ci proponiamo di discuterne ogni punto in cui appariscano notizie difformi da quelle di altre fonti, ovvero anche semplici indizii di poca esattezza. Ecco quanto vi si legge circa il periodo che stiamo trattando. «Veramente ancora quinquenne attesi con tanto ardore a' rudimenti letterarii ed alla pietà, da riporre nell'animo tutto ciò che i genitori e gli avi e i predicatori dicessero delle cose sacre ed ecclesiastiche. A tredici anni aveva appreso le regole della grammatica e dell'arte versificatoria in guisa, da poter dettare in prosa ed in verso quanto piacesse, e diedi fuora molte poesie, ma non robuste: indi a poco incogliendomi una quartana durata sei mesi, a circa 14 anni e mezzo avvenne che mio padre volesse mandarmi in Napoli, chiamatovi da Giulio Campanella lettore di giurisprudenza: ma contemporaneamente volli far professione nella religione de' Domenicani, avendo udito di essa un eloquente predicatore e gustato dal medesimo i principii della logica, massimamente poi essendo rimasto preso dalla storia di S. Tommaso e di Alberto Magno»[34]. Adunque fin da che dimorava in Stilo, sotto l'influenza del P.e predicatore Domenicano suo maestro di logica, egli volgeva in mente di vestir l'abito di frate; ma vi si decise in Stignano, mentre gli si faceva premura dal padre e dallo zio Giulio lettore in Napoli di recarsi in questa città per attendere allo studio della legge. Chi era questo zio Giulio, e dove e quando il Campanella vestì l'abito di frate?

Uno degli eruditi calabresi dimorante in Napoli nel principio di questo secolo, Michelangelo Macri citato dal Capialbi, trovò un Giulio Cesare Campanella di Stilo nell'albo de' dottori, laureato il 6 marzo 1585; noi abbiamo trovato nel *Liber juramentorum* il suo giuramento autografo prestato appunto nel marzo 1585[35]. Riflettendo a questa data, verrebbe in mente che costui non potesse insegnare nell'epoca indicata dal *Syntagma*, cioè a dire verso il 1582, tre anni prima di aver presa la laurea: invece bisogna sapere che per antica consuetudine, in Napoli, coloro i quali volevano aprirsi una carriera, innanzi di laurearsi e mentre erano soltanto licenziati o «professi» come allora si diceva, solevano dimandare ed ottenere annualmente un permesso di fare una determinata lettura, quando non si prendevano tale permesso da loro; poichè non si faceva allora un mistero che il privato insegnamento servisse, come fino ai giorni nostri ha servito, principalmente all'insegnante, per dargli occasione di rifare molto meglio la propria istituzione e procurargli nel medesimo tempo qualche sussidio. E c'è motivo di ritenere che Giulio Campanella abbia dovuto allora leggere le «Instituta juxta textum», non altra materia, e ben inteso nella qualità di privato insegnante, senza essere, come allora si diceva in un linguaggio privo di orpelli, «salariato dalla Regia Corte». Poichè appunto nel 1582, il Cappellano maggiore che presedeva al pubblico studio, e che era D. Gabriele Sanches successo in quell'anno a Fabio Polverino Vescovo d'Ischia, si mostrò severissimo contro i privati insegnanti ed anche contro i lettori pubblici i quali facevano in casa letture che non fossero delle «Instituta», mettendo in istretto vigore un vecchio Bando rimasto sempre inascoltato, e intraprendendo una delle meglio riconoscibili persecuzioni contro gl'insegnanti privati[36]. Giulio Campanella era dunque un insegnante privato e del tutto novizio, evidentemente uno di coloro i quali si sforzavano di uscire dal basso stato della propria famiglia, secondo il tipo dello studente che veniva dalla provincia in Napoli a farsi dottore, tipo espostoci da varii scrittori napoletani pe' quali le cose del tetto natio non hanno perduto le loro attrattive[37]; nè giunse poi a far carriera, non trovandosi più alcuna memoria di lui ne' tempi posteriori.

Circa l'epoca in cui il Campanella vestì l'abito religioso, abbiamo veduto che nel *Syntagma* si legge essere ciò avvenuto a 14 anni e mezzo della sua età: ma dobbiamo dire che nella *Philosophia sensibus demonstrata*, scritta in un tempo più vicino al fatto, si legge a 14 anni, ed ancora il Campanella medesimo nel processo di eresia avuto in Napoli depose parergli essere entrato nella religione il 1581, vale a dire a 13 anni[38]. La differenza non è molta; può ritenersi per termine medio il 1582, e rimane il fatto che vestì l'abito in giovanissima età, come per altro si costumava allora generalmente, dimostrandolo la più gran parte de' frati che vedremo figurare in questa narrazione. Circa il luogo poi, troviamo da' biografi indicato Stilo e il suo piccolo convento di S. Maria di Gesù; ma le notizie emergenti dal processo dibattuto in Napoli non lo confermano. Il Campanella medesimo allora diceva di aver preso l'abito alla Motta Gioiosa, ma lo diceva mentre mostravasi pazzo, e quindi non può prestarglisi molto credito. Due frati invece deposero che fu dapprima novizio in Placanica, ed anzi uno di loro lo disse esplicitamente «figlio del convento di Placanica», la quale terra trovasi a non più di un miglio e mezzo da Stignano, dove appunto era già domiciliata la famiglia del Campanella. Tre altri frati dissero che fu novizio in S. Giorgio, ed uno di loro aggiunse che vi fu nel 1585 e poi passò studente a Nicastro, volendo forse dire che fu a S. Giorgio fino al 1585, e dopo questa non breve permanenza in S. Giorgio passò a Nicastro, la quale ultima circostanza ci risulta assolutamente ignorata finora[39]. Di certo in un convento egli prese l'abito col nome di Tommaso, e questo dovè essere il convento di Placanica, in un altro fece di poi il suo noviziato, e questo fu indubitamente il convento di S. Giorgio: tale passaggio da un convento all'altro vedesi accennato anche nel *Syntagma*, col racconto di tutto ciò che il Campanella fece in S. Giorgio, senza per altro alcuna menzione della successiva fermata in Nicastro, che realmente pare essere stato il luogo in cui ebbe a compiere i maggiori suoi studii. Dopo il ricordo che avea voluto far professione nella religione de' Domenicani, ecco come nel *Syntagma* seguita il racconto delle cose del Campanella. «Mandato dunque di poi nel convento della terra di S. Giorgio per udire le lezioni di logica e di filosofia, venendo il Signore della terra per la prima volta nel suo auspicato dominio, tra un gran concorso di popolo e di gente vicina recitai un'orazione da me composta in verso eroico con un'ode saffica, e molti versi da me dettati veggonsi ancora scolpiti così nella nostra Chiesa come nell'arco trionfale. Inoltre scrissi in forma ristretta e compendiosa le lezioni intorno alla logica, alla fisica ed all'Anima. Di poi essendo inquieto, poichè pareami che nel Peripato campeggiasse non la verità sincera ma piuttosto il falso in luogo del vero, esaminai tutti i commentatori di Aristotile, Greci, Latini ed Arabi, e cominciai ad esitare maggiormente ne' loro dogmi, e però volli indagare se le cose che essi affermavano si leggessero pure nel mondo, il quale dalle dottrine de' sapienti appresi essere il codice vivente di Dio. E non potendo i miei maestri soddisfare agli argomenti che io esternava contro le loro lezioni, stabilii di percorrere io medesimo tutti i libri di Platone, di Plinio, di Galeno, degli Stoici, de' seguaci di Democrito, ma principalmente i libri Telesiani, e compararli col codice primario del mondo, per conoscere, mercè l'originale ed autografo, che cosa le copie contenessero di vero o di falso». — Circa il ricevimento fatto al Signore di S. Giorgio, dobbiamo innanzi tutto rilevare che l'orazione pronunziata dal Campanella consistè in una poesia, verosimilmente italiana perchè riuscisse più o meno intelligibile, e non fu un'orazione latina come parve al d'Ancona[40]; dobbiamo inoltre dire che Signore della terra di S. Giorgio era allora Giacomo Milano, figliuolo di Baldassarre, il quale ne fu poi creato Marchese da Filippo II il

45

18 febbraio 1593, come ci fece conoscere con la sua abituale diligenza il Baldacchini[41]. Dal canto nostro possiamo aggiungere che ne' Registri delle *Significatorie de' Relevii* esistenti nel Grande Archivio di Napoli, trovasi indicata la data degli 11 marzo 1585 come quella in cui Giacomo Milano fece l'ultimo pagamento delle tasse qual successore di Baldassarre suo padre, benchè costui fosse morto fin dal gennaio 1573; e però l'epoca probabile della sua visita alla terra di S. Giorgio si riscontra abbastanza esattamente con quella della dimora di fra Tommaso colà. Ma dobbiamo aggiungere ancora, che moglie di questo Signore fu Isabella del Tufo, sorella di Gio. Geronimo 4° Marchese di Lavello, sorella inoltre di Costanza che sposò Geronimo del Tufo figlio di Fabrizio, e tutte e tre queste persone erano nipoti di Mario del Tufo. Vedremo che questi Signori del Tufo, e con essi Marc'Antonio creato Vescovo di Mileto precisamente nel 1585, furono poi in istretti rapporti col Campanella; è del tutto verosimile che tali rapporti abbiano avuto principio appunto con l'orazione di S. Giorgio[42].

Veniamo alla dimora in Nicastro, quanto più passata sotto silenzio tanto più interessante per la nostra narrazione. Verso la fine del 1585 o il principio del 1586 il Campanella fu assegnato al convento dell'Annunziata di questa città, sempre nella qualità di studente, ed ebbe ad assistere alle lezioni di un P.^e di cognome Fiorentino, verosimilmente il P.^e Antonino de Fiorenza che fu poi Provinciale di Calabria nel 1587-88, e forse uno degli antenati del chiaro filosofo odierno prof. Francesco Fiorentino, che ha avuto i suoi natali appunto ne' pressi di Nicastro; giacchè i documenti dell'epoca mostrano abbastanza diffusi in quel territorio i «de fiorensa», i quali mano mano si dissero in seguito «Fiorentino». In Nicastro il Campanella ebbe a condiscepolo fra Dionisio Ponzio della medesima città, e con lui anche fra Gio. Battista Cortese di Pizzoni; vi conobbe egualmente fra Pietro Ponzio germano di fra Dionisio, e con lui l'altro germano Ferrante Ponzio; fin d'allora egli si strinse in molta intimità con costoro, che troveremo poi tutti involti ne' processi pe' fatti di Calabria come principali imputati, e ciò forse spiega che nel *Syntagma* la dimora in Nicastro non sia stata menzionata. Ne parlò intanto nel processo di eresia non solo il frate citato più sopra ma anche fra Gio. Battista di Pizzoni, il quale ricordò il Fiorentino lettore e fra Dionisio suo condiscepolo col Campanella, aggiungendo una particolarità in questi termini, che fra Tommaso era «contradicente ad ogni cosa et particolarmente alli lettori sui, et un giorno contradicendo al detto Fiorentino hebbi a dirgli, Campanella, Campanella, tu non farai buon fine»; queste cose egli affermò avvenute «da quindici anni incirca». Ugualmente fra Pietro Ponzio, nel medesimo processo, affermò che l'amicizia di fra Dionisio col Campanella datava «da più di 14 anni» e si era sempre mantenuta viva: le quali testimonianze, essendo della fine del 1599, ci menano al 1585 e 1586[43]. Appartenevano i Ponzii a buona famiglia di Nicastro, ed avevano spiriti non meno bollenti di quello del Campanella; perduto il padre in età molto giovane, due di essi nell'anno precedente si erano ascritti all'ordine Domenicano, vestendone l'abito in Catanzaro, l'altro, Ferrante, disponevasi appunto in quell'epoca a recarsi in Napoli per attendere agli studii legali[44]. Non è arrischiato l'ammettere che fin d'allora tra il Campanella e questi giovani si sieno manifestati desiderii e concetti di un migliore avvenire pel paese: anche nel processo di congiura un frate amico del Campanella affermò essergli stata fatta da fra Tommaso la confidenza che «havea tridici anni ch'havea questi pensieri nelo stomaco, et l'havea comunicato dal'hora con fra Dionisio»[45]. — Più certo è che in Nicastro siasi ancora accresciuto nel Campanella quell'atteggiamento battagliero e riottoso che abbiamo già visto apparire in S. Giorgio, onde spingevasi a dispute co' suoi maestri, i quali non potevano soddisfare agli argomenti che egli adduceva contro le cose insegnate da loro. Indubitatamente questo dovè procurargli molte avversioni, essendo tutti i frati seguaci esclusivi delle dottrine Aristoteliche; e a tale fatto, essenzialmente vero, furono di poi attribuite le più gravi conseguenze dal Campanella medesimo e quindi da' suoi biografi, essendosi ad esso ascritte tutte le sue sventure. Nè pare dubbio che veramente in Nicastro il Campanella siasi ingolfato nella lettura de' maggiori filosofi dell'antichità, e che abbia quivi per la prima volta, nel calore de' diverbii, udito nominare Bernardino Telesio, onde s'invogliò di leggerne le opere, che potè avere solamente quando si recò a Cosenza. Ecco come egli ci narra tali cose con maggiore larghezza nella prefazione del suo volume scritto poco dopo, vale a dire la *Philosophia sensibus demonstrata*. «Coloro a' quali comunicava queste mie opinioni le riferivano ad altri maggiori, e però soffriva non poche riprensioni, come colui che solo era contrario alle sentenze de' grandi filosofi (secondochè dicevano), non davano ascolto alle mie ragioni, ma stretti da esse prorompevano in parole niente pacifiche verso di me. Queste cose io ebbi a patire circa il 18° anno ed egualmente prima. Dopo ciò la verità si fece più ardente e poteva meno tenersi ulteriormente dentro, dicendosi che aveva un intelletto depravato e reprobo come l'aveva un certo Bernardino Telesio Cosentino, onde avversava tutti i filosofi e precisamente Aristotile: fui lieto oltremodo di avere un compagno o duce, da potergli apporre i miei detti e riferirli con una certa scusa, quasi profferiti da altri. Partito per Cosenza, la preclarissima città de' Brettii nella Calabria inferiore, denominata un tempo Brettia, chiesi il libro di Telesio ad un certo illustre ed ottimo uomo suo seguace, il quale volentieri me lo recò. Cominciai a percorrerlo con sommo studio, e letto il primo capitolo, compresi ad un tempo interamente ogni cosa che si conteneva negli altri, prima che li leggessi. Era per fermo disposto verso que' principii, ed intesi egualmente tutto ciò che da essi procedeva, dappoichè in lui tutto deriva da' suoi principii, e non già ciò che segue è contrario a' principii o non dipende da essi, come accade in Aristotile. E poichè mentre ivi dimorava, il sommo Telesio venne a morte, e non mi fu dato udire da lui le sue sentenze, nè vederlo vivo ma morto e portato in Chiesa, il cui volto scovrendo io ebbi ad ammirare e moltissimi versi affissi per lui al suo tumolo, recandomi ad Altomonte per ordine de' Superiori, stimai bene esaminare là l'opera di questo filosofo» etc. Nel *Syntagma* queste stesse cose si trovano registrate con la maggiore concisione, leggendosi appena: «Poichè nel discutere pubblicamente in Cosenza, non che privatamente co' miei frati, poco giungevano a quietarmi le loro risposte; ma Telesio mi recò diletto, tanto per la libertà del filosofare, quanto perchè prendeva a guida la natura delle cose, non i detti degli uomini. E però avendo affissa un'Elegia a Telesio morto col quale vivente non mi fu dato parlare, mi recai alla terra di Altomonte».

Adunque, dopo Nicastro, il Campanella andò in Cosenza. L'epoca di quest'andata non ci è ben nota; ma assai probabilmente dovè accadere verso l'agosto del 1588, per le ragioni che tra poco diremo. — Uno de' primi biografi del Campanella, l'Eritreo, ci lasciò scritto che l'occasione dell'andata a Cosenza fu una disputa filosofica colà bandita da' Francescani, che il Campanella vi fu mandato e vi riportò un grande trionfo[46]. La cosa non sarebbe punto strana, ed una prova se ne avrebbe in quella frase del *Syntagma*, «poichè nel *discutere pubblicamente in Cosenza* non che privatamente co' miei frati». Ma il fatto importante di tale andata fu l'aversi procurato il libro del Telesio, che cominciò a leggere senza finirne la lettura, e l'aver voluto vedere il Telesio senza poterlo vedere che morto. Gravi biografi del Campanella, come il Baldacchini e il D'Ancona, hanno interpretato la cosa nel senso che i frati non gli permisero di vedere il Telesio, e fino ad un certo punto la parola adoperata dal Campanella (non licuit) autorizzerebbe tale interpretazione. Ma per ritenere un divieto, bisognerebbe sconoscere da una parte la disciplina rilassata od anzi la nessuna disciplina de' frati a quell'epoca, e d'altra parte l'insofferenza e baldanza del Campanella, il quale appunto allora era per darne una pruova memorabile. Facciamo inoltre riflettere che il Campanella cominciò a leggere ma non finì la lettura dell'opera del Telesio, e dopo la morte di lui (che si conosce essere avvenuta nell'8bre 1588) partì subito per Altomonte; la qual cosa viene accertata dal fatto che vedremo affermato da lui medesimo, che cioè cominciò a scrivere la sua *Philosophia sensibus demonstrata* in Altomonte dal 1º gennaio 1589 in poi, dopo di avere là compiuta la lettura de' libri Telesiani, di molti altri libri antichi e del nuovo libro del Marta contro il Telesio, al quale libro egli si diede a rispondere. Nè la sua andata ad Altomonte «per ordine de' superiori» si deve attribuire al fervore dimostrato pel Telesio, ma invece ad un incidente gravissimo, che fra Tommaso tacque ma che noi potremo dare in tutta la sua ampiezza avendolo nel processo. Adunque non vediamo alcun indizio ben fondato per ammettere che il Campanella non abbia potuto veder Telesio essendogli ciò vietato da' superiori. Vediamo invece due motivi molto chiari e più che sufficienti: il primo, l'andata del Campanella a Cosenza in un tempo assai vicino a quello in cui morì il Telesio, col naturale desiderio di leggerne le opere prima di fargli visita e parlare con lui; il secondo, la conosciutissima condizione di fatuità in cui cadde il Telesio negli ultimi 18 mesi della sua vita, circostanza della quale ci sorprende nel vedere che non si sieno ricordati i biografi del Campanella.

Guardando anche a qualche notizia che si ha dal processo intorno alla dimora del Campanella in Cosenza, e mettendola in relazione con tutte le altre, si confermano le cose suddette. Il Campanella ebbe a compagno di stanza in quella città il suo carissimo amico fra Pietro Presterà di Stilo, e costui nel processo affermò di averlo visto in Cosenza «per due mesi»; così, tenendo presente che il Telesio morì nell'ottobre, siamo indotti a ritenere l'agosto 1588 come data probabile dell'andata del Campanella a Cosenza. Altri testimoni che parlano de' fatti di Cosenza (fra Agostino Cavallo, fra Giuseppe Dattilo, fra Vincenzo d'Amico) si riportano concordemente a «diece anni fa», e dicendo ciò nel 1600, accennano all'anno 1590 come quello in cui il Campanella era in Cosenza, ma vi sono tutte le ragioni per ritenere che que' frati alludevano, ed anche approssimativamente, alla seconda venuta del Campanella a Cosenza, di ritorno da Altomonte e sul punto di andarsene a Napoli, mentre d'altra parte non v'è alcuna ragione per contestare le date così precisamente affermate dal Campanella su tale proposito.

Ecco ora i particolari della dimora in Altomonte, cioè dal novembre 1588 in poi. Vediamoli dalle stesse parole del Campanella, com'egli ce li lasciò scritti dapprima molto diffusamente nella prefazione alla sua *Philosophia sensibus demonstrata*. Si tratta di un momento molto importante della vita del Campanella, e non deve ritenersi eccessivo il fermarvisi con qualche larghezza; d'altronde avremo pur troppo a parlare di persecutori, di carcerieri e perfino di aguzzini del Campanella, e ci godrà sempre l'animo di poterci trattenere talvolta a parlare di qualche suo amico e benefattore. — «Recandomi ad Altomonte per ordine de' Superiori, stimai bene esaminare là l'opera di questo filosofo (Telesio) prima di pubblicare l'opericciuola sul modo d'investigare e le cose da me trovate. In tal guisa, avendo potuto occuparmene, conobbi non essere stato Bernardino Telesio depravato, bensì depravati affatto tutti gli altri, e giudicai che quest'uomo dovesse anteporsi a tutti, come colui che desume la verità dalle cose vedute col senso, non dalle chimere, e che tratta le cose stesse, non le parole degli uomini, secondochè mi fu manifesto. Accadde finalmente che venisse a me un certo eccellente dottore di medicina, illustre filosofo, il quale fuggiva gli errori de' Peripatetici, Gio. Francesco Branca di Castrovillari, accompagnato coll'altro medico a nome Plinio Rogliano della città di Rogiano, stimato più di molti altri per la sottigliezza dell'ingegno, e discorressimo insieme de' principii della filosofia e della verità delle cose; questi riuscirono nostri amicissimi ed immensamente utili, e di continuo venivano a discorrere insieme, e si penetrarono tanto della verità di Bernardino Telesio, da predicarlo il solo degno di lode tra' filosofi, e mi sollecitarono a dar fuori ciò che mi era proposto. Costoro mi furono larghi di molti beneficii, e mi portarono i libri de' Platonici e de' Peripatetici, di Galeno, d'Ippocrate e d'altri, acciò la difesa di Telesio da noi ideata fosse confermata da' detti de' più antichi. In quel tempo comandava colà un certo invidioso, il quale non una volta, ma invano, mi accusò di falsa dottrina, e di conversare eccessivamente con persone estranee al chiostro, presso il molto Rev.^{do} P.^e Pietro Ponzio da Nicastro, Maestro di Teologia ed allora degnissimo Provinciale, come presso tutti gli altri Superiori: giudichino pertanto qui la dottrina gli uomini perspicaci, non già egli che era ignorantissimo. Ma le persone che si riunivano con me erano buone e nobili, tra le quali il molto illustre Muzio Campolongo, Barone di Acquaformosa, che mi favoriva di moltissimi beneficii quasi mio malgrado, e mi difendeva da tutti e dall'ira di quel maledetto uomo, e mi avrebbe fatto altri favori se avessi voluto; a costui io debbo moltissimo. Parimenti Paolo Gualtieri non ignobile giureconsulto, che tornato da Napoli in patria mi fu carissimo, così per la sua prestanza ed integrità, come per avermi sempre più stretto a D. Luigi Brescia di Badolato, giureconsulto acutissimo, non secondo ad alcuno nell'arte della memoria, unito a me di non volgare amicizia fin dalla tenera età, la cui opera fu non solo utile ma molto necessaria in cose di grande importanza ed in tempi difficilissimi. Ma pel concorso di questi distinti uomini l'invidioso imperversava. Nè dico ciò a caso, ma il Signore lo conduca a salvazione.... Pervenne nelle mani di costoro un certo libro di un saputo Peripatetico Jacopo Antonio Marta, che si vantava dottore nell'uno e nell'altro dritto, in Teologia e Filosofia ed era ignaro di qualunque verità, col titolo di *pugnaculum Aristotelis*, e meglio avrebbe fatto se l'avesse intitolato *depravatio Aristotelis*, dove per fermo, come vedremo, proferisce tante scempiaggini e si mostra qua e là in contraddizione con sè stesso, con Aristotile e con gli altri principali peripatetici, avverso sempre al senso ed a' decreti della natura. Adunque attesi a demolire le vane parole e le calunnie di costui con gli altri contro il Telesio principe de' filosofi, secondochè mi fu imposto da coloro dei quali feci menzione.... E mentre il saputo si vanta di avervi lavorato per sette anni contro Telesio, noi distruggemmo il suo *Pugnaculum* in sette mesi, e svolgemmo la nostra dottrina, principiando dal 1.° gennaio 1589 fino al mese di agosto dello stesso anno, al termine dell'anno ventesimo di nostra età». Assai più concisamente le cose medesime furono poi ripetute nel *Syntagma* in questi termini: «Mi recai alla terra di Altomonte, dove percorsi i libri de' Platonici e de' Medici, a me somministrati da ottimi uomini, ed a consiglio del medico Gio. Francesco Branca di Castrovillari cominciai a scrivere contro Giacomo Antonio Marta napoletano, che avea dato fuori un libro contro Telesio, intitolato *Pugnaculum Aristotelis*. In esso composi otto dispute... dandomi libri ed animo i medici Branca e Plinio. Questo libro di polemica fu stampato in Napoli presso Orazio Salviano nell'anno del Signore 1590».

Riassumendo dunque i fatti del Campanella in Altomonte si ha: il termine della sua lettura del libro del Telesio; la lettura di molti altri libri di filosofi e medici, datigli da alcuni suoi amici egualmente antiperipatetici che ivi conobbe o rivide: l'eccitamento da parte di costoro perchè scrivesse in difesa del Telesio contro Giacomo Antonio Marta; la composizione in sette mesi della sua *Philosophia sensibus demonstrata*; la presenza di un superiore invidioso che l'accusò di falsa dottrina e di troppo conversare con secolari; la difesa assunta da alcuni di costoro in tempi difficilissimi e in cose d'alta importanza per lui. — Non c'è neanche per un momento surta l'idea di dover parlare del Telesio a' nostri lettori, massime dopo l'eccellente libro pubblicato dal prof. Fiorentino[47]. Quanto a Giacomo Antonio Marta, ci limiteremo a dire che egli non era quell'ignorantissimo che il Campanella dichiara, e lo dimostrano le molte sue opere specialmente legali. Napoletano e non veronese come ha creduto il Berti, poichè filosofo napoletano e giureconsulto egli s'intitola spesso nel *Pugnaculum Aristotelis* ed anche altrove, si conosce che nacque il 20 febbraio 1559 e andò peregrinando come lettore per diverse parti d'Italia. In Napoli cominciò a scrivere libri di filosofia nel 1578, e quindi passato a Roma vi scrisse il *Pugnaculum* nel 1587; ritornato poi in Napoli vi cominciò la carriera di lettore di dritto, e in tale qualità andò successivamente a Benevento, a Roma, a Pisa, di nuovo a Roma, a Padova, a Mantova, fino alla sua morte che accadde dopo il 1628. Ma in Napoli fu lettore privato, non già pubblico come è stato detto da taluni ed anche dal Fiorentino, poichè i lettori pubblici di quell'epoca ci son noti benissimo e tra loro non figura il Marta: non ebbe quindi a scrivere il suo *Pugnaculum* pel pubblico studio, dove del resto mancò sempre lo spirito di collettività, e già c'erano allora in filosofia, al tempo medesimo, qual lettore ordinario Gio. Berardino Longo, Peripatetico, e qual lettore delle Domeniche Latino Tancredi, partigiano delle dottrine del Telesio come appunto il Marta ci fa sapere. — Degli amici poi del Campanella ben poco possiamo dire. Sul Gualtieri possiamo dire che egli era di Altomonte e che si fece più tardi conoscere per opere legali abbastanza pregiate, una delle quali dedicata a D. Lelio Orsini che dovrà figurare egualmente in questa narrazione[48]. Sul Brescia (non Brettio come il tipografo più volte fa dire al Berti) possiamo soltanto affermare che tale cognome si trova con estrema frequenza ne' documenti relativi a quella regione; un suo epigramma, in lode del Campanella, si legge in fronte alla *Philosophia sensibus demonstrata*, ed in esso si accenna anche a Mario del Tufo, presso cui dimorava il Campanella in Napoli quando l'opera si diede alle stampe. Su Muzio Campolongo abbiamo varii documenti rinvenuti nell'Archivio di Stato: uno di essi ci fa conoscere che la sua Baronia riferivasi al possesso della giurisdizione delle cause criminali e miste del piccolo paesello di Acquaformosa, in cui si contavano soli 79 fuochi per la maggior parte costituiti da Albanesi; altri documenti ci fanno conoscere che vi possedeva pure territorii feudali con bestiami, che si riteneva cittadino di Altomonte ma abitava Cosenza, e che era molto energico, anzi prepotente nel voler essere rispettato ed ubbidito a ogni modo, sicchè dovè essere un braccio forte davvero pel Campanella nelle angustie in cui il frate ebbe a ritrovarsi[49]. Quanto al medico Gio. Francesco Branca di Castrovillari il Capialbi ce ne ha già dato particolari notizie biografiche. Avrebbe avuto a quell'epoca press'a poco 32 anni, e la sua cultura è attestata dalla sua biblioteca con manoscritti proprii che finì per lasciare a' frati conventuali del suo paese; d'altronde merita una speciale menzione, perchè si trovò complicato anch'egli nella famosa congiura, e dovè salvarsi con grosso riscatto, come fu attestato dal medesimo Campanella[50]. Quanto poi al medico Plinio Rogliano di Rogiano abbiamo trovato che il nome di Plinio era veramente il suo, e non già che era chiamato da' suoi con tal nome per la sottigliezza del suo ingegno, siccome è parso al Baldacchini interpetrando meno correttamente le parole del Campanella. Aveva in quel tempo appena 24 anni, e gli fa grande onore l'affermazione del Campanella, che per la sottigliezza del suo ingegno era stimato superiore a molti; pare che possedesse terreni in Altomonte mentre aveva stanza in Rogiano[51]. Nè possiamo trattenerci dal notare che non ne' chiostri, ma fuori di questi e presso umili professionisti di piccole città, come anche presso un Barone rurale, il Campanella trovava libri e consigli; e se volessimo indagare cosa avrebbe trovato a' tempi nostri, dovremmo certamente arrossire. Veniamo al P.e Provinciale Pietro Ponzio, presso cui si cercava mettere il Campanella in mala voce. Egli era zio de' Ponzii amici di fra Tommaso, e crediamo bene che con l'opera loro fra Tommaso ne avesse acquistata la benevolenza: il P.e Fiore ci lasciò scritto che fu Provinciale di Calabria negli anni 1587 e 1588[52], ma la durata del suo ufficio si estese anche a parte del 1589 quando gli successe P.e Silvestro d'Altomonte; e vedremo che fu più tardi ucciso da alcuni frati per mandato di taluno che aspirava al Provincialato e ne temeva la concorrenza, la qual cosa fece nascere odii mortali tra i Ponzii e gl'imputati dell'omicidio, nè questi odii rimasero senza conseguenze pel Campanella che era tanto amico de' Ponzii. Non sappiamo poi chi sia stato quel superiore, il quale fece in Altomonte così aspra guerra al Campanella: potè essere appunto quel P.e Silvestro anzidetto che riuscì Provinciale, visto il continuo trovare Priori de' conventi i frati nativi del paese: ma sappiamo solo che compagno in Altomonte gli fu pure fra Gio. Battista di Pizzoni, il quale nel processo depose che là il Campanella scriveva quell'opera che poi stampò in Napoli[53]. Ma fu veramente l'invidia la cagione della guerra mossa al Campanella dal suo superiore? Fu la dottrina antiperipatetica quella che costui chiamò falsa dottrina? Come mai poterono appunto persone laiche, quali il Campolongo e i due avvocati, difendere il Campanella dall'accusa di troppo conversare con laici? Come mai sursero «tempi difficilissimi e cose d'alta importanza» che il Campanella accenna senza spiegare? Si verificò pur troppo un incidente importantissimo, che il Campanella ebbe cura di nascondere costantemente; si verificò fin dalla sua dimora in Cosenza, e per esso dovè partire da quella città d'ordine de' superiori, per esso continuò ad essere perseguitato in Altomonte, per esso, ritornato in Cosenza, si decise ad andarsene a Napoli. Di tale incidente passiamo a discorrere.

Narrò il Cyprianus, dietro una lettera diretta a Gio. Andrea Schmidt da Carlo Caffa, il quale affermava di averlo saputo da un Domenicano ottuagenario stato già condiscepolo del Campanella *nel convento di Cosenza*, che il Campanella nella sua gioventù era di tanto rozzo ingegno da movere a disprezzo e riso, ma che avendo conosciuto un Rabbino Ebreo, ed essendo rimasto con lui per otto giorni continui in uno studiolo, lontano dalle discipline e da' compagni, con una Cabala, per pochi e brevissimi principii, potè sorgere uomo sì grande ed ammirando[54]. Tutti hanno qui scorta una leggenda con una parte di vero ed una maggior parte di falso, riferibile allo studio delle scienze occulte iniziato dal Campanella per opera di questo Ebreo, ma possiamo dire che vi fu qualche cosa di più, o che da allora in poi si accreditò quella opinione la quale fece grande e poi misero il Campanella in mezzo a' frati ed a' laici della sua Calabria, che cioè egli conversasse con gli spiriti e che la sua scienza meravigliosa provenisse dal diavolo. Il fatto accadde non per otto giorni ma per alcuni mesi, non nella prima età ma nel periodo più inoltrato de' suoi studii, in Cosenza ed Altomonte; nè pare dubbio che sia stato il principio recondito delle sventure del Campanella, il quale non ne parlò mai, involgendo ogni cosa nel fatto delle avversioni procuratesi col combattere Aristotile. Ma ecco quanto risulta da parecchie testimonianze, alcune delle quali ben degne di fede, perocchè l'incidente venne di poi agitato con molta larghezza nel processo di eresia avuto in Napoli. — «Diece anni prima» del processo, (naturalmente in termine approssimativo), peregrinando pel mondo capitava in Cosenza un Ebreo a nome Abramo, giovane su' 30 anni, alto della persona, pienotto, di poca barba, viso pallido, occhi azzurri, in fama di conoscitore di scienze occulte, possessore di spiriti familiari, indovino del passato, del presente e del futuro, astrologo e negromante: giusta il costume antico e moderno (come si vede pur oggi per coloro i quali son creduti capaci di presagire in materia di lotto), molti in Cosenza si davano premura di stringere con lui intime relazioni e l'invitavano frequentemente a pranzo, sicchè egli viveva a spese de' suoi ammiratori de' quali aveva un gran sèguito. Venne anche nel convento di S. Domenico, vide il Campanella e si pose in relazione con lui, volendone forse far soggetto delle sue divinazioni: fra Tommaso se ne compiacque e fece amicizia con l'Ebreo, il quale gli avrebbe nientemeno profetato che un giorno sarebbe divenuto Monarca del mondo, e di ciò si parlava già pubblicamente in que' luoghi! Aggiungeremo subito che tale profezia potrebbe parere un'invenzione de' tempi del processo, per darsi una spiegazione della congiura; ma si vedrà in sèguito essere stata senza dubbio ripetuta pure qualche altra volta dal Campanella medesimo, il quale credeva di avere avuto non solamente tre ma sette pianeti ascendenti favorevoli. Oggi tutto ciò farebbe sorridere; ma bisognerebbe ignorare che l'astrologia era allora la scienza ricercata da' più forti ed audaci intelletti, e chi l'ignorasse potrebbe trovarne nel D'Ancona eruditissimi cenni, che vanno tenuti presenti per bene intendere i tempi e le cose delle quali trattiamo[55]. Il filosofo ad ogni modo si legò un po' troppo all'Ebreo, trattava con lui nella città e nel convento, insieme con altri laici ed anche da solo a solo, e tale sua condotta increbbe molto a' superiori. Fu quindi mandato in Altomonte, ma là fu pure seguito dall'Ebreo, nè si astenne dal trattare con costui per molti giorni; naturalmente ne dovè patire acerbe riprensioni e gravi accuse, e nel ritornare di poi a Cosenza, si sparse certamente la voce che, esortato dall'Ebreo, volesse deporre l'abito di religioso ed andarsene con lui a Napoli. Il Priore del convento fra Giuseppe Dattilo, avvertito di ciò da fra Domenico di Polistina Reggente, chiamò il Campanella e lo riprese; egli rispose che volea deporre l'abito perchè non avea fatto professione in età perfetta, ma poi se ne astenne, sibbene partì da Cosenza per Napoli, e rimase incerto se partisse con licenza o no; solo è certo che fu ritenuto da tutti essere partito in compagnia dell'Ebreo, aggiungendosi che costui era stato «la ruina del Campanella» e che di poi fu giustiziato, taluno diceva in Napoli come spia del Turco, qualche altro diceva in Roma come eretico[56]. Queste cose si rilevarono nel processo, e vedremo che non vi mancò nemmeno la testimonianza di fra Dionisio medesimo, niente sospetta e del tutto spontanea, atta a far intendere se non i particolari dell'incidente, per lo meno la sua gravità: poichè avendo un frate già compagno del Campanella in Cosenza (fra Vincenzo d'Amico) affermato che si era detto essere il Campanella partito di Calabria con un certo Abramo, e che egli diceva di partirsi a motivo delle persecuzioni del Provinciale M.° Pietro Ponzio, fra Dionisio, interrogato senza alcuna prevenzione, si affrettò a dichiarare, che trovandosi lui a quel tempo in Napoli nel convento di S. Caterina a Formello, suo zio, il quale era allora Provinciale di Calabria, gli scrisse che se voleva la sua benedizione ed essere tenuto per nipote, non avesse pratica col Campanella, il quale se n'era «fuggito di Calabria con un Ebreo di cattivo nome» e questa fuga avea recato grave scandalo. Non è dunque nemmeno esatto quanto il Campanella ci lasciò scritto intorno all'atteggiamento del P.e Provinciale verso di lui; e si comprende ora che si trovò davvero in tempi difficilissimi e in cose di alta importanza, sicchè dovè riuscirgli non solo utile ma estremamente necessaria la difesa, di un uomo energico qual'era il Barone di Acquaformosa coadiuvato da amici attaccatissimi quali i due avvocati, mentre la falsa dottrina non rifletteva i principii Telesiani, sibbene i principii di fede, come il conversare con laici non rifletteva laici comuni, sibbene un Ebreo il quale era per soprappiù ritenuto negromante; nè c'è bisogno di dire che a questo fatto deve riferirsi ciò che l'ignoto condiscepolo del Campanella, divenuto ottuagenario, raccontava a Carlo Caffa, naturalmente secondo le sue deboli reminiscenze e le voci che erano corse nel volgo de' frati in Cosenza. Al Berti è parso che in un brano dell'*Atheismus triumphatus* il Campanella avesse parlato di relazioni da lui avute con un astrologo, e bruscamente rotte, avanti che entrasse nel carcere, ma in verità, sebbene la dicitura di quel brano non sia punto chiara, è impossibile leggervi il fatto accennato dal Berti, nè poi mancano altri documenti, pe' quali riesce manifesto che il fatto esposto nell'*Atheismus* si verificò appunto nel carcere di Napoli, circa 15 anni dopo l'epoca della quale trattiamo[57]. Si deve pertanto conchiudere, che pure ammettendo essere state delle più semplici le relazioni del Campanella coll'Ebreo, i suoi superiori, non esclusi quelli che si ha ogni ragione di credere i meglio disposti verso di lui, le appresero malissimo, e il

Campanella si trovò per esse spinto in una falsa posizione, che gli fu di gran pregiudizio pel momento e per l'avvenire; d'altra parte si deve cominciare ad intendere che per le speciali condizioni, nelle quali ebbe a trovarsi, egli non fu in grado di parlare chiaramente e manifestare tutta la verità nelle cose che riguardavano la persona sua, e però bisogna andar cauti nell'accoglierne le affermazioni. Ora vediamolo in Napoli.

II. L'epoca della venuta del Campanella a Napoli è stata dal Berti, il più preciso de' suoi biografi, riportata all'anno 1591; ma a noi sembra che debba con la maggiore probabilità riportarsi alla fine del 1589. — Cominciamo, al solito, dal vedere ciò che si legge nel *Syntagma de libris propriis* intorno alla sua venuta e a ciò che egli fece in questa città. Parlando della sua *Filosofia* vi si dice: «questo libro di polemica fu stampato in Napoli presso Orazio Salviano nell'anno del Signore 1590, nel qual tempo pure, in casa del Marchese di Lavello e col favore del figliuolo Mario del Tufo, scrissi due commentarii, uno del *Senso*, un altro della *Investigazione delle cose*, e composi molti discorsi ed orazioni, per amici che andavano a prendere la laurea. A scrivere questi libri del Senso delle cose mi spinse principalmente una disputa fatta in un pubblico Congresso, ed oltracciò Gio. Battista Della Porta, che avea scritto la Fisiognomia in cui si diceva non potersi dar ragione della simpatia ed antipatia delle cose, mentre esaminavamo insieme il suo libro già stampato..... Scrissi in sèguito un certo esordio di *Nuova Metafisica*, nel quale stabiliva come principii metafisici la necessità, il fato, l'armonia. Parimenti la *Filosofia Pitagorica* con un Carme Lucreziano, invogliato molto della lettura di Ocello Lucano e de' detti de' Platonici. Ma nell'anno del Signore 1592 me ne andai a Roma fuggendo gli emuli accusatori che dicevano: come sa di lettere costui mentre non le ha mai imparate?» Bisogna aggiungere che negli ultimi versi della prefazione alla *Philosophia sensibus demonstrata*, edita l'anno 1591, licenziandosi da' lettori dice: «Aspettate presto, Dio permettendo, un nostro commentario *Dell'investigazione delle cose* ed un altro *Del senso delle cose*». Al Berti è parso che il Campanella sia caduto in errore nel trattato *De libris propriis*, avendo detto che la sua Filosofia sia stata pubblicata l'anno 1590, e non nel 1591 come ne fa fede il frontespizio[58]: ma veramente il Campanella affermò essere stata la sua opera «stampata» nel 1590, la qual cosa non contraddice all'essere stata pubblicata nel 1591. E considerando che molto tempo s'impiegava allora per la stampa di un'opera, massime in Napoli, come pure che il Campanella ebbe a comporre ancora diverse opere nella stessa epoca; considerando d'altra parte che egli dovè partire piuttosto in fretta da Cosenza nel suo ritorno da Altomonte, come pure che dovè poi andarsene da Napoli in un periodo non inoltrato del 1591, secondochè dimostreremo con documenti; si converrà che la data da noi stabilita della sua venuta a Napoli, cioè la fine del 1589, sia la più plausibile. Se guardiamo pertanto alle informazioni che ne dà il processo del 1599, troviamo da due deposizioni accennato veramente il 1591 come l'anno in cui egli era in Napoli «in casa di Mario del Tufo»[59]: ma anche qui le deposizioni riflettono piuttosto l'ultimo periodo della dimora del Campanella in Napoli. Una deposizione poi di fra Dionisio Ponzio dice, che «la fuga» del Campanella da Calabria avvenne dopo il Capitolo celebrato in Roma, nel quale fu eletto il Generale che a quel tempo (nel 1600) presedeva all'Ordine; ora si sa che Generale a quel tempo era fra Ippolito M.ª Beccarla di Mondovì e che costui fu eletto il 20 maggio del 1588, come risulta dal libro del Quétif ed Echard e meglio anche dall'iscrizione funeraria apposta alla sua tomba, ben conosciuta dagli amatori delle cose napoletane nella Chiesa di S. Domenico di Napoli[60].

Fu narrato dall'Eritreo che appena giunto il Campanella in Napoli, nel passare innanzi al monistero di S. Maria la nuova appartenente a' Francescani, veduta gran turba andare e venire e saputo che vi si faceva una disputa, essendo libero ad ognuno il prendervi parte volle provarvisi, e seppe vincere e fu portato in trionfo a casa da' frati dell'ordine suo[61]. Non abbiamo veramente alcun'altra notizia speciale intorno a questa avventura del Campanella, ma dobbiamo dire che non ne rimaniamo punto sorpresi: forse ad essa alluse egli medesimo, quando nel suo *Dialogo politico contro i Luterani e Calvinisti* prese le mosse da una disputa fatta sull'argomento in S. Maria la nuova di Napoli, alla quale erano intervenuti due degl'interlocutori, nè sarà sfuggito che nel brano del *Syntagma* riportato più sopra egli parla pure di una «disputa fatta in un pubblico Congresso», dalla quale fu spinto a scrivere sul Senso delle cose. Nel libro poi del Marta, combattuto dal Campanella, si trovano citate diverse dispute filosofiche col nome de' disputanti e le rispettive opinioni, le quali il Fiorentino ha rilevate con molta cura[62]: ma noi, nell'Archivio di Stato, abbiamo già da un pezzo trovato alcuni documenti, che dimostrano la frequenza e varietà di tali dispute, presso a poco ne' tempi de' quali trattiamo, con tutte le circostanze desiderabili. Le dispute si facevano nelle Chiese, non ne' Chiostri come ha mostrato di credere il Baldacchini, e per lo più nelle ore pomeridiane della Domenica; non ancora erasi pervenuto al punto di rendere anche materialmente la Chiesa estranea alla cultura. Annunziavano le dispute grandi manifesti o come allora si dicevano *cartoni*, affissi «per li luoghi pubblici et ordinarii di questa fidelissima città», sia a stampa sia manoscritti, e ce ne rimangono dell'una e dell'altra maniera, col loro dorso tuttora impiastricciato delle sostanze adoperate per farli attaccare alle mura; essi recavano, col nome di chi sosteneva la disputa, una dedica, un fervorino, l'elenco delle proposizioni o *capi* da disputarsi, e l'indicazione del luogo, del giorno e dell'ora. Quelli che abbiamo veduti talvolta hanno il nome di un preside, che poi certifica essere state le proposizioni sostenute «con sodisfattione et approbatione»; talvolta sono accompagnati dal certificato di un mastro d'atti, che espone le circostanze della disputa, i nomi delle persone che hanno argomentato e di quelle tra le più notevoli che sono semplicemente intervenute, inoltre l'esito finale, «che tutti hanno detto esserne state bene difese et disputate le sudette Conclusioni con darne infinite lode al detto Dottore» etc. Era un modo onorevole di farsi conoscere in qualsivoglia ramo dello scibile: difatti abbiamo cartoni di dispute in filosofia, in medicina, in materia legale, sostenute da studenti, da Dottori, Accademici Partenii, Accademici Costanti, Dottorati in Napoli che volevano essere ammessi a leggere e disputare secondo i Capitoli della Scuola di Salerno, coll'indicazione della sede della disputa, nella Chiesa del Collegio del Gesù, nella Chiesa di S. Giovanni maggiore, nella Chiesa di S. Giovanni a Carbonara[63]. E dev'essere notato che in filosofia disputavano non soltanto i frati, ma principalmente i medici, tra' quali era celebratissimo campione di dispute a quel tempo il medico Latino Tancredi di Camerota, o Latino Camerotano, che poi prestò anche i suoi consigli medici al Campanella, come vedremo a suo luogo: perocchè la facoltà di filosofia era fusa in quella di medicina, e con le letture di filosofia più basse e poi più elevate i medici cominciavano e poi chiudevano la loro carriera, così nell'insegnamento pubblico come nel privato. In verità i frati, almeno in Napoli, si sforzarono sempre di soppiantare i medici nelle letture di filosofia nel pubblico studio, ma per lunghissimo tempo non vi ebbero fortuna, malgrado il favore de' Vicerè bigotti; basta dire che scorso perfino un altro secolo, il Cappellano maggiore ancora scriveva al Vicerè doversi le letture di filosofia tenere da' medici e non da' frati, poichè gli studenti non andavano a udire i frati[64]. Bisogna quindi guardarsi pure dal credere che le controversie filosofiche si agitassero solamente tra' frati, e si può pertanto conchiudere non esser punto difficile che il Campanella, appena venuto in Napoli, si sia trovato a far parte di una disputa filosofica in una Chiesa. Ciò che ci pare piuttosto difficile si è che egli sia poi andato ad abitare il convento di S. Domenico.

Le circostanze che menarono il Campanella a Napoli, la sua così detta «fuga dal convento di Cosenza» coll'indignazione dei superiori, parrebbero un grave argomento per escludere che egli fosse andato ad abitare il convento di S. Domenico; ma per verità l'argomento non è grave, attesochè il sistema de' tempi era rappresentato da una singolare alternativa di debolezza e di violenza grandissima, ed i frati specialmente Domenicani vivevano più che in libertà, in licenza sconfinata. Invece più grave argomento è quello della difficoltà che i Domenicani calabresi avventizii incontravano ad avere una stanza ne' conventi di Napoli. Esistevano nella città non meno di 9 grandi conventi di detta Religione, quattro ordinarî e cinque riformati, ma i così detti «fuochi» di Domenicani nella città e nei borghi si elevavano a non meno di 16, con 682 «anime», la più alta cifra dopo quella de' Francescani e de' Benedettini[65]: veramente, oltre i frati del Regno e gli spagnuoli, si trovavano fra loro anche parecchi lombardi come del resto parecchi del Regno si trovavano ne' conventi di Lombardia, essendovi relazioni molto frequenti fra le due regioni dominate dalla stessa potenza spagnuola; pertanto i frati calabresi, venendo in Napoli, non potevano avere facile accesso in questi conventi, al punto che dovè più tardi pensarsi a fabbricarne uno espressamente per loro. È noto infatti che fu perciò fabbricato nel 1606 il convento di S. Maria della salute, detto poi di S. Domenico de' calabresi o di S. Domenico Soriano nella piazza fuori porta Regale (oggi piazza Dante) per opera di fra Tommaso Vesti Domenicano calabrese reduce da Algieri, co' danari ricevuti da Sara Ruffo di Misuraca sua compagna di schiavitù nello stesso posto. È verosimile dunque che il Campanella abbia dovuto fin dal suo arrivo rimanere fuori convento, e forse fin d'allora divenire ospite de' Signori del Tufo, co' quali abbiamo già notata la conoscenza probabilmente avvenuta a' tempi della sua dimora in S. Giorgio. — Non si creda pertanto che con ciò il Campanella cadesse in grave colpa, allontanandosi dall'austerità della vita religiosa e dagli obblighi della regola di S. Domenico: in Napoli, tra' Domenicani di que' tempi, non v'era nè austerità nè regola, e se mai, in conferma di quanto diciamo, non si volessero accettare i racconti e i giudizî delle cronache napoletane, si dovranno certamente accettare le relazioni e i giudizî del Nunzio Aldobrandini, che si rilevano dal suo Carteggio esistente nell'Archivio di Firenze. Egli fin da' primi mesi della sua venuta in Napoli, nel 1592, scriveva a Roma contro la vita licenziosa de' frati in generale e dimandava poteri per rimediarvi[66]; ma pe' Domenicani in ispecie non cessò mai di fare le più alte lagnanze. Si sforzò anche troppo d'introdurre la vita più austera de' Riformati in S. Domenico, ed ottenuti gli ordini del Papa, nel 1595, fece sloggiarne tutti coloro che l'abitavano ed introdurvi 60 frati Riformati presi dal convento della Sanità: ma ebbe a vedere, otto giorni dopo, i frati scacciati venire armati di pistole, coltelli e bastoni, e coll'aiuto di quelli di S. Pietro Martire prendere d'assalto il convento, scacciarne i nuovi abitatori, introdurvi munizioni per 6 mesi, fortificarsi, elevar trincee alle porte, guarnire di sassi le finestre, suonare le campane a martello, eccitando il popolo e parte della nobiltà in loro favore, destando forte commozione nel Vicerè; e durarono così tre buoni mesi in aperta ribellione, da' primi di aprile a' 22 di giugno, quando aprirono finalmente le porte vincendo la partita in barba al Nunzio ed allo stesso Papa. Il Papa concedeva che mandassero due de' loro in Roma per esporre le proprie ragioni, ma esigeva che frattanto facessero l'ubbidienza ed uscissero dal convento di S. Domenico cedendo il posto a' frati che stavano ne' conventi di S. Severo, di Gesù e Maria, di S. Caterina a formello, con l'avvertenza di farvi entrare «quelli che fossero lombardi» probabilmente credendo di disinteressare così il popolo napoletano nella quistione: ma i frati di S. Domenico non ne vollero far nulla, ed il Vicerè ebbe timore di accordare il braccio secolare per costringerli all'ubbidienza verso il Papa[67]. Abbondano poi i casi particolari di Domenicani inquisiti e processati durante tutto il periodo della Nunziatura dell'Aldobrandini, e fino al termine del suo ufficio egli se ne lagnò spesso: così scrivendo al Card.[l] S. Giorgio diceva, «voglio che sappia che non è Religione in questo Regno più relassata di questa, et che si sentino maggiori enormità et d'ogni sorta» (e qui registrava una lunga filza di queste enormità), come pure scrivendo al Padre Generale de' Domenicani diceva, «si sanno i molti delitti gravi che seguono nella Religione senza che pur ci si pensi»[68]. Il Campanella dunque non avrebbe nulla guadagnato se fosse rimasto tra siffatti frati: eppure ebbe poi perfino a risentire indirettamente il danno de' dissensi e de' tumulti frateschi, avvenuti quando egli era da un pezzo già partito da Napoli; poichè, come abbiamo avuta occasione di accennare più sopra, trovavasi in questa città fra Dionisio Ponzio, il quale non era uomo da stare in disparte fra quelle baruffe, e gli odii che n'ebbe a riportare ricaddero anche sull'amico suo. Venuto a stare nel convento di S. Caterina a formello, egli passò in seguito appunto a quello di S. Pietro Martire come «studente formale»: un fra Marco da Marcianise, del quale avremo ad occuparci più tardi anche troppo, ed un fra Ambrogio di Napoli, che fu poi del piccol numero di frati lettori pubblici di filosofia (1613-23) e in sèguito Vescovo di Tropea, fecero sì che gli studenti non napoletani fossero privati di voce attiva, ed ecco sdegnati questi studenti mandare un loro procuratore a Roma presso Innocenzo IX, e il procuratore prescelto fu appunto fra Dionisio, che dovè scrivere memoriali e suppliche contro fra Marco. A tempo de' tumulti poi egli trovavasi in Roma, per provocare il processo contro i frati calabresi che avevano ucciso suo zio il Provinciale Pietro Ponzio: fra Marco di Marcianise, era appunto Superiore dei frati della Sanità che si è detto sopra avere occupato il convento di S. Domenico, e fra Dionisio, prendendo le parti de' frati di S. Domenico, agì e trattò contro i Riformati e contro fra Marco[69]. È superfluo dire quanto odio ne nascesse, e fra Marco fu appunto il Commissario che istituì poi i processi in Calabria nel 1599.

Ma dunque, da principio o più tardi, il Campanella venuto in Napoli se ne andò a dimorare nella casa de' Signori del Tufo Marchesi di Lavello, e poichè essi furono lungamente protettori ed amici di fra Tommaso, al punto che taluni si trovarono poi nominati nella faccenda della congiura, ed uno ne fu carcerato contemporaneamente, un altro consecutivamente, è giusto darne notizia con qualche larghezza. Figuravano questi Signori tra le famiglie primarie nella nobiltà: vantavano la loro origine da uno de' primi Normanni venuti con Guglielmo Ferrabuc, Ercole Monoboij, che poi prese il suo cognome dalla terra del Tufo nella Provincia di Principato Ultra, avuta con altri doni in premio del suo valore; vantavano un Roberto del Tufo Signore di Montefredano presso Avellino, registrato nell'elenco de' Baroni che seguirono Goffredo di Buglione alla conquista di Terra Santa. A' tempi de' quali trattiamo, abitavano nella contrada che oggi si dice di S. M.ª di Costantinopoli, nelle case appartenute già a' Castriota Scanderbeg, e poi divise fra loro e i Signori Marciani, cui faceva sèguito il palazzo del Reggente David, divenuto poi più tardi, nel 1610, la Chiesa ed il Monastero di S. Giovanniello; il palazzo de' del Tufo era quello oggi segnato col n.º 102, provisto, come gli altri contigui, di un giardino che avea per parapetto il muro della città durato fino a' giorni nostri. Quivi il Campanella trovò agio e conforto, e ben può dirsi questo il solo luogo di cui potè ricordarsi con piena soddisfazione durante tutta la sua vita. Ecco gl'individui di casa del Tufo che principalmente c'interessano per la nostra narrazione.

1.° Gio. Geronimo del Tufo, che era 2° Marchese di Lavello: già capitano di cavalli nella guerra del Tronto, poi Governatore e Commissario generale in entrambe le Calabrie, Reggente della Vicaria, Membro del supremo Consiglio Collaterale; padre di Giovanni, avuto da Isabella di Guevara sua 1.ª moglie (già morto nel tempo del quale trattiamo) e di Mario, avuto da Antonia Carafa della Spina sua 2.ª moglie, che sposò il 1547 e che gli diede pure molti altri figliuoli[70]. Egli rappresentava la casa al tempo in cui il Campanella venne a Napoli: ed era molto innanzi negli anni e morì nel 1591.

2.° Mario del Tufo, secondogenito di Gio. Geronimo predetto: coll'aver tolto in moglie Fulvia Persona era divenuto Barone di Matina in terra d'Otranto; più tardi comprò anche Minervino e qualche altro feudo, onde s'intitolò anche Barone di Minervino; ed ebbe dalla sua Fulvia Ascanio e diversi altri figliuoli. Egli propriamente ospitava il Campanella, come fu specificato in una deposizione che si ebbe nel processo di eresia dibattuto in Napoli, mentre nel *Syntagma* è accennato confusamente là dove si parla di alcune opere scritte «in casa del Marchese di Lavello, e col favore del figliuolo Mario del Tufo»[71]. Vedremo che a lui il Campanella dedicò la sua filosofia, con lui rimase sempre in corrispondenza dirigendogli pure altre opere scritte altrove più tardi, ed egli propriamente si trovò poi nominato qual complice nella congiura.

3.° Gio. Geronimo del Tufo, che fu 4° Marchese di Lavello, e Signore di Montemilone, nipote di Mario predetto, figlio di Giovanni del Tufo 3° Marchese di Lavello e di Caterina Caracciolo sorella del Duca d'Airola: costui fu Doganiere della Dogana di Puglia e poi scrivano di razione, ma molto più tardi; aveva già nel 1588 sposato Beatrice di Sangro figlia di Fabrizio Duca di Vietri[72]. Di questo Fabrizio di Sangro avremo ancora a parlare ulteriormente, giacchè egli pure fu creduto aderente alla congiura, come il Marchese Gio. Geronimo, che vedremo anche carcerato più tardi, sempre perchè amico e protettore del Campanella. E si avverta che costui propriamente era il Marchese di Lavello di cui si faceva parola a' tempi della congiura, essendo successo all'avo nel 1591, come si scorge da' Registri delle *Significatorie de' Relevii*, che mostrano quella a lui spedita il 18 9bre di detto anno.

4.° Francesco o Ciccio del Tufo 5° Marchese di Lavello, figlio di Gio. Geronimo: al tempo nel quale ci troviamo era giovanetto; successe al padre nel 1607, come si scorge parimenti da' Registri delle *Significatorie de' Relevii*, che mostrano quella a lui spedita il 28 9bre di tale anno. Avendo sposata Costanza Pappacoda figlia del Marchese di Capurso, ne ebbe Giovanni 6° Marchese di Lavello; ma la sua salute si alterò presto, e finì per essere dichiarato inabile ad amministrare, mentre la sua moglie se ne viveva ritirata nel monastero di Regina coeli «more nobilium» (14 genn.° 1629). Lo vedremo menzionato in qualcuna delle lettere e delle opere del Campanella, implicato anche in una circostanza della vita del filosofo non priva d'interesse, onde tutte le date suddette, da noi laboriosamente raccolte, non debbono punto credersi un vano lusso di erudizione.

5.° Geronimo del Tufo. Era figlio di Fabrizio del Tufo e Porzia Muscettola, e sposò Costanza del Tufo sorella di Gio. Geronimo sopranotato; non deve quindi confondersi con Gio. Geronimo. Fabrizio suo padre discendeva da Paolo secondogenito di Giovanni Signore di Lavello (non ancora era sorto il Marchesato), e tenne l'ufficio di Governatore della provincia di Bari nel 1587-88, poi della provincia di Calabria ultra con lettere patenti di Capitano a guerra nel 1595-96[73]. Vedremo Geronimo in carriera di Capitano di città precisamente nelle Calabrie, e non solo nominato, ma carcerato qual complice della congiura.

6.° Marcantonio del Tufo Vescovo di Mileto. Era figlio di Alfonso del ramo de' Baroni di Frignano maggiore, e di Aurelia del Tufo sorella di Fabrizio predetto, zio quindi di Geronimo del Tufo per parte di madre. Fu creato Vescovo di S. Marco il 5 aprile 1585, e poi passò a Mileto, in Calabria, il 21 8bre dello stesso anno: morì nel 1606. Al Campanella non dovè riuscir difficile far la conoscenza di questo Vescovo, che nella Narrazione pubblicata dal Capialbi chiamò suo «patrono». Egli era superlativamente battagliero nelle quistioni giurisdizionali, e naturalmente anche per tale motivo si trovò nominato nella congiura[74].

Questi Signori del Tufo, come generalmente tutti i Signori di un tempo, senza essere persone distinte per cultura aveano tuttavia in molto pregio i buoni studii. Nella dedica della sua Filosofia a Mario del Tufo il Campanella ci lasciò scritta questa circostanza degna di menzione, che Bernardino Telesio fu «devotissimo» di Mario e dell'inclito padre di lui; attestò inoltre l'ingegno fecondo del Marchese Gio. Geronimo nella filosofia e nella poesia. Non può quindi far meraviglia l'ottima accoglienza incontrata presso costoro dal Campanella, il quale aveva già scritto in difesa del Telesio con un ardore e una baldanza giovanile notevolissima, imprendeva allora a compiere o a comporre altre opere filosofiche, e palesava la sua dottrina già matura nelle dispute pubbliche e private. Per altro abbiamo motivo di ritenere che in casa Del Tufo egli avesse l'ufficio di precettore di qualche figliuolo di Mario, oltrechè del giovanetto Francesco futuro Marchese. Mario era già sposo da un pezzo e più volte padre in questo tempo: attendeva alla coltivazione delle difese di Montemilone e di altri territorii; si portava frequentemente fuori Napoli, anche per vegliare alla sua razza di cavalli, i quali avremo occasione di vedere che molto spesso si godeva il Gran Duca di Toscana[75]. Nel corso di questa narrazione c'imbatteremo in un caso in cui il Campanella erroneamente si dolse di «un Marchese discepolo ingrato», che fu senza dubbio Francesco del Tufo figlio di Gio. Geronimo, e tutto induce a far credere che appunto in questo tempo l'abbia avuto a discepolo.

Frattanto, per l'estesa parentela de' Del Tufo, il Campanella venne a procurarsi ben presto la conoscenza anche di altri nobili molto reputati. Abbiamo già avuta occasione di menzionare Fabrizio di Sangro Duca di Vietri: non pare dubbio che egualmente in questo tempo egli abbia conosciuto D. Lelio Orsini fratello di Ferdinando Duca di Gravina, il quale D. Lelio divenne amico e protettore del Campanella non meno de' Signori Del Tufo suoi parenti. Questa parentela era abbastanza stretta, poichè lo zio di D. Lelio a nome Flaminio Orsini, Signore di Solofra e Sorbo e Conte di Muro, avea sposato Lucrezia del Tufo, e l'altro zio a nome Ostilio Orsini, il quale fu poi Signore di Pomarico e Montescaglioso, sposò in seconde nozze Diana del Tufo, entrambe figlie di Paolo del Tufo fratello del vecchio Marchese di Lavello Gio. Geronimo, e lo stesso D. Lelio sposò Beatrice Orsini figliuola del detto zio Flaminio e Lucrezia del Tufo. Avremo campo di discorrere partitamente di ciascun di questi Signori: ma per ora interessa piuttosto di fermarci sopra un'altra conoscenza non meno importante fatta in questo tempo dal Campanella, vogliamo dire quella del celebre Gio. Battista Della Porta, che influì abbastanza sull'animo del filosofo, ispirandogli anche l'opera *De Sensu rerum et Magia*; nella quale occasione ci conviene dir qualche cosa egualmente del fratello di lui Gio. Vincenzo Della Porta, giacchè tutto induce a far ritenere che il Campanella abbia conosciuto anche costui, e che costui abbia avuta la sua parte d'influenza sul Campanella. Profitteremo qui di diverse notizie rilevate da qualche scrittore meno consultato ed anche da scritti rimasti finoggi inediti, massime intorno a Gio. Vincenzo, poichè intorno a Gio. Battista abbiamo oramai una monografia del prof. Fiorentino che ci dispensa dall'occuparcene a lungo[76].

Erano tre i fratelli Della Porta, di antico e distinto lignaggio e di cultura ed erudizione maravigliose, Gio. Vincenzo, Gio. Battista e Gio. Ferrante; parrebbe che un altro loro fratello a nome Francesco, primogenito, fosse morto giovanotto. Figli di Nard'Antonio, dal 1541 Regio Scrivano degli atti delle cause civili della Vicaria, creati tutt'insieme, unitamente al padre ed agli zii Francesco, Bartolomeo e Gonnisalvo, familiari e domestici del Re di Spagna nel 1548, abitavano alla piazza della Carità, in quella casa posta a sinistra della Chiesa, dove da lungo tempo oramai si vede un albergo[77]. Tutti e tre i fratelli erano amantissimi di lettere, e forse perchè Pitagorici pregiavano grandemente la musica, fino ad aver tenuto a lungo in casa loro Filippo di Monte, a que' tempi celebrato scrittore di musica; ma gli amici notavano maliziosamente che nessuno di loro avea potuto mai acquistare una buona intonazione nel canto. La loro casa fu sempre il luogo di ritrovo dei letterati napoletani e forestieri, e mano mano che ciascun fratello v'istituì qualche collezione, può dirsi che dall'intera Italia, come dalla Francia, dalla Spagna, dal Belgio, dalla Germania, dalla Polonia, non venivano uomini culti che non si dessero premura di visitare Pozzuoli e di essere ricevuti in casa Della Porta, non solo per le collezioni che vi si ammiravano, ma principalmente per l'erudizione che vi si apprendeva; giacchè possedevano una Biblioteca molto ricca, e non per semplice lusso, non essendovi volume che non avessero percorso, ritenendone ogni parte con una prontezza che facea stordire, sicchè erano gli arbitri di ogni quistione erudita. Gio. Ferrante non visse a lungo: tra le cose curiose, che lasciò, vi fu una notevole collezione di cristalli antichi, che passò in altre mani, giacchè in fondo i Della Porta non erano molto ricchi, e nelle curiosità, ne' libri e nelle ricerche, spendevano moltissimo. Gio. Vincenzo, primo de' fratelli, additato per la sua magrezza, era scrivano di mandamento, di una integrità del tutto eccezionale a que' tempi, aborrendo da' così detti «guanti e paraguanti», parole che esprimevano in modo civile un basso profitto: infaticabile nello studio, dottissimo nelle lettere greche e latine, nella filosofia e matematica, nella botanica, alchimia e medicina, era passionato cultore in ispecie dell'antiquaria e dell'astrologia. Nell'antiquaria aveva sceltissime collezioni di marmi e di medaglie, ed a questo titolo teneva corrispondenza principalmente con Fulvio Orsini di Roma, avea continue richieste di pareri e consigli, e riceveva frequentissime visite dagli amatori, segnatamente dal Reggente Marthos di Gorostiola che se ne dilettava moltissimo. Nell'astrologia era stato discepolo di Giovanni da Bagnolo, pregiava assai Matteo de Solizio, ed era amicissimo di Gio. Paolo Vernalione che lo visitava frequentemente: la sua riputazione in tal genere di cose era colossale, molto superiore a quella del fratello Gio. Battista, avendo composte infinite natività di uomini illustri, e fatte predizioni che formavano la meraviglia universale; il Principe di Stigliano, Vincenzo Luigi Carafa, che lo stimava e lo ricercava sempre, onorandolo pure con molti donativi, conservava nella sua Biblioteca un grosso volume delle natività da lui scritte. Del rimanente era uomo modestissimo quanto religiosissimo, e motteggiava suo fratello Gio. Battista, perchè era così facile a comporre libri e a stamparli. Egli scrisse sulle antichità di Pozzuoli e vicinanze, e si vuole che di questo scritto si sia servito Scipione Mazzella nella composizione del libro suo: scrisse pure *Commentarii* sopra l'Almagesto e il Quadripartito di Tolomeo che non si sa qual sorte abbiano avuta, un libro *De emendatione temporum* che essendosi trovato conforme a quanto avea detto lo Scaligero fu da lui disfatto, un altro libro della *Emendazione del Calendario* che non fu finito in tempo per essere inviato a Roma e quindi fu condannato alla stessa sorte. Morì nel 1606. — È del tutto verosimile che il Campanella abbia frequentato le conversazioni di Gio. Vincenzo, non meno che quelle di Gio. Battista, e con Gio. Vincenzo siasi più direttamente inteso circa l'astrologia pratica, le predizioni, le compilazioni delle genesi e natività allora tanto ricercate, e tanto dal Campanella amate. Oramai le lettere sue scoperte dal Berti ci hanno insegnato che perfino nel carcere di Napoli, e poi in quello del S.to Officio di Roma, il Campanella siasi occupato di genesi e natività, e i documenti da noi scoperti mostreranno che ne era richiesto perfino nel periodo della sua pazzia; nè sarà mai approfondito abbastanza siffatto suo gusto, che fu tanta cagione delle sue sventure. Forse anche presso Gio. Vincenzo egli conobbe il Marthos Gorostiola, dal quale poi affermò essere stato eccitato a scrivere intorno alla Monarchia spagnuola, come pure Gio. Paolo Vernalione, col quale vedremo che conferì poco prima del tempo della congiura.

Quanto a Gio. Battista Della Porta, tutti sanno che egli si spinse assai più in alto. Studiò presso Gio. Antonio Pisano medico e filosofo riputatissimo, e gli si mostrò grato dedicando una delle sue opere al figliuolo di lui: fu ricercatore infaticabile, e all'amore per le buone lettere e per la drammaturgia unì la cultura della matematica, della fisica, dell'alchimia, di tutte le scienze naturali; fu anche vaghissimo della medicina, ed amante oltremodo della magia, dell'astrologia, delle scienze divinatorie in genere, ma combattendo la magia demoniaca e fondando la così detta da lui magia naturale[78]. Tutti sanno che per lo meno contribuì potentemente all'invenzione del cannocchiale e della camera oscura, notando anche varii fenomeni fisici di alta importanza, che investigò e raccolse da ogni lato, percorrendo anche tutta l'Italia, la Francia, la Spagna, ma sempre con una tendenza verso il maraviglioso e lo strano, che veramente fa gran torto a lui e gran pena a chi si fa a leggere i suoi numerosi libri. Eppure è indubitato che precisamente per questo richiamò sulla persona sua l'attenzione e la stima universale de' contemporanei, rimanendone pregiudicata quella de' posteri. Così il Card.¹ Luigi d'Este lo volle presso di sè per qualche tempo; il Gran Duca di Toscana gli mandò il suo medico Punta per averne secreti; il Duca di Mantova Vincenzo Gonzaga si trattenne un pezzo in Napoli e ne frequentò sempre la casa; infine Rodolfo II Imperatore (nel 1604) gli scrisse e gli mandò il suo cappellano Cristiano Harmio per sollecitarlo che gli spedisse qualche suo discepolo pratico dell'arte. Ed egli allora, dopo di avere pubblicate tante opere ed avendone pure altre fra mano, si decise ancora a scrivere quel libro della Taumatologia etc. rimasto incompiuto e inedito, ora esistente in Montpellier, nel quale, in grazia certamente dell'Imperatore, diè prova di una grande smania pe' segreti comunque mostruosi, mentre già da molti anni se ne era abbastanza corretto. Ci asteniamo dal parlare delle sue opere, della sua Accademia de' Segreti, della sua partecipazione all'Accademia de' Lincei di Roma. Appena menzioneremo che egli ebbe un processo di S.ᵗᵒ Ufficio, procuratogli certamente dall'astrologia giudiziaria ed esercizio de' pronostici: un documento autentico capitato nelle nostre mani ci rivela essere state fatte per lui le «ripetizioni» de' testimoni avanti il 1580, reggendo il S.ᵗᵒ Officio in Napoli Mons.ʳ Carlo Baldini Arcivescovo di Sorrento, e trovandosi Maestro d'atti Francesco Joele; il processo quindi è di data diversa dalla proibizione di stampare, che gli venne inflitta nel 1592, che durò fino al 1598, ma che pure impedì consecutivamente la pubblicazione della Taumatologia e della Chiromanzia[79].

Il Campanella, giovane ed infiammato scrittore di una nuova filosofia che accennava ad essere sperimentale, oltracciò venuto da Calabria con la mente già eccitata verso la magia e le arti divinatorie, non poteva non frequentare la casa de' Della Porta e non avervi lieta accoglienza. Verosimilmente le arti divinatorie e i pronostici furono il soggetto di molte conversazioni, trovandosi il Campanella sotto l'impressione dell'altissimo pronostico fattogli dall'Ebreo; ma a noi è pervenuto solamente il ricordo della conversazione (non disputa pubblica) avuta con Gio. Battista intorno al non potersi dar ragione della simpatia ed antipatia delle cose, come Gio. Battista aveva scritto nella Fisognomia, «mentre esaminavano insieme il libro già stampato», la quale conversazione, oltre a una disputa pubblica avuta altrove precedentemente, diede occasione al Campanella di scrivere l'opera *De sensu rerum*; in quest'opera c'è talvolta il ricordo di qualche altro discorso passato tra lui e Gio. Battista, come p. es. a proposito delle formazioni dendritiche dell'argento[80]. Ebbe inoltre il Campanella a profittare egli pure de' consigli e de' rimedii, che Gio. Battista dispensava ed amministrava personalmente a coloro i quali andavano a consultarlo; ne diremo or ora qualche cosa. Presso i Della Porta anche dovè conoscere Giulio Cortese, Colantonio Stigliola, Gio. Paolo Vernalione. Sicuramente conobbe il Cortese in questa sua prima venuta in Napoli, poichè lo vedremo da lui posto come interlocutore nel suo *Dialogo contro i Luterani* che scrisse in Roma nel 1595; ma lo vedremo del pari citato insieme allo Stigliola e al Vernalione a proposito di un discorso passato tra loro intorno alla vicina fine del mondo, allorchè tornò per la prima volta in Napoli poco avanti la congiura; avremo quindi campo di parlare di tutti costoro a tempo e luogo più opportuni.

Dicemmo che il Campanella ebbe a profittare de' consigli e rimedii di Gio. Battista Della Porta. Egli medesimo infatti, nella sua opera *Medicinalium*, ci lasciò scritto che guarì subito da una infiammazione di occhio mediante un collirio meraviglioso che il Della Porta usava, e che gl'instillò con le sue mani in presenza di molte persone. Veramente potè forse questo accadere nella sua seconda venuta in Napoli; ma senza dubbio nella sua prima venuta gli accadde di soffrire una doppia sciatica, che lo tenne per più mesi a letto «essendo giovane di 23 anni», come ci lasciò scritto nella medesima opera; la quale notizia della sua età non deve indurre in un errore di data, riferendo la cosa all'anno 1591 anzichè all'anno 1590, perchè avremo altre volte occasione di vedere essere stato il Campanella solito di fare i suoi còmputi calcolando anche la cifra dell'anno da cui il còmputo cominciava. Egli intraprese la cura de' bagni e delle stufe di Pozzuoli e di Agnano, naturalmente nell'età del 1590, e se ne trovò bene; ma la malattia non l'abbandonò del tutto che due anni dopo, succedendole una terzana. E deve essere notata la cagione che assegnò alla comparsa della malattia, alla sua durata, al suo miglioramento: aveva fatta, egli scrisse, una lunga e forte cavalcata, beveva col ghiaccio e desinava lautamente presso un nobile uomo; cessate tutte queste comodità, dimagrato nelle successive peregrinazioni, si avviò a guarire. Da ciò si vede l'ottimo trattamento che godeva presso Mario del Tufo, e la ben diversa vita che ebbe a menare in sèguito[81]. — Ma egli pure, quantunque si riconoscesse «poco erudito ne' medicinali», curò dal letargo il P.e M.º Mattia Aquario, e tale cura deve riferirsi egualmente al tempo della sua prima venuta in Napoli. Abbiamo infatti rinvenuto nell'Arch. di Stato, che questo Mattia Aquario, Domenicano, era pubblico lettore di Metafisica, successo a Colanello Pacca il 12 marzo 1588, e morì poi nel 1592, succedendogli il 20 giugno di detto anno D. Jacobo Marotta[82]. Da ciò già si rileva che il Campanella non mancava di frequentare il convento di S. Domenico, e ne avremo ancora altre prove in sèguito. Naturalmente ebbe così occasione di conoscere il P.e Fra Serafino da Nocera (Serafino Rinaldi), il quale era allora, o fu poco dopo, Reggente lo studio de' frati di quel convento e divenne grande amico del Campanella, suo instancabile fautore negli anni delle sventure. Entrato in Religione nel 1586, già vi godeva moltissima stima, e al tempo de' tumulti de' frati di S. Domenico, benchè si fosse tenuto lontano ritirandosi fra' Certosini nel convento di S. Martino, fu ritenuto dal Nunzio qual promotore principale della ribellione; fu quindi per ordine di lui carcerato più tardi, e tenuto sotto processo per parecchi anni: ma giunto a liberarsi, divenne presto superiore di S. Domenico, in sèguito anche Provinciale, non che lettore di S. Tommaso nello studio pubblico, e infine chiuse la sua carriera coll'Episcopato. Vedremo a tempo e luogo i beneficii grandissimi e l'assistenza paterna che quest'uomo benemerito prodigò al Campanella[83].

Dobbiamo ora dir qualche cosa delle opere composte dal Campanella durante la sua permanenza in Napoli, e gioverà anzi cominciare ad occuparci del Catalogo delle sue opere: bisogna una volta sforzarsi di avere questo catalogo nelle migliori condizioni possibili, quantunque esso riesca malagevole a farsi perchè tra le sventure sofferte dall'autore diverse sue opere furono composte e ricomposte anche con diversi titoli successivamente; è indispensabile conoscere con esattezza tra quali circostanze ciascun'opera fu composta o ricomposta, mentre le fortunose circostanze della vita dell'autore doverono certamente influire di molto sopra le idee in esse sviluppate. Senza curarci delle cose minori, delle versificazioni dell'adolescenza, de' sunti delle lezioni compilati su' banchi della scuola etc. abbiamo finquì per ordine di data le opere seguenti. In primo luogo il trattato *De investigatione rerum*: esso fu composto certamente prima della Filosofia, come appunto si rileva dalla prefazione di quest'opera, fonte incomparabilmente preferibile a quello del *Syntagma*, che fu redatto quarant'anni dopo e in modo tale da dover offrire di necessità molte inesattezze; si può tutt'al più dire che in Napoli vi fu posta l'ultima mano. Con ogni probabilità il trattato fu scritto in Nicastro, dove il Campanella si emancipò totalmente dalle dottrine Aristoteliche, il 1586-87, prima dell'andata a Cosenza, dove egli rimase ben poco tempo per avere agio di scriverlo[84]. Esso costava di due libri, come risulta da varii documenti[85];

risulta poi dal *Syntagma* che vi si contemplavano nove generi di cose sensibili, con le quali si poteva giungere a ragionare e vi si dimostrava la definizione esser fine non principio di scienza. Vedremo più in là come e dove andò perduto insieme ad altri trattati, e dove si dovrebbe ancora trovare. Segue la *Philosophia sensibus demonstrata*, composta in Altomonte in 7 mesi, dal 1° gennaio all'agosto 1589, stampata in Napoli durante il 1590, pubblicata il 1591, dedicata a Mario del Tufo, il quale sostenne forse le spese della stampa, come traspare dalla dedica. I molti errori tipografici incorsi «propter absentiam auctoris» e in parte corretti nell'ultima pagina dell'opera, si spiegano con la malattia sofferta e con l'andata a Pozzuoli ed Agnano. Segue l'opera *De sensitiva rerum facultate*, o *De sensu rerum*, composta dopo la disputa pubblica e la conversazione col Porta già dette. Essa era già composta quando si stampava la prefazione della Filosofia, come si legge appunto in termine di questa prefazione; può dirsi quindi scritta nell'inverno del 1590. E fu scritta in latino, come risulta da ciò che se ne dice nell'opera stessa rifatta più tardi in italiano e successivamente tradotta, dopochè andò perduta insieme col trattato «De investigatione» e con altre opere[86]. Verosimilmente ebbe dapprima per titolo «De sensitiva rerum facultate», e così la troveremo difatti ancora nominata in un documento del tempo in cui l'autore passò a Firenze; ma ben presto egli dovè nella sua mente sostituirgli il titolo «De sensu rerum» che adottò in sèguito, e così difatti si trova già annunziata nella prefazione della Filosofia. Vedremo come e dove l'autore l'abbia rifatta, e metteremo in vista parecchie cose appartenenti agli anni posteriori a quelli de' quali ci stiamo occupando: ma si sa che il Campanella aveva una memoria tale, da essere in grado di tornare a scrivere un'opera perduta, anche dopo varii anni, pressochè con le medesime parole con le quali l'aveva dapprima scritta; c'imbatteremo poi in qualche esempio notevole del suo sistema di serbare fedelmente le cose come già stavano quando ebbe a rivedere e compiere qualche sua opera, e generalmente anche quando ebbe a tradurla dall'italiano in latino per darla alle stampe. Non dubitiamo quindi di affermare che questa prima composizione dell'opera *De sensu rerum* sia stata essenzialmente quella medesima che oggi possediamo ricomposta. E dobbiamo notare che l'influenza del Della Porta riesce evidente in essa anche così ricomposta come ci è pervenuta, vedendovisi abbondare lo strano e il maraviglioso ad esuberanza; ma pure, in ispecie nel 4° libro che rappresenta la Magia, dove naturalmente il nome del Della Porta figura più volte, il Campanella comincia col fargli l'appunto che ha trattato quella scienza «solo historicamente senza rendere causa», e soggiunge che «lo studio d'Imperato può esser base in parte di retrovarla»[87]. D'onde si vede che egli voleva la Magia fondata sulle nozioni positive della storia naturale, e dava la più grande importanza al celebre Museo, che Ferrante Imperato teneva in sua casa, presso l'attuale palazzo delle Poste già de' Duchi di Gravina, e che egli avea dovuto visitare come del resto lo visitavano tutte le persone non ignoranti che venivano a Napoli. Succede all'opera *De sensu rerum* il Carme Lucreziano *De Philosophia*

Pithagoreorum, ispiratogli dalla lettura di Ocello Lucano e de' detti di Platone: intorno ad esso sappiamo che non era di poco rilievo, poichè costava di tre libri; così difatti trovasi registrato ne' documenti sopra citati, vale a dire negli elenchi delle opere del Campanella da lui medesimo formati ed annessi ad alcune sue lettere e ad un memoriale al Papa. Viene infine l'*Esordio di una Nuova Metafisica* co' tre principii della necessità, fato ed armonia, che riteniamo avere avuto propriamente per titolo *De rerum universitate*; giacchè di un'opera appunto con questo titolo vedremo fatta menzione nel documento già citato del tempo in cui il Campanella passò a Firenze[88], e poi ancora in tutti gli altri elenchi delle sue opere che diè fuori durante la sua prigionia di Napoli, senza che nel *Syntagma* apparisca mai. L'opera in Napoli fu solamente iniziata, e però ci è sembrato doverla porre in ultimo luogo; vedremo che nel tempo dell'andata a Firenze (1592) trovavasi tuttora incompiuta, ed era stimata l'opera maggiore che egli avesse tra mano; negli elenchi sopra mentovati dicesi composta di due libri, la qual cosa non implicherebbe che fosse stata condotta a termine. Ben si vede che il Campanella in Napoli spese gran parte del suo tempo nel comporre opere; e vogliamo tener conto anche della notizia dataci dal *Syntagma*, che compose «molti discorsi ed orazioni per amici che andavano a prendere la laurea», solo per dire che realmente dal «Liber juramentorum» rimastoci nell'Arch. di Stato si rileva essersi dalla fine del 1589 al principio del 1591 laureati parecchi amici suoi ed anche un suo parente. Si laurearono Fulvio Vua de Marulla, Paolo Campanella, Gio. Paolo Carnevale, tutti di Stilo, e Ferrante Ponzio di Nicastro, leggisti: per alcuni di costoro, fra gli altri, il Campanella verosimilmente prestò l'opera sua, e pur troppo vedremo tutti costoro figurare più o meno nel processo della congiura, insieme con taluni altri come Giulio Contestabile e Tiberio Carnevale, che dalle «Matricole» si rileva essersi trovati del pari in Napoli studenti[89].

Ci rimane a dire di un ultimo incidente avvenuto al Campanella in Napoli, del tutto ignorato finora e frattanto importantissimo, vale a dire un processo non lieve d'Inquisizione, che lo strappò a' suoi ospiti ed a' suoi amici, e lo fece andare suo malgrado a Roma.

Egli frequentava il convento di S. Domenico, dove trovavasi allora lo studio pubblico ed inoltre una biblioteca molto accreditata. Nello studio i frati non avevano alcuna ingerenza: essi davano in fitto o come allora dicevasi «in alloghiero», ricevendone 50 ducati l'anno, tre sale a pian terreno su' due lati del cortile che serve di atrio alla Chiesa, ancor'oggi visibili ma convertite in Oratorii, eccetto l'ultima nella quale aveva già insegnato S. Tommaso: e sappiamo dal Lasena (Dell'antico Ginnasio napoletano, Rom. 1641 pag. 3), che delle due poste di rimpetto alla porta della Chiesa, la prima era addetta alle letture del dritto canonico, e poi lo fu anche a quelle del greco, la seconda era addetta alle letture del dritto civile, l'ultima posta in fondo del cortile era addetta alle letture della filosofia e medicina, e però dicevasi la sala degli Artisti (artium et medicinae doctorum). A questo si limitava il «generale studio di Napoli», là trasportato dall'antico posto delle scuole detto originariamente «lo scogliuso» divenuto poi il monastero di Donna Romita presso la Chiesa di S. Andrea: dell'antico posto si mantenea veramente sempre vivo il ricordo con una processione nella vigilia del Santo, prescritta puntualmente ogni anno per un editto del Cappellano maggiore, che ordinava e comandava «alli magnifici lettori et studenti di l'una et l'altra professione secondo l'antiqua et laudabile consuetudine di congregarsi in li studii di sandomenico, et dallà partirne con devotione et silentio processionalmente, con intorcie et candele in mano, et recto tramite visitare la detta ecclesia de Santo Andrea et pregare Iddio per la salute et felice stato di sua Santità come di S. M.^{tà} Cattolica et extirpatione d'heretici». Alla quale consuetudine, nella stessa circostanza, più anticamente aggiungevasi l'altra dell'uccisione di un maiale per darne un pezzo a ciascuno delli magnifici lettori! Il Campanella, autore di un libro di filosofia, dovè con ogni probabilità tenersi in relazione con la maggior parte de' lettori segnatamente di filosofia, che appunto nell'anno 1590-91 erano: 1.º il medico Gio. Berardino Longo per la lettura della mattina, con d.^{ti} 300 l'anno oltre gli straordinarii; 2.º il medico Gio. Geronimo Provenzale, che fu poi Vescovo ed Archiatro di Clemente VIII (giacchè Napoli ed anche le Provincie napoletane fornivano allora molto spesso gli Archiatri Pontificii) per la lettura della sera con d.^{ti} 80 l'anno; 3.º il medico Francesco Ant.º Vivolo per le posteriora et topica con d.^{ti} 60, successo al Sarnese parimente medico e maestro di Giordano Bruno[90]; 4.º il P.^{e} fra Mattia Aquario per la metafisica con d.^{ti} 80, successo da poco tempo al medico Colanello Pacca. Abbiamo veduto che il Campanella curò questo P.^{e} Aquario, sicchè almeno con costui ebbe certamente stretta relazione; d'altronde doveva invogliarlo a mostrarsi nello studio la presenza in esso de' parecchi amici suoi di Stilo, che abbiamo avuto più sopra occasione di nominare. Ma indubitatamente, essendo occupato a comporre le sue diverse opere, egli ebbe a frequentare la Biblioteca di S. Domenico, e tutto mena a far ritenere essergli là precisamente toccata quell'avventura che andiamo a narrare. La Biblioteca trovavasi nel corridoio che guarda il gran chiostro, presso la cella abitata già da S. Tommaso d'Aquino, dove in questo momento risiede l'Accademia Pontaniana: vi si accedeva non solo dal lato del cortile in cui era posto lo studio, ma anche da un ingresso più diretto aperto verso la via di S. Sebastiano, presso il locale che ancor'oggi è adibito ad uso di Farmacia. Entrando da questa parte e percorrendo il lato settentrionale del gran chiostro, si passava sulle antiche carceri del S.^{to} Officio, carceri del tempo in cui attendevano al S.^{to} Officio i frati di S. Domenico con un Inquisitore speciale del loro Ordine: se ne veggono ancora a fior di terra le piccole finestre, ed esse servivano di argomento a' sostenitori di un tribunale speciale di S.^{to} Officio diverso da' tribunali Diocesani, quando la città di Napoli affermava di non averlo mai avuto. In quel gran chiostro, se deve credersi al Poggio Bracciolini seguìto dal Gravina e dal Paramo, nel 1447 il celebre Lorenzo Valla, condannato a morte dal S.^{to} Officio e poi risparmiato nella vita, dovè fare una pubblica abiura e soffrire niente meno che la frusta. Giungendo alla Biblioteca, nel piccolo vestibolo innanzi alla porta di essa vedevasi e vedesi ancor'oggi sul muro di destra una lapide, che reca tutto un Breve di Pio V, nel quale è decretata la scomunica maggiore a coloro i quali senza licenza del Papa o almeno del P.^e M.^o Generale tolgano ed estraggano libri «dalla Libraria seu Biblioteca»[91]. È probabilissimo che appunto in quel posto, nell'attendere l'ora dell'apertura della Biblioteca, leggendosi quel Breve e rilevandosi la pena della scomunica, con quel suo modo burlesco che vedremo ancora da lui usato altre volte, il Campanella abbia detto, «com'è questa scomunica? si mangia?» Certo è che queste parole furono da lui profferite «parlando di extrahere libri dalla libraria di S. Domenico sotto pena di scomunica», e nei giorni seguenti «in S. Domenico fu preso carcerato e condotto nelle carceri di Monsr Nunzio». Nel processo di eresia che fu più tardi dibattuto in Napoli, pe' fatti del 1599, tutto ciò venne deposto da un fra Francesco Merlino, il quale avea conosciuto il Campanella fin dal primo anno che entrò nel sodalizio di S. Domenico in Placanica, era suo familiare, e nel tempo al quale siamo pervenuti trovavasi studente in S. Domenico. Egli, parlando nel 1600, disse che ciò accadde «nove anni prima», vale a dire nel 1591, quando il Campanella «era a Napoli in casa di Mario del Tufo»; la stessa data trovasi poi registrata dal Card.^l di Sta Severina in una sua lettera, nella quale rammenta le risultanze del processo che ne seguì, cioè la condanna avuta dal Campanella in Roma. Soggiunse fra Francesco che si disse la carcerazione essere avvenuta perchè il Campanella «avea spiriti sopra», ma poi si trovò che era stato carcerato per quelle parole profferite intorno alla scomunica nelle circostanze suddette; ed interrogato affermò di avere udito che il Campanella aveva avuto pratica con un certo Abramo, e che molti volevano che quanto sapeva lo sapeva non per suo studio ma per arte diabolica, io però, egli disse, «non credo questo, perchè ho conosciuto che ha bello ingegno ed ha studiato assai». Abbiamo voluto specificatamente riportare tutte queste circostanze, per mostrare che il fatto non venne deposto da qualcuno poco bene affetto verso il Campanella.

Vi fu dunque un processo, primo per tempo, motivato dall'avere emesso proposizioni ereticali in dispregio della scomunica e dal possedere spiriti familiari: la prima accusa, molto grave, fu sempre taciuta dal Campanella; invece la seconda, piuttosto ridevole ma non già a que' tempi, fu da lui ricordata in parecchie occasioni, e una volta anche con la circostanza che per essa venne «citatus in judicium»[92]. Questa circostanza della chiamata in giudizio è rimasta poco avvertita da' suoi biografi, i quali hanno ritenuto che l'accusa, limitata al possedere spiriti, fosse rimasta vaga, non propriamente articolata con un processo in piena regola. Del resto il Campanella medesimo ricinse di nubi questo suo processo e ne fece perdere le tracce: basta infatti ricordare le parole del *Syntagma*, «Nell'anno 1592 (e qui o la memoria non l'assiste bene, o più veramente egli ebbe premura di saltare sull'infausto 1591) me n'andai a Roma fuggendo gli emuli accusatori che dicevano, come sa di lettere costui mentre non le ha mai imparate?» Vedremo che pure in sèguito, perfino co' suoi amici intimi, quando veniva interrogato su' travagli patiti dal S.^{to} Officio, egli avea cura di confondere questo processo con un altro fattogli più tardi e finito con un'assolutoria, negando addirittura di avere avuta una condanna, mentre si sapeva che era stato condannato una volta all'abiura. — Un denso velo fu sempre disteso su questo processo. Alla carcerazione avvenuta entro il convento di S. Domenico deve riferirsi senza dubbio ciò che scrisse l'Agente di Toscana in Napoli Giulio Battaglino in quella lettera del 1599 trovata e pubblicata da Francesco Palermo, là dove lo disse «ricoverato da una furia di birri, eccitatili contra per conto che avea scritto in difesa del Tilesio»[93]; e vedremo più in là un'altra lettera dello stesso Battaglino da noi trovata, più vicina al tempo di cui qui trattiamo, dove lo disse chiaramente carcerato per causa di religione, menzionando la sola accusa «facilmente superata» dell'avere spiriti familiari, e mostrandosi male informato dello svolgimento vero del processo[94]. La qual cosa non deve far maraviglia. Secondo lo stile de' processi ecclesiastici in materia di fede, guardavasi il più rigoroso silenzio su tutto, ed anche a ciascun testimone era ingiunto il silenzio su quanto avea deposto, sebbene poi il testimone non sempre badasse a mantenerlo: d'altra parte la semplice carcerazione per causa di fede rendeva il carcerato *notatus infamia*, e però gli amici suoi aveano premura di attenuare o di nascondere il vero. Ma nel convento di S. Domenico, se dapprima si parlò dell'accusa di «avere spiriti sopra», ciò che mostra tale opinione molto diffusa, più tardi, verosimilmente per le rivelazioni di qualche testimone chiamato a deporre, si giunse a conoscere un po' meglio ogni cosa e si ebbe cura di tenerla celata. Forse fra Serafino da Nocera cominciò dal rendere questo primo servigio al Campanella; forse anche il Battaglino medesimo, in tale circostanza, volle esser pietoso verso il povero filosofo.

Nulla possiamo dire de' particolari di questo processo. Anche pel fatto dell'avere spiriti, si deve ritenere fino a un certo punto ciò che il Campanella scrisse poi allo Scioppio, che cioè si era discolpato rispondendo aver lui consumato olio più che gli accusatori vino etc. etc.; potè questa essere la sostanza, non la forma della sua risposta. Ma se non conosciamo i particolari del processo, ne conosciamo tuttavia la specie, la sede ed anche l'esito, le imputazioni fatte, il tribunale che giudicò, la condanna che ne seguì; e ciò può bastare alla nostra narrazione. Gioverà intanto dir qualche cosa del tribunale, della Corte, delle carceri del Nunzio, della maniera di condurvi i processi e di trattare i carcerati, secondo le notizie raccolte da qualche processo che abbiamo potuto vedere, e specialmente dal Carteggio del Nunzio Aldobrandini, che abbiamo avuto cura di percorrere in tutti i suoi molti volumi esistenti nell'Arch. di Firenze. Queste notizie serviranno a chiarire le cose del Campanella tanto nel processo attuale quanto ne' processi posteriori, e non poche circostanze di diversi travagli da lui patiti; nè si credano un lusso di erudizione, mentre invece il non averle rilevate ha fatto cadere i biografi del Campanella in diverse e non lievi inesattezze. Alla giurisdizione propriamente del Nunzio appartenevano i processi di qualche importanza contro i frati; ma in materia di fede non mancavano di occuparsene ancora, quando glie ne capitava l'occasione, da una parte il Vicario Arcivescovile che menava innanzi il servizio del tribunale Diocesano, e d'altra parte il Commissario della Sta Inquisizione universale, che Roma non cessò mai di tenere in Napoli malgrado l'opposizione vivissima più volte manifestata dalla città, e che in quel tempo era Monsignor Carlo Baldini di Nocera, Arcivescovo di Sorrento ed insieme, dal 1567 in poi, lettore di jus canonico nel pubblico studio. Appartenevano egualmente alla giurisdizione del Nunzio e davano moltissimo da fare, oltre le materie di fede, anche i costumi, e non solo quelli de' frati ma altresì quelli de' numerosi Cavalieri Gerosolimitani che si chiamavano parimente frati; poco di poi, per uno speciale ordine del Papa, furono assegnate al Nunzio anche le cause de' clerici in relazioni co' fuorusciti, de' clerici, come oggi si direbbe, manutengoli de' briganti, e che allora si dicevano clerici in «negoziazioni illecite»; a tutto ciò si aggiungevano le non poche cause relative all'esazione de' parecchi redditi spettanti alla Camera Apostolica, essendo il Nunzio anche Collettore degli spogli de' Vescovi, preti e clerici beneficiati, che venivano a morire. Non mancavano poi, di tempo in tempo, cause di ogni genere concernenti clerici di ogni maniera, regolari e secolari, che il Papa per ragioni speciali commetteva al Nunzio. La sua Corte si componeva di un Auditore, di un Avvocato fiscale, di un Fiscale, di un Mastro d'atti, con 4 altri Notari o Scrivani a costui sottoposti oltre parecchi Cursori, e finalmente di un computista: aveva quindi un tribunale completo secondo l'usanza di quell'età, e i membri di esso dipendevano tutti dall'autorità del Card.^l Camerlengo, eccetto l'Auditore, che al pari del Segretario della Nunziatura era persona di fiducia del Nunzio; la misura del lavoro di questo tribunale può valutarsi dal fatto, che in quel tempo la sua Mastrodattia, la quale assegnavasi al maggiore offerente, rendeva tanto da poter dare, oltre il mantenimento proprio e de' 4 Notari, un'entrata alla Camera Apostolica di duc.^{ti} 600 l'anno, ben presto elevati a duc.^{ti} 700 senza peso di cambio, pur non essendovi tasse stabilite ma «certe usanze»[95]. Aveva inoltre il Nunzio una «famiglia armata», vale a dire alcuni birri in abito di clerici, con ferraiolo nero sulle spalle e armati di un piccolo schioppo, onde il popolino, come abbiamo rilevato da qualche processo venutoci tra mano, soleva chiamarli «le scoppettelle del Nunzio», chiamando anche le scoppettelle del Vicario i birri della Corte Arcivescovile. Le carceri stavano a pian terreno del palazzo del Nunzio, che a' tempi de' quali trattiamo era quello medesimo destinato a tale uso fino a' giorni nostri presso la piazza della Carità, comprato nel 1585 da Monsr Rosino Vescovo d'Amalfi sotto il Pontificato di Sisto V, di poi restaurato ed ampliato col danaro proveniente da quella parte della gabella del grano a rotolo, che si pagava in duc.[ti] 4,000 alla Curia, come restituzione di ciò che indebitamente si contribuiva da' clerici, godendo costoro l'esenzione da ogni tassa. Aggiungiamo che queste carceri non potevano contenere più di 15 persone, ed erano anche mal sicure; laonde molto spesso il Nunzio era obbligato a chiedere al Vicerè, che volesse far tenere carcerati «in nome del Nunzio di S. S.[tà]» gl'imputati di maggior polso, ed erano ordinariamente prescelte in tale circostanza le carceri del Castel nuovo, come si rileva diverse volte dal Carteggio del Nunzio Aldobrandini[96]. Aggiungiamo che il carceriere di que' tempi era un laico coniugato a nome Tommaso Manat, mentre in qualche altro processo, posteriore di diversi anni, abbiamo trovato per guardiano delle carceri del Nunzio un frate Domenicano. Nelle dette carceri dunque, una parte delle quali avea piccole finestre aperte nel vicolo pur oggi denominato del Nunzio, mentre un'altra parte dicevasi «segreta» e non avea finestre, dovè essere rinchiuso il Campanella, e il suo carceriere dovè essere appunto Tommaso Manat: il Nunzio poi, al cospetto del quale dovè comparire, fu Monsr Germanico Malaspina Vescovo di Sansevero, entrato in ufficio appunto il 17 maggio 1591, cui successe Monsr Astorgio Sampietro il 22 febbraio 1592, e poco dopo l'Aldobrandini, l'8 aprile 1592, onde nel Carteggio di costui, che conservasi in Firenze, non c'è notizia di questa prima sventura del Campanella. — Come da tutti i tribunali ecclesiastici, così anche dal tribunale del Nunzio dovea mandarsi a Roma una copia del processo, mano mano che se ne compivano le diverse parti: e in materia di fede, per poco che la causa avesse qualche importanza, la Sacra Congregazione Cardinalizia del S.[to] Officio in Roma se ne ingeriva minutamente; faceva compilare dal proprio Fiscale il Sommario del processo e poi gli Articoli o capi di accusa su' quali si dovea procedere agli esami ripetitivi de' testimoni, intimava nuove diligenze e nuovi esami informativi, da ultimo, con o senza un voto spedito dal tribunale a richiesta di essa, statuiva sotto il nome del Papa le sentenze da pronunziarsi. Così nella conclusione della causa il tribunale locale era quasi una comparsa, e nel pronunziare la sentenza dichiarava di farlo «visti e considerati i meriti della causa ed in vigore delle lettere venute da Roma» sotto la tale data. Ma spessissimo pure la Sacra Congregazione richiamava a sè la causa, ed allora, compiuta la prima parte del processo, il prigioniero era inviato alle carceri del S.[to] Officio di Roma, dopo che n'era stato già inviato il processo: del resto anche la Nunziatura con lo stesso metodo si sbrigava volentieri de' suoi prigioni, per evitare l'ingombro delle carceri insufficienti al bisogno. Una feluca privata soleva fare questo commercio di trasporto mediante un compenso di sei scudi per capo, ma quando c'erano prigioni di polso da dover mandare, vi s'impiegava una così detta fregata armata col compenso di scudi dieci per capo: ed a quel tempo il padrone della feluca, la quale conoscevasi anche col nome di barca del S.[to] Officio, era un Vincenzo Sguella ossia Sgueglia, essendo venuto più tardi in campo quel Geronimo della Briola ossia de Labriola, che Francesco Palermo ci fece conoscere con un documento da lui pubblicato[97]. Si trovano con molta frequenza per ciascun anno gli esempî di siffatti invii, sì da parte del Nunzio come da parte del Vicario Arcivescovile e di Mons.ʳ Baldini, e può ritenersi per certo che pel Campanella le cose non andarono diversamente. Formato il processo e mandatolo a Roma, egli dovè essere consegnato in catene a Vincenzo Sgueglia sulla feluca del S.ᵗᵒ Officio, ed in tale condizione ben trista dovè fare il suo viaggio all'alma città. Ad ogni modo non vi andò di certo spontaneamente, fuggendo gli emuli accusatori, come nel *Syntagma* fu scritto.

III. Le vicende del Campanella in questa sua prima andata a Roma non ci son note ne' loro particolari; ma possiamo dire con certezza che il suo processo si chiuse con una condanna all'abiura *de vehementi (int. de vehementi haeresis suspicione)*, che ciò accadde nel 1591, e che dopo di essere rimasto quasi un altro anno in Roma, verosimilmente con la relegazione in uno de' conventi del suo Ordine secondo la giurisprudenza del tempo, egli finì per andarsene in Toscana. Possiamo aggiungere che dovè essere giudicato trovandosi Commissario generale del S.ᵗᵒ Officio fra Vincenzo da Montesanto, Piceno, al quale, fatto poi Vescovo aprutino di Teramo nel 23 ottobre 1592, successe fra Alberto Tragagliolo da Firenzuola che ci darà molto da dire più tardi. Non potremmo affermare che in questo primo processo il Campanella abbia avuto il tormento, come era solito a verificarsi quando si finiva coll'abiura *de vehementi*: egli non ne fece mai parola, ma veramente non fece mai parola chiara ed aperta del processo medesimo, appunto perchè finito così male; una volta sola non potè non ricordare la sua posizione passata di veementemente sospetto senza dir altro, e vedremo che l'essere stato «sette volte tormentato», giusta le sue ripetute affermazioni, deve riferirsi interamente al processo ultimo fattogli in Napoli. È certissimo intanto che quella condanna gli sia stata inflitta, e non è arrischiato il ritenere che gli sia stata inflitta per le proposizioni eretica li in dispregio della scomunica: lo attestano da un lato due lettere del Nunzio esistenti nel suo Carteggio, da un altro lato la lettera del Card.ˡ di S.ᵗᵃ Severina sopra menzionata[98]. In una delle due lettere del Nunzio diretta al Card.ˡ di S.ᵗᵃ Severina si legge, «scuopro che altra volta quel fra Tommaso è stato fatto costà abiurare»; nell'altra diretta al Card.ˡ S. Giorgio si legge, «per haver abiurato altra volta com'egli stesso dice, vorrà forse in questo dar che fare di nuovo»: nella lettera poi del Card.ˡ di S.ᵗᵃ Severina, diretta appunto a fra Alberto Tragagliolo da Firenzuola, fatto Vescovo di Termoli e deputato giudice del Campanella in Napoli unitamente con altri, si legge, «essendo V. Sig.ʳⁱᵃ molto ben pratica delle cose del Santo Officio, et anco informato delle altre cause conosciute in questa Santa Inquisitione contra il Campanella, ove abiurò come sospetto vehemente di heresia l'anno 1591, non le dirò altro»; le quali parole, provenienti da chi teneva a que' tempi il suggello delle cose dell'Inquisizione, affermano esplicitamente il fatto e la data di esso. Queste testimonianze ci dispensano dal recarne altre minori, le quali risulterebbero da deposizioni d'individui esaminati nel processo di Napoli del 1599 (p. es. una deposizione di fra Dionisio Ponzio), tanto maggiormente che esse sono appena l'eco di voci più o meno fondate e non recano una precisa determinazione di data: menzioneremo solo la testimonianza del Campanella medesimo, il quale, nella Difesa che ebbe a scrivere in tale occasione, disse che di eresia «non fu mai confesso o convinto, comunque sia stato veementemente sospetto»[99]. Tale fu l'esito ben grave del primo processo fatto al Campanella, processo che, ripetiamo, è rimasto finora sconosciuto a' suoi biografi. Il Berti è giunto fino a dire, che essendosi portato in Roma «non fu allora chiamato davanti al S.^{to} Uffizio e questo non tenne conto delle accuse che erano state mosse contro di lui da Napoli»[100]; ma la cosa andò in modo affatto diverso, e la posizione del Campanella a fronte del S.^{to} Officio rimase grandemente pregiudicata.

Nulla sappiamo intorno al luogo in cui il Campanella ebbe a prendere stanza in Roma, dopo di essere uscito dal carcere. Il Berti afferma che alloggiò nel convento di Sta Sabina, e la cosa è probabile: afferma inoltre che scrisse e presentò il suo scritto a' Commissarii del S.^{to} Officio, esponendo una riforma universale ne' costumi e nelle abitudini del clero sul migliore andamento della Chiesa; ma temiamo che possa esservi qui una confusione di due tempi diversi. Bisogna considerare che egli aveva pur allora abiurato, e in tale condizione il voler discorrere di riforme necessarie alle persone ecclesiastiche sarebbe stata un'esorbitanza; d'altronde il S.^{to} Officio allora appunto, nel 1592, esaminava e poi faceva mettere all'indice, al 1° indice emanato sotto gli auspicii di Clemente VIII, tre libri del Telesio, e il Campanella, Telesiano conosciuto, aveva ancora qualche cosa a temere da questo lato[101]. Ma certamente egli scrisse alcune opere, benchè nel *Syntagma* non si trovi alcuna notizia di opere composte in tal tempo, ed invece si trovi immediatamente registrata la partenza di lui per la Toscana. Come vedremo tra poco, tutto induce a far ritenere che egli abbia potuto partire per la Toscana soltanto verso la fine dell'età del 1592, naturalmente dopo che ottenne di essere sciolto dall'obbligo della permanenza nel convento assegnatogli: così, avendo dimorato in questo convento press'a poco un anno, riuscirebbe impossibile ammettere che non vi abbia scritto nulla, mentre è notissimo che egli non sapeva rimanere inoperoso. E poichè in un documento riferibile al tempo del suo arrivo in Firenze (la lettera di Baccio Valori del 15 8bre 1592 pubblicata dal D'Ancona) troviamo fatta menzione di alcune opere le quali certamente sappiamo non essere state composte in Napoli, bisogna di necessità ammettere ch'esse siano state composte in Roma. Ecco dunque il sèguito del Catalogo delle opere del Campanella già iniziato precedentemente (ved. pag. 39-40). Durante la prima permanenza in Roma, vale a dire dalla fine del 1591 a buona parte del 1592, si ebbero; Un Carme *Della filosofia di Empedocle*; un trattato *De insomniis*, l'unico di questo gruppo che il Campanella abbia registrato negli elenchi delle opere proprie più volte citati, dicendolo costituito da un sol libro; un trattato *De sphera Aristarchi*; il sèguito dell'opera *De rerum universitate*, ma non al di là de' due primi libri; inoltre un primo libro di *Phisiologia*. Quest'opera col titolo di «Fisiologia» non si rinviene citata tra quelle delle quali parlò Baccio Valori, sibbene insieme con quelle delle quali nel *Syntagma* si vede deplorata la perdita avvenuta in Bologna, poco dopo l'escursione fatta a Firenze; è dichiarata «un libro compiuto..... con dispute contro tutte le sètte, al quale doveano seguire 19 altri libri già meditati», onde non pare che possa dirsi sicuramente l'opera medesima «De rerum universitate» con altro titolo, e la composizione di essa deve sempre riferirsi al tempo della permanenza in Roma[102].

Aggiungiamo che durante questa permanenza in Roma, il Campanella dovè anche stringersi in intima relazione con D. Lelio Orsini, il quale ritiratosi allora appunto in Roma ospitava in sua casa il filosofo Telesiano Abate Antonio Persio. Il Campanella medesimo ci ricordò questa circostanza, facendoci trovare registrato nel *Syntagma* che quando fu a Padova, mandò un libro ad Antonio Persio abitante in Roma presso Lelio Orsini; e non è dubbio che nel 1592 D. Lelio si sia già trovato in Roma, bastando citare una lettera a lui diretta dal Nunzio Aldobrandini, in data del 1° maggio 1592 da Napoli, la quale fa parte del Carteggio di esso Nunzio esistente in Firenze. Abbiamo già avuta occasione di nominare questo D. Lelio, parente de' Signori del Tufo, ed abbiamo detto che egli divenne non meno de' Signori Del Tufo amico e patrono del Campanella. Infatti da una parte D. Lelio spinse talora il filosofo a scrivere, fornendogli qualche argomento, d'altra parte lo protesse ne' suoi travagli patiti in Roma e vi ebbe continua corrispondenza, come risultò dalle deposizioni di più testimoni che furono poi esaminati nel processo del 1599, tanto che vedremo pure D. Lelio largamente nominato tra coloro i quali avrebbero aiutata l'insurrezione di Calabria disegnata dal Campanella. Sicuramente egli ebbe cura del Campanella ne' travagli di questo primo processo: forse per opera di lui fra Tommaso ottenne di poter partire da Roma ed andare a Firenze, dove già erano state avviate pratiche per fargli avere una cattedra di filosofia in Pisa; così il tempo di dare notizie più minute intorno a questo D. Lelio spesso citato dal Campanella, e nell'opera *De sensu rerum* citato due volte[103]. — Discendeva D. Lelio dalla nobilissima casa Orsini di Roma, ma apparteneva al ramo de' Duchi di Gravina trapiantato nel Regno. Era secondogenito di Antonio Orsini, Duca di Gravina, e di Felicia Sanseverino, sorella del Principe di Bisignano Nicola Berardino Sanseverino: non ebbe titoli, e neanche feudi per lunghissimo tempo; nè ebbe figliuoli con la sua Signora Beatrice. Risedeva, naturalmente, nel Regno, e molti documenti dell'Archivio di Napoli, come anche di quelli di Firenze e di Urbino, ce lo mostrano talora in Gravina, più spesso in Barletta, da ultimo in Basilicata, ordinariamente per affari relativi ad industrie agricole; in Basilicata ebbe interessi, dopochè la sua sorella Maria, sposa a D. Giovanni D'Avalos, nel 1596 lo fece erede degli erbaggi di Pomarico e Montescaglioso, terre appartenute temporaneamente allo zio Ostilio, e così, molto tardi, fu detto Barone di Pomarico e Montescaglioso. In qualche documento più antico trovasi dichiarato «clerico e cameriere segreto di S. S.ᵗᵃ», in

qualche altro «Domicello Romano»; ma non manca nemmeno qualche documento in cui è dichiarato «cittadino napoletano nato in Napoli»; quivi si conciliò molta stima qual cavaliere savio e facoltoso, e fu anche Eletto del Seggio di Nido. Era molto attaccato al suo zio Principe di Bisignano, che dovrà figurare egualmente in questa nostra narrazione: vedremo che con ogni probabilità, durante le traversìe del Principe strettamente carcerato allora nel Castello di Gaeta, dopo un ordine rigorosissimo che niuno de' parenti potesse avvicinarlo, D. Lelio si ritirò provvisoriamente a Roma, essendo stato in Napoli sino alla fine del 1591; ma ne tornò nel 10bre 1594, e scorso un altro anno, dopo la morte dell'unico figlio del Principe, egli si ritenne successore di costui *in pheudalibus*, essendo già trapassato fin dal 1583 il Duca di Gravina suo fratello, onde ebbe a trovarsi in gravissima lite con altri pretendenti[104]. Così egli dimorava in Roma nel 1592, e stava in ottima relazione con la Curia e col Papa, il quale, essendo stato invocato dal Gran Duca di Toscana arbitro nelle quistioni surte tra lui e suo fratello D. Pietro, nel 1593 delegò D. Lelio a questa non lieve missione: ed ecco perchè ci è sembrato del tutto naturale che egli abbia avuta qualche influenza nel far concedere al Campanella di poter partire da Roma, forse anche raccomandandolo in Toscana per la cattedra.
— Non è arrischiato il ritenere che la dimora di Antonio Persio presso D. Lelio Orsini in Roma abbia contribuito a recar favore al Campanella. Il Persio è oramai abbastanza conosciuto segnatamente per opera del Fiorentino[105]. Abate e dottore, nativo di Matera in Basilicata, figlio di Altobello o Adoberto buono scultore di que' tempi rimanendone tuttavia alcuni lavori nella Cattedrale di Matera, fu discepolo del Telesio e Telesiano accanito, avendone sostenuti i principii con dispute in più luoghi, raccolti e pubblicati diversi opuscoli, assunte le difese in ispecie contro Francesco Patrizzi. Fu a Venezia e prese poi stanza in Roma; l'elenco delle sue opere rimaste inedite può leggersi in una lettera di Giovanni Bartolini Bolognese riportata dall'Odescalchi nelle Memorie de' Lincei, essendo stato il Persio uno de' primi ascritti a quell'insigne Accademia; il Fiorentino ne ha fatto conoscere qualcuna che se ne trova ancora. Fu costante amico del Campanella; sappiamo da documenti che si tenne in continua corrispondenza con lui anche in gravissimi momenti della prigionia sofferta dal filosofo in Napoli, ed egli medesimo un anno prima della sua morte, il 1611, gli mandò da Roma l'opera di Ticho-Brahe[106]. Naturalmente il Persio dovè ricordare sovente a D. Lelio Orsini il povero Campanella e sollecitarne con vigore i buoni ufficii.

Da Roma dunque il Campanella se ne andò a Firenze. Nel *Syntagma* questa sua gita si trova registrata con pochissime parole: «andai a Firenze, nè però incontrai miglior sorte, e dedicai il libro *De sensu rerum* al Gran Duca Ferdinando primo». Ma già da un pezzo era stata pubblicata dal Fabroni una lettera del Campanella che spargeva sufficiente luce su questa gita: in sèguito, mercè le indicazioni del Baldacchini per notizie avutene dal Trucchi, Francesco Palermo ne rinvenne e pubblicò un'altra, e il D'Ancona 4 altre di diversa provenienza, tutte esistenti nell'Archivio Mediceo; ancora il Berti ne ha pubblicata non ha guari un'altra del Campanella al Galilei, raccolta nella Bibl. naz. di Firenze e contenente qualche altra notizia intorno al fatto che dobbiamo narrare; infine noi medesimi, del pari nell'Archivio Mediceo, ne abbiamo rinvenuta un'altra dell'Agente di Toscana in Napoli che oggi pubblichiamo, ed oramai si può dire che la gita del Campanella a Firenze sia chiarita appieno nella sua data, nel suo scopo, nel suo risultamento, in tutte le sue fasi[107]. Il Campanella era stato proposto al Gran Duca e si era mostrato con lui desideroso di dedicarsi al suo servizio; si trattava di dargli una lettura di filosofia nello studio di Pisa, e il documento da noi trovato mostra che la proposta era stata fatta già da un pezzo, sin dal 1591, durante la dimora di lui in Napoli. Forse l'aveva proposto Mario del Tufo, giacchè le nostre ricerche nell'Archivio Mediceo ci hanno rivelato una stretta corrispondenza col Gran Duca da parte di questo Signore, che avendo una buona razza di cavalli in Minervino (o, come allora si diceva, Mondorvino) ne faceva continui regali al Gran Duca, il quale mostrava di pregiarli grandemente, e si disobbligava regalandogli quasi sempre marzolini e due volte anche «due schiavi sani e belli»[108]. Il Gran Duca avea sin dal 1591 dimandato informazioni sul Campanella al suo Agente in Napoli, Giulio Battaglino, napoletano e prete, stato già al suo servizio in Roma quando il Gran Duca era Cardinale ed egli emigrato, come ci risulta dal suo Carteggio e da quello del Residente Veneto: noi avremo a parlare ancora in sèguito del Battaglino e de' suoi dispacci intorno al Campanella, e quindi è tutt'altro che inutile avere notizie precise delle sue condizioni[109]. Al Battaglino giunse l'incarico d'informarsi del Campanella mentre costui trovavasi già carcerato in Napoli, e rispose «che per trovarsi lui prigione per causa di religione, nè haveva potuto trattar seco nè conveniva intrigarsi in tal genere di imbarazzi». Ma in sèguito, forse dopo nuove sollecitazioni, in data del 14 7bre 1592 ne diede migliori informazioni, dicendo che fra Tommaso aveva facilmente superato il travaglio in cui era stato posto per invidia; che l'indomani sarebbe partito per Roma a procurare il gastigo del calunniatore; che era uno de' più rari ingegni, come poteva giudicarsi dagli scritti che egli aveva visti e dalla voce che ne correva, e di qua gli era nata l'accusa che avesse alcuno spirito familiare; con lo scudo di alcun principe se ne poteva sperare gran cose. Ben si vede che egli rispondeva nel modo più favorevole, ma non si mostrava bene informato del vero andamento de' travagli del Campanella; nè abbiamo mancato d'indicarne a suo tempo tutte le possibili ragioni.

Giungeva intanto il Campanella a Firenze, verosimilmente dopo le novelle commendatizie avute da D. Lelio Orsini. Egli vi si dovè trovare per lo meno verso la fine di 7bre 1592, rilevandosi da' documenti illustrativi di questo periodo che il 2 8bre di tale anno era stato già dall'Usimbardi introdotto presso il Gran Duca, il quale l'accolse molto bene, gli consigliò di lasciare i frati che perseguitavano i virtuosi e gli diede anche un po' di danaro: al tempo medesimo ordinò all'Usimbardi di scrivere a Baccio Valori, che facesse vedere la Biblioteca Palatina al Campanella e con tale occasione ne conoscerebbe il merito, come anche al Generale de' Domenicani, che si compiacesse dar licenza al Campanella di poter assumere il servizio al quale intendeva chiamarlo e di poter dare alle stampe i suoi lavori; in tal guisa egli mostrava il suo buon animo e veniva a procurarsi intorno a lui informazioni novelle. Durante l'udienza il Campanella dovè offrire al Gran Duca la dedica del suo libro che fu poi intitolato *De sensu rerum*, e che allora avea per titolo *De sensitiva rerum facultate*, dedica che vedremo poi come e perchè non ebbe effetto. La lettera a Baccio Valori fu presentata dal Campanella medesimo il 13 8bre, ed il 15 egli rispose all'Usimbardi aver visto il Campanella, «giovane di senno maturo, e di varia dottrina e recondita come si trae da' suoi dotti ragionamenti, non meno che dall'opera per lui stampata con titolo *de philosophia sensibus demonstrata*, dov'è seme dell'altra ch'egli dedica a S. A. *de sensitiva rerum facultate*»; ma notò, che «procurandosi oggi in Roma per alcuni proibire la Filosofia del Telesio con colore che la pregiudichi alla Teologia scolastica fondata in Aristotile da lui così riprovato, corre qualche risico conseguente ancor esso, e per ventura il più terribile per eccellenza de' suoi concetti, che veramente sono e alti e nuovi». Aggiunse che avea saputo da lui avere scritto del dogma di Pitagora e così pure di Empedocle in versi eroici, aver fatto un trattato *De insomniis* e un altro *De sphera Aristarchi*, avere per le mani un'opera maggiore *De rerum universitate*, «un'intera filosofia da sè, al quale studio potrà rimettersi a primavera, che arà stampato quello a Venezia per dove parte domattina». Da ultimo fece conoscere che il Campanella avea veduta la Libreria a sua soddisfazione, ed anche discusso a lungo con due letterati sopra varie materie ben ardue, riuscendo a far «maravigliare, se non credere a modo suo» poichè stimava ben poco Aristotile. — Come si vede, nello splendido elogio non mancavano macchie di tinta molto oscura, d'onde emergeva che sarebbe stato meglio per lo meno non aver fretta a legarsi con questo giovane, il quale sprezzava troppo Aristotile, oltrechè poteva trovarsi compromesso con Roma essendo Telesiano: e resti chiarito che non solo da quegl'infelici frati di Calabria, ma anche da questo pezzo grosso di Toscana, dove pure si era menato tanto scalpore pel Platonismo, il Campanella venne avversato, e furbescamente avversato, per le sue dottrine antiaristoteliche. Essendo stato sempre sagacissimo, dai discorsi tenuti il Campanella dovè capire la posizione e decidersi ad andar via senza ritardo; tanto più che conosceva pure essersi scritto al P.e Generale, e naturalmente aveva da attendersi poco di bene da quest'altra parte. Non lasceremo di dire che i due letterati, co' quali il Campanella ebbe a discorrere nella Biblioteca in presenza del Valori, furono con ogni probabilità Ferrante de' Rossi e il P.e Medici, da lui ricordati tanti anni dopo nella lettera che pubblicò il Fabroni: il P.e Medici specialmente dovè essere quel Teologo fiorentino col quale egli disputò intorno alle anime de' bruti ed alla vita futura di esse, avendo il fiorentino sostenuto che quelle anime nella fine del mondo sarebbero risuscitate ed avrebbero avuto premio o pena, secondochè il Campanella medesimo ci lasciò scritto nella nuova composizione che ebbe a fare della sua opera *De sensu rerum*[110].

Nella stessa data del 15 ottobre il Campanella scriveva una lettera al Gran Duca ed un'altra all'Usimbardi. Verso il Gran Duca si mostrò consapevole di non essere stato «accettato per servitore di subito», si augurò che lo sarebbe in sèguito, lo ringraziò dei favori ricevuti, espresse il suo stupore per la magnifica Libreria veduta, annunziò che se ne andava a Padova, come ne avea manifestato il disegno, e che là sarebbe rimasto pronto ad ogni menomo cenno di S. A. Verso l'Usimbardi si mostrò grato ed obbligato, si augurò che lo appoggerebbe ancora in sèguito presso il Gran Duca, ripetè il suo stupore per la Libreria di S. A., annunziò che sarebbe partito l'indomani o al più l'altro domani. Adunque il 16 o 17 8bre il Campanella mosse da Firenze per Padova, ma si fermò in Bologna, dove ricominciarono i suoi malanni. Aggiungiamo intanto che venne poi la risposta del P.ᵉ Generale al Gran Duca, in data del 13 9bre ed in termini punto rassicuranti, ciò che non può far meraviglia oggi che abbiamo posti in luce i fatti avvenuti al Campanella in Napoli e in Roma. «Alquanto differente relazione tengo io del Padre Fra Tomaso Campanella, di quella è stata fatta a V. A. S. per quanto posso comprendere dalla sua amorevolissima scrittami. Con tutto ciò volendosi lei servire dell'opera sua, acciò non resti defraudato del suo buon desiderio, io farò prova del valore e sufficienza sua, e trovandolo atto per servire un tanto Principe qual è V. A. S., gli comanderò ubbidisca a' suoi cenni, che mi sarà sempre singolar favore si degni prevalersi della mia religione, come io indegno capo di essa desidero tanto servirla. Farò insieme rivedere quell'opere che egli ha preparato per dare alla stampa, come comanda il sacro Concilio di Trento e gli ordini della Religione, ed essendo trovate tali che meritino uscire in luce, molto volontieri gli comanderò che le faccia stampare e che serva V. A. S. in tutto e per tutto» *etc.* Tale fu la risposta del P.ᵉ Generale, fra Ippolito M.ᵃ Beccaria, di cui abbiamo già avuta occasione di dare qualche cenno altrove. Sollecito della distinzione che ridondava in beneficio dell'Ordine, premuroso di mostrarsi ossequente al Gran Duca, egli trovavasi in imbarazzo: non voleva dire che il Campanella fosse stato veementemente sospetto di eresia, ma non poteva non tenerne conto: con ogni probabilità si preoccupava anche di qualche altra possibile eresia nelle opere che il Campanella intendeva di stampare, e quindi vedeva indispensabile farle esaminare scrupolosamente. Possiamo con ciò spiegarci pure molto bene quanto accadeva in sèguito.

Come abbiamo detto, andando a Padova il Campanella si fermò in Bologna: non sappiamo quanto tempo vi sia rimasto, ma verosimilmente vi rimase ben poco, ed ecco ciò che nel *Syntagma* si legge essergli avvenuto. «Mentre stava in Bologna mi furono portati via di soppiatto tutti i sopradetti libri e certe Poesie latine non dispregevoli, come pure il primo libro della Fisiologia composto di dispute contro tutte le sette, al quale doveano far sèguito altri 19 libri già meditati». E più oltre:

«di poi tutti i libri perduti in Bologna li trovai (a Roma) nel S.^{to} Offizio, ove interrogato li difesi, nè pertanto li richiesi, essendo sul punto di rifarli migliori». Ecco una prima perdita completa delle opere sin allora scritte dal Campanella, all'infuori della *Philosophia sensibus demonstrata* già data alle stampe, e rifacendone l'elenco abbiamo: 1° l'opera *De investigatione rerum*; 2° quella *De sensitiva rerum facultate* o *De sensu rerum*; 3° il Carme *De Philosophia Pithagoreorum*; 4° il Carme *De Philosophia Empedoclis*; 5° il trattato *De insomniis*; 6° il trattato *De Sphera Aristarchi*; 7° i due primi libri *De rerum universitate* o *De Metaphysica*; 8° il primo libro della *Physiologia*, come il Campanella si compiacque denominare la Filosofia naturale. Facciamo avvertire che quando il Campanella ricompose l'opera *De sensu rerum*, definì un furto la perdita di questa sua opera con le altre, e l'attribuì a «falsi frati»; notiamo inoltre che potrebbero un giorno tutte queste opere tornare alla luce del sole, poichè dovrebbero tuttora trovarsi nell'Archivio del S.^{to} Officio, e sarebbe ad ogni modo curioso il vedere se e quali modificazioni successive di sostanza sieno state dall'autore introdotte nell'opera che ebbe speciale premura di ricomporre, vogliamo dire nell'opera *De sensu rerum*. — Non è difficile frattanto interpetrare come abbiano dovuto veramente passare le cose in Bologna. Mettendo il fatto in riscontro con la lettera del P.^e Generale al Gran Duca, sembra ben chiaro questo, che il P.^e Generale si attendeva dal Campanella l'invio de' manoscritti per la revisione, la quale egli non poteva ignorare esser necessaria; il Campanella non se ne dovè curare, e il P.^e Generale, nell'impegno di compiacere il Gran Duca con la maggior sollecitudine, comandò che i manoscritti fossero presi ed inviati immediatamente al S.^{to} Officio. Vedremo pure che il Campanella trovò poi il P.^e Generale in Padova nel suo arrivo in quella città, mentre la lettera di lui al Gran Duca fu spedita da Milano: si potrebbe quindi affermare che il P.^e Generale medesimo sia andato a Padova per affrettare la presa de' manoscritti, e che il Campanella, conosciuta questa circostanza in Bologna, vi si sia trattenuto, ma il P.^e Generale ebbe facilmente modo di colpirlo anche in Bologna, ed egli, cessato il motivo di trattenervisi e naturalmente disgustato, se ne partì in fretta, sicchè nello stesso mese di 9bre dovè trovarsi in Padova. Ad ogni modo i frati di Bologna, che certamente non avevano alcun motivo di portargli odio, furono *falsi* verso di lui sol perchè presero i manoscritti a sua insaputa, ma la loro condotta non fu spontanea, e lo dimostra l'invio che ne fecero al S.^{to} Officio. D'altro lato nulla autorizza veramente a credere che egli abbia in Bologna trattato di avere una cattedra, secondochè il Berti ha creduto di vedere.

Ecco ora il Campanella in Padova, verosimilmente nel 9bre 1592, e certamente nel convento di S. Agostino, come egli medesimo ricordò poi nella sua lettera al Galilei che è stata pubblicata dal Berti. Poniamo qui la notizia che si fece assegnare nello studio di Padova come spagnuolo, e non come calabrese: egli rammentò più tardi tale circostanza, allorchè si trovò carcerato in Napoli fra le mani degli spagnuoli, e l'addusse in prova della sua devozione alla Spagna[111]. Questa «assegnazione nello studio» conduce naturalmente a credere che si tratti della iscrizione nell'Albo della nazione spagnuola come si usava da coloro i quali accorrevano allo studio pubblico mantenuto con tanto lustro dal Governo Veneto; essi aveano cura di dare il loro nome alla *Nazione* rispettiva. Se non che l'*assegnazione* è veramente un termine fratesco sinonimo di destinazione, trovandosi anche non di rado denominato *Studio* tra' frati quel convento o parte di convento in cui si raccoglievano i frati studenti; e i Domenicani, almeno a quei tempi, si dicevano «studenti formali» persino varii anni dopo di essere stati ordinati sacerdoti; ne incontreremo qualche esempio tra' frati calabresi che figureranno più tardi ne' processi della congiura ed eresia del Campanella. Tuttavia non ci ripugna menomamente ritenere che il Campanella si sia iscritto nell'Albo degli spagnuoli, conoscendosi che mediante una piccola moneta da pagarsi nell'atto dell'iscrizione si venivano ad acquistare alcuni vantaggi, diversi secondo gli statuti e i diritti consuetudinarii appartenenti alle diverse Nazioni, e che s'iscrivevano nell'Albo, con la menzione delle rispettive qualità e della moneta pagata, non solo gli studenti, ma anche i visitatori dello Studio, che si trattenevano qualche tempo in Padova non propriamente per seguire i corsi delle lezioni. Come si vede, la cosa è ben diversa dall'«iscrizione nelle matricole dello Studio di Padova»: e dobbiamo dire che in una delle nostre escursioni in quella città abbiamo avuto cura di ricercare nell'Archivio dello Studio se vi fosse rimasta traccia del Campanella; ma degli Atti delle Nazioni non abbiamo trovato che sei volumi della Nazione alemanna, due della Nazione polacca, uno solo della Nazione ultramarina e contenente appena la serie e gli scudi de' consiglieri, sindaci, esattori ed altri officiali della Nazione.

Pertanto fin da' primi giorni della dimora in Padova, il Campanella si trovò involto in un brutto processo, che non intendiamo come sia stato confuso con gli altri venuti in sèguito[112]. «Quasi tre giorni» dopo il suo arrivo, secondochè egli scrisse in una delle sue lettere, trovandosi il P.ᵉ Generale nel convento di Padova, accadde di notte uno di que' fatti scandalosi, proprii di giovani scostumati ed immorali, come ve n'erano tanto spesso tra' frati di quel tempo: il P.ᵉ Generale patì una violenza che non occorre specificare; il Campanella, di recente venuto, ne fu incolpato da certi suoi compagni, e si noti che egli dormiva con un altro in un letto comune, la qual cosa era allora ammessa per l'abbondanza degli ospiti nei conventi, come ne vedremo più oltre esempi diversi. Tanto per la data, quanto pel genere d'imputazione, il Campanella fu chiamato in giudizio insieme con altri frati. Questo risulta dalle sue stesse lettere, e risulta del pari essersi difeso adducendo, che l'altro compagno il quale dormiva con lui avrebbe dovuto rispondere egualmente della imputazione, e poi egli non avea la vista buona e non avrebbe potuto facilmente accedere presso il P.ᵉ Generale. «Ma l'iniquità, egli dice, non cercava il delitto, bensì cercava di farmi delinquere»; e ciò indurrebbe a credere che dovè rimanere carcerato e maltrattato per qualche tempo. Giunse tuttavia a riacquistare la libertà, naturalmente per insufficienza d'indizii, o per avere «purgato gl'indizii» con qualche tormento; ma rimase la memoria di questo processo, e forse ad esso mette capo l'affermazione del Parrino e del Giannone, che il Campanella era stato già prima carcerato anche «per la sua vita poco esemplare e pe' suoi difformi costumi».

Venuto in libertà, probabilmente con la clausola di dover essere pronto a rispondere *novis supervenientibus inditiis* giusta la procedura del tempo, egli ricominciò a scrivere ed anche ad insegnare e a disputare. Le notizie di ciò che egli scrisse in Padova trovansi al solito nel *Syntagma*, bensì in molto disordine, vedendosi stranamente intralciato il ricordo di ciò che scrisse in Padova e di ciò che scrisse in Roma allorchè ebbe a fermarsi per la 2.ª volta in questa città; ecco quanto se ne può cavare di più sicuro, e preghiamo di tenerlo presente poichè costituisce il sèguito del Catalogo delle opere del Campanella. «Niente sconfortato da queste perdite (le perdite fatte in Bologna) cominciai di poi in Padova ad instaurare la *Filosofia di Empedocle*, e scrissi una *nuova Fisiologia* secondo i proprii principii indirizzandola a Lelio Orsini. Similmente, per ordine dello stesso Orsini, un *Apologetico dell'origine delle vene de' nervi e delle arterie e della pulsazione*, per commentario del Telesio sul tema, che l'Animal universo etc., contro Andrea Chioco medico Veronese che avea scritto contro Telesio, e mandai questo opuscolo ad Antonio Persio Telesiano, dimorante in Roma presso Lelio Orsini. Dettai anche una nuova *Rettorica* ad alcuni nobili scolari Veneti. Di poi tradotto a Roma perdei tutti questi libri». Fermandoci a questo punto per ora, notiamo che il Campanella cominciò dal rifare non l'opera «De sensu rerum», ma il suo lavoro sulla *Filosofia d'Empedocle* che avea già scritto altra volta in versi latini; inoltre scrisse una *Fisiologia*, che probabilmente fu un trattato destinato a servire per dettare lezioni; nè deve sfuggire la dedica fattane a D. Lelio, e la composizione dell'*Apologetico* per ordine dello stesso D. Lelio, ciò che mostra una corrispondenza continua con lui, come non deve sfuggire la scrittura della *Rettorica* per uso accertato di un privato insegnamento. Aggiungeremo poi qualche notizia intorno a quell'Andrea Chiocco medico Veronese, contro cui ebbe a scrivere l'Apologetico per Telesio. Il Chiocco, o Chioco, è ben noto a' cultori della letteratura medica, come medico, filosofo, poeta, naturalista, istorico: l'opera nella quale parlò de' polsi, e rimbeccò il Telesio, fu quella intitolata «Quaestionum philosophicarum et medicarum libri tres, Veron. 1593», ed essa è divenuta estremamente rara come la più gran parte delle opere sue. Qualche altra notizia più intima intorno a lui ci è accaduto di trovare nell'Archivio di Urbino oggi trasportato a Firenze, essendovi stata occasione di parlare del Chiocco quando il Duca di Urbino, nel 1600, commise al suo Agente di Roma di cercargli un medico: il Card.[1] di Verona propose in primo luogo il Chiocco, e lo disse molto giovane (avrebbe nel 1593 avuto circa 29 anni), non molto agiato, ma molto dotto, con buon fondamento di lettere greche e di filosofia; era dunque una persona distinta, ed è superfluo dire che non fu prescelto[113]. — Continuando la notizia delle opere composte dal Campanella in Padova, per quanto possiamo decifrarla dal *Syntagma*, ecco un altro brano di questo libro che ne compie la serie. «Dippiù, richiestone scrissi in lingua volgare una *Consultazione, se convenga alla Repubblica Veneta permettere che gli Oratori degli altri Principi parlino nella propria lingua in Senato,* e la diedi ad Angelo Correo Patrizio Veneto. Avea pure scritto un *Commentario sulla Monarchia de' Cristiani,* tale da non avermene a dolere, dove mostrava con quali arti la potenza Cristiana crebbe e crescerà, con quali suole decrescere, con quali sia da recuperarsi, politicamente parlando, ed istituiva un parallelo tra il Regno e i Re degli Ebrei, e il Regno i Re e gl'Imperatori de' Cristiani. Parimente scrissi al Pontefice *Sul Reggimento della Chiesa,* con quali modi, non soggetti alla contraddizione dei Principi, il Pontefice massimo mediante le sole armi ecclesiastiche può di tutto il mondo fare un solo ovile sotto un solo Pastore, i quali ultimi libri diedi a Lelio Orsini e Mario Tufo, ma l'autografo lo rubarono in Calabria amici infedeli». Queste furono le numerose opere composte in Padova, cioè a dire durante tutto il 1593 e buona parte del 1594, in mezzo a molte angustie come vedremo tra poco. Indubitatamente il Campanella in tale periodo diè buona prova di quella grandissima operosità, che si può dire essere stata sempre la sua gloria maggiore, e si può dire anche essere stata la salvezza sua: non avrebbe potuto reggere a tanti colpi avversi, ma l'occupazione continua glie li fece sentire meno vivamente, e forse impedì che ne rimanesse schiacciato. Una sola osservazione intanto vogliamo fare sulle opere anzidette, ed essa è che le due ultime, quelle *Della Monarchia de' Cristiani* e *Del Regime della Chiesa,* entrambe di ordine politico-religioso, trovandosi in coda all'elenco debbono rannodarsi all'ultimo periodo della permanenza del Campanella in Padova, al periodo de' nuovi e gravi travagli che vi soffrì; e bisogna tener conto di questa circostanza, per intendere non tanto lo spirito, quanto la misura delle dottrine che vi si fece a sostenere.

Con ogni probabilità il Campanella, non ostante il suo privato insegnamento, dovea menare in Padova una vita molto misera, e sospettiamo che i frequenti invii di opere a D. Lelio Orsini e a Mario del Tufo, tra gli altri significati, aveano anche quello di un certo modo di chiedere sussidii usato ed abusato in ogni tempo da' letterati poveri; oltracciò il processo già sofferto dovea farlo tenere sotto una sorveglianza speciale ed anche puntigliosa, come si argomenta dal vederlo continuamente oppresso da imputazioni diverse, talune insulse e talune serie, piene di grave pericolo sempre. Così ci spieghiamo in pari tempo una sua nuova e curiosa pratica presso il Gran Duca di Toscana, per sollecitare la concessione della cattedra, mentre l'opera *De sensu rerum* con la dedica già fatta non avea potuto più stamparsi, e le informazioni ulteriori del P.e Generale non avrebbero potuto riuscire altrimenti che pessime: era un tentativo disperato, che solo uno stringente bisogno poteva suggerire. Ad ogni modo il tentativo fu fatto con una lettera al Gran

Duca in data del 13 agosto 1593, che è quella pubblicata dal Palermo. Il Campanella vi dice essergli stata proposta in Padova una lezione di Metafisica da alcuni gentiluomini, ma egli si riteneva impegnato con S. A., cui rammenta la parola data, e dichiara non poter mai immaginare che S. A. abbia mutato parere, «non essendo proprio di Signori». Si mostra per altro informato di ciò che accadde negli ultimi giorni della sua dimora in Firenze: «mi si scrive che alcuni, gonfi di quella vana sorte che suole apportar la ipocrisia, abbian proposto a V. A., per la mutazione che avverrà da le nuove mie dottrine, che non doveva ricevermi, e questo il medesimo dì che io mi partii da lei» (allusione evidente a Baccio Valori, che avea scritto appunto in tal senso e in tale data con molta ipocrisia). Del resto afferma che saprebbe anche meglio degli altri dettare le dottrine Aristoteliche (la qual cosa conferma quanto fosse stringente il suo bisogno), e supplica che faccia scrivere se egli debba avere quella lezione o aspettare ancora. — Non è dubbio che S. A. gli abbia scritto o fatto scrivere in suo nome evasivamente; tale risposta dovè essere portata al Campanella nel convento di S. Agostino dal Galilei lettore in Padova, come si può argomentare da' ricordi che poi ne fece il Campanella medesimo al Galilei ed anche a Ferdinando più tardi, quali si leggono nelle lettere pubblicate dal Berti e dal Fabroni. Aggiungiamo che per colmo di dolore il Campanella, 4 anni dopo, potè forse conoscere che ad insegnare in Pisa era chiamato quel dot.ʳ Marta, contro cui egli avea fatto le prime armi combattendo Aristotile[114]; bensì era chiamato ad insegnare jus Cesareo, non già filosofia[115].

Vennero intanto successivamente istituiti in Padova nuovi processi contro il Campanella, e per verità non sapremmo affermare che al tempo in cui mandò la lettera al Gran Duca non ne avesse già avuto ancora un altro dopo quello relativo all'insulto gravissimo patito dal P.ᵉ Generale: poichè conosciamo molti capi di accusa a' quali fu chiamato a rispondere, e certamente ve ne furono anche altri, mentre egli sempre costumò non propalarli o non specificarli appieno; ma non conosciamo in che modo que' capi di accusa sieno stati aggruppati per aversi i «cinque processi», che nella lettera allo Scioppio pubblicata dallo Struvio chiaramente affermò avere avuti. A quanto pare, due nuovi processi egli dovè avere in Padova, venendo poi l'ultimo, assai più grave dell'altro, compiuto in Roma, con la giunta di ulteriori capi di accusa sorti in sèguito, e dell'esame delle opinioni sospette consegnate nel libro *De sensu rerum*; ciò nel corso del 1593 e 1594, poichè vedremo da un documento irrecusabile trovarsi nella fine del 1595 già esaurito in Roma l'ultimo processo sorto in Padova, ed esaurito anzi da qualche tempo. — Meditando sulla lettera allo Scioppio pubblicata dallo Struvio, la quale offre in modo più ordinato i capi di accusa, ed aggiungendovi ciò che si rileva dalla lettera al Papa, apparirebbe plausibile il dire che in uno di questi nuovi processi (3° per data) gli siano state fatte due imputazioni, aver composto il libro *De tribus impostoribus*, ed essere seguace delle dottrine di Democrito; nell'altro poi (4° per data) dovè rispondere ancora a due imputazioni, divenute non si sa quante per via, professare dottrine eretiche, e non aver denunziato un giudaizzante col quale avea disputato *de Fide*; nè occorre dire che l'ultimo suo processo (il 5°) fu quello sostenuto in Napoli, con le accuse di tentata ribellione ed eresia.

Alle imputazioni dell'avere scritto il libro *De tribus impostoribus*, e dell'essere seguace delle dottrine di Democrito, il Campanella potè rispondere, che aveva appunto scritto contro Democrito e che il libro attribuitogli era stato già stampato 30 anni prima che egli nascesse. Vede ognuno quanto sarebbe importante possedere gli atti di tale processo, mentre a tutt'oggi nulla è stato posto ancora in sodo circa il libro in quistione, e si dubita perfino che esso sia mai esistito[116]. Con la sua immensa erudizione il Campanella potea fare meglio di chicchessia la storia di questo libro: per lo meno egli dovè fornire tutte le particolarità dell'edizione, che ci lasciò appena accennata e ci riesce affatto ignota. Noi siamo convinti che dandosi agli eruditi l'accesso all'Archivio del S.to Officio, la Chiesa medesima vi guadagnerebbe da tutti i lati, e vorremmo avere tanta autorità da meritarci credito: per lo meno non si vedrebbero più malamente confuse l'Inquisizione di Spagna e quella di Roma, che funzionarono con una misura ben diversa, e senza dubbio si modificherebbe radicalmente l'opinione tanto sparsa de' procedimenti iniqui usati dall'Inquisizione Romana. Nel caso presente, si vedrebbe anche come il Campanella abbia avuto tutto l'agio di difendersi e guadagnarsi l'assoluzione.

Più malagevole dovè riuscire il discolparsi del non aver rivelato il giudaizzante col quale avea disputato *de Fide*, e di essersi reso colpevole di eretica pravità come allora si diceva. La denunzia era di obbligo assoluto, e la mancanza di essa nelle circostanze indicate bastava a far nascere il sospetto di eresia. Forse il Campanella potè dapprima addurre essersi l'opponente dichiarato vinto nella disputa, e quindi a lui rimanere il merito di averlo convertito; ma ciò non lo disobbligava dal farne parola al S.to Officio, e d'altronde il giudaizzante dovè mostrarsi pervicace: nè diciamo ciò a caso, ma dopo la matura considerazione di quanto il Campanella ne lasciò scritto, e dopo il fatto di un giudaizzante da noi rinvenuto nelle scritture di questo periodo, da potersi riferire appunto a' travagli del Campanella. Cominciamo dal notare che questi travagli avuti pel giudaizzante son citati dal Campanella non solo nella lettera al Papa, dove son posti in primo luogo (mentre nella lettera allo Scioppio pubblicata dallo Struvio mancano affatto), ma son citati anche nella Narrazione pubblicata dal Capialbi, dove figurano quasi come i soli travagli avuti dal S.to Officio, prima de' travagli di Napoli. Le parole testuali della lettera sono, «primo ex dicto unius Judaizantis molestatus»; quelle della Narrazione (pag. 52) sono, «fu travagliato.... nel S. Officio perchè non rivelò un fugitivo hebraizante con cui esso Campanella disputò *de Fide* in Padova, e quello fu poi carcerato a Verona». La parola «fuggitivo» nella terminologia del S.to Officio significa uno che è scappato dal carcere od anche si è sottratto alla forza mandata a catturarlo, ciò che bastava a costituirlo in una certa convinzione della colpa appostagli; invece nella terminologia fratesca significa un frate che ha abbandonato l'ordine monastico, e nella terminologia de' disputanti significa uno che usa un ripiego per cessare dalla disputa sentendosi vinto; non ci pare dubbio che in uno di questi due ultimi sensi la parola «fuggitivo» abbia dovuto essere adoperata dal Campanella. Questo frate dunque, mostratosi ebraizzante nella disputa avuta col Campanella in Padova, fu poi carcerato in Verona, e pel detto di lui solo il Campanella venne travagliato. Ora ricercando le scritture di questo periodo noi abbiamo trovato il ricordo di un frate Antonio da Verona coll'abito di cappuccino, il quale per avere sostenuto che Cristo non avea redento il genere umano, come eretico pervicace finì per essere bruciato vivo in Campo di Fiori il 26 7bre 1599, dopo di essere stato varii anni nelle carceri del S.to Officio. Veggano i discreti se non sia plausibile mettere questo fatto in rapporto con le cose del Campanella, e metterlo nel modo da noi tenuto[117].

Merita intanto di essere considerata l'importanza di questo processo pel povero Campanella, e ciò che andiamo a dire valga anche pel successivo ed ultimo processo di Napoli. L'essere stato già una volta condannato ad abiurare come veementemente sospetto di eresia lo costituiva nella terribile condizione di «relapso», e qualora fosse stata provata in tutta regola la sua colpa, il destino suo non poteva esser dubbio: per la nota massima della giurisprudenza del S.to Officio «lapso non relapso parcitur», egli avrebbe dovuto essere degradato e consegnato alla Curia secolare, con la solita raccomandazione rutinaria di punirlo senza pericolo di morte e senza effusione di sangue e mutilazione di membra, della quale raccomandazione era bene inteso che la Curia secolare non tenesse conto, o ne tenesse conto adoperando un genere di supplizio tale da non recare nè effusione di sangue nè mutilazione di membra. Così il condannato era bruciato vivo, quando si mostrava impenitente, od era invece prima appiccato vicino al fuoco e poi bruciato, quando era penitente, giusta la massima che tale ultimo supplizio «et humanius est, et viam desperationis claudit, et ad poenitentiam provocat». Nè si pensi che trattandosi di un'eresia diversa dalla precedente, non fosse il caso vero del relapso: l'essere ricaduto nell'identica eresia costituiva uno de' casi, e propriamente de' casi estremi del relapso, ne' quali non doveva neanche accordarsi la difesa, e il colpevole era «sine ulla penitus audientia brachio saeculari tradendus, ultimo supplicio feriendus». Ma i casi del relapso erano varii, c'era perfino quello di aver fatto semplicemente qualche favore ad un eretico dopo di avere già una volta abiurato; e la conseguenza era sempre la stessa, consegna al braccio secolare per l'amministrazione dell'ultimo supplizio, previa la degradazione quando trattavasi di un ecclesiastico. Solo si voleva che il colpevole fosse «legitime convictus»; e parrebbe che il Campanella abbia avuto ricorso pure a quest'àncora di salvezza sostenendo l'insufficienza del teste unico, secondo la massima generalmente valevole in S.to Officio «vox unius vox nullius», come si può fino ad un certo punto argomentare da quelle sue parole che implicano anche una discolpa, «ex dicto *unius* Judaizantis molestatus»[118].

Dopo tutto ciò risulterà senza dubbio naturalissimo che il Campanella, nell'ultimo periodo della sua dimora in Padova, e verosimilmente durante la sua prigionia, non si sia tanto occupato di filosofia quanto di politica e di religione, procurandosi buoni pezzi di appoggio per la tempesta che minacciava sommergerlo. Così nacque l'opera della *Monarchia de' Cristiani*, e subito dopo anche l'altra *Del Regime della Chiesa* indirizzata al Pontefice, sfoggio di dottrine ultra-teocratiche e di fervore religioso; e ci pare che debba tenersi conto delle circostanze nelle quali furono scritte queste opere, semprechè si voglia portare sopra di esse un equanime giudizio. Vedremo pure in sèguito il nostro filosofo, in determinati momenti molto critici della sua vita, assumere un atteggiamento che per lo meno deve dirsi di esagerazione, una volta anche verso i Principi, un'altra volta di nuovo verso il Papa; ed egualmente di questo ci pare che debba tenersi conto. Nè diremo già che in fondo egli non credesse alla teocrazia come sistema di governo, che non amasse l'estirpazione perfino violenta delle sètte religiose per vedere almeno tutta la parte civile dell'umanità stretta in un fascio solo, che non ritenesse la religione fortemente disciplinata indispensabile anche come strumento di civiltà; ma ci periteremmo assaissimo di affermare che nel fondo dell'animo suo egli volesse davvero la teocrazia rappresentata dal Papa e da' Cardinali, la religione rappresentata da tutto il complesso delle dottrine cattoliche etc.; tutti sanno che uomini non volgari, e di eccellente odorato, dalle medesime sue opere politico-religiose trassero già il convincimento che esse esprimessero ben altro di quello che facevano le mostre di esprimere. Ma non possiamo nè dobbiamo entrare in simili discussioni, e solo vogliamo giustificare il nostro proposito di crederci nello strettissimo dovere di far sempre rilevare in quali condizioni le sue diverse opere furono scritte; segnatamente poi per quella *Del Regime della Chiesa* notiamo anche in anticipazione, che mentre chiaramente trovasi registrato nel *Syntagma* essere stata scritta in Padova senza che apparisca alcun motivo per dubitarne, il filosofo medesimo, nella Difesa che presentò ad occasione del 5° processo di eresia avuto in Napoli, la annunziò siccome scritta in Stilo ne' tempi immediatamente anteriori a quelli di tale processo, naturalmente pe' nuovi bisogni di quest'altra sua gravissima causa[119]. Aggiungiamo inoltre che egli ebbe una cura speciale della conservazione di entrambe queste opere, *Monarchia* e *Regime*, facendone l'invio a D. Lelio Orsini e a Mario del Tufo, sicchè non ebbe a perderle con le altre al momento in cui fu tradotto a Roma, e ciò naturalmente perchè doveano servirgli allo scopo suddetto. Nè vogliamo tacere che non ci apparisce realmente derivata da queste opere, ossia dalle dottrine consegnate in queste opere, la persecuzione continua sofferta dal Campanella in Padova, come lascerebbe sospettare una proposizione emessa dal Naudeo tanti anni dopo[120]: il Naudeo, amicissimo del filosofo, e durante la vita e dopo la morte di lui fu solito d'ingarbugliare il ricordo delle cause, per le quali egli era stato perseguitato; d'altra parte il Governo Veneto era solito di perseguitare esso medesimo e di non lasciare impuniti i fautori della supremazia Papale.

IV. Eccoci ora al trasferimento del Campanella da Padova a Roma. Abbiamo già accennato che questo dovè accadere verso la fine del 1594, poichè il processo iniziato in Padova, certamente assai grave ed aggravatosi sempre più per via, era già esaurito in Roma prima della fine del 1595; e ci parrebbe superfluo dire che egli dovè essere tradotto a Roma qual prigioniero, se non ci obbligasse a dichiararlo il fatto che i biografi hanno tutti ammesso un'andata spontanea da Padova a Roma. Il Berti è stato il solo ad avvedersi che l'andata del Campanella a Roma segna il tempo di un suo processo da tutti sconosciuto; se non che egli lo crede il 1° processo, avvenuto non più tardi del 1595 o 96, ed ammette sempre un'andata spontanea del filosofo a Roma, «o fosse irrequietezza sua, o timore di molestia per parte de' frati od anche de' magistrati per causa delle dottrine teocratiche, e più probabilmente per dare ragione di sè al S. Uffizio». Ma sebbene il filosofo non abbia mai parlato molto chiaramente delle sue maniere di andare a Roma, ed anche ad occasione del suo primo trasferimento da Napoli ci abbia fatto leggere nel *Syntagma* «Romam perrexi», questa volta ci fa leggere il trasferimento da Padova con le parole «Romam perductus»: il D'Ancona, nel recarle in italiano, ha adoperata la frase «portandomi a Roma», ma noi vi abbiamo scorto un senso passivo e non attivo, ed abbiamo perciò adoperata la frase «tradotto a Roma». D'altronde bisogna tener presenti la circostanza di tale andata a Roma, la perdita che vi fece di diverse opere scritte in Padova (la *Filosofia di Empedocle*, la nuova *Fisiologia*, l'*Apologetico del Telesio* contro il Chiocco e la *Rettorica*, le sole opere che, o in originale o in copia, esistevano presso di lui) e il rinvenimento nel S.to Officio di tutte le altre opere che avea già precedentemente perdute in Bologna (ved. qui pag. 62): questo ci pare che indichi senz'altro essere stato il Campanella strappato bruscamente dal luogo della sua dimora in Padova, poi tradotto a Roma e consegnato nelle carceri del S.to Officio, dove ebbe anche a trovarsi in presenza delle opere toltegli in Bologna, e a doverne rispondere.

Le principali imputazioni, dalle quali dovè difendersi, furono certamente sempre il non aver denunziato l'ebraizzante e l'essersi reso colpevole di eretica pravità. Ma a queste se ne aggiunsero ancora altre, alcune delle quali vennero senza dubbio messe innanzi nel tempo in cui il processo si svolgeva in Padova: esse furono, l'aver composto un empio Sonetto contro Cristo, l'aver manifestato eresie in Calabria, come risultava dalla deposizione di un suo conterraneo accusato egualmente di eresia nel tribunale del Vescovo di Squillace, l'essere stato trovato in possesso di un libro di Geomanzia senza il debito permesso, l'avere enunciate proposizioni censurabili nell'opera *De sensu rerum* toltagli in Bologna. La 1ª e 2ª di tali imputazioni aggiunte trovansi registrate nella lettera al Papa ed a'

Cardinali pubblicata dal Centofanti, ma vedremo anche nel 5° processo sostenuto in Napoli la deposizione di un suo intimo amico (fra Dionisio Ponzio), nella quale è detto che il Campanella medesimo gli aveva parlato di un Sonetto bruttissimo contro Cristo, e glie lo aveva anche recitato, per lo quale era stato innocentemente inquisito in Roma[121]. La 3ª imputazione, quella di essere stato trovato in possesso di un libro di Geomanzia, ciò che ci sembra aver dovuto accadere in Padova nel momento della cattura, trovasi registrata nella Informazione pubblicata dal Capialbi[122]. L'ultima, quella delle opinioni censurabili emesse nell'opera *De sensu rerum*, trovasi registrata con varie particolarità nell'opera medesima rifatta dall'autore in italiano più tardi e poi pubblicata in latino nel 1620, come anche nella Difesa dell'opera premessa alla 2ª edizione di Parigi 1637: in quest'ultimo documento è detto che la risposta agli argomenti degl'Inquisitori fu data nel 1598, e son citati gli Atti del 1598, ma abbiamo ragione di credere che vi sia incorso un errore di data, dovendosi leggere 1595, tanto più che a pochi versi di distanza si ha un altro errore di data manifestissimo, trovandosi detto che la 1ª edizione dell'opera fu fatta nel 1617, mentre si sa che fu fatta nel 1620. — Non conosciamo la serie degli argomenti addotti dal Campanella contro ciascuna imputazione, ma non ci manca per taluna di esse qualche indizio e per le altre qualche notizia positiva, che il Campanella medesimo ha avuto cura di fornire. Abbiamo già detto che per la faccenda dell'ebraizzante ci sarebbe qualche indizio dell'essersi il Campanella difeso adducendo che si trattava di un teste unico; ma doverono esservi ancora altri argomenti che non conosciamo. Quanto al Sonetto, egli giunse a dimostrare che apparteneva all'Aretino; quanto all'eresia che si pretendeva aver manifestata in Calabria, lo stesso denunziante si ritrattò, confessando avere inventato il fatto per salvarsi da' pericoli che correva; quanto al libro di Geomanzia, affermò che gli fu preso mentre intendeva portarlo all'Inquisitore per la licenza; quanto alle proposizioni censurabili emesse nell'opera *De sensu rerum*, ecco in quali termini il Campanella ce ne lasciò il ricordo nell'opera rifatta, e poi anche nella Difesa di essa allegata all'edizione di Parigi. Nell'opera (ms. napoletano) al lib. 2.° cap. 32 scrisse: «L'argomento che mi fece l'Inquisitione contra, et poi restò da me sodisfatto fu questo. Che sequirebbe, che pure i Vermi, et le bestie di questa beata mente fossero informati, et capaci di beatitudine humana; io risposi che non sequita, poichè veggiamo tanti pidocchi et vermi generarsi nella testa dell'huomo, et tanti altri vermi dentro il ventre, et in varii membri et visceri, ne per questo tali bestiole hanno la mente rationale dell'huomo, ma solo il senso breve, et corto dell'altre Belve, cossì dentro al mondo senza quell'anima beata ma non (*int.* con) sensi partiali, et questa risposta per contrario e certo essempio provata non hanno potuto impugnare gli contradittori». Nella Difesa poi del libro, allegata all'edizione fattane in Parigi nel 1637 (pag. 90) la cosa medesima è espressa ne' seguenti termini; ne diamo tradotto il brano relativo. «Esaminando i Padri i 4 libri nostri manoscritti *De sensu rerum* non apposero nulla contro il senso naturale delle cose, nè che abbia ammesso l'anima del mondo assistente con Agostino, Basilio, il Niceno, il Ficino, e Platone, ma solamente questo: se c'è un'anima del mondo, essa di conseguenza è beatificabile o beata, e però lo sono anche le anime de' bruti e tutte le parti del mondo. Risposi, come si vede negli Atti dell'anno 1598 (ciò che narrai pure nel mio libro De Sensu rerum stampato nell'anno 1617) che se si ammetta un'anima del mondo assistente e reggente con intelligenza beata, che può essere una delle Dominazioni, non per questo le anime de' bruti e le cose naturali senzienti sarebbero del pari beatificabili, poichè non sono della sostanza e derivazioni di quell'anima partecipanti del comune senso naturale; come non vi sarebbero nè potenze nè appetito delle cose, se non per partecipazione innata delle primalità. Poichè così pure i vermi nati nel ventre e i pidocchi nati nel capo dell'uomo non sono razionali a causa dell'anima razionale dell'uomo, ma solo sensuali a causa del loro partecipare del comune senso, nascendo similmente dalle fecce dell'uomo e da' cadaveri; nè conoscono l'anima dell'uomo, come neanche noi conosciamo l'anima del mondo pel senso ma dopo lunghi sillogismi. La risposta medesima dànno S. Gregorio Niceno e S. Agostino sopra citati, che accordano al mondo una virtù razionale quasi anima, poichè ammettono in ciascun ente un'anima propria, emanante o da Dio, come nell'uomo, o dagli elementi, come ne' bruti, nelle piante ecc., o dalla luce sensuale comune a tutti secondochè si è detto nella serie 3^a e 4^a; ed avendo così risposto, pregai i Governatori del S.^{to} Officio che mi legassero o con ragioni o con precetto, se non dovessi tenere tale opinione; e non vollero, ma concessero la facoltà di tenerla, e i Sig.^{ri} Cardinali Ascolano, Santorio e Sarnano, dottissimi Inquisitori, dissero che io combatteva bene con questa opinione contro gli Atei e in difesa de' Padri».

Così il Campanella giunse a liberarsi da questo processo che poteva riuscirgli fatale, segnatamente per la $1.^a$ e $2.^a$ imputazione, per le quali non conosciamo veramente il suo sistema di difesa, mentre per esse non c'era altro esito possibile che o la liberazione o l'estremo supplizio. Vedremo che quando poi se ne andò in Calabria, parlando col suo amico fra Dionisio del Sonetto malamente attribuitogli, disse che il denunziante era stato condannato alla galera in vita: ma questo riesce poco credibile, poichè uno de' lati deboli del S.^{to} Officio era il non dar travagli a' testimoni o denunzianti, quando le colpe da essi poste innanzi si trovassero insussistenti, e ciò per non intiepidire nel pubblico l'accorrere al suo tribunale; bisognava che vi fosse indizio d'insigne mala fede per deciderlo a colpire i testimoni falsi, ed allora li colpiva con vigore secondo il suo costume. Ad un altro amico (fra Domenico Petrolo) egli disse che era stato rilasciato *ac si non fuisset captus*: questo ci riesce veramente credibile, ma nemmeno al punto da non ammettere che sia stato obbligato a rimanere in un convento determinato, e propriamente in quello di Sta Sabina come se n'ha qualche indizio; il foro ecclesiastico, egualmente che il laico, non soleva facilmente abbandonare del tutto chi avea dato motivo di far trattare qualche sua causa, ma lo voleva sotto la mano per qualche tempo. Da ultimo dobbiamo ricordare che parlandosi delle opere presegli in Bologna e trovate presso il S.^{to} Officio, nel *Syntagma* si legge che non le richiese, essendo sul punto di rifarle migliori: e dobbiamo dire che questo non si comprende agevolmente, poichè quelle opere si trovavano come allegate ad un processo, e in simili condizioni il riaverle non era consentito.

Certo è che molto dovè costare al Campanella il liberarsi da questo processo, e vi fu bisogno di potenti raccomandazioni. Anche per esso, e principalmente per esso, dovè trovare un potente aiuto in D. Lelio Orsini, il quale, come abbiamo già detto, era in buonissimi termini con la Curia Romana e con lo stesso Papa. Un altro aiuto valevolissimo dovè trovare nel Commissario generale del S.^{to} Officio fra Alberto Tragagliolo, che secondo l'uso attendeva alla redazione degli Atti, e poi, sedendo *pro Tribunali*, emetteva la sentenza data dalla Sacra Congregazione Cardinalizia, alla quale era devoluta la trattazione della causa e la sua decisione: avremo tra poco a parlare di una lettera del Campanella al Tragagliolo, nella quale si vede che il filosofo rimase in corrispondenza col degno frate, e si trova menzionata «la misericordiosa giustizia» di lui, «il grand'obbligo» che il filosofo gli ha, «l'ufficio di pietosa madre» che avea fatto, l'essersi «promesso di conformarsi al senno di lui», il volere «da lui dipendere meritamente»; le quali espressioni verso il Tragagliolo, e l'interesse da costui spiegato di poi anche in Napoli verso il Campanella, mostrano che il Commissario del S.^{to} Officio dovè sentire una grande simpatia pel povero prigioniero, così giovane, così dotto e così disgraziato. Forse egli conobbe le opere della *Monarchia de' Cristiani* e *Del Regime della Chiesa*, che certamente non furono presentate in giudizio e non è difficile intenderne le ragioni: così anche conobbe forse il *Compendio di Fisiologia* e i *Discorsi politici*, in particolare quelli a' Principi d'Italia, che al pari di talune poesie vedremo essere stati composti nel carcere. Infine il Campanella potè avere l'aiuto anche di personaggi altissimi, dell'Arciduca Massimiliano e dell'Imperatore, i quali scrissero in favore di lui e di Gio. Battista Clario egualmente carcerato, pel cui mezzo egli fece pervenire all'Imperatore una copia de' suoi *Discorsi a' Principi d'Italia*: questo fatto venne da lui affermato nelle Difese che scrisse ad occasione del processo della congiura avuto in Napoli, nè v'è ragione di dubitarne[123]. Ed ecco dove mette capo una certa relazione del Campanella con gli Arciduchi e con l'Imperatore, onde vedremo che egli si rivolse anche a costoro durante il lungo martirio di Napoli. Nello stesso documento è detto avere inoltre inviato all'Arciduca Massimiliano il *Dialogo contro i Luterani*; ma tale invio potè verificarsi dopo l'uscita dal carcere, giacchè il *Dialogo* non fu composto prima, e ben si vede che il Campanella ebbe cura di farsi conoscere dall'Arciduca anche posteriormente.

Questo intanto ci conduce a parlare delle opere composte dal Campanella in Roma, de' suoi compagni di carcere, delle poesie che quivi dettò. Nel *Syntagma*, a proposito de' libri perduti in Padova, si legge: «In Roma dunque dettai di nuovo un piccolo *Compendio di Fisiologia*, nè di esso mi avea dato mai più alcun pensiero, ma l'anno 1611 Tobia Adami l'ebbe da non so chi in Padova e lo pubblicò sotto il titolo di *Prodromo di tutta la filosofia del Campanella.* Inoltre cominciai un *Compendio di Fisiologia*, sperando di risarcire la perdita di un grosso volume; ed in esso proponeva le opinioni di tutti gli antichi e le comparava con le nostre, il quale libro mandai poi a Mario Tufo. Al medesimo Mario scrissi un trattato *Della prestanza dell'arte cavalleresca*». Poi, venendosi a parlare non più per incidente delle opere scritte in Roma, si legge ancora: «In Roma avea parimente scritto in versi toscani *Sul modo di sapere* e *su cose fisiologiche*, e perdei l'uno e l'altro libro in Napoli; scrissi anche in Roma una *Poetica secondo i proprii principii*, la quale diedi a Cinzio Albobrandini Card.[1] S. Giorgio, e trovasi nelle mani di molti, benchè uno spagnuolo l'abbia tradotta nella lingua sua e vi abbia apposto il suo nome: la qual cosa, allorchè ebbi a vederla in Napoli nel Regio Castello, l'anno 1618, mi mosse ad un riso veramente grandissimo; ma dovunque i nostri esemplari testificano contro il plagiario, e lo stesso ladro, allo scopo di covrire un po' meglio il furto, in fine si scusa perchè, quantunque sia spagnuolo, sovente cita poeti italiani come l'Ariosto, il Tasso, il Guarini. Scrissi pure in Roma un *Dialogo* in lingua volgare, *del modo di convincere gli eretici del nostro tempo e tutti i settarii insorgenti contro la Chiesa Romana*, buono per qualunque mediocre ingegno, e alla sola prima disputa; lo diedi prima a Michele Bonello Card.[le] Alessandrino e ad Antonio Persio, ed anche a te non così per tempo io lo concessi, o amicissimo Naudeo, comunque non perchè abbi a darlo in luce, mentre da lunga pezza oramai avea trasfuso questo dialogo nella *Lettera anti-Luterana* a' filosofi e principi oltramontani per instaurare la religione. Inoltre egualmente trovandomi in Roma, diedi agli amici Orazioni, parecchi *Discorsi politici*, molte *Poesie toscane e latine* anche da diffondersi col nome loro. Qui pure cominciai a comporre *Versi toscani con metro latino*, come si veggono nelle nostre Cantiche, e l'*Arte metrica della lingua volgare in tutto simile alla latina*, con regole sicure onde poter conoscere ed osservare la quantità di ciascuna sillaba, e diedi questa a Gio. Battista Clario medico dell'Arciduca Carlo in Roma e a due giovani Ascolani»[124]. Tale è la serie delle opere composte in Roma nella fine del 1594, nel 1595, 1596 e quasi tutto il 1597, nuovo gruppo che viene ad aggiungersi a quelli delle opere precedenti e ad ingrossare di molto il Catalogo: ma gioverebbe conoscere quali di esse siano state scritte nel carcere e quali fuori, come pure con quale ordine di successione; e il *Syntagma* non ci dà lumi sufficienti per conoscerlo, che anzi ci apparisce sempre più un'esposizione non solo disordinata ma anche assai oscura in qualche punto di molta importanza. Trovando registrato in primo luogo il piccolo *Compendio di Fisiologia*, che venne pubblicato poi dall'Adami in Frankfort nel 1617 col titolo di *Prodromus Philosophiae instaurandae*, si sarebbe autorizzati a classificarlo prima di ogni altra opera di questo gruppo; tuttavia, guardando bene al *Syntagma*, si rileva che esso trovasi registrato in primo luogo per incidente. D'altro lato abbiamo nella Bibl. Magliabechiana (XII, 5) un Codice intitolato *Compendium Ph.iae (sic) Campanellae ad Paulum Attilium, Romae 1595*, e, come il prof.[r] Fiorentino ha fatto notare, esso corrisponde esattamente al *Prodromus*[125]; possediamo quindi una data certa, la quale autorizza ad ammettere che la detta opera abbia dovuto essere composta nel carcere, ma non necessariamente in primo luogo. E bisogna aggiungere che non manca un fortissimo indizio, da noi trovato in un'opera appartenente ad un compagno di carcere del Campanella di cui si discorrerà tra poco, per lo quale si è autorizzati a dire che questo libro fu «il secondo» tra' libri da lui composti nel carcere; nè abbiamo bisogno di far notare, che avendo esso la data certa del 1595, e non essendo stato il primo tra' libri composti in Roma, si può tanto meglio affermare che il trasferimento del Campanella alle carceri di questa città sia avvenuto nella fine del 1594. Ciò posto, deve dirsi che in tale periodo egli abbia «cominciato» a scrivere l'altro *Compendio di Fisiologia*, diverso da quello ora contemplato, in risarcimento di un grosso volume perduto che comparava le opinioni degli antichi alle proprie, la quale circostanza autorizzerebbe a dire che egli avesse avuta l'intenzione di risarcire la perdita del libro di *Fisiologia* sottrattogli a Bologna, composto di «dispute contro tutte le sètte» o veramente del libro *De Rerum universitate* (confr. pag. 53 in nota). Di certo ne venne fuori l'inizio di ciò che fu poi detto l'«Epilogo» o «Epilogo magno di Filosofia», essendo state le dispute contro le sètte riserbate per un'appendice che fu composta più tardi col titolo di Quistioni; e vedremo che l'opera fu cominciata e poi proseguita in italiano, la quale novità, imitata in sèguito per lungo tempo, merita di essere additata. Ma il lavoro fu presto interrotto per comporre il *Compendium Phisiologiae* in latino, verosimilmente anche questa volta per dettarne lezioni, e forse a quel Paolo Attilio, che potè essere uno de' due giovani Ascolani sopra menzionati. Seguì poi, con ogni probabilità egualmente nel carcere, la composizione così del trattato della *Prestanza dell'arte cavalleresca*, come de' *Versi toscani sul modo di sapere o su cose fisiologiche*, primi tentativi delle poesie filosofiche alle quali il Campanella attese di poi, alcuni anni più tardi: ma dobbiamo assolutamente rimandare all'ultimo luogo la composizione della *Poetica*, al periodo in cui il Campanella già stava fuori carcere, e si agitava presso il Card.[l] S. Giorgio per poter tornare in Calabria, cioè nel 1596, come egli stesso dice in un'altra opera analoga[126]; dobbiamo inoltre rimandare egualmente al periodo in cui già stava fuori carcere, ma a' primi tempi di questo periodo, la composizione del *Dialogo del modo di convincere gli eretici*, pel quale vedremo esservi una data e una dimora certa, lo scorcio del 1595 nel convento di Sta Sabina. Invece gl'importanti *Discorsi politici*, che il *Syntagma* non specifica e che sappiamo essere stati inviati all'Arciduca Massimiliano e all'Imperatore, come anche molte *Poesie italiane e latine*, i *Versi toscani con metro latino*, e l'*Arte metrica* corrispondente che fu donata al Clario, si debbono assegnare al periodo trascorso nel carcere, visto che ne fu fatto dono al Clario il quale fu compagno di carcere del Campanella, come diremo tra poco. Tutto considerato, bisogna riconoscere che il Campanella in Roma, lavorando assai più nel carcere che fuori, abbia atteso massimamente a procurarsi distrazioni, dapprima con la filosofia e di poi con la poesia; che abbia posto da parte gli sfoggi di teocrazia e di fervore religioso, mentre non gli era stato possibile utilizzare la *Monarchia de' Cristiani* e *il Regime della Chiesa*, ripigliando di poi il fervore pel cattolicismo nel suo *Dialogo*, quando gli fu necessario conciliarsi la benevolenza della Curia, per essere liberato dall'obbligo di risedere nel convento di Sta Sabina e di non allontanarsi da Roma; che invece abbia posto mano alla politica e ad una specie notevole di politica ne' suoi *Discorsi*, quando gli fu necessario conciliarsi la benevolenza de' potenti del Nord ed averne lettere commendatizie. — Ci corre intanto l'obbligo di fermarci ancora un poco su questi Discorsi politici composti in Roma. Essi sarebbero i seguenti, e il titolo li qualifica abbastanza: *Discorsi a' Principi d'Italia che per bene loro e del cristianesimo non debbono contradire alla Monarchia di Spagna ma favorirla, e come dal sospetto di quella si ponno guardare nel Papato e per quella contra infedeli, con modi veri e mirabili*; ad essi venne forse aggiunto pure l'altro assai più brutto, che conservasi ms. nella Biblioteca naz. di Parigi e che 7 anni dopo, se non siamo male informati, venne tradotto in latino e dato alle stampe dal Mylius, *Discorso circa il modo col quale i Paesi Bassi, volgarmente di Fiandra, si possino ridurre sotto l'obbedienza del Re Cattolico*[127]. Possiamo dire con certezza che i «Discorsi a' Principi d'Italia» non doverono essere scritti in quella forma che ce n'è rimasta: il Campanella ebbe in sèguito a ritoccarli ed anche ad accrescerli notevolmente, come si rileva dalla maniera che tenne nel farne menzione in varie circostanze, ed oltracciò dalle opere che vi si veggono citate e che furono certamente composte più tardi; così ne avremo ancora a parlare nel corso di questa narrazione, e ci riserbiamo di dirne qualche cosa di più a miglior tempo. Ma avendo qui riferite le parole del *Syntagma* che ad essi alludono, vogliamo richiamare l'attenzione sul fatto singolare, che mentre nel *Syntagma* si trova registrato sempre il titolo di ogni più umile lavoro, non si trovano invece i titoli de' detti Discorsi e specialmente di quelli a' Principi, che per moltissimi anni, insieme co' Discorsi sulla Monarchia di Spagna dei quali avremo a parlare più in là, furono tra le più stimate opere del Campanella, tanto che se ne trovano ancora molto sparse le copie manoscritte. Siamo nondimeno in grado di spiegarci il fatto, considerando che al *Syntagma* fu posto mano dal Campanella e dal Naudeo il 1631 in Roma, quando il filosofo godeva la protezione di Papa Urbano VIII, nemicissimo degli spagnuoli ed affettato protettore del Campanella principalmente per fare una dimostrazione di dispetto agli spagnuoli, da' quali il Campanella era stato tenuto tanti anni in carcere e da' quali era in ultima analisi fuggito. La comparsa nel *Syntagma* di quel titolo de' *Discorsi a' Principi*, che abbiamo sopra riportato, sarebbe stata una dissonanza enorme coi tempi, co' luoghi, con le circostanze, ciò che non avveniva pe' Discorsi sulla Monarchia di Spagna, dal quale semplice titolo non traspariva se se ne fosse detto bene o male. Dobbiamo poi anche notare, che nell'Informazione pubblicata dal Capialbi lo stesso Campanella fa intendere di avere scritti i Discorsi a' Principi in Padova, «mosso dall'opposizion che li facean li Venetiani»: ma forse, così dicendo, ebbe allora in animo di mascherare il ricordo delle peripezie di Roma; e poichè nel *Syntagma* non si trovano menzionati Discorsi politici composti in Padova, ma se ne trova invece fatta menzione al tempo della dimora in Roma, mentre d'altra parte qui veramente si offrì una buona occasione per comporli, noi ci siamo attenuti alla notizia comunque vaga del *Syntagma*, accettando quella dell'Informazione nel senso di stabilire, che i Discorsi a' Principi furono scritti prima di quelli sulla Monarchia di Spagna e in un periodo che del resto sarebbe circoscitto tra il 1593 e il 1595[128].

Ci faremo ora a vedere i compagni di carcere del Campanella, e le Poesie da lui composte nel carcere per quanto sarà possibile rinvenirne le tracce. Sicuramente fu con lui carcerato Gio. Battista Clario, che nel *Syntagma* è detto medico dell'Arciduca Carlo; verosimilmente lo furono anche i due giovani Ascolani, de' quali si ha notizia contemporaneamente al Clario, e forse uno di loro ha potuto essere il Paolo Attilio cui venne indirizzato il Compendio di Fisiologia. Non diremo essere stato compagno di carcere anche Giordano Bruno, comunque sia noto che nel tempo medesimo egli penava nel carcere dell'Inquisizione: tutto induce a credere che la sorte del Bruno fosse stata già definita, ed essendo destinato all'estremo supplizio, e dovendo esser tenuto in un carcere più sicuro giusta le regole del S.^{to} Officio, egli si trovava forse nelle carceri di Tor di Nona, come ci è accaduto di rilevare per taluno colpito da gravissime imputazioni, la cui storia si legge nella Raccolta di scritture di S.^{to} Officio esistente nel Trinity-College di Dublino. Ma con ogni probabilità, negli ultimi mesi della sua dimora nel carcere, il Campanella vide entrarvi anche un dotto napoletano, Colantonio Stigliola, che senza dubbio avea già conosciuto presso Gio. Battista Della Porta: ci è infatti venuto tra mano un processo di S.^{to} Officio sinora ignoto contro lo Stigliola, dal quale apparisce che costui trovavasi già carcerato in Roma nel luglio 1595 e rimase carcerato fin dopo l'aprile 1596. Avremo più in là occasione di parlare dello Stigliola e di questo suo processo; per ora basti averlo menzionato quale probabile compagno di carcere del Campanella, importandoci molto di dire invece qualche cosa del Clario compagno di carcere certo. Le nostre ricerche intorno a costui ci menano a ritenere che egli sia stato appunto quel Gio. Battista Clario, di cui si hanno alcuni Dialoghi editi nel 1608, dove trovasi qualificato Protomedico della Stiria, mentre nel *Syntagma* è detto medico dell'Arciduca Carlo. Egli parrebbe

Forlivese di origine, giacchè si ha pure un Francesco Clario appunto di Forlì, che nel 1585 diè alle stampe un Panegirico sull'umanità dell'Arciduca Carlo, dal quale era tenuto a studiare in Padova[129]: ad ogni modo gioverà fermarci un poco su' Dialoghi di Gio. Battista Clario[130]. Fin dalla Dedica di questi Dialoghi trovasi ricordato che essi vennero composti in Roma essendo l'autore molto giovane, ed è notevole che i tre primi hanno per interlocutori un Panfilo ed un Armenio entrambi carcerati. Panfilo vi si rileva giovane di forti studii, colmo di tutti i beni tanto da esserne invidiato, ed allora carcerato da tre anni per un solo e falso calunniatore, dolente di trovarsi in quelle «strane prigioni», accorato della mala opinione che da molti si sarebbe avuta di lui; Armenio vi si rileva già «altre volte trovatosi in simili conflitti», consolatore di Panfilo invitandolo a tener presente tra le altre cose, la bontà di quelli che dovranno giudicarlo; senza essere visionarii, ci pare di poter dire fin d'ora che si tratti qui delle prigioni di S.^{to} Officio, le quali appunto compromettevano assai la riputazione, del Clario scoraggiato, del Campanella avvezzo a quel trattamento e fiducioso in fra Alberto Tragagliolo. Ancora Panfilo, molto erudito, disputa in filosofia mostrandosi più sovente peripatetico, ed Armenio, tanto più erudito, abbondantissimo in citazioni, parla anche di astrologia e menziona S. Bernardo, S. Gio. Crisostomo, Lattanzio, e «il secondo libro de' principii delle cose da lui composto in quella prigione in lingua latina»[131]; non ci par dubbio che si alluda qui abbastanza chiaramente al secondo *Compendio di Fisiologia*, a quello composto in lingua latina dopo che n'era stato già cominciato un altro (scritto invece in italiano), al Compendio che tanti anni dopo fu pubblicato dall'Adami col titolo di *Prodromus*; ed ecco perchè abbiamo detto più sopra aversi fortissimo indizio che prima sia stato cominciato il Compendio in italiano che divenne poi «l'Epilogo di Filosofia», e sempre nel carcere di Roma. Oltre a tutto ciò, nel Dialogo 7° del Clario, un altro interlocutore dice di avere avuto il giorno innanzi una disputa con un Telesiano, e fa sapere che il Telesio vuole estirpare la filosofia di Aristotile e difendere quella di Parmenide e Melisso, che la sua dottrina particolarmente nel Regno di Napoli è stata accettata, accresciuta, ampliata, «frà gl'altri da Tommaso Campanella, huomo in vero nato a tutte le scienze, il quale e con la voce e con gli scritti ha procurato di darle riputatione grandissima»[132]. Dobbiamo poi aggiungere ancora un'altra circostanza tratta da altro fonte, che crediamo doversi riferire al Clario. Vedremo che durante l'ultimo processo patito dal Campanella, uno de' più cari amici suoi è carcerato egualmente (fra Pietro Presterà di Stilo) ebbe a dire di aver saputo dallo stesso Campanella che un astronomo «delle parti di Germania», carcerato con lui nella Sta Inquisizione, gli aveva presagito la Monarchia del mondo, perocchè aveva sette pianeti ascendenti favorevoli[133]: senza entrare ne' particolari della notizia, che saranno chiariti a miglior tempo, diciamo qui che l'astrologo in parola dovè essere appunto il Clario, sapendosi che era medico, e quindi, secondo il gusto del tempo, facile cultore di astrologia, oltrechè medico di Corte nella Stiria. Così il germe inoculato al

Campanella in Cosenza ed Altomonte veniva scaldato nel carcere di Roma, e lo si vide poi sbocciare in Calabria, terminando nel più disastroso fra' processi: certamente il Campanella e il Clario, verosimilmente anche lo Stigliola, si eccitavano al pensiero dell'avvicinarsi di tempi nuovi, e questo si vede ogni giorno nelle persone carcerate; i tempi nuovi pertanto aveano pel filosofo un'altissima significazione. — Ma avendo il Campanella in questo tempo scritte anche molte Poesie, cerchiamo di rintracciare se tra quelle che finora conosciamo ve ne sia qualcuna da potersi riferire al periodo in esame. Noi crediamo doverci sempre d'ora in poi diligentemente occupare di tale ricerca ad ogni distinto periodo della vita del filosofo; poichè senza dubbio le poesie, composte quasi sempre a sfogo dell'animo in un circolo ristretto di persone intime, possono far conoscere le condizioni vere del Campanella anche ne' diversi tempi, assai meglio di ogni altra maniera di documenti, nei quali egli non fu sempre in grado di esprimere la pretta verità, ma sovente dovè piegarsi alle necessità del suo miserrimo stato. Pur troppo anche le poesie, prima di essere pubblicate, furono vagliate diligentemente, e parecchie fra esse mostrano tracce di mutilazioni evidentemente fatte per togliere di mezzo ciò che poteva compromettere l'autore, senza contare che alcune, di data posteriore, appariscono scritte espressamente per metterlo sott'altra luce: ma vi è rimasto sempre qualche cosa che lo mostra qual'era, e poi abbiamo oggi la fortuna di poter pubblicare non meno di 67 altre poesie inedite, eliminate nella «Scelta» che se ne fece non solamente perchè erano di scarso valore letterario, ma anche perchè contenevano cose le quali importava lasciar sepolte, ond'è che siamo in grado di trarne molto lume per la nostra narrazione. Naturalmente noi spigoleremo fin d'ora anche nelle dette poesie, intorno alle quali basti qui dichiarare che si trovarono in un manoscritto emerso nel processo di Napoli il 1602, manoscritto appartenente ad un altro caro amico del Campanella ed egualmente carcerato (fra Pietro Ponzio, germano di fra Dionisio), che ne fece raccolta fino al 2 agosto 1601, divulgandole anche sotto mano per Napoli a gloria dell'amico suo. Non abbiamo ad occuparci di poesie latine, poichè di esse non è pervenuta alcuna fino a noi, e quanto a poesie italiane con metro latino, le sole tre che ci rimangono non possono dirsi di questo periodo, siccome è chiaro anche dalle note che l'autore medesimo vi appose; ma in quelle con metro comune crediamo che ve ne sia taluna appartenente al periodo in esame. Così il Sonetto intitolato «Al carcere» ci sembra chiaro doversi riferire al carcere di Roma, non già a quello di Napoli come da tutti è stato creduto[134]: si badi infatti alla 2ª strofa di esso e alla chiusa:
«Come và al centro ogni cosa pisante

. . . .
Così di gran scienza ogn'un amante
che audace passa dalla morta gora
al mar del vero di cui s'innamora
nel nostro hospitio al fin ferma le piante.

. . . .
che qui non val saper, favor ne pieta

98

io ti sò dir; del resto tutto tremo,
ch'è rocca sacra à tirannia secreta».

Una *gran scienza*, con la quale si passa *dalla morta gora al mar del vero*, sarebbe rimpicciolita di troppo riferendola alla politica, e se la tirannia spagnuola aveva una caratteristica, questa può dirsi il non essere *segreta*, ma chiara e brutalmente professata: trattasi dunque piuttosto del carcere di S.^{to} Officio, e la nota apposta al Sonetto aiuta anche ad intenderlo; poichè dicendo essa semplicemente «è chiaro», eccita a considerare di quale specie di carcere si tratti, mentre non era stato creduto conveniente qualificarlo. Aggiungiamo che con quel Sonetto l'autore si rivolge a qualcuno, commentandogli il carcere in cui si trova; e chi sa che non glie l'ispirò lo Stigliola, quando vi giunse egli pure! Ma ecco un altro Sonetto che fa parte degl'inediti, e che mostra indubbiamente come le Poesie, quando parlano del carcere, non riflettano soltanto il carcere di Napoli: esso riguarda «un che morse nel S.^{to} offitio in Roma»[135]:

«Anima, ch'hor lasciasti il carcer tetro
di questo mondo, d'Italia, e di Roma,
del Santo Offitio, e della mortal soma,
vattene al ciel, che noi ti verrem dietro».

Qui il dubbio non è più possibile; questo povero carcerato moriva in Roma e non in Napoli, moriva nel S.^{to} Officio in presenza del poeta e d'altri compagni di carcere. Deve dunque il Sonetto riferirsi al periodo del carcere di Roma, sebbene sia stato raccolto in Napoli; quivi esso fu raccolto per comunicazioni di reminiscenza, al pari dell'altro sopra menzionato. Richiamiamo poi anche l'attenzione sulla chiusa del Sonetto. In essa si parla

«Dell'aspettata nova redentione»

con tutto quello che segue; e ben si vede che già nel carcere di Roma fervevano le speranze, le quali poi menarono al carcere di Calabria e di Napoli; nè il Sonetto ci sembra di un valore letterario troppo deficiente, in paragone di molti altri i quali furono pubblicati, sicchè l'essere rimasto fra gl'inediti deve naturalmente attribuirsi a motivi di convenienza politica e giudiziaria. Vi sarebbe inoltre, sempre fra gl'inediti, un Sonetto indirizzato «All'Accademia d'Avviati di Roma»[136]: non riuscendo punto verosimile che tra il 1600 e il 1601, nelle carceri di Napoli, l'autore abbia avuto motivo di pensare ad un'Accademia romana, conviene riportare il Sonetto al periodo della dimora in Roma, bensì della dimora fuori carcere. Lo stesso diciamo, ma con minore asseveranza, circa quell'altro indirizzato «Alli defensori della Philosophia greca»[137], che al pari del precedente è improntato ad alti e nobili sensi. Non è dubbio poi che alla dimora in Roma, e all'ultimo tratto di tale dimora, debba riferirsi il Sonetto «A Cesare D'Este» etc.[138]: esso ci offre anche una data certa, atta a far conoscere sino a che tempo il Campanella continuò a dimorare in Roma: poichè quivi fu scritto, mentre gli spiriti erano eccitati dalla spedizione pel possesso di Ferrara che Papa Clemente intraprese contro Cesare D'Este. Ne riparleremo a suo luogo.

Uscito in libertà, il Campanella prese stanza nel convento di Sta Sabina, e tutto induce a far ritenere che sia stata quella una stanza obbligatoria. Ivi compose il Dialogo o *Discorso politico contra i Luterani, e Calvinisti, della vera Religione e del Lume Naturale Deformatori*, come reca la copia ms. esistente nella Bibl. naz. di Parigi (Ital. n. nuov. 106), copia che si ha tutta la ragione di credere quella medesima destinata dal filosofo al Card.[le] Alessandrino: un'altra copia se ne ha in Roma nella Casanatense (XX, V, 28), ma molto scorretta, e di essa si servì il prof. Fiorentino per darci un sunto ed un profondo esame del Dialogo[139]. La data precisa della composizione del libro deve dirsi lo scorcio dell'anno 1595; ciò risulta dalla data della lettera autografa del Campanella a fra Alberto Tragagliolo, annessa alla copia esistente in Parigi. Questa lettera fu già pubblicata dal D'Ancona[140], ma con varie inesattezze introdottevi da colui che la trascrisse, e particolarmente nella data, che fu detta «21 1Obre 1599» mentre pure si conosceva molto bene che in tal tempo il povero Campanella si trovava non nella quiete del convento di Sta Sabina, ma nel colmo de' terrori del Castel nuovo di Napoli; noi la ripubblichiamo tra' nostri Documenti, avendola diligentemente ricopiata in Parigi[141]. Da essa si vede che il Tragagliolo, con sua lettera, avea consigliato il Campanella di dedicare il Discorso al Card.[le] Alessandrino, protettore dell'Ordine Domenicano, cui aveva già presentato e raccomandato il filosofo; e costui supplica il Tragagliolo di volere lui medesimo presentare quel suo «primo Discorso», e farlo «raccomandato in quel bisogno che sa». Tale bisogno verosimilmente era la liberazione dall'obbligo di risedere in Sta Sabina e la facoltà di poter tornare in Calabria, ciò che appunto induce ad ammettere un'uscita dal carcere già da alcuni mesi, in caso contrario l'istanza sarebbe riuscita impossibile: pertanto, malgrado il fervore cattolico spiegato nel Discorso in ammenda del suo passato, il Campanella non vide soddisfatto il suo desiderio e dovè aspettare ancora non meno di due altri anni. Nel *Syntagma* è detto che il Discorso o Dialogo fu dato pure ad Antonio Persio, e molto più tardi egualmente al Naudeo: inoltre nella Difesa scritta pel processo di Napoli, poi anche nella Lettera latina del 1607 al Papa pubblicata dal Centofanti, come pure nella copia medesima del Dialogo esistente nella Casanatense, è affermato che ne fu fatto invio del pari all'Arciduca Massimiliano; nella Difesa suddetta è affermato ancora che ne esisteva una copia presso Mario del Tufo[142]. Non lasceremo poi di parlare di questo Dialogo, senza dire che vi figurano da interlocutori Gio. Geronimo del Tufo Marchese di Lavello, Giulio Cortese e Jacopo di Gaeta. Geronimo comincia dal dire di avere assistito a una disputa singolare in S.[a] Maria la nova, non di quelle solite tra i «nostri filosofi» e i peripatetici, ma a dirittura religiosa, sostenuta da M.° Tommaso da Capua con altri; espone quindi la nuova credenza, e Giacomo si fa a combatterla con la ragione, Giulio con la Bibbia; come ha notato il prof. Fiorentino, l'autore si nasconde sotto la persona di Giacomo, e si attiene sempre alla politica anzichè alla Teologia. Da parte nostra dobbiamo notare nel Campanella siffatta reminiscenza di Napoli e degli amici lasciati in questa città; essa mostra che la sua mente e le sue aspirazioni erano rivolte al dolce nido. Non abbiamo bisogno di dire chi fosse Gio. Geronimo Marchese di Lavello; quanto a Giulio Cortese, avremo ancora occasione di parlare di lui più in là, e quanto a Giacomo di Gaeta, gli scrittori di cose patrie ci dicono che egli era Cosentino, dimorante in Napoli, giurisperito, filosofo Telesiano ed oltracciò poeta; anche il Campanella lo fa intendere allorchè lo cita nel suo Sonetto al Telesio:

«Il buon Gaieta la gran donna adorna
con diafane vesti risplendenti,
onde a bellezza natural ritorna».

Aggiungiamo qui che oltre al *Dialogo*, il Campanella compose forse in Sta Sabina anche l'*Apologia pro Telesio* e l'*Apologia pro philosophis magnae Graeciae ad S.^m Officium*: difficilmente si potrebbe assegnare un tempo migliore a queste due Apologie, che si trovano menzionate in più documenti di alcuni anni dopo, senza che il *Syntagma* ci dia qualche lume intorno ad esse[143]. Ma si tratta di una semplice supposizione e non vi si può insister troppo. Certamente poi vi compose la *Poetica*, che abbiamo già avuta occasione di dire scritta nel 1596 per testimonianza lasciatane dal Campanella medesimo: con ogni probabilità, quando ebbe provato che era andato a vuoto il tentativo fatto col *Dialogo* presso il Card.^{le} Alessandrino, il Campanella dovè sentire vivamente la necessità di guadagnarsi la protezione di altri Cardinali, e massime quella del potente Segretario di Stato di Clemente VIII, il Card.^l S. Giorgio, che si era già fatto notare per la protezione accordata all'infelice Torquato Tasso, e che si poteva sperare singolarmente benevolo dopo la presentazione di una *Poetica*[144]. Nè può non recare meraviglia tanta operosità nel carcere e tanto abbandono fuori carcere; laonde bene a ragione il Campanella medesimo ebbe poi un giorno a dire, che senza le protratte carcerazioni egli non avrebbe mai composto un sì gran numero di opere.

La più gran parte del lungo tempo trascorso dal Campanella in Roma, dopo il carcere, si può dire che sia stata essenzialmente impiegata nel cercar protezioni presso varii Cardinali ed alti personaggi. Questo dimostrano le notizie inserte nel *Syntagma* e più ancora ne' varii documenti emersi coll'ultimo processo avuto più tardi pe' fatti di Calabria. Dal *Syntagma* apparisce che diede al Card.^l S. Giorgio la sua *Poetica*, ma dalla Difesa scritta pel suo processo di Napoli, di poi egualmente da varie sue lettere del 1606 pubblicate dal Centofanti, apparisce aver dato allo stesso Card.^l S. Giorgio anche la sua *Monarchia de' Cristiani*[145]: sappiamo intanto che non vi guadagnò nulla; in un'attiva corrispondenza, che questo Cardinale ebbe a tenere col Nunzio intorno al Campanella pe' fatti di Calabria e pe' processi che ne seguirono, non troveremo il menomo indizio che il Cardinale siasi mai ricordato di aver conosciuto il filosofo. Ma giunse ad introdursi anche presso il Card.[1] Del Monte e il Card.[1] Farnese; e dalla Difesa scritta pel processo di Napoli apparisce, che presso quest'ultimo Cardinale egli protesse i frati napoletani di S. Domenico i quali aveano tumultuato, in opposizione a fra Marco da Marcianise agente de' Riformati, il quale si trovò poi Commissario della sua causa in Calabria[146]; dovè quindi certamente in tale occasione rivedersi in Roma con fra Dionisio Ponzio, il quale sappiamo esservi stato lui pure in questo tempo ed avere agito nello stesso senso. Infine giunse a guadagnarsi la grazia dell'Ambasciatore di Spagna in Roma, che era il Duca di Sessa D. Antonio de Cardona coll'enorme trattamento di 8 mila ducati l'anno posti a carico del Regno di Napoli: dalla Difesa più volte menzionata apparisce che costui gli avrebbe prodigati molti favori; conviene per altro avvertire che le asserzioni di questo genere poterono esser messe innanzi pe' bisogni della causa. — Ma un fatto degno di essere ricordato fu questo, che già cominciavano a mostrarsi in Roma, nei colloquii privati, le preoccupazioni per la vicina fine del mondo, la quale si credeva potersi verificare col termine del secolo; e il Campanella vi partecipava, nel senso che dovessero accadere mutazioni prima che il mondo finisse. In una Dichiarazione importantissima da lui scritta al momento del suo arresto in Calabria, e da noi trovata nell'Archivio di Spagna in Simancas, leggesi il seguente brano: «Che habbino d'esser mutatione nel mondo io mi ricordo haver parlato col Cardinal de Monte, mentre se preparava la guerra de ferrara, et che la chiesa dovesse gir avante, et con un filosofo Spagnolo zoppo che sta in Roma ne me recorda il nome, che fa professione d'arte devinatoria, et con il Theologo del Cardinal farnese» etc.[147]. Il Campanella dunque, già sotto l'impressione di un presagio di Monarchia, si occupava delle prossime mutazioni, per le quali, naturalmente, poteva tanto più accarezzare il concetto degli alti destini cui si credeva chiamato: e con questi pensieri in mente, si sforzava di ottenere la facoltà di poter partire per Napoli e restituirsi in Calabria.

La partenza del Campanella per Napoli non si può ritenere accaduta verso la fine del 1598, come è sembrato al Berti[148], sapendosi con certezza dalla Narrazione pubblicata dal Capialbi, che alla fine di luglio di tale anno egli era già arrivato in Calabria dopo di aver passato qualche tempo in Napoli. Sicuramente egli rimase nel convento di S.ta Sabina durante l'anno 1596, come si rileva dalla deposizione di un testimone, che fa parte dell'ultimo processo pe' fatti di Calabria[149]; trovavasi poi tuttora in Roma quando si preparava la spedizione di Ferrara, vale a dire a' primi di 9bre 1597, come risulta dal brano della Dichiarazione pocanzi riportato. Tutti sanno che la spedizione di Ferrara, iniziata con la scomunica di D. Cesare D'Este cugino dell'ultimo Alfonso morto senza prole il 28 8bre 1597, sotto il pretesto che egli non fosse stato legittimato da Alfonso I suo padre, venne febbrilmente preparata a' primi di 9bre 1597: fu perfino richiamato dall'Ungheria Gio. Francesco Aldobrandini mandatovi dal Papa a combattere i turchi, ciò che contribuì a far giudicare tanto più severamente quella spoliazione, per la quale si

ebbe l'assenso della Francia dopo l'assoluzione data a Errico IV. Il Carteggio dell'Aldobrandini Nunzio in Napoli fornisce esso pure alcune notizie intorno a' preparativi, tra le altre quella delle vive istanze Pontificie per avere il cav. Domenico Fontana, che era già «ingegniero della Regia Corte» in Napoli fin dal 1594, e che in tale condizione si occupava allora appunto de' disegni del Molo nuovo e della bella via di S. Lucia, e qualche anno dopo ebbe ad occuparsi dell'edificazione del nuovo Palazzo Reale[150]: egualmente il Carteggio del Residente Veneto in Napoli fornisce altre notizie, e fra esse quella della cerimonia compita nell'Arcivescovado, ove i Canonici in circolo assisterono alla lettura della scomunica inflitta a D. Cesare con una candela bruna in mano, che poi gettarono a terra quando la lettura fu finita[151]. Si consideri l'eccitamento degli animi in Roma. Come suole accadere, molti eruttarono poesie, e come suole del pari accadere ne' brutti argomenti, le poesie riuscirono orribili. Anche il Carteggio suddetto del Nunzio mostra allegato alle Lettere da Roma di quell'anno un cattivo Sonetto intorno a D. Cesare d'Este e alla resa di Ferrara: il Campanella volle egli pure far udire il suo canto, e diè fuora il Sonetto «a Cesare d'Este che ritenea Ferrara contro al Papa», Sonetto che abbiamo già avuto occasione di menzionare e che comincia col verso
«Tu, chi t'opponi alla promessa eterna»[152].

Fu senza dubbio uno de' Sonetti peggio riusciti, con una chiusa affatto banale; ma forse, vellicando le orecchie della Curia, produsse ciò che altri lavori di polso non aveano prodotto, e agevolò il compimento de' desiderii del poeta. La data da doverglisi assegnare è quella de' primi giorni di 9bre 1597, e poco dopo bisogna ritenere che il Campanella abbia potuto ottenere di partire da Roma; in caso contrario riuscirebbe impossibile intendere un altro brano della Dichiarazione sua, che avremo a riportare fra breve.

Il secondo soggiorno del Campanella in Napoli si estese certamente all'inverno e alla primavera dell'anno 1598, e fin oltre la metà di luglio di tale anno. La sua salute lasciava qualche cosa a desiderare, e tutto induce a far ritenere che egli sia tornato nella casa ospitale del Marchese di Lavello presso Mario del Tufo. Il *Syntagma* ci dice solamente questo, «nell'anno 1598 terminai in Napoli un *Epilogo di Fisiologia* ed un'*Etica*», la qual cosa basterebbe a mostrare che il filosofo non potè trovarsi in Napoli assolutamente di passaggio. Si ricordi che in Roma egli aveva cominciato un nuovo «Compendio di Fisiologia» sperando di risarcire la perdita di un grosso volume, e che l'aveva poi mandato a Mario del Tufo (ved. pag. 77): certamente fu questo compendio appena cominciato che egli terminò, aggiungendovi l'Etica; ma vedremo che più tardi vi aggiunse pure la Politica, l'Economica e la Città del Sole, e ne risultò l'opera scritta in italiano col titolo «Epilogo magno di quello che della Natura delle cose ha filosofato e disputato fra T. Campanella» quale conservasi nella Casanatense (XX, V, 28) e nella Magliabechiana (VIII, 6), divenuta poi in latino *Philosophiae realis epilogisticae partes quatuor* etc. Noi seguiremo passo passo la composizione di quest'opera importante: ci basterà qui dire che essa fu cominciata in Roma assai probabilmente nella fine del 1594, continuata in Napoli sicuramente nel 1.° semestre del 1598 fino alla sua 2.ª parte, l'Etica; e che sia stata cominciata fuori Napoli si rileva dalle prime parole del Proemio, «Perchè teco menar la vita non posso Signore» etc., il quale Signore è naturale ammettere che sia stato Mario del Tufo[153]. Verosimilmente il Campanella ebbe in animo anche di rifare l'opera *De sensu rerum*, e per questo motivo commise al medico suo conterraneo Tiberio Carnevale di rilevare dal S.^{to} Officio quali fossero le proposizioni trovate censurabili nel Telesio; ma vedremo a suo tempo che da diversi indizii apparisce avervi in realtà posto mano più tardi, e però al Catalogo delle opere del filosofo per l'anno 1598 1.° semestre passato in Napoli si deve aggiungere solamente la continuazione dell'Epilogo magno di Filosofia in italiano. — Non sembra poi dubbio, che durante questo periodo di tempo il Campanella abbia atteso ancora all'insegnamento secondo il suo costume, e più che a Francesco del Tufo, questa volta egli dovè dare un corso di lezioni a persone importanti in materie di ordine molto elevato. Nella sua opera *Del senso delle cose*, al libro 1.° cap. 13 si legge: «nelli 4 libri che hò fatto d'Astronomia contra Aristotile, Telesio, Tolomeo, e Copernico, hò fatto vedere questo al discepolo cortese» (nell'ediz. latina «... diligenter hoc Cortesio discipulo indicavi»). Vedremo che i libri di Astronomia furono almeno in parte composti nel 1603, e che l'opera Del senso delle cose, così come la possediamo, fu rifatta in italiano nel 1605; volendo quindi determinare il tempo, ed anche la specie di lezioni date al Cortese, è naturalissimo ammettere un insegnamento nel periodo di cui ci stiamo occupando, con ogni probabilità in astronomia, essendo poi stata alla memoria del Cortese dedicata l'opera che trattava della materia insegnatagli. Nè ci ripugna il credere che questo Cortese sia stato veramente Giulio Cortese, del quale vedremo tra poco le opinioni astrologiche scambiate col Campanella: egli era già vecchissimo, ed in questo stesso anno morì, ma allora anche i vecchi non si vergognavano di farsi uditori per apprendere ciò che desideravano di apprendere. Un altro discepolo poi, riferibile egualmente a questo periodo, è emerso dalle Lettere del Campanella pubblicate dal Berti; vogliamo dire il Marchese Spinola, padre dello Spinola che trovavasi Cardinale verso il 1630[154]. Chi era questo Marchese? Due Cardinali Spinola si aveano verso il 1630: Agostino, figlio del celebre capitano Ambrogio e di Giovanna Basadonna, e Gio. Domenico, figlio di Gio. Maria e di Pelina Lercaro, per quanto si può cavare dal Deza, poiché nè il Ciacconio, nè il Guarnacci, nè il Palazzi, nè il Cardella offrono la genealogia di quest'ultimo Cardinale[155]. Ma Gio. Maria non era Marchese, nè facea vita in Napoli: non rimane quindi che Ambrogio del q.^m Filippo, Marchese di Venafro dopo la morte del padre avvenuta in marzo 1584, e poi, coll'ammissione di Venafro al R.° Demanio pel decreto del 28 marzo 1586, rimasto Marchese di Sesto e Signore di Roccapipirozzi. Egli aveva 29 anni nel tempo di cui trattiamo, e intorno a lui e al fratello Federico, come intorno alle quattro sorelle, Lelia, Placidia, Maria e Maddalena, non mancano notizie nell'Archivio di Stato: dal Capaccio, nel Forastiero, fu poi registrato tra le nobili famiglie genovesi «state abitanti in Napoli», e si conosce che non prima del 1602, per un invito del fratello, si destarono in lui gli spiriti marziali, onde assoldati 9,000 uomini a sue spese s'improvvisò generale e riuscì tanto maravigliosamente nelle Fiandre. Il Campanella, nella sua prima venuta in Napoli, era troppo poco noto per avere un discepolo di questo rango: apparisce più probabile che l'abbia avuto nel 1598, e forse per lo stesso corso di astronomia.

Come pel periodo precedente, così anche per questo, varie altre notizie ci sono fornite da' documenti emersi coll'ultimo processo pei fatti di Calabria, segnatamente dalla Dichiarazione scritta al momento dell'arresto, e dalla Difesa scritta durante il processo. Nella Dichiarazione si legge il seguente brano, che tratta sempre delle mutazioni aspettate per la vicina fine del mondo: «ragionando con diversi Astrologi, in particulare con Giulio Cortese napolitano, con Col'Antonio Stigliola gran mathematico, et con Gio. Paulo Vernaleone, che stavano in Napoli hor son tre anni, ho inteso da loro che ci doveva esser mutatione di Stato». E più oltre: «el Prencipe de Bisignano, vedendolo io che desiderava questo, quelli giorni avante haveamo parlato con Giulio Cortese, et però le disse sta allegro che li Astrologi aspettano mutatione, et la mutatione fa per li huomini mal contenti»[156]. Come si vede, il Campanella parla qui di cose avvenute «hor son tre anni», e poichè la sua Dichiarazione fu scritta nella prima metà del 7bre 1599, strettamente dovremmo riportarci al cadere del 1596: ma essendo questo impossibile, conviene riportarci alla fine del 1597, tenendo conto delle cifre rappresentanti gli anni e non del periodo di tempo effettivamente trascorso, ciò che si trova da lui usato pure qualche altra volta; e così abbiamo detto doversi ammettere che gli sia stato concesso di poter partire da Roma poco dopo il 9bre 1597, in caso contrario sarebbe riuscito impossibile intendere quanto egli ebbe ad affermare nella sua Dichiarazione. Adunque, non appena giunto in Napoli, il Campanella ripigliò il tema delle aspettate mutazioni, consultando persone ritenute molto competenti in siffatta materia. Abbiamo già avuta occasione di nominare Gio. Paolo Vernalione, a proposito di Gio. Vincenzo Della Porta suo stretto amico: di lui sappiamo solamente che era stato maestro di matematiche di molto grido[157], ed al tempo di cui trattiamo viveva abitualmente fuori Napoli, coltivando le arti divinatorie nelle quali aveva acquistato grandissima riputazione. Giulio Cortese, che pure abbiamo trovato interlocutore nel Dialogo contro gli eretici, era prete e Teologo napoletano, tra gli Accademici Svegliati detto l'Attonito: di lui si hanno stampate alcune «Rime» con «varii opuscoli» (1588 e 1591), una «Oratione alle potenze italiane per lo soccorso della Lega germana contra il turco» (1593), e un libro «De Deo et Mundo sive de Catholica philosophia» (1595), essendo rimasto inedito, secondo il Toppi, un Poema intitolato «il Guiscardo», ed anche un trattatello in cui si mostrava che i principii della filosofia del Telesio erano molto conformi a quanto dicono le Sacre Lettere; la sua morte credesi dal Minieri-Riccio avvenuta nel 1593, ma deve riportarsi a più tardi, come si rileva pure dalla notizia che il Campanella ne dà, e del resto il Chioccarello di poco posteriore, nella parte ms. della sua opera «De viris illustribus» che si conserva nella Bibl. nazionale, vantandolo anche come astrologo lo dice morto appunto nel 1598 e sepolto in S. Eligio. Quanto a Colantonio Stigliola (latinamente Stelliola) che pure abbiamo già incontrato più sopra, egli era di maggior levatura e merita una più larga menzione. Nacque nel 1546 da Federico e da Giustina... certamente della città di Nola, sia pure che abbia accidentalmente vista la luce in Siderno come vuole il Macrì[158]: si laureò medico in Salerno, ma rinunziò ben presto all'esercizio della medicina, e l'occasione fu il vedersi da un nobile posposto a un altro medico, il quale con le sue prescrizioni secondava la vanità del cliente. Coltivò assai la botanica, e le sue intime relazioni con Ferrante Imperato diedero motivo alla diceria che stretto dal bisogno, la quale circostanza era vera pur troppo, avesse venduto per 100 ducati all'Imperato l'opera della Storia naturale; ma sembra questa una delle non rare maldicenze a danno dell'Imperato, il quale, nella prefazione dell'opera che pubblicò il 1590, non mancò di citare lo Stigliola, qualificandolo «professore di scienze recondite» ed aggiungendo di aver comunicata con lui la maggior parte delle cose che allora dava in luce. Si dedicò infatti allo studio non solo della matematica, ma anche dell'astronomia e della chimica, ed amò, secondo i gusti del tempo, le cose astrologiche: esercitò l'architettura e fu ingegnere pubblico; ma, sempre povero, fu obbligato a dar lezioni per le case de' nobili come pure in casa sua (di matematica e di chimica, o *filosofia vulcanica*, come allora la chimica avea nome in Napoli), ed inoltre a tenere una Stamperia, alla quale attese in sèguito il suo figliuolo Felice. Abitava fuori porta Regale, quasi dirimpetto alla Chiesa di S. M. della Salute divenuta poi S. Domenico Soriano e là teneva pure la Stamperia, un poco più in su della Chiesa presente di S. Michele che allora era tutt'altra cosa, sull'area dell'attuale piazza Dante a quel tempo più angusta e addetta in gran parte a cavallerizza. Non ci costa che sia mai stato lettore pubblico, avendo avuto la lettura di matematica Francesco Chiaramonte fin dall'anno in cui quella lettura fu istituita, cioè dal 1607, e sappiamo che egli tenne l'ufficio d'ingegnere della città, non della Corte, poichè solo temporaneamente collaborò con suo padre Federico e suo fratello Modestino alla descrizione geografica del Regno e al perfezionamento di quella mappa che fu poi intagliata dal Cartari; egli si occupò invece dell'acqua stagnante, del porto e delle mura della città, sebbene inutilmente, come narra in una sua lettera al Principe Cesi, riportata dall'Odescalchi nelle Memorie storiche de' Lincei, essendo stato ascritto a quell'insigne Accademia. Di animo indipendente in filosofia, Pitagorico per elezione, al pari di tutti i Pitagorici si sforzava di seguire anche le abitudini del maestro: scrisse, com'è noto, un libro sulla «teriaca» (1577), un libro sul «Telescopio over Ispecillo celeste» (postumo, 1627), e i trattati

106

dell'Enciclopedia Pitagorea, de' quali non ci è rimasto che l'indice (pubb.[to] ibidem): basterebbe per altro la sola sua lettera al Galilei, in data del 1° giugno 1616, per farlo stimare ed amare[159]. Abbiamo già avuta occasione di dire che gli fu fatto un processo dal S.[to] Officio, rimanendo carcerato in Roma nel 1595 e probabilmente in compagnia del Campanella; morì l'11 aprile 1623[160].

Vi erano dunque come in Roma così in Napoli credenze di vicina fine del mondo, aspettative di mutazioni, e non vi partecipavano già i soli spiriti volgari ma le persone più dotte: il Campanella vi partecipava anche troppo, ed egli medesimo ammise di aver consolato, con l'annunzio di prossime mutazioni di Stato, il Principe di Bisignano che era mal contento e mostravasi desideroso di novità. Come mai il Principe di Bisignano si trovava in tali condizioni? C'interessa molto il conoscerlo, perocchè vedremo nominato anche lui, con D. Lelio Orsini e con varii altri Signori, tra coloro i quali avrebbero aiutato il movimento insurrezionale che il Campanella si fece a promuovere in Calabria; di tutti costoro converrà rintracciare le condizioni per le quali poterono essere nominati in una faccenda così grave, e poichè riesce difficile trovarne notizia negli scrittori in materia nobiliare, addetti a cantare solamente le glorie, bisogna rivolgersi agli Archivii di Stato, a' Carteggi ufficiali, a' Carteggi de' particolari, agli Avvisi del tempo, dovendo pure aver le date precise de' fatti che c'interessano. Nicola Bernardino Sanseverino, 5° ed ultimo Principe di Bisignano della 1ª linea Sanseverino, successo a suo padre Pietrantonio fin dal 1562, era de' più potenti Signori del paese, possessore di un ingente territorio o «Stato» come allora si diceva. Sposò a 20 anni Isabella Feltria della Rovere sorella del Duca di Urbino che ne aveva appena 11: il matrimonio non fu felice, già prima di andarsene in Calabria gli sposi erano in disgusto tra loro, molti ne incolpavano la sposa, e per giunta a 20 anni essa cominciò a soffrire un'ulcerazione al naso e all'intero palato che l'afflisse per tutta la vita, onde appena ne nacque un figliuolo cui fu padrino il Gran Duca di Toscana; così nell'Arch. di Urbino e nell'Arch. Mediceo abbiamo rinvenute molte notizie intorno al Principe ed anche sue lettere in buon numero[161]. Divenuto prodigo e sregolato, egli si ricinse ben presto di una nuova Corte riformando la sua casa e i suoi ufficiali, due volte se ne andò in Toscana e in Lombardia anche di nascosto, si diede ad una vita licenziosa, fece debiti e donazioni senza curarsi di chiedere l'assenso Regio che era di obbligo pe' feudatarii, onde venne a richiamare sopra di sè dapprima gli avvertimenti, di poi i rigori de' diversi Viceré che si successero nel Regno; l'Archivio di Napoli ce ne offre già documenti nel 1574[162]. Più volte si riunì con la Principessa, ma sempre finì per allontanarsene ben presto, ed una di queste volte, non senza voti clamorosi, pagati anche abbastanza cari ed accompagnati da preghiere pubbliche, la Principessa divenne gravida. Assicurata la successione il 21 aprile 1581, egli tornò a separarsi, ed ella ebbe voglia di tornarsene a Pesaro; ma fu fermata per via, in Bari, mercè un ordine Vicereale con comminatoria di D.[i] 100 mila, non potendosi permettere che fosse educato fuori Regno un futuro Principe di tanta forza; ed in Bari ebbe le cure di Giacomo Bonaventura di Lacedonia, medico riputatissimo, che là esercitava l'arte e che durante questa narrazione incontreremo ancora in Napoli presso il letto di morte del Conte di Lemos, donde passò in Roma archiatro di Clemente VIII[163]. Ma riuscite inutili le cure, la Principessa attese in Napoli a provare le acque della Zolfatara di Pozzuoli, ansiosa di rimedii e segreti che le forniva anche il Gran Duca di Toscana, il quale ne aveva molti e ne ritraeva molto credito presso i Nobili napoletani, uccellata da' Gesuiti che seppero profittare delle discordie coniugali e giunsero a carpirne la ricchissima eredità, desolata infine per la morte dell'unico figliuolo appena quattordicenne cui si era dato il titolo di Duca di S. Marco, invogliata di finire i suoi giorni nel convento di S. Sebastiano, ma rimasta sempre tra le unghie de' Gesuiti[164]. Fin da' primi anni delle discordie, D. Lelio Orsini, nipote di questi Signori essendo figlio di Felicia Sanseverino sorella del Principe, interpose i suoi buoni ufficii tra loro, bensì inutilmente, come risulta da una sua lunga lettera autografa del 1580 al Duca di Urbino. Ma nel 1590 il Principe, d'ordine del Vicerè, fu carcerato «per emendazione di vita», e gli fu assegnato anche un Curatore ed amministratore de' beni feudali: durante la prigionia avvenne la morte dell'unico suo figliuolo legittimo il Duca di S. Marco, che soccombè al vaiuolo il 27 9bre 1595, e si videro allora i parenti istituire una grossa lite di successione a' beni feudali, quantunque il Principe e la Principessa fossero ancora vivi. Essendo fin dal 1583 defunto il Duca di Gravina Ferdinando, D. Lelio, che non aveva nemmeno eredi ma che andava d'accordo con D.[a] Giulia Orsini sorella primogenita, pretendente all'eredità appunto perchè primogenita, sostenne doversi a lui l'ufficio di Curatore del Principe, posto che al Principe dovea rimanere assegnato un Curatore per la sua prodigalità. D'altra parte il Conte della Saponara Ferrante Sanseverino, agnato collaterale in 9° grado, presentavasi quale erede legittimo de' Sanseverino, contrastando che a' beni feudali potessero succedere le femine. D. Lelio ottenne dal tribunale di dover surrogare Fabrizio di Sangro Duca di Vietri, il quale era stato assegnato Curatore del Principe ed amministratore dello Stato di Bisignano; e l'aveva già ottenuto nel principio del 1598, come si rileva da un'altra sua lettera al Duca di Urbino[165]. Questi fatti e queste date hanno un'importanza notevolissima per bene intendere le voci che furono sparse al tempo della congiura di Calabria. Ma occorre ancora conoscere i particolari della prigionia del Principe di Bisignano, che con molto rigore e senza processo fu protratta per non meno di 8 anni. Nell'Archivio Mediceo si hanno due documenti scritti da un Gio. Vincenzo Ruffolo, il quale citando tutte le colpe ascritte al Principe, cerca di scusarlo affermando che sino al 1585 egli avea donati soli D.[i] 25mila, compresi 10mila a donne con le quali aveva avuti bastardi, e che dopo di essergli stato assegnato un Curatore i debiti erano divenuti gravissimi: ma nell'Archivio di Venezia si ha una breve notizia del Residente Scaramelli, che afferma essere i debiti del Principe ascesi a D.[i] 700mila fino al tempo del Curatore, e da quel tempo in poi, durante la prigionia, essere divenuti 1 milione e 600 mila[166]. Ad ogni modo, nel luglio 1590, tornando lui dalla Riccia con una sua ganza e sèguito, nel passare per Gaeta venne ivi fermato e rinchiuso in fortezza d'ordine del Viceré Conte di Miranda: D. Lelio continuò anche allora ad interessarsi di lui, e sappiamo che verso la fine del 1591 pregò caldamente in favor suo la Principessa che si riteneva causa della prigionia, e verosimilmente si cooperò a far venire quelle lettere commendatizie che si conosce essere state scritte dagli Ambasciatori cattolici, da più Cardinali e poi anche dal Papa: ma essendo stati emanati ordini rigorosi che niuno potesse trattare col Principe, dovè desistere; e forse per tale ragione se ne andò a Roma, dove rimase dal 1592 fino al 10bre 1594, quando per la morte del Duca di S. Marco dovè tornare in Napoli e ingolfarsi nella lite di successione[167]. Di poi, in febbraio 1596, essendo state accolte le istanze del Principe dal nuovo Viceré Conte Olivares, e avuto anche il consenso della Principessa, il Principe venne tradotto in Napoli, dove fu rinchiuso nel Castel nuovo, con ordine che potessero vederlo i soli parenti e il Duca di Termoli, il quale era ostile all'unione de' coniugi discordi: quivi egli rimase fino all'agosto 1598, uscendone dopo di aver fatto un simulacro di pacificazione ed anche una transazione con la Principessa, coll'obbligo di tenere la sua casa a Chiaia in luogo di carcere, e dietro una cauzione di D.[i] 20mila forniti appunto da D. Lelio Orsini; tutto ciò del resto non lo trattenne dallo scapparsene da Napoli verso la fine dello stesso mese, dopo di aver fatto un testamento in favore del Re. Nel lungo periodo della sua prigionia egli scrisse più volte al Gran Duca di Toscana, che da altri fonti sappiamo averlo allora favorito con larghi sussidii: questa corrispondenza, da noi rinvenuta, riesce molto utile per determinare le date[168]. Così nel 1° semestre del 1598 egli trovavasi esasperato da circa 8 anni di prigionia, con disgrazie e vessazioni d'ogni maniera, entro il forte di Castel nuovo: quivi ebbe a visitarlo il Campanella, verosimilmente in compagnia di D. Lelio Orsini; ed è naturalissimo che il Principe siesi allora mostrato desideroso di mutazioni e che il Campanella l'abbia consolato annunziandole vicine, forse anche con una effusione di parole e di voti roventi da una parte e dall'altra. Vedremo poi che quando egli stesso, il Campanella, fu rinchiuso nel Castel nuovo, si consolò a sua volta e consolò i suoi compagni di sventura, con una poesia nella quale si ricordava la dimora del Principe nelle medesime carceri. Nè deve sfuggire che il Campanella, fin da' principii del 1598, era già in grado di conoscere la non lontana andata di D. Lelio Orsini in Calabria quale amministratore e governatore dello Stato di Bisignano, avendo così deciso il tribunale in favore di lui; se non che poi, tergiversando sempre ed anche processando il Presidente De Franchis coll'imputazione di aver manifestati i voti della Curia, ciò che recava la pena di morte, il Governo Vicereale menò in lungo l'ammissione di D. Lelio nell'ufficio, e l'accordò soltanto dietro un ordine di Spagna provocato dal medesimo D. Lelio, che dovè recarsi espressamente per questo a Madrid[169].

Ma finalmente il Campanella si decise a partire per la Calabria. Nella Difesa, che ebbe a scrivere ad occasione dell'ultimo suo processo, egli espose i motivi che lo spinsero a tale determinazione: era ammalato (egli disse) di occhi e di ernia, da più di dieci anni carcerato o infermo per sciatica, per tisi, per paralisi, come era provato da' medici, cioè Latino Tancredi, Michele Politi e Tiberio Carnevale, a consiglio de' quali, per ristabilirsi in salute, era andato a dimorare in provincia d'onde mancava da dodici anni[170]. È certa qui una inesattezza di computo o piuttosto un'esagerazione pe' bisogni della causa, poichè l'assenza dalla provincia era durata un po' meno di nove anni e non già dodici; parimente i dieci anni di travagli, più volte così computati dal Campanella anche in altre occasioni, son dati in cifra rotonda un po' maggiore della vera. Ma le sue infermità, nel periodo di cui stiamo trattando, in grandissima parte dovevano esser vere, facendolo argomentare così le notizie che ce ne sono pervenute da altri fonti, come la speciale condizione di taluno de' medici da lui citati, che rendeva impossibile ogni finzione. Abbiamo infatti veduto che egli era stato realmente ammalato di occhi e sofferente di sciatica fin dalla sua prima venuta in Napoli, e quanto alla paralisi e alla tisi, non è impossibile che in Padova e in Roma abbia sofferto qualche cosa di simile durante le diverse prigionie: quanto all'ernia, sappiamo dalla sua opera *Medicinalium* che egli stesso se la curò secondo il consiglio di Arnaldo, ma essendo quinquagenario[171]. Forse egli ne parlò nelle Difese, insieme alla tisi, per cercare di eludere il solito tormento della corda, poichè era ammesso non doversi gl'infermi di tali malattie porre alla corda, comunque del resto si solessero allora sostituirle altre maniere di tortura, in ispecie le stanghette, secondochè risulta dalle opere di tutti i trattatisti di quella età. Ma in ultima analisi le sue affermazioni non erano del tutto senza fondamento, e, come dicevamo, anche la speciale condizione di taluno de' medici da lui citati contribuisce a rendere credibile che motivi di salute lo avessero spinto a recarsi in Calabria. Alludiamo qui propriamente a Latino Tancredi, poichè Tiberio Carnevale e Michele Politi potevano essere ritenuti d'accordo col filosofo. Abbiamo già visto Tiberio Carnevale di Stilo, concittadino e speciale amico del Campanella; egli era d'altronde assai giovane a quel tempo, di appena 24 anni, e però di poca autorità, quantunque il Campanella ne facesse gran conto come si rileva dalla sua opera *Medicinalium*[172]. Più autorevole era Michele Politi, e difatti lo si vide nell'anno seguente chiamato alla lettura di teorica della medicina, lasciata appunto da Latino Tancredi promosso alla filosofia per morte di Gio. Berardino Longo; ma era egli pure conterraneo del Campanella, forse di Riaci, sicuramente della Diocesi di Squillace[173]. Quanto al Tancredi, lo abbiamo già visto da lungo tempo gran campione di dispute filosofiche (ved. pag. 25), ed era poi andato anche innanzi nello studio pubblico, giacchè dalla semplice lettura estraordinaria di medicina delle Domeniche (1584) era passato da un pezzo alla lettura di medicina ordinaria in surrogazione di Quinzio Buongiovanni promosso (1589); godeva inoltre grande stima e popolarità, tanto che nello studio giunse alla lettura di filosofia vacata per morte di Gio. Berardino Longo (1599) e più tardi alla dignità di Conte Palatino (1604), in società poi, divenuto molto ricco, giunse ad essere Barone della Podaria, terra presso Camerota; ma trovavasi contemporaneamente medico del Nunzio Aldobrandini, come è attestato dal Nunzio medesimo, e in tale qualità poteva essere interrogato anche confidenzialmente sulle cose esposte, sicchè il Campanella dovea guardarsi dal citarlo a caso[174]. Tutto ciò per altro non escluderebbe che il Campanella si fosse deciso tanto più volentieri ad andarsene in Calabria, in quanto attendeva con fiducia vicine mutazioni; ma escluderebbe l'asserzione del Parrino e del Giannone, che egli fosse stato da Roma per condanna assegnato a Stilo. Bisogna considerare che quando egli scrisse le Difese, era tuttora vivo e giudice suo anche in detta causa fra Alberto Tragagliolo; non avrebbe quindi potuto in alcun modo esprimere un fatto men che vero innanzi ad un uomo minutamente informato di tutte le sue cose.

Adunque il Campanella liberamente partiva da Napoli, dopo di avervi questa seconda volta dimorato poco più di 7 mesi, sapendosi con certezza, come vedremo più sotto, essere la sua partenza avvenuta nella 2ª metà del luglio 1598. Gioverà frattanto non seguirlo ancora nel suo viaggio, ma considerare un poco i fatti che mano mano si svolsero in Napoli e che naturalmente ebbero un'eco non lieve nelle Provincie; poichè avvenne un dissidio clamoroso tra i Nobili e il Vicerè, onde poterono riuscirne sempre più eccitate le speranze degl'insofferenti del giogo spagnuolo, mentre parecchie altre gravi ragioni le tenevano eccitate di molto.

Dal libro del Parrino emergono abbastanza bene le vivacissime discordie surte in Napoli tra' Nobili e il Vicerè, ad occasione del nuovo Banco privilegiato che s'intendeva istituire dal Saluzzo di Genova col favore Vicereale: ma non emergono le violenze e le scellerate maniere di agire che tenne il Vicerè Conte Olivares, nè le agitazioni e li scoppi di odii privati che si verificarono tra' Nobili durante quel trambusto; ce ne dànno pertanto notizia i Carteggi massime del Residente di Venezia e in piccola parte anche dell'Agente di Toscana, e da essi desumeremo ciò che ha maggiore attinenza con la nostra narrazione. Fin dal luglio 1598, come risulta dal Carteggio Veneto, cominciarono le preoccupazioni pel disegno del Banco Saluzzo. «Trattavasi, dice l'Agente di Toscana in una sua lettera dell'8 7bre, di erigere in questo Regno un depositario, il quale solo havesse tutti i depositi de' dinari vincolati, et il negotio era mal sentito quà dall'universale, et giudicato molto dannoso alla libertà et commercio pubblico»; onorevole maniera di giudicare il fatto, non resa bene dal Parrino, che l'espose come una quistione di comodità e di gelosia cittadina verso un forestiero qual'era il Saluzzo; per un fatto simile a' tempi nostri sarebbero corsi fiumi di eloquenza e d'inchiostro, ma allora si discusse un poco ne' Seggi e si decise di mandare con gran segreto a Madrid Gio. Battista Brancaccio fratello del Vescovo di Taranto, perchè presentasse un reclamo a nome della città. Ed appunto questo segreto mosse a sdegno il Vicerè, e alla fine di agosto con brutti modi cominciò dal far carcerare Matteo Acquaviva d'Aragona Principe di Caserta, che fu preso mentre andava in carrozza, rinchiuso in Castello dell'Ovo e tenuto in una stanza nuda e senza letto; egualmente fece prendere D. Alfonso di Gennaro e rinchiuderlo in Vicaria nella stanza de' condannati a morte; poco dopo anche, a' primi di settembre, colse D. Ottavio Sanfelice e lo fece rinchiudere del pari in Vicaria, e sempre perchè costoro si erano mostrati più operosi nel far decidere l'invio del Brancaccio a Madrid. Molti Nobili allora si nascosero e fuggirono, e tra essi il Conte della Rocca, il Marchese di Mottagioiosa, il Marchese Bonati: ma il Marchese di Mottagioiosa, ricoverato in un monastero, essendosi dopo qualche mese provato ad andare talvolta a casa di notte, pedinato dalle spie fu preso egualmente e rinchiuso in Castelnuovo. Intanto, fin dalla stessa 1.ª settimana di settembre, quattro Seggi di Nobili si erano immediatamente riuniti, e scelti 12 Deputati li aveano fatti presentare al Vicerè per annunziargli che volevano mandare qualcuno a Madrid per querelarsi degli aggravii fatti alla Nobiltà, ma il Vicerè volle prender tempo, disse che lasciassero memoriale, e subito dopo guadagnò il Seggio di Portanova e tentò guadagnare l'Eletto del Popolo. Nello stesso mese di settembre i Nobili mandarono a Madrid D. Ottavio Tuttavilla de' Conti di Sarno, cui si unì Dezio Rocco quale inviato speciale del Principe di Caserta; ed ecco il Vicerè nuovamente occupato a cercare ogni mezzo per fare sfregio a' suoi oppositori. Trovavasi da tre anni rinchiuso in Castel S. Elmo un tale di cognome Ricca, agiato popolare, perchè sorpreso in casa di una sorella del Tuttavilla, vedova e molto bella; il Vicerè lo fece subito liberare. Ma peggio anche, la sera del 26 8bre, fece da più di 60 birri circondare la casa di Fabrizio di Sangro Duca di Vietri alla piazza di S. Domenico, e imprigionarlo con la più grande sorpresa di tutti, dopo di avere concertato con un nemico di lui Gio. Antonio Carbone già Marchese di Padula, mediante un tal Cesare Russo-Romano, una più che turpe imputazione «de attentato crimine pessimo passive»! È questo uno de' fatti che hanno un certo interesse per la nostra narrazione, dappoichè naturalmente il Duca ne divenne invelenito, e si disse che avrebbe aiutata l'insurrezione di Calabria: dobbiamo quindi riferirne qualche cosa, facendo conoscere un po' addentro la persona del Duca e determinando le date precise de' travagli che soffrì; per fortuna non ci mancano i documenti, avendo anche trovata nell'Archivio di Urbino tutta una sua corrispondenza autografa dal 1594 al 1621, senza contare altre sue lettere esistenti nell'Archivio Mediceo le quali sono posteriori al periodo di cui stiamo trattando[175]. Abbiamo avuta già occasione di menzionare Fabrizio di Sangro Duca di Vietri, come suocero del Marchese di Lavello e poi come Curatore del Principe di Bisignano: qui dobbiamo dire che egli era già vecchio in questo tempo, di 64 anni, con uno stato di servizio de' più onorevoli e costituito in un'alta dignità per l'ufficio che teneva. Secondogenito di Ferrante di Sangro, avea servito come luogotenente di suo padre nella guerra di Siena, poi come capo di una compagnia di 300 fanti italiani sulle galere del Principe Doria, poi come luogotenente di suo zio Geronimo, colonnello con mille fanti, trovatosi anche all'espugnazione di S. Quintino, poi come Agente speciale presso l'Ambasciatore Cattolico più volte in Roma: in sèguito, eletto Papa Paolo IV Carafa suo parente, fu da costui indotto a prender l'abito di clerico, inviato qual Nunzio a Venezia, designato anche Cardinale; ma scoppiata la guerra tra il Papa e il Re di Spagna, posto il Regno di Napoli in pericolo di cadere sotto le Sante Chiavi, egli partì da Roma e si schierò tra gli oppositori del Papa. Tale era la condotta del Nobile napoletano, che aveva una mente ed un braccio da poter mettere in servizio del suo paese: nessuna meraviglia che questa condotta oggi più che mai sia poco conosciuta ed abbia pochi imitatori. Non avea pertanto deposto ancora l'abito di chierico, e morto Paolo IV fu mandato a sorvegliare il Conclave; servì anche il nuovo Papa Pio IV quale inviato al Re di Spagna; ma dopo che vide perseguitati da lui i Carafeschi, depose l'abito di clerico e se ne tornò a casa. Ebbe quindi l'ufficio di Doganiere di Puglia già tenuto da suo padre (1574); poi fu creato Duca della terra di Vietri, che si aveva acquistata nel 1587, ed anche promosso all'ufficio di Scrivano di razione (1596), ufficio che tenne con abilità ed integrità[176]. La colpa appostagli non fu creduta da alcuno, ma intanto egli rimase in prigione non meno di 16 mesi, nè fu liberato se non dopo la venuta del successore del Conte Olivares ed anche 7 mesi dopo, l'8 febbraio 1600, avendo il suo medesimo difensore, Ottavio Stinca, destramente prolungata la trattazione della causa, fino a che non vide del tutto scomparse le influenze che l'avevano generata; e la decisione della gran Corte della Vicaria non poteva riuscire più onorevole pel Duca[177].

L'azione del Vicerè aveva intanto provocata una scissura in seno alla Nobiltà. Durante lo stesso ottobre 1598 egli era riuscito ad indurre gli Eletti della città a far mandare una lettera a Madrid, nella quale, mentre si condolevano della morte del Re, chiedevano che il Vicerè fosse confermato in ufficio per un altro triennio; e giunsero fino ad apporvi una firma falsa di D. Lelio Orsini, che era Eletto del Seggio di Nido ma che era poco prima già partito per Madrid allo scopo di difendere la sua nomina di Curatore ed Amministratore di Bisignano avversata dal Vicerè. Il Marchese di Padula, Pompeo Seripando, ed Ottavio di Capua, mandavano essi pure lettere a S. M.[ta] in favore dell'Olivares, ed a questi dissensi di ordine amministrativo vennero ben presto a mescersi gli odî privati. Tra gli avvenimenti di quest'ultimo genere vi furono tre archibugiate tirate il 28 dicembre a Scipione Orsini Conte di Pacentro, che ne rimase ucciso, ed un'archibugiata tirata al Conte di Montemiletto amico del Pacentro, rimanendone ucciso il cavallo[178]; fu presto ritenuto da tutti che quelle archibugiate fossero partite dal Marchese di S.[to] Lucido e sua comitiva, ed ecco un altro fatto che c'interessa per la nostra narrazione, poichè egualmente di questo Marchese di S.[to] Lucido, il quale era già latitante e si teneva in campagna da fuoruscito con comitiva armata, si disse più tardi che avrebbe aiutata l'insurrezione di Calabria. — Non ci è riuscito veramente facile specificare con esattezza chi sia stato il Marchese di S.^{to} Lucido di cui qui si tratta, mentre i libri delle famiglie nobili che noi conosciamo non fanno parola di azioni delittuose, e d'altronde il semplice titolo non determina l'individuo nella serie di coloro che ne sono stati fregiati. Ma qualche indizio, rilevato dal Carteggio Veneto e Toscano, e sufficientemente appoggiato anche da un ms. che si conserva nella Bibl. nazionale di Napoli, ci ha fatto persuasi che si tratti qui di Francesco Carafa, da parte del padre, Ottavio, 2.° Marchese di Anzi, e da parte della moglie, Giovannella Carafa, Marchese di S.^{to} Lucido. Il primo suo delitto sarebbe stato nientemeno l'aver «fatto svenare alla presenza sua la Marchesa d'Anzi sua propria madre» per causa di onore, l'altro sarebbe stato l'aver fatto ammazzare il Conte di Pacentro, «perchè havesse ingiuriato la casa del Marchese et col congiungersi con la madre et col vantarsene», la qual cosa teneva «commossa et quasi divisa la città»[179]. Infatti, non appena seguito il triste avvenimento, il primogenito del Conte di Pacentro, D. Ottavio Orsini, e insieme con lui il Marchese di Brienza, uscirono in campagna con cavalli, ma non giunsero ad incontrarsi col S.^{to} Lucido, e il giovane Conte di Pacentro, nel luglio 1600, finì per far correre cartelli di sfida. Il S.^{to} Lucido, che negò sempre la sua colpabilità, fu citato a comparire, e non essendo comparso venne dichiarato forgiudicato; spese molto, si avviò alla rovina della sua fortuna, e giunse a scansare allora gli effetti della forgiudica e a liberarsi più tardi da ogni travaglio. Ma tenne lungamente la campagna, si rifugiò anche per qualche tempo a Roma menandovi splendida vita, nè venne in mano della giustizia che nell'agosto del 1600: uscì poi dal Castel nuovo con D.^{ti} 30 mila di cauzione e fu abilitato a risedere in Vico, ma quivi, nell'ottobre dello stesso anno, fece udire che gli erano state tirate fucilate nella camera da letto attribuendole al Pacentro; ricominciarono quindi i dissidii ed egli tornò in prigione, dove fu stipulata la pace *sub verbo Regio* col Pacentro nel settembre 1601, e sebbene dopo la pace gli fosse stato accordato di tenere la casa *loco carceris* con la stessa cauzione di d.^{ti} 30 mila, egli non uscì veramente di prigione co' detti obblighi che il 30 marzo 1602. D'altra parte il Conte di Pacentro, perchè avea fatto correre i cartelli di sfida, e più ancora perchè si voleva obbligarlo a far la pace, fu perseguitato e dovè ricoverarsi in una Chiesa, ma pure venne preso e chiuso in Castel nuovo nella data medesima di agosto 1600; poco dopo fu liberato con cauzione ed abilitato a stare in Pacentro, dove se ne andò nel settembre in compagnia di Carlo Capeco intrigato egualmente nell'affare del duello. Seguiti poi i reclami del S.^{to} Lucido per le fucilate che diceva tirate nella sua camera, fu il Conte ricercato dalla giustizia in Pacentro e non vi fu trovato; ed eccolo di nuovo perseguitato e catturato, di poi liberato 8 giorni dopo fatta la pace, l'11 settembre 1601.

Per conchiudere intorno a' dissidii tra' Nobili e il Vicerè, aggiungiamo che la calma cominciò a vedersi sol quando si seppe essere stato deciso il richiamo del Conte Olivares e l'invio del Conte di Lemos. Egli medesimo, l'Olivares, in febbraio 1599 annunziò tale decisione, e non è esatto quanto dice il Parrino, che il Lemos fosse giunto all'improvviso: contemporaneamente il Consiglio Collaterale risolve che il Principe di Caserta e gli altri prigioni fossero abilitati a tenere la casa *loco carceris*, con la cauzione di d.^{ti} mille ciascuno[180]. Possiamo ora raggiungere il Campanella, che imbarcatosi in una feluca è già in vista delle spiagge calabresi.

CAP. II.RITORNO DEL CAMPANELLA IN CALABRIA E SUA CONGIURA. (1598-1599).

I. Non è dubbio che il Campanella sia arrivato in Calabria verso la fine di luglio 1598, e che la sua prima tappa sia stata il convento dell'Annunziata di Nicastro. In ciò si accordano diverse deposizioni che si ebbero più tardi nel processo consecutivo di eresia, e le notizie che si leggono nella Narrazione pubblicata dal Capialbi. Questa Narrazione, indubitatamente scritta dal Campanella medesimo, ci potrà d'ora innanzi servire di testo, almeno fino a che non giungeremo ad un periodo pel quale vi siano documenti d'importanza anche maggiore: ma profittando delle notizie in essa consegnate, non mancheremo mai di farne rigoroso riscontro con quelle provenienti da altri fonti, e massime con quelle appunto che il processo consecutivo fornì in numero ragguardevole. Ecco ciò che vi si legge intorno al presente momento della vita di fra Tommaso. «Nell'anno 1598 F. Thomaso Campanella tornò in Calabria, donde era stato assente X anni parte in Padova, parte in Roma, parte in Napoli, e nel fin di luglio sbarcò in Nicastro dove era priore nel suo convento F. Dionisio Pontio e la città si trovava interdetta per causa di giuridittione dal Vescovo, per esser fuggito in Roma. Et esso F. Thomaso a' preghi de' cittadini, e per lettera di M. Antonio del Tufo Vescovo di Milito suo antico protettore s'adoprò a metter pace tra il Vescovo e la città. Il che non succedendo per la malvagità di alcuni scomunicati, esso pigliò le parti del vicario del Vescovo, e fece eligger F. Dionisio Pontio per ambasciator al Vescovo et al S. Papa Clemente 8.°, che si trovavano a Ferrara. Il che dispiacque assai a D. Luigi Xarava avvocato fiscale scomunicato tre anni avanti dal Vescovo di Milito; e perseverante, e mantenitor delle brighe, desioso, che tutti fossero interdetti, e scomunicati come lui per sua discolpa appresso il Re, et pur ci era scomunicato il Principe dello Sciglio el governator del Pizzo, et altri baroni, et officiali».

Ci siamo già spiegati precedentemente sulla vera durata dell'assenza dalla Calabria, che altrove il Campanella affermò di dodici anni e qui afferma di dieci, ma che in realtà deve dirsi un po' meno di nove anni. Abbiamo pure detto che diverse deposizioni consegnate nel processo di eresia pe' fatti di Calabria attestano egualmente l'arrivo essere accaduto alla fine di luglio dell'anno 1598, e la prima fermata essere stata quella di Nicastro; ma dobbiamo aggiungere che in esse domina generalmente la credenza, che il Campanella fosse venuto in Calabria non appena liberato da' travagli patiti in Roma, e trovasi anche affermato che nel convento di Nicastro, essendo priore fra Dionisio, aveva stanza del pari il germano di lui fra Pietro Ponzio, ed inoltre fra Gio. Battista di Pizzoni in qualità di lettore. Così il Campanella ebbe a trovarsi immediatamente in compagnia di questi suoi intimi amici, i quali più o meno si avevano acquistato riputazione nella provincia; ed ecco la condizione loro secondo le notizie sparse nel processo, che siamo obbligati a citare quasi sempre per documentare quanto affermiamo.

Fra Dionisio, che pel suo spirito si era distinto anche in Napoli al tempo in cui là dimorava in qualità di studente, tanto più si era poi distinto in Calabria, avendo progredito negli studii, e principalmente essendo riuscito un oratore valentissimo; lasciava solo qualche cosa a desiderare circa costumi. Di natura impetuosa, irrequieta, ciarliera e vendicativa, già era stato una volta condannato per aver tagliata la faccia ad un frate, e in genere di lascivia se ne raccontava qualche brutto caso, avendo anche l'abitudine di parlarne troppo e nel senso il più laido. Ma come oratore, ad un facile eloquio accoppiava una quantità di risorse, e possedeva l'arte di commuovere potentemente l'uditorio; sapeva lagrimare a tempo, ed una volta, predicando a monache, seppe anche cadere in deliquio; nè mancava di pungere i suoi avversarii perfino dal pergamo più o meno velatamente. Una posizione sempre più distinta si aveva acquistato tra' frati, ma in pari tempo si aveva acquistato odii roventi, pe' processi da lui energicamente provocati e sostenuti contro frati di fazione avversa, a' quali era imputato l'assassinio di suo zio il P.ᵉ Pietro Ponzio, che abbiamo già visto Provinciale pel 1587-88 e parte dell'89. Questo incidente, non senza interesse per la nostra narrazione, merita di essere conosciuto; e per fortuna, oltre i pochi cenni consegnati nel processo più volte citato, ne abbiamo parecchie notizie nel Carteggio del Nunzio Aldobrandini. Già mentre teneva l'ufficio di Provinciale, per la severità con la quale avea cercato di correggere i costumi orribili di un gran numero de' suoi frati, il P.ᵉ Pietro Ponzio era stato minacciato nella vita, e un fra Paolo Jannizzi della Grotteria sacerdote, che vedremo anche tra gl'imputati della congiura e dell'eresia del Campanella, era stato in agguato per ammazzarlo, sicchè ebbe a riportarne condanna di tre anni di galera che scontò, e mentre egli stava ancora alla catena il P.ᵉ Pietro fu ammazzato. Poniamo qui che fra Paolo trovavasi carcerato in Napoli durante la prima dimora del Campanella in questa città (1591), ed egli stesso narrò che vide una volta passare per la via il Campanella, e lo chiamò per pregarlo che volesse portare una sua lettera al P.ᵉ Rev.ᵐᵒ: tutto ciò pertanto non gli chiuse la via agli ufficii in sèguito, e stiamo per vedere che al tempo della congiura funzionava da priore nel convento di S. Giorgio. Ma, come dicevamo, il P.ᵉ Pietro Ponzio fu ammazzato, bensì per un'altra ragione ancora più notevole, perchè la fazione avversa ne temeva il ritorno all'ufficio di Provinciale; e fra Dionisio perseguitò senza posa gli assassini di suo zio, facendo rimontare la colpa dell'assassinio fino al P.ᵉ Gio. Battista da Polistina, già Provinciale nel 1591-92 e parte del 93. Era ritenuto uccisore un fra Pietro di Catanzaro, che riuscì a fuggirsene a Costantinopoli tra' turchi: un fra Filippo Mandile da Taverna fece scovrire ogni cosa insieme con un fra Giacinto da Catanzaro, e fra Filippo venne per opera del Polistina condannato a 10 anni di esilio dalla provincia, ridotti poi per grazie successive a soli 2 anni; ma il Polistina medesimo finì per essere catturato coll'opera diretta di fra Dionisio, e rimase prigione 14 mesi in Roma, 15 in Calabria, 9 in Napoli. Egli si schermì efficacemente con le sue aderenze, dimandando di essere giudicato ora in Roma, ora in Calabria, ora in Napoli presso la Corte del Nunzio, dalla quale finalmente in gennaio 1598 venne liberato «ex hactenus deductis», dietro una relazione dell'Auditore sul processo ingarbugliato col passaggio per troppe mani e troppi luoghi, la quale conchiudeva «deficerent potius probationes quam jus»[181]. Fra Dionisio, che facendo comparire negli Atti il fratello Ferrante aveva in realtà agito personalmente per tale processo, e vi avea non solo assistito in Calabria ma anche in Napoli ed in Roma, si era elevato di molto insieme con la fazione avversa al Polistina; ma la liberazione di costui, appunto nel 1598, cominciava a segnare un principio di decadenza, e il Polistina relegato in un convento «loco carceris», coll'aiuto del P.e Giuseppe Dattilo da Cosenza ex-Provinciale lui pure, già preparava le sue vendette, mentre fra Dionisio, sdegnato per questa liberazione, mostravasi irrequieto anche più del solito.

Quanto a fra Pietro Ponzio germano di fra Dionisio, senza smentire il sangue caldo de' Ponzii, era d'indole più ritirata ed assai meno inframmettente: avea progredito fino ad un certo punto negli studii specialmente teologici, mostrando anche un grande trasporto per le buone lettere, ed avea saputo mantenersi ne' buoni costumi, ciò che non era comune a quel tempi. Così non si era fatto distinguer troppo, e poteva dirsi che egli avesse piuttosto goduta la prospera fortuna di fra Dionisio, come di poi ne patì l'avversa: intanto pel suo amore alle lettere venne a stringersi sempre più col Campanella, ammirandone con ardore il grande ingegno, e vedremo che gli si mostrò sempre tenero amico.

Finalmente quanto a fra Gio. Battista di Pizzoni, egli si era distinto molto più de' Ponzii negli studii, avendo coltivato non solamente la Teologia ma anche la filosofia, oltrechè era assai addentro nello studio della musica; ma in pari tempo si era distinto fuor di misura ne' cattivi costumi. Sebbene il suo modo di ragionare e di esprimersi non fosse punto brillante, e ne fa fede ciò che di lui si legge nel processo, aveva tuttavia una eccellente riputazione come lettore, non così come galantuomo. Noi lo lasciammo nel convento di Altomonte, al tempo in cui vi dimorava il Campanella: poco dopo d'ordine del P.e Pietro Ponzio Provinciale ne fu scacciato perchè vizioso, e dovè cercare un ricovero nel convento di Rosarno per misericordia. Naturalmente si aggregò alla fazione di fra Gio. Battista di Polistina, ed elevato costui all'ufficio di Provinciale fu mandato Vicario a Cutro; ma finì coll'esserne scacciato a furia di popolo per le sue dissolutezze ed anche per diverse appropriazioni indebite, quindi condannato «ad poenam gravioris culpae». Fu mandato di poi lettore di logica a Briatico, ove ebbe tra' suoi scolari fra Pietro

Presterà di Stilo, che un giorno dovè difenderlo dagli altri scolari i quali gli si ribellarono, e così pure fra Silvestro Melitano di Lauriana, che gli rimase attaccato sempre e gli fu buon compagno nelle cattive azioni; ma egualmente da Briatico dovè fuggire, essendo stata per colpa di lui uccisa una donna da' proprii fratelli, i quali divennero forbanditi e lo atterrirono con minacce assiduamente. Non avea mancato nemmeno di continuare nelle appropriazioni indebite, fra le quali ve ne fu una di certi scritti di prediche e considerazioni sull'Apocalisse appartenenti a fra Dionisio, che tolse dalle valigie di costui venuto di passaggio a Briatico, e mandò poi a vendere per mezzo di fra Silvestro di Lauriana; e fra Dionisio ne menò grande scalpore e lo vituperò per tutta la provincia, ma essendo stato appunto in quel tempo carcerato fra Gio. Battista di Polistina, egli seppe destreggiarsi abilmente passando alla fazione di fra Dionisio ed acquetandolo. Con siffatta evoluzione fu mandato lettore nello studio generale di Cosenza (1597), di dove, l'anno seguente, venne chiamato come Teologo del Vescovo di Nicotera, con cui visitò tutto lo Stato del Duca di Nocera defunto, per soddisfare a' gravami patiti da' vassalli, essendosene il Duca fatto scrupolo nel suo testamento. Adempiuta questa commissione, era stato assegnato al convento di Nicastro, dove era giunto appena da due mesi e trovavasi afflitto da certi malanni per commerci impuri, che ne attestavano la cattiva condotta. Il suo fra Silvestro di Lauriana, rimasto ignorante ed affatto bestiale, l'aveva seguito in Nicastro e l'assisteva con ogni cura; ma aveva anche relazioni colpevoli con un nipote del Pizzoni, fra Fabio, laico o «terzino» come allora si chiamavano questi frati non sacerdoti, e fra Gio. Battista lo tollerava senza risentirsene; invece dovè risentirsene fra Dionisio per lo scandalo che n'era sorto, onde poco tempo dopo fra Gio. Battista finì per abbandonare il convento di Nicastro. Il Campanella, verosimilmente ignaro di tutte queste lordure e del rimanente avvezzo a considerare i frati quali erano in realtà, vide in fra Gio. Battista un amico di vecchia data, divenuto anche abbastanza culto; e non gli negò la sua stima, ed ebbe pur troppo a pentirsene, essendogli riuscito un amico infedele. Si noti intanto la mancanza di morale e di carattere in questo fra Gio. Battista, che dovrà figurare di molto nella nostra narrazione, e però ci ha costretti ad una non breve esposizione della sua vita.

Ma non meno degno di essere rilevato è il grave turbamento in cui il Campanella trovò la città di Nicastro e tutta la Calabria, onde non potè non averne una profonda impressione. Si era da qualche tempo in un periodo acutissimo di lotte giurisdizionali, e quella di Nicastro fu una delle più gravi: l'argomento merita di essere ben ponderato, giacchè mentre da una parte il Campanella nella sua Narrazione dichiara mantenitore delle brighe qualche ufficiale Regio che ebbe a perseguitarlo, d'altra parte agli ufficiali Regii quel concorde sviluppo di esorbitanze Episcopali parve il principio di una vera e propria ribellione; e in ciò non solo il Carteggio del Nunzio Aldobrandini, ma anche l'Archivio di Napoli e perfino il Carteggio del Residente Veneto, ci offrono molte notizie e documenti.

Limitandoci per ora alla sola quistione di Nicastro, ecco quanto possiamo dirne. Era Vescovo di Nicastro Pietro Francesco Montorio nobile Romano, altero, risentito, tutto imbevuto de' principii della supremazia ecclesiastica. Creato Vescovo nel febbraio 1594, cominciò dall'affacciare pretensioni pe' frutti del Vescovato già vacante e fece per questo mali officii presso la Curia Romana contro il Nunzio; poi negò al Duca di Ferolito, Conte di Nicastro, un dritto che costui possedeva di «*fidare* nelle erbe della Chiesa di Nicastro ed anche venderle agreste», e affacciò la strana pretensione che per tale controversia venisse citato a comparire innanzi al tribunale del Nunzio; poi avendo il Duca ottenuto un decreto favorevole del Sacro Regio Consiglio, tribunale competente, ed essendo stato mandato dalla R.ª Audienza un Commissario per l'esecuzione del decreto, egli maltrattò il Commissario e lo scomunicò con tutti gli ufficiali della città, a capo de' quali era un Gio. Battista Carpenzano, facendo pubblicare dal suo Vicario un interdetto. E scrisse a Roma e fece da Roma scrivere al Nunzio che pativa travagli indebiti, ed appunto nell'aprile 1598 si permise di pubblicare una cedola venuta da Roma senza l'exequatur: allora il Governo, che si guardava bene dal tollerare un fatto simile, lo dichiarò licenziato dalla sua diocesi, e perchè contumace pose sotto sequestro le rendite del Vescovato; ma egli fece dal Vicario scomunicare l'Auditor Gonzaga andato ad eseguire i detti ordini, e con lui il Vice Conte Gio. Antonio Falconi. Di rimbalzo gli ufficiali della città carcerarono parecchi gentiluomini aderenti del Vescovo, e volendo un giorno que' della Corte del Duca trarre agli arresti un cuoco del Vescovo che portava armi senza permesso, videro intervenire il Vescovo medesimo, il quale li caricò di contumelie, al punto che taluni trassero qualche colpo di archibugio in aria per farlo tacere, ed egli allora si allontanò dalla Diocesi[182]. Ma al tempo medesimo i reggitori della città si occuparono di provvedere perchè l'interdetto fosse revocato, e tenuto pubblico parlamento, si concluse di nominare fra Dionisio Ponzio ed Innico de Franza procuratori della città, perchè potessero comparire a nome di essa in Reggio ed anche in Roma bisognando, a fine di ottenere da' superiori ecclesiastici la rivocazione dell'interdetto. Il pubblico istrumento di procura in data 28 agosto 1598, firmato dal dot.ʳ Ottavio Serra sindaco, e da parecchi eletti di Nicastro, venne poi da fra Dionisio originalmente presentato al tribunale dell'eresia quale attestato di onore, e così abbiamo potuto averne piena conoscenza[183]. — Che il Campanella in tale occasione abbia prese le parti del Vicario del Vescovo, riesce pienamente credibile, poichè in ultima analisi egli era ecclesiastico; ma che abbia potuto influire sulla elezione di fra Dionisio egli nuovo in Nicastro, e che l'invio di fra Dionisio e del Franza abbia potuto dispiacere all'Avvocato fiscale, si comprende poco. Avremo ad occuparci largamente anche dell'Avvocato fiscale, e lo vedremo in realtà scomunicato dal Vescovo di Mileto, ma vedremo pure in quel tempo, per varii fatti, qualche Auditore egualmente scomunicato, qualche altro avvertito di essere incorso nella scomunica, ed uno di loro è stato già menzionato più sopra; tutto ciò rincresceva senza dubbio al Vicerè, non al Re che stava troppo lontano ed occupato in altre cure, ma in fin de' conti attestava negli ufficiali colpiti una fedele esecuzione degli ordini ricevuti ed un lodevole adempimento del proprio dovere. Così l'Avvocato fiscale non poteva dispiacersi che le cose si avviassero alla quiete, nè poteva ritenere per lui necessaria una discolpa: d'altronde il Governo aveva trovata una singolare maniera di rimediare agl'imbarazzi che nell'amministrazione derivavano dalle scomuniche degli ufficiali; mandava una «hortatoria» al Vescovo, e con ciò riteneva di aver provveduto per l'assoluzione, dandosi anche l'aria di considerare sospeso l'effetto delle scomuniche. Mettiamo qui che fra Dionisio e il Franza, si recarono a Reggio e quindi a Ferrara, dove si trovava Papa Clemente occupato a consolidarsi nel nuovo acquisto, nè tornarono a Nicastro che al principio dell'anno successivo. Durante questo tempo l'affare del Vescovo di Nicastro si trattava nelle più alte sfere. Il Papa medesimo, nel settembre 1598, ne scrisse direttamente al Re, il quale rispose con una breve lettera molto dignitosa; il Residente Veneto per le sue vie coperte potè aver copia di entrambe le lettere e trasmetterle a Venezia, e così leggonsi nel suo Carteggio. Il Duca di Sessa Ambasciatore spagnuolo in Roma ne trattò col Card.[1] S. Giorgio, e nel Carteggio del Nunzio vi è la lista delle domande del Vescovo, tra le quali figura quella che tutti coloro i quali l'avevano insultato fossero gastigati, e tutti, ma principalmente il Carpenzano e il Falconi, non potessero più esercitare uffici in Nicastro e nelle altre terre della Diocesi. Nell'ottobre furono concordati 10 capitoli, che conosciamo egualmente per cura del Residente Veneto, tra' quali primeggia la rivocazione del decreto del Sacro Regio Consiglio favorevole al Duca di Ferolito; ma il Vicerè fece difficoltà a rivocare il pronunziato solenne di un tribunale supremo di appello, onde le cose si protrassero fino al marzo dell'anno seguente. Ed allora l'interdetto fu tolto, ma non per opera di fra Dionisio, ciò che trovasi attestato pure dalla Narrazione[184]. Vedremo poi che il Vicerè non attese nemmeno che l'interdetto fosse tolto, per rivocare, da parte sua, il divieto del ritorno del Vescovo nel Regno, ma costui non si mosse da Roma, sicchè, sopravvenuta la congiura di Calabria, diè motivo a far credere che egli pure vi partecipasse. E ciò basti pel momento circa i conflitti co' Vescovi; avremo tra poco occasione di parlare del conflitto col Vescovo di Mileto, per lo quale si trovò scomunicato l'Avvocato fiscale Xarava, ed anche il Principe di Scilla (correttamente Sciglio) e il Governatore del Pizzo.

Proseguiamo ora a dire del Campanella, sempre con la scorta della Narrazione. «Alli 15 d'agosto poi esso Campanella andò a Stilo sua padria, dove il Vescovo di Milito era venuto a processar un Arciprete di Stignano, et Campanella andò con lui fino a Jeraci e dispiacque assai alli officiali scomunicati che havesse dato consulta di canoni e ragioni al Vicario di Nicastro et al Vescovo di Milito per aiuto delle giurdittioni. Di più tutte le città principali oltre le discordie tra gli Ecclesiastici, e Regii, erano divise in fattioni, e Stilo in particolare havea la fattione de' Carnelevari et Contestabili, et capo dell'una in campagna era Mauritio Rinaldis, et dell'altra M. Antonio Contestabile. Et in Catanzaro erano due fattioni: a l'una favoriva lo Xarava a l'altra D. Alfonso de Roxas governatore della provincia. Et tutti li conventi erano pieni di banditi particolarmente della diocesi di Milito, el Vescovo li dava de mangiare per zelo della giurdittione, quando erano assediati da sbirri. E Xarava ponea fama ch'il clero volesse ribellare».

Adunque alla metà di agosto 1598 il Campanella passò da Nicastro a Stilo, ma forse ciò accadde qualche giorno più tardi, poichè si hanno nel processo di eresia due deposizioni, che attestano essere andato a Stilo dopo un mese dal suo arrivo in Nicastro[185]. Il Pizzoni ve l'accompagnò, rimanendovi anche lui per curarsi, come attestò perfino il suo confidente Lauriana che lo servì; e vi rimase qualche mese, poichè sappiamo esser venuto nell'ottobre a far parte del convento fra Pietro Presterà di Stilo, e costui allora lo medicò con le sue mani. Frattanto nel settembre, per un'accidentale venuta del Vescovo di Mileto a Stignano, ebbe il Campanella occasione di ossequiare questo Vescovo che era Marc'Antonio del Tufo, e di andare con lui «in visita verso la marina». Tale fatto trovasi nel processo attestato dal Pizzoni, che depose ancora essere accaduto nel settembre. Il Campanella naturalmente vi andò in qualità di Teologo, e giova ricordarsene, poichè vedremo in sèguito il Governo Spagnuolo assai mal prevenuto specialmente contro il Teologo del Vescovo di Mileto, mostrando d'imputare a lui le risoluzioni violente che dal Vescovo spesso si prendevano. Non apparisce e non è plausibile che quella visita sia durata molto: ad ogni modo il Campanella nel suo ritorno si fermò alquanto in Stignano presso suo padre, come attestò parimente il Pizzoni, e poi si ridusse a Stilo nè ebbe mai più altra stanza: lo vedremo più tardi in varie escursioni, ma di breve durata, e pur sempre assegnato o meglio dimenticato in Stilo. È certo poi che le trattative di pace tra' Contestabili e Carnevali, registrate nella Narrazione subito dopo la visita fatta col Vescovo di Mileto, accaddero veramente non prima del maggio dell'anno successivo: questo risulta dal processo ed anche da altri cenni sparsi nella Narrazione medesima, sicchè non dobbiamo occuparcene per ora, e possiamo invece approfondire un poco le cose del Vescovo di Mileto, i conflitti giurisdizionali, le fazioni e inimicizie cittadine, le discordie de' componenti la R.ª Audienza, i banditi in armi nella provincia. Lo stesso Campanella più volte affermò che questo grave turbamento sociale, unito alla comparsa di fenomeni meteorologici straordinarii, lo menò a credere tanto più fermamente alla vicina fine del mondo e a predicarla, onde poi alcuni presero animo a concertarsi per una ribellione: trattasi dunque di una materia in relazioni strettissime col nostro argomento, ed è necessario occuparcene di proposito; l'Archivio di Stato in Napoli, parzialmente anche il Carteggio del Nunzio Aldobrandini, ce ne forniscono molti documenti, e di essi bisogna senz'altro profittare.

Il Vescovo di Mileto (latinamente Melito) si era già fatto distinguere da un pezzo pel suo modo energico di procedere nelle quistioni giurisdizionali, un po' più di tutti gli altri suoi colleghi, che pur essi non mancavano di farle sorgere ogni momento e trattarle con poca mansuetudine e nessuna misura. Egli non trovavasi in conflitto per interessi personali come il Vescovo di Nicastro, ma per principii profondamente sentiti, e quanto è dubbio che il Campanella abbia potuto richiamare sopra di sè l'attenzione degli ufficiali Regii pel conflitto del Vescovo di Nicastro, altrettanto è sicuro che abbia dovuto esser notato pe' conflitti del Vescovo di Mileto; perchè con costui egli si trovava in relazioni dirette, e da costui era stato scomunicato quell'Avvocato fiscale Xarava al quale egli attribuì tutte le sue sventure; solamente bisogna dire che abbia dovuto esser notato non così presto come apparirebbe dalla sua Narrazione, ma quando già si era fatto conoscere direttamente per altre cose. È pur troppo vero che il Vescovo di Mileto avesse procurato che i banditi, i quali si trovavano in asilo massime ne' conventi, fossero alimentati semprechè i birri li assediavano per catturarli: questo emerse poi anche dal processo del Campanella, e in realtà una tenerezza pe' malviventi rifugiati ed assediati si verificava del pari in altre Diocesi, con diversi modi singolari che non mancheremo di vedere: il Governo riteneva che pe' delitti gravi, «imperiosi, e di molto malo exemplo» come allora si diceva, non dovesse riconoscersi il diritto di asilo ne' conventi e nelle Chiese; ma i Vescovi rispondevano con le scomuniche a tutti coloro i quali eseguivano gli ordini del Governo, e con una maggiore protezione a' più tristi soggetti, onde si può immaginare quanti scandali ne dovessero nascere. I Cavalieri Gerosolimitani molto sparsi nel Regno, che col titolo di frati e col beneficio della giurisdizione ecclesiastica spesso si vedevano commettere prepotenze e delitti, scorrendo la campagna con comitive armate e chiudendosi in qualche castello di casale isolato senza che il Governo potesse raggiungerli, fornivano un altro grosso contingente di conflitti: al tempo del quale trattiamo, un cav.^{re} fra Maurizio Telesio di Cosenza trovavasi nella condizione anzidetta, e il Governo avea mandato contro di lui l'Auditore Vincenzo di Lega, che era giunto a catturarlo e si occupava in prendere la relativa informazione; e subito da «un preite a nome del Rev.^{do} Vescovo di Melito gli fu notificato in parola che lui et li detentori di detto fra Mauritio erano incorsi in censure, admonendoli a liberarlo»[186]. Ma il contingente maggiore era fornito da' così detti «diaconi selvaggi» o «clerici coniugati», una specialità fiorente nella Calabria, laici anche con mogli e figli, a' quali i Vescovi concedevano di poter indossare un ferraiolo nero, ed avendoli in tal guisa fatti clerici, pretendevano che fossero esenti dalle contribuzioni fiscali e dal peso degli alloggi, esenti anche dalla giurisdizione laica, o come allora si diceva «temporale»: i comuni o «Università» reclamavano, ed egualmente reclamavano i Baroni, nel vedersi sfuggire di mano i contribuenti e dover gravare di pesi insoffribili gli altri cittadini, come pure nel vedere invasi i dritti della giurisdizione baronale: il Governo mandava hortatorie, ma coloro che doveano consegnarle venivano scomunicati[187]. Nel tempo di cui trattiamo, un Marcantonio Capito, diacono selvaggio della Diocesi di Mileto, avea bastonato un frate basiliano: la R.ª Audienza intervenne, e il Capito si rifugiò in una Chiesa; il Vescovo, sempre per mantenere intatta la giurisdizione, non volle permettere che fosse estratto dalla Chiesa, nè volle curarsi che fosse chiuso nelle carceri vescovili pel dovuto gastigo. In tale occasione l'Avvocato fiscale D. Luise Xarava dovè entrare nella Chiesa, prendere il Capito e farne consegna nelle carceri del Castello del Pizzo; ma finì per essere scomunicato lui, il governatore del Pizzo D. Fabrizio Poerio e il Principe di Scilla signore del luogo. Le hortatorie non mancarono, ma il timore della scomunica, che allora menava a conseguenze anche sociali non indifferenti, rendeva perplessi coloro i quali doveano presentarle: il Vicerè ebbe quindi a risentirsi con la R.ª Audienza perchè erano state fatte presentare «per banno», vale a dire coll'affissione, e la R.ª Audienza ebbe a discolparsi negando il fatto, che pare essere stato solamente un progetto. Intanto il Vescovo, non rimasto pago alle scomuniche, nel febbraio 1598 mandò al castello del Pizzo suo fratello Placido Del Tufo, il quale sulla sua parola indusse il Castellano a far uscire il Capito dal carcere, e metterlo in una stanza, ma poi nella notte, coll'aiuto di due domestici del Vescovo e mediante una corda, lo fece fuggire e andare a ricoverarsi nel palazzo Vescovile; laonde il Vicerè ebbe ad ordinare l'arresto di Placido Del Tufo, il quale per lo meno dovè nascondersi e molto più tardi poi fu graziato. Così tese erano allora le relazioni tra il Governo e il Vescovo di Mileto. Più tardi non avendo il Vescovo dato alcun gastigo al Capito, ed avendolo anzi lasciato andar libero a Seminara, il Vicerè lo fece carcerare di nuovo, ma i preti, armati di accette ed aiutati anche da alcuni laici, lo liberarono a viva forza; questo accadde nel tempo in cui fervevano i concerti per la ribellione, sicchè appunto pel Capito avvenne quel «rumor di clerici di Seminara che ruppero li carceri gridando viva il Papa», come è registrato in altro luogo della Narrazione del Campanella (pag. 30), onde sembrò che il Vescovo di Mileto partecipasse a' concerti e che «il clero volesse ribellare»[188].

Non molto dissimile era la condotta degli altri Vescovi della Calabria: ne daremo alcuni cenni riferibili al periodo di cui trattiamo ed anche a qualche anno successivo, ciò che servirà pure a mostrare che essi continuarono sempre nella loro via, perfino quando, scoverta la congiura, gli ufficiali Regii spiegarono una influenza esorbitante. Il Nunzio medesimo scriveva a Roma che alcuni Vescovi componevano con danaro ogni delitto de' clerici, sia facendo pagare una somma alla Curia, sia facendo dare una pingue elemosina a qualche luogo pio, onde presso gli ufficiali Regii s'incontravano difficoltà ad ottenere la consegna de' clerici prigioni[189]. Ma specialmente i clerici selvaggi in tutta la Calabria davano troppi motivi di scandali, mentre erano ovunque aumentati al punto che il Vescovo di Mileto potè dire di averne nella sua Diocesi molto meno degli altri, nè poi venivano sempre scelti tra le persone per bene: così l'Arcivescovo di S.ta Severina ne aveva creati in numero infinito, ed aveva anche introdotta un'altra classe col nome di «familiari», che non vivevano a sue spese e che tuttavia esigeva fossero esenti dalle tasse e dalla giurisdizione baronale e Regia, minacciando non solo la scomunica ma anche il carcere a chi gli presentasse le hortatorie; d'altra parte il Vescovo di Cariati li sceglieva perfino tra gl'inquisiti e i contumaci della Gran Corte della Vicaria, e s'intende che i reclami e i conflitti dovevano essere senza fine[190]. Non bastando i clerici selvaggi e i familiari, altri Vescovi inventarono anche i «commissarii delle feste», laici deputati a far osservare la santificazione delle feste, pe' quali non solo esigevano le solite franchigie dalle tasse, dagli alloggi e dal foro laico, ma anche il dritto di portare armi proibite, concedendone essi la licenza: il Vescovo di Squillace ne avea creati 37, e in maggior numero ancora ne avea creati l'Arcivescovo di Reggio, il quale volle egualmente estese le franchigie a molte donne che in Sta Agata indossavano abiti frateschi, come pure alle beghine o «bizoche» di Reggio, ed una volta, avendo i gabelloti trasmesso a queste beghine col consenso esplicito del Governo l'ordine di pagare le gabelle, fece venire da Roma ed affiggere alle porte delle Chiese ed a' luoghi pubblici della città un monitorio con le solite minacce, che citava que' gabelloti a comparire fra un dato termine in Roma, innanzi all'Auditorato della Camera Apostolica[191]. Non poche altre pretensioni ed ingerenze indebite essi spiegavano con modi sempre nuovi in singoli casi. Il Vescovo di Nicotera costringeva con la scomunica il Castellano del luogo a ricevere nelle carceri del Castello clerici ed altri ecclesiastici prigioni in suo nome; quello di catanzaro accoglieva in un monastero di pentite la moglie di un uomo che con l'aiuto di essa aveva ammazzata la sua 1ª moglie, ed esigeva dal Giudice, intervenuto per le debite informazioni, un decreto liberatorio in favore di quella donna senza neanche esaminarla[192]. Il Vescovo di Squillace, dopo di avere scomunicato il Capitano di Stilo, non solamente si faceva consegnare dal Giudice un grosso malfattore a nome Colella Bua, col solito pretesto che era clerico selvaggio, ma anche un inquisito di stupro ed omicidio in persona di una parente, col pretesto che esso era domestico di una monaca. Il Vescovo di Gerace spediva monitorio al Capitano e al Giudice della città, perchè sotto pena di scomunica, in forza della Bolla *In coena Domini*, consegnassero tra 18 ore un ladro di giumente e il rispettivo processo già formato, col pretesto che 12 anni prima era stato tonsurato (sebbene non avesse mai funzionato da clerico), oltrechè gli era stata trovata sulla persona un'orazione a S. Patrizio, la quale dovea vedersi se fosse superstiziosa e spettante al S.^{to} Officio, ed ebbe il ladro e lo mandò via impunito; dippiù spediva un altro monitorio perchè si rilasciasse un contumace, e si lacerasse l'informazione presa contro un inquisito del ratto di una donna, perchè la carcerazione e l'informazione erano state eseguite nel giovedì *in albis*, e nulla di simile dovea farsi durante tutta la settimana dopo Pasqua[193]. — Può bene immaginarsi la condotta del Clero inferiore dietro siffatti esempi. Lo stesso Nunzio scriveva a Roma: «molti si fanno clerici per esimersi dalla giuriditione temporale, et per una banda, circa negotii, fugir le gabelle delle robe et gli altri carichi che si portono seco, et per altra in essi, come sottoposti alla giurisditione ecclesiastica, far ciò che vogliono»[194]: tali erano veramente i motivi precipui del loro moltiplicarsi in modo esorbitante, quali clerici secolari e regolari, e sotto le forme più svariate ed anche più strane. Lasciando da parte gli esempi della loro condotta individuale, appena ricorderemo la protezione che comunemente accordavano a' malfattori, ricoverandoli nelle loro case ed aiutandoli anche con le pratiche del loro ministero, le violenze alle quali si spingevano in massa nelle loro bizze o in quelle de' loro superiori. Qualche fatto di tal genere riesce abbastanza curioso ed istruttivo. P. es. in Roggiano, gli assoldati del Governo impegnano una zuffa co' banditi, li stringono in una casa, sono sul punto di prenderli; ed ecco i preti parenti de' banditi che vengono in quella casa col SS.^{mo} Sacramento, poco dopo ne riescono avendo affidato a' banditi le mazze del pallio, e così conducono questi in una Chiesa sorridenti sotto gli occhi degli assoldati del Governo genuflessi ed umiliati. In Policastro alcuni clerici hanno una vertenza col domestico del Capitano, e il domestico vien chiuso in prigione; ma ecco i clerici, non contenti, con l'aiuto di altri laici rompono le carceri, prendono e feriscono quell'uomo, quindi lo traducono nella Chiesa dove lo schiaffeggiano e lo bastonano, mentre il Capitano non osa penetrarvi[195]. Cosa si proponevano segnatamente i Vescovi con una condotta simile? Esercitare la prepotenza, niente altro che la prepotenza, per lo meno secondo il gusto del tempo tutto impregnato di prepotenza: e però non sapremmo menomamente farne ad essi un addebito speciale, bensì non sapremmo non riconoscere in essi le virtù e i vizii comuni, e non riconoscere negli uomini del Governo, tra le prepotenze comuni anche a loro, un po' di maggior cura, e laboriosissima cura, di avviare le cose verso l'equità e la giustizia; sconoscer questo, o peggio scambiare le parti, ci sembra una stranezza o una mistificazione. Cosa faceva il Governo, cosa faceva Roma in questi conflitti? Roma aveva in cima de' suoi pensieri non altro che «la superiorità ecclesiastica»: nessun provvedimento troviamo da parte sua nemmeno circa l'istituzione de' clerici selvaggi o coniugati evidentemente ingiusta: le sue istruzioni al Nunzio circa i torti de' Vescovi erano «et scusarli et difenderli sempre»[196]. Il Governo strepitava, mandava hortatorie a' Vescovi ed ordini rigorosi a' suoi ufficiali; ma la paura delle scomuniche, fino a quando l'abuso di esse non ne scemò l'efficacia, tratteneva ognuno, e il Governo medesimo in ultima analisi diveniva arrendevole e finiva poi sempre per pentirsene, come si verificò p. es. nel fatto di Marcantonio Capito. In conclusione nè al Governo, nè allo Xarava che dipendeva dagli ordini del Governo, riusciva conveniente mantener le brighe; e il Campanella in tutte queste brighe potè scorgere i segni della vicina fine del mondo, ma dovè anche scorgere che il Governo non era poi così forte come ne correva la fama.

Passiamo a vedere le controversie ed inimicizie tra' privati, le controversie tra' componenti la R.ª Audienza, i banditi e forgiudicati. In ogni tempo i municipii della Calabria e della più gran parte del Regno, massime i più notevoli, erano stati travagliati dalle fazioni per diverse cause; in generale pel «possesso del reggimento» come allora si diceva, ossia per la riuscita nelle elezioni municipali, talvolta per fatti assolutamente privati, non esclusi quelli relativi agli amorazzi, assai più sovente pel semplice gusto della prepotenza ed anche per la necessità del soverchiare a fine di non essere soverchiati; da ciò l'aggrupparsi, l'offendere, il menar le mani, il divenire assassini e perfino predoni, anche quando si era già prima dato prova di nobili istinti e di tutt'altro genere di vita. Egualmente in questo si notava una recrudescenza, al tempo in cui il Campanella tornava in Calabria e si riduceva a Stilo; la cosa è provata da molti documenti che ne rimangono nell'Archivio di Stato. Vedremo più in là le fazioni di Stilo: per ora vogliamo dire che nella capitale e nella più considerevole città della Calabria ultra, già capitale fino al 1592, in Catanzaro ed in Reggio, fervevano le lotte in modo atroce, e romoreggiavano pure in Cosenza, in Rogliano, in Cassano, principalmente in Rossano, senza contare le terre minori. Anche qui citeremo i fatti del 1598-99 e di qualche altro anno successivo, per mostrare che il calore di queste lotte non si estinse nemmeno con le peripezie sofferte per la congiura. In Catanzaro si contrastavano da un pezzo l'amministrazione municipale da un lato i Morano e d'altro lato i Piterà aiutati dagli Spina, e questa lotta ebbe poi le sue conseguenze nello sviluppo de' fatti della congiura, come non a torto notò il Residente Veneto, sebbene vagamente, in una delle relazioni inviate al suo Governo[197]. Gio. Geronimo Morano, che vedremo figurare nel modo più sinistro quando la congiura fu scoverta, avea goduto lungamente i beneficii dell'amministrazione municipale, traendone anche profitto col procedere nella qualità di Sindaco, per parte della città, all'acquisto di una casa appartenente a suo fratello Gio. Battista, destinata per residenza del tribunale della R.ª Audienza; il Vicerè non mancò di chiederne spiegazioni, e furono fatti anche processi contro alcuni de' Morano ed alcuni de' Piterà, per ridurli più facilmente alla pace sotto cauzione, ma pur troppo senza successo; del resto non potremmo in poche parole esporre le violenze dell'uno e dell'altro gruppo di contendenti. Appunto nel 1598, l'elezione municipale in Catanzaro era stata impossibile per le difficoltà e nullità poste in campo da una delle fazioni, e dovè compiersi successivamente «col braccio» ossia coll'intervento della R.ª Audienza, che incontrò pur essa talune difficoltà: per qualche tempo ancora le elezioni non poterono farsi altrimenti, e gli Spina finirono poi col venire a vie di fatto contro i Morano, e un Maurizio Spina assaltò i figli di Gio. Geronimo e ne ferì uno nel braccio[198]. In Reggio il caso era anche più violento, ma per un fatto di onore passato tra due primarie famiglie, i Del Fosso e i Serio, postisi in armi coll'aiuto rispettivo dei Melissari e de' Monsolino, pe' quali parteggiarono ancora variamente taluni de' Filocamo, de' Laboccetta, de' Sagrignano, de' Baroni; da ciò il sorgere e persistere di una quantità di banditi, l'intimazione di una grossa sfida, l'uccisione di alcuni caporali incaricati della carcerazione de' più riottosi, l'assassinio di fra Paolo Monsolino cavaliere di Malta sugli scalini della Chiesa del

Rosario, il rifugio dei Melissari colpevoli in questa Chiesa, la loro estrazione violenta da essa per parte degli ufficiali Regii, e i soliti interminabili conflitti di giurisdizione coll'Arcivescovo, onde l'Archivio di Stato e poi anche il Carteggio del Nunzio forniscono del pari notizie moltissime. Sin dal 1596 Gaspare del Fosso, figlio di Tommaso Sindaco de' nobili in Reggio, essendosi vantato di aver goduta una Signora, a quanto sembra, de' Serii, diè motivo all'inimicizia capitale tra le due famiglie e loro parentele. Inutilmente fu nel 1597 mandato l'Auditore Riccardo per la pacificazione; bisognò mandarvi nel 1598 l'Avvocato fiscale Xarava, che catturò e pose sotto processo Gio. Paolo Melissari, Geronimo Filocamo e Matteo Monsolino; non di meno, essendo liberi Fabrizio del Fosso e Gio. Domenico e Geronimo Melissari fratelli di Gio. Paolo, si preparò nel 1599 la sfida, con una grande agitazione della città, sotto i capi Francesco Pesello e Domizio Barone, sventata poi con la carcerazione di costoro; alcuni omicidii seguirono tale carcerazione, e dovè essere inviato nel 1600 l'Auditore Barbuto per le debite inquisizioni, ma sempre senza risultamento, sino a che non fu ucciso Paolo Monsolino ed eseguita la cattura violenta de' Melissari uccisori. La lunga durata di questa lotta, la partecipazione in essa d'individui fatti venire dalla Sicilia, l'occupazione di più paesi vicini per parte delle bande delle due fazioni, gli allarmi continui per le offese che s'infliggevano, tennero veramente agitato il paese in una zona ben più larga di quella di Reggio[199]. Ricorderemo ancora, perchè da un certo lato connessa co' fatti della nostra narrazione, la breve ma atroce lotta verificatasi in Cosenza tra Maurizio Barracco e Ireneo Parisi, entrambi cavalieri di Malta «potenti e di molto parentato»; il Barracco era anche persona culta, come lo attestano le Commedie che di lui ci sono rimaste[200]. Appunto nel 1598, posero entrambi mano alla spada e non se ne sa il motivo, ma intervennero subito alcuni cittadini, memori delle gravi lotte tra' Parisi e i Cavalcanti che aveano già lungamente travagliata la città, e li divisero; intervenne anche il Governo, e potè avere nelle mani fra Maurizio Barracco ma non fra Ireneo Parisi, che giunse a mettersi in campagna, e con un suo fratello egualmente cavaliere, fra Pietro Antonio, diè principio alle solite imprese. Non sappiamo in qual modo, ma sappiamo con certezza che nel 1600 fra Maurizio Barracco era stato già ucciso, e fu fatta grazia agli uccisori probabilmente sicarii, pe' meriti acquistatisi da uno de' denunzianti della congiura[201]. Infine menzioneremo appena le lotte violentissime di Rogliano, che fervevano appunto nel 1598 tra' Ricciulli e Lelio De Piro da una parte, e Pietro Toscano, Giulio De Piro, Giovanni Stefano e Pietro Arabia, e Desiderio Gio. Cotta dall'altra; dippiù quelle di Cassano tra i Durabili, i Siena, i Paterini ed altri, nelle quali allora si contavano già morti e feriti; da ultimo quelle di Rossano tra i Toscano e gl'Interzato, divenute atroci per essere stato Giulio Toscano ferito a morte da Scipione Interzato, e rese in sèguito anche più gravi per l'uccisione di Fabrizio Toscano da parte di fra Scipione Strambone, Gio. Vincenzo e Gio. Battista Cito, uniti a fra Giuseppe, Scipione e Giulio Interzato[202]. Di tutte queste inimicizie si risentivano gravemente non solo le città, ma anche le campagne, essendone una conseguenza delle più tristi l'aumento de' banditi e non dell'infima classe: appunto nel 1598 il Vicerè riconosceva tale fatto, ed approvava che «saria de molto proposito procurare de pacificare le inimicitie predette con legarli de bona pleggeria»; ma questo precisamente non era così facile, e potea far verificare anche le solite quistioni allorchè si trattava, come spesso si trattava, di cavalieri di Malta. E però, ad occasione delle inimicizie di Rossano, nello stesso anno il Vicerè scriveva al Governatore di «non intromettersi nelle paci»[203].

Quanto alle lotte tra' componenti la R.ª Audienza, ecco ciò che possiamo dirne, con la scorta de' documenti da noi trovati. Era Governatore della provincia di Calabria ultra D. Alonso De Roxas de Anoya, che è stato detto pure De Roscias, De Roggias, De Rosas e De Rojas, senza dubbio pel desiderio di riprodurre alla meglio il suono ovvero la forma della *chóla* con cui scrivevasi il suo cognome in castigliano; erano membri dell'Audienza, che egli presedeva, gli Auditori Annibale David e Vincenzo Di Lega, i quali principalmente figurano nelle cose del Campanella, ma anche Antonio Santamaria, Gio. Lorenzo Martire, un Consaga, un Miranda, i quali troviamo sparsamente nominati nelle scritture di quel tempo; teneva l'Ufficio di Avvocato fiscale D. Luise Xarava, ed aggiungiamo pure che funzionava da Segretario dell'Audienza Guarino de Bernaudo, sostituto con pubblico istrumento a Camillo Passalacqua che godeva la Segreteria di entrambe le provincie di Calabria. D. Alonso de Roxas, sempre citato dal Campanella sotto l'aspetto più favorevole, apparteneva alla prima nobiltà (vedremo che la Viceregina Contessa di Lemos gli era parente), apparteneva quindi al numero de' privilegiati che sì facevano presto una posizione. Nel 1594 lo troviamo provveduto dell'ufficio di Capitano di Lanciano, con una condizione che basta essa sola a faro intendere come agisse il Governo spagnuolo, vale a dire «non obstante che non vaca, per ordine di sua Excellentia»; nel 1595 lo troviamo Capitano di Cotrone[204]. Ma nel 1598 dovè essere incaricato interinalmente dell'ufficio di Governatore, Preside o Vicerè della Calabria ultra, come allora anche si diceva magnificando ogni cosa, in sostituzione di D. Francesco de Regina Carafa Conte di Macchia; passato appunto in quell'anno dalla Calabria ultra a governare la Calabria citra. Buona pasta d'uomo, amico del quieto vivere e poco avveduto, non ismentì mai siffatte qualità in tutto il tempo in cui rimase al governo della provincia, amareggiato solamente dalle esorbitanze dell'avvocato fiscale Xarava, che egli non poteva comportare, come non aveano egualmente potuto comportarlo i suoi predecessori; del resto egli non dovea nemmeno occuparsi della persecuzione de' banditi, essendo questa affidata al Conte di Macchia che avea facoltà di attendervi in entrambe le provincie di Calabria. D. Luise Xarava del Castillo, citato sempre dal Campanella come un mostro, aveva qualità precisamente opposte a quelle del De Roxas; molti documenti abbiamo trovati intorno a lui nell'Archivio di Napoli, ma anche diverse sue lettere autografe abbiamo trovate nell'Archivio di Firenze, essendosi lui pure ingegnato di procurarsi le grazie del Gran Duca, coll'offrirgli e fargli lungamente aspettare una tavola di diaspro «una mesa de jaspe», trovata senza dubbio in Calabria ed ora forse esistente tra quelle che si ammirano nel Palazzo Pitti[205]. Granatese di origine lo disse il Campanella nelle sue poesie, ma con ogni probabilità per rilevarne «il moresco core»: ad ogni modo egli era Avvocato fiscale in Calabria ultra già da alcuni anni, e molti documenti ce lo mostrano soverchiatore e riottoso, non senza anche una certa dose di avidità, ma al tempo medesimo operoso ed energico, tanto che i Vicerè di quell'età non cessavano di dargli commissioni scabrose nella provincia, sebbene dovessero poi quasi sempre finire per dirigergli qualche rimprovero. Fin dal 1590, per essere andato sopra una galeotta di D. Pietro De Leyva, generale delle galere, senza la licenza del Governatore, egli si pose in discordia con costui, e il Vicerè Conte di Miranda dovè intervenire a biasimare l'uno e l'altro[206]. Nel 1594 lo stesso Conte di Miranda gli affidava «la visione delli conti delli sindici et altri administratori del peculio dela università di Catanzaro» da dieci anni in poi, e nel 1595 gli prorogò il termine assegnatogli per tale commissione[207]: naturalmente egli dovè così riuscire bene accetto ad una e odioso a un'altra delle due fazioni che si laceravano in Catanzaro. Il Vicerè Conte di Olivares, dal 1596 in poi, gli affidò egualmente diverse missioni ed ebbe più volte a mostrarsi dispiaciuto di lui pel suo carattere. I contrasti, i diverbî, i soprusi da parte sua riescono abbastanza notevoli, qualche volta rasentano perfino il comico, e gioverà averne notizia, trattandosi di un individuo di tanto interesse per le cose del Campanella. Nel marzo 1596 il Vicerè è costretto a scrivere all'Audienza che faccia osservare all'Avvocato e al Procuratore fiscale gli ordini che tengono: l'Avvocato maltrattava il Procuratore, al punto che mentre costui se la passava con un po' d'allegria in casa tra le persone di sua famiglia, essendo l'ultima notte di carnevale, gli mandò un suo schiavo negro a tirare molte sassate alla porta e alle finestre. Poco dopo, in aprile, il Vicerè fa sapere all'Audienza di avere scritto all'Avvocato, «da che il suo stile è di scomponersi con tutti li officiali del tribunale» che tenga ogni buona corrispondenza col Governatore e gli Auditori, avvertendo che essi debbono eseguire il simile: infatti con sua lettera quasi contemporanea scrive all'Avvocato, «semo stati informati che al spesso per l'ingiusti termini di procedere che da voi si usano turbate la quiete di questo tribunale discomponendovi tanto con il magnifico governatore di quessa provintia quanto con li magnifici auditori, non tenendo con essi la correspondentia che si ricerca et doveti, volendo voi solo componer ogni cosa con extraordinaria authorità, il che non possemo credere, che quando lo sapessimo di certo, non mancariamo di fare contra di voi le debite provisioni che si ricercano»[208]. Nella stessa data è costretto a scrivergli che non faccia «tirare a costo del R.° fisco una piazza de algozino ordinario, e cossi anco una piazza di 5 ducati il mese di soldato di campagna da doi soi criati di casa»; e più tardi, in maggio, dietro le istanze dell'Avvocato scrive al Governatore che gli restituisca lo schiavo che si trova in suo potere, donde apparirebbe che questo schiavo fosse il ministro delle prepotenze dell'Avvocato[209]. Verso lo stesso tempo vuol sapere dall'Avvocato perchè è partito dall'Audienza, malgrado l'ordine che nessuno parta senza licenza scritta, e più tardi vuol sapere perchè va poche volte al tribunale; in sèguito lo minaccia perchè non ha eseguito gli ordini di tenere bona corrispondenza col Governatore, e contemporaneamente inculca al Governatore che tenga bona corrispondenza coll'Avvocato, altrimenti provvederà, notandogli che una volta si è sdegnato con lui al punto di fargli minaccia di volerlo carcerare; se non che è costretto a dimandare all'Avvocato, come mai, dovendosi inviare un Commissario a Policastro ed essendo stato scelto dal tribunale questo Commissario, egli ne abbia poi inviato un altro[210]. Intanto, mentre gli si era ingiunto che non partisse dall'Audienza, accade un brutto fatto in Cassano, e lo stesso Vicerè ve lo manda «malgrado li precedenti ordini in contrario»; e negli anni seguenti lo manda a Reggio pe' gravi trambusti suscitati dalle lotte tra i Melissari e i Monsolino, ed egli carcera alcuni de' contendenti già menzionati altrove, ma si trova che ha fatto bandi, abbreviato i termini della forgiudica, promesso indulti, cose che nemmeno tutto il tribunale dell'Audienza avea facoltà di fare senza un ordine speciale, e quindi gli s'ingiunge di partire da Reggio e tornare all'Audienza; non di meno egli non se ne cura, e si trova dippiù che contro la volontà dell'Audienza ha fatto aprire le carceri, estrarre un carcerato e consegnarlo allo Stratico di Messina che lo reclamava, onde gli si ordina che lasci immediatamente Reggio e torni all'Audienza[211]. Abbiamo poi veduto come egli appunto venisse mandato ad estrarre dalla Chiesa il diacono selvaggio Marcantonio Capito, affrontando lo sdegno e la scomunica del terribile Vescovo di Mileto; aggiungeremo che nel 1599 lo si trova mandato per un altro affare scabroso a Tropea dove un dot.[r] Francesco Blanco falso Commissario Regio con 34 soldati armati a modo di banditi faceva le parti di un vero Commissario, ed egli giunge ad arrestarne 21 col loro capo; di poi lo si trova colpito da rimproveri, per essersi intromesso in un processo condotto dal Capitano di Sta Agata, arbitrandosi perfino di citare il Capitano a comparire davanti a lui[212]. Questa maniera di agire dello Xarava si riscontra perfino negli anni posteriori, quando già il processo della congiura era terminato ed egli era divenuto Consigliere; e però deve dirsi che la prepotenza era nella natura sua, ma che l'energia di cui si mostrava dotato faceva tollerare dal Governo i suoi gravi difetti. Relativamente alla capacità, il Campanella, nell'Informazione pubblicata dal Capialbi, lo dichiara un ignorante in modo assoluto, «talmente che prese carcerato Gio. Francesco Branca medico di Castrovillari, perchè scrisse al Campanella c'havea fatto un libro *de adventu portentoso locustarum in Italiam*, pensandosi che *locustae* volesse in latino dir fuste di Turchi». Forse, con la mente invasa dall'idea che ognuno tramasse per la congiura, vide anche in questo caso un gergo, ma l'equivoco sembra difficile, mentre non di rado venivano all'Audienza ordini del Vicerè per «l'extirpatione de' brucholi»; piuttosto l'aver solamente rilevata un'amicizia col Campanella lo decise per la carcerazione del Branca, ma del rimanente poteva bene appartenere a quella classe di spagnuoli che divoravano il Regno con l'aria di sapientoni, e davano origine a quel titolo di dileggio tuttora rimastovi de' «dottori della Salamanca». Certamente la qualità sua più brutta era la prepotenza e la bramosia di valere più degli altri: questa gli procurò l'avversione non solo di D. Alonso de Roxas ma anche di tutti gli Auditori. Infatti verso la fine del 1598 si verificò questo caso singolare, che l'Audienza non permise allo Xarava l'entrata nel tribunale ad esercitarvi il suo ufficio, adducendo che egli trovavasi scomunicato dal Vescovo di Mileto, la qual cosa era veramente accaduta già da qualche tempo: e il Vicerè non approvò la condotta dell'Audienza, ed ordinò di non fare allo Xarava un simile ostacolo, il quale si può comprendere solo ammettendo che l'Audienza avesse voluto tener lontano quell'uomo divenuto odioso per la sua prepotenza[213]. Così la lotta tra' componenti la R.ª Audienza mantenevasi tra lo Xarava da una parte e tutta l'Audienza dall'altra, e ad essa si appoggiavano anche le inimicizie delle due fazioni di Catanzaro, dopochè lo Xarava avea riveduto i conti dell'amministrazione municipale; nè riesce difficile intendere quanto in pari tempo l'andamento di tutta la provincia dovesse risentirsi di un simile stato di cose.

Ci rimane a dire de' banditi e forgiudicati. Questa piaga già antica, non curata mai efficacemente in tutto il Regno e massime nella Calabria, presentava anch'essa una notevole recrudescenza, principalmente per gli scoppi de' conflitti derivanti dalle inimicizie private. Si era visto di molto peggio in passato, e si ricordava p. es. la desolazione della città di Terranova, che non si rialzò più mai dopo i conflitti de' banditi ingenerati dalle inimicizie de' Marini co' Geronimi. Consalvo Marino, forgiudicato, si era unito a Nino Martino de' Casali di Reggio (nome da doversi tener presente per intendere un certo punto della Dichiarazione del Campanella), e coll'adesione anche del nobile giovane Ferrante Ruffo aveva assoldato fino a 300 banditi a piede e a cavallo, aveva combattuto molto bene le milizie capitanate dal Conte di Nicastro, era una prima volta penetrato nella città con uno stratagemma, poi una seconda volta per sorpresa, mentre i cittadini riuniti in Chiesa festeggiavano il SS. Sacramento, e vi avea fatto uccidere barbaramente i suoi nemici; minacciò di volervi tornare ancora una terza volta, e il Governatore non seppe far di meglio che ordinare a tutti i cittadini di uscir fuori dalla città e da' casali in un giorno che fu la Domenica delle palme, e si sarebbe avuto questo spettacolo miserando, se nella notte precedente uno de' medesimi seguaci di Consalvo non l'avesse per carità di patria ucciso[214]. Le inimicizie recavano sempre questa grave conseguenza, l'aumento de' banditi, ed essendo divenute così numerose nel tempo di cui trattiamo, i banditi erano numerosi egualmente, non a grosse compagnie ma disseminati dovunque; del resto e i conflitti giurisdizionali e le lotte tra' componenti la R.ª Audienza, col rilassamento degli ordini pubblici che n'era la conseguenza inevitabile, facevano moltiplicare i delitti e con essi i fuorusciti, che poi divenivano banditi e fuorgiudicati; certo è che pure il Residente Veneto, con sua lettera del 9 giugno 1598, ebbe a partecipare al suo Governo questo aumento di fuorusciti, e da tale testimonianza le affermazioni del Campanella risultano indubitabilmente comprovate[215]. La severità delle leggi, spinta troppo facilmente a certi estremi dagli ordini Vicereali, contribuiva essa pure all'aumento de' banditi. Purchè il delitto fosse tale da recare la pena di morte, e la categoria di questi delitti era allora larghissima, dietro una dispensa Vicereale dalla procedura ordinaria i delinquenti venivano con un bando citati a comparire sotto pena di forgiudica, essendo alle volte abbreviati i termini della comparsa a un punto, che questa diveniva perfino materialmente impossibile; rimasta quindi la citazione senza effetto, i delinquenti risultavano colpiti dalla forgiudica, cioè costituiti fuori ogni adito al giudizio, donde il nome di banditi e forgiudicati. Vedremo più opportunamente qualche altra particolarità di siffatta procedura, con tutte le sue terribili conseguenze, allorchè tratteremo del processo per la congiura del Campanella: qui dobbiamo dire che già da un pezzo erano state date al Governatore Conte di Macchia le solite facoltà straordinarie per la estirpazione de' fuorusciti, che basta leggere per capire come le popolazioni dovessero sentirsi malmenate più da' Commissionati contro i banditi che dai banditi medesimi, e quindi dovessero divenire favorevoli più che ostili a' banditi; ma si stimò necessario anche, a' primi del 1599, concedere straordinariamente alla R.ª Audienza per mesi sei, e prorogare di poi ogni tre mesi «il rigoroso rimedio de abbreviare il termine dela forgiudicatione» contro coloro i quali commettessero omicidii proditorii mediante archibugiate[216]. Intanto specialmente pel ricovero nelle case de' clerici, nelle Chiese e ne' conventi, i banditi e in gran parte anche i forgiudicati potevano eludere le persecuzioni con bastante successo: i clerici, che si rendeano colpevoli di queste «negoziazioni illecite», trattando o ricoverando i banditi in casa loro, abbiamo visto che cadevano sotto la giurisdizione del Nunzio, e costui era troppo lontano e disponeva di pochi mezzi per poter colpire dovunque e colpir giusto; i preti e i frati, che li ricoveravano nelle Chiese e ne' conventi, guadagnavano la benemerenza de' Vescovi, e spesso pure qualche cosa di più. Potremmo riferire molti aneddoti intorno al prezzo che non di rado costava a' banditi un tale ricovero, e segnatamente intorno alla demoralizzazione dei frati, che ne' conventi in ispecie rurali spingevano, aiutavano, ed anche personalmente intervenivano alle escursioni predatorie de' banditi ricoverati: ci ripugna il fare questa cronaca, la quale suol chiamarsi scandalosa, unicamente dacchè, o per malizia o per eccessivo zelo del bene, è piaciuto attribuire alla massa degli ecclesiastici d'ogni sorta e d'ogni grado una maniera di sentire e di vivere essenzialmente diversa da quella de' laici, una singolare ed impossibile immunità da' vizi del proprio tempo. Abbiamo visto che il Vescovo di Mileto procurava che ne' conventi si fornisse il vitto a' banditi ricoverati e assediati, e il Governo naturalmente se ne doleva: del pari si doleva che p. es. in Rossano contumaci e delinquenti «indifferentemente si serveno di tutte le ecclesie di detta città, et non solo ci habitano loro, ma ci conducono le moglie et altre donne, et armati di arme prohibite passeggiano per avanti le porte di dette ecclesie»; si doleva che p. es. in Reggio, essendosi alcuni banditi per causa di omicidio «andati a salvare dentro una ecclesia di detta città, et havendoli posto le guardie attorno, il Rev.do in Christo padre Arcivescovo non le ha voluto permettere se non per quaranta passi attorno detta ecclesia»[217]. Il Carteggio del Nunzio Aldobrandini, testimone non sospetto delle imprese de' frati in connivenza co' banditi, ci mostra che fin dal 1595 il Governo avea dirette calde istanze a Roma perchè si facessero disabitare i conventi in campagna, dando di essi una lunga lista molto istruttiva[218]. Ma se ne scrisse e riscrisse inutilmente in quell'anno ed anche nel 1596, nè si venne ad una conclusione prima del 7bre 1599, al tempo in cui la congiura fu scoverta: allora soltanto si mandò da Roma un ordine a' Prelati di non permettere che i malviventi e i fuorusciti dimorassero nelle Chiese e ne' conventi, al quale ordine successe di poi un Breve in regola, che prescriveva potersi concedere a' ministri laici, non ostante la Bolla di Gregorio XIV, il fare l'estrazione de' banditi dalle Chiese ed altri luoghi pii, e ciò pel tempo di sei mesi, da prorogarsi quando ve ne fosse il bisogno. Ed ecco qualche Prelato muovere il dubbio, se i banditi che stavano già ricoverati da un pezzo dovessero pure concedersi a' ministri laici, e poi, scorsi i sei mesi e non venuta la proroga, si videro i frati «accettare ne' conventi più che mai i banditi e i delinquenti con grave scandolo»; onde il Nunzio, ricordando continuamente gli scandali, chiedeva con istanza la proroga, e si noti, non per la nequizia intrinseca della cosa, ma perchè si stava «in pericolo di qualche stravaganza de' ministri Regii che li caccino violentemente». Ma si vide venire la proroga soltanto dopo un altro anno, e una nuova proroga farsi aspettare ancora otto mesi, e sempre non tutti i Prelati impegnati ad occuparsene con serietà, e in ispecie il Vescovo di Mileto dichiarato «fiacco a risolversi» da D.a Girolama Colonna zia del Duca di Monteleone, che si lagnava dei banditi cresciuti a dismisura nello Stato suo[219].

Per tutti i fatti sinora esposti, nell'arrivare in Calabria, il Campanella dovea naturalmente giudicare il Governo assai meno forte di quanto pareva da lontano: ma bisogna aggiungervi ancora un avvenimento, che egli non credè di dover menzionare nella sua Narrazione, e che è ricordato da varii documenti di quel tempo. Vogliamo dire la comparsa del Bassà Cicala con la flotta turca nel golfo di Squillace il 18 7bre del 1598, la sua discesa appunto al capo di Stilo per fare acqua, con la devastazione di molte vigne, fienili e case lungo un buon tratto della costa, e naturalmente anche con la presa di persone di que' luoghi; il suo allontanamento con poca molestia avuta dalle milizie del Principe di Squillace, ciò che strombazzavasi sempre quale disfatta de' turchi; il suo arrivo al seno, o, come allora dicevasi, «fossa» di S. Giovanni, solito suo luogo di fermata presso il Capo Spartivento, col ritirarsi delle poche galere di Napoli e di Sicilia che là si trovavano; il desiderio da lui mostrato di vedere la madre dimorante in Messina, e l'adempimento di questo suo desiderio che il Viceré di Sicilia si affrettò a soddisfare. Già prima, nel maggio 1595, alcune galeotte di Biserta aveano fatta imboscata sotto Stilo, vi aveano preso il capitano di una terra di quelle marine, il capitano anche del battaglione (milizia provinciale) ed altri individui, guadagnando 8 mila scudi di riscatto: ora il Cicala vi scendeva egualmente e non v'era chi gli facesse opposizione; poi, mentre avea danneggiati luoghi soggetti a Spagna, otteneva ciò che voleva da' Proconsoli spagnuoli e ravvicinavasi alla madre conosciuta qual fervente cristiana[220]. Chi era questo Cicala? Se ne sono dette di molte intorno a lui, ed è tempo di parlarne con la scorta de' documenti, che per verità non mancano così negli Archivii come nelle Biblioteche; egli fu poi nominato, e largamente nominato, nella congiura di Calabria, laonde merita tutta la nostra attenzione.

Tra i moltissimi genovesi stabiliti nell'Italia meridionale vi erano parecchi di cognome Cicala, ed alcuni di loro esercitavano l'industria del corsaro. Al tempo del quale trattiamo l'esercitava ancora un Edoardo Cicala, in ottime relazioni col Viceré di Napoli, come risulta da più documenti che si leggono nell'Archivio di Stato: nè sarà inutile conoscere che aveano legni in corso anche taluni nobili, come la Sig.ra Girolama Colonna citata più sopra, e il Marchese del Cirò di casa Spinelli, divenuto più tardi Principe di Tarsia; straordinariamente poi anche le Corti de' Viceré, segnatamente le Viceregine con altri nobili ed impiegati di palazzo, armavano qualche legno contribuendo «per carata», allorchè v'era speranza di ricco bottino. Il Carteggio del Residente Veneto ne dà parecchie notizie, poichè la Serenissima, in pace co' turchi, non vedeva punto bene questi corsari di tutti gli altri Stati Cristiani, che turbavano profondamente il commercio, davano motivo ad abusi e recriminazioni senza fine, aizzavano i turchi alle rappresaglie se mai ve ne fosse stato bisogno; d'altronde in ultima analisi ne pagavano poi la pena le infelici popolazioni, abbandonate senza tutela, non essendovi forze sufficienti a guardarle da' corsari turchi, che erano moltissimi ed audacissimi[221]. Forse dietro i richiami del Governo Veneto, il Re di tempo in tempo mandava ordini di proibizione dei legni corsari, e ce ne rimane tuttora qualcuno, press'a poco di questi tempi, nell'Archivio di Stato: ma gli ordini non venivano eseguiti, riuscendo tanto comodo il poter dare una prova di zelo contro i nemici del nome Cristiano e fare un'eccellente speculazione industriale[222]. Come risulta dalle Relazioni degli Ambasciatori Veneti, il padre del Bassà Cicala era appunto un genovese stabilitosi in Messina, che «andava come corsaro depredando ogni luogo con una galeotta, con la quale fu fatto prigione finalmente da' turchi col figliuolo, che per esser giovinetto fu accettato in serraglio e con violenza fatto turco»; e questo accadde nella terribile ripresa dell'isola di Gerbi presso Tunisi, il 1560[223]. Nessuna delle Relazioni Venete ne fornisce il nome; ma documenti da noi rinvenuti nell'Archivio di Stato, riferibili a un altro figliuolo suo del quale parleremo or ora, ci fanno conoscere che dovea chiamarsi Visconte Cicala. Tra le tante sue depredazioni vi era stata quella (se la memoria non ci tradisce) di Castelnuovo alle bocche di Cattaro, sull'estremo confine della Turchia, dove fece schiava la figlia di un Bey, avvenente fanciulla, che educò al Cristianesimo dandole il nome di Lucrezia, e tolse di poi in moglie avendone molti figli; un primo a nome Filippo, un secondo a nome Scipione che divenne poi il Bassà Cicala o Sinan Bassà, un terzo a nome Carlo, inoltre varie figliuole, tuttora, al tempo di cui trattiamo, dimoranti in Messina. Pe' meriti del padre, Filippo ebbe da Spagna una pensione di D.^{i} 1100, pagabili, al solito, dalle casse di Napoli benchè fosse siciliano, e per tale motivo trovasi più volte nelle scritture dell'Archivio di Stato con la designazione di «Filippo Cicala del mag.^{co} Visconte o «del q.^{m} Visconte in Messina»[224]; possiamo aggiungere che appunto nel 1598 egli morì, lasciando un figliuolo chiamato Visconte come l'avo. Carlo ottenne egualmente da Spagna una pensione di duc.^{ti} 500, come pure il titolo di Conte Palatino dall'Imperatore, e il Bassà suo fratello si era impegnato di fargli avere dal Sultano il Ducato di Nixia o dell'Arcipelago, già goduto da Giovanni Miques ebreo portoghese favorito (la signoria di Nixia e di 12 isole, Nasso, Andro, Paro, Antiparo etc. etc. col pagamento di un tributo), onde l'avea fatto venire a Costantinopoli sin dal 1594[225]; ma vediamo la carriera appunto di Scipione, che seppe giungere fra i turchi a' primi gradi dell'Impero.

Aveva Scipione Cicala 16 anni, allorchè fu preso da' turchi insieme col padre: costui per danaro potè riscattarsi, ma Scipione, di bella indole, piacque al Padischah e fu trattenuto nel serraglio[226]. Non appena uscito dal serraglio andò alla guerra in Persia, e vi compì fortunatissime imprese, per valore ed ardire della persona, con inganni e stratagemmi, più che per giudizio e prudenza: dopo la morte di Osman divise con Fehrad, che ne divenne geloso, il comando dell'esercito contro i persiani. Sposò dapprima una, e poi, morta questa, ancora un'altra figlia di Rusten Bassà, la cui moglie era figlia del Sultano Suliman, molto influente col Serraglio, e ne ebbe due figliuole ed un figliuolo a nome Corcut. Fu Capudan nel 1581, lungamente governatore di Babilonia, poi di Diarbech (1590), poi Beglierbey dell'Arcipelago e Capitano del mare (1594), nel quale ufficio non godeva molta riputazione, non essendovisi mai esercitato. Si trovava realmente in questo tempo in Costantinopoli un capitano calabrese, che avea preso il nome di Giafer ed era «il più intendente» nelle cose del mare, come ne fa fede il Bailo Zane nella sua relazione; tuttavia il Cicala era sempre ritenuto pieno di ardire e di risorse; d'altronde gli fu posto a fianco quasi come guida e luogotenente, facendolo venire di Barberia, Arnaut Memi corsaro famoso e già vecchio, il cui nome vedremo figurare anche nella narrazione delle cose del Campanella. Ed appunto nel d.^{to} anno 1594, il Cicala, venuto nella fossa di S. Giovanni con 95 galere, saccheggiò Reggio co' suoi casali, e poi Vibona, Catona, Condeianni, S. Nicola, Ardore, la Motta Bovalina, Cirò, Soverato, Montepavone, quattordici terre in tutto, distruggendo non solo le immagini de' Santi, le campane, le Chiese, le ossa di Mons.ʳ Gaspare Ricciulli stimato Santo, le torri di guardia, le superbe stalle che il Governo teneva in Bovalina per le razze, ma ancora gli aranceti, gli oliveti, le vigne, le moltissime piantagioni di gelsi che servivano all'industria della seta tanto diffusa in quella regione. Era stato mandato contro di lui Carlo Spinelli, che dovrà pure figurare moltissimo nella nostra narrazione, e costui, senza forze sufficienti, non seppe far altro che ordinare la ritirata anche de' terrazzani ne' luoghi alpestri, lasciando al Cicala tutto l'agio di devastare il paese a suo talento[227]. Ma le necessità della guerra lo fecero richiamare all'esercito, e nel 1596 fu l'eroe di quella battaglia di Agria che lo innalzò all'apice della sua gloria. Come è noto, l'Arciduca Massimiliano con Schvarzenberg e Tauffenbach, col Principe di Transilvania e Palfy, a capo di un grosso esercito composto di alemanni, ungheresi ed italiani, sbaragliò i turchi in modo da penetrare fin nel loro campo, e il Cicala, comandante della retroguardia, dovè avvertire il sultano Mehemet III che si salvasse, come difatti si salvò fuggendo co' suoi Spahi fino a Solnoc e Buda: ma poco dopo, calcolando che i cristiani dovessero trovarsi occupati a svaligiare le tende, il Cicala li sorprese e ne fece un macello, impadronendosi anche di tutta l'artiglieria e del bagaglio; morirono così 40 capi principali e tra essi i due Duchi di Holstein, morirono quasi tutti gl'italiani co' Conti Pietro di Collalto e Giulio Cesare Strasoldo, si salvò a stento l'Arciduca Massimiliano a Cassovia e il Principe di Transilvania a Tokai. All'annunzio inaspettato di sì gran vittoria, come scrisse il Bailo a Venezia, «il Sig.ºr in premio della virtù e valor del Cigala in quella fattione si cacciò dal tulpante un pennacchio e glie lo diede, creandolo gran Visir; la Sultana ne fu turbatissima» (la Sultana madre protettrice del Visir Hibraim). Poco dopo fu reintegrato Hibraim, «Cigala fu lasciato in Adrianopoli, il Sig.ºr era malinconico»; ma il Cigala fece dire da parte sua al Sig.ºr, che «se voleva esser Re et Imperatore, non doveva ascoltar la madre», e la Sultana in gran collera lo fece relegare ad Erzerum, e lo minacciò anche di farlo strangolare. Passò così tutto l'anno 1597, ma in aprile del 1598 «il Cigala fu dichiarato Capitano del mare, la Sultana madre del Sig.ºr minacciata di relegazione in Amasia o ritiro nel serraglio»[228]. Quest'ufficio era molto desiderato dal Cicala, tanto che lo si vide più tardi rifiutare il Visirato per rimanere nel Capitanato del mare, sia perchè vi godeva maggior riposo, avendo già 54 anni di età passati in molti travagli, sia perchè gli fruttava un 40 mila zecchini l'anno, ed egli avea bisogno di conciliarsi co' donativi il favore del Serraglio. I Baili Veneti non lo vedevano bene, poichè non era punto affezionato a Venezia, «dicendo, benchè nato in Messina, di discender da Genova, patria naturalmente poco amica a questa Ser.ᵐᵃ Republica»; eppure il solo suo amico fidato era il Capi-Agà, veneziano rinnegato, poichè veneziani, genovesi, corsi, napoletani ed anche calabresi in buon numero occupavano allora grossi uficii nell'impero ottomano. I Baili lo dichiararono sempre sprezzatore di chicchessia, arrogante perfino col Sultano, bugiardo, ingannatore, avaro; tuttavia non mancarono mai di riconoscere in lui certe grandi qualità, e non lasciarono mai nulla intentato per renderselo propizio, come per ispiarne ogni passo. Già nella condotta de' Veneti in Costantinopoli, quale risulta dal Carteggio de' Baili, non si saprebbe cosa ammirare di più, se la pieghevolezza e la pazienza, o l'astuzia e l'impiego opportuno di tutti i mezzi atti all'acquisto di buone intelligenze e buone informazioni; oltre i zecchini, erano sempre distribuiti con giudizio rasi, velluti, cristalli, orologi, e verso il Cicala Capitano del mare si usava una larghezza anche maggiore. La Repubblica gli regalava 2 mila zecchini ogni anno, perchè, dicevasi, tenea sgombro il mare da' pirati, e quando giungeva a Corfù e Zante, gli faceva dare non solo il presente in moneta ma anche ciò che poteva piacergli in vettovaglie fresche; un presente gli era del pari dato dalle navi veneziane, dovunque egli ne incontrasse nelle sue escursioni, e la Repubblica non ci trovava a ridire. In Costantinopoli poi, alla sua partenza come al suo arrivo, visite, complimenti e regali. Si compiaceva di pitture, e il Bailo gli manda miniature; altra volta gli manda lastre di vetro, carte di cosmografia, libri di storia, «per raddolcirne l'animo»; altra volta egli stesso chiede un orologio da tavola, «di quelli che battono forte»; la moglie, guastatosi un orologio, lo manda a casa del Bailo per farlo accomodare, e il Bailo le compiace e ne fa sempre relazione a Venezia. Ma «non legge prontamente franco (*int.* italiano), e si «fa leggere le lettere da persone che l'intendono», e il Bailo per le sue vie coperte giunge ad avere da queste persone copia delle lettere a misura che arrivano dall'Italia e le trasmette a Venezia; in tal guisa si hanno le copie delle lettere di Carlo suo fratello e diverse piccanti informazioni circa l'affare del Ducato di Nixia, che al Papa, alla Spagna, a' Vicerè di Napoli e di Sicilia parve una bella occasione per avere in mezzo a' turchi un uomo devoto a' cristiani, mentre al Bassà Cicala era parsa una bella occasione per attirare il fratello e la vecchia madre alla religione musulmana. Egualmente, dentro l'arsenale di Costantinopoli e a bordo delle galere che uscivano nelle escursioni annuali, sempre che poteva, il Bailo teneva qualche uomo di sua fiducia, il quale in determinate circostanze ed al ritorno dalle escursioni era interrogato in forma legale con giuramento, e la copia dell'interrogatorio veniva trasmessa in cifra, al pari di tutta l'enorme corrispondenza, a Venezia.

Come dicevamo, nell'estate del 1598 il Bassà Cicala fece la sua escursione con la flotta venendo in Calabria al capo di Stilo. Il Carteggio del Bailo da Costantinopoli c'informa che l'8 agosto era partito con 47 galere munite di zappe e scale, aumentate poi a 50 e travagliate durante il viaggio dalla peste; la quale circostanza forse eccitò tanto maggiormente nel Bassà il desiderio di rivedere dopo tanti anni la vecchia madre. Il Carteggio del Residente in Napoli c'informa, che giunto nel golfo di Squillace con 48 galere e 7 galeotte, fece il 19 7bre sbarcare al capo di Stilo gli uomini di tre sole galere, e che il 20 a tre ore di mattino ripartì lasciando anche le tracce del suo passaggio nelle coste della Roccella, Gerace, Condeianni e Bianco; quindi, non senza pericolo pel forte vento, penetrò nella fossa di S.

Giovanni, dove si trovavano 6 galere di Sicilia e 6 di Napoli, le quali, tirati alcuni colpi di cannone, cedendo al numero si ritirarono a Messina. Il Duca di Maqueda Vicerè di Sicilia aveva già ordinato in Messina che niuno uscisse dalla città, pena la forca, temendo intelligenze co' turchi; in Reggio poi la guarnigione spagnuola, poco prima rinforzata con 600 uomini, non fece che continui spari di artiglieria, pretendendo che così il Cicala non sarebbe sbarcato. Ed ecco come il Residente Veneto riferì al Ser.^{mo} Principe il sèguito dell'avvenimento: «dalla fossa di S. Giovanni Cigala il 23 espedì un christiano a Messina con lettere sue al V. Re e alla sua propria madre, dimandando di vederla, che si faccia riscatto di schiavi et bazaro, come V. Ser.^{tà} intenderà distintamente dalle copie che saranno in queste: havendosi poi il 24 esseguito il mandar à Messina il figlio del Cigala con una galea per ostaggio, et la madre à lui con la galea General di Napoli, ciò è fino a Rigio, et di là con filuche fino all'armata, dove si fermò poche ore et ritornò piena di lagrime et di donativi, etiandio di qualche denaro non solo dal figliolo ma da tutti i capi di galea, et di militia, che honororono nella persona di lei il Bassà secondo l'usanza turca. Dicevasi che il giorno sequente partiriano per levante 14 galee con infermi, et che il Bassà col rimanente passava in Barbaria» etc.; (continua annunziando che Reggio 13 volte arsa ed afflitta da' turchi speravasi questa volta rimarrebbe illesa; dà quindi le copie delle lettere sud.^{te} «tradotte dal turchesco»). Così fin d'allora le lettere scambiate in tale circostanza furono immediatamente note; e basta dire che le troviamo perfino negli Avvisi ossia ne' Giornali manoscritti del tempo; le troviamo pure stampate più tardi nel Glorioso trionfo di Paolo Gualtieri, ma sfuggite a tutti coloro i quali si sono occupati del Bassà Cicala a proposito del Campanella[229]. Ecco poi le ulteriori notizie circa il colloquio tra il Bassà e la madre riferite dallo stesso Residente: «Il Cigala donò alla madre 2 mila cechini (*sic*) et la richiese di ricordarsi d'esser nata turca, ed a dargli come madre la benedittione del Profeta, et ella costantemente negò di farlo dicendo ch'essendo lui maledetto da Dio non poteva giovargli la benedittion di alcun'altro, ben promettendogli di pregar la divina M.^{tà} fino all'ultimo sospiro della morte che à lui faccia quella gratia che hà fatto ad essa di conoscer la vera fede di Giesù christo, nella quale anch'essa con più ragione gli ricordava che lui era nato. Et viene affermato in lettere di persone di molto conto, ch'egli non lasciò nel spatio che furono insieme di accompagnar le lagrime della madre con qualche tenerezza». Il Cicala non tardò a partirsene senza fare altri danni in Calabria: ne fece bensì a Malta, sbarcando con 2 mila uomini in Gozo, e poi se ne andò alla Barberia, dove si trattenne construendo un forte in Porto-farina; quindi si ritirò a Costantinopoli.

Un avvenimento di questa natura non potè non fare una grande impressione sul Campanella. Vedremo che tra' diversi presagi, sui quali egli allora rivolgeva la sua attenzione, vi era quello del medico ed astrologo M.° Antonio Arquato, che recava doversi l'Impero ottomano dividere in due parti, una delle quali si sarebbe convertita al Cristianesimo ed avrebbe combattuto l'altra: forse nella visita del

Cicala alla madre egli intravvide che il presagio dovea verificarsi. All'opposto, come abbiamo detto, il Cicala agiva nel senso di condurre il fratello e la madre all'islamismo; nè le sue azioni erano meglio giudicate presso i musulmani. Sappiamo che il Muftì, divenutogli nemico, enumerava diverse sue colpe; la principale fra queste era, che la prima volta uscito fosse andato a prendere il fratello per condurlo a Costantinopoli, ed andato in sèguito a visitare la madre ed avutala sulla galera, non si fosse curato di «liberarla di cristianità», per la qual cosa aveva offeso Dio e doveva riportarne gastigo[230]. Ad ogni modo poi il Campanella non poteva non vedere in tutto ciò l'insigne debolezza del Governo, il quale non era in grado di opporsi alle imprese del Cicala, lasciava che devastasse il paese, e invece di combatterlo lo compiaceva nei suoi desiderii. — Pertanto verificavasi ancora un altro avvenimento degno del pari di essere ricordato. Il 30 7bre si conosceva in Napoli che al Re di Spagna era stata aperta una postema al petto, e se ne attendeva la prossima fine; l'8 8bre si annunziava che era morto. Al temuto Filippo II succedeva un Principe debole, e già, mentre ascendeva al trono, poco stimato: il fatto non era di lieve importanza; gl'insofferenti del giogo spagnuolo aveano motivo di rallegrarsi e di trarne i migliori augurii.

Ma è tempo di vedere la vita del Campanella in Stilo, ciò che egli vi diceva e faceva.

Il convento di S.ta Maria di Gesù, dove egli avea stanza, era un piccolo convento, annesso ad una Chiesetta, e rappresentava appena un Vicariato[231]. Poteva contenere soltanto tre o quattro sacerdoti ed un laico assistente: allorchè vi giunse il Campanella, avea l'ufficio di Vicario fra Simone della Motta Placanica; i sudditi poi variavano spesso. Oltre il Pizzoni e il Lauriana avventizii, vi erano un fra Domenico di Riaci e un fra Domenico Petrolo di Stignano, il quale ultimo era veramente assegnato a Cosenza ma deputato a Stilo, e si rimaneva volentieri a casa sua in Stignano; sappiamo per altro che dopo la venuta del Campanella dimorò nel convento dal Natale al carnevale, per tutto l'inverno successivo e poi di nuovo più tardi, ma anche allora temporaneamente. In ottobre venne a starvi fra Pietro Presterà di Stilo, che vi dimorò sempre, e nel Capitolo tenuto in maggio dell'anno successivo fu creato Vicario del convento in luogo di fra Simone; poi vi venne anche un fra Gio. Battista di Placanica, che vi rimase solo per tre mesi, dal febbraio all'aprile. Il Campanella si strinse specialmente a fra Pietro di Stilo sua vecchia conoscenza, e a fra Domenico di Stignano proveniente dal luogo in cui dimorava la propria famiglia. Fra Domenico era stato novizio in Lombardia ed avea dimorato in Milano, mentre eravi pure un Padre Gonsales, che incontreremo nel corso di questa narrazione: estremamente impressionabile, ed anche manesco, avea bastonato alcuni frati ed era stato punito per tale mancanza, ma non avea fatto parlare di sè per altre cose. Quantunque già sacerdote e predicatore da due anni, era tuttora «studente formale» com'egli medesimo dichiarò, e seguì un corso di filosofia che il Campanella si fece a dettare in Stilo: segnatamente per tale

139

circostanza venne a trovarsi in una certa intimità col Campanella, e quindi lo vedremo compagno di fra Tommaso ne' suoi travagli, testimone importante ma non sempre fedele, massimamente per la sua grande impressionabilità, rovina della causa di fra Tommaso per vigliaccheria, come ebbe a dirlo fra Pietro di Stilo. Quanto a fra Pietro, l'abbiamo già veduto condiscepolo ed amico del Campanella fin dagli anni più teneri, e dobbiamo aggiungere che fu con lui in familiarità sino a che vestì l'abito di religioso; di poi non ebbe più occasione di vederlo, eccettochè per circa due mesi in Cosenza nel 1588. Avea poco progredito negli studii, ma erasi mantenuto ne' buoni costumi e si distingueva tanto per l'ottimo cuore, quanto per una grande prudenza e un senso pratico squisito, che lo faceva di rado fallire nella giusta estimazione degli uomini e delle cose. Riconoscente al Pizzoni già suo lettore, ossequente al Polistina Provinciale, non aveva mai avuto simpatia per fra Dionisio, massime perchè lo sapea proclive a' risentimenti, ed abituato a' discorsi più osceni: era stato anch'egli assegnato a Nicastro mentre fra Dionisio vi tenea l'ufficio di Priore, ma non volle andarvi e non si diè pace finchè non s'ebbe procurata un'altra assegnazione. Fu pel Campanella un amico tenero, disinteressato, costante; può dirsi essere stata quest'amicizia la cagione sola delle atroci sciagure che patì, e non di meno la mantenne sempre ed efficacemente; in somma vedremo in lui una simpatica e cara figura tra molta bordaglia[232].

Le occupazioni del Campanella nel convento di Stilo furono le sue solite; dar letture, specialmente di filosofia, e scrivere libri; ma oltracciò egli adempiva assiduamente a' suoi doveri di buon religioso, come fu poi attestato da frati non sospetti e da altre persone di Stilo che ne furono interrogate[233]. Cominciando da quest'ultimo punto, dobbiamo dire assodato che recitava l'officio quotidianamente, talvolta insieme con fra Pietro di Stilo e con fra Domenico di Stignano; assisteva al coro, e solo si notava che «stava astratto», celebrava la Messa e «tutti l'ascoltavano volentieri» quantunque conoscessero che era stato inquisito dal S.^{to} Officio; avea ricevuto dal Provinciale la licenza di predicare (ciò che conferma non trovarsi per penitenza a Stilo), e dall'altare «stando sopra una seggia... predicava cattolicamente, che tutto Stilo l'andava a udire, e diceva bellissime cose predicando l'Evangelio de verbo ad verbum». In somma dimostrava buona vita e «passava per uomo onesto», siccome del rimanente nessuno pose mai in dubbio anche pe' tempi anteriori trascorsi in Calabria, ne' quali, eccetto l'incidente dell'Ebreo, non si citò alcuno scandalo da lui dato. Fra i tanti atroci accusatori venuti a galla in sèguito, si trovò appena un solo individuo, il quale pel tempo cui siamo pervenuti depose dietro una voce incerta che egli, insieme con altri, avesse «fatto il *crescite*» con una certa Giulia nella propria cella; fra Pietro di Stilo poi affermò essersi detto che avea per innamorata una sorella di fra Domenico di Stignano ed avea peccato con lei, e perciò costui eragli nemico ed avea cercato di farlo ammazzare; ma senza alcun dubbio fra Pietro pose innanzi questa frottola per tentare di far nascere un argomento giuridico d'inimicizia, capace d'invalidare le gravi deposizioni di fra Domenico a carico del Campanella. Bisogna a tutto ciò aggiungere che il Campanella, col suo predicare, aveva in mente pure di eccitare il popolo a costruire pel suo convento una degna Chiesa, e giunse a scavarne le fondamenta. Nelle Difese, che ebbe a scrivere ad occasione del suo processo, egli addusse questo fatto in prova della sua pietà, e vedremo che vi alludeva pure quando nel carcere mostravasi pazzo e sosteneva i tormenti, gridando che avea fatto disegnare un convento in Stilo, un convento di S.^{to} Stefano con tre monaci, la qual cosa possiamo bene intendere, dopochè il Capialbi ci ha fatto sapere che il convento di S. Maria di Gesù era stato fabbricato abusivamente nel territorio de' Certosini di S. Maria della Torre, e i Domenicani, rimasti soccombenti in una lite, furono abilitati da' Certosini a dimorarvi, ma riconoscendo il dominio loro e tenendo dipinte sulla porta del convento le immagini de' protettori de' Certosini S. Stefano e S. Brunone[234].

Quanto alle letture, occupazione da lui sempre amata, diede nella propria cella letture di filosofia, e ne profittarono, oltre a fra Domenico di Stignano pel tempo in cui dimorò nel convento, diversi individui di Stilo, tra gli altri Giulio Contestabile e Fulvio Vua assiduamente, e di tempo in tempo Gio. Gregorio Presinace, che trovasi più spesso detto Prestinace, suo stretto amico, dippiù alcuni giovani venuti da' paesi vicini, come i due fratelli Jacopo e Ferrante Moretti di Terranova. Tutti costoro si trovarono di poi involti nelle sventure del Campanella, e bisogna fin d'ora attendere a ricordarne i nomi.

Quanto alle opere, abbiamo per questo periodo un garbuglio molto difficile ad essere districato. La notizia delle opere scritte in Stilo nella fine del 1598 e parte del 1599, può rilevarsi da quattro fonti principali che per ordine di data sarebbero: le due Difese composte durante il processo (1600-601), la Lettera latina al Papa e Cardinali pubblicata dal Centofanti (1607), la Narrazione ed Informazione pubblicate dal Capialbi (1620), infine il *Syntagma* (redatto nel 1631 e pubblicato nel 1642); inoltre può anche fornire un po' di luce qualche circostanza inserta in talune delle opere medesime giunte sino a noi[235]. Ma i fonti suddetti sono discordanti, e la qualche circostanza inserta nelle opere potrebbe rappresentare una interpolazione consecutiva; giacchè per lunghissimo tempo il Campanella ebbe bisogno di dimostrare che in Stilo era occupato a edificare, non a distruggere, in fatto di Stato e di Chiesa, e forse taluna delle opere fu da lui assegnata a questo periodo mentre non vi apparteneva. Diremo di un tratto che per quanto possiamo giudicarne, in Stilo, nel periodo sopra indicato, certamente egli compose una *Tragedia* secondo i principii della sua poetica, intitolata *Maria Regina di Scozia*, ed ancora un libro *De Auxiliis contra Molinam pro Thomistis*, aggiuntovi un trattato *De Episcopo*; con ogni probabilità compose inoltre il libro *Della Monarchia di Spagna*, e dippiù i *Segnali della morte del mondo*, che poi furono rifatti più volte e dati sotto il titolo di *Articuli prophetales*. La *Tragedia* nella 1.ª Difesa si dice conosciuta in Stilo ed anche dal Principe della Roccella, che vedremo dapprima amico e più tardi persecutore del nostro filosofo; nell'Informazione poi, e del pari nel *Syntagma*, si dice esplicitamente composta in Stilo. Il libro *De Auxiliis*, col trattato *De Episcopo*, non si trova registrato nelle Difese, e questo dà un poco a pensare, ma lo si trova nella Lettera al Papa e Cardinali, dove si dichiara che componevasi di 150 articoli; lo si trova inoltre nell'Informazione, dove si aggiunge che fu scritto ad istanza del Commissario del S.^to Officio di Roma, cioè del Tragagliolo, ed ancora nel *Syntagma*, dove è affermato, come negli altri fonti anzidetti, che fu composto in Stilo; solamente in entrambi questi due ultimi fonti non si dice nulla del trattato *De Episcopo*. Finquì non c'è alcuna obbiezione da fare: bisogna pertanto aggiungere che questi libri andarono poi perduti quando il Campanella fu catturato, ne mai più si è avuta finoggi notizia di essi. — Relativamente poi alla *Monarchia di Spagna*, di tanto maggiore importanza pel Nostro argomento, essa si trova registrata nelle Difese due volte, ma con un'aggiunta autografa, essendo stata taciuta quando le Difese furono scritte, e si trova registrata al sèguito del libro *De Regimine ecclesiae*, che è dato siccome scritto in Stilo, mentre sappiamo da altri fonti essere stato scritto in Padova, esserne stata mandata copia a Mario del Tufo, ed esserne stato poi perduto l'originale in Calabria; questo dà motivo di pensare che la *Monarchia* abbia potuto essere scritta nel carcere medesimo, bensì durante il 2.° semestre del 1600 e 1.° del 1601, pe' gravissimi bisogni della causa. D'altra parte la si trova registrata anche nell'Informazione siccome scritta in Stilo, con la particolarità che fu scritta ad istanza del Reggente Marthos Gorostiola, Biscaino, protettore del filosofo; frattanto nel *Syntagma* la si trova citata tra i libri composti nel carcere, ma dopo le tre ultime parti della Filosofia reale, la qual cosa non può assolutamente stare, giacchè vedremo in modo irrecusabile che alle dette tre parti della Filosofia fu posto mano dopo l'agosto 1601, mentre l'aggiunta della *Monarchia* nelle Difese era stata già fatta nel giugno 1601. Ben si rileva che alle affermazioni del *Syntagma* si può prestar fede assai meno che a quelle di qualunque altro fonte, ed anzi, per le troppe inesattezze che vi sono incorse, non si può prestar fede in modo alcuno. Ma il garbuglio riesce pur sempre difficilmente districabile, molto più perchè nelle Difese dicesi la *Monarchia* scritta «ad instantiam praetoris», termine vago, che potrebbe indicare il Preside della provincia D. Alonso De Roxas ed anche il Capitano di Stilo, mentre dopo tale espressione il Campanella si dice «praetori hispano amicissimus, et gubernatoribus provintiae, qui eum ad praedicandum rogavit semper»; intanto nelle copie manoscritte della *Monarchia*, che tuttora esistono in buon numero, alle volte si trova citato semplicemente un «Sig. D. Alonso» a richiesta del quale il libro sarebbe stato scritto ed al quale l'autore l'avrebbe indirizzato dalla sua «celletta», dove si trovava uscito dall'infermità e da dieci anni di travagli, altre volte invece si trova ampiamente citato il «sig.^r Reggente Marthos Gorostiola» nelle medesime circostanze, citato il «conventino di Stilo», il «Monasterio di Santa Maria di Giesù», dal quale l'autore avrebbe mandato il libro al Marthos, con la data iniziale e finale della composizione «15 di Xbre» e «31 di Xbre 1598». Non volendo intralciare ancora di più la narrazione nostra con altrettali minute disquisizioni, ci limitiamo a dire che si può ritenere essere stata la *Monarchia di Spagna* scritta veramente in Stilo oltrechè inviata confidenzialmente a D. Alonso de Roxas, e forse per covrire ciò che s'intendeva di fare («ad malum tegendum» come nelle Difese il Campanella mostra di prevedere che si sarebbe pensato circa le cose da lui scritte e dette in favore di Spagna); esser stata poi rifatta nel carcere durante il 2.º semestre del 1600 e 1.º del 1601, dopochè se n'era perduta la prima composizione in Calabria al momento della cattura, col confuso indirizzo al Sig.ʳ D. Alonso, dovendo l'autore guardarsi dal mettere innanzi D. Alonso De Roxas, cui si era attribuita non la connivenza, ma la tolleranza de' maneggi per la congiura; essere stato da ultimo, con una interpolaziene posteriore, sempre pe' bisogni della causa, volendo eliminare affatto la reminiscenza di D. Alonso De Roxas e chiarire anche meglio le circostanze convenienti, apposto il nome del Reggente Marthos Gorostiola con tutte le particolarità suddette, e ciò dopochè il Marthos era trapassato, mentre si conosce che morì alla fine di gennaio 1601. Ma ciò che più c'importa si è il notare come per la *Monarchia di Spagna* non si possa stabilire altra data che quella o della fine del 1598, o del 2.º semestre del 1600, del tempo cioè nel quale o si meditava la congiura, o si dovea dimostrare ad ogni costo che non c'era stata congiura; e da ciò segue che precisamente nella forma in cui essa è giunta fino a noi, non si possa ritenere l'espressione certa degl'intimi convincimenti dell'autore, ma piuttosto l'espressione delle necessità supreme che stringevano l'autore da ogni lato. Sotto questo punto di luce, che ci sembra tanto più contemplabile dietro la nozione vera della data del libro, noi vorremmo che fosse considerata la *Monarchia di Spagna* da coloro i quali attendono a ricercare le dottrine del Campanella, non potendosi ammettere in alcun modo che essa sia stata scritta dieci anni dopo la carcerazione, cioè nel 1609, come è stato finoggi erroneamente ritenuto[236]. Da ultimo, circa il libro de' *Segnali della morte del mondo*, anch'esso d'importanza grandissima per l'argomento nostro, lo si trova registrato nella 1.ª Difesa sotto il titolo di *Articuli prophetales* (Doc. pag. 480), i quali *Articuli* si vedono poi costituire la 2.ª Difesa; e questo mostra che essi abbiano dovuto essere redatti appunto dopo che era stata già scritta la 1.ª Difesa, e redatti di seconda mano dopo che se n'era perduta la prima composizione in Calabria per la solita circostanza della cattura. Anche nelle copie degli *Articuli prophetales* giunte fino a noi, e rimaste manoscritte, il titolo dice «prout auctor prophetavit *ac scripsit* in anno 1599»; ma vedremo a suo tempo che fu questa una 3.ª composizione fatta egualmente nel carcere, sibbene più tardi, il 1607, dopo che era stata per l'autore perduta la 2.ª composizione, rimasta allegata nel processo, di dove oggi appena esce alla luce; intanto non farà meraviglia che nel *Syntagma* si trovino citati gli *Articuli prophetales* insieme con altri libri scritti in un tempo più inoltrato del carcere, mentre veramente la 3.ª composizione fattane in tal tempo vedesi incomparabilmente più larga delle anteriori, sulle quali d'altronde l'autore non potea più fare alcuno assegnamento. Vi è poi anche un altro argomento atto a dimostrare che il Campanella compose davvero in Calabria un libro de' *Segnali della morte del mondo*, ed esso è che il povero padre del filosofo, come emerge dal processo, nella sua ignoranza manifestò ad una persona essere il figlio occupato in comporre «un libro che non lo fece nè Luca, nè Giovanni, nè nisiuno degli apostoli» etc., e questo libro naturalmente non poteva essere altro che il libro di cui stiamo trattando: del resto dobbiamo pure fare avvertire, che per quanto si voglia ritenere prodigiosa la potenza mentale del Campanella, apparisce pur sempre impossibile che nelle più feroci strette del carcere, tra il 1600 e il 1.º semestre del 1601, con la sorveglianza assidua nella quale era tenuto, co' duri tormenti a' quali si trovava sottoposto, egli abbia potuto scrivere, oltre la 1.ª Difesa, gli *Articuli prophetales* e la *Monarchia di Spagna*, senza una precedente composizione di questi libri fatta in Calabria. Con ciò chiudiamo la lunga discussione, che non parrà eccessiva a chi consideri l'importanza capitale dell'argomento.

II. Continuando il racconto della vita del Campanella giungiamo al periodo dell'azione da lui spiegata in Calabria, che menò alle pratiche definite di poi congiura o tentata ribellione. L'idea della vicina fine del mondo, accertata dalle profezie, da' calcoli astronomici, da' fenomeni meteorologici, dal turbamento ed anche dallo scontento del paese, fu da lui efficacemente divulgata, con la giunta de' grandi fatti che doveano precederla. Dapprima nelle conversazioni, poi anche nella predicazione alla quale attendeva nella Chiesa del convento, egli annunziò che per la vicina fine del mondo dovevano esservi mutazioni e novità, e con ciò spinse all'estremo limite l'agitazione di aspettativa in ogni ceto della provincia; in sèguito, trattando con individui audaci e ben disposti, persuase loro segretamente che era venuto il tempo della santa repubblica universale da doversi godere prima della fine del mondo, che bisognava mettersi in armi e raccogliere compagni per proclamarla; essi con le armi, egli unitamente a' suoi frati con la lingua, avrebbero contribuito al movimento, e vi sarebbero nuove leggi, nuove costumanze, assai migliori delle precedenti, naturalmente da lui meditate. Qui non più la sua Narrazione soltanto, ma anche la Dichiarazione che scrisse nel momento in cui fu catturato, le Difese presentate nel processo che ne seguì, le diverse Lettere che scrisse più tardi in sua discolpa, l'Apologia che annesse all'ultima composizione degli Articoli profetali, dànno notizie in grande abbondanza; se non che queste debbono essere sempre rigorosamente vagliate, riscontrandole con le relative deposizioni de' suoi compagni di sventura, le quali, d'altra parte, debbono essere vagliate egualmente con molto rigore, poichè senza dubbio non tutte degne di fede.

Diremo d'un tratto esservi ogni motivo di ritenere, che l'idea della vicina fine del mondo, nella maniera da lui concepita, sia stata l'espressione de' suoi intimi convincimenti, non già un trovato per raggiungere maliziosamente il suo scopo, in cui si comprendeva un alto interesse pubblico, e al tempo medesimo un interesse personale, il compimento degli alti destini a' quali si credeva nato; bensì egli stimò conveniente trarre da tale idea un sollecito partito, sembrandogli i tempi molto propizii, per iscuotere il giogo spagnuolo e fondare il sistema di governo politico-religioso, che aveva immaginato poter dare all'umanità un assetto felice. Innanzi l'estremo anelito del mondo doveva godersi il secolo d'oro, ma occorreva far qualche cosa per conseguirlo; doveva godersi la santa repubblica antevista da' profeti, da' filosofi, da' savii d'ogni genere, ma occorreva pure arditamente conquistarla e difenderla. Di certo nell'ultimo periodo della sua dimora in Roma, e ne' sette mesi che passò in Napoli, egli ebbe a rivedere i tanti libri di profezia e di astrologia, che troviamo da lui citati ne' suoi Articoli profetali, e che gli sarebbe stato impossibile avere in Stilo. Così, oltre i libri de' Profeti e dell'Apocalisse, avea rovistato i detti di S.ᵗᵃ Brigida, S.ᵗᵃ Caterina, Dionisio Cartusiano, S. Serafino da Fermo, S. Vincenzo Ferrer, Abate Gioacchino, fra Girolamo Savonarola, tutti in somma quei pensieri di menti esaltate e però inferme, venerati e sostenuti con uno strano abuso di così dette *figure*, che darebbero argomento interessante per una storia, la quale narrasse almeno i principali tra gli enormi danni da essi recati. Aggiuntevi le considerazioni fatte da Lattanzio Firmiano, S. Ireneo, S. Giustino, S. Berardino, Clemente Alessandrino, Tertulliano, Vittorino, S. Sulpizio, Martino, Origene, ed inoltre i detti delle Sibille, dei Filosofi, de' Poeti, compresi Dante e Petrarca, avea trovato una colluvie di ragioni in sostegno della sua tesi, ragioni che sarebbe inutile ripetere ed è poi facile rilevare anche da que' ristretti Articoli profetali dati in sua difesa e riportati ne' nostri Documenti. D'altronde nella sua casa medesima seppe che la cugina Emilia, prima che egli tornasse in Calabria, era stata tenuta per morta durante tre giorni, e poi ripigliata la vita avea discorso delle cose e de' fatti di un altro secolo, con grande stupore de' teologi, diretta nelle sue visioni da un Cappuccino di Stilo che egli trovò già defunto; e chi sa quali visioni e presagi avea dati fuori questa cugina convulsionaria e catalettica intorno allo stesso Campanella, che ebbe a dichiararsene stupefatto[237]! In conclusione egli vide sempre più chiaro l'avvicinarsi della morte del mondo, e con essa la conversione delle nazioni, il secolo d'oro e la repubblica cristiana universale che dovea godersi prima della fine del nostro pianeta; vide inoltre che i frati di S. Domenico doveano predicare e preparare questa repubblica e questo secolo d'oro, nè riesce difficile intendere che in ciò doveva essere a lui riserbata la parte principale. Ma insieme co' libri di profezia egli avea rovistato anche quelli di astronomia ed astrologia, segnatamente quelli del Cardano, del Cipriano, dello Scaligero, dell'Arquato[238], e rifatti anche varii calcoli, si era persuaso dell'avvicinamento del sole alla terra per 10 mila miglia, della restrizione della via del Zodiaco, dello spostamento degli apogei, delle figure e perfino de' poli, in somma di una quantità di volute *dissorbitanze*, e molta impressione gli avea fatta la comparsa di una nuova stella avvenuta nel 1572, la coincidenza delle ecclissi prevedute pel 1601, 1605, 1607, de' *grandi sinodi* o della *congiunzione magna* determinata pel 24 10bre 1603. Cumulando tutte queste cose con le profezie, egli era venuto sempre più nel concetto che non solo le mutazioni dovessero dirsi immancabili, ma anche assai vicine, instanti, e tali le ripetè in sèguito del pari nelle sue Poesie, dove sono esposti alcuni profetali ed egualmente la congiunzione magna con la data assegnatale: se non che egli poi non attese il 1603 per le mutazioni prevedute, ma si diede a volerle pel 1600 ed anche prima, la qual cosa merita di essere notata.

Diversi fenomeni straordinarii, avvenuti nel tempo di cui stiamo trattando e in una gran parte del 1599, gli sembrarono anche un preludio delle mutazioni aspettate; ma con ogni probabilità gli sembrarono al tempo stesso utili incidenti per mettersi in grado di compiere la mutazione da lui concepita, profittando della grave impressione avutane nel paese. Vi fu prima di tutto la terribile inondazione del Tevere, oltre quella del Po, avvenuta nella penultima settimana del 1598 e continuata tre giorni interi, dal martedì al venerdì: questo immenso disastro della capitale del mondo cattolico fu conosciuto in Calabria a' primi giorni del 1599 e vi fece grandissimo senso. Come è ricordato nella Narrazione, fra Dionisio, tornando da Ferrara, si trovò in Roma nel tempo del disastro, e giunto in Calabria raccontava qual testimone oculare lo spaventoso avvenimento. Il Campanella predisse allora che vi sarebbero terremoti, come ricordò nella Lettera scritta alcuni anni dopo al Card.[1] Farnese, e realmente se ne verificarono gravissimi in Calabria e Sicilia più tardi, con altri fenomeni che spaventarono le moltitudini e che menzioneremo qui tutt'insieme per non intralciare di troppo il nostro racconto. Vi fu dapprima una enorme invasione di bruchi, e poi una pioggia torrenziale che precisamente in Stilo, durante la settimana di Pasqua, recò danni molto gravi, essendo anche parso a parecchi di vedere in aria una scala nera con un cipresso in cima; in sèguito, da' 7 a' 10 giugno, si verificarono i terremoti, disastrosi specialmente per Reggio e Messina, e poi, nel luglio, si vide «una cometa marziale e mercuriale, vicina a terra, che scorrea da levante a ponente», e il Campanella vaticinò «romori nella provincia e incursione armata contro i Reggitori di essa», vaticinio molto significativo, specialmente tenuto conto del tempo in cui fu fatto. Ma a tutti questi fenomeni sovrastava la condizione torbidissima della Calabria per le tante cause già esposte. Il Campanella non mancò di ricordarla, dichiarando essergli sembrata egualmente un preludio delle mutazioni: «le menti degli uomini colpite, le escursioni de' turchi e de' fuorusciti (de' quali i conventi erano pieni), i conflitti giurisdizionali, le scomuniche de' magistrati, indicavano ragionevolmente che era per seguire l'universale mutazione della terra». Le cose stavano veramente così, ed anche circa le escursioni de' turchi, documenti del tempo ci dicono che i corsari di Barberia, capitanati dal vecchio Amurat come in sèguito si vedrà, discesero il Venerdì Santo presso la Roccella e vi catturarono 40 persone[239]. C'era poi ancora un altro fatto molto più significativo che il Campanella espose nella sua Dichiarazione: «conobbi con ogn'un che parlavo che tutti erano disposti a mutatione, et per strada ogni villano sentiva lamentarsi: per questo io più andava credendo questo havere da essere». Indubitatamente tali circostanze favorevoli decisero il Campanella ad osare, nè si potrebbe dire che avesse osato con poca prudenza. Vedremo infatti che dapprima si limitò ad annunziare le mutazioni immancabili e vicine, senza che le autorità spagnuole se ne offendessero, la qual cosa merita pure di essere notata; quindi si pose a promuovere non senza destrezza i maneggi e i concerti per attuare il movimento, confidando, come è solito ne' cospiratori, che tutti vi avrebbero preso parte, e che con l'esempio il movimento si sarebbe propagato.

Innanzi di scendere a' particolari, gioverà chiarire anche meglio i concetti del Campanella in questo tempo, e l'influenza di essi in Calabria. Naturalmente noi non li possiamo desumere che da quanto egli ne scrisse, ma bisogna tener presente che egli ne scrisse in un tempo in cui dovea salvarsi ad ogni costo; e però le sue affermazioni vanno accolte fino ad un certo punto. Il lato veramente caratteristico delle sue affermazioni era rappresentato dal doversi avere un periodo di felicità prima della fine del mondo. Egli non era uno di quegli ordinarii Avventisti, de' quali non sono mai mancati gli esempi fino a' giorni nostri, Avventisti, che predicando essere il mondo vicino a perire, hanno insegnato doversi oramai pensare solamente all'anima: egli riteneva che secondo la profezia naturale e divina, prima della fine del mondo c'era da godere lungamente, e bisognava aspettarsi mutazioni che avrebbero menato al secolo d'oro, il quale poi era anche più lungo di quanto la parola stessa potea far supporre, nè sarebbe avvenuto in modo del tutto facile e piano. Doveano verificarsi irruzioni di barbari; doveano i Maomettani dividersi sotto due Re, uno de' quali avrebbe immediatamente abbracciata la fede cristiana e la repubblica, come poi le avrebbero abbracciate tutti gli altri, persuadendosi che la glorificazione di Dio era veramente questa repubblica e non già il loro paradiso; doveano inoltre venire alla fede anche gli Ebrei, i quali negano il Messia perchè non videro tanta gloria in Cristo. Doveano venire Gog e Magog ed esser vinti da' Santi; dovea venire l'Anticristo che si sarebbe sforzato di sovvertire la repubblica già iniziata, ma del rimanente costui non avrebbe dato da fare che per soli due anni e mezzo o tre anni e mezzo. E dovea il Re di Spagna soggiogare tutte le genti e congregare tutti i Regni, facendo l'ufficio di Ciro, e il Pontefice Romano vi avrebbe regnato costituendo l'*unum ovile et unus pastor*, la qual cosa sarebbe riuscita utile ad entrambi, ed anzi al Re più che al Pontefice. Intanto egli co' suoi calabresi, armati e ritiratisi sulle montagne per difendersi da' nemici del Re e del Papa, avrebbe dato un piccol saggio della gran repubblica universale, nè propriamente per acquistarsi uno Stato, ma per fare al Papa ed al Re un Seminario di uomini illustri nelle lettere e nelle armi da poter servire nelle missioni di pace e di guerra. Tali sono le precise parole che leggonsi nelle sue Difese[240]: ma nessuno vorrà prendere sul serio che egli ritenesse davvero dovervi essere il secolo d'oro propriamente col Pontefice Romano e con un Ciro della tempra del Re Filippo III; questo garbuglio di Papa, di Re, e di Seminario di uomini illustri in loro servigio rasenta la canzonatura. Tutti, non esclusi coloro i quali si sono rifiutati ad ammettere in lui disegni e pratiche di congiura, hanno capito che egli avrebbe voluto istituire ciò che descrisse in sèguito nella sua Città del Sole; e vedremo che molti cenni intorno alla futura repubblica, emersi nel processo per bocca de' suoi compagni di sventura, vi corrispondono esattamente. Senza dubbio egli intendeva il secolo d'oro con un governo sacerdotale, come l'intendeva anche Platone, vale a dire con un capo politico e religioso ad un tempo; ma i principii che dovevano campeggiare nel secolo d'oro, e nella sua repubblica destinata a farlo gustare, erano ben diversi da quelli del Concilio di Trento e delle Prammatiche spagnuole. Creda dunque chi vuole alla sua fede nella Monarchia universale da doversi acquistare da Spagna, e nella Monarchia cristiana da doversi reggere da Roma; noi ci permetteremo sempre di dubitarne moltissimo, almeno pel periodo che stiamo svolgendo e che fu appunto quello in cui egli scrisse la Monarchia di Spagna. Certa solamente giudichiamo la sua fede nella «profezia naturale e divina» quale egli l'espose ne' documenti sopra indicati, e però non crediamo che in lui la maschera del profeta abbia coverto il volto del cospiratore. Ci mena a ritenerlo la sua devozione costante alla sapienza per istinto divino e all'astrologia, come pure la qualità medesima della sua impresa; giacchè, per quanto i più sublimi atti di patriottismo risultino spesso una sublime follia, riescirebbe incredibile la follia di voler liberare il suo paese, con mezzi tanto limitati, da una potenza così sterminata come era a que' tempi la spagnuola, senza la fede in eventi straordinarii più o meno vicini, e in una grande missione alla quale per osservazioni proprie e d'altrui si credeva chiamato. Nè riesce dubbio che egli solo, animato da queste convinzioni, potè con acconci discorsi ispirare a determinate persone il proponimento audace di liberarsi dalla signoria spagnuola e costituirsi in repubblica. La notizia pura e semplice della vicina fine del mondo, come già altre volte era avvenuto dovunque, avrebbe tutt'al più ispirata a' calabresi la donazione de' beni alla Chiesa per salvarsi l'anima; invece in parecchi di loro, stati già in relazione col Campanella e dediti a raccogliere compagni armati, si trovò non solo la notizia di vicine mutazioni ma anche la notizia della «prossima apertura de' sette sigilli», il proponimento della «fondazione di una repubblica» con norme analoghe a quelle più tardi esposte nella Città del Sole, e sempre sotto gli auspicii del Campanella, nuovo profeta, nuovo legislatore, nuovo Messia, dottissimo in tutte le scienze, capacissimo nella divinazione del futuro, inoltre possessore di spiriti quantunque egli lo negasse costantemente.

Vediamo ora i particolari della sua azione. Nelle conversazioni private, uno de' primi cui manifestò dovervi essere una repubblica fu certamente fra Gio. Battista di Pizzoni. Costui fin dal 7bre 1598, come affermò il Campanella nella sua confessione *in tormentis*, si preparava a difendere certe «conclusioni» nel Capitolo da doversi tenere nel maggio 1599, e tra esse v'era una *de statu optimae reipublicae*; il Campanella, richiesto di consigli, parlò di questa repubblica, e disse che si dovea avere prima della fine del mondo perchè così era profetato[241]. Un altro con cui parlò di mutazioni e di futura repubblica fu fra Dionisio, dopochè costui venne da Roma e narrò i particolari dell'inondazione del Tevere, i quali doverono realmente destare una sensazione profonda; ne parlò quindi certamente ad altri, e poco dopo, lasciato ogni riserbo, ne fece il tema di una delle solite prediche nella Chiesa del convento. Il giorno della Purificazione di Maria, cioè il 2 febbraio (1599), il Campanella per la prima volta predicò che dovevano esservi presto mutazioni, naturalmente «nel Regno de Napoli, che fu sempre de revolutione, et hebbe principio mezo et fine in brieve sotto diverse fameglie... tanto più che parlando alli popoli li vedea lamentarsi delli Ministri del Re de molte cose»; era stato sollecitato da molti amici a dire il parer suo sulle novità che si aspettavano, ed egli si prestò volentieri[242]. Una seconda volta bene accertata predicò sullo stesso tema, nella Settimana Santa, o meglio subito dopo la Settimana Santa che da altri documenti sappiamo essersi in detto anno celebrata dal 4 agli 11 aprile, questa volta sicuramente a proposito delle pioggie torrenziali che contristarono la città[243]. Giusta la deposizione processuale di un frate suo compagno, «predicando dall'altare sopra la seggia» egli avrebbe *più volte* parlato delle profezie e delle mutazioni, «benvero che nella predica non diceva che quelle profezie parlassero di sè, ma lo diceva poi»[244]: frattanto bisogna riconoscere che non vi sono elementi per affermare che queste prediche fatte più volte siano state fatte veramente spesso; e però il Campanella nella sua Dichiarazione potè dire che giurava di non aver mai pensato che le parole *della sua predica* avrebbero mossa tanta gente. Invece vi sono parecchi elementi per dire, che diffusa questa voce delle mutazioni secondo le profezie accertate dal Campanella, molti si dirigevano a lui per conoscere la cosa più addentro, e in questi colloquii privati egli parlava con maggior libertà e si estendeva a ragionare più largamente del secolo d'oro, esprimendo a tempo e luogo qualche suo pensiero intorno al modo di prepararvisi e di contribuirvi. Tutto mena a far credere che le prediche siano state poche e poco esplicite, avendole principalmente destinate a far intendere che il mondo era sul punto di «andare sottosopra». Ad una di esse, verosimilmente alla 2ª suddetta, fu presente l'Auditore Annibale David, venuto a Stilo per trattare la pace tra le famiglie de' Contestabili e de' Carnevali, e bisognerebbe non conoscere cosa fosse un Auditore, per ammettere che costui avrebbe potuto lasciar correre la predica laddove questa gli fosse parsa criminosa. Solamente, giusta una deposizione che può ritenersi attendibile, durante la predica egli avrebbe una volta esclamato, «oh s'io potessi dire a modo mio»! con che senza dubbio riusciva ad eccitare tanto maggiormente la curiosità di coloro i quali più s'interessavano per le cose nuove[245]. Non fu dunque un predicatore entusiasta a modo p. es. di fra Girolamo Savonarola; fu invece un cauto e circospetto agitatore, il quale, senza creare propriamente un fermento, perocchè questo già esisteva dovunque ed era più vivo in Calabria, col suo prestigio non solo lo favorì, ma col minore strepito possibile lo diresse ad uno scopo patriottico anzi umanitario. Tutti gli dimandavano spiegazioni, massimamente i cittadini più animosi e avversi alla signoria spagnuola, i fuorusciti tanto più avversi al Governo per le loro speciali condizioni, i Signori e gli ufficiali stessi del Governo. Il Capitano Francesco Plutino gli comunicò certe profezie di un Abate Idruntino divulgate in Napoli, le quali accennavano a mutazioni da dover accadere in Sicilia, in Toscana, in Calabria, e gli dimandò l'avviso suo sopra di esse: il Campanella, secondo ciò che scrisse nella sua Dichiarazione, gli avrebbe semplicemente risposto che potevano esser vere, perchè altri astrologi e savii predicevano lo stesso; pertanto un testimone non sospetto depose che il Capitano diceva con ammirazione, «voi vedrete quello che è il Campanella»[246]. Infine lo stesso Governatore della Provincia D. Alonso De Roxas si diresse a lui «per lettera di curiosità» dimandandogli notizia delle mutazioni che tutti si aspettavano; e il Campanella lo compiacque, forse anche in tale occasione gli mandò il suo libro della Monarchia di Spagna già scritto pel Marthos e posto da banda senza avervi più pensato. Ad ogni modo il Campanella e il Governatore rimasero in termini amichevoli[247]: nè veramente il Governatore sospettò mai del filosofo; bensì vedremo che non mancò di occuparsi della cattura dei frati, quando si giunse a fargliene comprendere i disegni.

Tutto ciò mostra che il nome del Campanella risuonava in una sfera larghissima; e la cosa merita di essere notata, poichè da lui medesimo nelle sue Difese, e poi da molti altri fino a' giorni nostri, è stato detto impossibile che un povero frate, da poco tempo venuto in Calabria, avesse concepito un così audace progetto, ed avuto tanto credito. Ma le sue stesse affermazioni in altri documenti, al pari degli atti processuali, mostrano che il suo credito era divenuto straordinario. Egli medesimo affermò, che «tutta la gente» accorreva a lui per dimandargli della «fine del mondo e della renovation del secolo» dopo che egli le avea predicate, che inoltre «quando caminava per le ville e pe' castelli, si vedeva innanzi stupefatto torme di uomini che chiedevano rimedii per le proprie infermità e per quelle delle pecore e de' buoi», ed egli li indicava, e «tutti ritornavano lodando Dio»[248]. Nell'insieme del processo che ne seguì, da qualunque lato, da' frati e da' laici, da' fautori e da' persecutori, da' più alti e da' più umili, egli trovasi riconosciuto ed acclamato sempre «dottissimo in tutte le scienze, grandemente dotto, grand'omo», e il suo credito si rivela altissimo ed incontrastato. A lui venivano «le migliara di persone»; e l'accorto e prudente fra Pietro di Stilo, suo angelo tutelare, lo riprendeva pel tanto conversare con laici: tutti chiamavano «beato» il povero padre suo, e i nobili e Signori, particolarmente il Marchese d'Arena e il Principe della Roccella, che dimoravano più d'appresso a Stilo, lo vedevano volentieri e talvolta lo chiamavano nei loro castelli[249]. Non ci è noto di che discorressero; ma senza dubbio l'argomento principale de' discorsi doveva essere la vicina fine del mondo, con tutti i cataclismi e l'immancabile secolo d'oro che dovevano precederla: e merita pure di essere ricordato un fatto da molti deposto nel processo, che cioè egli aveva una forza di persuasiva straordinaria, «perchè quando parlava tirava ognuno a lui». Ma vi era anche qualche motivo riposto, atto a spiegare il prestigio di cui godeva, poichè l'ingegno, gli studii, i libri composti non sarebbero stati sufficienti in Provincie nelle quali, bisogna riconoscerlo, neanche oggi queste cose rappresentano i fondamenti del credito. Vi era l'opinione che egli «avesse spiriti, comandasse spiriti, disponesse di spiriti»: lo si diceva pubblicamente in Calabria, e i più timorati pensavano che la sua scienza era o del demonio o d'Iddio, ma la massa de' frati, de' laici e di ogni ceto, riteneva con sicurezza che fosse del demonio. Si era giunto perfino a scovrire dove avesse il suo spirito familiare; l'avea nell'unghia. Così dicevasi a Stilo, e forse se ne può trovar la ragione in un'abitudine del Campanella di guardarsi le unghie, come più in là vedremo notato segnatamente da' terrazzani di S. Caterina, nel convento Domenicano di S. Nicola ove una volta si recò[250]. Certo è che a cominciare da' frati suoi più intimi amici, come fra Dionisio Ponzio, ed anche fra Domenico Petrolo, ebbero, ognuno a sua volta, la curiosità di chiedere direttamente al Campanella se fosse vero che avea spiriti; tra le persone poi che trattarono con lui per la congiura, taluno gli dimandò in generale de' diavoli e dell'arte magica, qualche altro gli chiese uno spirito familiare per vincere al giuoco, altri chiesero segreti per avere donne; ancora, a tempo delle carcerazioni, taluno voleva che il Campanella «havesse fatto tanto con gli diavoli che l'havessero cavato de prigione»[251]. Fra Tommaso mostravasi quasi sempre infastidito di siffatte dimande, e ne prendeva talvolta occasione per manifestare che egli non credeva all'esistenza nè de' diavoli nè dell'inferno, ed anzi al Petrolo una volta disse che in Roma, dove era conosciuto, si riteneva che egli non credesse a queste cose; ma specialmente i laici non ne rimanevano persuasi, e qualcuno anche si scandalezzava che negasse i diavoli. Aggiungiamo che fra Dionisio medesimo gli domandava confidenzialmente se in Roma fosse stato mai condannato all'abiura, ed egli lo negava, ed adduceva quale unico motivo de' suoi travagli l'essere stato erroneamente creduto autore di un bruttissimo Sonetto contro Gesù Cristo: così non si divulgò mai il fatto dell'abiura, e il suo credito rimase anche da questa parte inalterato.

Siamo in maggio 1599. Avvennero allora due fatti interessanti per la nostra narrazione; il Capitolo de' Domenicani in Catanzaro, la trattativa di pacificazione delle famiglie de' Contestabili e de' Carnevali di Stilo.

Il Capitolo de' Domenicani in Catanzaro fu preseduto da fra Giuseppe Dattilo di Cosenza, essendo Definitore fra Gio. Battista di Polistina, due nomi che dimostrano assolutamente in auge la fazione avversa a quella di fra Dionisio Ponzio, e però avversa agli amici di costui, tra gli altri al Pizzoni che avea disertato il campo del Polistina, ed anche al Campanella antico amico di fra Dionisio. Comunque i Capitoli fossero di breve durata (questo di Catanzaro non durò più di quattro giorni), i più culti tra' frati costumavano darvi un saggio della loro abilità sostenendo «conclusioni», ossia facendo una disputa sopra alcune proposizioni che annunziavano in precedenza. Il Pizzoni, andatovi a sostenere le conclusioni che abbiamo già menzionate più sopra, si vide per la sua mala vita condannato al carcere, dietro proposta del Polistina che volle trarne vendetta. Per non esser preso se ne fuggì immediatamente, senza cappello e senza cappa, con grande scandalo della città, andando a rifugiarsi in un convento di Zoccolanti; ma fu subito richiamato, mercè l'opera del Vescovo di Catanzaro, perchè sostenesse le conclusioni state già pubblicate, e le sostenne con plauso alla presenza anche del Governatore De Roxas e degli Auditori invitati ad intervenire alla disputa; di poi, saldati i suoi conti, se ne andò al piccolo convento di Pizzoni, dove era stato assegnato e dove più in là lo troveremo. Quanto al Campanella, egli avrebbe certamente disputato in quel Capitolo, ma non vi fu neanche chiamato; ed è certo che se ne lagnò in sèguito con fra Paolo della Grotteria, dicendo che «li litterati non erano premiati nè exaltati secondo il dovere, et anzi sbassati et tenuti sotto contra ogne giustitia, et che a tale effecto non era esso stato chiamato al Capitolo di Catanzaro, perchè essendo litterato cercavano di tenerlo sepolto». Le cose stavano realmente così, nè c'è da farne le meraviglie: si è visto sempre tra' frati esaltata anche più del dovere la dottrina di qualcuno elevatosi un poco sul livello comune, poichè questo accredita l'Ordine, ma si è vista ben di rado onorata la dottrina nelle candidature agli uffici; e del Campanella può dirsi con certezza che tra' frati non aveva e non ebbe mai sèguito, quantunque ne avesse tanto tra' laici. Più tardi, nelle Difese, egli scrisse che non aveva mai ambìto i gradi de' quali era degno nella Religione: ma il fatto è che nessuno pensò mai di dargli gradi, che non fu nemmeno chiamato al Capitolo e che ne rimase scontento. Quanto a fra Dionisio, egli non ebbe la conferma nel Priorato, rimase puro e semplice lettore ed assegnato al convento di Taverna; ma sdegnato ed inquieto andò vagando a lungo per la provincia, innanzi di recarsi al luogo assegnatogli. Scorse due settimane dalla celebrazione del Capitolo, si recò a Stilo presso il Campanella, con nessun gusto di fra Pietro di Stilo, che trovandosi in buoni termini col Polistina era stato creato Vicario di quel convento. Fra Pietro riprendeva il Campanella per questa sua amicizia con fra Dionisio, parendogli che quei di Stilo, soliti a visitarlo e a fargli ossequio, se ne allontanavano stomacati dall'udire fra Dionisio che parlava senza ritegno delle più laide oscenità, delle quali si vantava per giunta. Circa dieci giorni si trattenne fra Dionisio presso il Campanella: non sappiamo di quali argomenti si occupassero i due frati ne' loro colloquii, ma forse le tirate oscene di fra Dionisio servivano a mascherare gli argomenti veri. Certo è soltanto che negli ultimi giorni della sua dimora in Stilo, verso la fine di maggio, essendo venuti, ad occasione della pace tra' Contestabili e i Carnevali, da un lato Marcantonio Contestabile accompagnato da un Gio. Tommaso Caccia di Squillace e d'altro lato Maurizio de Rinaldis di Guardavalle, tutti e tre fuoruscti, fra Dionisio si strinse in amicizia specialmente con Maurizio e col Caccìa che non aveva mai conosciuti. E dopo certi colloquii intimi, de' quali dovremo occuparci più in là, fra Dionisio partì in cerca di amici, e con essi se ne andò fino a Messina, senza che sia stato mai chiarito lo scopo di tale viaggio. Ci basterà qui, intorno a' detti colloquii, ricordare pel momento ciò che il Campanella ne disse nella sua Narrazione. «Erano stati in convento di Stilo Mauritio Rinaldi, e M. Antonio Contestabile per trattar la pace tra Carnelevari et Contestabili; et Fra Dionisio sendo di passaggio intervenne a questi trattati e strinse amicitia con Mauritio e trattò di uscir in campagna e dimandavano il Campanella essi e molti altri di quella cometa di Calabria et terremoti, et segnali della rinnovatione, e li dimandavano se venia rovina alla provincia come parea da ponente secondo il corso della cometa (come proprio venne Carlo Spinello che la travagliò) che cosa havevano da fare; e lui diceva mettersi sù le montagne con le armi come fecero li Venetiani nelle lacune quando venne Attila, et li Spagnoli in Asturia, quando intraro li Mori in Ispagna, e questo dicea per modo di ragionamento e mischiava li segni del giudizio universale col particolare della provincia, secondo s'usa, et ognuno pensava a cose nove, e sparlavano in diverse guise». La cometa fu vista veramente più tardi, in luglio, e d'altra parte il Campanella e fra Dionisio aveano già discorso con Maurizio, in casa di un sacerdote a nome Gio. Jacovo Sabinis, prima che Maurizio venisse nel convento, come risulta da' particolari della trattativa di pace; ad ogni modo le preoccupazioni vi erano, e ne fu discusso in guisa, che da queste discussioni prese origine e data quella serie di concerti e maneggi che diedero motivi all'accusa di congiura. Più volte in sèguito il Campanella affermò pure in sua discolpa, che fra Dionisio voleva uscire in campagna per ammazzare coloro i quali avevano ammazzato suo zio; ma questo fatto era già vecchio di alcuni anni, ed abbiamo veduto che vi erano stati per esso lunghi processi in Calabria e in Napoli menati innanzi da fra Dionisio; certamente costui, venuta la «rinnovazione del secolo», avrebbe vendicata la morte di suo zio, ma appunto questa rinnovazione bisognava innanzi tutto procurare fondando la repubblica.

La trattativa di pacificazione delle due nobili e ricche famiglie di Stilo, quella de' Contestabili e quella de' Carnevali, fu commessa al Campanella dal medesimo Auditore David che non aveva potuto riuscirvi: questo risulta dalla Dichiarazione che fu poi scritta da fra Tommaso, e mostra la considerazione di cui godeva non solo presso i cittadini di Stilo ma anche presso gli Agenti del Governo. Documenti da noi rinvenuti, nell'Archivio di Stato e nel Carteggio del Nunzio Aldobrandini, ci mettono in grado di far conoscere gl'individui delle due famiglie e taluni particolari che riflettono la loro inimicizia. La famiglia Contestabile componevasi allora di Paolo padre, Porfida madre, Giulio, Geronimo, Fabio e Marcantonio figli; Geronimo di Francesco avea sposato Laudomia sorella di costoro. La famiglia de' Carnevali era più sparpagliata: in una casa dimorava Prospero Carnevale col fratello Gio. Francesco vecchio sacerdote, e col figlio Fabrizio Arciprete; in un'altra casa dimorava Gio. Paolo altro figlio di Prospero con la sua famigliuola; in una terza casa gli altri figli di Prospero, Fabio e Tiberio (il medico, trasferitosi poi in Napoli come abbiamo già visto). Causa dell'inimicizia il solito gusto della prepotenza, col dominio segnatamente nell'amministrazione della città. De' Contestabili il più giovane, Marcantonio, era manesco e violento oltremodo: le scritture dell'Archivio di Stato lo mostrano omicida già prima del 1595, il Carteggio del Nunzio lo mostra fuoruscito per tentato omicidio in persona di Gio. Paolo Carnevale, il processo di eresia del Campanella ce lo mostra feritore dell'altro fuoruscito che soleva accompagnarlo, il Caccìa, mediante colpo di archibugio; del resto tutti i Contestabili si comportavano con alterigia e violenza, come lo mostra un documento che non ammette replica, proveniente dal governatore o capitano di Stilo. I Carnevali non avevano qualcuno de' loro da opporre a Marcantonio Contestabile, ed interessarono per questo un amico, Maurizio De Rinaldis di Guardavalle a que' tempi casale di Stilo, parimente giovane, nobile e fuoruscito per omicidio; costui naturalmente veniva favorito in tutti i modi da' Carnevali e loro parenti, e così D. Gio. Francesco e D. Fabrizio Carnevale si trovavano da Geronimo Contestabile e Geronimo di Francesco accusati presso il Nunzio di negoziazione illecita e ricetto di banditi, e il Nunzio li aveva citati a comparire, e per tale motivo figurano nel suo Carteggio. Con questi due gagliardi a fronte, Marcantonio e Maurizio, sostenevasi l'inimicizia, e non occorre dire quanto il paese ne fosse turbato: nel corso del processo del Campanella, essendo accaduto di doverne parlare, Giulio Contestabile depose che l'inimicizia esisteva tra Paolo suo padre e Prospero Carnevale, e tra lui Giulio e Gio. Paolo Carnevale; ma ognuno intende che egli volle attenuare le cose e porre nell'ombra il fuoruscito Marcantonio[252]. Secondo ciò che il Campanella scrisse nella sua Dichiarazione, egli menò innanzi gli accordi fino a doversi «ratificare la pleggeria della pace», e però ebbe ad intrattenersi più volte con entrambe le parti e loro aderenti, e poi anche co' fuorusciti che ne rappresentavano il braccio forte: ma è lecito dubitare che avesse raggiunto tale risultamento, e che per raggiungerlo vi fosse bisogno della presenza de' fuorusciti. Ad ogni modo Marcantonio Contestabile, insieme al Caccìa, dimorò otto giorni nel convento di S. M.ª di Gesù, dove stava sicuro pel dritto di asilo; i suoi parenti, e massime Giulio Contestabile e Geronimo di Francesco, vi accedevano tanto più spesso, e molti discorsi furono in tale circostanza scambiati col Campanella intorno alle future mutazioni. Maurizio, secondochè poi disse il Campanella, chiedeva di poter dimorare anche lui nel convento, ma il Campanella non volle, forse perchè temè qualche possibile scena violenta tra lui e Marcantonio, e difatti essi rimasero sempre separati; si trattenne quindi nella casa di D. Gio. Jacovo Sabinis sacerdote, cognato di Gio. Paolo Carnevale, dove il Campanella lo vide andandovi di sera insieme con fra Dionisio e Gio. Gregorio Prestinace grande amico suo e compare di Maurizio; ma poi Maurizio venne anch'egli di sera nel convento, in sèguito vi venne pure di giorno, e naturalmente una gran parte de' colloquii cadde sulle mutazioni e sul miglior modo di profittarne. I discorsi scambiati su questo tema debbono essere minutamente riferiti e vagliati; ci occorre intanto dire che la pace non si effettuò, la qual cosa non può far meraviglia a chi consideri come si effettuavano allora le paci. Per regola se ne occupava un Auditore a ciò delegato dalla R.ª Audienza, e le parti, dietro concessioni reciproche, finivano per sottoscrivere un atto, dando la parola *sub nomine Regio* al pacificatore e la fede vicendevolmente e personalmente tra loro, con promessa ed obbligo sotto determinata «pena pecuniaria et etiam corporale», di non dover più, dopo la data parola e fede, mostrarsi nemici. Naturalmente a tutto ciò non prendevano parte i fuorusciti, i quali si trovavano fuori la legge, ed avevano la missione pura e semplice di fare un aggravio e difendere da un aggravio, o per lo meno far paura mostrando la forza e potenza della parte che li sosteneva in campagna. Laonde, nel caso attuale, si capisce poco che Marcantonio e Maurizio fossero venuti per «ratificare la pleggeria della pace»; si capisce un po' meglio che Maurizio fosse venuto «per farsi vedere a Marc'Antonio Contestabile, acciò li Contestabili sapessero che i Carnelevari ancora hanno gente armata et non hanno paura», secondochè espose egualmente il Campanella nella Dichiarazione medesima. Con siffatta disposizione degli animi, con la presenza di persone armate di tutto punto, come le descrissero di poi nel processo diversi testimoni oculari, la pace non poteva effettuarsi; ma potè effettuarsi una tregua, e certamente vi contribuirono non poco i discorsi ed anche i progetti intorno alle mutazioni. Consecutivamente, nel processo, Giulio Contestabile disse aver lui rotta la trattativa, poichè avendone scritto a suo fratello Geronimo il quale dimorava in Napoli, costui rispose che il Campanella era stato inquisito di eresia e che perciò non voleva si trattasse con simile persona, onde poi essendo stata da lui divulgata la cosa, il Campanella gli divenne inimico capitale: ma si ravvisa qui facilmente il solito ripiego della inimicizia capitale, che si costumava mettere innanzi per invalidare le deposizioni contrarie; Giulio, nel tempo di cui trattiamo, era e rimase uno de' più fervidi seguaci del Campanella.

Si direbbe che il Campanella, in mezzo a quella balda gioventù, a contatto di que' focosi e audaci fuorusciti, la cui esuberanza di vita poteva esser diretta a uno scopo tanto migliore, non abbia veduto più alcuno ostacolo all'attuazione de' suoi disegni: di certo in pochi giorni egli si spinse incomparabilmente più di quanto avea fatto sin allora, ma pur sempre con cautela e circospezione. Sin allora, tra' discorsi generali intorno alle mutazioni e alla santa repubblica che dovea godersi prima della fine del mondo, egli aveva appena lasciato intravvedere in privato, alle persone intime, che le profezie additavano segnatamente lui stesso, che parevagli averlo Iddio «eletto proprio a insegnare la verità et levare molti abusi grandi che regnavano nella Chiesa», come disse a fra Domenico Petrolo e separatamente anche al Pizzoni: ma a fra Pietro di Stilo sappiamo che, presente l'altro amico Gio.

Gregorio Prestinace col quale confabulava in segreto spessissimo, egli due volte avea fatto conoscere come godendo l'influsso di sette pianeti ascendenti favorevoli si aspettava di essere Monarca del mondo; la quale proposizione, tenendo conto del linguaggio fratesco, potrebbe anche semplicemente significare che si aspettava di essere capo di uno Stato. Inoltre si era lasciato sfuggire di bocca certi principii meno ortodossi, che aveano scandalizzato qualcuno, ma non già tutta quella massa di principii eretici, veri e supposti, che emerse in sèguito e che si deve riferire ad un periodo posteriore. Difatti, fra Francesco Merlino, al quale non vi è ragione di negar fede, trovandosi priore in Placanica ed avendo scambiate varie visite col Campanella, poteva affermare solamente di avere udito dire da lui che nel mondo si vive a caso, aggiungendo che molte cose furono dette dopo la carcerazione senza sapersi come uscissero in campo. Fra Gio. Battista di Placanica, al quale si può del pari aggiustar fede, avendo dimorato nel convento di Stilo dal febbraio all'aprile dello stesso anno, poteva affermare qualche cosa di più, ma non altro che questo: che il Campanella parlava degli atti venerei in modo da far credere che non costituissero veramente peccato, dicendo essere ogni membro destinato a certe funzioni, e certi organi fatti appunto per gli atti venerei; che paragonava la legge de' Turchi con quella de' Cristiani e la lodava in certe cerimonie; che giudicava inutili tanti Ordini religiosi, ritenendoli baie fatte per tener quieti i popoli; che non credeva poter le Messe giovare alle anime de' defunti quando il celebrante fosse in istato di peccato mortale; che discorrendo una volta dell'inferno con alcuni suoi discepoli avea detto «che inferno, che inferno!» Aggiungeva poi che avendo il Campanella domandato a Mons.ʳ di Squillace ed al Provinciale la licenza di predicare in Monasterace, la licenza non gli fu concessa, ed in tale occasione si era spinto a dire qualche cosa in dileggio della scomunica. Forse anche dietro tale circostanza accadde, che avendogli il povero padre suo raccomandato di accettare una predicazione offertagli dalla città di Stilo col compenso di 200 ducati (verosimilmente la predicazione Quaresimale) per venire in aiuto alle sorelle che erano «pezzenti», egli disse che «non voleva fare l'officio di Cantanbanco»; per le quali parole rivelate da taluno di Stignano, insieme col fatto dell'avere fra Tommaso divinato l'avvenire de' suoi fratelli, e dell'essersi occupato a scrivere quel tale libro che non l'avea scritto nè Luca nè Giovanni, il povero Geronimo fu poi menato innanzi al S.ᵗᵒ Officio in Napoli. Del resto non bisogna nemmeno credere che il Campanella avesse sempre manifestato con serietà proposizioni incriminabili, mentre, comunque i suoi biografi ce l'abbiano descritto grave e cogitabondo perchè filosofo, è certo invece che soleva di continuo burlare e motteggiare specialmente i frati, e la tendenza sua a motteggiare, come al contraddire, era spesso il movente di altrettali proposizioni. Talora il suo motteggio riuscì davvero scandaloso; infatti più volte nell'incontrare alcuni frati di S. Francesco della Scarpa (altro convento di Stilo) mentre andavano nella loro Chiesa, alludendo a Gesù crocifisso egli si pose a dire, «dove andate? andate ad

156

adorare un appiccato!» «Cose fratesche, cose ociose» le definiva fra Pietro di Stilo, aggiungendo sul Campanella, «quando burlava con li frati... dico che era malo», e a fra Pietro si può credere pienamente[253].

Ma ne' colloquii con Maurizio, con Marcantonio e Gio. Tommaso Caccìa, co' parenti o aderenti di costoro e con gli amici suoi che in questo tempo frequentavano pure la sua cella, egli si pose ad eccitare vivamente ciascuno che volesse profittare delle mutazioni, che volesse concorrere e trovare molti compagni i quali concorressero a fondare la repubblica, indicando il modo, disegnando il tempo e le alleanze, prevenendo e combattendo le obbiezioni, manifestando alcune riforme civili ed anche religiose che bisognava introdurre, atteggiandosi francamente a riformatore e legislatore; e fra Dionisio si pose a secondarlo, bensì con certi modi tutti suoi, e i più infiammati si posero a numerare le forze e gli amici; di poi ciascuno più o meno, non escluso il Campanella medesimo, si occupò veramente di procurare amici e di prepararsi al gran giorno. Come fu rivelato ne' processi consecutivi da Gio. Tommaso Caccìa, e del pari da fra Pietro di Stilo e dal Petrolo (ciò che mostra la credibilità delle rivelazioni del Caccìa), frequentavano la cella di fra Tommaso e parlavano segretamente con lui, oltre Giulio Contestabile e Geronimo di Francesco cognati, Gio. Gregorio Prestinace «amico e familiare di notte e di giorno», Fulvio Vua, Tiberio Marullo; inoltre Scipione Marullo figlio di Tiberio, D. Gio. Jacovo Sabinis, Giulio Presterà, Francesco Vono, Fabrizio Campanella e Paolo Campanella, i quali ultimi sappiamo che dimoravano in Stignano. Erano le dette persone di Stilo, per la massima parte, delle migliori famiglie della città e ne' migliori anni della loro gioventù, come ci risulta da' documenti che per alcuni ci è riuscito di trovare; a ragione quindi il Campanella nelle sue Difese potè dire, che non si propose di servirsi soltanto di fuorusciti, i quali del resto considerava meno come nemici del Re che come uomini armati, menandoli nella retta via, ma «si propose di servirsi ancora di uomini dabbene non fuorusciti come dal processo è comprovato»[254]. A costoro si deve aggiungere un fra Scipione Politi conventuale di S. Francesco, che poco prima o poco dopo questo tempo rimanea sovente a pranzo col Campanella e qualche volta rimase con lui anche di sera, come fu attestato da fra Pietro di Stilo. Ma se tutti costoro ebbero colloquii intimi col Campanella, per la più gran parte di essi, riuscita a sfuggire alle ricerche del Governo, ce ne sono rimasti ignoti i particolari, mentre il Campanella soleva sempre parlare a non più di uno o due amici per volta: ed è facile intendere che segnatamente i particolari de' colloquii in persona di Gio. Gregorio Prestinace, amico sviscerato del Campanella e compare di Maurizio, sarebbero riusciti importantissimi, come pure, ad un grado minore ma sempre cospicuo, quelli in persona di Marcantonio Contestabile; possediamo intanto quelli nelle persone di Giulio Contestabile e Geronimo di Francesco, del Caccìa, di Maurizio, ed essi valgono a farci capire gli altri che ci mancano. Eccoci dunque a darne conto e senza parsimonia, anche a costo di doverci ripetere quando avremo

157

a narrare lo svolgimento de' processi; giacchè possiamo desumere le notizie di tali colloquii, come di tutto l'andamento della congiura, solo da ciò che ne' processi si raccolse, e quindi siamo costretti a riferire le deposizioni ed anche a discutere la credibilità di esse ogni volta; così le ripetizioni riescono inevitabili e non può accadere altrimenti, semprechè non si voglia un racconto della congiura meramente fantastico o per lo meno non documentato.

I colloquii con Giulio Contestabile e Geronimo di Francesco furono esposti dal Campanella medesimo nella sua Dichiarazione, e naturalmente riescono del tutto a carico di costoro, verso i quali il Campanella era allora animato da fortissimo risentimento, avendone avuto un orribile voltafaccia: ma apparirà evidente che per fare e dire come questi due fecero e dissero, aveano dovuto essere stati già eccitati dal Campanella, il quale del resto, anche in altri casi analoghi, parrebbe che procedendo con molta circospezione avesse talvolta eccitato gl'interlocutori a pronunziarsi, senza che egli medesimo si fosse pronunziato troppo. Giulio dunque si mostrava molto infiammato contro Spagna, ed un giorno nella stanza del Campanella, presente il Petrolo, calpestò ed ingiuriò l'immagine del Re Filippo dicendo «guarda a chi stamo soggetti, al Re delli uccelli»; e si lagnava degli ufficiali Regii e degli spagnuoli, che gli aveano posto il padre in prigione, favorendo, secondo lui, i Carnevali; e diceva che più volte era stato disposto ad andare in Turchia e che co' turchi si aiuterebbe, e altre volte vantavasi di avere, nell'anno precedente, concertato con alcuni soldati spagnuoli di ribellarsi perchè il Re non li pagava. Geronimo di Francesco poi mostravasi non meno infiammato: si lagnava di aver dovuto spender molto delle sue sostanze pe' lunghi travagli patiti, e diceva di avere speranza solo nelle mutazioni che si aspettavano, avvertendo il Campanella che non si esternasse con Giulio suo cognato perchè era amico infedele, ma che al tempo del negozio avrebbe fatto molto, perchè era astuto e sagace. L'uno e l'altro poi, quando il Campanella diceva che sarebbero avvenute mutazioni, affermavano che vi avrebbero avuto gran parte, e indicavano Marcantonio come colui che aveva a sua disposizione molti banditi, ed amici e parenti, la qual cosa il Campanella giudicava esser bene, poichè succedendo una guerra si potea stare con chi vincesse. Ed una volta che il Campanella diceva loro che la terra di Stilo non avea bisogno di presidio, come era stato notato dal Principe di Squillace, perchè tutti i passi sono stretti, essi affermavano che vi starebbero per liberarsi dal Governo spagnuolo, e numeravano i molti amici di Marcantonio, il figlio di Nino Martino con molti altri della piana (piana di Terranova), i Grassi con cinquanta compagni, i molti parenti di Mesiano patria della madre de' Contestabili[255]. A queste rivelazioni potremmo aggiungere anche un'altra tratta da deposizioni di altri individui, che cioè il Di Francesco voleva dal Campanella uno spirito familiare per vincere al giuoco; ma ci preme tener dietro alla faccenda della congiura. I due cognati dunque avrebbero con Marcantonio, e con tutti que' fuorusciti e parenti, liberato Stilo da Spagna, e poi? I colloquii con altre persone, rivelati da chi non aveva un interesse diretto a nascondere qualche cosa, rispondono a tale dimanda. — Veniamo a Gio. Tommaso Caccìa. Con questo giovane bandito di Squillace, di soli 25 anni ed abbastanza incolto quantunque clerico, dipendente in tutto da Marcantonio Contestabile, i colloquii non furono molto larghi, eppure forniscono qualche utile notizia[256]: il peggio è che essi risultano dalle deposizioni del Caccìa medesimo, e queste, per abuso, furono fatte anche nel tribunale laico fra tormenti atroci, e nel tribunale ecclesiastico fra gravi paure e seduzioni. Egli seppe da Marcantonio che il Campanella era un grande uomo, e presso di lui vide e conobbe Dionisio: trovatosi una volta solo col Campanella, ebbe curiosità di dimandargli qualche cosa intorno alla magia, ma il Campanella lo chiamò sciocco, perchè credeva a' diavoli e all'inferno. Frattanto, nel parlare con Marcantonio, il Campanella diceva di voler fare nuove leggi, migliori di quelle de' Cristiani, e che quando predicherebbe si sarebbe conosciuta la verità, e volea perfino far mutare il modo di vestire solito, «et volea che si portasse una giobba longa o sia veste» (qualche cosa di ciò che fu poi scritto nella Città del Sole). E diceva che presto doveano esservi mutazioni, sollevazioni e rivoluzioni, perchè così conosceva per scienza, astrologia e profezia, e perciò beato chi si trovasse armato, ed ognuno dovea star pronto e cercare di avere amici, che gli sarebbe stato utile assai. E una volta Giulio Contestabile, dopo di avere parlato segretamente col Campanella, dimandò al fratello Marcantonio: ebbene Marcantonio che ne dici? sarà vero ciò che dice fra Tommaso? E Marcantonio: troppo sarà vero e presto lo vedrai. Così egli poi, il Caccìa, si diede a cercare qualche amico, e condusse al convento un altro fuoruscito, Gio. Francesco d'Alessandria, e fece varii altri giri presso il Pizzoni, presso Dionisio etc. come vedremo a suo tempo.

Passiamo a' colloquii avuti con Maurizio de Rinaldis, colloquii d'interesse capitale, poichè, dopo il Campanella, egli fu il soggetto più importante in questa faccenda, onde a ragione, nelle lettere al suo Governo, il Residente di Venezia in Napoli lo indicò qual «capo secolare della congiura». Appunto per tale circostanza è necessario dare qualche notizia di più intorno alla persona sua: per disgrazia i documenti ci fanno difetto in modo straordinario; non di meno abbiamo tanto da poter mettere la sua nobile figura nel posto che le compete. Giovane a 27 anni, sposo a Giulia Vitale da cui avea avuta una figliuoletta a nome Costanza, apparteneva ad una delle più nobili famiglie di Stilo, che dimorava in Guardavalle, a que' tempi, come abbiamo già detto, casale di Stilo. Tutti gli storici particolari di Calabria, ripetendosi, parlano de' quattro fratelli de Rinaldis di Stilo, Patrizio, Nicola, Francesco e Ludovico, cospicui nelle armi, che furono dichiarati familiari da Carlo V pei meriti loro, ed ottennero di portare nel loro stemma l'aquila nera imperiale: noi ci siamo ritenuti in dovere di farne ricerca nell'Archivio di Stato, ed abbiamo rinvenuto che Nicola e Francesco furono una persona sola, e che vi fu invece un altro de Rinaldis premiato a nome Antonello, verosimilmente fratello di costoro, tutti figli di Tommaso de Rinaldis; i lettori potranno avere ogni cosa sott'occhio, consultando i nostri documenti[257]. Il Parrino disse Maurizio «persona di non mediocri ricchezze», e vedremo il Campanella, benchè inesattamente, attribuire la persecuzione e morte di Maurizio al desiderio ingeneratosi nel fiscale della causa di avere un feudo che Maurizio possedeva. Secondo le notizie del Residente di Venezia che ne fece sempre in vita e in morte i più grandi elogi, egli era stato uomo d'arme, e tale troviamo veramente il costume di casa sua e de' pochi nobili di provincia non degenerati; avrebbe allora con ogni probabilità servito nel Battaglione a piedi della milizia provinciale. Del resto siamo per vederne l'assennatezza, la preveggenza, l'attività, la forza d'animo anche straordinaria, con la quale seppe esser superiore ad ogni risentimento e sfidare torture inaudite, non disgiunta per altro da un attaccamento tenace alla religione dei padri suoi, attaccamento[258] dichiarato al Campanella fin da principio, per lo quale s'indusse poi a fare le più larghe rivelazioni a piè del patibolo «senza alcuna condizione di salvarsi la vita». Il Campanella dapprima sentì per lui la più viva simpatia, «per haverlo visto cossì pronto et audace» come si legge nella sua Dichiarazione; di poi lo proclamò «generoso», lo qualificò un «eroe», avendo udito che nelle atrocissime torture non avea rivelato nulla, come si legge nelle sue Poesie clandestine che oggi abbiamo la fortuna di poter pubblicare; da ultimo l'infamò con la più grande disinvoltura, avendo saputo che sotto il patibolo avea fatto rivelazioni, come si legge nelle stesse Poesie, nella Difesa, e in tutte le altre scritture analoghe date fuori in sèguito. Vedremo queste cose ampiamente a tempo e luogo, ma essendo finora conosciuta la sola parte ignominiosa attribuita a Maurizio dal Campanella, dobbiamo notare che essa non fu punto vera, premendoci di chiarire le qualità di Maurizio e al tempo stesso la credibilità delle sue rivelazioni; poichè i colloquii da lui avuti col Campanella, e tutti i fatti consecutivi, si desumono essenzialmente dalle sue rivelazioni, le quali sono degne di fede per loro medesime, più che per vederle appoggiate da quelle degli altri inquisiti che gli erano stati sempre a fianco. Aggiungiamo che Maurizio era fuoruscito dal novembre 1598, come fu deposto dal suo cognato e compagno Gio. Battista Vitale, nobile anche lui ma di un livello morale abbastanza inferiore[259]: costui disse pure che si erano allontanati da Guardavalle «per certe pugnalate», e che queste pugnalate avessero prodotto omicidio lo attestò poi dovunque il Campanella, specificando nella sua Narrazione essere stati uccisi da Maurizio un suo cugino e una donna. Gio. Battista Vitale eragli compagno, e solevano insieme alloggiare in Davoli presso il sacerdote D. Marcantonio Pittella; ma questa volta, nella venuta a Stilo, Maurizio fu accompagnato solamente da un suo servitore a nome Tommaso Tirotta, il quale lo attestò nella sua deposizione, poichè egli pure, egualmente che il Pittella, fu poi inquisito per la congiura[260]. — Come dicevamo, i colloquii del Campanella con Maurizio si desumono essenzialmente dalle rivelazioni di Maurizio, le quali furono di doppio ordine, le une relative alla congiura fatte nel tribunale laico, le altre relative all'eresia fatte a Delegati del S.^{to} Officio; e poichè possediamo le une e le altre, le prime veramente in brani, ma bastevoli pel caso attuale, le seconde per intero, invitiamo i lettori a percorrerle, facendo anche il confronto con ciò che il Campanella espose nella sua Dichiarazione[261]. In tale confronto si noterà certamente la concordanza da più lati tra il Campanella e Maurizio, malgrado il molto tempo e i terribili avvenimenti interceduti; e questo ci sembra anche un argomento non lieve per giudicare la veridicità di Maurizio egualmente nelle cose le quali il Campanella, pei bisogni della sua difesa, o tacque o espose per modo da mostrarne autore Maurizio.

In sostanza, sia pure che Maurizio abbia rivolto al Campanella le solite dimande sulle mutazioni e su ciò che vi era da fare, il Campanella, in presenza di fra Dionisio e del Prestinace, lodò che egli stesse in arme e l'eccitò ad avere molti compagni, poichè in tal guisa sarebbe divenuto grande, adducendo gli esempi del Caldora, del Piccinino, del Fortebracci; stigmatizzò con argomenti tratti dalla Bibbia la nuova numerazione fatta dal Governo (la numerazione de' fuochi fatta nel 1596, rifatta nel 1598, contro la quale Maurizio non era in grado di conoscere gli argomenti Biblici); infine gli disse di voler fondare la repubblica, dandogli animo a concorrervi con amici, ed egli si offrì. Solamente obbiettò che senza danari non si potea far nulla, ma il Campanella gli rispose che li avrebbe presi Marcantonio Contestabile dal Castello di Arena; e gli fece anche intendere che ne avea parlato ad uomini principali, tra gli altri a D. Lelio Orsini, il quale dovea venire a governare lo Stato di Bisignano e avrebbe aiutato l'impresa (supposizione del Campanella, se non artificio). Dichiarò inoltre Maurizio che non sarebbe intervenuto nè avrebbe condotto gente, se non avesse vista già cominciata la guerra (la guerra da cui avrebbero dovuto scaturire le mutazioni di Stato); e il Campanella gli disse che avrebbe cominciato dal far ribellare Catanzaro, e si convenne che fra Dionisio, presente al colloquio, sarebbe andato a trovar gente in Catanzaro per fare la ribellione, onde egli vi acconsentì. Poi un giorno, essendosi visti alcuni legni turchi, fra Dionisio e il Campanella dissero voler andare a trattare di quel negozio, facendo intendere a Maurizio che bisognava cercare l'aiuto e il favore de' turchi, e fra Dionisio, in compagnia del Petrolo ovvero senza tale compagnia, mostrò di scendere alla marina per andarvi, sotto pretesto che dovea riscattare un suo fratello preso da loro; ond'egli più tardi, all'occasione della comparsa di Amurat Rays in quelle marine, si decise ad andare lui stesso a trattare, senza esservi stato propriamente mandato dal Campanella. D'altra parte il Prestinace gli disse che nella repubblica si sarebbe vissuto in comune, e il Campanella gli confermò questo, e gli disse pure che la generazione dovea farsi dagli uomini buoni, cioè valorosi e gagliardi (ciò che fu scritto poi nella Città del Sole); e il medesimo Campanella disse che voleva aprire i sette sigilli, che al tempo della guerra avrebbe fatto miracoli, che intendeva dar libri in volgare e far bruciare i latini, forse alludendo a' libri della fede, perchè i latini imbrogliavano la gente, ed anche, parlando de' turchi, ne disse bene, e parlando di Gesù lo disse un grande uomo dabbene in guisa da far sospettare che non credesse alla divinità di lui. Maurizio dichiarò che la religione doveva esser messa da parte, e che non avrebbe mai consentito che se ne fosse trattato; ma il Campanella gli spiegò che intendeva solamente riformare gli abusi della religione. Intanto fra Dionisio interloquiva anch'egli, ma sempre in un senso irreligioso. Un giorno, e forse questa volta d'accordo col Campanella, notò che il Papa e i Cardinali non rispettavano i precetti ecclesiastici relativi al digiuno e all'astinenza dal mangiar carne; un altro giorno parlò di un fatto osceno commesso da un frate coll'ostia consacrata, e dell'annegamento di un sacerdote avvenuto in Roma insieme con le ostie che era andato a ritirare da una Chiesa durante l'inondazione del Tevere, volendo inferirne che l'Eucaristia non avesse il valore attribuitole, non essendosi verificato alcun miracolo in tali circostanze; un altro giorno, avendo visto nella Chiesa del convento Maurizio inginocchiato, gli disse all'orecchio che voleva gli uomini appunto così, che sapessero fingere. — Dobbiamo aggiungere che quando Maurizio trovava Giulio Contestabile presso il Campanella, come accadeva quasi sempre, Giulio non dava a diveder nulla, e Maurizio seppe dal Campanella la partecipazione di lui nella congiura sol quando erano stati già da un pezzo carcerati: inoltre che durante i colloquii fra Pietro di Stilo andava e veniva, ma non vi prendeva alcuna parte.

Commentando un poco questi fatti, che rappresentano la base di tutto ciò che accadde in sèguito, possiamo farci un concetto abbastanza chiaro della congiura e de' suoi capi. Il Campanella si rivela certamente il motore unico della macchina: nessuno sarebbe stato in grado di esserlo al pari di lui; così tutti in massa, congiurati, denunzianti, persecutori, giudici, inquisiti, non lo posero mai in dubbio. Consigliere intimo del Campanella era forse Gio. Gregorio Prestinace, rimasto assolutamente nell'ombra, perchè riuscito a nascondersi nel tempo delle persecuzioni: conoscitore degli uomini e delle cose della provincia, egli dovè fornire al Campanella le notizie delle quali aveva bisogno, e difatti le rivelazioni processuali ce lo mostrano presente in tutti i colloquii, consapevole anche de' particolari della repubblica da doversi fondare; l'aver messo l'occhio su Maurizio, forse anche l'averlo fatto venire a Stilo col pretesto che bisognava controbilanciare l'influenza di Marcantonio Contestabile, dovè essere opera sua. Maurizio poi era il capo di coloro che avrebbero dovuto agire per l'insurrezione, ma prescelto dal Campanella, esecutore de' progetti del Campanella, mentre Marcantonio, pur sempre secondo i progetti del Campanella, avrebbe agito del pari ma in un'altra direzione: egli già uomo d'armi, assennato ed accorto, diede maggior consistenza a' progetti indicatigli, ne avviò anche i preparativi con molta efficacia come vedremo in sèguito, ma in somma accolse i progetti, non li creò; se si spinse a pratiche co' turchi non concertate precedentemente, ne avea pure avuto qualche cenno dal Campanella, e ad ogni modo queste sole sue pratiche non basterebbero a costituirlo capo di una congiura nella quale il Campanella si sarebbe trovato involto senza saperlo. Quanto a' frati, fra Dionisio conosceva già i progetti del Campanella, essendone verosimilmente il consigliere come vedremo del pari in persona del Pizzoni, ma non faceva che secondarli ed anche in modo tutto suo, rimescolando profondamente le coscienze di coloro i quali egli voleva spingere ne' concerti per la ribellione: non si potrebbe credere che egli ritenesse argomenti serii contro la fede cristiana quelli che svolse a Maurizio, senza far torto alla sua cultura che sappiamo essere stata non così scarsa, ma si deve piuttosto dire che ritenesse indispensabile scuotere in qualunque maniera la fede per destare gli animi e renderli audaci; così vedremo poi sempre le dette scempiaggini propalate da lui e da alcuni altri frati suoi adepti, ripetute con storpiature ed aggiunte da altri adepti insulsi ed esaltati, infine malamente attribuite al Campanella, il quale aveva senza dubbio convinzioni poco cattoliche, ma non partecipava alle dette scempiaggini, e voleva una religione anche come strumento di regno. Quanto al Petrolo, egli pure conosceva i progetti del Campanella e vi aveva aderito, come nel processo confessò, ma vi partecipava debolmente, secondo la sua umile posizione: infine quanto a fra Pietro di Stilo, egli li conosceva del pari e forse più addentro degli altri; ma vi partecipava meno di tutti, per la ragione che poco ci credeva, ed anzi quasi ne rideva, come vedremo a suo tempo. Nè lasceremo questi apprezzamenti senza fare avvertire che ciascuno di costoro mostrò in sèguito precisamente la condotta notata da Maurizio quando ebbe occasione d'incontrarsi con essi; la qual cosa aggiunge un peso sempre più grande alla credibilità delle rivelazioni di Maurizio. — Adunque non solo l'idea di un movimento insurrezionale per fondare la repubblica, ma anche il modo di procedervi, erano suggeriti dal Campanella, il quale in alcune circostanze apparve meno, perchè seppe essere un cospiratore abbastanza circospetto. Infatti talvolta condusse il suo discorso in modo che la proposta d'insorgere venisse dal suo interlocutore, e talvolta anche fece parlare ma non parlò; nella faccenda dell'accordo col Turco invogliò soltanto ed anzi fece invogliare Maurizio ad attendervi, senza esporre francamente il suo concetto; ebbe perfino cura che qualche affiliato o qualche gruppo di affiliati non conoscesse l'altro. Bisognava cominciare dal far l'insurrezione in Catanzaro, poi, alla peggio, si sarebbero ritirati su' monti segnatamente a Stilo, verso cui i passi stretti rendeano difficile l'accedere delle milizie[262]; il modo di fornirsi di danaro era preveduto, ma bisognava far coincidere il movimento con la venuta de' turchi, i quali avrebbero tenuto a bada gli spagnuoli. Questa faccenda dell'accordo del Turco fu poi sempre vivamente ripudiata dal Campanella, che disse l'accordo avvenuto con sua meraviglia e disapprovazione: ma s'intende che la cosa a que' tempi era tanto scandalosa da dover obbligare assolutamente a ripudiarla, ed egli, che avea saputo mantenersi in disparte da questo lato, potea lavarsene le mani con una certa apparenza di verità; tuttavia dobbiamo ricordare che professava dovere i turchi dividersi in due fazioni, l'una delle quali avrebbe combattuta l'altra, che pochi mesi prima avea saputo il Cicala andato in cerca di sua madre fervente cristiana e separatosi da essa non senza lagrime, che infine nel libro della Monarchia di Spagna aveva appunto insegnato come si potesse profittare di qualche capitano turco stato già cristiano, indicando il Cicala, l'Ochiali, lo Scanderbergo[263].

Presi i concerti suddetti, ognuno si pose all'opera. Maurizio profittò dell'occasione per trattare l'accordo co' turchi, e si recò sulle galere che erano veramente quelle di Amurat, chiedendo di riscattare quattro persone di Guardavalle come ci dice un frammento della Difesa di due imputati, mentre il Carteggio del Residente Veneto ci dice che Amurat appunto a' primi di giugno trovavasi sulle coste di Calabria, e il giorno 7 fece anche uno sbarco alla Catona presso Reggio[264]; quindi si occupò senza dubbio di trovare amici, e disporli alla «fattione contro il Re». Marcantonio si pose anch'egli a cercare amici, e vedremo che tornò poi presso il Campanella col Caccìa ed un altro fuoruscito affiliato. Fra Dionisio andò a trovare qualche altro frate, e con lui e con un giovane che convertì per via si spinse fino a Messina; quindi tornò presso il Campanella, accompagnato anche dal Petrolo e da un terzo frate, che gli avea procurato l'acquisto di un'altro giovanotto. In questo mentre avvennero i terribili terremoti, già previsti e poi più volte ricordati dal Campanella, onde specialmente in Reggio ed anche in Messina si ebbe grave danno, essendo durati non meno di tre giorni e fino alla sera del 10 giugno[265]. Il Campanella fu poco dopo chiamato dal Marchese d'Arena e dovè andare presso di lui.

Verso il 20 giugno il Campanella ebbe questa chiamata dal Marchese d'Arena, da non doversi confondere con un'altra chiamata posteriore, della quale soltanto si ha il ricordo nella sua Dichiarazione. Sappiamo che era allora Marchese d'Arena D. Scipione Concublet de Bavaria (correttamente «De Bavero»), successo a D. Gio. Francesco suo padre e a D. Carlo suo fratello primogenito, morti l'uno in gennaio l'altro in settembre dello stesso anno 1582[266]: egli viveva allora con la sua famiglia nel Castello d'Arena, ma nella 2.ª metà di giugno, trovandosi in giro per que' paesi, era venuto a Monasterace, non lungi da Stilo, e quivi era ospite di D.ª Dianora Toraldo Signora della terra, come la chiamò uno degli inquisiti che depose tale fatto nel processo. Dagli scrittori in materia di nobiltà, e meglio anche da' Cedolarii, conosciamo che Signore di Monasterace in quel tempo era Giuseppe Galeota, figlio di Mario e di Eleonora Toraldo: costei, figliuola di D. Gasparre Toraldo 5.º Signore di Badolato e sposa a Mario Galeota, era rimasta vedova fin dal 1590; non a torto quindi veniva considerata Signora di quella terra[267]. Di là il Marchese fece chiamare il Campanella volendo parlare con lui; e il Campanella si recò in Monasterace, e vi si trattenne sei giorni. Quali argomenti trattasse il Campanella col Marchese non ci è noto, ma non è arrischiato l'ammettere che le vicine mutazioni da tutti aspettate fossero l'oggetto precipuo dei colloquii, bene inteso rimanendo nascosti i progetti del Campanella; poichè, quantunque il

Marchese fosse poi stato nominato qual complice, sappiamo invece che egli doveva essere una delle vittime del movimento; ma interruppe i colloquii fra Dionisio, venuto con la sua comitiva a Monasterace in cerca del Campanella, che con quel sèguito fece ritorno a Stilo.

Ecco pertanto il giro che fra Dionisio finiva di compiere in quel momento. Licenziatosi in fretta dal Campanella e dagli altri congregati in Stilo, egli si recò a Condeianni, dove era Vicario del convento de' Domenicani fra Giuseppe Bitonto di S. Giorgio: abboccatosi con costui partì l'indomani per Oppido, ove risedeva in qualità di Viceconte il fratello Ferrante. Fra Giuseppe Bitonto, nello stesso giorno in cui partiva da lui fra Dionisio, si recava in S. Giorgio e quivi chiamava un suo cugino Cesare Pisano e con lui raggiungeva immediatamente[268] fra Dionisio in Oppido: di là tutti e tre l'indomani si recarono insieme a Bagnara e quindi a Messina. Questo Cesare Pisano, figlio di Fabio, era un giovane di 24 anni, clerico, ma di costumi assai tristi: una volta avea servito per testimone al Polistina in Napoli contro fra Dionisio, quando si trattava la causa dell'omicidio di P.e Pietro Ponzio, e però al vederselo davanti, fra Dionisio ne rimase turbato; ma dietro assicurazioni del Bitonto presto s'acquetò. Trattavasi di uno di quelli che poteano servire nell'impresa disegnata, e non appena in viaggio, tra Oppido e Bagnara, fra Dionisio si occupò subito di catechizzarlo col metodo da lui prescelto, assistendolo pure fra Giuseppe Bitonto in tale ufficio: cominciò a dire che non c'era Dio, non c'era altro Dio che la natura, inezia la confessione, inezia il temere di far peccato, fra Tommaso Campanella avrebbe fatte nuove leggi essendo quasi un Messia; gli annunciò inoltre una fazione di grande importanza che si volea fare, per la quale occorrevano uomini di valore ed alla quale volea che avesse preso parte, giacchè sarebbe stata l'esaltazione sua, ma per allora non gli spiegò di che si trattasse.

Giungendo a Bagnara e fermandovisi due giorni, fra Dionisio che era stato invitato a predicare vi fece una delle sue buone prediche sull'Evangelo, poichè, come diceva al Pisano, «sapeva predicare l'uno e l'altro». A Messina si trattennero circa sei giorni, dimorando i due frati nel convento de' Domenicani, e Cesare Pisano all'osteria: ritornarono quindi per la stessa via di Bagnara, e si ridussero, fra Dionisio ad Oppido presso il fratello Ferrante, il Pisano a S. Giorgio, il Bitonto a Condeianni. Ma dopo circa dieci giorni, fra Dionisio accompagnato da un fra Giuseppe Jatrinoli e da un giovanotto a nome Giuseppe Grillo figlio naturale di Gio. Alfonso, tornò a Condeianni; quivi si unì al Bitonto ed anche al Pisano che vi era venuto da S. Giorgio, e tutt'insieme si diressero a Stilo per vedervi il Campanella[269]. In questo secondo viaggio si fermarono prima alla Motta Placanica, ove alloggiarono nel convento, l'indomani si recarono a Stignano, e là furono a pranzo in casa di Gio. Alfonso Grillo che era di Oppido ma dimorava a Stignano, coll'intervento di fra Domenico Petrolo, di un D. Marco Petrolo e di Geronimo Campanella padre di fra Tommaso, quindi passarono a Stilo menando con loro anche fra Domenico: non trovarono là fra Tommaso, ed avendo saputo che era in Monasterace vi si recarono immediatamente, rimanendo a Stilo il solo Giuseppe Grillo; in Monasterace poi si fermarono appena tre ore, e preso con loro il Campanella si ridussero tutti insieme a Stilo. Vedremo fra poco quali furono i discorsi scambiati col Campanella, ma per ora importa dire che nel pranzo di Stignano fra Dionisio fece uno de' suoi maggiori sproloquii, evidentemente per catechizzare Cesare Pisano e Giuseppe Grillo; e disse che non c'era Dio nè Trinità al modo che si crede, sibbene uno spirito che governa e move il tutto, che Dio era la natura, che non c'erano diavoli, nè inferno, nè purgatorio, nè paradiso, che Cristo non era vero figlio di Dio ma un semplice Nazareno, che il sacrificio della Messa facevasi per bere, che nell'ostia non c'era Cristo e potea rilevarsi dal fatto che la mangiano i vermi, che fra Tommaso Campanella volea predicare e fare nuove leggi e nuovi statuti, ed egli con lui, portando gli uomini alla libertà naturale. Gli altri frati applaudivano e commentavano, e ne sembravano intesi del pari i due Petrolo, i quali del resto andavano e venivano (come probabilmente faceva anche Geronimo Campanella) per rendere servigi agli ospiti, ma pure non mancavano d'interloquire; p. es. fra Domenico Petrolo diceva al Pisano, «che ti credi, che ci sia Dio Padre quel barbuto come si dipinge?», e tutti i frati continuavano separatamente a dire qualche cosa dello stesso genere. Così si sarebbe parlato contro la verginità di Maria, contro i miracoli di Gesù ed anche de' Santi, contro le relazioni tra Gesù e S. Giovanni, contro le prescrizioni della Chiesa, contro l'istituzione monastica di ambo i sessi, contro l'autorità e la moralità del Papa, de' Cardinali e de' Vescovi; fra Dionisio vi avrebbe pure narrato il solito fatto osceno contro il Sacramento dell'altare, aggiungendovi inoltre il fatto di un Inglese che in Roma diè un pugno al Sacramento senza alcuna conseguenza miracolosa, ma fu poi bruciato vivo d'ordine del Papa; e si può dire che queste ultime proposizioni furono probabilmente enunciate, mentre sulle altre rimane qualche dubbio[270]. Con ciò si sarebbe parlato ancora di progetti del Campanella in un modo esageratissimo e scempiato; che egli era il vero legislatore e il vero Messia, che con la sua predica e dottrina, e col valore de' tanti che lo seguivano, avrebbe levato la fede di Cristo e si sarebbe impadronito del mondo; ma infine segnatamente fra Dionisio e il Bitonto gli comunicarono la risoluzione di ribellare il Regno e sottrarlo al dominio del Re di Spagna, e che per questo effetto aveano concerti con molti fuorusciti, ed anche con molti gentiluomini e Signori, tra' quali il Marchese d'Arena ed altri. Finalmente poi questi frati, compreso fra Domenico Petrolo, conchiusero che bisognava far parlare il Pisano col Campanella. — Come dicevamo, non trovarono il Campanella a Stilo ed andarono a cercarlo a Monasterace. In questa traversata s'incontrarono con Marcantonio Contestabile, Gio. Tommaso Caccìa ed un altro fuoruscito abbastanza rinomato per molti delitti, Gio. Francesco d'Alessandria, i quali si recavano del pari a Stilo presso il Campanella, e continuarono la loro via, probabilmente dietro l'assicurazione che fra Dionisio e compagni andavano a prenderlo e tra poco sarebbero tornati con lui. Essi trovarono infatti il Campanella a Monasterace, in casa della S.ᵃ D.ᵃ Eleonora insieme col Marchese d'Arena, e seppero che vi stava già da sei giorni. Il Campanella prese subito licenza da questi Signori, e poco dopo, accompagnato da tutta la comitiva venuta a rilevarlo, tornò a Stilo. Durante il viaggio gli fu presentato il Pisano come uno degli amici; stando a cavallo gli domandò se era prete di Messa, e udito che era chierico, tenne qualche discorso con lui dilucidandogli alcuni dubbi. Secondochè il Pisano potè capire e riferire col suo limitato intelletto, il Campanella gli avrebbe confermato che non ci era vita futura, dicendo che i corpi nostri erano come quelli de' bruti e che le anime nostre si convertivano in non essere; quanto poi all'essenza di Dio, gli avrebbe detto di star contento a ciò che i frati gli aveano significato, trattandosi di cose troppo elevate per la sua intelligenza; così il Pisano rimase persuaso che quanto gli era stato detto da' frati veniva approvato dal Campanella[271].

Prima di andar oltre riesce necessario chiarire un poco tutto questo andirivieni. Vi sarebbero due maniere di spiegarlo; o che fra Dionisio, con la sua tendenza a vagare e col bisogno di una compagnia, tanto per soddisfare alla sua indole ciarliera quanto per provvedere alla sua sicurezza personale, sia andato fino a Messina per fare qualche acquisto associandosi a qualche compagno di viaggio, e poi abbia fatto lo stesso nel volersi recare a Stilo; ovvero, con l'impegno di trovare amici ed alleati per l'impresa da doversi compiere, siasi rivolto al suo germano Ferrante e ad altri individui di sua conoscenza, e tra essi a que' frati, che potevano fare al caso suo e raggranellare anche qualcuno, principalmente poi abbia adempito ad una missione segreta in Messina, e sia venuto da ultimo presso il Campanella per dar conto di questa missione e di tutti gli altri maneggi, presentando i frati amici insieme co' primi saggi della loro raccolta. Quando più tardi si dovè rendere ragione di questi viaggi ne' tribunali, si disse appunto che fra Dionisio era andato a Messina per comperar pepe, tostati e la Biblioteca Santa del Sisto, come il Bitonto per comperar materassi; del viaggio sussecutivo a Stilo non si rese ragione alcuna, e solo il Bitonto accennò all'essere andato a Stilo per pregare il Campanella che gli facesse avere l'incarico di qualche predicazione. Tutto ciò è possibile, ma è possibile anche l'altra versione, specialmente se si tengano presenti tutte le circostanze anteriori e posteriori: a noi pare molto accettevole la seconda maniera di spiegare la cosa, e giungiamo fino a credere che fra Dionisio abbia potuto andare in Messina per far arrivare cautamente al Cicala qualche sua lettera, giacchè un documento da noi trovato nell'Archivio di Spagna in Simancas ci mostra che appunto in questo tempo da Messina e dalla casa stessa del Cicala partivano le informazioni che costui desiderava, e poi, alcuni anni dopo, si vide fra Dionisio scappato dal carcere riparare appunto in casa del Cicala a Costantinopoli[272]. Il viaggio a Messina fu più tardi minutamente vagliato intorno all'eresia e non intorno alla congiura: noi non vorremmo menomamente sembrare più crudeli del crudelissimo Avvocato fiscale che tanto aggravò la causa di questi disgraziati, e però ci limitiamo ad enunciare la nostra idea e ad abbandonarla alla meditazione de' lettori, ma ricordando che nel tempo in cui fra Dionisio si recava a Messina, Maurizio non aveva ancora avuta occasione di andar lui presso i turchi. Certamente poi da tutto l'insieme de' fatti successivi, ed anche soltanto da' fatti che si verificavano in quei giorni, si ha motivo di ritenere che i suddetti viaggi si connettevano col lavoro per la congiura.

In Stilo non sappiamo veramente quali discorsi siano stati allora fatti tra il Campanella e que' frati: sappiamo solo che l'indomani parlarono a lungo tra loro senza l'intervento del Pisano e del Grillo, e poi, rimanendosi fra Dionisio, ciascuno degli altri prese la volta della sua dimora. Ma vi erano già arrivati anche Marcantonio Contestabile col Caccìa e con Gio. Francesco d'Alessandria, il quale era stato sollecitato propriamente dal Caccìa. Nemmeno sappiamo i discorsi fatti col Contestabile; c'è tuttavia ogni ragione di credere che costui abbia dovuto egualmente render conto de' suoi maneggi e de' compagni che avea trovati. Sappiamo solamente i discorsi fatti dal Campanella in presenza del Caccìa e del D'Alessandria, secondochè li rivelò poi il Caccìa nel processo della congiura, ma, come abbiamo già avuta occasione di dire, alle rivelazioni del Caccìa non si può troppo aggiustar fede, essendo state fatte fra tormenti atroci. Secondo il Caccìa, nella sua cella insieme con fra Dionisio, il Campanella manifestò loro la congiura e i preparativi che già si faceano: ripetè che in quell'anno 1599 e 1600 dovevano esservi le grandi mutazioni, affermò che ci erano molti altri congiurati per fare le Provincie di Calabria repubblica, con l'aiuto anche del Turco e d'altri Signori, manifestò che «Mauritio e un altro di Reggio di Casaspano (*sic*) haveano fatto una gran quantità di forusciti», e che lui, il Campanella, «voleva essere Monarca del mondo et dare nova legge»[273]. In verità non apparisce credibile che quest'ultima proposizione abbia potuto essere stata detta ad un uomo come il Caccìa, e però tutta la rivelazione sua rimane infirmata: può ammettersi solamente che Gio. Francesco d'Alessandria dovè essere catechizzato nel senso delle prossime mutazioni e rivoluzioni, e tutti doverono essere infervorati a star pronti e a cercare altri compagni. Tre giorni durò la permanenza di questi fuorusciti nel convento di Stilo: il Campanella e fra Dionisio rimasero soli, ma per brevissimo tempo; giunse in fretta il Bitonto e fu necessario che il Campanella, insieme con lui e fra Dionisio, si mettesse di nuovo in viaggio. Passiamo a dire ciò che era accaduto.

Nel partire da Stilo, fra Giuseppe Bitonto e fra Giuseppe di Jatrinoli furono accompagnati da Cesare Pisano fino alla Motta Placanica; di là, separandosi dal Pisano, proseguirono fino a Castelvetere e si fermarono nel convento del loro Ordine; e sia per accidente, sia con premeditazione, videro un Felice Gagliardo di Gerace che stava nelle carceri di Castelvetere e tennero con lui un abboccamento. Questo Felice Gagliardo ci darà molto da dire nel sèguito della nostra narrazione. Giovane a 22 anni, di molto ingegno e di nessuna coscienza, temerario e peggio, avea preso moglie in Condeianni ma dimorava in Gerace con un Pietro Veronese suo patrigno, ed entrambi menavano pessima vita: nel Grande Archivio abbiamo intorno a loro trovato un documento che mostra come fin da due anni prima si dilettassero di grassazioni e di furti[274]. Vedremo più tardi che Felice, stando poi carcerato in Napoli, continuava a tenere corrispondenza con una banda di fuorusciti, alla quale non era estraneo il Veronese e della quale facea parte un suo fratello a nome Lucio, che andò a finire ucciso come bandito con taglia, e Felice medesimo, liberatosi da' travagli per la congiura e l'eresia, andò poi a finire sul patibolo per delitti comuni. Egli avea da due anni conosciuto il Bitonto che era stato in Condeianni a predicare: in sèguito, essendo sorta inimicizia tra lui e il proprio cognato a nome Felice Regitano, gli avea tirato un colpo di fucile, per la qual cosa si trovava in carcere. Secondo il Bitonto, il Gagliardo lo chiamò per raccomandarsi che avesse pregato i suoi parenti in suo favore, procurandogli la remissione da parte loro; ma ciò non toglie che il Bitonto, a quanto pare, avesse fatto assegnamento sopra di lui per la ribellione; di fatti gli avrebbe detto di voler procurare l'accomodamento in Condeianni, e frattanto stesse di buon animo, chè vedrebbe succedere cose le quali gli sarebbero di grandissima utilità. Giunto a Condeianni, non mancò di trattare co' parenti del Gagliardo, ma costoro si negarono affatto: pertanto Cesare Pisano veniva carcerato, e il Bitonto dovè occuparsi di lui. — Di ritorno dal viaggio fatto, Cesare Pisano si era appropriata una giumenta del Principe della Roccella, che era pure Marchese di Castelvetere, e però fu preso dagli ufficiali del Principe e tratto alle carceri di Castelvetere: il Bitonto gli avrebbe detto che andasse di buon animo, che troverebbe là Felice Gagliardo amico suo; frattanto cercò subito che il Campanella e fra Dionisio parlassero al Principe della Roccella in favore di Cesare, e così ebbero a mettersi di nuovo in viaggio tutt'insieme per tale scopo.

Era il 1° o il 2° giorno di luglio, quando il Campanella, fra Dionisio e fra Giuseppe Bitonto, partiti da Stilo giungevano in Castelvetere. Quivi dapprima visitarono Cesare Pisano nel carcere, di poi così il Campanella come fra Dionisio si recarono presso il Principe per supplicarlo che lo liberasse: e pare che il Principe lo facesse sperare, tanto che circa venti giorni dopo, ritenendo la cosa ben certa, fra Dionisio ne annunziava la liberazione ad un altro frate che era zio di Cesare, fra Vincenzo Rodino di S. Giorgio; ma veramente il Principe non ne fece nulla. Intorno poi alle parole scambiate tra' frati e il prigioniero, secondo il Bitonto gli si sarebbe detto solamente di star di buon animo; secondo Felice Gagliardo si tenne un discorso lungo e segreto, ed oltracciò, finito il discorso, Cesare che già si era stretto a lui lo presentò al Campanella dicendo, «questo giovane è di Condeianni e potrà servire et mover genti», e il Campanella e fra Dionisio gli avrebbero entrambi detto di dar credito a quanto gli sarebbe stato comunicato da Cesare[275]. Avvertiamo una volta per sempre che le asserzioni di Felice Gagliardo non si possono ritenere senza le più grandi riserve: ma è verosimile che il Bitonto, nell'altro suo abboccamento con lui, gli avesse parlato della ribellione, non senza condire il discorso con le teoriche antireligiose giusta il metodo di fra Dionisio, e che Cesare gli avesse continuato a parlare sempre più efficacemente nello stesso senso; così il Gagliardo potè essere presentato al Campanella e a fra Dionisio, venendo scambiata tra loro qualche parola di complimento e forse anche qualche allusione coverta alle imprese disegnate. Certo è che fu questa la prima volta in cui Felice Gagliardo venne a contatto col Campanella e con fra Dionisio, e per pochi istanti. Certo è del pari che Cesare, infatuato pe' discorsi precedentemente avuti con fra Dionisio e con gli altri frati, si fece a catechizzare Felice Gagliardo, il quale non avea veramente molto bisogno di essere catechizzato, e così pure gli altri che stavano o vennero successivamente nello stesso carcere per imputazioni diverse, durante i tre mesi e più che là fu rinchiuso. Con l'eccitamento del neofito e con la storditaggine che gli era propria, cominciò fin dalla prima sera a trattenersi con Felice Gagliardo su' noti argomenti, esagerando quanto aveva imparato ed aggiungendovi del suo. Non esisteva Trinità, l'ostia non conteneva Cristo (dimostrandolo col solito fatto osceno, che attribuiva a sè medesimo per vanteria ed anche al Bitonto), Cristo era un povero pezzente sporco «zazzaruso», che si scelse per compagni dodici altri pezzenti ed era in relazioni pessime con Giovanni; de' miracoli di Cristo non si dovea creder nulla perchè riferiti da' suoi parenti ed amici; Lazzaro era risorto per via di erbe, e Maria era una schiava nera d'Egitto concubina di Giuseppe, e però nell'Officio si diceva «nigra sum»; nel morire le anime si convertivano in ombre fugaci e spiriti aerei e i corpi in pietre, non c'era inferno nè paradiso nè diavoli, cose inventate «ad terrorem», le vigilie co' digiuni erano state inventate per far morir presto, e poi le solite storie della mala vita de' Papi e dei Cardinali, de' conventi etc. E poi, che il Messia Campanella aveva armi e genti assai e denari, ed avrebbe conquistato più Stati e Regni che non ne conquistarono gli Apostoli, perchè «vis unita fortior»; e presto vi sarebbero rivolture e Campanella farebbe nuove leggi. Pare impossibile che questo sciagurato ciarlasse tanto co' suoi compagni di carcere; ma egli medesimo ebbe poi a dire che discorse così largamente di eresia con loro, perchè «credeva più facilmente indurli o confirmarli alla ribellione temporale».. «per vedere si loro erano boni per la ribellione»[276]. Avea dunque adottato pienamente il metodo di fra Dionisio, e con questo metodo egli infervorava alle cose nuove, oltre Felice Gagliardo, un Orazio Santa Croce di Gerace, un Geronimo Conia di Castelvetere, un Camillo Adimari di Altomonte paggio del Principe della Roccella, un Gio. Angelo Marrapodi di Sta Agata mastrodatti: e pare che meno quest'ultimo di età più inoltrata e repugnante propriamente alle teoriche irreligiose, gli altri, che aveano da' 19 a' 30 anni di età, consentissero più o meno ma senza scoprirsi troppo; erano giovani e non de' più pacifici, stavano in carcere e non vedevano l'ora di uscirne, aveano quindi ragione di accogliere siffatte cose molto volentieri. L'essere poi stati, all'infuori del Gagliardo, più o meno discolpati dal medesimo Pisano negli ultimi momenti di sua vita, come ci mostra un documento da noi rinvenuto nell'Archivio dei Bianchi di giustizia, deve intendersi nel senso che essi, all'infuori del Gagliardo, non si manifestarono esplicitamente con lui; e per verità non avrebbero potuto manifestarsi, vedendolo facile a ciarlare così leggermente di cose tanto delicate. Secondo le rivelazioni che più tardi fecero contro di lui gl'individui suddetti, e segnatamente il Gagliardo ed il Conia, egli avrebbe loro esposta la congiura per filo e per segno, con molti particolari di grande importanza: probabilmente costoro vi erano stati già iniziati, ed anche poterono foggiare molte cose sulle notizie che allora ne correvano; non di meno deve ritenersi per certo che egli ne abbia parlato enfaticamente, dietro ciò che glie ne aveano detto in ispecie fra Dionisio, fra Giuseppe Bitonto e fra Giuseppe Jatrinoli. Pertanto è facile vedere che lo zelo del Campanella in favore di Cesare non va spiegato unicamente co' riguardi verso i suoi amici che glie lo raccomandarono; lo zelo stesso di fra Dionisio per quest'uomo, di cui non aveva avuto punto a lodarsi in passato, non va spiegato unicamente co' riguardi verso il Bitonto; senza dubbio le premure pel Pisano mettevano capo alla sua qualità di affiliato alla congiura.

Vediamo ora le ulteriori mosse del Campanella. È accertato che egli si trattenne due soli giorni in Castelvetere, e che tornato a Stilo, insieme con fra Dionisio, continuò d'accordo con costui a sollecitare amici e far raccolta di fuorusciti. Più volte avea scritto a fra Gio. Battista di Pizzoni, il quale ricoverava nel suo convento un fuoruscito molto noto, a nome Claudio figlio di Ferrante Crispo: oltracciò si trovava ricoverato nel convento di Soriano un altro fuoruscito non meno noto, Giulio Soldaniero di Borrello in compagnia di un suo servitore anche più agile di lui nelle armi, a nome Valerio Bruno di Motta Filocastro, e il Campanella pensò di far parlare egualmente a questo Soldaniero.

Fra Gio. Battista di Pizzoni risedeva appunto nel convento di Pizzoni, paesello distante poche miglia da Soriano: il convento era piccolo ed abbastanza isolato, e non conteneva più di due sacerdoti e due o tre «terzini o terzi habitelli» come solevano chiamarsi i frati inservienti; nè occorre dire che in questa specie di conventi non c'era ombra di regole monastiche. Fra Gio. Battista vi avea titolo di Vicario; con lui stava il suo fido fra Silvestro di Lauriana, e tra' terzini stava fra Fabio Pizzoni nipote di fra Gio. Battista, le cui relazioni con fra Silvestro aveano già dato da dire anche troppo. Non erano mai mancati i fuorusciti in quel convento, e il predecessore di fra Gio. Battista, fra Ferrante da Soriano, avea passato pericolo di essere precipitato dalle finestre per mano di quelli che si trovavano là ricoverati: avendovi giurisdizione il Vescovo di Mileto, ed obbligando costui, come già conosciamo, i superiori dei conventi a ricoverare i fuorusciti sotto pena delle censure ecclesiastiche, Claudio Crispo, giovane fuoruscito per omicidio, vi stava in piena regola, e fra Gio. Battista mantenevasi con lui in buonissime relazioni, anche perchè, a quanto pare, gli serviva da braccio forte verso i suoi nemici. Aveva poi fra Gio. Battista avuta occasione di conoscere pure Giulio Soldaniero, ed ecco in che modo. Giulio, anche lui di soli 22 anni, possidente, con moglie, si era fatto capo di banditi, avendo ucciso due suoi cugini Marcello e Pietro Soldaniero, oltre una donna, Vera la Rocca, per ereditarne, come dicevasi, le sostanze; ma ne rimanea tuttora vivo un altro, Eusebio Soldaniero, e costui si era fatto bandito egualmente, per difendersi e per vendicare i suoi fratelli. Giulio risedeva ordinariamente nel convento di Soriano, convento magnifico, divenuto una delle maraviglie della Calabria, possedendo un'immagine portatavi nientemeno che da S.ᵃ Caterina e da M.ᵃ Maddalena: egli vi stava già da oltre otto mesi, avea quivi passata la quaresima assistendo a tutte le prediche fatte in tal tempo da fra Gio. Battista da Polistina (circostanza da ricordarsi), e per voto alla Madonna dell'Idria, fatto un giorno che gli toccò una ferita d'archibugio, si asteneva da' cibi di grasso il martedì; con tutto ciò i Superiori del convento affermavano esser lui uomo di mala vita, ma il Vescovo di Mileto non volea che venisse espulso. Eusebio risedeva ordinariamente in Serrata casale di Borrello; intanto un giorno corse voce che fosse venuto nel convento di Pizzoni per trovarsi più vicino a Giulio ed insidiarne la vita; Giulio scrisse allora una lettera minatoria a fra Gio. Battista, il quale si affrettò a dissipare l'equivoco, si diè premura di vederlo e rimase con lui in buoni termini. Potea dunque servire per invitare Giulio a far parte della congiura; e veramente come costui si fece poi a confidare al Priore di Soriano, più volte lo sollecitò in questo senso; tuttavia parve bene che gli si facesse udire anche la voce di fra Dionisio, e così fu convenuto, quando, dietro le insistenze del Campanella, dovendo anche aggiustare una faccenda d'interessi con un fra Marcello Basile francescano, fra Gio. Battista si risolvè di andare a Stilo.

Ma appunto in quel tempo, durante la prima settimana di luglio, il Campanella, chiamato un'altra volta dal Marchese, dovè recarsi ad Arena. Fra Gio. Battista di Pizzoni ve l'accompagnò, e così pure fra Dionisio, unitamente a Marcantonio Contestabile, Gio. Tommaso Caccìa e un altro fuoruscito, con molta probabilità Giovanni Morabito, che per essere di Filogasi conoscevasi col nome di Giovanni di Filogasi: vedremo infatti più tardi distintamente nominato questo Giovanni di Filogasi come uno della compagnia[277]. Fece inoltre egualmente parte della compagnia questa volta il fratello del Campanella Gio. Pietro, armato anch'egli, come i fuorusciti predetti, di fucile e pistola (scoppetta e scoppettuolo, quest'ultimo noverato tra le armi proibite). Il Campanella fu alloggiato presso il Marchese in castello, nell'altura di Arena; tutti gli altri si rimasero nella terra, certamente in compagnia di Gio. Francesco d'Alessandria che soleva stare in Arena. Ma l'indomani fra Gio. Battista di Pizzoni e fra Dionisio se n'andarono alla volta di Soriano presso Giulio Soldaniero; ed ecco due uomini, già inimicissimi, in sèguito ravvicinati, ora stretti al punto da compiere insieme una missione molto delicata: volle poi fra Dionisio addurre l'antica inimicizia per mostrare che la cosa non fosse stata possibile, ma risulta da fonti numerosi e indubitabili che egli andò veramente presso il Soldaniero insieme con fra Gio. Battista, e la sua negativa medesima mostra che quest'andata aveva uno scopo compromettente.

La missione presso Giulio Soldaniero, eseguita senza dubbio con l'intesa del Campanella ne' primi giorni della sua dimora in Arena, per la grande importanza che ebbe in sèguito merita di essere conosciuta ne' suoi più minuti particolari. Giunti i due frati a Soriano, Dionisio dimandò subito del Soldaniero, ed immantinente ebbe luogo uno stretto colloquio. Fra Gio. Battista, che sembra essersi allora limitato a promuovere la reciproca conoscenza tra' due interlocutori, lasciando a fra Dionisio il còmpito di trattare, l'indomani se ne partì per Pizzoni: fra Dionisio poco dopo lo seguì senza che se ne sia mai conosciuto bene il motivo, avendo taluno detto che temeva che fra Gio. Battista conducesse il Campanella a Pizzoni, ed altri invece detto che voleva appunto condurre il Campanella a Pizzoni; ma più plausibile apparisce l'aver voluto far premura a fra Gio. Battista che senza perdita di tempo conducesse Claudio Crispo presso il Campanella. Certo è che nello stesso giorno poi fra Dionisio tornò e ripigliò i colloquii col Soldaniero, rimanendo una volta anche a pranzo con lui, e il giorno seguente tornò pure fra Gio. Battista accompagnato da Claudio Crispo e diretto ad Arena, allo scopo, come egli diceva, di procurarsi la protezione del Marchese per riscuotere un legato. Fra Dionisio si fermò in Soriano tutto quel giorno ed anche il giorno dopo, nel quale, essendo domenica, ad istanza di alcuni cittadini e propriamente di un Rutilio di Pucci, fece una predica e poi se ne andò egli pure ad Arena. Questo si può raccapezzare da' racconti contradittorii ed anche iniqui intorno a siffatta visita di fra Gio. Battista e fra Dionisio al Soldaniero. Certo è che i colloquii con costui, segnatamente per parte di fra Dionisio, continuarono in modo più o meno interrotto dal giovedì alla domenica, e non è difficile intendere su quali argomenti versassero. Fra Dionisio seguì il suo solito metodo di catechizzare, accennando le profezie, magnificando la persona del Campanella, esponendo i disegni della ribellione, ma sviluppando al tempo medesimo principii irreligiosi: senza dubbio si può e si deve usare molta riserva intorno alla misura di siffatti colloquii, avendo di poi influito le più infami circostanze ad estenderla oltre ogni limite come a suo tempo vedremo; ma intorno alla natura loro non può muoversi dubbio veruno, essendo una ripetizione di discorsi analoghi tenuti già in analoghe occasioni. Fra le varie rivelazioni discordi e bugiarde, abbiamo quelle del Priore e del Lettore di Soriano (fra Giuseppe d'Amico e fra Vincenzo di Lungro) che per verità non possono menomamente ritenersi disinteressate, ma ad ogni modo sono più serie di quelle del Soldaniero e compagno, ed ecco ciò che risulta da esse. Fra Dionisio avrebbe parlato della ribellione contro il Re, dicendo pure che molti Signori erano dalla parte de' congiurati; avrebbe inoltre esternato principii irreligiosi dando un pugno ad un crocifisso dipinto nel dormitorio e dicendo che non bisognava credergli, affermando che i Sacramenti erano stati istituiti per ragione di Stato, che non si dovea credere ad un poco di farina mista coll'acqua e poi cotta, che taluno (anzi

173

egli stesso) avea fatto dell'ostia quell'uso osceno tante volte accennato, che i miracoli erano baie, ed il Campanella potea farli e li avrebbe fatti al tempo della ribellione. Queste cose il Soldaniero comunicò al Priore ed al Lettore di Soriano vari giorni dopo che fra Dionisio era partito dal convento, ed anzi al Priore comunicò dapprima le sole cose concernenti la ribellione e molto più tardi, in agosto, comunicò pure le cose di eresia. Nè attribuì mai a fra Gio. Battista, in quel tempo, l'aver detta alcuna cosa di eresia, comunque avesse affermato che più volte egli era stato da lui tentato per la ribellione; del rimanente disse al Lettore che il Campanella, fra Dionisio, fra Gio. Battista, fra Silvestro di Lauriana, fra Pietro di Stilo e fra Domenico di Stignano «erano tutta una cosa insieme»; così per la prima volta troviamo fatta menzione di questo gruppo, che con fra Giuseppe Bitonto, fra Giuseppe Jatrinoli e fra Paolo della Gretteria rappresentò tutto il gruppo de' frati promotori della ribellione[278]. Non ci fermiamo sopra altre circostanze della ribellione e dell'eresia, che il Soldaniero manifestò più tardi, quando tradì nel modo più atroce i congiurati, e che per tale motivo non possono tutte accogliersi alla leggiera; probabilmente fra Dionisio disse molto più di quanto il Soldaniero comunicò al Priore ed al Lettore, ma ciò che ci risulta dalle rivelazioni di costoro basta per fare intendere, che sollecitato dal Pizzoni, persuaso da fra Dionisio, sotto gli auspicii del Campanella, il Soldaniero col suo Valerio Bruno per lo meno era in via di entrare a far parte della congiura. Dobbiamo poi notare un'altra circostanza importantissima, che fu rivelata dal medesimo Priore fra Giuseppe d'Amico. Un giorno, nell'agosto, gli fu mostrata dal Soldaniero una lettera scritta e sottoscritta dal Campanella, il cui carattere egli conosceva molto bene, e nella fine di essa si leggeva il seguente brano, «di quel tanto che vi ha ragionato il Padre lettore fra Dionisio, del tutto mi rimetto al mio locotenente fra Gio. Battista di Pizzone». Pur troppo il Campanella si spinse fino a dar fuori sue lettere, dirigendone non solo al Soldaniero ma anche a qualche altro fuoruscito; e vedremo che questa diretta al Soldaniero fu portata da fra Pietro di Stilo, come risulta da una spontanea deposizione di fra Pietro medesimo, al quale è impossibile negar fede. Dopo tutto ciò non farà meraviglia che nella Dichiarazione, e così pure nella Difesa, il Campanella non abbia mai parlato di queste sue relazioni col Soldaniero, ed invece abbia appena citato quest'uomo nella Dichiarazione tra gli amici di Maurizio, ed abbia poi ingarbugliato le cose di questo periodo nella Narrazione così come segue: «Sapendo Fra Dionisio ch'il Polistena volea farlo uccidere com'il zio per mezzo di Giulio Saldaneri, che stava ritirato in convento di S. Domenico di Suriano per haver ucciso dui proprii fratelli per la robba, però cercò guastar quella amicizia del Polistena col Saldaneri per via di Mauritio Rinaldi amico di Saldaneri, e volea uscir con loro in campagna risolutamente per ammazzar il Polistena. Però con tutti parlava di mutatione di secolo et del Regno». È facile rilevare che queste cose furono scritte assolutamente pel bisogno di scolparsi, ma sono ben lontane dalla verità.

Abbiamo veduto il Pizzoni con Claudio Crispo andare presso il Campanella ad Arena. Fu questo evidentemente un altro acquisto per la ribellione, e Claudio, nel processo consecutivo, confessò in tortura di aver trovato ad Arena il Campanella, che nel castello medesimo del Marchese, in una camera segreta, gli comunicò la ribellione, aggiungendo pure nientemeno che erano in aiuto di essa il Principe di Bisignano e D. Lelio Orsini, ed egli promise di trovar gente, e parlò con Gio. Tommaso Caccìa e Giovanni Morabito; sicuramente d'allora in poi il Crispo ed il Caccìa rimasero in molto stretta relazione tra loro. Ma secondo la Dichiarazione del Campanella, che fu poi confermata in un senso meno semplice dalla sua confessione in tortura, egli venne pregato da fra Gio. Battista di visitare Pizzoni e di parlare delle mutazioni al Crispo; e così andò a Pizzoni e là, coll'occasione di un discorso sulla fabbrica dell'Astrolabio, si fece a parlare delle mutazioni e della convenienza di trovarsi pronti e di avere molti compagni. Aggiunge ancora nella confessione, e poi nella Difesa, che fra Gio. Battista avea premura che si parlasse al Crispo, perchè costui volea passare a nozze e conveniva distoglierlo da tale idea, ad oggetto di mantenerselo disponibile come suo braccio forte. Ma evidentemente questo fatto potea bene stare insieme con l'altro, eppure deve notarsi che la faccenda delle nozze non si pose innanzi fin da principio nella Dichiarazione, sibbene più tardi, allorchè vi fu tempo di poter trovare qualche pretesto: importa poi ben poco che il colloquio siasi tenuto in Arena o invece in Pizzoni, rimanendo sempre indubitato che si sollecitò Claudio Crispo a prender parte nelle mutazioni da dover accadere, ed egli si offerse, vantandosi anche di avere amici per l'impresa; in ciò si accordano tanto il Crispo quanto il Campanella. È verosimile che in Arena sia stato cominciato isolatamente, ed in Pizzoni poi sia stato proseguito con più largo uditorio, il discorso delle mutazioni con le relative conseguenze: poichè vedremo il convegno di Pizzoni avere avuta un'importanza assai più grande, e il Campanella dovè in sèguito studiarsi di restringerne le proporzioni, limitandolo al solo discorso per Claudio Crispo.

Dobbiamo ora notare un altro fatto che il Campanella affermò avvenuto durante la sua permanenza in Arena, l'avere cioè saputo per lettera di Giulio Contestabile che Maurizio era andato sulle galere d'Amurat Rais. Nella Dichiarazione egli disse che questa lettera era venuta a lui medesimo; nella confessione disse invece che era venuta a fra Gio. Battista di Pizzoni e a Claudio Crispo. La prima versione è certamente più probabile, come è più probabile che la lettera gli sia stata diretta da Maurizio in persona[279]. Con questa lettera ci sembra chiaro che doveva essergli partecipata non già l'andata sulle galere di Amurat, a lui certamente già nota, ma la risposta di Costantinopoli, la notizia della sicura venuta del Cicala in settembre e dell'adesione sua a' loro progetti: una galera distaccata del medesimo Amurat, di quelle che si dicevano «lingue» perchè prendevano e davano informazioni sulle coste, potè servire a tale scopo, sicchè Maurizio dovè recarvisi di nuovo e conoscere l'esito della trattativa. I particolari poi di ciò che si era convenuto furono da Maurizio spiegati al Campanella più tardi, quando potè abboccarsi con lui: ne parleremo dunque anche noi a suo tempo, e qui notiamo, che al punto cui siamo pervenuti il Campanella potè esser certo che le trattative col Turco erano state conchiuse. Aggiungiamo poi che la lettera la quale annunziava le trattative conchiuse fu con ogni probabilità recata da fra Pietro di Stilo, poichè troviamo fra Pietro venuto allora in Arena, a quanto pare accompagnato da Fabrizio Campanella parimente armato come Gio. Pietro Campanella: questa venuta di fra Pietro, il quale «era un poco parente di Maurizio» come ebbe poi a dire nel processo di eresia, dà motivo a credere che la lettera di annunzio delle trattative conchiuse dovè essere stata scritta dallo stesso Maurizio, e che fra Pietro, compreso della gravità di essa, non volle affidarla ad altre mani. Così accadde pure che lo stesso fra Pietro, dopo alcuni giorni, si fece latore di un'altra lettera scritta dal Campanella a Giulio Soldaniero, e si recò in sèguito a Davoli, appunto in quella terra in cui soleva risedere Maurizio presso il sacerdote D. Marcantonio Pittella. Aggiungiamo inoltre che poco dopo, in data del 25 luglio, Maurizio si fece a scrivere al Crispo che egli era «l'istessa persona con fra Tomase», per eccitarlo senza dubbio a seguirne i ragionamenti col mettergli innanzi la propria partecipazione all'impresa. Del pari in data del 25 luglio, da Davoli, Maurizio scrisse ad un Gio. Francesco Ferraima «che venesse a trovarlo senza dire nè dove va nè a chi va, e vada cautelatamente, e quando entra sia con honestà, et che Donno Marco Antonio Pittella li darà nova dove me ritrovo, et che entrii di notte, et che haveano da raggionare negotio importantissimo, il quale non patisce dilatione, e tardando sgarraremo (*intend.* sbaglieremo) negotio, che spero arrivaremo hoggi, et che desiderando haver contento dele cose ch'hà desiderate si ne venghi subito». Vedremo che queste lettere furono disgraziatamente trovate ed inserte nel processo che ne seguì: esse intanto mostrano che a quella data Maurizio, avuta l'assicurazione della non lontana venuta dell'armata turca e del poter procedere d'accordo con essa, si dava grandissima premura di affrettare i preparativi, e dopo aver cercato d'infondere la premura medesima nel Campanella e socii, cercava di eccitare personalmente gli amici a lui noti ed anche di raccoglierne de' nuovi. Le sue sollecitazioni non riuscirono inutili; ma già il solo annunzio dell'accordo co' turchi avea destato in tutti un gran movimento. Fra Gio. Battista, nella data medesima del 25 luglio, scriveva a un fra Pietro Musso da Monteleone una lettera, nella quale «trattava di congregatione di forasciti et arme», come già fra Dionisio gli avea pure scritto precedentemente in data del 10 giugno. E sembra che del pari al 25 luglio debba riferirsi una lettera di Claudio Crispo a un Geronimo Camarda, nella quale «li tratta della congiura et de la sicura vittoria *nel mese di settembre*, nomina fra Gio. Battista, fra Dionisio et il Campanella, saluta Donno Gio. Battista Cortese et Donno Gio. Andrea Milano, advertendo pur vengano con V. S. conferme semo stati a Filogasi con fra Gio. Battista de Pizzoni, et finisce venga in effetto quel che noi speramo». Anche queste lettere vedremo che caddero in mano degli ufficiali

Regii e furono come le precedenti inserte nel processo, dal quale ebbe a rilevarle il Mastrodatti facendone il sunto che abbiamo fedelmente riportato: e bisogna aggiungere inoltre ciò che il Campanella manifestò nella sua confessione. Fra Gio. Battista e Claudio Crispo mandarono a chiamare perfino Eusebio Soldaniero; a tale scopo fra Silvestro di Lauriana si portò a Serrata, ma Eusebio non ci volle andare. Evidentemente si riteneva che questa impresa dovesse segnare il termine di tutti gli odii anche più implacabili, dovesse apportare il bacio della pace generale, come del resto si è preteso sempre in altrettali momenti; se non che Eusebio forse dubitò di qualche tranello da parte d'individui i quali erano in istretta relazione col suo nemico Giulio, e ad ogni modo non ne volle sapere. Intanto fra Dionisio se n'era in tutta fretta andato a Nicastro, per passare immediatamente a Taverna, dove era stato assegnato come lettore fin dal maggio senza aver mai curato di recarvisi, e quindi, messa in regola la sua posizione, ripigliare le sue escursioni per raccogliere amici, segnatamente in Catanzaro, dove era convenuto che avesse a spiegare la sua azione. Il Campanella poi, non appena potè lasciare il Marchese, se ne andò a Pizzoni, per infervorare gli amici già raccolti ed assicurarsi anche di Giulio Soldaniero, il quale avrebbe dovuto egualmente là convenire. Dobbiamo del resto rammentare che, oltre la sollecitazione di Maurizio, raddoppiò il fervore del Campanella la comparsa di quella tale cometa marziale e mercuriale, che appunto in luglio fu vista correre presso la terra da ponente a levante, e che egli interpretò per la venuta di gente dal di fuori contro i Reggitori della Provincia.

Erano già quindici giorni da che il Campanella si trovava in Arena, e di là potè finalmente recarsi in Pizzoni. Secondo fra Gio. Battista ciò accadde il 25 luglio; ma dovrebb'essere accaduto non così tardi, avendo lo stesso fra Gio. Battista dichiarato che due giorni prima fra Dionisio, di passaggio per Pizzoni, si era trattenuto un poco con lui, e sappiamo di certo per un documento inserto nel processo, che fra Dionisio il giorno 21 era già in Nicastro. O dunque il Campanella partì prima del 25, o fra Dionisio non si fermò punto in Pizzoni: questa seconda ipotesi è più probabile, giacchè da una parte fra Dionisio avea molta fretta, e d'altra parte fra Gio. Battista dichiarò che in questa sua fermata fra Dionisio gli avea tenuto discorsi di eresia, la qual cosa, come vedremo in sèguito, non si può accettare senza riserva. Il Campanella fu accompagnato a Pizzoni dagl'individui medesimi che l'avevano prima accompagnato in Arena, con queste poche varianti. Mancava fra Dionisio, già partito; vi era invece fra Pietro di Stilo, e con lui probabilmente, come abbiamo detto, Fabrizio Campanella armato. Quest'ultima circostanza risulterebbe dalla deposizione di fra Gio. Battista, che confusamente parlò di «parenti armati» i quali accompagnavano il Campanella in Arena; oltracciò dal fatto, che lo stesso Fabrizio Campanella lo accompagnò più tardi a Davoli presso Maurizio. E su tale proposito bisogna notare che il Campanella, nella sua Dichiarazione, cercò quasi di giustificare la compagnia di gente armata, col dire che un Colella e un Giovannello di Gioia l'aspettavano per ammazzare suo fratello che era con lui; la qual cosa in realtà non sarebbe per que' tempi inverosimile[280]. Fra Gio. Battista medesimo, certamente insieme con Claudio Crispo, volle pur egli accompagnare il Campanella, e difatti si portò ad Arena, non senza rivedere il Soldaniero nel suo passaggio per Soriano; giunto quindi presso il Campanella entrò a far parte della comitiva. Si ebbe così una comitiva piuttosto numerosa, certamente più numerosa di quanto poteva comportare il piccolo convento destinato ad accoglierla, e però dovè fare una certa impressione; giacchè troviamo essersi detto più tardi che v'era stato in Pizzoni un gran convegno di congiurati e un gran banchetto, in cui si era stretto il fascio e si erano spinti innanzi gli accordi. Giulio Soldaniero, il quale avrebbe dovuto andarvi e non vi andò, giunse a dire che «se ricolsero in Pizzoni più di trenta cinque capi»[281] de' quali non sapeva il nome, citando però tra coloro che conosceva Eusebio Soldaniero nemico suo per comprometterlo; forse anche l'aver creduto che vi si dovesse trovare Eusebio lo decise a non andarvi. E poichè si riteneva aver proceduto di pari passo la trasgressione nelle cose dello Stato e quella nelle cose della Chiesa, venne poi facilmente accolta pure la voce che nel banchetto, tenutosi di venerdì, si era mangiato carne e segnatamente si era mangiata la porchetta. Fra Paolo della Grotteria, il quale da Vallelonga convenne pure a Pizzoni ma vi giunse la sera sul tardi, depose che la riunione accadde realmente di venerdì, e potè dare soltanto la lista del desinare dell'indomani concepita in termini più che magri, quali si leggono ne' documenti annessi a questa narrazione: relativamente poi alle persone riunite, egli nominò, oltre il Campanella, fra Gio. Battista di Pizzoni, fra Silvestro di Lauriana che co' «due terzi habitelli faceva la cucina», fra Pietro di Stilo, un giovanetto che chiamavano Gio. Pietro (Gio. Pietro Campanella) «et con questo dui altri, uno basciotto et un altro alto negro» (Fabrizio Campanella e Marcantonio Contestabile); dippiù «v'erano dui figlioli di ferrante Chrispo, c'era anco uno di Squillace chiamato Gio. thomase caccia che diceano ch'era preite, c'era anco un altro giovane di Filogaso chiamato Gioanne, et non mi recordo il cognome... tutti questi sopra nominati stavano armati di scopette et scopettolo, eccetto uno dilli figli di Chrispo»[282]. Troppo furono ingrandite in sèguito le proporzioni di questo convegno: ma, tolte di mezzo le esagerazioni, rimane sempre che i principali fuorusciti[283] di quelle parti facevano corona al Campanella e a fra Gio. Battista, meno Gio. Francesco d'Alessandria che forse accompagnò fra Dionisio, e Giulio Soldaniero che mancò all'appello. La riunione durò quattro o cinque giorni secondo il Pizzoni, sette giorni secondo fra Silvestro di Lauriana. Stando alle dichiarazioni di fra Paolo della Grotteria, «il Campanella e fra Gio. Battista di Pizzoni tutto il giorno parlavano con li banditi in secreto et a longo»; ma certamente non v'erano altri estranei co' quali potessero parlare. Stando alle dichiarazioni di fra Gio. Battista, precisamente il 28 luglio, nel passeggiare con lui in Chiesa, il Campanella gli avrebbe parlato in particolare delle sue previsioni e profezie, de' futuri rumori, ribellioni e mutazioni di Stati, dimandandogli se avesse aderenza con fuorusciti,

178

ed invitandolo a volergli dare costoro a sua devozione e collegarsi con lui: ma non occorre far avvertire che tali discorsi erano passati tra loro molto tempo prima. Inoltre avrebbe detto che gli pareva di essere stato proprio eletto da Dio per insegnare la verità e levare molti abusi grandi che regnavano nella Chiesa e massime ne' Prelati, che i Sacramenti erano solo per ragione di Stato, che il canto usato dalla Chiesa era una cosa frivola e pareva quasi che con esso si burlasse Iddio: e poi che il Sacramento dell'altare era una semplice commemorazione e tutti gli altri Sacramenti non erano stati ordinati da Gesù, la Trinità era una chimera, e molte e molte altre eresie, le quali del rimanente gli sarebbero state già prima comunicate una per una da fra Dionisio Ponzio, allorchè, due giorni innanzi, era passato per Pizzoni. Ma vedremo a suo tempo quali e quante ragioni influissero a far parlare fra Gio. Battista in tal modo, senza per altro escludere che il Campanella alle volte esternasse tra gli amici da lui stimati più fidi (e fra Gio. Battista era del numero) qualcuna delle sue intime credenze, non che qualcuna delle riforme le quali avrebbe avuto in animo d'introdurre: intorno a ciò ci riserbiamo di esporre più in là, una volta per sempre, quanto ci risulterebbe più vero tra le tante cose che gli vennero attribuite. Vediamo intanto ciò che sarebbe avvenuto in Pizzoni secondo lo stesso Campanella: ecco come egli ne fece il racconto nella sua Dichiarazione. «Me venne a visitare (*in Arena*) fra Giovan Battista Cortese de Piczoni con Claudio Crispo, et pregato ch'io andase a Piczoni che l'haveriano havuto in favore grande, et cossì ci andai, mosso da paura che certi nemici della casa mia, Colella e Giovanello de Gioia, m'aspettavano per amazzare mio fratello che era con me, et do poi in Piczoni ragionai con loro, et havendo visto che fra Gio. Battista tenea un libro della fabrica dell'Astrolabia, et che parlava de cose future, richiesto da loro disse della mutatione che si aspettava secondo fra Gio. Battista havea detto a loro; et Claudio vantandosi d'havere amici se fosse bisogno de fare guerra, io le disse che sarebbe bene haverne assai, per che sempre giova, et che li Principi et Re tengono conto di coloro i quali han più amici, et sempre vi servirano, et cossì le disse quel che havea detto a Mauritio, il qual'ancora era amico di Claudio, et conobbi con ogn'un che parlavo, che tutti erano disposti a mutatione, et per strada ogni Villano sentiva lamentarsi; per questo io più andava credendo questo havere da essere». Quasi non occorre dire che tali cose furono certamente dette non al solo Claudio Crispo, ma anche a tutti gli altri là presenti, i quali il Campanella ebbe cura di non nominare; nè a tali cose soltanto dovè limitarsi il discorso. Se si potesse accogliere pienamente quanto si fece poi a deporre fra Gio. Battista, il Campanella già si vantava di avere l'aiuto del Turco, essendosi negoziato col Bassà Cicala, e diceva che in principio gli bastavano la lingua a persuadere i popoli e le armi de' banditi, e poi avrebbe quelle di altri più potenti, che voleva predicare contro la tirannide di Re Filippo e de' suoi Principi, ed anche contro il Papa, i Cardinali e i Vescovi, che prima si doveva ammazzare il Vicerè di Catanzaro e poi gli ufficiali, ed allora alzar voce di ribellione e far repubblica.

Non si potrebbe menomamente affermare che tutto ciò sia stato palesato a' convenuti in Pizzoni, ma è credibilissimo che qualche cosa di simile sia stata annunziata. Intanto il Campanella pensò pure ad assicurarsi del Soldaniero, e non avendolo visto, prese la grave determinazione di scrivergli una lettera, la quale fu consegnata da fra Pietro di Stilo, che si partì un giorno prima degli altri da Pizzoni per recarsi a Davoli, e passò a tale scopo per Soriano. Quando più tardi fu conosciuto l'iniquo voltafaccia del Soldaniero, fra Pietro, ritenendo senza dubbio che la cosa fosse stata già palesata, si diè premura di non nasconderla, e non solo attestò di aver consegnata al Soldaniero questa lettera, ma ancora di avergli detto per imbasciata che il Campanella «l'era molto servitore et che desiderava molto di vederlo», lodandogli grandemente fra Tommaso e pregandolo che volesse andare da lui; parrebbe pure che il Soldaniero gli avesse detto di essergli stati comunicati da fra Dionisio i progetti del Campanella con tutto il corredo delle eresie, e che fra Pietro gli avesse raccomandato di non palesar nulla di tali cose essendo fra Dionisio uno scapato. Da parte sua il Soldaniero negò sempre di aver ricevuta una lettera del Campanella, e ciò si spiega considerando che tale fatto l'avrebbe dato a divedere complice nell'impresa: ma abbiamo già avuta occasione di dire che il Priore di Soriano assicurò di aver letto egli medesimo una lettera del Campanella mostratagli dal Soldaniero, in fine della quale il Campanella diceva di rimettersi al suo locotenente fra Gio. Battista; v'è quindi ogni motivo di ritenere non solo che la lettera sia stata realmente inviata, ma anche che con essa il Campanella, non avendo potuto di persona trattare col Soldaniero, abbia accreditato fra Gio. Battista presso di lui.

Come si vede, quando le cose stringevano, fra Pietro di Stilo non rifuggì dall'impegnarsi personalmente nella faccenda della congiura. Amava moltissimo il Campanella, di cui non cessava di lodare la grande dottrina; si occupava pure di un matrimonio tra un suo fratello e una sorella (cugina) di fra Tommaso «pur sua parente», matrimonio che poi non ebbe effetto pe' dolorosi incidenti sopravvenuti; oltracciò era «un poco parente di Maurizio». Tali circostanze, emerse nel processo di eresia, spiegano il suo impegno diretto in questo momento assai delicato delle trattative: del resto possiamo dire che egli dubitò sempre della serietà dell'impresa, e sovente si permise di scherzare intorno ad essa: difatti, mentre ognuno se ne imprometteva onori e grandezze, egli soleva dire tra i frati che avrebbero preso una moglie per uno, e da parte sua moriva della voglia di prenderla, delle quali proposizioni dovè poi render conto al S.^{to} Officio. Vedremo che il Campanella nella sua confessione in tortura, rivelando coloro i quali doveano con lui predicare per la repubblica, nominò il Pizzoni, il Petrolo, il Lauriana, fra Dionisio, e soggiunse che fra Pietro di Stilo avea saputo la cosa all'ultima ora, e nemmeno interamente, poichè non ispirava fiducia, essendo un pazzo! Evidentemente il Campanella volle nascondere qualche cosa, ma la definizione che diè del suo amico, messa in raffronto con gli scherzi di lui intorno a' beneficii della grande impresa, conferma che fra Pietro ci credeva poco, e vi si trovò impigliato per compiacenza più che per convincimento. Secondo le sue deposizioni, allorchè s'incontrarono in Arena, il Campanella gli avrebbe parlato delle profezie, delle mutazioni prossime e dell'esser bene per chi si trovasse armato, e presolo per la mano gli avrebbe detto, «fra Pietro, è stato scritto contro di me da quelli di Stilo al Nuntio et al Papa, ch'io ho amicitia di banniti, per questo io me spagnio, (*int.* mi spavento) un poco». Ma forse accadde appunto il contrario, e dovè fra Pietro spaventarsi un poco ed avvertire ancora una volta il Campanella, che qualcuno di Stilo avrebbe potuto rivelare la sua amicizia co' banditi: circa poi le profezie e tutto il resto, fra Pietro dovea aver conosciuto da lungo tempo ogni cosa, e forse anche per esse egli ebbe tanto meno la forza di contraddire al Campanella, mentre tutti vi credevano e a tutti una mutazione pareva inevitabile. Così non poche furono le ragioni che l'indussero ad uscire dalla sua riserva e farsi latore di lettere, le quali, se fossero cadute nelle mani degli ufficiali Regii, l'avrebbero compromesso nel peggior modo. Al momento cui siamo giunti, egli si recava a Davoli, alla residenza abituale di Maurizio; non sappiamo cosa vi andasse a fare, ma si può ben ritenere che andasse a consegnare a Maurizio qualche lettera del Campanella.

III. Oramai il lavoro ferveva a tutti i lati, e non giunse ad interromperlo nemmeno un avvenimento verificatosi in que' giorni appunto, avvenimento che contribuì in modo gravissimo alla rovina de' frati e di tutta l'impresa. Per commissione del P.e Generale una Visita si dovea fare ne' conventi delle Calabrie, essendo stato mandato qual Visitatore il P.e Marco da Marcianise, di cui abbiamo già avuta occasione di dire qualche cosa nel parlare de' tumulti di S. Domenico di Napoli. Fu questo il motivo per lo quale fra Dionisio ebbe fretta di portarsi a Nicastro e quindi a Taverna, volendo mettersi in regola e poi continuare la sua propaganda. Egli si sentiva minacciato di una sostituzione nel lettorato di Taverna e forse anche di qualche maggiore gastigo, per la protratta noncuranza dell'assegnazione avuta dal Capitolo. Ciò risulta da una sua lettera in data del 21 luglio da Nicastro, diretta a fra Vincenzo Rodino di S. Giorgio, nella quale, mentre gli annunzia la liberazione del Pisano per opera sua e del Campanella, credendola in realtà avvenuta, dice ancora, «molte altre cose passano che non le può sopportar penna»; partecipa inoltre l'arrivo del Visitatore nella Provincia, e mostra di credere che tale visita sia una conseguenza de' suoi memoriali al Papa contro l'ex-Provinciale fra Giuseppe Dattilo, denominato nel gergo fratesco il Cepolla; infine soggiunge che si sarebbe portato l'indomani a Taverna lettore, «per non dar sodisfatione ad alcuni che han cercato andarci». Evidentemente a quella data fra Dionisio non conosceva ancora chi fosse il Visitatore, in caso opposto non avrebbe mai potuto crederlo favorevole alla fazione sua. Ad ogni modo andò al suo posto in Taverna; se non che quivi, coll'indole sua irrequieta ed impetuosa, finì per aggravare moltissimo la sua condizione. Facea parte di quel convento un giovane frate, piccolo, rossetto (così ci viene descritto da più fonti), nativo di Nizza del Monferrato, a nome fra

Cornelio: il Campanella nelle sue Difese lo disse lombardo, e nell'Informazione ci fece sapere che non era nemmeno regolarmente professo, sibbene un intruso; questa circostanza non potrebbe far maraviglia, visto il procedere scompigliato di que' tempi, ed è superfluo poi ricordare che la presenza de' napoletani e de' lombardi era allora un fatto ordinario ne' conventi Domenicani delle due regioni. Fra Dionisio, trovato questo frate alla mensa in un posto che invece spettava a lui, lo fece levare di là bruscamente; in questo si accorda ciò che disse il Campanella nell'Informazione e ciò che fu scritto negli Articoli difensivi dati da fra Dionisio nel consecutivo processo di eresia; ma quivi si aggiunse ancora, che innanzi a più e diversi frati lo avea confuso dicendogli che non intendeva la materia *de censuris* e la scomunica. Fra Cornelio vendicativo più dello stesso fra Dionisio, ed inoltre ambizioso e maligno all'eccesso, fu preso quale compagno dal Visitatore, dietro consiglio de' Polistina, del Dattilo e di tutta la fazione avversa a fra Dionisio: vedremo subito con quale spirito egli entrasse in ufficio, e sarà noto una volta di più come gravissimi fatti possano nascere dalle più lievi cause. Una rissa accaduta poco tempo dopo, nella quale fra Dionisio venne a ferire un frate, diè l'occasione alle prime avvisaglie. Questo è accennato anche dal Campanella nell'Informazione; ma nel processo di eresia è narrato in tutti i suoi particolari ed in un modo abbastanza comico dal Barone di Cropani, il quale fu uno de' carcerati come complice nella congiura, e disse di aver trattato con fra Dionisio solamente per siffatto motivo. «Havendo fra Dionisio una cagnola quale mangiò la piatanza ad un frate, quello frate venne in rissa con fra Dionisio, di maniera che fra Dionisio bastoniò quel frate, et per questo mi pregò andare dal Provintiale di Calabria che io lo facesse venire da lui, che con una correggia in canna se li voleva buttare alli piedi e dimandare l'assolutione de la scomunica incorsa». Veramente fra Dionisio non era soltanto incorso nella scomunica, sibbene, come ci fece sapere il Campanella nella Dichiarazione e poi nell'Informazione, sempre con qualche variante atta ad aiutare la sua causa, era stato dal Visitatore condannato al confine in Celico, casale di Cosenza, sotto pena della galera con la privazione del lettorato e dell'abito per tre anni: ma anche prima di conoscere tale condanna, egli si pose in giro, con la ragione o col pretesto di trovare amici che lo facessero assolvere, e al tempo stesso col proposito sempre più acuto di trovare amici per la ribellione. Vedremo più in là i particolari di quest'altro periodo della sua propaganda; per ora c'importa non lasciare troppo indietro il Campanella.

Dopo quattro o cinque giorni o poco più di permanenza in Pizzoni, il Campanella si ridusse a Stilo, e poi passò anche qualche giorno in seno alla famiglia in Stignano. Intanto, come risulta da ciò che scrisse nella sua Dichiarazione, Maurizio venne a Stilo, e non avendolo trovato, perchè egli era già andato a Stignano, gli lasciò una lettera con la quale lo pregava di venire a trovarlo a Davoli per cose d'importanza: dopo qualche esitazione egli vi andò, accompagnato dal Petrolo e da Fabrizio Campanella, e trovato presso il Pittella Maurizio, costui gli fece conoscere ciò che avea trattato col Turco e gli mostrò anche una scrittura turchesca, la quale il Campanella non seppe leggere. Fermandoci dapprima su questa scrittura turchesca, dobbiamo dire che essa era senza dubbio un salvacondotto, come risultò dalla confessione medesima di Maurizio. Dobbiamo aggiungere che parecchi tra' più vicini a Maurizio la qualificarono egualmente: così il suo servitore Tommaso Tirotta dichiarò, che quando Maurizio mostrò al Campanella in presenza d'altri «lo scritto che ebbe da' turchi», lo disse un salvacondotto, e che un Pietro Jacovo Garzia diceva, «ora potremo andare sicuri che abbiamo il salvocondotto». Ma questo si ebbe dopo che si era «trattato et concluso con Morat Rays» della ribellione, come risultò dalle parole di Maurizio, e meglio ancora dalle parole del Campanella nella Dichiarazione, dove egli appunto espose ciò che Maurizio «havea capitulato con li turchi», riferendolo per dichiarare che se n'era mostrato dispiaciuto ed allarmato. Maurizio gli avrebbe detto che «esso havea trattato con Amurat sopra le galere che venisse l'armata del turco, che esso volea pigliare Catanzaro et la Provintia»: il Campanella non l'avrebbe approvato affatto, per la semplice ragione che i turchi erano nemici da non potervisi fidare e sempre giuravano il falso; Maurizio rispose «ch'havea capitulato con li turchi che non havessero assai a tener dominio in Calabria, ma solum assistere nel mare per fare paura a chi lo contrastasse, et che li turchi voleano solo il trafico in questo Regno et non altro», e gli mostrò la carta turchesca, ma il Campanella continuando a lamentarsi di lui avrebbe deciso di lasciare la sua amicizia. Questo espose il Campanella; dal canto suo Maurizio espose, che avendo comunicato ciò che avea trattato e concluso, «tutti (meno il Pittella che rimase indifferente) mostrorno haverne gran contento, et ne giubilorno, laudando et dicendo ch'havea fatto assai di quello che loro desideravano», bensì confermò aver fatto ogni cosa «da per se solo et non per conseglio ne per ordine et consenso di detto fra Thomase»[284]. Passando oltre per ora alla dispiacenza o al giubilo del Campanella, cominciamo dal rilevare che vi furono patti abbastanza chiari: l'armata del Turco avrebbe dovuto venire in Calabria (senza dubbio in un tempo determinato e in un numero di galere determinato) per far paura nel mare a chi contrastasse da questa via, facendo anche sbarchi ed occupando temporaneamente terre di Calabria; Maurizio, lui personalmente, avrebbe dovuto pigliare Catanzaro ed estendere la sua azione a tutta la Provincia, obbligandosi ad accordare a' turchi per l'avvenire vantaggi commerciali. Con ogni probabilità vi furono anche altri patti, e per lo meno i patti precedenti, p. es. quello dell'occupazione delle terre di Calabria da parte dei turchi, doverono essere meglio determinati. Dal processo consecutivo non emerse nulla intorno a ciò, ma bisogna ricordarsi che noi possediamo solamente i brani del processo concernenti le accuse contro gli ecclesiastici, e il Campanella, e tanto più il Pittella, dietro la leale confessione di Maurizio risultarono scagionati dall'accusa della convenzione col Turco. Questo non vuol dire che veramente il Campanella non ne avesse dirette le fila con molta astuzia, per mezzo di Maurizio dalla via di

Amurat, e forse anche per mezzo di fra Dionisio dalla via di Messina, ma quest'ultima via rimase coperta, e l'altra riuscì tutta a carico di Maurizio, ond'è che non conosciamo il fatto in tutta la sua estensione. Nondimeno quel poco che ne conosciamo riesce di molta importanza. Era capitolato che i turchi «non havessero assai a tener dominio in Calabria», ma doveano dunque tenervi dominio, benchè temporaneo e di breve durata: così non fu una invenzione degli ufficiali Regii che si volea far occupare la Calabria da' turchi, e le rivelazioni di taluni complici (Claudio Crispo, Cesare Mileri), che dissero essersi convenuto di dare molte fortezze e terre in mano de' turchi, non furono propriamente effetto d'insinuazioni e di tormenti. E come potremmo credere che il Campanella fosse stato davvero interamente estraneo alle trattative e dispiaciuto per esse? Tutti i fatti precedenti e così pure i sussecutivi ci autorizzano a credere l'opposto. Concediamo pure che forse egli non avrebbe voluto l'occupazione turca, comunque limitata e temporanea, e che tale patto convenuto da Maurizio gli abbia recato sorpresa e dispiacere; ma è facile comprendere che non si poteva fare in modo diverso, e se veramente così avvenne per parte del Campanella, Maurizio, il quale rimane sempre il capo responsabile dell'azione con le armi, dovè a sua volta provare sorpresa e dispiacere, vedendo che volea farsi una guerra con idee alquanto fantastiche e punto consentanee alla realtà delle cose. Ad ogni modo non per questo il Campanella si pose in disparte, e se si decise a lasciare l'amicizia di Maurizio, tale sua decisione non ebbe effetto, come si rileva da ciò che avvenne ulteriormente in Davoli.

Maurizio, preoccupandosi del buono andamento delle cose in Catanzaro, ove era convenuto doversi fare lo sforzo principale della ribellione, volle che alcuni di questa città si costituissero centro de' congiurati, e desiderò che il Campanella li persuadesse con la sua eloquenza, di cui egli faceva gran conto avendola sperimentata sopra sè medesimo; e il Campanella non si negò menomamente, e si ebbe in tal guisa, dopo i convegni di Stilo e di Pizzoni, un terzo convegno parimente assai notato, quello di Davoli. Sia d'accordo col Campanella, come Maurizio affermò nella sua confessione, sia senza quest'accordo, come parrebbe dalla Dichiarazione del Campanella, Maurizio chiamò a Davoli due gentiluomini di Catanzaro assai maneschi, da lui giudicati «uomini di valore», Gio. Tommaso di Franza e Gio. Paolo di Cordova, il quale ultimo eragli anche parente per parte di madre[285]; e il chiamò scrivendogli di venire «sotto colore che voleano trattare la natività loro», ciò che implicherebbe avergli accennato di dover trattare col Campanella, il quale veramente s'intendeva di oroscopi e di natività, ed essi non mancarono di venire, accompagnati da un Orazio Rania. Questo accadde nella prima settimana di agosto, conoscendosi con sicurezza che l'8 o il 9 di agosto il Campanella si trovava tuttora in Davoli, nel convento degli Agostiniani detto di S.ª M.ª del Trono: oggi ancora sono visibili i ruderi di questo convento e della sua Chiesa, sopra un colle a meno di un miglio dall'abitato; ed una statua di S.ª Anna con la data appunto del 1599, ritirata dagli avanzi della Chiesa, è il più vivo ricordo del luogo e del tempo in cui avvenne una delle scene più memorabili della congiura. Al momento dell'arrivo di que' di Catanzaro fra Tommaso già vi era, e come abbiamo visto sopra, in compagnia di fra Domenico Petrolo e di Fabrizio Campanella; ma non risulta che costoro fossero presenti al colloquio, ed anzi lo stesso Maurizio si tenne in disparte dopochè fu esaurita l'esposizione delle solite cose generali de' prossimi mutamenti e del dovere star pronti; ciò si rileva dalla confessione sua, dalle deposizioni di Gio. Paolo e Gio. Tommaso ed anche dalla Difesa del Campanella, il quale si servì di questo fatto come di un argomento per sostenere che non vi era stato convegno. La riunione ebbe luogo presso il convento, in un castagneto, all'aperto, e come il Campanella scrisse nella sua Dichiarazione, essi cominciarono dal dimandargli segreti per aver donne che egli pose in burla (la solita maniera di considerare il Campanella); di poi, pregato da Maurizio che avesse detto a que' gentiluomini la faccenda delle mutazioni, egli le confermò, e «tutti gli si offersero che volesse esser capo et predicare» perchè l'avrebbero seguitato; ma egli non volle e si partì per disgusto, andandosene a Sta Caterina, e dopo tre giorni a Stilo. Non sarà inutile il dire che di poi, nel processo, tanto Gio. Paolo di Cordova quanto Gio. Tommaso di Franza confessarono il convegno avuto col Campanella, e lo confermò pure Tommaso Tirotta servitore di Maurizio: solamente il Cordova aggravò piuttosto la condizione di Orazio Rania che era già morto quando egli fece la sua deposizione (secondo il metodo abituale dei giudicabili), e il Franza nominò fra Dionisio come colui che gli avea già parlato delle mutazioni da parte del Campanella; l'uno e l'altro poi dissero che fra Dionisio veramente, più tardi in Catanzaro, richiese la loro opera per la ribellione, essendosi nel convegno discorso soltanto di un segreto che fra Dionisio avrebbe in sèguito manifestato. Ma per quanto apparisca possibile che fra Dionisio avesse già parlato col Franza, vedremo altrove che da parte di costui c'erano forti ragioni per le quali egli dovea sforzarsi di aggravare la mano su fra Dionisio in questo negozio, ed oltracciò in entrambi ci era tutta la convenienza di mostrare che le istanze per la ribellione erano state fatte più tardi. Secondo il Tirotta, nello stesso giorno del convegno, dopo il desinare, essi ripartirono. Ognuno intanto avrà notato trovarsi dalle parole medesime del Campanella accertato che tutti gli si offersero, facendogli premura che volesse esser capo con la predicazione; sicchè rimane soltanto ad interpretare se egli veramente rifiutò ed anzi se poteva rifiutare, mentre tutto si edificava sulla base delle sue profezie e vaticinii, e la sua eloquenza era già da un pezzo impiegata a persuadere che dovea fondarsi la repubblica.

Ma durante il soggiorno del Campanella in Davoli accadde pure un fatto importantissimo, che ebbe le più gravi conseguenze. Appunto l'8 o il 9 agosto, non si sa per quale motivo, capitò al convento suddetto fra Domenico di Polistina, e seppe da fra Domenico Petrolo che il Campanella trovavasi nel convento e l'avrebbe veduto con piacere, che anzi desiderava di vederlo. Egli si presentò al

Campanella in Chiesa, e gli fece i suoi saluti e le sue proteste di amicizia; ma il Campanella gli rispose che tra loro due non poteva esservi amicizia, trovandosi l'uno amico di fra Gio. Battista di Polistina e l'altro amico di fra Dionisio, tra' quali correva inimicizia grandissima. Il Polistina meravigliato di tale ricevimento si partì. Come mai il Campanella potè mostrarsi tanto scortese, ed anche tanto imprudente, mentre non ignorava la potenza e lo spirito d'intrigo de' Polistina? Bisognerebbe dirlo venuto in una grande boria, per la fiducia ispiratagli da' preparativi della sua impresa ottimamente avviati: ma è verosimile pure che fosse infastidito dal vedersi ronzare intorno un uomo di quella fatta, il quale probabilmente ne spiava i passi ed osava dichiararglisi amico. Intanto il Polistina montato a cavallo se ne partì in fretta, dirigendosi pel castagneto che era presso il convento: ma «caminato 10 o 12 passi, il garzone o sia vetturino gli disse, se andate per questa via voi sete morto, perchè mentre ragionavi con il Campanella in Chiesa, li foresciti che erano alla porta hanno determinato di ammazzarvi mentre che passaremo nelle castagne, et così pigliò altra strada et andò a Suriano, dove trovò il Soldaniero nel convento, al quale raccontò il caso»[286]. È possibile che i seguaci di Maurizio, p. es. il Tirotta, Gio. Battista Vitale che sappiamo essere sempre stato anche lui in Davoli, forse pure qualche altro, consapevoli delle amicizie del Polistina e penetrati della poca opportunità della sua presenza in quel luogo, avessero borbottato propositi minacciosi verso di lui; è possibile pure che al vetturino non fosse tornata molto comoda la risoluzione di battere la via del castagneto, e avesse cercato di farla cambiare mettendo paura al Polistina: certo è che il Polistina si diresse ad un luogo e ad un uomo che facevano appunto per lui, avendo dovuto forse già conoscere dal Priore di Soriano suo amico le cose passate tra Dionisio e il Soldaniero, ed avendo dovuto sembrargli giunto oramai il momento di farla finita, poichè non v'era più da andare fiutando e si avea del resto già tanto in mano da poter perdere Dionisio e il Campanella. Egli si presentò al Soldaniero come uomo agitato ed afflitto per la paura avuta, e il Soldaniero, che avea conosciuto pure fra Gio. Battista di Polistina nella Quaresima passata, lo secondò dicendo che era stato già deciso che fra Gio. Battista e i suoi aderenti dovessero essere ammazzati d'ordine del Campanella ed altri complici, e quindi «non saria stato gran cosa» che avessero ammazzato anche lui; oltracciò soggiunse che erano stati fatti registri di eresie da doversi predicare al tempo della ribellione, che Dionisio gli avea parlato contro i miracoli di Cristo e de' Santi, che gli avea detto essere il significato delle lettere I N R I, poste in fronte al crocifisso, non già quello comunemente conosciuto ma quello di una pessima ingiuria in lingua ebraica, che infine gli avea raccontato quel tale fatto osceno commesso con l'ostia consacrata ed egli sospettava essere stato quel fatto commesso precisamente da fra Dionisio. Così raccontò poi le cose il Polistina, ed anche fra Cornelio che le seppe dal Polistina. Forse il Soldaniero non ciarlò tanto, ed è possibile pure che avesse accennato in confidenza quelle cose al Priore di Soriano, come altrove si è detto, e non già al Polistina: ad ogni modo vedremo più tardi che il Polistina e fra Cornelio su questa base architettarono il processo di eresia, riducendo il Soldaniero, con le buone o con le triste, non solo feroce accusatore ma anche persecutore a mano armata di coloro i quali avrebbero dovuto essergli compagni nella ribellione.

Indubitatamente col convegno di Davoli s'inaugurava un periodo di sempre maggiore attività ne' preparativi della ribellione. Maurizio continuò senza posa a sollecitare e a raccogliere aderenti: questo viene accertato pure da un altro brano della Dichiarazione del Campanella, il quale si lasciò andare sino a far nomi, onde poi gli ufficiali Regii non ebbero veramente a sforzare la loro immaginazione per convincersi che la congiura fosse una cosa molto seria. «Mauritio, quando fummo in Davoli, disse che volea far un giro, et trovar Gio. Battista Soldano, Giulio Soldanere et Carlo Bravo, et trovare li foragiti di Reggio et li Baroni et altri, et ch'esso poteva fare in dieci giorni ducento huomini, et certi di casa dello Stocco in Cosenza, et entrar in Catanzaro, et pigliar la città et tenerla, ma non disse quando stava per farlo». Intorno ad alcuni de' fuorusciti qui indicati abbiamo qualche notizia. Gio. Battista Soldano era un bandito di Ricadi, casale di Tropea[287]: e bisogna dire che Maurizio abbia veramente fatto il giro che si proponeva e siasi recato fino a Tropea, giacchè vedremo poi parecchi di quella città e casali, nè tutti fuorusciti, gravemente perseguitati per la congiura, come un Tranfo, un Furci, un Loiacono, un Politi, un Jannello, un Barbèri. Carlo Bravo era di Montesanto; insieme col fratello Fabrizio scorreva la campagna, ed avevano entrambi acquistato fama pe' molti delitti commessi. I fuorusciti di Reggio erano forse quelli che in numero di 42 comandava Don Giuseppe di Capoa, tra' quali stava pure il fratello di Felice Gagliardo, come risulta da lettere che il Capoa da Reggio inviava al Gagliardo quando costui pervenne carcerato in Napoli, e che, essendogli poi state ritrovate, furono inserte nel processo di eresia insieme con altre carte di pertinenza del S.to Officio. I Baroni erano parecchi: quelli di Reggio si chiamavano Domizio, Paolo e Gio. Domenico, e si trovavano implicati nelle prepotenze delle fazioni dei Melissari e de' Monsolini, ma esercitavano anche violenze per conto proprio. A miglior luogo avremo campo di far conoscere i documenti che abbiamo rinvenuti intorno a tutti costoro. Quanto a Giulio Soldaniero, ne sappiamo abbastanza dalle cose dette avanti; e non può non riceversi qui una certa impressione dal vedere che il Campanella, il quale avea fatto tanto per avere quest'uomo a sè, lo mette poi esclusivamente a carico di Maurizio. E da notarsi frattanto che Maurizio oramai si proponeva di entrare in Catanzaro e pigliar la città; sicchè non attendeva più, per moversi, che Catanzaro «si cominciasse a ribellare», come dapprima si era protestato con fra Tommaso. Egli medesimo nella sua confessione dichiarò essersi concluso «con fra Tomase et fra Dionisio, che quando fra Dionisio havesse finito di trattare, et havere quelli di Catanzaro, havesse avvisato, per che s'haveria pigliato espediente ad effettuare detta rebellione, et entrare a Catanzaro, et fra Tomase diceva, che si havea da gridare libertà, scassare

le carcere et ammazzare l'officiali». Vedremo difatti più in là che fra Dionisio in
Catanzaro trattava per far entrare incogniti e di notte tre a quattrocento uomini
armati; e comunque si fosse detto che sarebbero entrati con lui e sarebbero rimasti
sotto gli ordini di alcuni di Catanzaro tra' quali Gio. Tommaso di Franza, tutto
mena a credere che avrebbero dovuto entrare, certamente in minor numero, sotto
gli ordini di Maurizio: dopochè Maurizio si era obbligato co' turchi di pigliare
Catanzaro, tanto meno poteva confidare ad altri, massime poi a coloro i quali
deposero tale fatto, un'impresa così rilevante e a dirittura capitale. — Da parte sua
il Campanella continuò parimente ad infervorare i suoi amici, come lo attestano
fuori ogni dubbio due lettere scritte di suo pugno a Claudio Crispo, le quali
disgraziatamente vennero poi a cadere in mano degli ufficiali Regii e furono inserte
nel processo. La prima, a quanto pare, venne affidata a fra Paolo della Grotteria
che non si curò di consegnarla: per negligenza del Mastrodatti non ne conosciamo
la data, ma da parecchie circostanze si può bene desumere che dovè essere scritta
a' primi di agosto, probabilmente da Davoli, ed inviata a Stilo perchè di là fosse
spedita a Pizzoni. Ecco il sunto che ne diede nel processo il Mastrodatti:
«Desiderava raggionare con l'amici et per questo volea venire in Pizzoni, ma per
che non li era stato scritto, ch'erano venuti, me parse soverchio per buoni rispetti
non venire a trovarla, pur se dimani venerando (sic) venerò a stare con lei tre hore
et poi ritornerò, et l'huomo non deve mai mutare (senza certo disegno) stanza, per
che il mondo non pensi a male, però spero a San Domenico che serà alli 5 esser
con V. S. et avanti, frà tanto anderà il P. Dionigio ad acconciare le cose sue in
Catanzaro, et poi visti ci revederemo, et infine dice, si V. S. parla con li amici suoi,
sia insieme col P. Gio. battista et dicali in quella maniera l'ho insegnato a lui,
mentre eravamo sul ponte di legname qui». Sapendosi che il giorno di S.
Domenico, determinato nel giorno 5, viene a cadere in agosto, e che fra Dionisio
avea guastate le cose sue in Taverna e doveva accomodarle in Catanzaro appunto
a' primi di agosto, riesce chiaro che la lettera dovè essere scritta precisamente poco
avanti questo tempo. La circostanza poi del «ponte di legname» indicherebbe che
il Campanella scriveva da Stilo, dove forse il Crispo l'aveva accompagnato insieme
con gli altri, al ritorno da Pizzoni, e si era trattenuto a udire gli ultimi discorsi sul
ponte dello Stilaro, fiume che scorre sotto Stilo: ma non è arrischiato l'ammettere,
che per uno de' soliti artificii de' cospiratori, egli mostrasse di scrivere da questa
città. E come mai, avendo da pochissimo tempo lasciato Pizzoni, sentiva già
nuovamente il bisogno di andarvi? Probabilmente voleva parlare ad amici non
intervenuti nel primo convegno, e però vedeva utile tenerne un secondo; forse
anche volea comunicar loro doversi oramai disporre ad entrare in Catanzaro, ed ivi
trovarsi pe' primi di settembre (al tempo della venuta de' turchi); ma si preoccupava
di ciò che avrebbe potuto dirne il mondo, e difatti con la seconda lettera pregò il
Crispo di voler lui venire a trovarlo. Intanto anche questa volta designava quasi
suo luogotenente fra Gio. Battista, come già prima avea fatto verso il Soldaniero.

La seconda lettera, che venne trovata sulla persona del Crispo, reca la data certa dell'8 agosto, e sappiamo sicuramente che a questa data il Campanella si trovava in Davoli, essendo allora appunto accaduto il suo incontro col Polistina. In essa egli scrive al Crispo, «che vogli venire con qualche amico, et particolarmente con Gio. Francesco d'Alisandria»[288]. Da tutto ciò si può ben rilevare che il Campanella non pensò mai veramente a tenersi in disparte, e continuò ad agire in que' modi e limiti che la sua posizione gli permetteva.

Lasciando Davoli, il Campanella si recava a S.ta Caterina e là rimaneva, come egli medesimo assicurò, «tre dì a spasso». Dagli atti del processo di eresia sappiamo che dimorò nel convento Domenicano di S. Nicola esistente in quella terra, e che i frati l'onorarono con banchetti, alcuno de' quali finì in un'orgia immonda, se deve credersi alla deposizione di una vedovella molto pudica e serva di Dio, ma altrettanto energumena contro fra Tommaso e con ogni probabilità tratta in inganno[289]. Del resto un'orgia immonda tra' frati di quel tempo, dopo un desinare, non era cosa straordinaria, e il processo medesimo ne ricorda un'altra, comunque in proporzioni assai minori, avvenuta in Nicastro durante il priorato di fra Dionisio: ma dobbiamo notare che appunto in S.ta Caterina «diciano le genti che (il Campanella) non guardava hom'in faccia ma sempre si guardava la unghia», onde potè accreditarsi la voce che avesse il suo spirito familiare proprio nell'unghia[290]. Ciò mostra solamente ch'egli stava in un contegno assai riservato: non sappiamo pertanto se nell'andare a S.ta Caterina abbia avuto qualche scopo recondito, ma è probabile che sia stato indotto a ripetervi le profezie sulle future mutazioni, ed oltracciò abbia dovuto abboccarsi con altri affiliati di quella terra, giacchè vedremo essere stati poi forgiudicati per la ribellione anche Franc.o Paolo Santaguida ed Antonio Merlino di S.ta Caterina. Ma finalmente se ne tornò a Stilo, nè mai più ebbe ad allontanarsene fino al momento in cui la congiura fu scoperta. — Nell'occasione del suo ritorno a Stilo ritornò del pari al convento fra Domenico Petrolo, il quale, senza dubbio per la venuta del Visitatore in Calabria, avea dovuto finalmente decidersi a lasciare la casa sua in Stignano e ripigliare la vita claustrale troppo lungamente interrotta: era stato in convento durante il maggio per alcune settimane, quando si sciolse il Capitolo di Catanzaro, e vi si restituiva nell'agosto, rimanendo sempre, d'allora in poi, a fianco del Campanella, sicchè le sue rivelazioni destano pel periodo attuale il più grande interesse. Una delle prime visite ricevute dal Campanella in Stilo, come risulta anche dalla sua Dichiarazione, fu quella di fra Dionisio che andava ad Oppido, ed era sempre preoccupato del Visitatore; onde il Campanella gli avrebbe suggerito di «tornare a conciare le cose sue». Siamo in grado di poter dire che questa visita dovè accadere verso il 12 agosto, poichè fra Dionisio fu in Oppido la vigilia dell'Ascensione, vale a dire il 14 agosto, e vi rimase anche il 15; l'assicurò nel processo di eresia fra Pietro Ponzio, il quale fu egualmente in Oppido a quel tempo, dimorando presso l'altro fratello Ferrante, il Viceconte, che trovavasi allora colpito da scomunica, certamente per una delle solite baruffe giurisdizionali. Ben si scorge intanto che fra Dionisio non avea poi troppa fretta di «tornare a conciare le cose sue» come il Campanella disse di avergli suggerito, e piuttosto tornava ad andare qua e là, senza posa, con altri disegni. Siamo così ricondotti a parlare di lui e delle sue escursioni.

Movendo da Taverna, dopo le bastonate date in rissa e la nomina di fra Cornelio a Compagno del Visitatore, fra Dionisio era tornato a Nicastro, e quivi si era associato ad un Cesare Mileri di quella città, molto giovane, come lo dissero tutti coloro i quali ne parlarono, forse di 17 anni, sebbene un documento da noi rinvenuto nel Grande Archivio ce lo mostri di 27[291]. Costui d'allora in poi seguì fra Dionisio in tutte le sue escursioni, onde vedremo che fu più tardi ritenuto complice, e resosi confesso fu atrocemente giustiziato. Anche egli avea bisogno di un indulto, non sappiamo per quale colpa, e fra Dionisio gli discorreva della tirannia del Re, degli enormi pesi fiscali, del non avergli il Re voluto mandare l'indulto, decidendolo così a volersi ribellare prendendo parte nella giornata che si farebbe; poichè nel 1600 il Regno dovea mutar padrone, e già con fra Tommaso e Maurizio aveano concertato la ribellione mercè l'aiuto del Turco e una massa di fuoruscuti ed altra gente, e «il capo della congiura era D. Lelio Ursino, il quale si volea impatronire di tutto il Regno». Queste cose rivelò poi il Mileri, aggiungendovi le solite notizie dell'andata di Maurizio sulle galere di Amurat, della venuta del Turco promessa per settembre etc., le quali vennero forse da lui riferite per suggestione. Certo è che egli sollecitò pure per tale impresa un suo amico, Francesco Antonio delli Joy, e lo trovò già impegnato da fra Dionisio: ma sebbene avesse accompagnato fra Dionisio da per tutto, dapprima a Catanzaro, di poi a Stilo (come assicurò anche fra Pietro di Stilo), quindi certamente ad Oppido, e poi di nuovo a Catanzaro, a Girifalco, a Nicastro (come assicurò egli medesimo), sebbene avesse visto diverse persone parlare segretamente con fra Dionisio in tutti questi paesi, egli non seppe dare alcun nome; tale circostanza, e così pure l'altra che D. Lelio Orsini dovesse impadronirsi del Regno, attestano che fra Dionisio non procedeva senza cautela, sempre per altro annunciando frottole che potessero valere a dar animo, nel qual campo questa volta si spinse davvero un po' troppo. Secondo il Campanella, precisamente allorchè seppe la condanna pronunziata contro di lui dal Visitatore, nella sua esasperazione egli non conobbe più limiti, ed ogni arma gli parve buona purchè si raccogliesse presto un gran numero di seguaci: ecco come trovasi esposto nella Dichiarazione questo momento della propaganda di fra Dionisio. «Havendosi visto condennato in galera tre anni, privato dell'havito et di lettorato, secondo che havea comunicato con Mauritio cominciò in Catanzaro a *predicare rebellione secondo la prophetia mia*, et per haver molti della sua parte predicò ch'in quessa congiura *ci era il Papa et Cardinal San Giorgi*, il Vescovo di Melito et de Nic.º (*intend.* ed il Vescovo di Nicastro), et don lelio Ursino et li signori del tufo, et tutti quelli ch'esso s'imaginò essere amici miei et suoi, et io giuro in verità che mai non ho parlato di queste cose et me pensai che per mezzo nostro se havessero a muovere». Vedremo tra poco la parte da doversi attribuire al Campanella in tutto ciò: qui gioverà soltanto notare che molto tempo dopo, nella Narrazione, egli disse semplicemente che fra Dionisio «tornò a trattare d'uscir in campagna per vendicarsi del Polistena, che per mezzo del Nizza pur lo maltrattava, tanto più che ci erano altri monaci in campagna e lui sparlava delle mutationi e signali del Campanella abusando le parole per suo disegno»; questa differenza merita di essere notata, poichè importa molto conoscere da chi veramente e per quale motivo fosse nata la voce della partecipazione del Papa, del Card.[l] S. Giorgio, di varii Vescovi e nobili alla congiura, ciò che dal Campanella fu narrato diversamente in diverse circostanze. Pertanto con le frottole suddette, la maggior parte delle quali a dirittura di nuovo conio, fra Dionisio continuava la raccolta di aderenti, e nel tempo medesimo mostrava un vivo desiderio di assoluzione per l'affare di Taverna. Così dalle deposizioni del Barone di Cropani, raccolte nel processo di eresia, sappiamo che egli si portò a Catanzaro, in casa di un prete suo amico a nome D. Geronimo Garzia, e là si rivolse appunto al Barone di Cropani, il quale era Antonino Sersale, appartenente a famiglia che vantava nobiltà di data antichissima ma d'influenza personale piuttosto ristretta, già prima domiciliato in Nicastro, ove probabilmente avea conosciuto fra Dionisio, e passato da qualche tempo ad abitare in Catanzaro[292]. Il Barone andò a parlare per lui al Provinciale de' Domenicani, che era allora P.[e] Vincenzo della Grotteria, ma costui si scusò dicendo di non potere far nulla, poichè trovavasi nella Provincia il Visitatore, e gli suggerì d'impegnare il Vescovo; si rivolse al Vescovo, che era Nicolò de Horatiis da Bologna, e costui scrisse al Visitatore, il quale si scusò dicendo che la parte era presente e volea giustizia; si rivolse infine all'Auditore Vincenzo de Lega e lo pregò che scrivesse lui al Visitatore, e il De Lega scrisse, ma pur sempre inutilmente. E mentre si facevano tutte queste pratiche, dalle deposizioni raccolte nel processo della congiura sappiamo che fra Dionisio più volte parlò segnatamente con Gio. Tommaso di Franza, e poi anche con costui e Gio. Paolo di Cordova, inoltre con Giuseppe di Cumesi, Francesco Striveri, Tommaso Striveri, Nardo Rampano, Mario Fiaccavento, Gio. Battista Sanseverino, dippiù con Fabio di Lauro e Gio. Battista Biblia; non occorre ricordare che il Franza ed il Cordova erano appunto i due chiamati al convegno di Davoli; quanto al Lauro ed al Biblia, meritano essi pure una menzione speciale, per la tristissima parte che rappresentarono in sèguito. Fabio di Lauro era giovane a 20 anni, originario di Amantea e già frate Cappuccino, Gio. Battista Biblia era mercante, secondo il Campanella di origine Ebrea, ma nato e domiciliato in Catanzaro, dove la sua parentela era molto estesa, e suo fratello Marcantonio teneva l'ufficio di Credenziero della gabella della seta[293]. Fabio e Gio. Battista se ne stavano ricoverati per debiti nel convento de' frati Zoccolanti o dell'Osservanza. Secondo alcune testimonianze che si leggono ne' brani del processo della congiura finoggi conosciuti, fra Dionisio non solo parlò più volte con costoro, ma scrisse anche una lettera segnatamente al Biblia. Secondo il Campanella (nell'Informazione), costoro medesimi diedero a fra Dionisio una lista d'individui i quali volevano uscire in campagna, e lo fecero parlare ora con l'uno ora con l'altro, per poi farli comparire come testimoni; la qual cosa si può bene ammettere, non escludendo che fra Dionisio avea modo di conoscere anche altri senza l'aiuto di Lauro e Biblia, e rimanendo sempre vero che con tutti costoro egli parlò della ribellione; ma avendone questa volta parlato in un senso diverso dal solito, importa vederlo più posatamente.

Non pare dubbio essersi questa volta fra Dionisio spinto fino a dire che il Papa, dolente di tanta miseria e tirannia, volea liberare il popolo rivendicando il Regno alla Chiesa cui apparteneva, ma contentandosi che si costituisse in repubblica col riconoscimento dell'alta Signoria ecclesiastica e pagamento di un mediocre tributo; che per divine rivelazioni ed ispirazioni sapevasi di certo dover questo accadere coll'aiuto di Dio; che erano già pronte a moversi moltissime città e terre, d'accordo anche col Turco, il quale avea promesso di venire in settembre per impedire qualunque soccorso alle forze Regie dalla via del mare; che molti predicatori, a capo de' quali il Campanella, avrebbero fatta conoscere la verità, essendo stata già da loro preparata e disposta ogni cosa per l'insurrezione; che vi era l'intesa di diversi Vescovi ed anche di parecchi Nobili desiderosi di uscire dalla servitù della Corona di Spagna; che era importante ed utile il prender parte all'impresa, e bisognava far entrare incogniti e di notte in Catanzaro tre a quattrocento uomini armati, i quali sarebbero rimasti sotto gli ordini di alcuni Catanzaresi e in un momento designato avrebbero servito per la rivolta. E nominava città e terre impegnate nell'impresa, nominava individui aderenti fuorusciti e non fuorusciti, nominava perfino i Vescovi ed i Nobili che vi avrebbero partecipato[294]. Così de' Vescovi fu nominato in primo luogo quello di Mileto, Marcantonio del Tufo, che sapevasi tanto battagliero nelle cose giurisdizionali, oltrechè in ottime relazioni col Campanella ed accanito fautore de' fuorusciti; dippiù il Vescovo di Nicastro, Pier Francesco Montorio, che dopo quella lotta giurisdizionale così ardente, e dopo l'accomodamento fatto col Governo fin dal marzo, trattenevasi pur sempre in Roma senza sapersene il motivo, e dicevasi dover venire incognito in Calabria al momento opportuno; furono infine nominati ancora i Vescovi di Oppido e di Gerace e parimente quello di Catanzaro, il quale ultimo, per essersi impegnato presso il Visitatore in favore di fra Dionisio, si poteva far credere impegnato nell'impresa che costui promoveva, se non che, mentre era compreso tra' congiurati, per taluno di costoro era compreso al tempo medesimo tra le autorità da doversi uccidere in Catanzaro al primo momento della rivolta. Ma bisognerebbe essere di una ingenuità colossale, per voler trovare tutte coerenti e sensate le voci che si fanno circolare quando si prepara un'insurrezione. De' Nobili poi fu nominato un numero ancora più grande. In primo luogo, naturalmente, D. Lelio Orsini, il quale per verità era stato nominato da un pezzo, come colui che avendo in passato grandemente favorito il Campanella ne' travagli sofferti, essendo pur sempre in corrispondenza epistolare con lui, e dovendo venire a governare lo Stato di Bisignano, sarebbesi trovato non lontano dal campo della rivolta e in condizioni da poterla favorire ottimamente: si è visto che il Campanella medesimo avea già fatta balenare questa speranza a Maurizio, forse ne parlò pure a fra Gio. Battista di Pizzoni il quale non mancò di affermarlo nella prima deposizione sua, e stando così le cose, probabilmente egli dovè parlarne anche a fra Dionisio. Furono nominati ancora Mario del Tufo e Geronimo del Tufo figlio di Fabrizio, amici notissimi del Campanella e parenti del Vescovo di Mileto: in ispecie si diede una grande importanza a Geronimo che risedeva nel castello di Squillace, come ci mostra uno de' documenti rinvenuti in Simancas, e dicevasi che avrebbe dato quel castello a' rivoltosi, come di poi rivelò Gio. Paolo di Cordova. Non ci è riuscito finora di trovare a qual titolo egli risedesse nel castello di Squillace; abbiamo tuttavia trovato un documento che mostra essergli da non molto tempo morto il padre Governatore appunto della provincia di Calabria ultra, sicchè Geronimo anche per questo solo fatto avea potuto conoscere ben da vicino gli uomini e le cose di quella regione; ed abbiamo pure trovati due documenti di più anni dopo, che ce lo mostrano Capitano di Tropea, sicchè può presumersi aver tenuto egualmente nel 1599 l'ufficio di Capitano in Squillace, ufficio ripigliato più tardi in Tropea quando per la persona sua rimasero cancellati i ricordi della tentata ribellione[295]. Fu nominato inoltre il Duca di Vietri Fabrizio di Sangro, che abbiamo visto congiunto per doppia parentela a' Signori Del Tufo, conosciuto certamente dal Campanella, carcerato già dal Conte Olivares ed in isperanza d'imminente liberazione per parte del successore Conte di Lemos giunto in Napoli fin dal 16 luglio; dippiù il Marchese di S.to Lucido Francesco Carafa, che abbiamo visto fuoruscito in campagna ricercato dalla giustizia, e che perdurava tuttora in questa condizione; infine il Principe di Bisignano Nicola Bernardino Sanseverino, che abbiamo visto lungamente carcerato non che privato dell'amministrazione de' suoi beni, e che allora sapevasi fuggito da Napoli, ma disposto a tornare e desideroso di andarsene agli Stati suoi in Calabria. Sommando tutto, si dicevano partecipanti e fautori della congiura, oltre il Papa e in suo nome il Card.l S. Giorgio, cinque Vescovi e sei Nobili di famiglie primarie napoletane, senza contare i Nobili di provincia, de' quali, al tempo cui siamo pervenuti, si conosceva solamente il Barone di Cropani, come risulta dalla confessione di Maurizio, mentre poi ne' processi se ne vide un certo numero tra gl'inquisiti, a ragione od a torto. Questo fatto, ritenuto da alcuni un grave argomento che la congiura fosse stata ben grossa, tanto che il Campanella dovè avervi solamente una piccola parte, ritenuto invece da altri un grave argomento che la congiura non avesse mai esistito, sicchè tutto dovè essere un'invenzione degli ufficiali Regii, può oramai ridursi al suo giusto valore e merita bene di essere ponderato.

Certamente dall'esposizione minuta ed ordinata de' fatti si rileva che il nome del Papa, sotto i cui auspicii avrebbe dovuto sorgere la repubblica, e così pure i nomi de' Vescovi, furono messi innanzi addirittura tardi, all'ultima ora, mentre per varii mesi non se n'era parlato in tal guisa, ed anzi se n'era parlato in dispregio. Si era detto che il Campanella avrebbe fatto nuove leggi e tolti gli abusi nella Chiesa di Dio, gli abusi introdotti appunto dal Papa, da' Cardinali e da' Vescovi, e si erano enunciati principii niente ortodossi e del tutto ereticali che avrebbero dovuto imperare nella repubblica. Non deposero mai altrimenti coloro i quali figurarono sin da principio ne' convegni col Campanella anche essendo stati a contatto di fra Dionisio prima dell'andata sua a Catanzaro (p. es. il Caccìa, il Pisano, Maurizio); nemmeno parlarono mai del Papa quale ispiratore del movimento Gio. Tommaso di Franza, Gio. Paolo di Cordova e lo stesso Cesare Mileri; appena il Franza dichiarò vagamente che si diceva trattarsi «di un negotio di gran qualità e *servitio di Dio*», la qual cosa neanche implicava propriamente gli auspicii del Papa. Invece quelli di Catanzaro dell'ultima ora, sollecitati esclusivamente da fra Dionisio, massime Biblia e Lauro, parlarono tanto del Papa e de' Vescovi, da far credere che la mutazione di Stato fosse voluta e promossa appunto dal Papa in servigio di Dio e della Santa Chiesa. Sembrerebbe questo un artificio ideato da costoro al momento in cui si rendevano denuncianti, per accrescere l'importanza del fatto che svelavano al Governo Vicereale; ma abbiamo la Dichiarazione del Campanella scritta in un momento in cui i garbugli non si erano ancora tanto moltiplicati, ed essa attesta egualmente la partecipazione del Papa e de' Vescovi essere stata divulgata da fra Dionisio, sicchè intorno al fatto non può elevarsi alcun dubbio; nè deve sfuggire che ne risultano smentite le affermazioni tardive del Campanella, espresse nelle lettere del 1606-07 al Card.[1] S. Giorgio, al Papa etc. che cioè la partecipazione della Curia Romana, come la partecipazione de' turchi, al pari delle eresie, furono invenzioni sue e de' frati inquisiti per salvarsi[296]. Relativamente alla partecipazione di que' parecchi Nobili, per certo anche da questo lato fra Dionisio si fece a parlare con la più grande disinvoltura, dando per fatto sicuro il loro aiuto morale e materiale; ma il Campanella medesimo avea dovuto dirne qualche cosa, e per lo meno avea dovuto comunicare i discorsi fatti col maggior numero di loro intorno alle prossime mutazioni, forse cercando d'illudere, forse illudendosi egli pure sulla parte che avrebbero presa allorchè il movimento si fosse mostrato serio e vigoroso. Ad ogni modo è pure degno di nota che da principio si parlò solamente di D. Lelio Orsini, e più tardi, assolutamente all'ultima ora, in Catanzaro e da fra Dionisio, si parlò di tutti gli altri. — In fondo poi questa miscela di elementi affatto eterogenei, resi anche più eterogenei dalla partecipazione del Turco, quest'accordo del Papa e del Turco che allora erano nemici davvero, e si facevano la guerra sul mare preparandosi a farsela di nuovo anche in Ungheria, quest'accordo de' Vescovi e de' Nobili che usurpavano a vicenda le rispettive giurisdizioni, e si trovavano in lotte continue, questa tolleranza del Papa, de' Vescovi e de' Nobili non solo pel

Turco, ma anche per una repubblica nella quale dovea viversi con comunanza de' beni e perfino delle donne, tutte queste baie avrebbero fatto sorridere ognuno se le menti non fossero state eccitate al maggior segno; ma si sa che quando si aspettano mutazioni, le dicerie più strane possono correre e trovar credito senza ombra di difficoltà. Vedremo che il Vicerè, non appena seppe queste cose, le disse «una grande stravaganza, un'invenzione de' frati», e non si ingannò; tuttavia, abbondando sempre in tenerezza verso la Curia Romana, non lasciò mai di tenere gli occhi bene aperti sulle possibili mire ambiziose di essa. In quanto a' Vescovi, potevano dar da pensare specialmente quello di Mileto, che avea tollerato ed anche protetto un principio di ribellione in Seminara con le grida di Viva il Papa, più ancora quello di Nicastro, che malgrado gli accordi fatti non si era mosso da Roma forse per qualche disegno occulto, e del resto, dipendendo tutti dal Papa, bastava aver ritenuto la partecipazione del Papa per ritenere la partecipazione di tutti loro; difatti veramente il Vescovo di Nicastro teneva allora mano ad un intrigo nel Regno e giunse fino a provvedere armi per esso, ma l'intrigo si riferiva all'isola di Tremiti, non alla Calabria[297]. Quanto a' Nobili, una nozione più esatta della condizione di ciascuno de' nominati bastava a fare eliminare per quasi tutti la possibilità della loro partecipazione alla congiura. Difatti D. Lelio Orsini, benchè avesse con la sua andata a Madrid ottenuta una risoluzione favorevole intorno all'ufficio di curatore ed amministratore de' beni di Bisignano assegnatogli dal R.° Consiglio, aspettava ancora il *placet* Regio, e l'aspettò poi un bel pezzo, come si rileva da una sua lettera che abbiamo rinvenuta nell'Archivio Mediceo: curatore di Bisignano, dopo la carcerazione del Duca di Vietri, era stato nominato Gio. Serio di Somma, il quale già trovavasi in Calabria anche con commissione contro i fuorusciti. Il Principe di Bisignano poteva ritornare in Napoli sicuro di non esservi ulteriormente carcerato, poichè sin dal gennaio 1599 S. M.^ta aveva dato quest'ordine, ma tutte le sue pratiche dopo la fuga da Napoli mostravano in lui ben altra intenzione che quella di ribellarsi; difatti, dietro accordi col Duca di Sessa Ambasciatore spagnuolo a Roma, il 13 agosto 1599 tornò nel Regno, ed in ottima intelligenza col Vicerè andò ad abitare il suo palazzo a Chiaia. Il Duca di Vietri non poteva esser liberato prima che fosse compiuta la sua causa, la quale era appena cominciata; inutilmente, ad occasione dell'entrata in Napoli del Vicerè Conte di Lemos, innanzi al suo palazzo al largo di S. Domenico per tre giorni si era fatta gran festa con una spettacolosa illuminazione, e due fontane di vino aveano per tre ore ogni giorno rallegrato il popolino a sue spese; la durata della causa si protrasse sino al febbraio del 1600, e non prima di tale data potè uscire di carcere. Mario del Tufo per lo meno non era così potente da recare aiuti considerevoli in una faccenda come quella di ribellarsi al Re di Spagna; invece Geronimo del Tufo, per la sua speciale posizione, poteva recare un aiuto da non doversi disprezzare, e vedremo infatti che non appena fu conosciuta dal Governo la voce della partecipazione di lui alla congiura, fu subito carcerato. Infine anche il Marchese di S.^{to} Lucido, egualmente per la sua speciale condizione, confortata da notevole ricchezza ed influenza, avrebbe potuto recare un aiuto da doversi tanto meno disprezzare; ma appunto con costui il Campanella non aveva mai avuta alcuna relazione, e come ci hanno mostrato le nostre ricerche egli trovavasi allora rifugiato a Roma ed attendeva solo a grandeggiare, sicchè la voce della sua partecipazione alla congiura non avea davvero ombra di fondamento[298]. Non di meno, col mettere innanzi i nomi di quegli alti personaggi, fra Dionisio potè dare un prestigio grandissimo alla congiura, e col mettere innanzi i nomi de' Vescovi, del Card.^l S. Giorgio e del Papa, potè ad un tempo farle acquistare sempre maggiore prestigio ed anche attenuare l'impressione destata dall'aiuto del Turco e dalla professione di principii eterodossi, notizia che si era abbastanza diffusa e che non avea potuto riuscire gradita a moltissimi fra coloro i quali avrebbero forse preso parte alla ribellione: d'altronde l'ora della venuta del Turco si avvicinava nè c'era più tempo da perdere, e questa circostanza, ancor più dell'altra della sua esasperazione per la condanna avuta dal Visitatore, ci apparisce un motivo plausibile dell'essere ricorso a mezzi di eccitamento d'ogni genere, anche a mezzi del tutto diversi da quelli che avea fin allora prescelti. Ed essi fruttarono molto bene, giacchè fu raggranellato in Catanzaro un numero di congiurati non indifferente, massime se si considera il breve tempo impiegatovi, come ne' processi avremo occasione di vedere. In conclusione dunque l'aver fatto figurare nella congiura alti personaggi fu un tardo e industrioso ripiego di fra Dionisio: vedremo poi che nella sua confessione *in tormentis* il Campanella rivelò di aver detto, che dovendovi essere *unum ovile et unus pastor*, egli ed altri avrebbero «predicato in favore di questa repubblica profetizata in favore del Papa, et che il Papa li avrebbe esaltati perchè si voleano pigliare alcuna parte della Provintia»; ma evidentemente fu questo anche da parte sua un tardo ed industrioso ripiego, che pur troppo riuscì ad aggravare la posizione sua, mentre nè il Papa poteva proteggerlo come egli sperava, nè il Governo poteva udire il nome del Papa senza un aggravamento de' suoi sospetti. Ma se non si ebbe una congiura tanto grossa, se n'ebbe tuttavia una abbastanza seria; nè deve sfuggire, che pur quando si fecero figurare gli alti personaggi, il Campanella non fu lasciato nell'ombra, ma invece fu sempre tenuto nel posto principale. Vedremo che coloro i quali rivelarono la congiura al Governo, non posero a capo di essa altri che lui, con la grande scienza, con l'assistenza del diavolo, con l'intesa de' Nobili, de' Vescovi, del Papa e del Turco, con le armi del gran numero de' congiurati specialmente fuorusciti, e con la lingua de' molti predicatori di varii ordini monastici; nè soltanto per queste rivelazioni, ma in verità per tutto ciò che sappiamo del modo in cui la congiura si svolse, è chiarissimo che il Campanella non vi prese una parte indiretta con le sue profezie, bensì una parte direttissima con pratiche e maneggi d'ogni sorta.

Ci rimane ora a narrare cosa abbia fatto e detto il Campanella in quest'ultimo periodo, durante l'agosto 1599, mentre fra Dionisio compiva il suo lavoro in

Catanzaro, riassumere i concetti che lasciò intendere circa la futura repubblica ed i principii che avrebbero dovuto imperarvi, vedere fino a qual punto poteva sperare in un felice successo dell'insurrezione.

Egli non si mosse mai più da Stilo, avendo a fianco fra Domenico Petrolo come compagno abituale, e fra Pietro di Stilo come Superiore del convento. Non pare dubbio che in questo tempo abbia mantenute corrispondenze epistolari anche in cifra: vedremo che il Petrolo, al quale, malgrado i suoi terrori e tentennamenti, non si può negar fede, disse e sostenne sempre di aver avuto sott'occhi, segnatamente nel tempo della fuga, lettere in cifra venute al Campanella, che il Campanella medesimo gli affermò essere di fra Gio. Battista di Pizzoni; ed aggiungiamo che pure i delatori della congiura dissero aver viste cifre e segni nelle mani di fra Dionisio, la qual cosa verrebbe indirettamente confermata da quanto rivelava il Petrolo. Nè sappiamo di altre relazioni personali di una certa intimità, acquistate dal Campanella in tale periodo, oltre quelle già conosciute. Nelle passeggiate l'accompagnava quasi sempre il Petrolo, il quale ebbe poi a ricordare specialmente una contrada presso il convento denominata Lanzari, dove il Campanella, che la ricorda pure nella sua Dichiarazione, passeggiando gli avrebbe tenuto qualche discorso confidenziale segnatamente intorno a principii religiosi[299]. Nella cella, come ebbe a dire lo stesso Petrolo e in parte pure qualche altro, continuarono i colloquii massimamente col Prestinace ed anche col Vua, inoltre co' due Marullo, con Giulio Contestabile e il Di Francesco, Paolo e Fabrizio Campanella, Giulio Presterà, Francesco Vono e fra Scipione Politi. Una volta con taluni di costoro si fece una scampagnata sul monte Consilino, il monte di Stilo lodato dal Campanella anche nelle sue Poesie, e non vi mancò il discorso della montagna, come quello del Redentore: ma di esso conosciamo appena qualche frase, la quale del rimanente basta a mostrare che vi si svolsero le più rose speranze in un lieto avvenire; il monte fu chiamato «monte pingue e di libertà». E senza dubbio a misura che le speranze crescevano, vedendo le cose della congiura avviate tanto bene, con gl'individui sopra nominati, e con altri anche, il Campanella fu all'ultim'ora un po' meno guardingo, e di tratto in tratto enunciò alcuni principii politici e religiosi, che ci fanno capire con bastante larghezza quali idee fervessero nella sua mente: gli stessi aderenti suoi furono allora più espansivi co' loro parenti ed amici, onde accadde che solo durante la persecuzione venissero a galla molte notizie del detto genere, le quali sembrarono di nuovo conio e potrebbero tuttora credersi foggiate da' persecutori; ma vedremo che non manca il modo di convincerci che tale opinione sarebbe insostenibile, e che solamente può ammettersi la diffusione di una parte di dette notizie per non avere gl'inquisitori serbato il silenzio voluto dalle leggi. Vi furono per altro sempre cenni staccati, ed anche semplici «motti» come li disse il Petrolo, giacchè que' principii, in ispecie i religiosi, non riuscivano nemmeno graditi a tutti gli aderenti: abbiamo infatti veduto che quando il Campanella diede qualche barlume di riforma religiosa a Maurizio, costui dichiarò che non vi avrebbe mai consentito; qui dobbiamo aggiungere che p. es. Paolo Campanella, avendo una volta udite certe proposizioni intorno alla Trinità ed all'Eucaristia, dichiarò al fratello Fabrizio che avrebbe pagato 50 ducati per non udire quelle proposizioni; da ciò si vede che gli uditori doverono di tempo in tempo rimanere scandalizzati, ma sino a che durò il fascino della parola del Campanella, nessuno ebbe ardire di fargli opposizione. Del resto, se con gli amici e parenti spesso citati fu più o meno esplicito secondo il rispettivo grado di familiarità, con tutti gli altri fece appena intendere qualche cosa a sbalzi, bensì sempre in modo da destare un notevole entusiasmo, segnatamente dal lato politico, acquistandosi il titolo di Messia, non che di futuro Monarca del mondo.

Invano dunque si cercherebbe un quadro autentico, pieno ed intero, delle istituzioni politiche e religiose che il Campanella si proponeva di attuare con la futura repubblica; ma adunando le notizie sparse, ed ordinandole, si potrà avere un quadro notevolissimo. Basterà dare dapprima uno sguardo a ciò che fecero conoscere fra Pietro di Stilo e il Petrolo, i quali si trovarono più strettamente uniti al Campanella appunto all'ultima ora, e poi, per le convenienze della causa, a suggestione del medesimo Campanella, non tacquero le eresie da lui enunciate; quindi nel modo più sommario possibile, a fine di non incorrere in eccessive ripetizioni, dare un cenno di ciò che vedremo raccolto dal Vescovo di Squillace in un singolare processo, nel quale tra moltissimi interrogati figurarono anche i parenti liberi di Giulio e Marcantonio Contestabile, buona parte dei Carnevali, alcuni parenti del Prestinace, di fra Pietro di Stilo ec., Giulio Presterà e Francesco Vono con altri amici, conoscenti, estranei, dietro una citazione larghissima; aggiungendovi anche le notizie più degne di fede raccolte ne' processi principali, alcune delle quali abbiamo già avuta occasione di narrare, e mettendo un po' d'ordine in tutta questa farragine di cose, si avrà ciò che si cerca, non senza un certo riscontro molto notevole, onde ne rimane accresciuto il grado di credibilità. Naturalmente questa lunga serie di detti e fatti del Campanella non appartiene tutta all'ultimo periodo della congiura, ma, come abbiamo notato, vi appartiene per la più gran parte, essendosi il Campanella reso mano mano più esplicito; se non che oramai, al punto cui siamo pervenuti, una precisione cronologica, mentre riesce impossibile, riesce anche superflua, e senza mettere interamente da banda la cronologia, conviene sforzarsi di avere innanzi agli occhi tutto il complesso delle idee manifestate dal Campanella, onde farsene un concetto ben chiaro e meno fallace.

Guardiamo dapprima separatamente ciò che si seppe dalle rivelazioni di fra Pietro di Stilo e fra Domenico Petrolo. Secondo fra Pietro di Stilo, come abbiamo avuta occasione di dire anche altre volte, in presenza di lui e poi in presenza pure del Prestinace, il Campanella manifestò che era in aspettativa di divenire Monarca del mondo, avendoglielo presagito anche un astrologo nelle carceri del S.^{to} Officio. Inoltre diceva che il Papa e il Re si accordavano a' latrocinii, che l'elezione del Papa non potea ritenersi canonica essendo le voci corrotte e riducendosi più voci ad una sola pel piatto che il Re donava a' Cardinali, che i Cardinali erano tiranni e propensi alla lussuria della peggiore specie; dippiù si burlava de' peccati della carne, de' quali «parlava assai largo» non ammettendo neanche gran differenza tra essi, e dicendo del peccato contro natura che era «un dito più sopra o un dito più giù nell'inferno» (evidentemente uno de' motteggi del Campanella). Si burlava del pari de' miracoli dicendo che erano «un'elavatione di mente..., un'applicatione de intentione di quello alla cui persona si faceva il miracolo», e che a questo modo ognuno potea farne ed egli ancora ne avrebbe fatti in prova della sua scienza e delle sue opere; infine avea detto al Petrolo essere il sacrificio dell'altare preferibile a quello della legge antica, tuttavia non esser vero, non contenendosi nell'ostia il corpo di Cristo. Secondo il Petrolo, era intenzione del Campanella mutare la provincia in repubblica, servendosi di due mezzi, della lingua, e delle armi specialmente de' banditi e del Turco, al quale avea mandato Maurizio de Rinaldis; e per predicare la libertà facea gran capitale del Pizzoni, di fra Dionisio, di fra Pietro e di lui ancora (confessione a proprio danno che rende il Petrolo degno di fede, benchè nelle cose di eresia, per insinuazione dello stesso Campanella, avesse detto troppo e lasciato che gl'Inquisitori caricassero le tinte). Dopo di avere discorso in pubblico delle profezie, il Campanella privatamente gli diceva che quelle profezie parlavano di lui, e che voleva predicare la libertà e contro gli abusi della Chiesa; e che tutte le genti hanno avuto i loro sacrifizii e il nostro era migliore di quello degli Ebrei, ma pure avea certe superstizioni e precisamente quella che nell'ostia ci fosse Iddio; che non c'erano miracoli, e ciò che dicevasi delle resurrezioni dovea attribuirsi ad «asmi et occupationi di core», compresa la resurrezione di Lazzaro, la quale era stata una finzione di Marta e Maddalena amiche di Cristo, avendo esse anche preparato industriosamente le cose in modo da far sentire il fetore del quatriduano; che la fornicazione non era quel peccato che si diceva, potendosi ogni membro adoperare all'uso cui era destinato; che non c'erano diavoli nè inferno nè paradiso, e se ne burlava, dicendo, allorchè si parlava de' diavoli e dell'inferno, «si pigliano là alla caldara della pece», ed allorchè si parlava della gloria del cielo, «oh questo mondo è buono e bello»; infine diceva che Iddio era la natura, ed all'ultima ora, parlandosi de' fichi pe' quali potè peccare Adamo, disse che quelle erano baie.

Veniamo alle notizie più cospicue e più credibili, che si ebbero dalle più diverse provenienze ne' processi principali, oltrechè nel processo detto di Squillace. Ricordiamo che Maurizio seppe doversi fondare una repubblica nella quale si vivrebbe in comune, si farebbe la generazione da' soli valorosi, si brucerebbero i libri latini di fede, si toglierebbero gli abusi della religione, e il Caccìa seppe che si farebbe una legge migliore di quella de' Cristiani e si muterebbero anche le vesti; aggiungiamo che Felice Gagliardo seppe da Cesare Pisano (quindi per provenienza di fra Dionisio), che si sarebbe usata una tabanella bianca, da scendere fino alle ginocchia con maniche lunghe, e un berretto ligato a modo di turbante, si sarebbero bruciati i libri (*sic*), composto un nuovo statuto, liberate le monache e fatto il *crescite*. Queste notizie del fare il *crescite* e dell'indossare nuova foggia di abiti vennero confermate anche da diversi in Squillace, segnatamente da Fabrizio Carnevale e da Gio. Jacovo Prestinace, ma secondo una voce pubblica: e fu confermato egualmente da diversi che il monte di Stilo dovesse dirsi monte pingue e di libertà. Parecchi ne' processi principali affermarono che il Campanella avesse detto non esistere Dio, Dio essere la natura etc., la Trinità essere una chimera, viversi nel mondo a caso, non essere l'anima immortale, non esistere nè paradiso, nè purgatorio, nè inferno, nè demonii; ma nel processo di Squillace nulla venne in luce intorno al negar Dio, bensì tutto il resto fu confermato; e non sembra dubbio che le proposizioni del Campanella alludessero ad un concetto di Dio, della Trinità, de' luoghi di premio e di pena, degli angeli buoni e tristi, diverso da quello ricevuto, senza aver mai negato tutto ciò, massime poi senza aver mai negato Dio creatore e l'immortalità dell'anima, e che le proposizioni anzidette sieno state diffuse da fra Dionisio per progetto e quindi attribuite al Campanella, ovvero anche ripetute dal volgo, nel quale già circolavano insieme con diverse altre ed attribuite sempre al Campanella[300]. Solamente intorno a Gesù, a' suoi miracoli, all'ecclissi avvenuta nel tempo della sua morte, alla resurrezione, le notizie raccolte in tutti i processi si accordarono a confermare che egli non credesse alla divinità di Gesù (secondochè avea già fatto per la prima volta tralucere a Maurizio), e quindi non credesse nemmeno a tutto il resto compresa la verginità di Maria. Così avrebbe detto che Gesù era stato capo di setta, brav'uomo al pari di Mosè e di Maometto; che la resurrezione di Lazzaro era stata concertata da Marta e Maddalena e da Lazzaro medesimo, persone amiche di Gesù; che tutti gli altri miracoli erano stati narrati dagli Apostoli, i quali aveano scritta la Bibbia per introdurre la fede e poi ogni nazione l'aveva alterata per conto suo, e pure il miracolo di Mosè nel mar rosso era dovuto al flusso e riflusso del mare e che ognuno poteva far miracoli ed egli pure ne avrebbe fatti; che l'ecclissi nel tempo della morte di Gesù era stata accidentale e particolare, non miracolosa ed universale; che nella faccenda della resurrezione o poteva essere stato messo in croce un altro invece sua, o poteva essere stato il corpo suo sottratto e nascosto secondo il costume di varii legislatori. Del pari intorno a' Sacramenti, le notizie raccolte in tutti i processi confermarono essere da lui ritenuti istituzioni umane; segnatamente l'Eucaristia essere non altro che una commemorazione di Gesù, ed il Battesimo non essere indispensabile alla salvazione. È superfluo dire come considerasse gli atti degli Apostoli, tutto l'organismo della Chiesa e i precetti di essa, l'autorità del Papa, i Cardinali, i Prelati, la scomunica, il precetto del non mangiare carne in determinati giorni. Nel processo di Squillace vennero in luce diversi aneddoti su questi particolari, e li vedremo a suo tempo; così pure diverse cose che aveano recato scandalo, come il disgusto per le tante fraterie, la tolleranza e talvolta l'ammirazione per qualche cerimonia turca, la stima delle dottrine dei filosofi gentili alla pari di quelle de'

200

Santi Padri, il poco rispetto per le dottrine di S. Tommaso e il nessun credito all'esserne stati gli scritti lodati da Gesù Cristo, l'avversione alle preghiere con molti paternostri, l'intolleranza per l'adorazione della croce «che era un pezzo di legno» e così pure per l'adorazione delle immagini de' Santi. Sotto quest'ultimo rispetto è assai notevole un fatto, che mostra fino a qual punto il Campanella fosse divenuto temerario: la Chiesa del convento accoglieva una Congregazione, la quale intitolavasi del Rosario e adoperava un libro di preghiere con certe invocazioni a Maria, a S. Domenico e ad altri Santi; il Campanella non voleva che si dicessero, e di sua mano le cancellò dal libro. Quale era dunque la specie di riforma che egli si proponeva?

Manifestamente il Campanella si proponeva fondare uno Stato secondo le norme che poi descrisse nel suo libro della *Città del Sole*. Il Berti con altri lo ha intravveduto, e non pertanto ha negato l'esistenza della congiura: noi lo riteniamo dimostrato, dopochè ci è riuscito mettere in luce tante particolarità, segnatamente con la scoperta de' processi di eresia; e crediamo che ne rimanga sempre più raffermata l'esistenza di una congiura promossa e diretta essenzialmente dal Campanella, congiura necessaria per sottrarsi al dominio di Spagna, sia pure in date circostanze di tempo e di opportunità. Un confronto di ciò che sparsamente disse il Campanella, durante la congiura, con ciò che scrisse più tardi nella *Città del Sole* e nelle *Quistioni sull'ottima repubblica*, toglie ogni dubbio, rimanendo benissimo chiarita la natura e la direzione dell'impresa, l'impossibilità di una partecipazione qualunque del Papa, de' Vescovi e de' Nobili in generale, e perfino la verità e la giusta misura de' concetti del Campanella emersi da' processi fattigli; poichè ogni qual volta ci sarà il riscontro, chi vorrà più dubitarne? In tal guisa il così detto eterno ed insolubile problema della congiura può avere una facile soluzione, più che non sia forse accaduto mai nella storia delle congiure: può intendersi qualche concetto che a prima vista apparisce strano, p. es. il dover essere Monarca e il voler fondare la repubblica, l'ammettere la comunanza delle donne, il non ritenere peccato la fornicazione etc; ed appunto può determinarsi con esattezza il lato dei principii religiosi, su' quali non meno occorrono chiarimenti, avendo troppe circostanze influito ad ottenebrare la verità. Il confronto suddetto dà modo di vedere chi realmente esagerò, chi parlò di propria iniziativa, chi interpetrò male, e quindi comprendere la parte precisa che ognuno rappresentò, così nella congiura, come ne' processi consecutivi. Si rileverà senza dubbio che molte falsità furono deposte, ma che in ultima analisi venne a scovrirsi meno di quanto c'era realmente di sotto; ed apparirà chiaro che la *Città del Sole*, benchè detta *poetica*, costituì allora, come costituì di poi, il complesso delle idee *riposte* di fra Tommaso, sicchè c'è da riflettere moltissimo prima di considerare il Campanella, quale risulterebbe da parecchie altre opere sue, scritte in circostanze che meritano di essere grandemente valutate[301].

Trattavasi dunque di attuare in politica una repubblica comunista della forma più spinta, sino ad avere alcuni lati analoghi a quelli sostenuti da certi seguaci del moderno nihilismo, e di attuare in religione quel Cristianesimo razionale, che fino a' giorni nostri ha continuato sempre ad apparire unica soluzione accettabile, presso coloro i quali hanno voluto risolvere il problema della destinazione e della coscienza umana in conformità de' progressi del pensiero umano; ma tutto ciò con particolari vedute nell'ordine spirituale e nel temporale, analogamente alle idee del tempo e più ancora all'educazione del Campanella. Lo studio degl'insegnamenti de' grandi filosofi, le ricerche assidue intorno al Cristianesimo primitivo, le abitudini della vita monastica, gli avevano fatto concepire la libertà in un modo ben diverso da quello che oggi si professa, gli aveano fatto anche accogliere certe pratiche religiose come p. es. l'adorazione perpetua, ad imitazione delle quarantore dei Cattolici, la confessione auricolare, spinta fino al punto di rivelare al Capo dello Stato i falli uditi comunque senza far nomi[302]. Al Capo dello Stato era assegnata una sovranità reale ed effettiva, un'*autorità assoluta* nel temporale e nello spirituale; a' cittadini rimaneva una libertà, che era un imbrigliamento di qualunque moto e di qualunque sospiro, dietro un'ingerenza governativa delle più meticolose; perfino lo stomaco e gli organi sessuali erano regolati dalla legge. Di eguaglianza, come oggi si vorrebbe, neppure un'ombra; invece dato un grandissimo peso alla cultura e alla dottrina. Il Capo dello Stato doveva aver fatto studii colossali, pochi de' più savii partecipavano al potere, gl'incolti non doveano che servire. Specialmente per quella singolare maniera di libertà, se «la vita filosofica» ideata dal Campanella avesse potuto per un momento istituirsi, ognuno senza dubbio avrebbe finito per ribellarvisi, ed egli si sarebbe ben presto accorto che un consorzio civile non si rinnovella sopra principii astratti e senza sostrato nella realtà. Non c'è quindi a meravigliarsi che taluni, come p. es. il Giannone tra parecchi altri, abbiano profondamente sprezzato le vedute del Campanella; piuttosto c'è a meravigliarsi che taluni moderni, i quali s'intitolano democratici, abbiano menato vanto della repubblica Campanelliana iscrivendo il Campanella nel loro Olimpo[303].

Ebbe intanto con questo suo disegno di repubblica un pensiero altamente generoso per la provincia nativa ed anzi per l'intera umanità; e all'opposto di ciò che avviene agli attuali repubblicani, compromise onore e vita per esso, affrontando un mare immenso di guai con tale audacia, che a parecchi tra' più gravi scrittori il fatto è sembrato perfino impossibile, e questo, mentre il paese veramente gemeva sotto la più efferata tirannide, ma nessuno osava neanche immaginare una via qualunque di uscita[304]. Ecco ciò che costituisce la sua vera gloria; e non risultano giustificate nè le attenuazioni, nè le meno benevole interpetrazioni, che riescono ad impicciolire la sua grande personalità civile, e a far disconoscere l'essenza vera della sua vita. È stato detto che la sua vanità l'avesse spinto in questa via: senza dubbio eravi in lui quell'orgoglio impaziente, naturale negli uomini i quali hanno saputo da loro soli divenire uomini di gran vaglia, ma non s'intende perchè non abbia a dirsi essere stato spinto da una nobile ambizione, mentre d'altra parte bisogna anche riconoscergli la viva fede in eventi straordinarii e in una missione altissima alla quale credevasi destinato. Sorretto da una simile fede ed ambizione, egli seppe ispirare un vivo entusiasmo in uomini come Maurizio de Rinaldis, Marcantonio Contestabile, Prestinace, Vua, con una grossa mano di fuorusciti e di cittadini d'ogni classe, oltrechè in un certo numero di frati, i quali non rapresentarono punto la parte maggiore come erroneamente si è creduto: molti di costoro, e frati e laici, non ci risultano persone stimabili; ma nè si può guardare tanto pel sottile ogni qual volta si tratti di persone impegnate per una ribellione a mano armata, nè si può ritenere che gli elementi di stima fossero allora quelli medesimi di oggidì. Piuttosto bisogna dire, e non farà maraviglia, che i congiurati non abbiano avuta una mente adeguata alla grandezza dell'impresa, come il Campanella dichiarò con dolore più tardi, quando disse che «guastarono ogni suo pensier grande»[305]: non di meno i principali fra loro appariscono sempre persone distinte e degne di considerazione. Non si potrebbe p. es. non vedere in Maurizio un tipo di uomo animato dal più puro sentimento di patriottismo e di libertà: egli nobile, egli ricco di largo censo e di amata famiglia, avea troppo da perdere nella futura repubblica comunista, e tuttavia non si curò di sapere qual parte avrebbe rappresentato in essa; compreso unicamente dal pensiero di sottrarre a Spagna e restituire a libertà la sua provincia nativa, si limitò a discutere e trovare i mezzi pel successo dell'insurrezione, accettando volenteroso la dittatura del Campanella sotto il fascino dell'energia intelligente di lui, soggiogato dalla potenza di quell'intelletto audacissimo, come ebbe poi a confessare nel modo più ingenuo. Lo stesso fra Dionisio Ponzio non si potrebbe non dire un tipo di cospiratore de' più distinti: è lecito credere che la sua vanità e il suo spirito vendicativo abbiano influito molto a farlo dedicare febbrilmente al trionfo della futura repubblica, nella quale d'altronde la sua cultura gli avrebbe fatto acquistare uno de' maggiori ufficii; ma non rifuggì dal prendere nella congiura il posto più pericoloso, agendo fin sotto gli occhi degli ufficiali Regii nella capitale della provincia, e seppe di poi, ne' giorni tristi, comportarsi indubitatamente meglio di tutti gli altri suoi compagni promotori della ribellione, meglio del Campanella medesimo, come vedremo a suo tempo. Nessuno vorrà credere che fra Dionisio si fosse spinto tanto innanzi, solamente per uscire in campagna ad oggetto di uccidere il Polistina, e che Maurizio avesse aderito a fra Dionisio, solamente per secondarne tale proponimento: per lo meno non era necessario mettere Catanzaro in moto e andare incontro a così enorme responsabilità per uno scopo così meschino, e se il Campanella, ne' giorni tristi, potè dir questa con tante altre cose, bisogna pure penetrarsi della sua posizione, che l'obbligava a parlare in tal guisa. Trattandosi di dover fondare una repubblica, ed essendo certo che il disegno di questa repubblica era calcata sulle norme che furono più tardi descritte nella *Città del Sole*, evidentemente l'unico autore e promotore della congiura dovè essere il Campanella. Ed al momento al quale siamo pervenuti egli poteva esser lieto dell'opera sua. Maurizio, in Davoli, aveva già assicurato che era in grado di riunire fra dieci giorni duecento fuorusciti, i quali sarebbero entrati di nascosto in Catanzaro per formare il nucleo dell'insurrezione, e parecchi erano anche i cittadini di Catanzaro già ben disposti non solo da fra Dionisio, ma principalmente da Gio. Tommaso di Franza e Gio. Paolo di Cordova, senza contare il Barone di Cropani; inoltre Marcantonio Contestabile avea già dovuto mettere in ordine la sua banda destinata ad assaltare il castello di Arena, e questa banda era molto notevole, come apparisce da' cenni che il Campanella ne fornì, ponendoli in bocca a Giulio Contestabile; infine, sotto l'influenza assidua del Campanella medesimo, un buon numero di affiliati trovavasi in Stilo e luoghi circonvicini per una larga zona. I turchi col Cicala doveano venire nella prima metà di settembre, e la grande aspettativa delle mutazioni che si era in tutti ingenerata, e il credito straordinario che il Campanella godeva, sia come scienziato, sia come astrologo, sia come possessore di spiriti, avrebbe anche fatto avere senza dubbio un contingente non lieve, più di quanto si suole ordinariamente sperare da' congiurati in altrettali occasioni. Non erano dunque poche le forze preparate, e bisogna riconoscere che parecchie ribellioni, in condizioni egualmente ponderose e gravi, furono iniziate con forze assai minori: si sarebbero poi dovuti saldare i conti con una potenza come la Spagna, ma appunto allora gli sconvolgimenti generali che si aspettavano avrebbero dato un soccorso incommensurabile. Così il Campanella poteva ritenere che non sarebbe rimasta senza effetto la sua «voglia ardente a far la gran semblea», poteva esser fiero di aver saputo «con senno e pazienza tante genti vincere»[306]: tutti aveano fede viva in tempi migliori, e il banchetto sul monte di Stilo pose il suggello a questa fede in coloro che vi presero parte, riuscendo l'espressione della comune esultanza.

Ma si approssimavano invece anni di dolore con le più amare disillusioni. Mentre il Campanella trovavasi tuttora in Sta Caterina e quindi il banchetto sul monte di Stilo non si era per anco tenuto, la congiura veniva denunziata al Governo: continuavano con fervore i preparativi da parte de' congiurati, e il Governo con altrettanto fervore faceva i suoi preparativi per averli tutti nelle mani.

CAP. III. SCOPERTA DELLA CONGIURA E PROCESSI DI CALABRIA.
(dalla fine di agosto a tutto 10bre 1599).

I. Il 10 agosto 1599 Fabio di Lauro e Gio. Battista Biblia, che abbiamo veduto ricoverati per debiti nel convento de' frati Zoccolanti di Catanzaro e sollecitati da fra Dionisio a prender parte alla congiura, ne facevano una formale denunzia al Vicerè Conte di Lemos, innanzi all'Avvocato fiscale dell'Audienza di Calabria ultra D. Luise Xarava. Per incarico di costui, essi seguitavano a sorvegliare gli andamenti de' congiurati fingendosi sempre accesi per la rivolta, ed intanto ponevano in iscritto ciò che fino a quel momento aveano potuto raccogliere. Crediamo utile dare qui letteralmente tradotto l'importante documento da noi rinvenuto in Simancas, anche perchè riscontrandone l'originale, vengano i lettori a familiarizzarsi co' documenti scritti nell'idioma spagnuolo[307].

«Relazione fedele e veridica a Sua Eccellenza circa la congiura e ribellione che finora è stata tentata ed al presente si tenta dagl'infrascritti, per quanto noi Fabio di Lauro e Gio. Battista Biblia abbiamo potuto tener notizia e procurato sapere con ogni diligenza, in servizio di Dio e del Re nostro signore. — Fra Tommaso Campanella di Stilo, dell'ordine di S. Domenico, persona che per tutto il mondo tiene il primato nelle scienze, che per maraviglia di esse è stato molti anni carcerato nell'Inquisizione, presupponendosi opera diabolica siccome al presente ci è stato veramente certificato, con intelligenza di D. Lelio Orsini e del Principe di Bisignano, del Duca di Vietri, del Vescovo di Nicastro e di molti altri Vescovi del Regno, di Signori titolati e Potentati, ed in particolare di Sua Santità e in nome suo del Card.[l] S. Giorgio, del Turco; e fra Dionisio e fra Pietro Ponzio di Nicastro, predicatori dell'ordine di S. Domenico, con copioso numero di altri predicatori frati di diverse Religioni e di persone principali di molte città e terre, con intelligenza di molte corporazioni dell'una e dell'altra provincia, hanno tentato e tentano quotidianamente di rivoltare ed ingannare i popoli contro il Re nostro signore, pubblicandolo tiranno del mondo, e con parole efficaci dànno ad intendere l'incomportabile malvagità de' suoi Ministri, i quali vendono come all'asta pubblica il sangue umano e la giustizia e tutto, usurpando con tirannia il sudore de' poveri con tanti tributi e pagamenti e assassinii che si veggono nel Regno di Napoli, Regno della Santa Chiesa occupato tirannicamente, dicendo che tutti i Re di Spagna sono dannati per avere usurpato gli Stati della Chiesa, sangue di Gesù Cristo, e che già è venuto il tempo che nostro signore Iddio, mosso a pietà, si compiace di togliere la sozzura (?) di tanta tirannia e servitù, e ciò per opera del suo Vicario, il quale, condolendosi della calamità de' popoli, ha risoluto porli nella pristina libertà di repubblica, come era per l'innanzi, pur che vogliano riconoscere per signora la Santa Chiesa, con darle soltanto il libero consenso e un mediocre tributo, dicendo che non bisognava spargere il sangue de' loro figli, padri e madri, in rovina de' proprii averi, mentre sperano che aggiusterà loro ogni cosa solamente col persuadere la verità e fare che ognuno si riconosca a sè medesimo e al servizio di Dio nostro signore, il cui aiuto dicono di tenere in ciò per divine rivelazioni ed ispirazioni, stimolando la gente con promesse di lauti guiderdoni e con la facilità del negozio, mentre tutte le città e terre delle dette provincie sono divise e nella maggior parte disposte a versare il sangue pel servizio di Dio e della Santa Chiesa e per la propria libertà, aggiungendo il poco governo e poco talento de' governanti che al presente si trovano nelle dette provincie, e questo dicono essere permesso divino, che sembra gli abbia accecati, dando agli animi di tutti fama immortale pe' secoli avvenire, come pure mettendo innanzi il gran profitto da trarsene. — Nella detta congiura sta Maurizio de Rinaldis di Guardavalle, persona nobile e di grande intelligenza, e fuoruscito con comitiva di più di 2,000 persone di Stilo, casali e dintorni, il quale ha sobillato col detto Campanella e tuttora va sobillando, e particolarmente in Catanzaro Matteo Famareda, Orazio Rania ed altri suoi concertano intimamente con lui. E perchè nella detta congiura, la quale si tratta già da un anno, vi è pure l'intervento del Turco, che ha commesso ogni cosa al Cicala acciò esegua quanto i congiurati gli saranno per chiedere, nel mese scorso il detto Maurizio, inviato da' congiurati con una loro credenziale, s'imbarcò insieme con alcuni compagni nelle galere di Morat Rais che lo portò a parlare al Cicala, e di poi se ne tornarono alla marina di Stilo come è fama pubblica. E il detto Cicala sta già pronto a sua richiesta con 60 vele, che debbono servire ad andar costeggiando la Calabria ed impedire qualunque soccorso da mare. — Nella medesima congiura interviene Ferrante Moretto di Terranova della piana con un suo germano ed infinita gente di suoi aderenti. Vi sono pure molti della città di Reggio, S.ta Agata e Casali, e persone principali e potenti, e particolarmente della città di Seminara. Ci è ancora la maggior parte della città di Tropea, Mileto, Monteleone, Amantea, Fiumefreddo e città di Cosenza, Cassano, Castrovillari e Terranova-citra, Bisignano, Taverna, Cotrone, e la maggior parte del Principato di Squillace, ma specialmente infiniti della città di Nicastro, e molti di Rossano e Pietra Paola. Ci ha inoltre della città di Catanzaro Mario Flaccavento, parente di fra Dionisio e di Gio. Antonio Fabbrica con altri suoi compagni. Si trovano ora nelle provincie due compagnie di cavalli di uomini d'arme, che stanno a requisizione de' nemici. Vi sono ancora tutti i fuoruscii delle altre provincie, con altro infinito numero de' casali di Cosenza, e capipopolo di diversi luoghi. — La detta congiura, stata già trattata da tanto tempo, al presente è affrettata, e solo attendono la venuta del Principe di Bisignano, il quale verrà incognito, e così pure del Vescovo di Nicastro e di alcuni altri grandi personaggi. I congiurati, oltre che sperano felice successo per la moltitudine de' congiuranti e loro potere con guide del demonio che tratta col padre Campanella, sperano giovarsi molto della lingua tra' popoli, nel senso di far loro buone prediche, mentre concorrono molti predicatori di diverse religioni i quali si hanno diviso i luoghi tra loro, e per mezzo di essi si è quasi sempre trattato, e vanno promettendo grosse remunerazioni in nome di Sua Santità. Si scrivono tra loro con cifra di numeri e segni, i quali abbiamo visti in potere di fra Dionisio, che credendo tenerci nel suo partito, per la grande familiarità che da molti anni vi è stata tra lui e noi, ci ha comunicato tutto, promettendoci grandi cose, e con grande esagerazione ci facea premura in questo affare, nel quale non gli abbiamo dato rifiuto, per scovrire da lui quanto c'è e darne avviso a Sua Eccellenza, come abbiamo fatto in servizio di Sua Maestà. Guadagnate le provincie di Calabria, sperano di conquistare apertamente il resto del Regno, dicendo che la Calabria è la chiave, in dove si trovano le fortezze, munizioni e vettovaglie. — Tutte le dette cose per la maggior parte le abbiamo udite dalla bocca propria di fra Dionisio Ponzio, che per tale motivo va per diversi luoghi, e di Matteo Famareda, e vedutele per evidenti segnali e lettere di fra Dionisio che ci hanno mostrato. Speriamo d'ora innanzi tenere di ciò notizia più particolareggiata, sebbene quanto facciamo si faccia tutto con grandissimo pericolo di essere uccisi fin nelle nostre case; ma per servizio di Dio, di Sua Maestà e di Vostra Eccellenza, noi non ci curiamo di spargere il sangue e far notoria al mondo la nostra piena fedeltà e seguire le orme degli avi. — Dat. in Catanzaro il 10 agosto 1599. — Io Fabio di Lauro dò l'infrascritta relazione di mera volontà mia propria, e depongo come quassù in presenza dell'Avvocato fiscale di questa provincia in nome di Sua Maestà, sperando la sua grazia e guiderdone, mano propria. — Io Gio. Battista Biblia dò l'infrascritta relazione di mia propria volontà, e depongo come quassù in presenza del Sig. Avvocato fiscale di questa Provincia in nome di Sua Maestà, sperando la sua grazia e guiderdone, mano propria».

Successivamente, il 13 agosto, essi mandavano direttamente al Vicerè un'altra relazione[308]. Con questa dicevano che meglio informati, poichè andavano ogni giorno cercando di sapere, avendo parlato con alcuni congiurati principali, «credendo essi di tenerli pe' loro più affezionati come avevano loro mostrato e mostravano», aveano potuto toccar con mano che già tutta la provincia era in ordine, che nella Città di Catanzaro vi erano tra' congiurati più di 100 persone principali, «e tra gli altri la Regia munizione stava in ordine per costoro»; che i corrieri e messi andavano tra loro quasi sempre di notte, ed erano per la maggior parte frati e clerici; che essi, i denunzianti, aveano mandato corriere «per avere qualche loro lettera» ed inviarla a S. E., come pure d'allora in poi avrebbero procurato «sapere tutti i nomi de' congiurati». In fondo, come ben si vede, non avevano ancora fatto altri progressi nelle scoverte alle quali attendevano; frattanto magnificavano il «pericolo di essere bruciati fin dentro le loro case» e dicevano che «per ore e momenti stavano aspettando la morte»; assicuravano che i congiurati aveano tra loro «persone grandi e molti di Corte», e soggiungevano che se non si rimediava presto, correva «grandissimo rischio di porsi in rivolta il mondo». Infine conchiudevano rimettendosi alla grazia di S. M.^{tà} e di S. E. da cui speravano «competente rimunerazione di tale e tanto grande servigio». — Vedremo che in sèguito, attendendo sempre «a scovrire la congiura per ordine dell'Avvocato fiscale», giunsero realmente ad avere «tre lettere» le quali trasmisero alle Autorità, come risulta dal Carteggio Vicereale[309], e fecero pure qualche altra scoverta che troveremo espressa[310] nelle loro deposizioni.

La prima denunzia giunse in Napoli, per mezzo del fiscale, il 18 agosto, la seconda, direttamente, il 24 agosto, e in tale ultima data il Vicerè ne trasmetteva copia a Madrid, dando conto de' provvedimenti fatti e della impressione ricevuta: tutto ciò si rileva dalla sua prima lettera scritta al Re su tale argomento[311]. Fin dal 18, all'arrivo della prima denunzia, egli spedì subito un corriere all'Ambasciatore di

Spagna in Roma D. Antonio de Cardona Duca di Sessa, avvertendolo di ciò che accadeva «e scrivendogli un'altra lettera da potersi mostrare a S. S.^{tà}», nella quale diceva che certi frati e clerici in Calabria facevano trattative col Cicala, e che perciò supplicasse S. S.^{tà} di «restar servita» di permettergli che per l'investigazione di tal negozio potesse prendere i frati e clerici che fossero colpevoli, ciò che S. S.^{tà} fece con molto piacere, richiedendo che li traducesse alla carcere del Nunzio che teneva in Napoli, ma che se gli paresse altro, lo lasciava nelle sue mani. Dippiù, quantunque ritenesse la cosa senza fondamento, il Vicerè pensò ad inviare in Calabria una persona capace d'investigare con ogni segretezza e carcerare i frati nominati nella relazione, procurando di avere in poter suo tutte le loro carte; e scelse Carlo Spinelli, di cui avea trovato in Napoli molto buona relazione, e che oltre all'essere buon soldato era anche molto prudente ed accorto, e perciò si era servito di lui il Duca di Ossuna a tempo del tumulto della città (il tumulto contro l'Eletto Starace), e lo avea fatto Reggente della Vicaria, nella qual carica in pochi giorni avea presi i più colpevoli tra' delinquenti; lo scelse anche perchè gli sembrò che sarebbe stato la persona la quale avrebbe potuto andare con minor rumore, con voce che sarebbe andato a difendere la costa (a difenderla dal Turco siccome avea fatto altra volta). Del resto, egli diceva, «mi pare grande stravaganza mischiare il Papa e il Card.^l S. Giorgio col Turco; che se fosse stato col Re di Francia o con qualche potentato d'Italia non mi sorprendeva, poichè, secondo mi ha avvertito il Duca di Sessa, già altra volta si sono tentati questi rumori da gente inquieta e di poca sostanza; e così mi persuado che solamente da' frati sono uscite queste invenzioni, chè d'uno di loro tengo relazione essere apparecchiato, per credere di lui qualunque novità». Parevagli pure stravaganza ciò che dicevano del Principe di Bisignano, del Duca di Vietri e di D. Lelio Orsini: con tutto ciò, egli soggiungeva, «per non errare è mestieri pensar sempre al peggio». Aveva quindi ordinato al Fiscale di andare a Sta Eufemia, ove dovea sbarcare Carlo Spinelli, per farvi una certa informazione, perchè nell'Audienza non sospettassero a che fine egli là si recava, e di vedersi quivi con lo Spinelli, il quale, informato bene del caso, avrebbe nelle mani i frati e i più colpevoli, e glie ne darebbe avviso. Ripeteva poi ancora una volta che egli credeva tutto esser cosa senza fondamento, se non invenzione de' frati.

Il Vicerè D. Ferrante Ruiz de Castro Conte di Lemos era stato da poco tempo inviato a Napoli, in sostituzione del Conte Olivares, e vi era entrato appena il 16 luglio 1599, avendo avuta anche la missione di Ambasciatore straordinario di obbedienza al Papa: nella sua venuta avrebbe dovuto passare per Roma, ed invece con una certa sorpresa della Curia Pontificia, che trovasi espressa in una lettera al Nunzio, era «capitato a Napoli prima che a Roma»[312]. Fu detto che nel suo passaggio per Genova un frate Francescano lo avesse avvertito di tener d'occhio la Calabria, e che egli fece subito diligenze e si venne così a scovrire la congiura[313]: ma tutto ciò non ci risulta esatto, e potrebbe stare soltanto che quel frate, appartenente ad un Ordine solito a servire da spia agli spagnuoli massime nelle cose di Levante, gli avesse parlato del Campanella come di un uomo torbido, capace di qualunque novità; questo potrebbe ritenersi adombrato nel periodo sopra riferito della lettera del Vicerè, mentre poi veramente egli conobbe la congiura solo per opera di Lauro e Biblia, e stentò molto a ritenerla cosa seria malgrado le rivelazioni di costoro. Fu detto pure, dal Parrino, che i due cittadini di Catanzaro, complici della congiura, la rivelarono perchè la Divina Provvidenza toccò loro il cuore: ma ci risulta solamente certo che il loro cuore fu tocco dalla speranza di un buon guiderdone, avendo formalmente espresso questa speranza in entrambe le relazioni da loro scritte. Fu detto infine dal Campanella, nella sua Narrazione, che Lauro e Biblia si scovrirono avidi di mutazione con fra Dionisio, il quale secondo i segni e profezie di lui commendò il disegno loro, e di poi con la speranza di sollevarsi ed aggrandirsi parlarono allo Xarava, il quale essendo scomunicato e malcontento, «per scaricarsi appresso il Re la colpa della scomunica, e per vendicarsi degli ecclesiastici e d'altri nemici suoi in Catanzaro, disse falsamente a Lauro et a Biblia che questa era congiura di ribellar il regno e com'esso sempre l'havea pensato, e che c'intervenia il Vescovo di Milito, da cui era stato lui con tanti Baroni et Ufficiali scomunicato, e tutta casa del Tufo, el Vescovo di Nicastro che fece l'interditto, e che per effettuar questo F. Dionisio era andato a Ferrara, e che il Papa consentia e però non levava l'interditto, e che potean'esser altri Signori e s'informò con quanti havea amicitia il Campanella el F. Dionisio, e consertaro di metterli in processo, qual fece segretamente contra Prelati e Baroni et amici del Campanella e nemici suoi e delli prefati rivelanti; et ci posero anche D. Alonso de Roxas Governator della provincia, parte perch'era suo nemico di Xarava, parte perchè non fossero obbligati a farlo consapevole di tal processo, perchè non haveria consentito a tanta falsità». Ma questo si capisce facilmente essere un garbuglio, per far apparire Biblia e Lauro promotori di un movimento e lo Xarava autore di tutti i particolari della congiura; mentre invece, come abbiamo già avuta occasione di vedere, il Campanella medesimo, nella Dichiarazione che si decise a rilasciare appunto allo Xarava, disse che fra Dionisio avea predicato in Catanzaro ribellione secondo la profezia di lui, e per aver molti dalla sua parte avea nominate tutte quelle persone a cominciare dal Papa. Adunque la denunzia di Lauro e Biblia rivelò in tutto e per tutto le cose esageratamente ed artificiosamente propalate da fra Dionisio in Catanzaro: si può soltanto dire che le rivelò in un modo ancora più esagerato ed artificioso, con una grande impudenza, per accrescere il valore del servigio reso. Nè vi si vede poi accusato di complicità D. Alonso de Roxas, che realmente sappiamo essere stato, come ogni altro Governatore, in dissidio con lo Xarava; ma lo si vede soltanto genericamente posto in cattiva luce, assieme con altri ufficiali Regii, là dove è notato il poco governo e poco talento de' governanti delle Calabrie. Che se egli non fu fatto consapevole del processo, sappiamo non essere ciò accaduto per astuzia dello Xarava e de' rivelanti, ma per gli ordini dati dal Viceré, il quale, a fine di mantenere il segreto, volle che l'Audienza non potesse nemmeno sospettare di qualche cosa all'arrivo dello Spinelli. Aggiungasi che nella denunzia non si vede per anco nominato il Vescovo di Mileto e la casa Del Tufo, degli individui di Catanzaro si trovano nominati appena Matteo Famareda, Orazio Rania e Mario Flaccavento, e fino al 13 agosto non erano stati ancora conosciuti altri nomi, mentre pure si accertava essere più di 100 i congiurati in quella città; onde deve dirsi non apparirvi alcuna traccia de' voluti nemici dello Xarava e de' rivelanti, che sarebbero stati nominati con la qualità di complici. In conclusione rimane solo che potè forse lo Xarava essere l'estensore della denunzia ma non l'inventore della congiura: potè essere l'estensore della denunzia, perocchè questa, sebbene scritta in un modo abbastanza scempiato, risulta sempre in una forma superiore a quella che avrebbero comportato le forze intellettuali de' rivelanti, come si desume pure da qualche altro documento scritto da uno di loro, che noi abbiamo rinvenuto nell'Archivio di Napoli e che a suo tempo daremo. — Pertanto il Viceré mostrò un certo accorgimento nel non prestar fede a quella miscela de' Nobili, del Papa e del Turco, tutti d'accordo in una congiura, e nel crederla invece una invenzione di frati: ma la grave responsabilità inerente al suo ufficio l'obbligava a preoccuparsene senza ritardo, e naturalmente, trattandosi di persone ecclesiastiche, egli si diresse innanzi tutto a Roma.

Occupava allora la sedia Apostolica Papa Clemente VIII (Ippolito Aldobrandini), e secondo il costume del tempo, spinto all'eccesso da questo Papa, brillava intorno a lui tutta la tribù degli Aldobrandini. Sarebbe inutile e disgustoso darne l'elenco, ma occorre alla nostra narrazione menzionarne almeno tre: 1.º Cinzio Aldobrandini Cardinale di S. Giorgio, nipote del Papa essendo figlio della sorella Giulia maritata ad Aurelio Personei, e per ragioni facili ad intendersi decorato del cognome materno, creato Cardinale insieme col cugino Pietro nel 1593, ma divenuto Segretario di Stato fin dal 1592, in sostituzione del Vescovo di Bertinoro; 2.º Pietro Card.^{le} Aldobrandini, altro nipote del Papa essendo figlio del fratello Pietro sposo a Flaminia Ferracci, creato Cardinale a 21 anni, incaricato di alti affari e divenuto anche Camerlengo, da non confondersi con un altro Cardinale Aldobrandini (Silvestro), pronipote del Papa essendo figlio della nipote Olimpia maritata a Gio. Francesco Aldobrandini, creato Cardinale impubere, nel 1603; 3.º[314] Jacopo Aldobrandini del ramo di Brunetto Aldobrandini, ramo rimasto in Firenze, figlio di Francesco e Clarice Ardinghelli, già Canonico di S. Lorenzo, poi Referendario della Segnatura sotto Sisto V, poi governatore di Fano etc., poi mandato Nunzio in Napoli nell'aprile 1593, e in dicembre dello stesso anno creato Vescovo di Troia in sostituzione di Monsignor Rebibba, non che assistente al soglio Pontificio[315]. Importa molto distinguere principalmente Cinzio, Pietro e Jacopo, i quali si veggono talvolta confusi dagli scrittori delle cose del Campanella: importa del pari avere qualche notizia delle condizioni degli animi nelle Corti di Roma e di Napoli, mentre s'inauguravano trattative le quali ebbero un lungo sèguito, destando armeggi giurisdizionali tanto più delicati, in quanto riflettevano un delitto di lesa Maestà. In generale i Vicerè ostentavano sempre le migliori disposizioni verso Roma, e la Curia Pontificia non soleva tralasciar nulla per avere i Vicerè ben disposti, profittando molto di quella devozione che gli spagnuoli non mancavano mai di mettere in gran mostra, pur quando non la sentivano. Il Conte di Lemos, stato già nove mesi frate Zoccolante in gioventù, succedendo nel governo a quello tempestoso dell'Olivares, con la missione anche di Ambasciatore di obbedienza del nuovo Re presso S. S.^{tà} e col desiderio riposto di ottenere un Vescovato ad un suo fratello per soprappiù illegittimo, fece concepire alla Curia le più belle speranze nella persona sua. Come scriveva il Cardinal S. Giorgio al Nunzio, anche prima di entrare nel Regno si era affrettato ad inviare «una lettera piena di obsequio et di humiltà, con la quale si essibisce di servire alle cose di S. S.^{tà} et di tenere ogni buona intelligenza co' suoi Ministri». Dal canto suo, il Papa avea subito mandato non solo un Breve di risposta al Conte, ma anche un Breve alla Contessa, alla quale faceva la «spontanea gratia» dell'indulgenza plenaria il primo giorno che si sarebbe confessata e comunicata nel territorio del Regno, ed avrebbe pregato per la pace ed esaltazione della Chiesa: ed aveva ordinato al Nunzio di presentarlo ed «accompagnarlo con officio opportuno in voce, mostrandole spetialmente che S. S.^{tà} si promette ch'ella debba essere instrumento efficace non pur di mantenere il marito così bene affetto et così riverente verso S. S.^{tà} et verso questa S.^{tà} Sede come si dichiara di voler essere, ma di accrescere la dispositione et riverenza et di farne apparir gli effetti all'occasioni»[316]. La grazia dell'indulgenza, naturalmente, venne impiegata il meglio possibile, ma qualche volta nemmeno se ne vide il frutto, ed allora si ricorse al Confessore del Vicerè, P.^e Ferrante Mendozza Gesuita, che ebbe sempre molta influenza sull'animo de' Lemos padre e figlio. Il Nunzio, da parte sua, adempiva con premura all'ufficio; non lasciava mai nulla intentato e spiegava un'operosità instancabile, superiore a quanto comportasse l'età sua che non era fresca, ed anche il suo carattere che era di uomo svogliato e poco espansivo[317]. Occupava così molto tempo «ne' negotii», con un certo scapito dell'amministrazione della giustizia e del buono andamento del Tribunale cui doveva attendere, come si vide dolorosamente anche nella causa del Campanella e socii. Non si potrebbe dirlo poco amante della giustizia, che anzi il suo Carteggio ce lo rivela sovente ammirabile, sia quando sollecita la Curia Pontificia a trovar modo di far gastigare la vita scandalosissima de' frati e de' clerici, e far perseguitare i malviventi ricoverati nelle Chiese e ne' monasteri, sia quando resiste alle sollecitazioni di essa a graziare delinquenti condannati dal Tribunale della Nunziatura e ad imporre alle Chiese predicatori raccomandati: ma erano moltissime le faccende che dovea trattare, e si sa che la prima cura sua doveva essere la preeminenza ecclesiastica e la raccolta delle ragguardevoli somme che dal Regno affluivano a Roma, sicchè tutto il resto veniva in seconda linea; pure tutto il resto non era poco, e alle faccende ordinarie se ne aggiungevano tante altre straordinarie, non mancando nemmeno le commendatizie presso il Vicerè per far avere impieghi! Frattanto nel tempo del quale discorriamo non v'era ancora bisogno che egli si affannasse molto a trovar favore e benevolenza nella Corte del Vicerè: si era in un periodo di grandi tenerezze che durò tre buoni mesi, e parecchie lettere del Card.^l S. Giorgio attestano la letizia di Sua Beatitudine per la buona inclinazione, per la pietà, per la modestia del Vicerè, la premura di mostrargli che a Roma «non si davano manco volentieri le sodisfattioni di quello che si ricevevano»[318].

In simili condizioni di cose il Vicerè si spinse a chiedere licenza di far carcerare gli ecclesiastici incolpati per poi procedere all'informazione, ed il Papa glie l'accordò immediatamente: ma vi fu qualche circostanza degna di nota da parte dell'uno ed anche dell'altro. Il Vicerè non disse che que' frati e clerici promovevano una congiura, sibbene che «trattavano col Cicala», o, come più chiaramente mostra la comunicazione fattane dal Card.^l S. Giorgio al Nunzio, che avevano «commesso delitti gravissimi et atroci, et che per pigliar maggior vendetta dei loro nemici si sono indotti à chiamar Amorat Rais all'esterminio di certo luogo che possedono alla riva del mare»! Il Papa concesse la facoltà di farli carcerare, con la condizione di consegnarli poi nelle mani del Nunzio, o quando vi fosse timore che potessero fuggire e si volessero custodire nelle carceri Regie, di custodirli sempre come prigioni del Nunzio; ma aggiunse pure a costui, che mandasse «con le genti che spedirà contra l'E. S. coloro... un huomo suo, con l'intervento del quale si veda che per quello che tocca alle persone ecclesiastiche si tiene il conto che conviene della nostra giurisditione mentre non sono verificati gli eccessi che si pretendono contra di loro»[319]. Nè apparisce avere il Papa veramente aggiunto al Vicerè, come costui scrisse a Madrid, che «se gli paresse altro, lo lasciava nelle sue mani»: fu questa probabilmente una di quelle piccole vanterie alle quali bisogna bene essere preparati, giacchè ne vedremo talvolta negli ufficiali Regii e nello stesso Nunzio, rientrando nel gonfio e nel vano che tanto piacevano a que' tempi. — La comunicazione di ciò che a Roma si era deliberato fu scritta il 20 agosto, e pervenne al Nunzio per mezzo dello stesso Vicerè; il Nunzio glie ne diede notizia immediatamente, e disse che era pronto a far la sua parte sempre che occorresse; il Vicerè se ne mostrò contentissimo, e rispose che quando fosse tempo glie lo farebbe sapere[320]. Ma certamente non pensava punto a soddisfare i desiderii del Papa, circa l'invio di una persona che rappresentasse il Nunzio con le genti che avrebbe spedite in Calabria. Difatti non se ne curò menomamente, nè apparisce che la Curia se ne fosse risentita: vedremo che molto più tardi poi il Vicerè evocò tale provvedimento, ma per cercare di eludere l'obbligo di far esaminare gl'incolpati in Napoli, ed invece farli esaminare in Calabria da un Giudice secolare coll'intervento di un Commissario Apostolico. Pel momento egli volea veder chiaro e senza testimoni importuni, tanto più che parlavasi di complicità dello stesso Papa: laonde, siccome si è detto, commise la faccenda solo allo Spinelli e allo Xarava, escludendo perfino l'Audienza e quindi anche il preside di essa D. Alonso de Roxas Governatore della provincia.

Abbiamo già avuta occasione di far la conoscenza di D. Alonso de Roxas e di D. Luise Xarava, ed abbiamo notato l'animo mite e placido dell'uno, l'animo prepotente ed energico dell'altro, l'antagonismo esistente fra loro: è quasi superfluo dire che l'antagonismo si verificò anche pel fatto della congiura. Ma c'importa per ora far la conoscenza di Carlo Spinelli, al quale venne straordinariamente affidata la parte principale in questa faccenda. I documenti abbondano intorno a costui, poichè egli era veramente un personaggio reputato oltre ogni dire, con uno stato di servizio ragguardevolissimo; e senza ricercare le carte polverose degli Archivii, ogni napoletano, che s'interessa un poco almeno allo svolgimento delle arti belle nella sua città, ha potuto vederne le nobili sembianze in una statua armata e ritta, messa tra due brutte statue sedenti di Ercole e Pallade, e leggerne le molte azioni ricordate dall'epigrafe apposta al suo mausoleo, entro la chiesa di S. Domenico nella Cappella di S. Stefano, la 2.ª a destra dell'altare maggiore[321]. Appartenente alla linea degli Spinelli Baroni di S. Giorgio la montagna e Buonalbergo, nella provincia di Principato ultra, primogenito di Pirro Giovanni Spinelli e di Lucrezia Caracciolo, non avendo avuto figli con Maria Spinelli de' Principi di Tarsia, gli fu successore il fratello Gio. Battista, che dopo la morte di lui fu creato Principe di S. Giorgio. Come tutti i Nobili napoletani di alta carriera, indossò la toga e cinse la spada: fu Reggente della Vicaria sotto il Duca d'Ossuna, a' tempi del tumulto contro l'Eletto Starace (1585), ed in tale occasione si distinse molto, secondochè rilevasi da' documenti trovati in Simancas, mentre il Parrino non ne dice nulla: ma già avanti questo tempo si era distinto presso D. Giovanni D'Austria, dapprima in Granata contro i Mori ribelli, poi alle isole Echinadi e in Tunisi contro i turchi, quindi nella Francia e nel Belgio per tre anni, in sèguito da Commissario in Calabria contro i fuorusciti durante il Vicereato del Marchese di Mondejar, poi come colonnello a capo di 4000 fanti, insieme con Fra Vincenzo Carafa Prior d'Ungheria, nella presa del Regno di Portogallo (1580), poi nel governo della Germania inferiore sotto il Duca di Parma e Piacenza, trovandosi all'espugnazione di Bonn, di Vachtendonq etc. etc. Nominato Consigliere del Collaterale nel 22 febbraio 1590, fu nello stesso anno delegato contro i fuorusciti in tutto il Regno e massime negli Abruzzi infestati dal famoso Marco Sciarra, poi nel 1594 di nuovo in Calabria contro i turchi condotti dal Cicala: ma in queste due spedizioni non fu punto felice, e massime nella prima dovè la sua salvezza allo stesso Sciarra, il quale, riconosciutolo pel cavallo bianco che montava, ingiunse a' suoi che si astenessero dal colpirlo, per usargli quella cortesia di cui non di rado i briganti amano di far mostra. Il Campanella, nel suo libro della Monarchia di Spagna, scoccò una frecciata a lui e a tutti i capitani spagnuoli, dicendo che lo Spinelli riceveva donativi dallo Sciarra e non lo volle morto, secondo il sistema di tirare le cose in lungo a fine di rimanere lungamente con pingui stipendii e piena autorità:

quanto all'aver tirato le cose in lungo, il fatto ci risulta vero, benchè sia nota l'intrinseca difficoltà di tali imprese non mai smentita; ma quanto al non avere lo Spinelli voluto morto Marco Sciarra, gli Storici dicono precisamente l'opposto[322]. Vero è che mentre egli mostravasi bravo ed accorto, realmente «circumspetto» come s'intitolavano i Consiglieri del Collaterale, non mancava di essere feroce ed avido di guadagno per sè e per i suoi, come si vedeva spesso a quell'età; nè sarà inutile dire che, al tempo del quale ci occupiamo, i molti debiti fatti dal padre suo e da lui medesimo lo tenevano nelle strettezze, dalle quali non uscì neanche dopo la spedizione di Calabria, poichè verso il 1603 dovè soffrire la vendita di Buonalbergo in suo danno, nè questa terra tornò alla famiglia se non ricomprata dal fratello Gio. Battista nel 1612[323].

Abbiamo vedute le ragioni per le quali lo Spinelli fu prescelto dal Vicerè. Come risulta da cenni sparsi, egli andò qual Commissario, Luogotenente generale e Capitano a guerra nelle Calabrie: il testo della Commissione e delle Istruzioni si dovrebbe trovare nei Registri *Curiae*, dove, tra gli altri, solevano notarsi tutti i documenti di questo genere: ma non c'è riuscito di rinvenirlo, e con ogni probabilità se ne fece l'annotamento ne' Reg.[i] *Curiae Secretorum*, come si soleva nelle Commissioni di alta importanza[324]. Non sappiamo con precisione quanta milizia lo Spinelli abbia avuta a condurre con sè. Ma il Campanella, nella sua Narrazione, ci lasciò scritto che vennero con lui due compagnie di spagnuoli, e veramente nelle relazioni dello Spinelli si trovano citati due capitani spagnuoli con le rispettive compagnie, D. Antonio Manrrique e D. Diego de Ayala. Pertanto un documento da noi rinvenuto nel Grande Archivio ci fa conoscere il nome di alcuni ufficiali napoletani che andarono con lo Spinelli, come persone di sua fiducia, e gli stipendii rispettivi e la sollecitudine con la quale vennero nominati e spediti. Questi furono, Mario Mirabella, Alfonso Dattolo e Vespasiano Jovene, capitani, inoltre Vincenzo Severino, che vedremo funzionare da segretario: lo stipendio dello Spinelli era di D.[i] 300, quello de' capitani di D.[i] 40, quello del Segretario di D.[i] 30 mensili, e il 23 agosto, un giorno innanzi che giungesse in Napoli la 2.[a] relazione da Lauro e Biblia, dalla Scrivania di razione era spedita la liberanza per un mensile anticipato a ciascuno di loro, e il 26 agosto se ne faceva il pagamento ovvero l'annotamento[325]. Poichè a questa data dovevano essere già partiti, leggendosi nella lettera Vicereale del 24 agosto intorno allo Spinelli, che «lo ha inviato, e datogli istruzione di ciò che ha da fare e il segreto che ha da guardare»; ed oltracciò vedremo che una lettera Vicereale dello stesso giorno 24 allo Spinelli fu da lui ricevuta in Calabria, dove egli sbarcò il 27. Aggiungiamo che con lui dovè pure partire un Mastrodatti: e veramente così costumavasi, facendosene la nomina nella Lettera di Commissione, ed in una copia di lettera dello Xaravà al Vicerè trovata a Simancas lo si vede affermato, con l'occasione che questo Mastrodatti morì poi in Calabria e bisognò prenderne un altro[326].

Ma mentre il Vicerè si studiava tanto di tenere la faccenda segreta, accadeva in Catanzaro qualche cosa che la svelava: altri Catanzaresi, il giorno 25, presentavano una nuova denunzia, e la consegnavano all'Audienza. È questa la denunzia che, trovata accidentalmente a' giorni nostri dal De Luca, fu depositata dal Baldacchini nell'Archivio dell'Accademia Pontaniana, e dall'Accademia trasmessa all'Archivio di Stato: pubblicata dall'Accademia e dal Berti può leggersi riprodotta ne' Documenti annessi a questa narrazione. In sostanza cinque cittadini Catanzaresi, vale a dire due fratelli Striveri, un Mario Flaccavento, un Gio. Battista Sanseverino e Gio. Tommaso di Franza che abbiamo già veduto al convegno di Davoli, deponevano che fra Dionisio era venuto a bella posta in Catanzaro per comunicar loro i vaticinii del Campanella e la prossima ribellione «che principierà innanti la metà di settembre», la partecipazione di diversi Signori e del Papa che farebbe entrare le sue genti nel Regno, la partecipazione de' principali cittadini di diverse terre, di 200 frati e di 200 fuoriusciti i quali si andavano riunendo e doveano dar principio alla rivolta, la partecipazione dell'armata turchesca che dovea comparire «alli 6 di settembre prossimo», infine la richiesta fatta loro da fra Dionisio di «accettarlo con più di tre o quattrocento huomini armati li quali li farà entrare incogniti e di notte» per rimanere nella loro obbedienza, conchiudendo che essi, fedelissimi vassalli, lo aveano «rebuttato» e se non fosse stato monaco lo avrebbero menato carcerato, e però lo denunziavano agli ufficiali Regii e pregavano che ne avessero dato avviso al Vicerè. La denunzia reca la data del 25 agosto, ed apparisce consegnata dagli Striveri, in nome loro ed in nome anche dei socii, agli Auditori Annibale David e Vincenzo De Lega: la copia legale che se ne ha, munita di suggello, è firmata da Guarino Bernaudo Segretario interino della R.ª Audienza[327]. — Evidentemente tra' congiurati si era per lo meno destato qualche sospetto che la congiura fosse stata scoverta: con ogni probabilità le confabulazioni tra Lauro, Biblia e lo Xarava, non poterono rimanere tanto nascoste da non trapelarne qualche notizia, onde que' cinque sciagurati pensarono di salvarsi con un atto di vigliaccheria, che del resto vedremo non aver avuto tanto valore almeno per qualche tempo, poichè giudicato tardivo ed incompleto. Naturalmente nella denunzia si parlò in modo principale di fra Dionisio, e il Campanella fu appena nominato pe' suoi vaticinii: ma ciò non deve far meraviglia, poichè in essa si palesavano i fatti avvenuti in Catanzaro, dove il solo fra Dionisio avea trattato, nè poi conveniva a' denunzianti lo estendersi nelle particolarità, specialmente ad un periodo tanto inoltrato, per la ragione che sarebbero incorsi nella taccia di aver molto trattato con fra Dionisio; così il Franza certamente nascose di essere stato a Davoli presso il Campanella e Maurizio, col Cordova e col Rania, la qual cosa pure egli medesimo rivelò in sèguito, come trovasi registrato negli Atti esistenti in Firenze. E per finirla su questo incidente aggiungiamo che il Campanella, nell'Informazione e meglio ancora nella Narrazione, scrisse che Gio. Tommaso di Franza pagò 200 tallaroni allo Xarava in Castel dell'Ovo perchè lo mettesse nel numero de' rivelanti: ma, come si vede, il Franza si era fatto rivelante già molto prima, e quindi parrebbe che se pagò realmente una somma, ciò abbia dovuto accadere piuttosto in principio, per far accettare la sua rivelazione; a meno che non l'abbia pagata quando, nel venire alla spedizione della causa, facendosi una cerna de' rivelanti per prenderli in benigna considerazione, fu quella denunzia fatta passare per buona, mentre dapprima era stata qualificata tardiva ed incompleta. Lasciando per altro siffatte interpetrazioni, sempre molto arrischiate, notiamo esservi anche motivo di dire, che con ogni probabilità il Campanella non conobbe l'esistenza di quest'altra denunzia e l'andamento vero delle prime fasi del processo; infatti egli disse ancora che lo Xarava, nella stessa occasione, diede egualmente cartelle, in cui erano scritte le rivelazioni da doversi fare, a Mario Flaccavento e a Tommaso Striveri che non erano stati esaminati in Calabria»; or bene quest'ultima circostanza, almeno per Tommaso Striveri, sappiamo certamente essere inesatta, risultando il contrario del pari dagli Atti esistenti in Firenze, mentre poi e l'uno e l'altro si trovano già rivelanti con la denunzia in quistione.

È del tutto naturale l'ammettere che la denunzia sia stata subito inviata al Vicerè, il quale ebbe poi a comunicarla allo Spinelli: ma essendo la cosa passata per la via dell'Audienza, il segreto fu svelato, e il motivo della venuta dello Spinelli fu presto capito. Ne dovè quindi trapelare qualche cosa, e parrebbe che specialmente D. Alonso il Governatore non si fosse creduto nel dovere di mantenere il segreto, onde poi lo Spinelli ebbe a dolersi di lui col Vicerè. Certamente, nello stesso giorno in cui la denunzia fu consegnata, il Vescovo di Catanzaro seppe ogni cosa; ed essendo amico di fra Dionisio, e tenero della Religione Domenicana che vedeva compromessa, avvertì fra Dionisio il quale trovavasi tuttavia in Catanzaro, eccitandolo a salvarsi. Costui prese allora nel suo convento la prima giumenta che gli capitò sotto mano e partì. Vedremo tra poco dove egli andò, pensando a tutt'altro che ad una fuga pura e semplice; per ora vogliamo accertare che questo accadde appunto il giorno 25, avendo da una parte, nel processo di eresia, una lettera del Vescovo al Visitatore in tale data, che copertamente accenna al fatto in quistione, e d'altra parte, nel Carteggio del Vicerè, una lagnanza dello Spinelli contro il Vescovo, che «fece fuggire fra Dionisio *due giorni prima* che egli arrivasse». E dobbiamo anche rettificare quanto ne disse nella sua Narrazione il Campanella, che si studiò di porre le cose sotto altra luce a questo modo: «Bibbia e Lauro consultati dallo Xarava avvisaro al F. Dionisio che si fuggisse perchè venia Spinello contro lui; e poi il medesimo Xarava fè intendere questo al Vescovo di Catanzaro amico di F. Dionisio che lo facesse fuggire, perchè saria stata la ruina del clero se F. Dionisio era preso; et il Vescovo che suspicò per le discordie, scomuniche et interdetti, che ci fosse qualche trattato, pregò F. Dionisio benchè ripugnante che fuggisse, e Bibbia e Lauro li donaro cavalcatura e commodità, perchè con la fuga di Dionisio si donasse colore alla congiura arrivando Spinelli, e li dissero che pur facesse fuggire il Campanella et avvisaro a Mauritio che fuggisse». Ma invece nel Carteggio del Vicerè troviamo che lo Spinelli si lagnò di D. Alonso de Roxas perchè avea proceduto «inconsideratamente»; e se si volesse ritenere che lo Spinelli non sia stato bene informato, avremmo pur sempre di certo che «la cavalcatura» non venne donata a Fra Dionisio da' rivelanti, ma venne da lui presa nel convento; infatti nel processo di eresia che poi si fece, tra le molte cose affermate intorno a fra Dionisio vi fu anche quella che avea «robbato una giumenta del convento» per fuggirsene; l'affermò fra Giuseppe d'Amico priore del convento di Soriano, e non apparisce alcun motivo plausibile per non prestargli fede. Circa poi all'avere i medesimi rivelanti detto a fra Dionisio che facesse fuggire il Campanella, e all'avere avvertito Maurizio che fuggisse, il Campanella medesimo nella sua Dichiarazione scritta, rilasciata allo Xarava, espose il fatto in un modo ben diverso.

Fra Dionisio, avvertito dal Vescovo, lasciò Catanzaro e si diresse al convento di Stilo, per far sapere al Campanella che la congiura era scoperta e che lo Spinelli veniva contro di loro[328]; ma non gli propose di fuggire, sibbene, come rilevasi dalla Dichiarazione del Campanella, lo sollecitò che volesse uscire in campagna, insieme col Petrolo, con lui e Maurizio, e gli «pose fretta e paura»; gli disse che il non volerlo fare «sarà la ruina sua», e gli «dimandò lettera a Claudio Crispo» verosimilmente al medesimo scopo. Il Campanella si rifiutò all'audace progetto, divisando piuttosto scrivere all'Auditore David in sua discolpa e presentarsi a tal fine in Catanzaro; ma non attuò nemmeno questo suo pensiero e si ricoverò a Stignano. Dionisio se ne partì scontento, senza dubbio in cerca di Maurizio, che forse non trovò così presto, poichè egli era in giro a raccogliere i fuorusciti per la prossima insurrezione: quindi andò sino a Belforte a prendere con sè Gio. Tommaso Caccìa, ed insieme con costui lo vedremo poi andare a Pizzoni presso fra Gio. Battista, evidentemente per avvertirlo del pari e concertare anche con lui ciò che rimaneva a farsi. A Stignano il Campanella non andò già presso suo padre, ma in casa di un D. Marco Petrolo sacerdote: se non che dovè ben presto trovare qualche altro ricovero e nascondersi, pur sempre in Stignano, dietro un orribile voltafaccia da parte di D. Marco e quasi al tempo stesso da parte di altri vigliacchi già suoi amici di Stilo. Gli avvenimenti oramai s'incalzano, s'accavallano, s'intralciano, ed è impossibile riferirli seguitamente: diciamo qui appena, che divulgatasi la scoperta della congiura e saputasi la venuta dello Spinelli, D. Marco denunziò il Campanella che era venuto ad alloggiare in casa sua, e il clerico Giulio Contestabile non solo lo denunziò, ma procurò una Commissione a Geronimo di Francesco suo cognato per la persecuzione e la cattura di lui e de' complici! Tutto ciò rilevasi dagli Atti esistenti in Firenze: ne vedremo i particolari più in là, e per ora notiamo che la denunzia di D. Marco vi si trova riferita con la data del 28, onde si desumerebbe che tanto l'andata di fra Dionisio a Stilo, quanto la ritirata del Campanella a Stignano, doverono effettuarsi appunto in tale data; ma forse D. Marco, per mostrarsi più sollecito, la segnò con un poco di anticipazione.

Lo Spinelli giungeva in Calabria prendendo terra il 27 agosto a S. Eufemia; quivi dovè abboccarsi con lo Xarava, e il 28 era già in Catanzaro. Da questa città teneva continuamente corrispondenza col Vicerè, dandogli conto di ogni sua mossa e ricevendone gli ordini; ma la prima delle sue lettere che ci sono rimaste, trasmessa in copia a Madrid e così trovata in Simancas, reca la data del 30. Da essa si rileva che avea già scritte altre lettere e ricevutane una da Napoli del 24, e può desumersi che avea dovuto giungere in Calabria il 27. Comincia egli per dolersi sempre più di D. Alonso il Governatore, il quale «non contento di aver posto mano a procedere in quel negozio tanto inconsideratamente» avea commessa un'altra sbadataggine ancora più grossa. Nel mattino del 29 lo Spinelli avea fatto carcerare qual seduttore e capo-popolo Orazio Rania (che abbiamo visto in compagnia del Franza e del Cordova al convegno di Davoli), e non essendogli sembrato opportuno il prenderlo in poter suo, per dissimulare quanto poteva l'esser venuto per la faccenda della congiura sino a che gli fosse riuscito di assicurarsi di altri individui d'importanza, avvertì ed ordinò a D. Alonso, presente l'Avvocato fiscale, che tenesse il Rania con cautela; ed invece egli (che non dovè capire il motivo gravissimo dell'arresto) non gli pose guardie, e lo lasciò scappare tostochè lo Spinelli e il Fiscale si allontanarono; nè si curò di riferire questa faccenda della fuga sino a poco prima di sera, mentre egli era fuggito sulle quattordici ore, e lo Spinelli si affrettò a darne conto al Vicerè. Ma subito, tra due ore, gli vennero a dire di aver trovato Orazio morto in una vigna, ed avendolo portato entro la città, si vide che era stato soffocato, non presentando alcuna ferita. S'iniziò allora un'informazione, e con questa occasione di ricercare chi avesse ucciso il Rania, si pose mano a prendere e carcerare i nominati e sospetti nella congiura; e di fatti se ne presero alcuni, e si scrisse e si provvide per quelli di fuora. Il giorno 30 lo Spinelli pensò anche assicurare da ogni sospetto che poteva tenersi i castelli di Gerace, S.ta Severina, Squillace, Nicastro, Monteleone, Oppido e Scilla, e provvide per alcuni di essi col mandare coloro che avea condotti seco come persone di sua fiducia, in qualità di sopraintendenti delle marine di detti luoghi. Si preoccupava inoltre de' Vescovi, venendogli nominati quelli di Mileto, di Nicastro, di Gerace, e quello di Catanzaro che avea fatto fuggire fra Dionisio due giorni prima che egli arrivasse; ed essendogli stato riferito che altri due frati con lettere sopra questa faccenda erano venuti al Vescovo di Catanzaro, e presupponendo che non avrebbero potuto fare a meno di riportar lettere, comandava che sei uomini stessero di guardia sulla loro via per prenderli. Infine diceva che la congiura stava molto innanzi, e il Campanella e il Ponzio la predicavano a tutti per indubitabile e di successo felice e molto conforme alla loro intenzione, di tal che i congiurati aveano gli animi assai sicuri e fiduciosi[329]. — Queste cose lo Spinelli scriveva al Vicerè. Con ogni probabilità i frati a' quali egli alludeva erano fra Cornelio di Nizza e qualche suo compagno di viaggio, forse fra Domenico di Polistina strettamente collegatosi a lui da qualche tempo: infatti il processo istituito poi dal Visitatore ci mostra che, giuntagli il 28 agosto la lettera del Vescovo della quale più sopra si è parlato, egli mandò il 29 fra Cornelio in Catanzaro presso il Vescovo; così lo Spinelli, invece di frati complici della congiura, ebbe a trovare frati che erano già pronti a secondarlo, e che sappiamo di sicuro essersi recati spontaneamente presso di lui, dopo di aver veduto il Vescovo, per concertarsi sul miglior modo di perseguitare i congiurati. Quanto alla condotta di D. Alonso de Roxas, è possibile che lo Xarava, il quale anche teneva corrispondenza assidua col Vicerè, mosso dagli abituali rancori lo avesse tacciato di connivenza; ma lo Spinelli non giunse a tanto, e solo può dirsi che, o per naturale benignità, o piuttosto per ispirito di contradizione allo Xarava, D. Alonso non avesse preso le cose sul serio, e si fosse mostrato negligente. Nè risulta che il Vicerè se ne fosse risentito: vedremo tra poco che solamente gli ordinò di allontanarsi da Catanzaro, e di venirsene a Napoli subito, mentre per verità non poteva che essere d'inciampo. Il Campanella affermò di poi in più circostanze, che Spinelli e Xarava avessero processato anche lui, e nella Narrazione disse, che non lo carcerarono «perchè era andato con una compagnia di soldati al rumor di clerici di Seminara, che ruppero li carceri gridando viva il Papa, et intendendo che volea Spinello con Xarava carcerarlo, fuggìo di là in Napoli». Sappiamo pertanto con certezza che l'affare di Seminara era accaduto verso la metà di luglio, e quindi tutt'al più D. Alonso poteva essersi là recato per prendere i colpevoli, come ne fu poi dato incarico più tardi allo Spinelli: ma non risulta vero che gli si fosse fatto un processo, e tanto meno che si fosse voluto carcerarlo, la qual cosa già non sarebbe venuto in mente ad alcuno, essendo D. Alonso parente della Viceregina (D.ª Caterina de Roxas de Sandoval) come trovasi notato dal Residente di Venezia. Vedremo anzi che fra Cornelio si rivolse a lui per informarlo di quanto accadeva, e fu da lui sollecitato perchè carcerasse almeno il Pizzoni e il Lauriana. Inoltre aggiungiamo che non cessò veramente dall'ufficio di Governatore di Calabria ultra, e documenti rinvenuti negli Archivii di Napoli e di Venezia ci mostrano che dopo la scoperta della congiura fece atto di autorità verso il Segretario dell'Audienza Guarino de Bernaudo o Bernardo, intimandogli di lasciare il posto a Camillo Passalacqua, da cui con regolare contratto, a que' tempi ammesso, il Bernaudo teneva il posto qual sostituto; che nell'aprile 1600 ebbe a trattare un negozio relativo alla nave veneta Lione e Ponte naufragata in Calabria, che lasciò l'ufficio appunto verso questo tempo, essendo stata data solamente in maggio 1600 la commissione di sindacato del suo governo giusta le prescrizioni delle Prammatiche, ed essendo stato nominato dopo il detto tempo qual suo successore un altro parente della Viceregina, D. Pietro de Borgia, che avea tenuto lo stesso ufficio nelle provincie riunite di Capitanata e Molise[330]. Non vogliamo poi lasciare la narrazione degli avvenimenti che si verificarono al primo arrivo dello Spinelli in Calabria, senza notare essersi malamente affermato dal Parrino e dal Giannone che si trovò il cadavere di uno de' rei, fuggitivo dalle carceri, affogato *nel mare*, e che tale circostanza rese pubblico il fatto, onde i congiurati pensarono a salvarsi. Non vi fu affogamento nel mare ma qualche cosa di peggio, e quanto all'avere i congiurati pensato a salvarsi in sèguito di tale fatto, per verità anche lo Spinelli scrisse al Vicerè che molti individui sospetti si erano posti in sicuro dietro la fuga del Rania; ma evidentemente egli lo fece per aggravare la mano su D. Alonso e sbrigarsi di lui, mentre la sola carcerazione bastava a dar l'avviso, non potendo essa tenersi celata davvero in una piccola città. D'altronde si vide poi che la fuga medesima del Rania, e secondo gravi indizii anche la sua morte, fu opera di congiurati, e quindi si hanno anche troppe ragioni per ritenere che essi avevano molto prima pensato a' casi loro, ma pure non tanto efficacemente da non lasciarsi cogliere con bastante facilità.

Così non appena passato da S. Eufemia a Catanzaro, secondo la commissione avuta, Carlo Spinelli cominciava a carcerare gl'incolpati, ed insieme con lo Xarava e col Mastrodatti (poichè non occorreva altro per costituire il tribunale) metteva mano a fabbricare il processo, come allora si diceva. Di questo processo i lettori potranno formarsi un'idea col dare uno sguardo allo schema che ne abbiamo compilato, desumendone le notizie dalla indicazione de' *folii*, notata ne' brani che se ne citano negli Atti giudiziarii esistenti in Firenze[331]. La sua intestazione fu, «Contra fratrem Thomam Campanellam, fratrem Dionisium Pontium et alios inquisitos de crimine tentatae rebellionis», poichè così trovasi notata dal Mastrodatti, che estrasse la copia di una deposizione in esso contenuta e la trasmise a' Giudici dell'eresia[332]. La data poi, in cui cominciò, parrebbe essere stata quella del 31 agosto, poichè il Giannone, il quale ebbe sott'occhio una copia del processo, ci lasciò scritto che le deposizioni di Lauro e Biblia, le prime fra tutte, furono raccolte a quella data: solamente si può notare che, all'opposto di quanto egli affermò, le carcerazioni precederono l'audizione di Lauro e Biblia, essendo cominciate il giorno 29 e continuate attivamente il 30, colta l'occasione dell'assassinio del Rania. Con ogni probabilità apriva il processo la Commissione Vicereale data allo Spinelli, con la costituzione del tribunale, e la denunzia scritta di Lauro e Biblia; poi cominciavano le deposizioni con quelle fatte da costoro medesimi, e proseguivano con quelle di Francesco Striveri, Tommaso Striveri e Gio. Tommaso di Franza, tre soscrittori della 2.ª denunzia, i quali, secondochè si rileva da una lettera posteriore dello Spinelli, furono dapprima uditi «non come principali nè come testimoni», e più tardi, dietro ordine del Vicerè, imprigionati come complici insieme con gli altri loro compagni.

Il Vicerè dovè presto persuadersi che la congiura non era affatto una cosa senza fondamento, e si diè con tutta fretta a prendere misure di precauzione in Napoli, e a trasmettere ordini di rigore in Calabria, rimanendosi tuttavia nell'amena costa di Posilipo, a godervi insieme con la Viceregina i conviti e banchetti che i Nobili offrivano loro successivamente in quelle ville, ed affettando una calma che facea contrasto co' suoi provvedimenti. In Napoli, da principio egli avea mostrato di preoccuparsi soltanto delle prossime imprese de' turchi nel Regno, ed essendo venute notizie che i turchi volessero depredare Lanciano negli Abruzzi, ovvero Salerno più dappresso a Napoli, ad occasione delle Fiere che vi si dovevano tenere nel settembre, si diè moto in questo senso chiedendone l'avviso del Consiglio Collaterale; di poi, essendosi in Consiglio espresso l'avviso che tali notizie non potessero esser vere, mostrò di preoccuparsi di certe altre notizie di peste già venute dall'Adriatico, e facendo una singolare confusione, artificiosamente senza dubbio, tra la città di Fiume in Dalmazia e una terra denominata Fiume nella Marca d'Ancona (terra che non esisteva), contemplando anzi propriamente la borgata di Fiumicino, esistente sulla spiaggia Romana dal lato del Tirreno, diede in quest'altro senso ordini che fecero maravigliare la città, e che erano evidentemente diretti a tutelare il Regno da una mossa qualunque per parte di Roma, sia dalla via della Campania, sia dalla via degli Abruzzi, circostanza degna di essere rilevata. Emanò un Bando, che colpiva di pena di morte non solo chi desse pratica a' legni di quella provenienza, ma ancora accogliesse le persone che venendo da quelle parti cercassero di entrare nel Regno (28 agosto); mandò Commissarii a' passi di Sangermano, di Fondi, di Tagliacozzo; sospese le Fiere di Lanciano, di Salerno e di Nocera; propose perfino di sospendere anche il procaccio di Roma e di nominare gentiluomini quali deputati e custodi delle porte di Napoli! Ma poco dopo, convintosi che non avrebbe tardato a divulgarsi lo stato vero delle cose, rassicuratosi pel buono andamento della repressione, penetratosi pure delle difficoltà che sarebbero sorte con Roma in un momento in cui dovea rinnovarsi l'investitura del Regno, revocò il Bando (6 7bre), e così pure ogni altro ordine fin allora dato per la peste dello Stato Ecclesiastico[333]. In Calabria poi spedì immediatamente ordine di far giustizia con celerità e severità su quelli che si erano avuti e si avrebbero nelle mani; e i documenti ci mostrano pure che intervenne con uno zelo assiduo ed abbastanza spinto ne' singoli casi, di tal che non sarebbe esatto l'attribuire soltanto allo Xarava e allo Spinelli le crudeltà commesse. Non appena gli capitò la 2.ª denunzia de' cinque Catanzaresi, la ritenne poco seria ed ordinò che i denunzianti fossero imprigionati, ciò che lo Spinelli e lo Xarava non aveano ancora fatto. Inoltre, richiamando in Napoli D. Alonso de Roxas (4 7bre) «perchè Carlo Spinelli potesse far meglio e più liberamente quello di cui era stato incaricato», ordinò allo Spinelli che se i Vescovi fossero colpevoli e cercassero di fuggire, li detenesse col dovuto rispetto ed avvertisse lui per la posta; egli ne avrebbe dato conto al Papa, potendogli già allora dire che mettevano in ballo lui e il Card.¹ S. Giorgio, e riteneva per certo che S. S.ᵗᵃ o gli rimetterebbe i Vescovi (altra piccola vanteria), o darebbe loro un gastigo esemplare trovandosi colpevoli. Avea del resto ordinato allo Spinelli di raccogliere tutto ciò che si deponeva contro i Nobili, i Vescovi ed il Papa, ma di notarlo a parte, senza inserirlo nel processo. Questo ci sembra copertamente accennato in una lettera dello Spinelli, il quale rammenta e ripete al Vicerè l'ordine avuto in cifra, e naturalmente a noi è riuscito impossibile interpetrarlo[334]: ma se ne ha pure indizio in altre lettere, dove riferendosi qualche cosa concernente un Nobile od un Vescovo, come vedremo in sèguito, si avverte di «non averlo posto in iscritto»; e così risulterebbe verificato ciò che il Campanella affermò nella sua Narrazione, parlando del processo che lo Xarava «fece *segretamente* contra Prelati e Baroni, et amici del Campanella e nemici suoi» etc.

Lo Spinelli dal canto suo, assistito dallo Xarava, non avea molto bisogno di questi eccitamenti. Già fin da quando si trovò morto il Rania, egli vide che «restava con ciò confermata la macchina di questo trattato»; ma glie la confermavano sempre più le nuove rivelazioni che giorno per giorno si avevano a voce ed anche in iscritto, onde non solo si rassodava l'esistenza della congiura, ma anche si scopriva una cosa fin allora ignorata dal Governo, l'esistenza dell'eresia. Certamente dell'eresia gli cominciò a parlare fra Cornelio, poichè si trovano ripetute dallo Spinelli al Vicerè le parole stesse che vedremo da fra Cornelio scritte a Roma, avere cioè il Campanella diffuso eresie in Stilo, suoi casali e luoghi convicini; ma quasi al tempo medesimo ne ebbe notizia anche da altre vie. Cade qui opportunamente il parlare delle denunzie che da Stignano e da Stilo gli giunsero appunto in questi giorni. La corsa di fra Dionisio a Stilo, la quasi fuga del Campanella a Stignano, lo sbarco dello Spinelli in Calabria, doverono svelare lo stato delle cose anche in que' paesi, ed ecco, dopo le scellerate defezioni di Catanzaro, quelle ancora più scellerate di Stilo e suoi casali. Il Campanella avea potuto rimanere tutt'al più un sol giorno in casa di D. Marco Petrolo a Stignano, quando costui si spinse a scrivere al Vescovo di Squillace una lettera con la quale lo denunziava, perchè gli avea detto «che era per predicare et promulgare nova legge in tutti questi populi, et esso l'avisa acciò siano castigati li tristi et scelerati Heresiarci et malfattori»; con queste parole ne fece un sunto il Mastrodatti[335]. Ma non contento di ciò, da prete d'ingegno sottile, scritta la lettera in presenza di un Tiberio di Lamberti e consegnatala a costui perchè la recasse al suo destino, D. Marco lo mandò prima a parlare con Carlo Spinelli; certamente egli dovè pensare che in tal modo, conservando interi i dritti dell'altare, si sarebbe mostrato tenerissimo anche de' diritti del trono, e difatti presso lo Spinelli trovavasi lo Xarava, e la lettera non giunse al Vescovo, sibbene fu ricevuta dallo Xarava ed inserta nel processo. Di poi il medesimo Lamberti, che dalle scritture del Grande Archivio sappiamo essere stato un avvocato di Stignano[336], fu più tardi chiamato a dar conto della cosa, e dovè palesare che il Campanella era stato in alloggio a Stignano presso D. Marco, e D. Marco fu tratto in prigione egualmente. Ma in Stilo si fece anche peggio. Il clerico Giulio Contestabile, non appena ebbe visto che il Campanella si era «assentato» a Stignano, diede in iscritto capi di accusa contro di lui, denunziando le sue prediche contro la fede e il Re, e parecchie persone che gli aveano dato ricetto, ed oltre tutto questo procurò dal Barone di Bagnara D. Carlo Ruffo, che avea ricevuto Commissione dallo Spinelli contro gl'incolpati, una Commissione di seconda mano per Geronimo di Francesco suo cognato a fine di perseguitare il Campanella e complici. E la Commissione fu subito accordata, ma il Campanella era stato preso quando essa giunse, onde il Di Francesco dovè limitarsi a carcerarne i parenti; e vedremo che il Campanella ne ebbe l'animo esulcerato, ne mosse vive lagnanze e diè sfogo al suo risentimento in tutti i modi, non esclusi i modi censurabili. Lo Spinelli, avuta la denunzia e saputo che il Campanella stava in que' luoghi, mandò subito l'Auditore Di Lega per prenderlo, siccome persona di maggior confidenza e che poteva farlo con minore scandalo, colorando la sua gita colà con un'altra causa; ma l'Auditore se ne tornò, non avendo potuto conchiuder nulla, perchè il Campanella si era allontanato e nascosto. Allora, tanto per guardare que' luoghi, ne' quali potea scendere il Cicala e fare gran danno pe' molti congiurati che doveano trovarvisi, quanto per avere nelle mani il Campanella ed anche Maurizio, «venendogli affermato che non erano ancora partiti di là e stavano nascosti», lo Spinelli mandò ordine al capitano D. Antonio Manrrique, che con la sua compagnia andasse di guarnigione a Stilo e a Guardavalle patria di Maurizio; e fece partire un'altra compagnia del Battaglione per Stignano che credea patria del Campanella, provvedendo anche per altri luoghi dove si sospettava che quelli potessero tener pratiche ed occupando ogni passo per farli prendere tutti ad un tempo. Il 5 settembre l'Auditore Di Lega era già tornato e i detti provvedimenti erano stati già presi; di tal che la data della denunzia del Contestabile deve riportarsi agli ultimi giorni di agosto od a' primi di settembre, e nel detto tempo que' posti per lo meno si andavano guarnendo di milizie, ed ogni via di scampo si andava chiudendo pe' miseri perseguitati.

Intanto il numero de' carcerati cresceva, e poichè non c'era luogo in Catanzaro ove tenerli, non stimando conveniente tenerli nelle carceri ordinarie sibbene in luoghi segreti e separati gli uni dagli altri, lo Spinelli si determinò di stabilirsi nel castello di Squillace. Il 5 settembre vi si era già stabilito, e di là ne diede notizia al Vicerè, riferendogli la maggior parte delle cose dette sopra; così, all'infuori di pochi atti iniziali compiti in Catanzaro, il processo si svolse veramente nel castello di Squillace e molto più tardi in Gerace, col corredo di que' terribili tormenti, che per lungo tempo si ricordarono in quelle desolate provincie. Gli ordini del Vicerè aveano dovuto essere così insistenti, che già lo Spinelli, appena cinque o sei giorni dopo l'istituzione del processo sentiva il bisogno di giustificare che i carcerati «non erano stati tormentati fino allora, per essersi atteso ed attendersi alla cattura di quanti si sapevano dalle rivelazioni de' denunzianti, perchè col tardare si correva pericolo di non averli più nelle mani». Nel medesimo castello di Squillace egli fece trarre in arresto Geronimo del Tufo che là risedeva ed era stato nominato da' rivelanti, a' quali, secondo le notizie avute, fra Dionisio avea detto che era de' congiurati ed avea promesso di consegnare il castello, oltre all'essersi prodotti pure altri indizii di avere intimamente comunicato e trattato con Maurizio, trovandosi anche stretto parente del Vescovo di Mileto. Era stato pure preso con gli altri il Barone di Cropani per aver detto certe parole sospette (non sappiamo quali), avendo trattato e confabulato con fra Dionisio; il quale avea fatto sapere che portava al detto Barone una lettera di un capo principale de' congiurati, e colui che ciò deponeva l'avea veduta. Gli altri carcerati di basso grado erano piccoli borghesi di Catanzaro, per quanto si può desumere da' primi scritti in una nota che lo Spinelli trasmise più tardi, vale a dire un Pietrantonio di Bergamo, un Nardo Rampano, uno Scipione Nania, un Nardo Curcio, un Marcello Salerno etc.; ma si stimava soltanto degna di annunzio la recentissima cattura di due frati (quella del Pizzoni e del Lauriana, che tra non guari vedremo dove e come e da chi eseguita), e la fuga del Maestro Giurato di Cropani, che per alcune sue parole era stato già carcerato in Cropani dallo Xarava, ed anche prima dell'arrivo dello Spinelli era riuscito ad evadere. Nel riferire al Vicerè tutte queste cose, come anche l'andata e il ritorno dell'Auditore Di Lega a Stilo, e l'invio del Capitano Manrrique e della compagnia del Battaglione a que' luoghi, lo Spinelli continuava sempre a partecipare i risultamenti delle investigazioni. E scriveva essersi trovato che il Campanella e fra Dionisio con altri frati andavano seducendo i popoli, «dicendo che tenevano ordine da chi potea mandarli per questo» e ciò non senza frutto, poichè già aveano molti seguaci, come di ogni cosa si andava prendendo informazione, «coll'avvertenza di registrare a parte ciò che S. E. aveva ordinato»; inoltre che que' due predicavano pubblicamente, in riunioni e conversazioni, alcune cose contro la fede, seminando e persuadendo eresie «in Stilo, suoi casali e luoghi convicini». Ma si fermava ancora sulle notizie concernenti i Nobili ed i Vescovi, e faceva sapere essersi deposto che il Vescovo di Nicastro e il Principe di Bisignano doveano venire incogniti in quelle parti, e notava che quel Vescovo teneva in Calabria tutta la sua casa e i suoi domestici, avendoli da un pezzo inviati da Roma ed essendo rimasto con un solo domestico; poteva quindi esser vero ciò che deponevasi, che avesse a venire di nascosto secondo il convenuto, onde sembravagli doverne avvertire S. E. perchè potesse comandare di far diligenza in Roma e sapere se si trovasse là, giacchè, non essendovi, riuscirebbe accertata la deposizione. Aggiungeva di avere ordinato nelle marine che si tenesse molta oculatezza ne' luoghi d'imbarco, che nessuno potesse partire e imbarcarsi fuorchè ne' luoghi a ciò destinati, che si riconoscessero dagli ufficiali coloro i quali partivano; inoltre di aver posto in mare una feluca con persona di fiducia ed esperienza, perchè non potesse passare barca senza essere visitata nè salvarsi alcuno de' colpevoli, mentre poi si disponeva ad emanare contro gli assenti le provvidenze necessarie, e a far pronta e severa giustizia contro i colpevoli, come S. E. ordinava e un così grave delitto richiedeva, «essendo tanti coloro che se n'erano macchiati». — In tutto ciò è notevole specialmente la prevenzione dello Spinelli contro i Nobili ed i Vescovi; eppure contro i Nobili, od almeno contro i Nobili di ordine più elevato, non si aveano che dicerie vaghe anche troppo, e solamente contro i Vescovi poteva invocarsi il loro contegno sufficientemente ostile, ma tuttavia di una data non fresca ed anteriore di molto alla venuta del Campanella in Calabria. Gli faceva molta impressione il contegno del Vescovo di Catanzaro che avea consigliato fra Dionisio a fuggire, comunque potesse pensarsi che l'avesse fatto per riguardo alla condizione ecclesiastica di lui; così pure il contegno del Vescovo di Mileto che si era permesso di dire alcune parole rimasteci ignote, ma probabilmente allusive a soddisfazione pe' non lievi imbarazzi in cui il Governo si trovava, e certamente era questo il meno che dovesse aspettarsi da lui tanto uggioso verso il potere civile; infine anche il contegno del Vescovo di Nicastro, che si teneva tuttora lontano dalla sua residenza, dopo di avervi già da un pezzo mandati i suoi familiari, quasi fosse consapevole di prossimi tumulti[337]. E il Vicerè finiva per accogliere del pari molto facilmente le prevenzioni contro i Vescovi, e prendeva le sue misure, oltre al suggerire lui medesimo misure di rigore contro gl'incolpati assenti.

Anche prima di avere maggiori indizii contro i Vescovi, l'8 settembre il Vicerè scriveva al suo Agente in Roma D. Alonso Manrrique, che trattava gli affari del Regno stando a lato dell'Ambasciatore, perchè facesse sapere al Papa che il Campanella, fra Dionisio e fra Pietro Ponzio (questo povero fra Pietro era stato nominato da' primi rivelanti e continuava ad essere nominato senza la menoma colpa), si occupavano di far sollevare la Calabria facendo intendere al popolo «che tenevano ordine da chi potea mandarli per questo», come lo Spinelli aveva scritto; che alle persone di maggior levatura dicevano partecipare alla congiura alcuni Signori principali del Regno, ed aversi il favore di S. S.^{tà} offerto per mezzo dell'Illmo Card.^l S. Giorgio, ed incorniciando pure questa menzogna dicevano essere tra' congiurati il Papa, il Turco, il Card.^l S. Giorgio, ed il Papa averli subito ad aiutare ed altre mille stravaganze; che inoltre i frati andavano seminando alcune eresie nelle conversazioni e sermoni che facevano, e che alcuni Vescovi, secondo le dichiarazioni prese, risultavano colpevoli, e se la colpa fosse tale da obbligare a metterli in prigione, lo si farebbe col rispetto dovuto, dandone subito conto a S. S.^{tà} etc. Non sappiamo precisamente qual viso la Curia Pontificia avesse fatto ad una simile comunicazione, ma probabilmente prese tempo a deliberare, confidando che le dicerie si sarebbero poi trovate false[338]. Intanto il Vicerè si preoccupava del non essere stati catturati i tre frati e Maurizio de Rinaldis, ed inviava ordine allo Spinelli che facesse Bando, col quale a chi consegnasse Maurizio vivo si darebbe il perdono per lui e per un altro purchè non fosse uno de' tre frati, e a chi lo consegnasse morto si darebbe indulto per la sola persona sua; ed egualmente si darebbe indulto a chiunque consegnasse fra Tommaso Campanella, fra Pietro Ponzio e fra Dionisio di Nicastro; egli riteneva questo un buon mezzo per prenderli, «segun la poca amistad que se guardan acà en general unos à otros» (osservazione che oggi ancora e sempre dovrebb'essere profondamente meditata da ogni napoletano). Inoltre preveniva tutta la costa, da Napoli alla Calabria, trasmettendo i connotati de' frati e del gentiluomo, perchè si visitassero tutte le feluche in arrivo ne' porti; ed in Napoli teneva posta guardia nel mare, perchè non vi si passasse senza toccare la città (onde si vede il suo pensiero, che quando i congiurati fossero riusciti a mettersi in mare si sarebbero diretti a Roma, la quale dovea essere per lui il centro del movimento, malgrado lo dissimulasse con ogni cura). Queste cose egli comunicava a Madrid, significando che quantunque tale congiura presentasse tanto poco fondamento, «era stata misericordia di Dio l'averla scoverta a tempo ed averla potuto prevenire, siccome lo avea fatto». Vedremo che mentre i suoi ordini così efficaci giungevano in Calabria, il Campanella era stato già preso, e quanto a Maurizio, lo Spinelli, mostrandosi poco propenso ad indultar complici, dopo di aver preparati molti mezzi e molti concerti, finiva per emanare un Bando assai più terribile.

E qui, prima d'inoltrarci nel racconto di queste catture, importa conoscere chi si prestò a dar la caccia agl'incolpati, e chi venne in aiuto del Governo nella feroce repressione della congiura non che nella difesa delle coste dal Turco. Solevasi allora «dare una Commissione» ad individui, che per guadagno si prestavano ovvero anche spontaneamente si offrivano a perseguitare i ricercati dalla giustizia, munendoli di lettere patenti, con licenza di scorrere la campagna a capo di una comitiva armata e con ordine a tutti di favorirne le mosse: erano questi i così detti «Commissionati» o «Commissarii di campagna», i quali talvolta, abusando della loro autorità, finivano per essere ricercati dalla giustizia essi medesimi. Solevasi inoltre adoperare i fuorusciti, che assumevano gli stessi incarichi e si dicevano «Guidati», venendo muniti di un guidatico o salvacondotto, dietro una promessa ed ordinariamente dietro una convenzione scritta od «albarano», in cui era ben determinato il servizio che doveano prestare, per poi ottenere l'indulto o assoluzione dei loro delitti. Nella repressione della congiura vi furono gli uni e gli altri. De' Guidati conosciamo appena qualcuno, come Giulio Soldaniero unitamente con Valerio Bruno, de' quali avremo a parlare lungamente in sèguito; ma l'Audienza ne trovò parecchi dopo il ritorno dello Spinelli dalla Calabria, fra gli altri un Carlo Logoteta, come a suo tempo vedremo. De' Commissionati conosciamo più d'uno e d'ogni risma, da' semplici così detti gentiluomini, quali un Gio. Battista Carlino e uno Scipione Silvestro, fino a' Nobili più o meno distinti, quali un Gio. Geronimo Morano fratello del Barone di Gagliato, ed anche D. Carlo Ruffo Barone di Bagnara, che era parente dello Spinelli ed ebbe poi per questi suoi servigi il titolo di Duca, divenendo il capo-stipite de' Duchi di Bagnara; quest'ultimo facevasi chiamare piuttosto «locotenente di Carlo Spinelli», ma siffatta parola più pomposa non esprimeva altro che una commissione avuta, e in qualche documento egli è detto nè più nè meno che «Commissionato»[339]. Vi furono d'altra parte diversi Nobili già titolati e di prim'ordine, che si distinsero specialmente per l'operosità spiegata contro l'attesa incursione dell'armata turca, e taluno di loro anche contro le persone de' fuggitivi, come il Principe della Roccella, il Principe di Scilla, il Principe di Scalèa, che erano pure tutti parenti dello Spinelli. Non sarà inutile qualche cenno intorno a costoro. — Il Principe di Scalèa era Francesco Spinelli, nipote di Carlo che avea sposato D.ª Maria Spinelli, figliuolo di Gio. Battista e di Caterina Pignatelli. Capitano di una compagnia di gente d'arme, che trovavasi di guarnigione appunto in Calabria, era perciò stipendiato dalla R.ª Corte come allora si diceva[340]: lo vedremo assistere di persona nelle mosse che si fecero lungo la costa a fronte dell'armata turca, con cavalli e fanti dello Stato suo, oltre quelli della sua compagnia, avendo del resto sempre agito in tal modo, al pari di tutti gli altri Nobili che possedevano Stati in quelle provincie, tanto che si conosce averne poi miseramente incontrata la morte nell'anno successivo. Il Principe di Scilla (spagnolescamente Sciglio) era Vincenzo Ruffo, parente di Carlo Spinelli poichè figlio di Marcello e Giovanna Benavides de Alarcon, il quale Marcello era secondogenito di Paolo Ruffo 6.º Conte di Sinopoli e Caterina Spinelli figlia di Carlo 1.º Conte di Seminara: egli era divenuto Principe nel 1591, sposando la sua cugina Maria Ruffo Contessa di Nicotera e Principessa di Scilla, figlia di Fabrizio, che fu il 1.º Principe di Scilla[341]. Abbiamo già avuta occasione di dire che in questo momento trovavasi scomunicato dal Vescovo di Mileto: egli teneva sempre 600 de' suoi vassalli pronti ad opporsi al Turco ove il bisogno lo richiedesse; vedremo che naturalmente in questa occasione non mancò di presentarsi con la maggiore premura e n'ebbe i più caldi elogi. — Il Principe della Roccella era Fabrizio Carafa, nipote di Carlo Spinelli, perchè figlio di Girolamo Marchese di Castelvetere e di Livia Spinelli: s'intitolava 4.º Conte della Grotteria, 3.º Marchese di Castelvetere e 1.º Principe della Roccella, avendo avuto quest'ultimo titolo nel 1594, nel quale anno co' suoi vassalli si difese strenuamente contro il Cicala nel forte di Castelvetere. Questa volta il suo zelo non si spiegò contro il Turco, ma contro il Campanella, verso il quale avea pure già mostrato benevolenza, ammirandone qualche lavoro e fra gli altri la tragedia intitolata Maria Regina di Scozia: vedremo infatti, che accompagnò veramente lo Spinelli nelle mosse contro il Turco ma senza gente armata, e si distinse invece promovendo la cattura del Campanella, denunziando i rapporti di lui col Pisano e poi venendosene a Napoli con lo Spinelli, su quelle medesime galere che portavano il filosofo e tutti gli altri imputati in catene. L'Aldimari, che scrisse non meno di tre volumi in folio sulla famiglia Carafa, ce ne diè l'effigie, che lo rivela gaudente ed utilitario, e ci lasciò scritto come fosse tutto occupato nell'ingrandimento della sua casa; difatti la pose di poi in isfoggio e splendore anche in Napoli, dove fabbricò quel palazzo che tuttora si vede nella strada Trinità maggiore allora detta strada di Nido, sulle antiche case di D. Andrea Matteo d'Acquaviva Principe di Caserta, ed in sèguito il figliuolo Carlo, Vescovo di Aversa e Nunzio in Germania, vi fabbricò pure il palazzo tanto celebrato sulla riva del mare[342]. — Veniamo al Barone di Bagnara D. Carlo Ruffo, figlio di Jacovo e di D.ª Ippolita Spinelli, della linea di Esaù e Nicola Antonio Ruffo, successo a suo padre fin dal 3 marzo 1582. Era anch'egli parente di Carlo Spinelli per via della madre; apparteneva ad una famiglia di nobiltà notevole, ma non godeva una posizione finanziaria molto brillante. Teneva l'ufficio di Vice-Duca nello Stato del Duca di Monteleone Ettore

Pignatelli, e si faceva raccomandare dalla Corte di Roma per mezzo del Nunzio, come era frequente e tristo vezzo di quella Corte, perchè il Vicerè gli favorisse qualche impiego; d'altra parte il Vicerè ebbe una volta ad ordinare un'Informazione contro di lui specialmente per contrabbandi ed anche per aggravii e delitti; questo ci risulta da documenti che abbiamo rinvenuti nel Carteggio del Nunzio e nell'Archivio di Stato[343]. Naturalmente non mancò di cogliere l'occasione che gli si offriva, per inaugurare il sistema d'ingrandirsi sulle sciagure del proprio paese; e vedremo che Carlo Spinelli cercò di favorirlo per ogni verso, anche con la menzogna, ed egli segnatamente verso i frati si mostrò un aguzzino de' più petulanti. — Ci rimane a dire di Gio. Geronimo Morano, che già abbiamo avuta occasione di nominare a proposito delle fazioni di Catanzaro. Era costui di nobile famiglia residente in Catanzaro ma proveniente da Stilo, donde emigrò il suo avo dello stesso nome Gio. Geronimo, come abbiamo rilevato da ricerche fatte nel Grande Archivio[344]; ed appunto nel territorio di Stilo la sua famiglia possedeva un gran feudo detto Burgli russi o Burgorusso sulla marina tra Stilo e Guardavalle, ereditato per via di donne da Francesca Connestavolo ossia Contestabile di Stilo, oltre la Baronia di Gagliato già del Principe di Squillace, acquistata da Carlo Alfonso Morano e da costui ceduta al fratello Gio. Geronimo seniore nel 1543[345]. Gio. Geronimo iuniore, di cui qui trattiamo, era secondogenito di Gio. Antonio, e quindi fratello di Gio. Battista Barone di Gagliato, il quale era morto nel 1594, lasciando una figliuola a nome Camilla e la vedova Anna Sances nata di Loise Sances fratello del Marchese di Grottola[346]; nè si creda questo un vano lusso di erudizione, mentre invece il Campanella medesimo ha rese indispensabili tali noiose ricerche, coll'aver messo innanzi, nella sua Narrazione, la parentela del Morano co' Sances, la figlia unica del Barone di Gagliato, il progetto di matrimonio di essa con un figlio del Morano ed anche il desiderio di un certo feudo, per ispiegare la persecuzione ed anzi la morte data a Maurizio de Rinaldis. Adunque la famiglia Morano era molto ricca, e lo stesso Gio. Geronimo trovavasi in buone condizioni, poichè oltre la così detta vita-milizia, cioè l'assegno di secondogenito, egli possedeva beni fideicommissati rimastigli dall'avo, ma si era già fatto notare per una colpevole avidità in beneficio della famiglia; se n'ha la prova in un documento rinvenuto nel Grande Archivio, dal quale si rileva che il Vicerè si era visto nell'obbligo di domandar conto alla R.ª Audienza di Catanzaro del prezzo esorbitante pagato per una casa del Barone di Gagliato, che Gio. Geronimo, essendo Sindaco della città, aveva acquistato in nome di essa per provvedere di residenza il tribunale[347]. Conoscitore de' luoghi e delle persone di Stilo e suoi casali, vedremo che egli si pose a perseguitare i principali incolpati, e cavalcando giorno e notte ebbe il tristo merito di raggiungerli con molta soddisfazione dello Spinelli e del Vicerè.

Ma un aiuto ancor più rilevante trovò il Governo nel Visitatore fra Marco di Marcianise e nel compagno di lui fra Cornelio di Nizza, i quali istituirono contemporaneamente con lo Spinelli e Xarava una gravissima Inquisizione, com'era nel loro dritto ed anche nel loro dovere, se non che la istituirono con una compiacenza estrema verso gli ufficiali Regii e co' più iniqui maneggi suggeriti dagli odii frateschi, ciechi ed interessati, segnatamente contro fra Dionisio e di rimbalzo contro il Campanella. Abbracciando le cose di eresia ed anche le cose della congiura, essi formarono un processo terribile, e spinsero la compiacenza al punto da tollerarvi l'ingerenza illecita degli ufficiali Regii e da comunicar loro ogni cosa; basta dire che rilasciarono perfino una copia legale de' primi e più gravi atti di un processo d'Inquisizione, i quali per tal modo giunsero al Vicerè in Napoli, e da costui furono mandati al Re in Ispagna, dove ancora oggi possono leggersi tra le carte conservate in Simancas. Naturalmente riuscirono così favorite fuor di misura le investigazioni governative, agevolate le catture de' frati ritenuti colpevoli, ribadite le atroci accuse: laonde bene a ragione lo Spinelli ebbe a lodarsene grandemente, per quanto ebbe a lamentarsene il Campanella, che da questo lato può dirsi davvero non essersi lamentato abbastanza. Difatti, scagliandosi contro fra Cornelio, nell'Informazione egli disse che il Visitatore era «huomo buono ma ingannato... che stava *tanquam idolum et pastor*»; ma se è certo che lasciò fare anche troppo a fra Cornelio, è certo egualmente che non perciò si astenne dalle violenze, dalle improntitudini e dagl'inganni, servendo «per niente con zelo» come disse il medesimo Campanella nella Narrazione, ma «*non sine scientia*». — C'incombe qui il debito di parlare del processo formato da costoro, mettendo da parte per ora quello formato dallo Spinelli e Xarava; poichè entrambi i processi furono iniziati appena con un giorno d'intervallo, e menati innanzi parallelamente, ond'è che bisogna dar conto di entrambi al tempo medesimo.

II. Nel dover parlare del processo ecclesiastico di Calabria, conviene cominciare dagli antecedenti di esso che si tennero segreti, per poi passare ad esporne gli Atti quali furono distesi, commentandoli con ciò che venne a sapersene in sèguito. Negli antecedenti, come è facile capire, figurano i due Polistina legati a fra Cornelio, concordi nell'odio contro fra Dionisio e gli amici suoi: de' Polistina figura veramente molto più fra Domenico, ma solo perchè egli era il Procuratore di fra Gio. Battista, e fra Gio. Battista, avendo avuto quel lungo processo per l'assassinio del Provinciale P.e Pietro Ponzio, non poteva agire che copertamente; del resto troveremo anche lui abbastanza in mostra qualche volta. I procedimenti di costoro si rilevano non solo da quanto dissero poi in Napoli gl'infelici carcerati sottratti a' terrori di Calabria, ma anche da' Sommarii autentici di tutto il processo di eresia, compilati più tardi in Roma ed egualmente in Napoli, dove si trovano registrati i sunti delle lettere che fin dalla metà di agosto fra Cornelio scriveva al Generale dell'Ordine e poi al Card.l di S.ta Severina sommo Inquisitore in Roma, come pure i sunti delle dichiarazioni da lui fatte in sèguito al Vescovo di Termoli in Napoli, e delle deposizioni fatte in Roma quando il S.to Officio volle interrogarlo sul modo in cui era stato condotto il processo; ed ecco i particolari di questo importante momento. — Ricordiamo che fra Domenico di Polistina verso l'8 o il 9 agosto avea avuto un incontro col Campanella in Davoli, e di là, minacciato da' fuorusciti che si trovavano nel convento, s'era portato subito a Soriano presso il Soldaniero, il quale, secondo lui, impietosito per la paura a cui lo vedeva in preda, gli raccontò i maneggi di fra Dionisio, le eresie che costui professava e la ribellione che promoveva sotto gli auspicii del Campanella. Il Polistina si recò allora immediatamente presso fra Cornelio, che si trovava col Visitatore in Catanzaro, e gli raccontò ogni cosa. Senza perdita di tempo, il 14 agosto, fra Cornelio scrisse al Generale, vale a dire al P.e Ippolito Beccaria, di aver saputo «da un certo nobile» le eresie del Campanella, il quale si era fatto capo de' banditi in Stilo e diceva le cose de' Cristiani esser baie, che nel mese allora scorso, stando in compagnia di certi banditi, aveva indotto uno di loro a compiere un lurido fatto in dispregio dell'ostia consacrata, che diceva poter risuscitare morti, pigliar città, far comparire diavoli, che volea predicare nuova legge e già distribuiva le città e le signorie a que' suoi banditi, che due mesi prima avea mandato due di loro presso il Gran Turco per chiedere aiuto, e che parecchi erano complici in quel trattato, in ispecie fra Dionisio. Con altre lettere consecutive scrisse di aver udito che il Campanella predicava la libertà mescolando le cose della fede, e diceva che la vera fede non era stata ancora intesa, e sarebbe stata in breve predicata da lui, che infine tutta la città di Stilo era imbevuta de' suoi dogmi. Ma quando alcuni mesi dopo venne in Roma interrogato su ciò che avea scritto, confessò che fra Domenico da Polistina fu il primo a dargli notizia delle eresie del Campanella, narrando le escursioni fatte da quel frate a Davoli, poi a Soriano, e da ultimo a Catanzaro «tra il 10 e il 14 agosto»; confessò inoltre che alla data in cui scrisse la sua prima lettera, non avea veramente visto ancora quel nobile, il quale era Giulio Soldaniero, ma era stato assicurato da fra Domenico che di certo gli avrebbe parlato e gli avrebbe detto maggiori cose. E nel doversi recare a Roma, parlando in Napoli col Vescovo di Termoli, gli avea pure manifestato che il primo a rivelargli la faccenda della ribellione era stato un giovane a 20 anni, per nome Fabio di Lauro[348]: onde apparisce che egli dovè mettersi in relazione co' denunzianti della congiura, senza dubbio per mezzo del medesimo Polistina e dietro un colloquio con lo Xarava. Aggiungasi che scrisse pure al Card.l di S.ta Severina diverse lettere, per una delle quali è conosciuta la data del 2 settembre, ed in esse affermò che il Campanella sprezzava il crocifisso ed aborriva i sacramenti, che prometteva nuova legge e nuovo Stato, che Stilo, Stignano, Monasterace, Pizzoni, Arena etc. etc. erano «infette delle opinioni di questo scellerato» e che nella sua venuta a Roma egli avrebbe potuto dare a voce altre informazioni; ma poi in Roma non seppe dir nulla oltre ciò che il processo recava, e in somma confessò di aver tratto i capi di accusa che servirono di base al processo da quanto gli dissero in parte il Polistina, in parte il Soldaniero e poi il Vescovo di Catanzaro, e perfino i rivelanti e gli ufficiali Regii; laonde non fece rimanere soddisfatto il S.to Officio, che anzi lo lasciò persuaso di avere affermato solo per sua immaginazione che tanti paesi fossero infetti di eresia, come lasciò persuasi i Giudici di Napoli di avere presupposto molte cose per «animosità». Adunque è ufficialmente assicurato che nell'istituire il processo campeggiò l'odio, e che le notizie de' fatti criminosi provennero da' Polistina, dal Soldaniero, dal Lauro, dallo Xarava, dal Vescovo di Catanzaro; massime dal Soldaniero, che è detto «un certo nobile» rimanendone nascosta la vera condizione.

Ma ciò non è tutto. Per istituire il processo occorreva a questi frati almeno un rivelante, e l'unico rivelante possibile appariva il Soldaniero, mentre il Polistina e gli altri frati della loro fazione erano troppo notoriamente nemici di fra Dionisio, e quindi, secondo la giurisprudenza del S.^{to} Officio, non potevano testificare contro di lui, o meglio, testificando, le loro affermazioni non avrebbero avuta alcuna efficacia[349]. Importava dunque poter disporre del Soldaniero; ma costui, sebbene rivelante de' frati congiurati a fra Domenico da Polistina, e poi anche a fra Gio. Battista da Polistina come egli medesimo affermò in sèguito, non voleva aderire a rappresentare questa parte pubblicamente, sicchè fu necessario di obbligarvelo. Come venne poi affermato nel processo da varii carcerati, a tempo delle loro difese, e come ripetè pure il Campanella nella sua Narrazione, fra Cornelio e fra Domenico da Polistina con molti soldati e birri circondarono il convento di Soriano e posero al Soldaniero l'alternativa, o di rivelare contro fra Dionisio e il Campanella, o di lasciarsi consegnare alla Corte dalla quale non poteva mancare di essere appiccato pe' suoi delitti: che anzi egli medesimo avrebbe confidato a qualcuno tali cose per iscusarsi, allorchè venne nelle carceri di Napoli ad istanza de' Giudici dell'eresia, aggiungendo che fra Cornelio fu in quella manovra assistito da Gio. Francesco Alemanno fiscale della Corte di Monteleone con 40 persone armate (onde comincia fin d'ora ad apparire l'azione di D. Carlo Ruffo), e i due frati da Polistina col Priore del convento lo persuasero a farsi rivelante, e fra Cornelio gli ottenne una promessa d'indulto da Carlo Spinelli coll'obbligo di perseguitare e consegnare i complici; avrebbe pure detto altre volte che l'indulto gli era costato tre mila ducati e la perdita dell'anima, e che i suddetti frati l'avevano ridotto in mano del diavolo. Forse egli, che veramente per quanto ne sappiamo ci risulta assai sollecitato ma non del tutto deciso a prender parte alla congiura, penò ben poco a resistere alle insistenze di fra Cornelio; forse pure, deciso da Maurizio negli ultimi tempi a partecipare alla congiura, e poi vedutala scoperta, richiese egli medesimo l'indulto, sborsando per esso danari e più ancora sciupandone nella persecuzione de' fuorusciti, ma non tanto quanto esageratamente affermò, siccome suole accadere allorchè si parla di danaro perduto; sicuramente poi egli rivelò più di quel che sapeva e si prestò a dire tutto ciò che fra Cornelio avea raccolto dalle tante diverse vie e perfino dagli ufficiali Regii, onde in sèguito si mostrò di poco buona memoria su quanto avea rivelato, e si potè realmente sentire oppresso da' rimorsi. Ma vera o finta che sia stata quella manovra di fra Cornelio, certo è che costui richiese ed ottenne un guidatico, che equivaleva ad una promessa d'indulto non solo per Giulio Soldaniero ma anche pel servitore e compagno di lui Valerio Bruno: questo si rileva dalla copia legalizzata dell'indulto, che fu poi presentata da fra Dionisio nelle sue difese, e che giova conoscere anche per intendere appieno la procedura in corso relativamente agl'indulti, la qual cosa riuscirà a chiarire qualche altro punto oscuro nel sèguito di questa narrazione. Con una maniera di scrivere che non fa onore al Severino Segretario di Carlo Spinelli, vi si dice: a «dì 3 de 9bre 1599 nel pizzo, per quanto li mesi passati frà cornelio del monte secretario del padre visitatore... scrisse a noi alcune lettere dicendone che dovessimo guidare à Giulio Soldaniero et valerio Bruno che haverebbeno fatto alcuni servitij nella materia della sedutione de popoli ch'haveano incominciato à fare fra Thomase Campanella de stilo fra Dionisio ponso de necastro et mauritio de Rinaldis de guarda valle avisandoci de più detto fra cornelio che il detto Giulio et valerio come pratthichi del paese haveriano fatto assai onde ngi parse guidarli per alcuni giorni nelli quali ngi portorno carcerati... etc. et havendono continuato al servitio non sparagnando cosa che da noi li è stata commessa, per li quali servitii ngi habbiamo fatta provisione de indultu sincome con la presente li induldamo et per induldati li dichiaramo et agratiamo de tutti li lloro delitti per la potestà che tenemo..» etc.[350]. Furono dunque costoro, per opera di fra Cornelio, dapprima *guidati* e più tardi *indultati* da Carlo Spinelli. Fra Marco e fra Cornelio, nella qualità d'Inquisitori non avrebbero potuto farlo: avrebbero potuto soltanto nominare Commissionati dopo di avere richiesto ed ottenuto l'aiuto del braccio secolare; e difatti il Visitatore ne nominò alcuni; come un Carlo di Paola amico di Gio. Tommaso Caccìa, e un Ottavio Gagliardo Castellano di Monteleone, che vedremo or ora nell'esercizio del loro mestiere. Pertanto, non appena ingaggiato un testimone opportuno, fra Cornelio pose rapidamente mano al processo, e di questo andiamo oramai a dar conto, esponendone gli atti così come furono compilati, ma accompagnandoli co' debiti commenti.

Il processo che diremo ecclesiastico, perchè fatto da ecclesiastici, e concernente non la sola eresia ma anche la congiura, cominciò con la data del 1.º settembre 1599[351]. Gli si diede il titolo «Inquisitionis acta contra Patres Fratres Thomam Campanellam, Dionisium de Neocastro, Jo. Baptistam de Pizzone et alios Inquisitos, Squillacensis» (*intend.* Squillacensis dioecesis), con la sottoscrizione «Marcianese Visitatore, Nizza». Percorrendo questo processo, il Visitatore fra Marco di Marcianise vi si trova sempre come protagonista, ma si rileva dalle prime carte fino alle ultime, ed anche da ciò che seguì, ogni cosa essere stata manipolata da fra Cornelio di Nizza, nella qualità espressa in più modi, di Socio della Visita, Segretario, Scriba e cancellario, Notario, talvolta anche coll'aureola di «dottore dell'una e dell'altra legge». Nell'esordio, in nome di Dio e della Beata Vergine, il Visitatore dice che per voce pubblica, non di malevoli ma d'individui degni di fede più illustri e religiosi, i suddetti frati hanno macchinato contro la Maestà Divina ed umana; enumera 36 capi di eresia e di ribellione che, il Campanella come settario, e gli altri come capi principali, fautori e complici, affermavano, comunicavano tra loro ed erano anche preparati a far credere agli altri; enuncia la deliberazione di procedere tanto per proprio ufficio, quanto per richiesta di D. Alonso il Governatore, di Carlo Spinelli Cavaliere e Consigliere di Stato, di tutti gli Ufficiali del Re e del molto Illustre e Rev.^{do} Vescovo di Catanzaro. Come si vede, fu adottata la maniera di procedere per pubblica voce e fama, mentre c'era un accusatore (il Polistina) o almeno un denunziante (il Soldaniero), e sarebbe stato più conforme a verità l'adottare altra maniera di procedere, ricevendo da uno di costoro una scritta o una deposizione in presenza di testimoni e servendosi di essa come base secondo la giurisprudenza[352]. Continua il Visitatore dicendo che, per prendere e tenere in carcere i colpevoli, ha mandato nel medesimo giorno fra Cornelio a Catanzaro a fine di implorare l'aiuto del braccio Regio, ottenuto il quale assai volentieri dal Governatore e dallo Spinelli, ha rilasciato le lettere di cattura procedendo senza ritardo in una causa così grave, fino a che non sia provveduto meglio dal Papa e dal S.^{to} Officio; delle lettere di cattura riporta poi anche la formola. In sèguito sono allegate solamente due lettere originali, una del Vescovo di Catanzaro e l'altra di D. Alonso di Roxas[353]. Nella prima, del 25 agosto, il Vescovo dice che si è trattato un negozio di molta importanza, il quale laddove seguisse, recherebbe «gran danno e disriputatione» alla Religione Domenicana, che egli «ha remediato quanto ha potuto», ma vorrebbe che il Visitatore o qualche suo fidato venisse a Catanzaro per potergli liberamente parlare; e il Visitatore aggiunge che, arrivata questa lettera il 28, egli nel giorno seguente mandò fra Cornelio rivestito di tutta la sua autorità; ma, come ben si vede, in questa lettera, nella quale pare che copertamente si accenni all'aver fatto fuggire fra Dionisio, non è punto espressa la richiesta di procedere contro i frati, che anzi trasparisce un pensiero del tutto diverso. Nella seconda lettera, di difficilissima lezione, che è di D. Alonso il Governatore, si ha una risposta a fra Cornelio del 2 settembre, in cui D. Alonso chiaramente dice di aver «ricevuta la relazione del negozio» dalla Paternità sua, e spera che la Paternità sua abbia subito nelle mani qualcuno de' pretesi rei, e almeno fra Gio. Battista di Pizzone e il suo compagno (vale a dire il Lauriana): laonde nemmeno si trova qui la richiesta di procedere da parte di D. Alonso, il quale, per sua disgrazia, era sempre l'ultimo a sapere ciò che accadeva, ed anche questa volta, invece di dirlo lui al Visitatore, lo seppe da fra Cornelio. Infine si ha la Commissione data dal Visitatore il 3 settembre a Carlo di Paola di carcerare i frati suddetti, comandando a' Superiori di non fare ostacolo sotto pena della scomunica ed anche della galera per 10 anni; poi la presentazione fatta al Visitatore il 4 settembre da D. Carlo Ruffo, nel castello di Monteleone, de' due frati carcerati da Carlo di Paola, con la preghiera del Visitatore a D. Carlo di tenerli nelle carceri Ducali a nome del Papa e del Generale; da ultimo la formola del precetto adottato per gli esami da istituirsi. Dopo questi atti iniziali vengono i processi verbali delle deposizioni, cominciando da quelle del Pizzoni, del Soldaniero e del Lauriana.

Ecco pertanto in che modo furono presi il Pizzoni ed il Lauriana[354]. Essi dimoravano nel loro convento di Pizzoni, e nella notte del venerdì 3 settembre, due ore innanzi l'alba, Carlo di Paola ed una mano di soldati con le micce accese giunsero sotto il convento. Poco prima di costoro, nella medesima notte, era quivi giunto anche fra Dionisio accompagnato da Gio. Tommaso Caccìa, sicuramente per abboccarsi col Pizzoni come già più sopra si è detto[355]. Secondo il Pizzoni, egli e il Lauriana pensavano che potessero essere ricercati dalla giustizia per una sella, o una giumenta di un tale, che «tenevano presa» nel convento; ma poichè avea già parlato con fra Dionisio, avea dovuto capire perfettamente di che si trattasse, e infatti, secondo il Lauriana, avendo lui dimandato cosa pensasse della venuta di quella gente armata, il Pizzoni rispose, «sta a vedere che saremo presi per le cose del Campanella». Gio. Tommaso Caccìa cominciò a dire «olà, che gente sete, state largo», e quelli di sotto risposero che erano gente del Battaglione e che venivano da Squillace o andavano a Squillace; allora fra Dionisio e il Lauriana si diedero a sonare le campane all'arme, accorsero i terrazzani di Pizzoni, e seppero dagli armati che volevano riposarsi un poco e udir la Messa, per poi proseguire il loro viaggio; fu quindi aperto il convento, e saputosi che Carlo di Paola comandava quella gente, Gio. Tommaso Caccìa che lo conosceva gli andò incontro per riceverlo. Fra Dionisio, non appena intese che era gente di Monteleone, si travestì da secolare e profittando della folla, che verosimilmente avea fatta raccogliere a bella posta, se ne andò via senza essere conosciuto; il Pizzoni disse la Messa, può immaginarsi con quale animo, e Carlo di Paola con la sua gente l'udì; finita la Messa, fu presentata la Commissione del Visitatore, ed entrambi i frati furono condotti a Monteleone.

Nello stesso giorno 4 settembre, dopo che D. Carlo Ruffo ebbe presentato i due carcerati al Visitatore e gli ebbe da lui ricevuti in consegna, il Visitatore e fra Cornelio cominciarono ad esaminare il Pizzoni[356]; ed ecco i risultamenti dell'esame, che non possiamo dispensarci dal riferire con una certa larghezza quantunque assai ci pesi l'entrare in molte particolarità, giacchè sopra di esso e degli altri seguenti si fondò quel famoso processo, che durò più anni e diè materia a 4 volumi di scritture. Interrogato sul modo e sul motivo presumibile della sua cattura, il Pizzoni ne espose le principali circostanze, ma tacque la presenza di fra Dionisio nel convento, e subito dichiarò essersi immaginato che dovesse venire interrogato «come testimone» sulle cose del Campanella e fra Dionisio, i quali erano stati in Pizzoni nel luglio scorso; di poi, dietro analoghe interrogazioni, esposte le relazioni precedenti avute con loro, li qualificò «uomini tristi», affermando che in Pizzoni il Campanella gli avea detto di volerlo «far homo», poichè aveva profezie di gran rumori e ribellioni le quali profezie erano per lui, che bisognava trovarsi armati, che si collegasse a lui ed avendo aderenze con fuorusciti glie li mettesse a sua devozione; ma egli rifiutò ogni sua proposta, e il Campanella sdegnato disse che giustamente fra Gio. Battista (di Polistina) glie l'aveva dichiarato un traditore. Soggiunse che il Campanella avea detto pure sembrargli che Iddio l'avesse proprio eletto ad insegnare la verità e togliere gli abusi della Chiesa, che i Sacramenti erano per ragione di Stato, che il canto in Chiesa era cosa frivola. Ma gl'Inquisitori non si contentarono di queste poche rivelazioni, e sebbene egli accennasse a voler dire qualche altra cosa, decisero di riporlo in carcere per atterrirlo: ed egli «atterrito» pregò di voler parlare, ed espose una quantità di eresie dettegli dal Campanella circa l'Eucaristia, i Sacramenti in generale, il crocifisso, la verginità di Maria, gli atti carnali, la verità de' detti degli Apostoli, i miracoli, i demonii, il Papa, la Trinità, eresie che affermò avere udite dalla bocca del Campanella, in piccola parte in Stilo e poi in Pizzoni; dietro interrogazioni aggiunse che pure fra Dionisio gli avea già prima palesate le medesime opinioni dicendo che le teneva per vere, che gli aveva inoltre raccontato il fatto osceno di un tale verso l'ostia consacrata, ed egli, il Pizzoni, sospettò che quel tale fosse stato fra Tommaso! Dietro altre interrogazioni rivelò che in Stilo il Campanella gli avea detto essere Maurizio stato sulle galere di Amurat, e fra Dionisio gli avea parlato degli albarani fatti tra loro; che entrambi volevano far la repubblica con l'aiuto di molti potentati, e dapprima con la lingua e con le armi de' fuorusciti, come Maurizio, il D'Alessandria, il Cosentino, i figli di Jacobo grasso e Giulio Soldaniero, il quale «dovea sapere il tutto di questo fatto che gli fu pienamente narrato et comunicato dal Pontio»; che avevano aderenti in Stilo, in Catanzaro e in Davoli, e il favore di D. Lelio Orsini, del Bassà Cicala e perfino de' Veneziani, pensando lui che in Padova, dove il Campanella era stato, si avea fatto amici Veneziani e glie l'avea comunicato! Aggiunse che il Barone di Cropani era pure fautore come gli avea detto fra Dionisio, che si doveva ammazzare il Governatore e gli Ufficiali e poi gridar repubblica, che tra' frati erano complici il Petrolo, il Bitonto, il Jatrinoli e fra Paolo della Grotteria, e dietro interrogazione dichiarò di aver parlato non per timore del carcere ma spontaneamente! — Come ben si scorge, il Pizzoni rivelò tutto ed anche qualche cosa di più, solo pensando a salvare la sua persona e non avvedendosi che in tal modo la comprometteva maggiormente. Vedremo che, secondo il carattere suo versipelle, egli pensò poi di far credere a fra Tommaso aver parlato dell'eresia per sottrarsi alla furia secolare, e non aver parlato propriamente di ribellione, o almeno di quella ribellione che si diceva; ma il fatto è che parlò dell'una e dell'altra cosa ampiamente, senza far figurare il Papa nella congiura sol perchè non sapeva che fra Dionisio avesse propagata una simile frottola in Catanzaro, e si può ben credere che questo non dovè dispiacere agl'Inquisitori[357]. Vedremo pure che egli in ultima analisi non smentì mai queste sue deposizioni, pur troppo ostili al Campanella più che a fra Dionisio, ma solo si dolse che fra Cornelio avea scritto nel processo verbale frati «complici» mentre si era parlato di frati «familiari» del Campanella, ed oltracciò avea scritto essersi da lui deposto che il Soldaniero conosceva tutto, omettendo di leggerlo prima della sottoscrizione per non incontrare una smentita: giunse veramente a dare per sospetto tanto fra Cornelio quanto il Visitatore, e disse falso tutto il processo per le male arti usate nel far deporre dagl'inquisiti e per le estorsioni fatte, ma ciò a fine d'invalidare le cose emerse in sèguito contro di lui, senza ritrattare quelle da lui deposte contro gli altri. Certamente più cose recano maraviglia in quel processo verbale, ma sopratutto il trovarvi da lui dichiarato di aver deposto non per timore del carcere bensì spontaneamente, mentre pure, come vi si legge, durante l'esame fu ordinata la riconduzione dell'inquisito nel carcere «ad terrorem» ed egli pregò che si continuasse l'esame «terrore ductus», la qual cosa non era neanche conforme alla procedura ecclesiastica[358]. Ma ben altro venne a sapersi in sèguito, e non dal solo Pizzoni, sibbene anche da parecchi altri suoi compagni di sventura, e giova parlarne una volta per sempre, poichè fu quello un metodo tenuto con tutti gli altri frati via via che vennero presi ed interrogati. Si esaminò con una lista di notizie tra mano (evidentemente la lista de' capi di accusa crescente a misura che si raccoglievano anche le deposizioni) «rinfrescando la memoria» di colui che era esaminato; s'insinuò doversi «dare qualche satisfatione a' Giudici secolari, e che poi passata quella furia sarebbero tutti andati in Roma al S.ᵗᵒ Officio e là si saria accomodata ogni cosa»; si volle che fosse deposto il più gran numero di eresie, dicendo che si farebbe cosa grata al Generale, e che in tal modo ne succederebbe la remissione al S.ᵗᵒ Officio; si promise una sollecita scarcerazione se le deposizioni corrispondessero a quanto si pretendeva, e nel caso contrario si fecero minacce di consegna a' Giudici secolari; si permise a D. Carlo Ruffo, il quale spaventava ed ingannava i carcerati con false notizie, che assistesse agli esami d'Inquisizione, mentre la procedura ecclesiastica, fondata tutta sul più stretto segreto, non consentiva la presenza di estranei, salvo due testimoni in qualche caso, da doversi notare nel processo verbale. Fin da principio la deposizione del Pizzoni fu fatta servire di norma agli altri, leggendola loro in privato, e si annunziò falsamente che il Pizzoni era stato scarcerato dopo di aver deposto in quella guisa, e si progredì nelle minacce e maltrattamenti, nello scrivere in un modo e leggere in un altro, non facendo mai processi verbali delle sedute cominciate e non proseguite, come talora accadde anche ripetutamente per un solo interrogato, tacendo sempre i molteplici incidenti sorti per le resistenze degli esaminati ad attestare quelle cose che personalmente ad essi non costavano. Ma intorno a ciò occorrerà tenere un conto speciale de' fatti in ciascun caso.

Dopo il Pizzoni, nel giorno seguente, fu esaminato il Soldaniero[359]. A tale scopo il Visitatore, «essendogli stato rivelato potersi da un certo Giulio Soldaniero dimorante nel convento di Soriano avere una fida testimonianza in questa faccenda», commise a fra Cornelio di recarsi a Soriano per riceverla; e fra Cornelio vi si recò immediatamente, e dispose che il Priore e il Lettore del convento fossero presenti all'esame quali testimoni. Il Soldaniero disse aver lui mandato a

Monteleone, non potendovi andare personalmente, ad avvertire che volea comunicare qualche cosa; essersi in luglio presentato a lui fra Dionisio da parte del Campanella che stava in Arena ed egli non conosceva, per dirgli «hora sete homo» (sempre la medesima storia con le medesime parole); che facendo quanto diceva il Campanella sarebbe stato poco a divenire lui Principe e fra Dionisio Cardinale; che il Campanella aveva inviato lettere al Gran Turco con le galere di Amurat, volendogli «dare questo Regno in mano», perchè gli mandasse aiuto per mare mentre egli avrebbe fatta la ribellione; che voleva adoperare due mezzi, cioè la lingua e le armi. Aggiunse che il Campanella aveva molte opinioni terribili, e venendo a specificarle disse che volea predicare la libertà e contro la tirannide del Re Filippo, degli Ufficiali e dei Numeratori, che Cristo non era Dio, che le lettere I N R I significavano una pessima ingiuria, che fra Dionisio comunicandogli queste cose diè un pugno ad un crocifisso dipinto sul muro del dormitorio; che il Campanella e fra Dionisio professavano i Sacramenti essere per ragione di Stato e il Sacramento dell'altare essere una bagattella, che fra Dionisio avea commesso un fatto osceno contro l'ostia consacrata portandola «per sei ad otto giorni» in certe parti vergognose del corpo, che gli raccontò avere un inglese in Roma dato un pugno al Sacramento; e poi che il Campanella credeva non esservi Dio, non esservi nè paradiso nè inferno nè diavoli, non esservi miracoli, e che fra Dionisio assicurava «veri miracoli poter fare solo il Campanella e non altri» e ne avrebbe fatti al tempo della predicazione, oltracciò essere invulnerabile. Del rimanente dichiarò di non aver mai veduto il Campanella, di essere stato dissuaso da fra Dionisio intorno all'astinenza dal mangiar carne nei giorni pe' quali avea fatto voto e ne' giorni proibiti dalla Chiesa, di aver udito tutte le cose suddette anche da fra Gio. Battista di Pizzoni venuto egualmente a parlargli da parte del Campanella, di averle udite del pari da fra Pietro di Stilo venuto a sollecitarlo perchè si recasse presso il Campanella, ed a pregarlo che almeno non volesse palesar nulla di questo fatto, di aver saputo da fra Dionisio e fra Gio. Battista che la setta si faceva in Stilo e che si preparavano prediche *in scriptis* e si davano a' complici. Sviluppando la faccenda della ribellione, dichiarò di aver saputo da' suddetti due frati che si era deciso di liberare il Regno dalla tirannide del Re Filippo e «darlo al turco sotto tributo» riducendo la provincia in repubblica, che il Turco avrebbe fornito aiuto per mare ed a tale scopo aveano mandato presso il Cicala un gentiluomo e ne aveano ricevuto polizini: dietro interrogazioni aggiunse che non gli aveano parlato dell'aiuto de' Veneziani, ma del favore di sette Principi, nominandogli solamente Lelio Orsini che dovea venire a governare lo Stato di Bisignano e potea dare più di mille soldati; che di particolari gli aveano nominato Gio. Tommaso Caccìa, Marcantonio Contestabile, Giovanni di Filogasi, Gio. Battista Cosentino, Eusebio Soldaniero ed altri, essendo stati più di 35 capi allorchè si riunirono in Pizzoni, e de' frati che doveano predicare, oltre il Campanella, fra Dionisio e fra Gio. Battista, gli aveano nominato fra Pietro di Stilo, fra Paolo della Grotteria e fra Silvestro di

Lauriana. Infine dichiarò che gli aveano detto doversi cominciare dal far ribellare Catanzaro ammazzando il Governatore, il Vescovo e gli Ufficiali, di poi si sarebbe ribellato Stilo e i luoghi vicini: dietro interrogazione disse che non sapeva dove si trovavano il Campanella e fra Dionisio, ma che gli avevano detto essere stati carcerati il Pizzoni e il Lauriana, e conchiuse aver rivelato tutto ciò per solo riguardo alla fede, pel servizio di Sua M.^{tà} e per l'estirpazione dell'eresia. — Tale fu la deposizione del Soldaniero, e riescono senza dubbio sorprendenti le parole con le quali venne conchiusa, mentre vi erano state promesse di un guidatico e di un indulto già convenute appena qualche giorno innanzi; del resto si comprende che essa fu composta in famiglia, mettendo in carta quanto si era precedentemente deciso che egli dovesse rivelare, massime riguardo al Campanella e agli altri frati, perchè riguardo a fra Dionisio, senza dubbio costui dovè dirgli una gran parte delle cose che il Soldaniero affermò, essendosi sempre comportato in questa guisa nel far proseliti per la ribellione prima della sua andata a Catanzaro: intorno alle cose dette da fra Dionisio dovè radunarsi tutto ciò che si era potuto conoscere da altri fonti, specialmente su' particolari della ribellione, che non potevano mai essere stati comunicati con larghezza al Soldaniero, e tanto meno in un primo colloquio, ond'è che si veggono rivelati così goffamente; ma anche una notevole quantità di eresie dovè essere aggiunta, e però in sèguito si vide il Soldaniero molto impacciato innanzi a' Giudici, ricordando abbastanza male ciò che avea rivelato. Pertanto, oltre il gran disordine di redazione e la trivialissima dicitura con circostanze scioccamente esagerate, vi si nota la molta cura di non far apparire il Soldaniero complice o *socius criminis*: da parte di lui si trova nominato tra' ribelli Eusebio Soldaniero, che sappiamo suo capitale nemico e rifiutatosi ad intervenire a' colloquii per la ribellione, e non nominato Maurizio de Rinaldis, che sappiamo suo conoscente ed amico e adoperatosi perchè egli aderisse alla ribellione; oltracciò vi si trova taciuta la circostanza della lettera inviatagli dal Campanella per mezzo di fra Pietro di Stilo e da lui non rifiutata, ciò che conoscevasi pure dal Priore del convento il quale assisteva alla deposizione, tanto che egli stesso lo rivelò in sèguito, allorchè fu chiamato in Napoli per essere udito in questa causa. In somma tutto fu concertato per guisa da far risultare il Soldaniero un testimone inoppugnabile, quantunque nei casi di lesa Maestà, come in quelli di eresia, i socii nel delitto fossero testimoni pienamente validi.

Il 6 settembre si venne all'esame del Lauriana in Monteleone[360]. Come già il Pizzoni, egli fu interrogato dal Visitatore e da fra Cornelio sul modo e sul motivo presumibile della sua cattura; ed espose tutte le circostanze, non esclusa quella della presenza di fra Dionisio e del Caccìa giunti in convento poco tempo prima, e del travestimento e della fuga di fra Dionisio non appena riconosciuta la qualità della gente armata (con che già la condizione del Pizzoni rimanea vulnerata); inoltre dichiarò subito che il Pizzoni medesimo gli avea detto, «sta a vedere che saremo presi per le cose del Campanella». Dietro interrogazioni, venne ad esporre le sue relazioni antecedenti col Campanella e fra Dionisio, li dichiarò del pari «homini tristi» da che vennero a Pizzoni nel luglio scorso (sempre secondo la solita dicitura), ed espose le relazioni avute col Pizzoni che qualificò uomo da bene. Dipoi rivelò che stando il Campanella in Pizzoni con fra Gio. Battista e fra Dionisio, nel dopo pranzo, disse una quantità di eresie: non esservi Dio ma alla natura aver noi messo nome Dio, non esservi nè paradiso nè inferno nè diavoli, i Sacramenti essere per ragione di Stato; e poi contro il Sacramento dell'Eucaristia, contro i miracoli e che il Campanella «avea fatti e volea fare miracoli», contro la verità de' detti degli Apostoli, contro la proibizione degli atti carnali, e che il Campanella volea fare nuova legge. Dietro altre interrogazioni soggiunse che egli non aderì mai a queste cose, che forse fra Dionisio aderiva poichè una volta, presente il Campanella, gli avea detto qualche parola in dispregio dell'ostia, ed anche non essere peccato ciò che rimane occulto! Ma interrogato se il Pizzoni aderiva, disse di non saperne niente, e qui cominciarono le minacce degl'Inquisitori: gli fu intimato di dire la verità sotto la pena della galera accresciuta di altri sei anni, e frattanto che ritornasse in carcere; ed egli, ripensandoci alquanto, pregò che continuassero l'esame. Dichiarò allora che il Pizzoni aderiva, poichè lo aveva esortato a credere in quelle cose, aggiungendo che non aveva mai udito il Campanella e fra Dionisio predicarle in pubblico, bensì aveva udito esprimere da loro il voto che venisse presto quel giorno in cui potessero predicarle pubblicamente, e che sospettava trovarsi pure fra Pietro di Stilo tra' settarii «per essere intrinseco del Campanella»! Interrogato poi sulla congiura disse che stando il Campanella in camera con fra Dionisio, il Pizzoni, lui, e «mastro Gio. Pietro di Stilo fratello del Campanella» parlò delle rivoluzioni di Stati e di tre gran terremoti da dover accadere in un giorno nel 1600, del voler essere apparecchiato a ribellar la provincia e farla repubblica, dell'aiuto de' fuorusciti per opera di Maurizio e dell'aiuto del Turco dalla via di mare, onde «si pigliarebbe Reggio et poi a poco a poco le altre terre»; e dietro successive interrogazioni aggiunse di sapere che Maurizio avea trattato col Turco, che non avea notizie di altri potentati salvo il Turco, nè di altri Principi e particolari «salvo il Maurizio e il fratello del Campanella, e de' frati fra Domenico di Stignano e fra Pietro di Stilo, perchè attendeva allora a far la cucina per loro». Infine, dietro apposita interrogazione, disse di aver rivelato liberamente, e di non aver «deviato nè per carcere nè per cosa nessuna». — Anche qui è sorprendente la conchiusione di non aver avuto paura del carcere, dopo tutto ciò che è registrato nel processo verbale. Ma non occorre fermarci troppo su questo esame, in cui si vede chiaro lo stampo degli altri esami precedenti. Solo accade di notarvi che nella faccenda della ribellione, parlando de' congiurati non claustrali, il Lauriana tacque i nomi del Crispo, del Morabito, del Caccìa, del Contestabile, di quanti altri avea dovuto vedere in Pizzoni nel tempo al quale il suo esame si riferiva, essendosi limitato a nominare appena il fratello del Campanella e Maurizio de Rinaldis: ma si può ritenere che que' nomi non furono da lui pronunziati perchè non gli vennero suggeriti, riuscendo difficile potergli accordare un certo grado di accorgimento, quando non mostrò neanche quello di tacere la presenza di fra Dionisio nel convento allorchè si era proceduto alla cattura sua e del Pizzoni. Tutto ciò che depose dovè essergli suggerito, poichè realmente egli era così dappoco, da non potersi ammettere che gli fossero stati fatti tanti discorsi e tante confidenze; conoscendo egli medesimo il suo valore, si era facilmente adattato a' più umili servigi presso il Pizzoni e a «fare la cucina», sicchè potè forse prestare qualche opera materiale ed anche udire qualche cosa alla sfuggita, ma non più di questo. E vedremo ad esuberanza più tardi che in fondo non sapea nulla, e fu prima lusingato e poi intimidito dagl'Inquisitori, non escluso D. Carlo Ruffo, il quale presenziò del pari l'esame di lui; onde accadde che in sèguito si mostrò tentennante e vario nel peggior modo, non ricordando più una parola sola di ciò che gli si era fatto deporre; e tra l'incubo del rimorso e il terrore del poter essere incriminato qual falso testimone, finì per accumularne tante, che lo stesso Pizzoni, il quale avea procurato di servirsene per appoggio nelle cose sue, dovè dichiararlo testimone falso e contribuire a renderlo il ludibrio di tutti i compagni di carcere.

Così menavasi innanzi il processo ecclesiastico, e pur troppo il metodo non fu mai cambiato per tutto il tempo in cui esso si svolse nella Calabria: invano si cercò di apprestarvi qualche rimedio, e continuò sempre, anzi in modo anche più grave, l'impiego delle minacce e maltrattamenti non che delle lusinghe e false promesse, l'uso di non scrivere ne' processi verbali se non quello che piaceva a' Giudici, l'intervento degli Ufficiali Regii nelle sedute del tribunale, e poi la comunicazione scritta, a loro richiesta, delle cose che vi si raccoglievano, fino a quando la causa non venne tratta a Napoli e commessa a Giudici molto più degni. Da' precedenti è manifesto che non si creavano accuse essenzialmente false, e questo c'interessa molto che rimanga ben fermato: non si creavano accuse essenzialmente false, poichè è indubitato che le cose le quali si raccoglievano, così dal lato religioso come dal lato politico, erano state nella loro massima parte ventilate tra gl'inquisiti; ma è indubitato del pari che si esageravano nel peggior modo, si accumulavano interamente sul capo di ciascun inquisito senza distinzioni, e soprattutto con le arti più inique si facevano testimoniare anche da coloro i quali ne sapevano poco o nulla, per ribadirle in guisa da chiudere ogni via di scampo agl'incolpati. E già con le sole tre deposizioni finora esposte si era pervenuto a risultamenti della più grande importanza, ed è certo che più tardi lo Xarava ottenne di vederle e di averne copia. Si trovano infatti nel processo segni ed appunti marginali sulle cose della ribellione vergati da una mano differente da quella solita a far lo stesso sulle cose di eresia, e non è per nulla arrischiato l'ammettere che que' segni ed appunti sieno stati vergati dallo Xarava: inoltre si trova ancora in Simancas la copia di queste deposizioni tutte intere, estratta, collazionata e firmata da fra Cornelio per ordine del Visitatore in data del 12 settembre, con la speciosa clausola «praevia protestatione in forma et citra poenam sanguinis et ad evitandum poenas irregularitatis», mentre le prescrizioni categoriche della procedura ecclesiastica lo vietavano assolutamente[361]. — Possiamo frattanto ritornare allo Spinelli e allo Xarava, e vedere i progressi che costoro fecero nella persecuzione e cattura degl'incolpati, come pure nella compilazione del processo al quale attendevano.

La più importante cattura di que' giorni fu quella del Campanella in compagnia di fra Domenico Petrolo, avvenuta nella sera del 6 settembre; dopo di essa va registrata quella di Claudio Crispo, avvenuta l'8 settembre. La cattura del Campanella merita naturalmente di essere narrata in tutti i suoi più minuti particolari, e ce li forniscono assai bene sopratutto le deposizioni che il Petrolo fece in più volte nel tribunale per l'eresia ed anche nel tribunale per la congiura, poichè nel processo di eresia si trovano fortunatamente anche le deposizioni da lui fatte intorno alla congiura, trasmesse in copia da un tribunale all'altro; del resto il Campanella medesimo ne scrisse parecchie circostanze nella sua Dichiarazione e poi nelle sue Difese, nelle sue Poesie e da ultimo nella sua Narrazione, e questa volta le notizie di entrambi i fonti concordano ne' punti essenziali. Lasciammo il Campanella, verso il 27 agosto, allontanatosi da Stilo dietro l'avviso e la sollecitazione di fra Dionisio, ridottosi a Stignano e là denunziato dall'ospite suo D. Marco Petrolo, denunziato anche dal suo amico e discepolo Giulio Contestabile, e nascostosi in qualche altra casa pur sempre a Stignano. Maurizio, con ogni probabilità avvertito del pari da fra Dionisio, corse pur egli a Stilo per abboccarsi con lui, e non trovandolo, gli scrisse due volte di tornare a Stilo «chè esso lo salvava»; ma il Campanella si rifiutò egualmente di unirsi con lui, mentre il padre suo piangendo diceva volerlo «meglio morto che uscito in campagna», e si ricoverò sulla collina presso Stignano in un convento di Francescani detto di S. Maria di Titi[362]. Maurizio corse ancora su quel convento, e il Campanella, che stava col Petrolo a pranzo, se ne fuggì, e fu seguito da Maurizio per sette miglia senza farsi raggiungere, sino a che, presso la Roccella, trovò un contadino a nome Antonio Mesuraca, il quale, avendo qualche obbligazione verso il padre di lui, lo accolse insieme col Petrolo con promessa di trovar loro un imbarco, li tenne seco tre giorni, ma poi li tradì[363]. Questo ci lasciò scritto il Campanella, ma fra Domenico Petrolo aggiunse molte altre particolarità. Secondo il Petrolo, essendo in Stilo, ed avendo udito da fra Dionisio le voci che correvano contro di lui, il Campanella gli disse, «fra Dominico, si come quando io sono stato a piacere tu mi sei stato bono amico et hai imparato da me, mi par ragionevole che ancora m'habbi da seguire in questi travagli et non abbandonarme, ma esserme fidele amico», e così fuggirono insieme. Maurizio allora in più lettere invitò il Campanella a tornare a Stilo, dicendogli che andasse a tre ore di notte ed escludesse ogni altro dalla sua compagnia eccetto fra Dionisio, ma egli, il Petrolo, dissuase il Campanella dal farlo, perchè non si accreditasse sempre più la voce de' suoi disegni di ribellione, e poi una persona venne da Stilo e disse che fra Pietro l'avvertiva di stare all'erta dubitando di Maurizio: arrivava intanto a Stignano gente armata, e il Petrolo, travestitosi da ortolano, e munito di una zappa, racconciando i canali lungo la via per non essere riconosciuto, si diresse verso S. Maria di Titi, e il Campanella lo raggiunse, e ricoveratisi nel convento mandarono un frate ad informarsi dello stato delle cose; il frate tornò dicendo che in Stignano non c'era gente, ma in Stilo c'era, e mentre pranzavano, nella sera seguente, venne un corriere spedito da fra Pietro di Stilo che li avvertiva di fuggire perchè Maurizio li voleva ammazzare. Giunse infatti Maurizio, e non trovandoli, li seguitò per più di dodici miglia a fine di ammazzarli ed indultarsi (!); essi fuggirono verso la Motta Placanica, ma per via il Campanella mutò parere e disse che era meglio andare verso la Roccella e così facendo, nella notte, incontrarono Gio. Antonio Mesuraca amico di fra Tommaso, il quale li condusse fuori la terra in una casa in campagna, e là rimasero tutto il sabato, la domenica e il lunedì, e nella sera di tale giorno furono tratti in arresto. Guardando le date, si ha che la fuga da Stilo dovè accadere tra il 27 e il 28 agosto, quella da Stignano il 2 settembre, quella da S. Maria di Titi la sera del 3, la permanenza presso la Roccella il 4, il 5 e 6 settembre; ma ecco ancora alcune notizie su' fatti di questi ultimi tre giorni, come le rivelò il Petrolo. Non appena giunti nella casa di Mesuraca, costui fece travestire anche il Campanella da secolare[364], ed almeno per qualche tempo i due fuggiaschi si tennero insieme nascosti nella paglia al di fuori della casa; quivi il Campanella avrebbe detto al Petrolo che si era trattato l'aiuto del Turco e c'era un albarano avuto da Maurizio, che da 13 anni tenea sullo stomaco que' pensieri di ribellione insieme con fra Dionisio, che costui era stato da lui mandato alla piana (piana di Terranova) per tenere in ordine le genti e i fuoruscti di quel posto, ed avendo alcune scritture in cifra, e domandato dal Petrolo cosa significassero, avrebbe detto che quelle erano lettere del Pizzoni scritte in un modo inteso solo tra loro; ma è evidente che siffatti discorsi rappresentavano per lo meno la continuazione di discorsi anteriori e non trattavano già quegli argomenti per la prima volta, come si proponeva di far credere il Petrolo quando li rivelò[365]. Inoltre allora appunto, nel mangiare alcuni fichi, il Petrolo avrebbe dimandato al Campanella se quelle erano le frutta per le quali peccò Adamo, e il Campanella avrebbe risposto con uno scherzo e detto che quelle erano baie. Ancora il Campanella avrebbe parlato al Mesuraca dell'aver mandato Maurizio al Turco, dell'aspettativa in cui si era delle galere del Turco, dell'aver lui procurato che queste venissero, e dimandatogli se venivano ed avuto per risposta che ne venivano trenta, avrebbe detto, «queste vengono per me, per che Mauritio hà parlato ali turchi, però trovati modo di mettermivi di sopra che vi farò grand'homo»; la qual cosa non ci pare affatto inverosimile, giacchè, pur non essendo vero che Maurizio fosse stato mandato proprio da lui, importava in quel momento il farlo credere per dare animo a tutti e tenere il Mesuraca in fede. Ma come il tempo passava, gli animi si abbattevano e il Mesuraca faceva i suoi conti. Il Petrolo pregò il Mesuraca che volesse porlo in disparte dal Campanella, non avendo il coraggio di andarsene per la quantità di gente armata che era sparsa in quella regione e che al vedere la sua corona l'avrebbe preso in iscambio del Campanella; d'altra parte il Campanella, essendo solo col Petrolo, lo pregò che volesse radergli la corona, ma il Petrolo si rifiutò, ed egli fattosi malinconico diceva, «Dio te lo perdoni, che non me lasciasti pigliare da Turchi questi giorni passati, quando vennero sotto la torre di Badolato», mostrandosi persuaso che non l'avrebbero fatto schiavo perchè amico di Maurizio. Infine la sera del 6 settembre, venne uno stuolo di armati, e i due miseri traditi, aspramente legati, furono condotti a Castelvetere. Dalle notizie che fornisce il Carteggio del Vicerè si ha che il Mesuraca avea rivelata la faccenda al Principe della Roccella, e costui gli avea promesso un buon guiderdone. Dalle notizie che forniscono gli Atti giudiziarii esistenti in Firenze si ha che, al momento della cattura, il Campanella disse, «io vengo volentieri, et dirò quanto si voleva fare et dimostrarò con che ragione si voleva fare», aggiungendo al Mesuraca che «fussero raccomandati li parenti suoi, per che esso andava a morire in potere della Giustitia»; ma il Petrolo a sua volta disse, «ammazzatime, non me levati vivo». Dolevasi pure molto il Campanella de' Contestabili di Stilo, dicendo che essi l'aveano fatto carcerare: da parte sua il Mesuraca si scusava dicendo che avea dovuto agire a quel modo, per timore del Principe di cui era vassallo, e soggiungeva al Campanella che subito sarebbe morto «e che venea per questo Xarava el Baron della Bagnara el Baron di Gagliato con più di 200 persone, li quali venuti li dissero che dovea morire e che F. G. Battista di Pizzoni havea detto tante heresie con la ribellione»[366].

Ma come mai il Campanella si era mostrato così restio ai consigli di fra Dionisio e poi agl'inviti ripetuti di Maurizio, e si era spinto ad una fuga disordinata innanzi a costui? La cosa più naturale è certamente il ritenere che ognuno avesse agito secondo gli dettavano le proprie qualità dell'animo. Fra Dionisio, coraggioso e bollente, dovè pensare che il meglio possibile fosse il cadere da forti sul campo, e cominciò in tal guisa a spiegare quella sua condotta, che vedremo ammirevole nella fortuna avversa. Maurizio, coraggiosissimo ma prudente, dovè scorgere impossibile anche l'uscita in campagna quando si era già raccolto un così gran numero di milizie, e d'altra parte era già cominciata a manifestarsi la demoralizzazione de' congiurati; non ignorante delle arti di guerra, dovè giudicare non impossibile uno scampo, malgrado la presenza di tanti nemici, e difatti mostrò bene di saperlo trovare fino a che si trattò di schermirsi da loro, e vedremo che ebbe a soccombere solo per gli elementi avversi; dovè quindi realmente avere in animo di salvare il Campanella, salvarlo malgrado la renitenza di lui, onde fece quella corsa, prova del suo coraggio, da Guardavalle a Stilo e poi a Stignano e poi sulla via di Placanica, mentre quei posti già venivano occupati dalle milizie. Ma non si può menomamente ammettere che egli avesse avuto in animo di uccidere il Campanella e il Petrolo per indultarsi; tale concetto è respinto da quanto sappiamo della vita di Maurizio e delle condizioni stesse occorrenti per avere un indulto.

Abbiamo visto che l'indulto bisognava pattuirlo coll'autorità mercè una convenzione od almeno una promessa antecedente, ed era lecito a Maurizio, uno de' capi, compromesso quanto il Campanella e forse più, sperare un indulto, e sperarlo senza patti espressi ed al momento al quale si era giunti? E se lo avesse sperato, gli sarebbe convenuto di esigere che il Campanella si fosse recato presso di lui solo e non già insieme col Petrolo, mentre così avrebbe potuto presentare due compromessi invece di uno? Nè poi si capisce perchè avrebbe dovuto ucciderli, mentre si sa che acquistavasi maggior merito presentando vivi quelli che erano fortemente ricercati dalla giustizia. Fra Pietro di Stilo, tenerissimo del Campanella e trepidante per lui, potè per un momento pensare che le calde insistenze di Maurizio nascondessero un agguato a fine d'indultarsi, tanto più che avea sotto gli occhi esempi di perfidia incredibile, capaci anche troppo di far vacillare la sua ordinaria avvedutezza e serenità di giudizio. D'altra parte il Petrolo, timidissimo ed avvilito fuor di misura, come lo rivelano le parole che pronunziò quando fu catturato e poi quelle che gli vedremo pronunziare quando si trovò al cospetto degl'Inquisitori, potè scorgere un grave pericolo nell'unirsi a Maurizio e in sèguito un pericolo ancora più grave nel possibile risentimento di Maurizio per aver consigliato di non unirsi con lui. Ma non si può facilmente sostenere che tanto da parte del Petrolo, quanto da parte del Campanella, fosse stato accolto il pensiero di fra Pietro di Stilo, e che la loro fuga innanzi a Maurizio fosse stata motivata dalla credenza che costui volesse ucciderli a fine d'indultarsi, mentre veramente un tale motivo della persecuzione di Maurizio fu da loro addotto abbastanza tardi e per convenienza della loro causa. Infatti il Petrolo da principio disse che Maurizio voleva ucciderlo perchè egli avea dissuaso il Campanella dal recarsi presso di lui, la qual cosa evidentemente non avea potuto nemmeno giungere all'orecchio di Maurizio: il Campanella poi da principio, nella Dichiarazione che scrisse ne' primi giorni della sua prigionia, parlò della persecuzione di Maurizio nel senso che costui volea salvarlo ed egli si rifiutò di associarvisi essendone disgustato; più tardi, nella Difesa, scrisse che Maurizio voleva ucciderlo perchè temeva che egli rivelasse l'accordo da lui preso col Turco, e perchè era sdegnato dell'aver fatto salvare Giulio Contestabile da' furori di lui; assai più tardi, scorsi già parecchi anni, nella Narrazione, scrisse che Maurizio voleva ucciderlo ed indultarsi[367]. A noi sembra che il Campanella, potentissimo in cognizioni ed in astuzie, dovè credere più pericoloso per lui il trovarsi armato di un fucile in campagna, che armato di sottigliezze nel foro, quantunque non ignorasse che nel foro avrebbe incontrato manigoldi piuttosto che giudici; dovè quindi sembrargli suo primo bisogno distaccarsi appunto da fra Dionisio e da Maurizio, che aveano rappresentato una parte attiva più appariscente, e dopo ciò tentare ancora uno scampo in mare presso il Turco mediante una persona che avea motivo di ritenere fidata, quale il Mesuraca, mentre in terra vedeva perfino taluni de' più accesi nella faccenda della congiura voltargli brutalmente le spalle ed agire a suo danno.

Proseguiamo intanto la narrazione de' fatti del Campanella dopo la sua cattura. Abbiamo visto che molti accorsero quando fu preso, in particolare i più grossi Commissionati, il Morano ed il Ruffo co' loro armigeri, e può intendersene facilmente il motivo: ognuno volea farsi bello di questa cattura, la quale in realtà fu eseguita dagli armigeri del Principe della Roccella, onde a costui venne poi attribuita, quantunque egli non avesse fatto altro che spedire i suoi bravi e promettere in nome del Re un buon guiderdone al Mesuraca che gli diè l'avviso, non risultando che siasi recato egli medesimo sopra luogo, siccome da taluni Storici fu detto. Così quel gran numero di armati servì solo ad accompagnare il Campanella e il Petrolo fino a Castelvetere; ma doverono forse esser pure condotti con costoro tredici altri individui catturati in quelle vicinanze, che lo Spinelli, nel riferire in fretta al Vicerè l'importante avvenimento, annunziò essere stati trovati in compagnia de' due frati vestiti da secolari, i quali volevano imbarcarsi ed andare in cerca delle galere toscane o di qualche legno inglese o dirigersi in Turchia, mentre sappiamo da parecchie testimonianze che veramente i due frati erano stati essi soli in mano del Mesuraca. Quegli aguzzini contristavano per via l'animo del Campanella, annunziandogli che dovea morire e manifestandogli che il Pizzoni avea rivelato grandi cose di eresia e di ribellione (ciò che realmente era noto a D. Carlo Ruffo stato presente agl'interrogatorii); inoltre s'ingegnavano di sapere da lui i complici, e raccolsero infatti diversi nomi, segnatamente quello di Mario del Tufo, che uno di loro affermò essere stato pronunziato dal Campanella in tale occasione; ma il Campanella ebbe poi a negarlo assolutamente, spiegando la cosa col dire, che avea manifestato doversi Mario del Tufo, e tutti coloro che erano amici suoi, guardare di non esser presi, perchè li sarebbero andati carcerando. E in questo mentre, riflettendo alla condotta del Pizzoni, egli «pensò subito che questa fu arte del Pizzoni per fuggir la furia secolare, et avvisò... a F. Domenico di Stignano ch'era seco carcerato, che pur dicesse heresie»: così ci fece sapere egli medesimo nella sua Narrazione, e vedremo infatti che fra Domenico finì per rivelarlo, senza per altro scagionare il Campanella come eretico; solo non può accettarsi che egli avesse pur allora artificiosamente manifestato essersi «più presto negoziato con Turchi e non col Papa, ma per hereticare, e che però Mauritio era andato sopra le galere di Amurat Rais» etc. e che «così piacque poi allo Xarava che ci entrassero i Turchi» e lo fece deporre a' primi rivelanti. Di questi rivelanti abbiamo la denunzia autentica scritta fin dal 13 agosto, nella quale aveano già parlato de' turchi e dell'andata di Maurizio; rimane quindi vero solamente che piacque alle Autorità il raccogliere, bene o male, che egli non tenesse intelligenze col Papa, essendo stato trovato in via di fuggirsene in tutt'altra direzione che in quella di Roma; vedremo infatti che così scrisse lo Spinelli al Vicerè, il quale lo accettò immediatamente, senza dubbio perchè riusciva soddisfacentissimo il non aversi ad occupare di un soggetto così scabroso qual'era il Papa, e il poter mettere sempre più in luce soggetti tanto odiosi quali erano i turchi. — Venne poi, qualche

245

giorno dopo, nelle prigioni di Castelvetere anche lo Xarava, non accorso col Morano e col Ruffo al momento della cattura, come potrebbe credersi leggendo la Narrazione, ma inviato subito dallo Spinelli «perchè procurasse di aver chiarimenti dalla bocca di lui sulla congiura della quale era imputato, prima che egli trattasse con alcuno», ed anche «perchè venisse sicuro» da Castelvetere a Squillace, come rilevasi dal Carteggio Vicereale. Probabilmente lo Xarava si comportò col Campanella in un modo affatto diverso da quello usato dal Morano e dal Ruffo, dandogli buone parole, condolendosi e lusingandolo, per mantenerlo ben disposto a largheggiare in una «Dichiarazione che volle fare di sua mano» innanzi a lui. La scrisse difatti molto larga e con qualche condiscendenza, siccome si rileva specialmente verso la fine di essa, là dove si trovano due periodi, in uno de' quali sono registrati certi nomi di fuorusciti, e in un altro, più chiaramente aggiunto, è registrato il nome del Rania, di cui egli non si era ricordato prima e da ultimo si ricordò dietro suggerimento dello Xarava: siffatta circostanza, e poi il suo silenzio costante su questa Dichiarazione scritta, e il suo odio mortale verso lo Xarava manifestato sempre con gli epiteti più atroci in prosa ed anche in versi[368], ci menano a credere non aver lui mai più potuto rammentare senza vivissimo sdegno che, sebbene maestro in astuzie, si fosse lasciato trarre in inganno da quest'uomo di «volpino pelo», mentre solamente più tardi, dopo ottenuta la Dichiarazione, lo Xarava dovè scovrirsi nel senso di sostenere che questi frati avessero a morire *jure belli, inconsulto Pontifice*.

La Dichiarazione del Campanella merita di essere ben ponderata. Abbiamo già dovuto riportare sparsamente, durante tutta questa narrazione, le notizie che vi si contengono, ma non possiamo dispensarci dal darne qui uno schizzo, per vederla nel suo complesso e farvi qualche commento[369]. In essa, accennati i suoi studii di profezia, i prossimi mutamenti da lui aspettati «nel Regno de Napoli che fu sempre de revolutione», i pareri analoghi anche di varii uomini insigni napoletani e stranieri, le cose prodigiose apparse in quell'anno, la sua predica intorno a questi fatti, la pace tentata tra' Contestabili e i Carnevali, il Campanella rivela diffusamente i desiderii d'indipendenza dal Governo spagnuolo che gli manifestarono Geronimo di Francesco e Giulio Contestabile, l'odio di Giulio verso gli Ufficiali spagnuoli, l'oltraggio da lui fatto ad un'immagine del Re Filippo in presenza anche del Petrolo, la fiducia di lui in Marcantonio e ne' numerosi amici e parenti e perfino ne' turchi. Poi cita altri individui di Stilo co' quali ha parlato della prossima mutazione, e dice che col Pizzoni e fra Dionisio ne parlavano sovente, ed essi mostravano di gradirla. In sèguito viene a Maurizio e racconta che costui lo interrogò sulle mutazioni, mostrandosene lieto, e aggiungendo che se così fosse stato avrebbero avuto molti amici, e che egli, il Campanella, gli disse che chi tiene molti amici può diventar grande, adducendo molti esempi di uomini divenuti grandi ed animandolo al bene. Poi parla dell'andata ad Arena ed a Pizzoni, dove vide il Crispo, e dice che discorrendosi delle mutazioni, costui si vantò di avere amici se vi fosse bisogno di far guerra, ed egli approvò che ne avesse molti. Ma da una lettera di Giulio Contestabile seppe che Maurizio era andato sulle galere di Amurat, e recatosi quindi a Davoli presso il Pittella, seppe da Maurizio che realmente vi era stato ed avea trattato che venisse l'armata turca, giacchè volea pigliare Catanzaro e la provincia, ed avea «capitolato» che i turchi non avrebbero dovuto tenere dominio a lungo ma solo assistere nel mare, contentandosi poi del traffico nel Regno, e gli mostrò una scrittura in lingua turchesca, ed egli si lamentò di quest'atto, facendogli notare che i turchi non osservano fede, e volea rompere ogni relazione con lui. Vide allora il Franza, il Cordova ed un altro, chiamati da Maurizio a Davoli, e pregato di parlare delle mutazioni non potè non confermarle; fu anche invitato a volere esser capo e predicare, ma si negò e si partì per disgusto. Intanto fra Dionisio, perseguitato dal Visitatore, andò a Catanzaro a predicare ribellione secondo la profezia di lui, e per avere molti aderenti disse che nella congiura c'era il Papa, il Card.¹ S. Giorgio, il Vescovo di Mileto etc. D. Lelio Orsini, i Signori del Tufo e tutti coloro che s'immaginò essere amici di lui e suoi; ma egli giura di non aver mai parlato di tali cose, nè pensato che per mezzo di loro frati si avessero a muovere. Poi fra Dionisio andò a sollecitarlo perchè uscisse in campagna, ma egli non volle e riparò a Stignano; in sèguito Maurizio gli mandò a dire di ritornare perchè l'avrebbe salvato, ma egli pure si rifiutò andandosene a S. Maria di Titi, e Maurizio cercò di raggiungerlo ed egli fuggì, dandosi nelle mani di Mesuraca, il quale promise di salvarlo in mare, lo nutrì per tre giorni e poi lo consegnò alla giustizia. Infine, ricordando che del pari in Roma e in Napoli si prevedevano mutazioni, dice voler rendere conto a S. M.ᵗᵃ di quello che Dio manda al mondo per il bene comune, che egli guarda alla salute comune e per essa vuole morire. Dichiara che a fra Dionisio spetta dire il resto, avendo lui trattato il negozio con fatti, mentre egli, il Campanella, l'ha trattato solo con parole. In sèguito aggiunge varii nomi di fuorusciti co' quali Maurizio diceva voler pigliare Catanzaro, e manifesta che l'altra persona, la quale venne col Franza e col Cordova in Davoli, era il Rania, ricordandolo dietro le parole dello Xarava. — Come ben si vede, in questa Dichiarazione la congiura non è menomamente negata, che anzi è esposta in tutti i suoi più minuti particolari, e perfino chiarita in quel suo lato che riusciva ancora oscuro e confuso alle Autorità, vale a dire la partecipazione del Papa, dei Vescovi e de' Nobili, insieme co' turchi; soltanto essa è attribuita ad altri, e il Campanella vi figura appena come colui che vi ha dato innocentemente occasione, col parlare delle profezie e de' presagi di mutazioni prossime, ed un poco anche col consigliare a trovarsi armati e in buon numero coloro i quali vi si mostravano propensi. Era il meno che egli potesse dichiarare sul conto proprio, e bisogna riconoscere che, quantunque avesse scritto in un momento di suprema angoscia, seppe dichiararlo con la solita abilità ed anche con molta unzione, mostrandosi quasi indifferente alle mutazioni, le quali sarebbero avvenute come Dio avrebbe voluto; nè fuor di proposito egli giurava di non aver mai predicato ribellione, e parlato di tali cose, e pensato che per mezzo di loro frati avessero a muoversi, riferendosi a' maneggi fatti in Catanzaro, e alla partecipazione del Papa, de' Vescovi e de' Nobili. Intanto nominava parecchi, anche troppi, i quali avrebbero dovuto rispondere della congiura. In primo luogo nominava i Contestabili col Di Francesco, e massime Giulio, citandone detti e fatti assai gravi, ciò che si spiega col suo vivissimo risentimento verso di loro; inoltre il Pizzoni ed anche il Crispo, citando appena il nome del primo ed aggravando la mano sul secondo, ciò che si spiega coll'essergli noto che il Pizzoni avea già deposto in materia di eresia e di ribellione, senza per altro sospettare che avesse deposto tanto; sopra tutti poi nominava fra Dionisio e Maurizio, citandone azioni gravissime e tali da renderli i soli veramente responsabili di tutto, ciò che può spiegarsi unicamente coll'ammettere che egli credeva essersi costoro già posti in salvo, mentre sapeva che Maurizio vi avea pensato da alcuni giorni. Rimaneva alle Autorità il decifrare come potessero trovarsi insieme i Contestabili e Maurizio inimici, senza un certo tratto di unione, e se il Campanella potesse veramente ritenersi estraneo a questi maneggi: disgraziatamente la cosa riusciva molto facile ad intendersi, ed anzi era già conosciuta molto bene a quell'ora; nè occorre far notare che dopo siffatta Dichiarazione ci volle in sèguito molta disinvoltura da parte del Campanella, per dire che la congiura era stata un'invenzione dello Xarava, de' denunzianti e del Governo! Certamente egli non potè trovarsi contento di aver rilasciata quella Dichiarazione. Quando ebbe a vedere fra Dionisio e Maurizio in carcere, dovè rimanerne confuso, e si conosce che più tardi, anche per conto suo, cercò d'impugnare il contenuto della Dichiarazione, ma, naturalmente, invano[370]. All'opposto lo Xarava dovè rimanerne soddisfattissimo; e si può argomentarlo dal fatto che, invogliato dalla felice riuscita della sua pratica, corse immediatamente a far lo stesso col Pizzoni.

A questo tempo, verso l'11 settembre, si deve con tutta probabilità riferire l'andata dello Xarava a Monteleone, per avere anche dal Pizzoni una Dichiarazione scritta, e dare un'occhiata al processo che il Visitatore e fra Cornelio aveano iniziato: ciò può desumersi dalla data della copia degli Atti di tale processo a lui rilasciata, che è il 12 settembre, e dalla data del trasporto da lui fatto del Campanella e del Petrolo da Castelvetere a Squillace, che una relazione dello Spinelli ci mostra essere avvenuto il 14 settembre. Tenendo presenti queste date, si può calcolare che verso l'11 settembre lo Xarava, ottenuta la Dichiarazione scritta dal Campanella, ne andò a chiedere un'altra al Pizzoni; e in tale circostanza vide il processo ecclesiastico e vi fece al margine que' segni e quegli appunti di cui si è parlato altrove, e scorgendo che le tre prime deposizioni avevano un'importanza grandissima, se ne fece subito estrarre la copia. Quanto alla Dichiarazione scritta dal Pizzoni, ne conosciamo l'esistenza ed anche il contenuto dagli Atti che si conservano nell'Archivio di Firenze[371], con quest'altro particolare, che ad essa andava unito un «Alfabeto in cifra del Pizzoni col Campanella». Nella Dichiarazione, secondo il sunto fattone dal Mastrodatti, il Pizzoni scrisse che «fra Tomase Campanella, et fra Dionisio Ponsio havendosi scoverto di volere introdurre nove leggi, et nuovo modo di vivere, introducendo la libertà con il favore di alcune profetie, et delli Cieli, per Astrologia, andavano procurando amicitia di banniti per dar principio à tal impresa, et havendolo ripreso di queste male prattiche, pensieri, et false profetie, che non sono cose di riuscire, loro risposero che era codardo, e da poco, et che loro non sono tanto impotenti quanto esso fra Gio. Battista si crede, per che adesso li bastano questi pochi banniti à dar principio à tal impresa, et che dopoi alcuni mesi scorsa la nova haveriano havuto soccorso da Venetiani, et da Turchi, et altri Principi, et particolare da D. Lelio Ursino, il quale diceva esser andato à Sua Maestà in spagna, per ottenere, di venire protettore, et poi soccedere nel Principato di Bisignano et ottenere di tenere Compagnia di gente armata, sotto pretesto di guardare il Stato, ma poi dato principio a tale rivoltare, li darà in suo favore la gente predetta armata, et il Stato ancora, et che lui tiene nelle sue terre un fra Gregorio di Nicastro che và explorando le genti sotto habito di Merciaro, et venditore di figure». In somma il Pizzoni non scrisse diversamente da quanto avea deposto innanzi al Visitatore e a fra Cornelio riguardo alla congiura, ed anzi rivelò qualche cosa di meno, aumentando solo l'importanza della parte che avrebbe dovuto rappresentare D. Lelio Orsini: se non che scrisse tutto di suo pugno, in modo da non poter più poi sostenere che talune cose fossero state falsamente aggiunte, siccome fece per la deposizione redatta da fra Cornelio; e sappiamo che lo Xarava questa volta ebbe cura di corredarla di una fede del Mastrodatti e della testimonianza di due persone, che certificarono la Dichiarazione essere stata scritta dal Pizzoni in presenza dello Xarava, e da lui consegnata al medesimo. Ma l'Alfabeto in cifra fu scritto veramente dal Pizzoni e comunicato in parte dallo Xarava a fra Cornelio, il quale poi l'allegò nel processo suo senza citarne il fonte, ovvero fu inventato da fra Cornelio e comunicato da lui allo Xarava, il quale senza citarne del pari il fonte, lo pose a capo della Dichiarazione del Pizzoni? Questo rimane dubbio; bensì non vedendo fatta alcuna parola dell'Alfabeto nella Dichiarazione scritta, e sapendo che il Pizzoni lo negò sempre in sèguito, bisogna piuttosto dire che fra Cornelio, nella sua nequizia, dovè sbizzarrirsi ad inventarlo dietro il cenno dato da' primi rivelanti e poi fatto confermare dal Petrolo innanzi a lui qualche giorno dopo. Si può intanto vederlo tra' documenti che pubblichiamo, ridotto alle firme del Campanella e del Pizzoni, così come fra Cornelio l'allegò nel processo suo[372].

Non prima del 14 settembre il Campanella fu tradotto dalle carceri di Castelvetere a quelle di Squillace; ma non avea per anco lasciato le carceri di Castelvetere, che vi accadeva un fatto importante, del quale dobbiamo ancora dar conto. Ricordiamo che là si trovavano rinchiusi Felice Gagliardo, Orazio Santacroce, Geronimo Conia, Gio. Angelo Marrapodi, Camillo Adimari, ed inoltre Cesare Pisano, il quale vi era stato visitato dal Campanella con fra Dionisio e fra Giuseppe Bitonto ne' primi giorni di luglio, ed era stato anche da lui raccomandato al Principe della Roccella; ricordiamo che Cesare Pisano fin d'allora cercò sempre d'indurre o di raffermare nella ribellione tutti costoro (giacchè taluni, come il Gagliardo ed il Conia, sembra certo che vi fossero stati già iniziati dal Bitonto e dal Jatrinoli), magnificando i disegni del Campanella e predicando eresie in quantità. Non appena seppero che il Campanella ed il Petrolo venivano rinchiusi in quelle medesime carceri e che la congiura era stata scoperta, con tutti i particolari che se ne andavano diffondendo, que' cinque scellerati, per farsi merito e provvedere alla loro salvezza, pregarono il Castellano di rappresentare al Principe della Roccella che Cesare Pisano, fin da quando venne carcerato, si era sempre sforzato d'indurli a prender parte a questa congiura, ed oltracciò denunziarono lo stesso Pisano al Vescovo di Gerace per le eresie che andava loro persuadendo; nè trovarono difficile il giustificarsi per non aver rivelato prima di allora, adducendo che ritennero lungamente essere il Pisano un matto, ma poi, udita la carcerazione del Campanella, doverono ritenere queste cose per vere e quindi subito le rivelarono. Ciò risulta tanto dagli Atti esistenti in Firenze, quanto dal processo ecclesiastico. Il Principe della Roccella, ricordatosi che fra Tommaso gli avea raccomandato il Pisano, scrisse una lettera a Carlo Spinelli, avvisandolo dell'intercessione del Campanella per Pisano, al quale avea parlato della congiura e naturalmente dovè partecipare ancora quanto gli era stato rivelato da' cinque prigionieri[373]; ed accadde che costoro, al contrario di quanto si aspettavano, finirono dietro questa lettera per venire, unitamente col Pisano, sotto la giurisdizione dello Spinelli e Xarava, rimanendo a lungo, in qualità di presunti complici, carcerati ed anche straziati, come rilevasi dalle loro deposizioni e confessioni in tortura riferite negli Atti esistenti in Firenze. D'altro lato il Vescovo di Gerace, secondo lo stile del S.^{to} Officio, non tardò un solo momento ad occuparsi della denunzia, inviando qual suo Delegato l'Abate Curiale de Curiali per prendere Informazione del fatto nelle carceri di Castelvetere: questa Informazione, composta degli esami di tutti e cinque i denunzianti, trovasi integralmente inserta nel 1.° volume del processo ecclesiastico ed è in data del 13 settembre, non mancando nemmeno nel suo esordio la notizia, in verità molto confusamente e scioccamente espressa, del trovarsi allora «preso del pari, fermamente carcerato e detenuto in detto castello, fra Tommaso Campanella». Non staremo a ripetere le eresie, in gran parte goffe, che si rivelarono in quella circostanza, tanto più che ne abbiamo dato qualche cenno a suo tempo, nel narrare la carcerazione del Pisano e i varii discorsi da lui tenuti nel carcere, e dovremo parlarne ancora a proposito degli ulteriori esami a' quali fu sottoposto nell'uno e nell'altro tribunale, dove ogni volta le ripetè; d'altronde un saggio de' principali esami dell'Informazione trovasi anche ne' Documenti che pubblichiamo[374]. C'importa soltanto notare che in ispecie Felice Gagliardo depose avere il Pisano affermato che tutte quelle eresie gli erano state insegnate da fra Tommaso Campanella, dal Bitonto ed altri monaci, ed il resto de' denunzianti depose, insieme col Gagliardo, che il Messia Campanella, con armi, danari e gente molta, doveva assaltare il Regno, pigliare Stati e far nuove leggi.

Per tal modo le condizioni giuridiche del Campanella divenivano rapidamente assai tristi: gli Atti del processo ecclesiastico, la Dichiarazione scritta del Pizzoni, e quasi contemporaneamente le deposizioni unanimi de' compagni di carcere del Pisano, confutavano del tutto la Dichiarazione sua in quanto all'esser lui rimasto estraneo a' maneggi di congiura; del resto essa era stata già confutata in precedenza, e molto più seriamente, da alcune lettere trovate sulla persona di Claudio Crispo catturato appena qualche giorno dopo di lui. — Propriamente l'8 settembre il Crispo fu catturato da Gio. Geronimo Morano; non sappiamo nè dove nè come, ma sappiamo che al momento della cattura tentò di lacerare due lettere, e che il Morano se ne impossessò. Questo risulta da una relazione dello Spinelli al Vicerè trovata in Simancas, come pure dalle notizie riportate negli Atti esistenti in Firenze[375]. Le lettere erano quelle delle quali abbiamo già tenuto conto parlando delle trattative di congiura, l'una di Maurizio, in data del 25 luglio, che diceva al Crispo essere lui, Maurizio, «l'istessa persona con fra Tomase», e l'altra del Campanella medesimo, in data degli 8 agosto, che gli diceva di «venire con qualche amico et particolarmente con Gio. Francesco d'Alisandria». Vedremo tra poco che un'altra lettera del Campanella al Crispo fu trovata in potere di fra Paolo della Grotteria quando costui fu preso, ed essa era ancor più compromettente; onde si scorge che la non partecipazione alla congiura, dichiarata dal Campanella, veniva giorno per giorno smentita anche da documenti autentici. Il Crispo fu tratto direttamente alle carceri di Squillace, e le lettere furono inserte nel processo.

Ma è necessario tornare al Visitatore e a fra Cornelio. Essi avevano proseguito a far carcerare frati, dando lettere di cattura a D. Carlo Ruffo ed agli altri Commissionati. Fin dal mese antecedente fra Cornelio avea fatta una perquisizione delle carte e corrispondenze epistolari di tutti que' frati che si sapeva essere conoscenti ed amici di fra Dionisio e del Campanella; in sèguito di tale perquisizione fu preso fra Vincenzo Rodino di S. Giorgio, Vicario di Tropea e zio di Cesare Pisano, essendosi trovata presso di lui una lettera di fra Dionisio del 21 luglio, con la quale gli raccomandava un frate, annunziandogli pure la presenza del Visitatore nella provincia e la liberazione di Cesare già avvenuta, come egli credeva, dietro le raccomandazioni sue e del Campanella; inoltre fu preso anche fra Alessandro di S. Giorgio lettore di Tropea, senza che risultino veramente chiari i motivi della sua cattura. Questi due frati vennero esaminati dopo il Pizzoni e il Lauriana, l'8 settembre; ma le loro relazioni con fra Dionisio, e più ancora col Campanella, erano tanto lontane, che appena poterono dar conto della opinione che essi ne avevano, e fu deliberato di non procedere oltre negli esami, «acciò non venissero a conoscere il modo d'interrogare in quella causa»; il giorno dopo furono quindi rilasciati entrambi, non senza però l'obbligo di presentarsi ad ogni richiesta, dando una idonea cauzione da prestarsi nelle mani del Vice-Duca di Monteleone, ossia D. Carlo Ruffo. Il Campanella disse poi, nella sua Difesa, che fra Cornelio ricevè per la liberazione di questi due frati D.[i] cento; è possibile che questa somma abbia rappresentata la cauzione, la quale forse non venne mai più restituita. — Ma furono presi ancora altri frati di molto maggiore importanza, i cui nomi erano stati profferti da' primi esaminati o da' primi rivelanti, cioè a dire fra Pietro di Stilo, fra Paolo della Grotteria, fra Pietro Ponzio, fra Giuseppe Bitonto; il solo fra Giuseppe Jatrinoli non fu preso, forse neanche cercato, e gli stessi Giudici che vennero dopo ne ignorarono sempre il motivo. Prima di tutti, fra Pietro di Stilo, come egli medesimo raccontò, fu preso il 7 settembre nel suo convento; lo stesso Carlo di Paola, che prese il Pizzoni e il Lauriana, unitamente con un Donato Antonio Mottola carcerò fra Pietro, come risulta dagli Atti esistenti in Firenze; e fra Pietro narrò pure di essere stato condotto dapprima alla Motta, poi alla Roccella e a Castelvetere, quindi a Monteleone, da ultimo a Squillace. Giunse a Squillace qualche giorno prima del Campanella; vedremo infatti che fu quivi esaminato dal Visitatore e fra Cornelio il giorno 13, poco prima che vi giungesse il Campanella col Petrolo, e venne rinchiuso nelle carceri dette «il Carbone», delle quali si fa parola anche in qualche documento esistente nel Grande Archivio[376]. Non conosciamo propriamente perchè fu condotto da Monteleone a Squillace; ma forse dovè esservi un ordine dello Spinelli in questo senso sia per tenere tutti i frati, ed anzi tutti gli ecclesiastici, meglio custoditi, sia per tenerli tutti riuniti e pronti ad essere inviati a Napoli, secondochè il Vicerè avea comandato. Quanto a fra Paolo della Grotteria, egli fu preso un po' più tardi nel suo convento di Grotteria da Ottavio Gagliardo, con questa particolarità importantissima, che sulla sua persona fu trovata una lettera del Campanella a Claudio Crispo, ed inoltre un libercolo manoscritto di segreti e «più cose di forfanterie, e tra le altre ci era per andare invisibile, et un altro capitolo per sciogliere l'huomeni e donne ligate», come pure per non confessare alla corda[377]. La lettera del Campanella parrebbe che fosse appunto quella scritta a' primi di agosto, nella quale egli diceva che avrebbe desiderato parlare con gli amici e che per questo avrebbe voluto recarsi a Pizzoni, ma perchè non gli era stato scritto che quelli erano venuti, se ne asteneva, e vi si sarebbe recato l'indomani laddove avesse saputo che fossero venuti, non convenendo mutare stanza senza certo disegno perchè il mondo non pensi a male etc. (se n'è parlato a pag. 203-204): era una lettera che destava legittimi sospetti, e verosimilmente fra Paolo, cui si era dato l'incarico di recarla da Stilo a Pizzoni, non si curò o non potè aver modo di farla capitare al suo destino e non provvide nemmeno a farla scomparire; essa fu data allo Xarava ed inserta nel processo della congiura. Il libercolo manoscritto, contenendo cose superstiziose, fu mandato a D. Carlo Ruffo e da costui passato a fra Cornelio, il quale l'allegò al processo di eresia; fu molto notato in sèguito da taluni il trovarvisi un segreto per non confessare alla corda, ma non c'era da farne molto caso, mentre rappresenta una piccola parte di molte altre goffaggini, e la corda doveva allora temersi da chiunque, non dai soli frati nè per la sola causa della congiura. Veniamo a fra Pietro Ponzio. Egli fu preso in Oppido, insieme col fratello Ferrante che sappiamo in ufficio di Vice-Conte o governatore di Oppido, per mano di Scipione e Marcello Silvestro e Pietro Paolo Salerno mandati da D. Carlo Ruffo, il quale poi gli disse essere stato catturato perchè fratello di fra Dionisio; e veramente egli non aveva altre colpe che questa parentela ed un'affettuosa amicizia pel Campanella, ed intanto era stato fin da principio denunziato come uno de' tre frati che menavano innanzi la congiura. Inoltre fu preso anche fra Giuseppe Bitonto, e costui in circostanze degne di nota. Fuggito dal convento di Condeianni dove avea l'ufficio di Vicario, e portatosi in una vigna di Gio. Tommaso Campo suo zio, nelle vicinanze di S. Giorgio, egli si era nascosto in un pagliaio, vestito da secolare, fattasi radere la corona e crescere la barba, ed armatosi di fucile e di pugnale. Ottavio Gagliardo, con Muzio Barone e Gio. Domenico Rodino, lo presero in quel pagliaio, «armato di scoppettuolo di tre palmi et un pugnale, et a tempo lo volsero pigliare, volse rancare il pugnale», come si legge negli Atti esistenti in Firenze. Vedremo più in là i particolari anche degli abiti così del Bitonto, come del Campanella e del Petrolo, che furono i tre frati fin qui presi in veste secolare; vedremo dippiù essere stati presi pure alcuni altri frati, nè soltanto Domenicani, ma questi furono di secondaria importanza, in numero anche più ristretto, e presi più tardi, sicchè non occorre parlarne in questo momento.

Ecco ora il sèguito delle deposizioni che il Visitatore e fra Cornelio raccolsero da taluni de' suddetti frati, giacchè non poterono esaminarli tutti. — Il 14 settembre, recatisi a Squillace, interrogarono dapprima fra Pietro di Stilo. Fra Pietro disse essere stato avvertito da molti secolari che avrebbe sofferto grandi travagli per causa del Campanella, ma non aver voluto fuggire perchè sentivasi netto in coscienza, e dopo di avere esposte le sue antiche relazioni col Campanella, quanto all'opinione che ne avea, rispose di tenerlo «in alcune cose per bono et in alcune cose sceleratissimo» per quello che avea «sentito dire». Ma qui si mossero a sdegno gli Inquisitori: volevano che fra Pietro dichiarasse di aver udito dalla bocca del Campanella le cose che doveva esporre (senza ancora sapere quali esse fossero), e in fretta e furia ordinarono che venisse rinchiuso in un carcere criminale «più strettamente e più duramente». Si seppe in sèguito, quando egli venne in Napoli, che fu tenuto dieci giorni in una «fossa» o «trapasso» come allora si diceva, e di là fu fatto poi risalire di sopra «al Carbone»; si seppe pure che fin da' giorni precedenti, mentre era nella carcere della Motta e poi di Monteleone, gli erano state fatte minacce e lusinghe da D. Carlo Ruffo e dal Castellano Ottavio Gagliardo, come pure da fra Cornelio e dal Visitatore, il quale «pareva che dependesse da fra Cornelio», e segnatamente a Squillace costui lo facea condurre innanzi a' Giudici secolari e diceva loro «ve lo consegno per tre ore, fate di lui quel che vi piace», e poi lo lusingavano con la promessa di una immediata liberazione se avesse rivelato ciò che volevano, e gli assicuravano che il Pizzoni era stato già liberato perchè avea parlato, e gli consigliavano di confessarsi perchè l'indomani avrebbe avuto la ruota, e il Visitatore lo eccitava a deporre liberamente cose di S.^{to} Officio perchè a questo modo si poteva avere la remissione al foro ecclesiastico. Fu quindi più volte richiamato ed inutilmente interrogato tra le lusinghe e le minacce, senza che se ne fosse redatto il processo verbale. Ma come mai fra Pietro potè qualificare così prontamente il Campanella «in alcune cose sceleratissimo»? Passiamo sopra alla parola, che potè essere adoperata da fra Cornelio invece di qualche altra meno grave che fra Pietro ebbe a pronunziare; quanto alla sostanza, si venne poi a conoscere che nelle carceri di Monteleone egli ebbe modo di sapere qualche cosa dal Pizzoni, il quale gli dovè certamente dire di aver rivelato molte cose di eresia, giusta le sollecitazioni del Visitatore, per poter uscire dalle mani de' giudici secolari; egli dunque si metteva parimente in siffatta via (ma vedremo con quanta discrezione), se non che non poteva dichiarare di aver udito cose di eresia dalla bocca del Campanella, senza incorrere nella responsabilità di non averle rivelate alle Autorità competenti, tanto più che trovavasi Vicario del convento in cui il Campanella avea stanza. Ad ogni modo fra Pietro, il meno acceso, il più quieto tra tutti, seppe dare egli solo un certo esempio di fortezza, della quale si può intendere la misura considerando il terrore e la demoralizzazione generale: fino all'ultimo fra Cornelio ebbe a dirgli, «tu solo non puoi portare il carro, et si tu solo sarai pertinace, tu solo morirai», ed egli seppe resistere a tante pressioni.

Nel giorno medesimo gl'Inquisitori interrogarono fra Domenico Petrolo, e costui, secondo la natura sua, si mostrò in tutt'altro modo. Non appena giunto al cospetto del Visitatore egli si gittò a terra e disse, «Padre, non son degno di esser chiamato figlio tuo, ho peccato verso Dio, chiedo misericordia, poichè ho offeso Dio gravemente»; pure, dopo di aver dichiarato come era stato preso col Campanella in abito secolare, essendo fuggito insieme da Stilo perchè fra Tommaso fidava molto in lui, non volle spiegare il motivo per lo quale il Campanella era fuggito; disse solo che la Corte era contro di lui e che fra Dionisio glie l'avea avvertito, ma negò di saperne il motivo. Ed allora gl'Inquisitori ordinarono, con la solita formola, che fosse ricondotto in carcere e custodito «più strettamente e più duramente»; ma egli li pregò che ripigliassero il suo esame, e subito ne venne fuori una deposizione la quale certamente conteneva un po' più di quello che egli poteva sapere[378]. Affermò che la Corte era contro il Campanella, perchè costui «era mal christiano et havea opinioni terribili et tentava rebellione». E poi enumerò le opinioni terribili: diceva parergli essere stato eletto da Dio per predicare la verità e togliere gli abusi della Chiesa di Dio, essere i Sacramenti per ragione di Stato, non trovarsi il corpo di Cristo nell'ostia consacrata, non doversi adorare il crocifisso, esser lecito il coito, non esser veri i miracoli di Cristo, come l'ecclissi al tempo della passione non che la resurrezione di Lazzaro, saper lui fare miracoli e volerli fare in conferma della propria dottrina quando predicherebbe; inoltre non esservi paradiso nè inferno, essere l'autorità del Papa usurpata, non esservi Dio e la natura aver avuto il nome di Dio, non esservi Trinità, non doversi osservare il precetto dell'astinenza dal mangiar carne ne' giorni proibiti. Disse di aver udite tali cose dalla bocca del Campanella, che ne parlava ancor più liberamente quando si trovava in compagnia sua, di fra Pietro e di fra Dionisio, e spesso ne parlava pure in presenza de' secolari, tra' quali i più intrinseci erano Tiberio e Scipione Marullo, Fulvio Vua, Gio. Gregorio Prestinace, Giulio Contestabile, Geronimo di Francesco, Giulio Presterà, Francesco Vono, Fabrizio e Paolo Campanella, inoltre fra Scipione Politi Conventuale. Affermò ancora di ritenere che fra Dionisio credesse a quelle opinioni per certe parole dette in dispregio dell'ostia, e di sospettare ancora di fra Pietro di Stilo, perchè una volta gli avea detto esser bene che ciascun frate pigliasse moglie, e lui sentirsi morire se non prendeva moglie. Quanto al Pizzoni, lo conosceva per amico intrinseco del Campanella, e sapeva che si scrivevano lettere in cifra le quali egli avea vedute, inoltre una volta que' due andarono insieme ad Arena, e per tutto ciò lo riteneva aderente alle opinioni del Campanella. Infine interrogato intorno alla mutazione di Stato che il Campanella procurava nella provincia, palesò la predica fatta da fra Tommaso intorno alle mutazioni da dover accadere nel 1600, e le profezie alle quali si appoggiava, e il disegno di mutare la provincia in repubblica servendosi della lingua e delle armi de' banditi e del Turco; aggiunse che non volea predicar solo, ma anche con altri, facendo gran capitale del Pizzoni, di fra Dionisio, di fra Pietro di Stilo, ed ancora di lui fra Domenico Petrolo! Aggiunse inoltre che avea mandato presso Morat Rais Maurizio, il quale avea trattato la venuta dell'armata ed avuti per questo albarani del Turco, siccome seppe allorchè stavano con fra Tommaso presso il Mesuraca; che fra Dionisio trattava di far ribellare Catanzaro e il Campanella Stilo con altri luoghi, e che non erano a sua conoscenza altri fuorusciti aderenti eccetto Maurizio, mentre de' frati sapeva che erano pure molto amici del Campanella fra Paolo della Grotteria, fra Giuseppe Jatrinoli e fra Giuseppe Bitonto. Al solito, ebbe in ultimo a dichiarare di non aver deposto per timore del carcere «ma per zelo della fede e di Dio». — Fu questa la deposizione del Petrolo, la quale abbiamo voluto riportare con una certa larghezza, perchè associata alle precedenti del Pizzoni, del Soldaniero e del Lauriana, consolidò la base del processo ecclesiastico. Certamente è notevole la specchiata concordanza di tutte queste deposizioni; ma se da ciò si può inferire che la massa delle cose deposte dovè esser vera, si può anche inferire che vi dovè essere un solo suggeritore per tutti i deponenti. E qui si vede in modo non dubbio l'efficacia del suggeritore, poichè il Petrolo, avvilito, si lasciò condurre fino a nominare sè medesimo tra coloro i quali doveano predicare la libertà. Senza dubbio, specialmente dal lato dell'eresia, egli disse più di quanto conosceva: si seppe in sèguito che mentre era per rientrare in carcere dietro l'ordine dato dagl'Inquisitori, fra Cornelio lo ritirò da parte e gli lesse l'esame del Pizzoni, come pure che erano presenti al suo interrogatorio il Provinciale, l'Avvocato fiscale e il Capitano di campagna, e che non si scrisse precisamente così come egli rispose alle interrogazioni. Ma pur troppo l'esame da lui sottoscritto potè poi essere spiegato meglio in qualche punto, non già disdetto, anche perchè in questo caso s'incorreva nell'imputazione di falsa testimonianza; e per tal modo rimaneva ognuno illaqueato senza via d'uscita. Del rimanente il Petrolo si fece sempre a negare la sua partecipazione all'eresia, dicendo, «in altro son grandissimo peccatore, ma contro la fede non ho peccato»; e in che dunque egli era peccatore, e per quale peccato egli chiedeva spontaneamente perdono agl'Inquisitori fin dal principio del suo esame? Tolta di mezzo la faccenda dell'eresia, non rimane altro che la faccenda della congiura.

Dopo il 14 settembre gl'Inquisitori sospesero le loro operazioni e non interrogarono il Campanella. Ignoriamo il motivo di questo fatto: forse volevano avere in precedenza la deposizione di fra Pietro di Stilo e sperarono di averla da un giorno all'altro, ma inutilmente; forse lo Spinelli, malgrado la buona corrispondenza degl'Inquisitori, ottenuta la Dichiarazione scritta dal Campanella, temè che questa potesse da un esame verbale riuscire invalidata in qualche punto, e vedremo che si diè invece ad insistere presso il Vicerè perchè si venisse con lui a tortura senza perdita di tempo. Intanto il 17 settembre il Card.¹ di S.ᵗᵃ Severina inviava una lettera importantissima a fra Cornelio, con la quale, comunicandogli una deliberazione presa dalla Congregazione del S.ᵗᵒ Officio dietro le lettere di lui intorno alle cose di Calabria, gli annunziava di avere scritto, per ordine di Sua Beatitudine, al Governatore della provincia ed a' Vescovi di Catanzaro e di Squillace, che procurassero con ogni diligenza la cattura del Campanella, di fra Dionisio ed altri suoi complici (s'ignorava in Roma a quel tempo trovarsi il Campanella già carcerato), con questa aggiunta, «et seguendo la carceratione del Campanella, la Santità Sua hà ordinato, che si faccia condurre in Napoli sicuramente in mano di Monsignor Nuntio, che poi appresso si delibererà della persona sua». Gli significava inoltre che mandasse la copia delle informazioni prese circa le eresie, e che occorrendo di dover prendere altre informazioni lo facesse unitamente co' Vescovi de' luoghi ne' quali si aveva ad esaminare, con ogni «secretezza e diligenza»: Questa lettera insieme con due altre (sicuramente le lettere pe' due Vescovi) non giunse che il 2 ottobre a fra Cornelio, la cui residenza non era ben nota in Roma; con ogni probabilità giunse anche prima quella pel Governatore, e così lo Spinelli e fra Cornelio doverono conoscere la deliberazione di Roma avanti il 2 ottobre, restandone naturalmente ben poco contenti. Senza dubbio in Roma, dove si sapevano appieno gli odii feroci e le azioni delittuose de' frati Domenicani, massimamente di Calabria, non si era punto sicuri che tutto procedesse in regola, e si voleva una migliore guarentigia dell'onesto andamento delle Informazioni. Grande era difatti la cura che in ciò metteva il S.ᵗᵒ Officio, almeno in Italia, dove le cose non procedevano come p. es. in Ispagna: possono ritenere il contrario

256

soltanto coloro i quali non hanno alcuna conoscenza degli Atti di questo tribunale, che vuol'essere giudicato col confronto de' procedimenti de' tribunali laici in analoghe condizioni, vale a dire nel trattare de' delitti di lesa Maestà, mentre il concetto del S.^{to} Officio era quello di trattare de' delitti di lesa Maestà Divina. Le lettere medesime scritte da fra Cornelio al P.^e Generale e al Card.^l di Sta Severina doverono per la loro virulenza contribuire a mettere in sospetto la Sacra Congregazione; ed anche circa la faccenda della congiura si vide il Papa, mediante il Card.^l Segretario di Stato Cinzio Aldobrandini, come già fin da principio (20 agosto), del pari e sempre più in sèguito (26 settembre), esigere che la causa dei frati e clerici imputati si facesse «per rispetti gravi più tosto in Napoli» con l'intervento del Nunzio, ricevendoli il Nunzio «come prigioni suoi»[379]. Ebbe dunque allora il Campanella un qualche aiuto dal S.^{to} Officio e dalla Curia Romana: se non che fra Cornelio, solleticato pure dalla speranza d'ingrandirsi sulle miserie dei frati, non lasciò così facilmente la preda, ed attese al miglior modo di servirsi della licenza rimastagli di procedere ad altre Informazioni unitamente co' Vescovi. Non potè più interrogare il Campanella, il quale perciò non ebbe a trovarsi innanzi a Giudici se non quando venne condotto in Napoli; potè bensì travagliare ancora gli altri frati e perfino taluni clerici, aggravando sempre più le condizioni del Campanella e di fra Dionisio; ma dovè passare un po' di tempo, durante il quale vi fu una tregua nel processo ecclesiastico.

III. Facciamoci intanto a vedere le mosse ulteriori dello Spinelli[380]. Conosciuta la cattura di fra Tommaso, con una sua lunga lettera in data 8 settembre egli annunciava al Vicerè di aver avuto già questo «capo principale della sedizione e un altro compagno suo della sua fazione e setta», oltre all'essersi assicurato subito della maggior parte di quelli che fra Dionisio avea nominati e i due primi rivelanti aveano atteso a scovrire per ordine dell'Avvocato fiscale; nè era chiusa per anco la sua relazione, che poteva annunziare di più la consegna allora allora fattagli da Gio. Geronimo Morano di Claudio Crispo, in cui potere si erano trovate due lettere «che verificavano le altre tre avute da' primi rivelanti», con la speranza che gli confesserebbe molte cose essendo amico e compagno di Maurizio. Diceva essersi avuto fra Tommaso «per mezzo e diligenza» del Principe della Roccella «suo nipote» e di un vassallo di lui, al quale era stato promesso, secondochè pure avea promesso il detto Principe, il guiderdone per un servizio tanto segnalato. Ed essendosi raccolto che il Campanella non cercava di fuggirsene a Roma, mostravasi persuaso che nella congiura non c'era la volontà del Papa «come egli e fra Dionisio andavano pubblicando»; tuttavia affermava che se la congiura non fosse stata scoverta ed impedita in tempo, era per succederne molto danno. Mostrava anche di ritenere che S. E. avrebbe comandato di assicurarsi della persona di Mario del Tufo nominato dal Campanella, sebbene egli, lo Spinelli, non l'avesse «posto in iscritto», mentre pure gli veniva nominato da altra parte; e faceva inoltre notare che fra Dionisio aveva nominato a' rivelanti anche il Marchese di

S.^{to} Lucido, di cui Maurizio avrebbe avuto tre lettere. Quanto poi a' Vescovi non gli era riuscito di sapere nulla più di ciò che fra Dionisio aveva comunicato a' due rivelanti, eccetto alcune parole che il Vescovo di Mileto si era lasciato dire e che l'Avvocato fiscale avea già riferite a S. E. «non per anco poste in iscritto», ma da porsi «con molta brevità e in quella maniera» che S. E. avea ordinato (d'onde si vede che lo Xarava tenea del pari corrispondenza col Vicerè, e ne' punti più scabrosi procedevasi con grande riserva, prendendo parte il Vicerè medesimo alla formazione del processo); riferiva pure il braccio datogli dal Visitatore, e rivelava il merito di D. Carlo Ruffo suo «parente», che avea preso due frati della stessa setta (il Pizzoni e il Lauriana), e che aveva atteso ed attendeva a quel negozio con tanta diligenza ed accuratezza da sperare di raggiungere per mezzo suo buona parte dell'effetto di questo servizio, e per dargli più animo supplicava S. E. che restasse servita di scrivere tanto a lui quanto al Principe suo nipote, riconoscendo loro i servizii prestati (così questa volta egli cominciava senza ritardo a giustificare la qualità attribuitagli, *in suos munificus*). Faceva inoltre conoscere di aver inviato l'Avvocato fiscale per tradurre il Campanella da Castelvetere, e per assicurarsi, cammin facendo, de' parenti di lui e degli altri de' quali udirebbe il nome, avendo cominciato a dirli, «prima che se ne penta» (ciò che mostra lo Spinelli malizioso per lo meno quanto lo Xarava). Aggiungeva di aver fatto già trarre in arresto i denunzianti tardivi di Catanzaro e partecipava le buone speranze di avere nelle mani Maurizio e tutti gli altri, pe' molti provvedimenti e le molte intelligenze prese, manifestando che non si farebbe a promettere indulti, se non in caso di grande necessità e di segnalato servizio, quando non si potesse fare diversamente; ed offrendosi a dimandarli altri che non fossero inquisiti di tal delitto, per presentare quelli che lo fossero, lo concederebbe più facilmente «a fine di non indultare complici» (veggasi dunque se Maurizio poteva sperare un indulto). E dubitando che, dietro la cattura del Campanella, procurerebbero di mettersi in salvo molti che non si sapevano, «e potrebb'essere anche dei Vescovi stati nominati», avea posto nel mare di ponente due feluche, le quali scorrendo per quelle marine impedisse la fuga dei colpevoli (d'onde si vede che egli eccettuava appena il Papa, ma avrebbe voluto nelle sue mani tanto i Nobili che i Vescovi). Infine mandava a S. E. la lista di coloro che erano stati carcerati fino a quel momento. La lista comprendeva 34 persone d'ogni ceto; Nobili distinti, come il Barone di Cropani e Geronimo del Tufo; altri Nobili e particolari quasi tutti Catanzaresi, tra' quali due catturati in abito di pellegrini, quattro su' cinque denunzianti tardivi, compreso il Franza e con lui pure il Cordova, inoltre i due Moretti di Terranova (già studenti del Campanella) e Claudio Crispo fuoruscito; finalmente frati, il Pizzoni e il Lauriana carcerati in Monteleone, il Campanella e il Petrolo a quella data tuttora in Castelvetere. Evidentemente in circa dieci giorni si era fatto molto.

In sèguito, il 13 settembre, tradotto il Campanella col Petrolo a Squillace, ed avuta conoscenza della sua Dichiarazione scritta, egli cercò subito di sapere qualche altra cosa da lui; ma non vi riuscì, ed anzi ebbe a sentirsi negare che avesse nominato Mario del Tufo quale aderente alla congiura. Mandò allora al Vicerè, in data del 14, un'altra sua lettera, unendovi una copia della Dichiarazione del Campanella, e in pari tempo una 2.ª copia dell'Informazione presa dal Visitatore e da fra Cornelio, per la quale risultava non solo comprovata la congiura, ma anche posta in luce la eresia; nè si rimase dal profittare di quest'ultima circostanza, per tentare di far accrescere l'ingerenza del Governo contro i frati, che già erano quasi tutti in suo potere[381]. Difatti, nella sua lettera, dopo di avere informato il Vicerè dell'arrivo del Campanella a Squillace, e dell'intento che avea di seminare e introdurre eresie, provato coll'Informazione presa dal Visitatore, «mercè il cui aiuto e buona corrispondenza si erano carcerati e si andavano carcerando gli altri frati compagni ed intrinseci del Campanella» (vale a dire fra Pietro di Stilo, fra Paolo della Grotteria, fra Pietro Ponzio), egli subito esprimeva la sua opinione, che contro di loro «sarebbe molto necessario potersi qui procedere a tortura, perchè senza di essa non si potrà chiarire nè provare il danno che il detto Campanella ha prodotto nelle genti di queste parti, persuadendo ed insegnando loro cose ed opinioni tanto abominevoli, secondo che egli credeva e cercava d'insinuare; e stando in quel concetto in cui i popoli lo tenevano, con tanto grande applauso e sèguito, si può per questo credere che abbia fatto qualche danno con la sua falsa dottrina, avendo in sì poco tempo ridotto tanti a sua devozione». Sottometteva quindi a S. E., che «si potrebbe procurare il braccio di Sua Santità o Inquisizione, per procedere qui come alcuni anni dietro si è fatto in Reggio e S.ta Agata, dove, essendo stata scoverta una certa setta di eresia, s'inviò il Dottor Panza, il quale coll'intervento di un Commissario Apostolico procedè all'estirpazione e gastigo degli eretici». Poi annunziava le altre catture fatte e le ulteriori notizie raccolte anche co' tormenti cominciati a darsi, i provvedimenti adottati in particolare contro Maurizio fuggiasco e qualche altro provvedimento da potersi adottare, ed oltracciò la comparsa de' primi legni turchi e poi di tutta l'armata nemica. — Le cose, come ben si vede, s'intralciano sempre più, in modo da non poterle narrare che partitamente, e serbando per quanto si può l'ordine dato ad esse dallo Spinelli nel riferirle.

Abbiamo visto che già agli 8 settembre vi erano 34 carcerati, e, fra essi, quattro su' cinque denunzianti tardivi; in sèguito fu preso anche l'altro. Francesco Striveri e Gio. Tommaso di Franza furono i primi ad essere catturati e vennero tradotti a Squillace con gli altri; Mario Flaccavento fu preso in Catanzaro, e così pure Gio. Battista Sanseverino, che stava già confinato in casa con pleggeria d'ordine dell'Audienza per altra causa; infine fu preso ancora Gio. Tommaso Striveri che si era nascosto, ma fu preso più tardi, dopo Gio. Paolo di Cordova, e può ritenersi per certo che tutti costoro furono tradotti del pari a Squillace. Come si legge nella relazione mandata dallo Spinelli il 14, fin allora si era assicurato degl'individui sospetti e nominati «così da fra Dionisio come dal Campanella», e tra essi aveva avuti quattro fuorusciti di quelli che andavano in compagnia loro e trattavano coi detti frati di far la massa di gente», a uno de' quali, trovato con lettere del Campanella, si era data la corda nella notte passata ed avea confessato. Questo tale si capisce facilmente che era Claudio Crispo; gli altri, come è manifesto dalla qualità indicata di accompagnatori de' frati, ed anche dall'ordine con cui si trovano nominati ne' folii del processo, dovevano essere: Cesare Mileri, che non sappiamo da chi fosse stato preso, Cesare Pisano, che non era veramente fuoruscito ma già colpito da cattura per reato comune, e che dovè perciò passare dalle carceri del Principe della Roccella a quelle del Governo, infine Gio. Tommaso Caccìa, che sappiamo essere stato preso da Giulio Soldaniero, il quale inaugurò con lui l'adempimento dell'obbligo assunto di presentare i congiurati per meritarsi l'indulto. Dippiù, come annunziava del pari lo Spinelli, erano stati carcerati tutti i parenti e gli amici stretti di Maurizio, perchè, col timore della dimostrazione che si facea, si potesse avere qualche lume intorno a lui e prenderlo; si era per altro ricorso anche a' provvedimenti straordinarii di citarlo a comparire col termine di quattro giorni, entro i quali non presentandosi sarebbe stato dichiarato forgiudicato, traditore e ribelle a S. M.^{tà}, e si sarebbe proceduto alla confisca de' beni, mentre al tempo stesso si era pubblicato Bando, che niuno gli desse ricetto ed aiuto, e tenendone notizia si dovesse farne rivelazione, imponendosi pena di morte naturale e confisca di beni a' contravventori. Per finirla intorno a' provvedimenti riputati opportuni, bisogna pure aggiungere che lo Spinelli faceva conoscere al Vicerè, avere D. Carlo Ruffo «scoverto da un frate carcerato nel Castello di Monteleone» che D. Lelio Orsini aveva inviato e teneva nella provincia di Basilicata un fra Gregorio di Nicastro, della stessa Religione e del partito e pratica del Campanella, che andava facendo l'ufficio medesimo dell'adunar gente in quella provincia, e per averlo nelle mani proponeva una Commissione contro fuorusciti al detto D. Carlo. Ma ricordiamo che il fatto si trova affermato nella Dichiarazione scritta dal Pizzoni, sicchè non fu scoverto da D. Carlo; è chiaro quindi che lo Spinelli voleva ad ogni modo, questa volta anche con la menzogna, procurare al suo parente un ufficio non di lieve importanza; e per quanto sappiamo il Vicerè non ne fece nulla, anche perchè, come riferì il Residente di Venezia, avrebbe voluto dare una larga Commissione al proprio figliuolo D. Francesco de Castro[382].

Intanto il processo contro i laici già presi menavasi innanzi con la massima alacrità. Dicemmo che si ebbero dapprima, il 31 agosto, le deposizioni di Lauro e Biblia. Come è facile intendere, essi confermarono quanto aveano attestato nella denunzia, ma vi aggiunsero qualche altra notizia raccolta posteriormente[383]. — Fabio di Lauro espose le cose dettegli da fra Dionisio, la riuscita dell'affare a motivo delle rivoluzioni e mutazioni previste dal Campanella pel 1600, onde tenevano castelli e fortezze a loro divozione, e i capi aveano dato al Campanella l'incarico di persuadere i popoli; e che il Campanella teneva tutte le lettere de' congiurati maggiori, e fra Dionisio mostrò la cifra con la quale si scriveano, come pure una lettera firmata da Maurizio e dal Campanella, con la quale gli dicevano di recarsi subito a Davoli, ove in fatti fra Dionisio si recò insieme con Cesare Mileri, come seppe dal vetturino che ricondusse i cavalli. Che inoltre Orazio Rania, fattosi intimo di lui e di Biblia, comunicò loro essere andato a Davoli col Franza e col Cordova per concertare la ribellione e poi a Stilo presso il Campanella, e che a' «5 del presente mese di agosto» Matteo Famareda, amico particolare di Maurizio e che l'avea tenuto in casa sua molti giorni, gli avea detto che Maurizio e il Campanella voleano riformare il mondo, e che Maurizio era andato sulle galere di Amurat Rais. — Gio. Battista Biblia espose egualmente le cose dette da fra Dionisio, i preparativi degli animi delle genti alla sollevazione affidati al Campanella e ad altri predicatori; dippiù le cose raccontategli dal Rania, l'andata di lui col Franza e col Cordova presso il Campanella per parlare di detto negozio, la precedente andata di Maurizio al Cicala sopra le galere di Amurat Rais, il salvacondotto ottenuto dal Cicala per Maurizio e il Campanella, la promessa di venire da quelle parti con 60 vele; infine ciò che fra Dionisio gli aveva ultimamente detto, l'andata di Francescantonio dell'Ioy con altri di Squillace, insieme con Maurizio, presso il Campanella. — L'uno e l'altro poi indicarono sempre fra Dionisio come colui che promulgava i pronostici e gli eccitamenti del Campanella, sollecitava a prendere le armi contro il Re per far la provincia repubblica, dava per certo il concorso di Signori e genti principali, e concludeva doversi in un giorno di settembre gridare libertà, perchè sarebbero entrati in Catanzaro 200 fuorusciti, i quali avrebbero ammazzato gli Ufficiali del Re, scassinate le carceri, liberati i prigioni, armatili della munizione della Corte etc. etc. Sicuramente essi deposero molte altre cose, poichè a noi è pervenuto soltanto ciò che riusciva a carico del Campanella, di fra Dionisio e delle persone ecclesiastiche, circostanza che non si deve mai dimenticare, così per queste come per tutte le altre deposizioni. Sappiamo infatti, dal Carteggio Vicereale, che essi aveano raccolte e consegnate «tre lettere», sulle quali senza dubbio diedero spiegazioni; queste lettere doveano provenire da Maurizio, e il Campanella nella sua Narrazione non mancò di ricordarle, riducendole a due[384]. Ma in fondo ben si vede che, all'infuori delle importanti notizie sul convegno di Davoli, le quali spargevano luce anche sull'uccisione del Rania, questi due rivelanti non aggiunsero molte cose, e scemarono enormemente le notizie esageratissime rivelate con la denunzia: basta dire che affermarono appena 200 uomini dover entrare in Catanzaro, mentre dapprima aveano rivelato che Maurizio ne comandava 2,000, nè fecero più alcun cenno del Papa e de' Vescovi. Quest'ultima variante è molto notevole. Essa può spiegarsi con ciò che disse il Campanella nella Narrazione e poi nell'Informazione, che cioè «non poteano far verisimile il primo processo contro il Papa e i Prelati» (o, più propriamente, la prima dichiarazione contro il Papa e i Prelati), e che a' denunzianti lo Xarava «faceva mutare ogni giorno l'esamina a suo gusto»; ma può spiegarsi anche con ciò che trovasi accennato nel Carteggio Vicereale, che cioè tra le istruzioni date vi era quella di «notare a parte» o «non porre in scritto» nel processo quanto concerneva il Papa, i Vescovi e i Nobili napoletani di alto bordo.

Seguirono le deposizioni de' denunzianti tardivi, de' quali parrebbe essere stati esaminati soltanto Francesco Striveri e Gio. Tommaso di Franza, e dopo qualche giorno anche Gio. Tommaso Striveri. Tutti costoro, al pari di Lauro e Biblia, deposero di aver conosciuto per mezzo di fra Dionisio la sapienza, i pronostici e l'influenza del Campanella, e i progetti di lui e di Maurizio, come pure di essere stati sollecitati da fra Dionisio a prendervi parte[385]; ma ciascuno aggiunse qualche cosa di più. — Francesco Striveri[386] affermò che fra Dionisio gli avea mostrata una lista di Catanzaresi di valore, formata da Maurizio e dal Campanella e «ne nominò molti» (ma evidentemente il Campanella era qui messo innanzi a torto); inoltre affermò di aver saputo dal Franza l'andata di costui col Cordova e col Rania a Davoli, per vedere Maurizio e il Campanella; il quale disse loro volergli confidare un negozio di molta qualità ed importanza, e che avrebbe poi mandato fra Dionisio a chiarire ogni cosa, si fermò a ragionare a lungo col Rania, come fece anche Maurizio, e poi disse che Iddio li avea mandati là, dovendo confidargli un gran negozio come avrebbe loro manifestato fra Dionisio. Evidentemente costui si era messo d'accordo col Franza, il quale avea capito di non poter più nascondere l'andata a Davoli, dopo di averlo assolutamente taciuto nella denunzia; e ben si vede che raccontando le cose a quel modo, tutto si rovesciava sul Rania, il quale era morto, e si cercava mostrare che a Davoli non si era parlato di ribellione, essendo stato questo discorso riservato a fra Dionisio; ma chi vorrà credere che il Campanella, mentre faceva perfino intervenire Iddio nell'andata di quelle tre persone a Davoli, poichè dovea confidar loro un grave negozio, si rimetteva poi a farlo conoscere per mezzo di fra Dionisio? — Gio. Tommaso di Franza[387] espose molto minutamente i particolari dell'andata a Davoli, ed importa anche a noi conoscerli bene, essendo stato questo uno dei principali argomenti su cui si fondò l'accusa contro il Campanella. Egli disse avergli fra Dionisio fatto sapere che il Campanella lo supplicava di dare ascolto a quanto mandava pregando e di rispondere maturamente, trattandosi di un negozio molto grande che dapprima gli sembrerebbe un poco agro, ed egli rispose «che si era cosa honorata e da farsi, l'haveria fatta»: ed allora fra Dionisio cominciò a parlare delle future guerre e romori del 1600, che il Campanella avea previsto per astrologia, aggiungendo questa volta le previsioni fatte nello stesso senso dal Marchese di Vigliena, «homo sapiente in le scientie sopranaturali»[388]. Egli quindi si recò a Davoli col Cordova e col Rania, e trovò nel monastero, presso Maurizio, il Campanella; il quale gli prese la mano e gli dimandò come se la passasse con le inimicizie di Catanzaro, ed egli rispose che stava travagliatissimo. «E fra Tomase cominciò ad essagerare, e dire: queste inimicitie forriano finite, si dal principio si fosse posto mano all'armi, et non se havesse proceso con la penna; e li domandò ancora che faceva il

Governatore de la Provintia, et s'attendeva come l'altri ministri del Re à mal trattare li Popoli, et havendoli risposto, che per tutto era un paese, detto fra Tomase disse, queste cose dureranno molto poco, per che lo hò conosciuto per via d'Astrologia, e revelatione, che presto hanno da essere in questo Regno revolutioni infinite, e guerre, et circa di questo Io vi voglio comunicare un negotio di molta qualità et molto utile che pare che Iddio vi habbia portato cquà, perchè per quando vi serà rivelato lo possiate fare, et da cquà à poco tempo per fra Dionisio vi mandarò a confidare il secreto dal quale cavarete grand'utile, e Mauritio de Rinaldo diceva ad esso deponente che volessero attendere alle parole del Padre fra Tomase, per che era negotio di gran qualità et servitio di Dio; et dopò fra Tomase si pigliò Oratio Rania et ragginaro più di due hore strettamente, e tra lo raggionare lo fra Tomase più volte abbracciò lo detto Oratio, mostrandoli grande amorevolezza, et à tempo si licentiaro, fra Tomase, et Mauritio l'incaricò molto, che facessero quello, che frà Dionisio l'havria detto». Fu questa la deposizione del Franza, ed abbiamo già manifestato il nostro giudizio sopra di essa, giudicando quella di Francesco Striveri.

Venne in sèguito la deposizione di Gio. Paolo di Cordova, e dopo di essa quella di Gio. Tommaso Striveri, il quale non si era potuto carcerare così presto. Il Cordova fu preso col suo fratello Muzio, e la sua deposizione non riuscì dissimile dalle precedenti[389]. Egli disse che era andato a Davoli presso Maurizio, il quale gli era parente dal lato di sua madre: quivi il Campanella se lo chiamò da parte insieme col Franza, e cominciò a dire: «Iddio v'ha portati cquà perchè intendiati da me un negotio ch'importa molto», ed esposte le previsioni sue pel 1600, e detto che «molti savii antichi hanno desiderato veder quest'anno», conchiuse che avrebbe loro mandato in Catanzaro fra Dionisio, il quale gli avrebbe dichiarato ogni cosa. Aggiunse inoltre il Cordova che dopo un 15 giorni (vale a dire il 23 agosto, circostanza probabilmente falsata) recatisi presso fra Dionisio, costui «li raccontò la congiura, dicendoli, che in detta congiura c'interveneva ancora lo Prencipe di Bisignano, lo Marchese di S.ᵗᵒ Lucito, Geronimo dello Tufo, che havea promesso dare lo Castello di Squillace in potere delli congiurati, et che lo Turco, et altri potentati haveriano aggiutato, et che quando li parlò fra Tomase Campanella nè esso deposante disse niente à lo Mauritio nè lo Mauritio ne trattò con esso». Nemmeno qui ripeteremo il nostro giudizio su tale racconto: solo faremo avvertire che non vi si trova più citato il Rania, e ne vedremo tra poco la ragione; faremo avvertire inoltre, che costoro son tutti unanimi nell'affermare la profonda convinzione del Campanella intorno a' futuri mutamenti, e l'energica azione sua perchè se ne traesse profitto. Intanto lo Spinelli e lo Xarava sottoposero il Cordova alla tortura, e così il Cordova fu il primo ad inaugurare la serie de' tormentati; ciò si desume da' medesimi Atti che si conservano in Firenze, e sino ad un certo punto anche dalla lettera dello Spinelli in data dei 14[390]. Nè finirono qui le miserie del Cordova. Tra le altre cose ebbe a domandarglisi conto anche dell'uccisione del

Rania: ma questo accadde un po' più tardi, quando, come si legge nella lettera dello Spinelli, si ebbe la testimonianza di una persona andata da parte di due imputati ad avvertire il Rania che fuggisse, con la circostanza poi verificatasi che il Rania si trovò morto non lungi da una possessione di costoro; e senza dubbio, in Catanzaro, solamente il Cordova ed il Franza potevano avere interesse di far tacere per sempre il Rania, che già avea parlato anche troppo col Biblia, ma probabilmente i due imputati furono i fratelli Cordova, Gio. Paolo e Muzio. Per Gio. Paolo c'è sicuramente in processo la deposizione di un Agazio Cormasio, il quale attestò di avere udito che Gio. Paolo, «dubitandosi che Oratio non l'havesse scoverto, procurò di farlo fuggire et ammazzare»[391]. A lui dunque si deve riferire ciò che lo Spinelli diceva, cioè che egli, prima della deposizione di questo testimone, avea avuta la corda pel negozio principale e non era stato confesso, e col detto del testimone e con altri ammennicoli che si andavano accumulando gli si tornerebbe a ripeterla. Così il Cordova nel negozio principale non era stato confesso, vale a dire che col tormento non avea dichiarato nulla di quanto gli s'imputava, ma avea persistito nella sua deposizione, secondochè ci risulta dagli Atti che si conservano in Firenze. Bisogna pure aggiungere che la corda gli fu data senza parsimonia, poichè da una deposizione del Di Francesco fatta più tardi in Napoli, nel tribunale per l'eresia, risulterebbe che gli fu data per non meno di sette ore: ma l'Avvocato che lo difese la disse di cinque ore, sebbene fosse stato scritto solamente di un'ora e mezzo, e ci fece pure sapere che il fratello Muzio fu egualmente «tormentato senza causa con cinque ore di corda et acqua» vale a dire acqua fredda sul corpo già prima sospeso e da sospendersi di nuovo alla corda[392].

Quanto a Gio. Tommaso Striveri[393], costui depose che il 22 agosto, essendo andato insieme col suo fratello Francesco e col Franza al monastero de' Domenicani per udir la Messa, trovarono là un monaco che gli cominciò a lodare grandemente il Campanella, e poi si pose a parlare in disparte dapprima col Franza e poco dopo con Francesco suo fratello; il quale in sèguito gli disse che quel monaco (fra Dionisio) gli avea parlato delle predizioni e profezie del Campanella, della prossima ribellione in tutti i suoi particolari; del trattato col Turco, e di tutti coloro che v'intervenivano, mostrando una lista di que' di Catanzaro. Evidentemente Gio. Tommaso si era messo d'accordo col fratello Gio. Francesco, e deponeva in tal guisa, per dar forza alla deposizione di lui e tirare indietro la persona propria: come mai, per una semplice notizia avuta dal fratello, egli si era compiaciuto di sottoscrivere la denunzia, la quale rivelava una sollecitazione diretta, e poi avea finito per nascondersi e sottrarsi ad ogni ricerca? — Dobbiamo qui notare che i documenti finoggi conosciuti ci dànno notizia delle deposizioni de' tre soli denunzianti tardivi soprannominati, e non mostrano punto che alcuno di loro sia stato sottoposto a tortura: si potrebbe dire che fossero stati tutti risparmiati, sapendosi da un lato che lo Spinelli gli avea perfino da principio lasciati liberi, e d'altro lato che non erano stati neanche tutti esaminati in Calabria secondochè affermò il Campanella nella sua Narrazione. Ma il Capialbi, in una nota a questo punto della Narrazione, asserì, che il Franza, il Flaccavento e Tommaso Striveri, ebbero la tortura; forse lo rilevò dalla Difesa del Cordova rimastaci ancora ignota, e se così accadde, bisogna riconoscere che, giuridicamente parlando, pel Franza e Gio. Tommaso Striveri la tortura sarebbe stata di piena regola.

È probabile che dopo queste sieno venute le deposizioni di Giulio Soldaniero, e quindi le altre di testimoni di minore importanza, secondochè si può argomentare dall'ordine di successione del numero de' folii processuali. Comunque sia, le deposizioni del Soldaniero si fanno notare per una grandissima parsimonia, mentre furono così abbondanti in Soriano alla presenza di fra Cornelio, e vedremo che tornarono ad essere abbondanti più tardi in Gerace, innanzi allo stesso fra Cornelio ed altri, di tal che si direbbe aver avuta solamente questo frate la virtù di svegliarne i ricordi. Egli non depose altro se non l'avere udito pubblicamente in Soriano, che Gio. Tommaso Caccìa con Francesco d'Alessandria, Marcantonio Contestabile, Giovanni di Filogasi, Claudio Crispo, il Campanella, fra Dionisio, fra Pietro di Stilo ed altri che non ricordava, verso la metà di luglio (i calabresi dicevano e dicono ancora «giugnetto») in numero di oltre 25 si erano riuniti nel convento di Pizzoni per concertare tra loro il modo di effettuare la rivolta. Il Mastrodatti non mancò di ricordare che, al momento di deporre, egli era «guidato» dal Sig. Carlo Spinelli[394].

Ma più grande importanza si annetteva dallo Spinelli alle confessioni di uno de' fuoruciti, «in potere del quale si erano trovate alcune lettere del Campanella concernenti la causa che trattavano», senza dubbio Claudio Crispo. Costui dovè essere quasi contemporaneamente esaminato e tormentato, poichè dalla relazione dello Spinelli risulta esserglisi data la corda nella notte del 13, vale a dire non appena lo Xarava ritornò a Squillace, traducendo seco il Campanella e il Petrolo. Fu allora, con gli Atti concernenti questi prigioni più importanti, cominciato il 2° volume del processo di Calabria, siccome mostrano le citazioni de' folii processuali: da' numeri d'ordine de' folii si vede che s'inserirono in questo volume dapprima gli Atti concernenti il Campanella, la sua cattura, la sua Dichiarazione etc., poi gli Atti concernenti il Crispo e così in sèguito quelli degli altri incolpati maggiori, il Mileri, il Gagliardo e compagni, il Pisani, il Caccìa, fino a fra Dionisio, a Maurizio e Gio. Battista Vitale presi assai più tardi; e il sèguito del 1° volume fu riservato agl'incolpati minori, alle semplici testimonianze, alle rimanenti denunzie ed altri documenti che si ebbero mano mano. La deposizione e confessione del Crispo si trovano accennate negli Atti conservati in Firenze e nella lettera dello Spinelli più volte citata[395]. Egli dovea rispondere innanzi tutto del significato delle due lettere trovate sulla sua persona al momento in cui fu preso, l'una di Maurizio, l'altra del Campanella (ved. pag. 284), alle quali vennero in sèguito ad aggiungersene due altre, la prima scrittagli egualmente da fra Tommaso e trovata sulla persona di fra Paolo della Grotteria, e di essa abbiamo pure già parlato più sopra (ved. pag. 286), la seconda scritta da lui medesimo a Geronimo Camarda, della quale abbiamo parimente parlato altrove, ma ci occorre ricordare che vi si diceva della congiura e della sicura vittoria nel mese di settembre, nominando fra Gio. Battista, fra Dionisio e il Campanella, salutando D. Gio. Battista Cortese e D. Gio. Andrea Milano, e conchiudendo «venghi in effetto quel che noi speramo». Il Crispo non potè non accettare che le due prime lettere erano state a lui dirette, come non potè negare che l'ultima lettera era stata scritta da lui e che il fra Gio. Battista in essa nominato era appunto il Pizzoni; non sappiamo poi ciò che disse intorno alla lettera scrittagli da fra Tommaso e non pervenuta al suo destino essendo rimasta presso fra Paolo, come del pari non sappiamo altro della deposizione da lui fatta, ma parrebbe che avesse affacciato scuse giudicate inverosimili, onde si venne immediatamente al «remedium juris et facti» come allora si diceva, cioè alla tortura. Gli Atti conservati in Firenze[396] ci fanno sapere che nella tortura confessò di essere andato col Pizzoni a trovare il Campanella in Arena, presso il Marchese di Arena, e ritiratisi in una camera il Campanella gli comunicò la ribellione, ed egli promise di trovar gente, come infatti parlò al Caccìa e a Giovanni Morabito, e che questi erano i compagni a' quali il Campanella alludeva nella sua lettera; inoltre che per quanto si ricordava, allorchè il Campanella e il Pizzoni trattarono di detta ribellione c'era presente anche Marcantonio Contestabile, il quale partecipava alla congiura e venne poi anche a Pizzoni col Caccìa allorchè il Campanella vi si recò, e si parlò della congiura e il Campanella sollecitò «che si fosse presto posta in esecuzione», e disse che Gio. Francesco d'Alessandria e Gio. Paolo Carnevale vi prendevano parte e che «in aggiuto di detta ribellione ci era il Prencipe di Bisignano et D. Lelio Ursino». Inoltre che il Campanella disse «come havea mandato Mauritio in Torchia à trattare con il Turco per far venire l'armata nel mese di settembre per che li voleva dare molte fortellezze in mano», e che Maurizio avea parlato a Cicala e che costui sarebbe venuto o avrebbe mandato l'armata, e per concludere questo fatto erano due volte venute le galere di Amurat. Non si ebbe dunque dal Crispo una deposizione sufficiente, e si ebbe invece una confessione in tortura molto larga. Lo Spinelli, nella sua lettera, narrando questa confessione non entrò in molti particolari; si limitò a riprodurre il modo in cui si era concepita la rivolta (il solito modo), aggiungendo che l'imputato era «convinto di essere stato sulle galere di Amurat»[397]; ma ciò non risulta punto dal processo, e sembra che lo Spinelli abbia voluto fare impressione sull'animo del Vicerè, e suggellarvi la gravezza della congiura, dando per fatto oramai inconcusso la richiesta dell'aiuto del Turco. Intanto ci è pur troppo motivo di ritenere, che una parte delle cose confessate dal Crispo sia stata suggerita con le notizie degl'interrogatorii avuti da' frati Inquisitori, e ripetuta da quell'infelice per l'atrocità de' tormenti. Difatti egli avea potuto veramente conoscere perfino in Arena, prima che in Pizzoni, l'andata di Maurizio presso il Turco, ma non è facilmente credibile che avesse conosciuto essere stato Maurizio propriamente inviato dal Campanella a dirittura in Turchia, con la deliberazione di dare molte fortezze nelle mani del Turco[398]; tanto meno poi è credibile che avesse udito propriamente dalla bocca del Campanella l'aiuto all'impresa da parte del Principe di Bisignano e di D. Lelio Orsini; e così può spiegarsi che in punto di morte «strillava al cielo» disdicendo le cose dette, come vedremo a suo tempo. Non conosciamo con particolarità in che modo gli sia stata amministrata la tortura, ma il Campanella, nella sua Difesa, a proposito di lui parlò di «horrenda tormenta non scripta», ciò che riesce pienamente credibile: ad ogni modo, oltre i documenti autentici da lui non negati, ci fu anche la confessione in tortura, laonde la sua sorte potea dirsi decisa. E qui non sarà inutile far notare che un sì pronto ricorso alla tortura, ed anche alla tortura più atroce, era pienamente ammesso trattandosi di delitti di lesa Maestà: ne' delitti comuni bisognava prima esaurire il processo informativo co' mezzi ordinarii, quindi mettere l'imputato «alla larga» (barbaramente dicevasi «reus debet poni ad largam») dandogli una copia degl'indizii raccolti contro di lui, e dopo tutto ciò potevasi venire alla tortura; ma ne' delitti di lesa Maestà era dovunque riconosciuto che la tortura potesse darsi durante il processo informativo, co' più lievi indizii e adoperando tormenti non nuovi ma atroci[399]. Da quest'ultimo lato nel processo presente noi troviamo quasi sempre menzionata soltanto la corda, perchè essa era, come dicevasi, la «regina tormentorum» e serviva di base a moltissime altre sevizie; difatti per alcuni imputati, anche di minor conto del Crispo, sappiamo che la durata di amministrazione della corda «non si misurò coll'ampollina», ma si prolungò per più e più ore, e che alla corda si unirono i ceppi a' piedi con la sospensione di grossi pesi, il bastone tra' piedi per mantenere gli arti inferiori allontanati l'uno dall'altro, l'aspersione di acqua fredda sul corpo nell'intermezzo della corda, ed inoltre la flagellazione durante la sospensione alla corda; nè mancò qualche maniera di tormento del tutto eccezionale, come l'essere trascinato alla coda del cavallo per le strade della città, e poi anche in Napoli il così detto polledro, la così detta veglia, come vedremo per ciascun caso.

Dopo il Crispo venne la volta di Cesare Mileri; ma lo Spinelli non potè più attendere al processo, pel fatto importantissimo dell'arrivo dell'armata turca, preceduta da due legni di quella nazione che a modo di esploratori erano già da quattro giorni comparsi alla marina di Stilo. Lo Spinelli diè subito notizia al Vicerè della comparsa di questi legni e delle loro mosse, ma conosciuto l'arrivo dell'armata fu costretto a recarsi sul posto. E noi lo seguiremo nella sua escursione. Aggiungeremo soltanto che ne' giorni de' quali abbiamo trattato, essendo stati presi tutti i parenti e gl'intrinseci di Maurizio, dovè esser preso tra gli altri Tommaso Tirotta suo servitore, e dovè raccogliersene immediatamente la deposizione, che fu inserta nel volume 1° del processo, come quella di un ordinario testimone. Gli

Atti esistenti in Firenze ne danno alcuni particolari[400]. Egli depose che conosceva il Campanella e fra Dionisio, vedutisi con Maurizio in Stilo e in Davoli, che in Stilo il Campanella si vedeva con Maurizio nelle case di D. Gio. Jacovo Sabinis, Gio. Paolo Carnevale, Ottavio Sabinis, e in Davoli in casa di D. Marcantonio Pittella; narrò inoltre il convegno di Davoli nel castagneto presso il monastero di Sta Maria del Trono con tutte le persone che v'intervennero, e che parlarono quattro o cinque ore, notando che in quella circostanza Maurizio mostrò al Campanella e a que' di Catanzaro una carta avuta da' turchi, la quale dicevano essere un salvacondotto, e un Pietro Jacovo Garzia disse che si poteva oramai andar sicuri perchè si aveva il salvacondotto. Ma bisogna sempre tener presente che a noi è pervenuta soltanto la parte delle rivelazioni concernente le persone ecclesiastiche, e che quindi vi poterono essere, intorno a Maurizio ed al resto de' laici, molte altre rivelazioni le quali ci rimangono tuttora ignote.

Veniamo all'incidente dell'armata turca, che ben si comprende quanto riuscisse ad aggravare nella mente de' Giudici la colpabilità degl'imputati. Fin dal «venerdì 10 settembre due legni turchi vennero alla marina di Sta Caterina e Guardavalle, dove le altre due volte aveano toccato quando Maurizio de Rinaldis salì sulle galere di Amurat Rais; non fecero essi questa volta altro che parlarsi, venendo l'uno dalla direzione del capo delle Colonne e l'altro dal capo di Bianco, e subito che giunsero alla marina di Guardavalle dove si riunirono, quello del capo delle Colonne tornò per la stessa via, e l'altro prese la via dell'alto mare ritornando nella seconda notte al luogo medesimo, dove fece fuoco dando segnale alla terra, poichè sperava di là qualche avviso». Nel riferire l'avvenimento, il 14 settembre, lo Spinelli manifestava la sua fondata supposizione che ciò fosse pel concerto che aveano fatto, «essendogli, allora che stava scrivendo, sopraggiunto dal Principe della Roccella suo nipote l'avviso dell'arrivo dell'armata in quelle parti». Oltre questa comunicazione del Principe della Roccella, ve ne fu un'altra del Marchese di Sorito, che dalle scritture esistenti nel Grande Archivio sappiamo essere allora D. Andrea Arduino, creato Marchese nel 1598[401]: lo Spinelli l'annunziò al Vicerè con molto mistero e non ne sappiamo nulla, ma questo appunto c'induce a credere che si riferisse a quanto accadeva in terra ferma, e con ogni probabilità a fatti e detti del Vescovo di Mileto, nella cui diocesi era compreso, se non andiamo errati, il paesello detto Sorito, oggi distrutto dalla malaria. Ecco intanto le particolarità dell'arrivo dell'armata, le ulteriori sue mosse e le mosse dello Spinelli[402]: le conosciamo da una lettera posteriore di costui (17 settembre) e da una relazione del Capitano Diego de Ayala che trovavasi di guarnigione a Reggio con la sua compagnia (16 settembre). L'armata comparve nella marina di Stilo il 13 settembre a 22 ore, e lo Spinelli, non appena avutane la nuova, lasciando i carcerati allo Xarava con buona guardia nel castello di Squillace, alla stessa ora del 14 mosse lungo la costa ed andò poi a fermarsi in Castelvetere; egli condusse con sè la Compagnia di cavalleggieri di D. Cesare d'Avalos, ridotta a 60 uomini, attesochè

28 di essi erano rimasti infermi nel presidio di Rende in Calabria citra, ed inoltre la Compagnia del Principe di Sulmona, per accudire a portar soccorso dove gli sembrasse necessario. Il 15, alla torre di Stilo sulla marina, ebbe a sapere che l'armata era comparsa il 13 a 20 miglia dalla costa, e che da essa si erano distaccate quattro galere ed erano venute verso terra, e di poi aveano posta in mare una barchetta facendo molti segnali, ciò che avea dato a capire a tutti che erano venute pel fatto della congiura; e non trovando alcuna corrispondenza, giacchè la più gran parte de' congiurati era stata presa e gli altri erano fuggiaschi, particolarmente per le guardie state messe in tutta la costa, si erano ritirate; l'armata nella notte del 15 avea salpato pel capo di Bianco, di dove si erano tornate ancora a mandare le dette quattro galere, le quali aveano fatti i medesimi segnali, confermando che erano venute per la detta causa e mostrando che facevano le ricerche medesime delle due galeotte apparse il venerdì 10; ed infine, non avendo potuto ricevere segnali da terra nè prendere alcuno, le dette quattro galere erano andate ad unirsi alle altre che stavano aspettando al capo del Bianco, prendendo poi subito la direzione di Ragusa. Queste cose scriveva lo Spinelli al Vicerè, e senza dubbio la preoccupazione di un concerto tra l'armata e la costa avea potuto fargli travedere molte cose, ma anche soltanto l'essersi l'armata diretta dapprima alla marina di Stilo riusciva pur sempre assai notevole, benchè non fosse cosa nuova; ed egli non mancò di farne costare legalmente le mosse e i segnali, procurando dichiarazioni e deposizioni, che fin d'allora potè annunziare al Vicerè e che tutto induce a credere essere state quelle di Gio. Antonio Mesuraca, Paris Manfrè, Gio. Vittorio Nicosia e Vittorio Giacco, inserte poi nel 1.° volume del processo[403]. Faceva contemporaneamente sapere che si andava tuttavia prendendo molta gente, e che oltre quelli de' quali avea mandata la lista ne' giorni passati, teneva presi altri 25 individui (sicchè in data del 17 c'erano già 59 carcerati). Infine diceva volersi rimanere in Castelvetere, essendo quel luogo sulla marina ove il più delle volte l'armata solea venire a far acqua, e lontano da Stilo otto miglia, mentre per la costa di Reggio si era provveduto in maniera che, oltre a quanto avea ordinato a D. Diego de Ayala, vi avrebbe atteso anche il Principe di Scilla suo parente, il quale sarebbe stato un soccorso molto buono.

L'armata pertanto, giusta la sua abitudine, il 14 settembre andava a dar fondo alla fossa di S. Giovanni; D. Diego de Ayala ne inviava subito avviso al Vicerè, e il 16 poi gli riferiva l'accaduto[404]. Entrò nella fossa con 26 galere Reali, rimorchiando due navi Ragusee che avea prese all'uscita del canale e che andavano in levante con passaporto, e accordò riscatto di quattro mila ducati alla più grande restituendola come l'avea presa. Il 15, nel mattino, si spiccarono da essa due galere di fanale, con disegno di fare una ricognizione della muraglia di Reggio e mandare qualche spia a terra; venendo presso la muraglia, furono dal Castello tirati quattro colpi con un cannone ed un altro pezzo di rinforzo che là si aveva, e i colpi giunsero in molta vicinanza di esse, onde si posero bene al largo e si dirizzero verso la

Madonna di Piedigrotta di Messina, dove, essendo al sicuro dalle galere di Spagna, presero una piccola nave carica di grano che stava in ormeggio, salvandosi a terra tutta la sua ciurma. Con questa preda tornarono all'armata, e subito, a 22 ore, giunsero altre quattro galere di più, essendo al numero di trenta; conchiusero poi anche il riscatto di questa nave, dandola per due mila ducati (così la Spagna proteggeva i suoi sudditi da' quali pure traeva somme incredibili). Ma due prigioni cristiani fuggirono dall'armata e palesarono a D. Diego molte cose. Uno di loro, molto esperto, disse che con l'armata erano venuti il Cicala, suo figlio ed Arnaut Memi, e che portavano cento pezzi co' loro carretti per menarli a terra, e molte scale ed altri arnesi, e che avevano in mente di prender Lipari o un luogo presso Cotrone denominato l'Isola, sebbene non si fosse tenuto consiglio fin dall'uscita da Costantinopoli; che si erano staccate da quell'armata nove galere, giacchè erano 39, con ordine di andare in cerca di quelle di Toscana per prenderle. L'altro prigione disse che l'armata non aspettava più il riscatto di quelle navi per uscire dalla fossa di S. Giovanni: ma non per questo il D'Ayala si teneva sicuro che non vi fosse il disegno di venire a Reggio, e diceva che sebbene fosse tanto scaduto e male andato per malattia, avea in questa occasione ricuperato tanto animo da poter attendere di persona a ciò che occorreva per la difesa di quella terra, in modo che s'imprometteva felice successo. Aggiungeva che nella marina si erano presi assai buoni provvedimenti, tanto da aver riuniti 400 cavalli con quelli della Compagnia del Principe di Scalèa, i quali scorrevano la terra giorno e notte con molta vigilanza, e c'erano 200 fanti, buona gente, in imboscata, acciò i turchi non si addentrassero nella terra fino a' poderi ed a' casali, perchè era impossibile impedire la loro discesa a terra per fare acqua, avendola a un palmo dal mare in tutta quella marina, ed usando tenere le prode rivolte a terra e trarre continuamente cannonate. Aggiungeva ancora che il più gran numero di turchi spiccati a terra era stato di 500, e che gli dicevano tutti gl'individui di combattimento poter essere tremila e seicento, le quali cose egli andava a comunicare a Carlo Spinelli. — Certamente tutte le notizie date da que' prigioni Cristiani non potevano esser prese sul serio, tanto più che non una volta i Turchi si erano serviti di questo mezzo, per dare false indicazioni: il disegno d'impossessarsi di Lipari, ovvero dell'Isola, due punti opposti, era una indicazione per lo meno estremamente vaga, e sarebbe riuscito del tutto strano che lo scopo della spedizione fosse a conoscenza di chiunque si trovava a bordo; rimaneva quindi meno soggetta ad inganni soltanto la notizia palpabile e non indifferente del trovarsi sulla flotta molta artiglieria da campo e un buon numero di uomini destinati a combattere. Ma un'altra relazione di D. Diego de Ayala, dello stesso giorno, veniva a dar conto di una scaramuccia che si era avuta a terra tra 500 turchi e una truppa di soldati spagnuoli, tanto contesa da esservi stato bisogno di molti colpi di cannone delle galere per favorire la gente che si era partita da esse, onde si ebbero quattro turchi morti e molti feriti, un solo degli spagnuoli, e secondo la resistenza che loro si fece, D. Diego riteneva che si sarebbero tenute poche scaramucce. Egli faceva pure sapere che il Principe di Scilla era allora allora giunto in quel luogo con 600 uomini di soccorso tra fanti e cavalli, essendo tanto servitore di S. M.^{tà} che in tutti gli anni in cui veniva l'armata egli dava soccorso alle terre senza recar loro spese, perchè arrivava in una giornata da Scilla a Reggio, e comunque si trovasse in Sinopoli allorchè tenne avviso dell'armata, venne con grande diligenza; si profondeva quindi in elogi verso di lui. Da ultimo diceva che si era sempre più accertato, per mezzo di un altro cristiano allora venuto e fuggito dalle galere, esser vera la notizia già trasmessa a S. E. che l'armata portava cento cannoni co' carretti per menarli a terra, con scale e macchine, e di tutto andava a dare avviso a Carlo Spinelli.

Da parte sua lo Spinelli quattro giorni dopo, il 20 settembre, compiva le notizie dell'armata e ne significava le ulteriori mosse e la definitiva partenza[405]. Le 30 galere, apparse il 13 al capo di Stilo, dalla costa di Bianco se n'andarono il 15 alla fossa di S. Giovanni, e furono allora viste da Reggio: i Sindaci gli diedero avviso che sull'annottare del 15 due feluche furono viste venire da Messina o da qualche luogo circonvicino ed unirsi con l'armata, senza sapersi da chi e per che causa erano state inviate (forse erano le solite corrispondenze che venivano al Cicala dalla sua casa paterna in Messina). La detta armata era stata sempre nella fossa, senza aver preso terra in nessun'altra parte; ed essendo i turchi usciti a far acqua, gli spagnuoli si pararono loro dinanzi, li maltrattarono facendoli ritirare, e presero un rinnegato, il quale confessò che il Cicala trasportava cento pezzi di artiglieria di ruota, tutti falconetti e con tutta la munizione di guerra, che gli esami e dichiarazioni di molti congiurati stati già presi confermavano doversi ripartire in que' castelli i quali essi doveano prendere e tenere. Secondo gli ordini dati alle torri e guardie della marina, a mezzanotte del 18 trasmisero avviso e ne fecero segnali per tutta la costa, che l'armata era partita dalla fossa e veniva verso la parte sua; per tale motivo egli montò a cavallo co' Principi di Scalèa e di Roccella suoi nipoti e si recò alla marina, dove avea fatto scendere sessanta cavalleggieri di D. Cesare d'Avalos e la Compagnia di Sulmona armata alla leggiera, e mettendoli in imboscata dietro certe siepi, stando al fiume Alaro dove molte volte l'armata era stata solita di far acqua, comparve la detta armata che veniva a terra, e come giunse proprio al fiume, tenendo vento favorevole, fece trinchetto e si spinse verso l'alto mare. Così egli uscì con tutta la cavalleria alla spiaggia, seguendola fino al capo di Stilo, e vedendo che tanto più avea presa la rotta di levante e mostrava di ritirarsi, ordinò a' 60 cavalleggieri di D. Cesare e la Compagnia di Sulmona che andassero seguendola fino alla costa di Squillace, attesochè nella costa di Catanzaro, in Cutri, stava la Compagnia di Bisignano; ed oltracciò fece munire l'Isola co' soldati del Battaglione, che se per caso all'annottare chinasse al capo delle colonne, si trovasse gente da farle opposizione. Ma a suo parere, essendo stato a guardarla da una rupe fino alle 24 ore, egli considerò che si era ritirata in tutto e per tutto, giacchè la via da essa presa era quella di Cefalonia; e quando poi facesse cambiamento di rotta, egli teneva già i provvedimenti e dati gli ordini necessarii.

Per finirla intorno a quest'incidente dell'armata turca, aggiungiamo essere in sèguito pervenuto al Viceré avviso da Corfù[406], che il giorno 21 l'armata trovavasi di ritorno in Turchia a 30 miglia da quell'isola, e poi ancora un nuovo avviso[407] che il 24 se ne trovava a 6 miglia, ed avendo là riscosso il donativo solito a darlesi si era diretta a Costantinopoli, dicendogli pure che il Cicala stava molto confuso del poco effetto avuto in Calabria e dell'essere stato trattato tanto male nella fossa di S. Giovanni. — Ma lasciando da parte questa pretesa confusione per una scaramuccia cui la vanità spagnuola dava tanta importanza, gioverà piuttosto cercare d'intendere come mai il Cicala avesse abbandonata così presto la partita in Calabria. Forse egli potè dapprima sospettare qualche inganno, non vedendo dalla costa alcuna corrispondenza a' segnali fatti quando giunse alla marina di Stilo; ma con la venuta delle due feluche alla fossa di S. Giovanni dovè conoscere il vero stato delle cose, la congiura scoverta, i congiurati presi o fuggiaschi, tutta la costa guernita di milizie, come ebbe pure a sperimentare con la scaramuccia avvenuta; ed allora dovè riflettere che l'opera sua sarebbe stata oramai non soltanto inutile ma dannosa, non potendo riuscire che ad una strage massimamente degl'infelici già presi. Il Campanella, nella sua Narrazione, dichiarando falsissima la venuta de' turchi d'accordo co' congiurati, mentre nella Dichiarazione avea pur troppo manifestato il contrario, scrisse che «ogni anno solean venir a far preda con l'armata e quell'anno non vennero, o non sbarcaro, come doveano s'era vero; e fu miracolo divino, perchè haveano ordinato in Squillaci di strangolar tutti li carcerati se li Turchi sbarcavano in terra». Non sappiamo veramente che quest'ordine vi sia stato, ma siamo inclinati a crederlo; solamente, senza fare intervenire il miracolo divino, ci pare che si possa bene ammettere la previdenza del Cicala. E vogliamo anche rettificare qui ciò che fu scritto dal Sagredo, il quale, oltre all'aver riferito inesattamente le trattative fatte da' congiurati co' turchi e la feroce repressione della congiura secondo le voci erronee che ne corsero a quel tempo, lasciandosi benanche trasportare da una certa antipatia verso il Cicala perchè nemico di Venezia, asserì che costui «sotto pretesto d'haver trovato ben munite le marine negò l'appoggio a' ribelli... e fu al suo ritorno a Costantinopoli di ciò aggravato». Le nostre ricerche nell'Archivio Veneto ci hanno invece fatto vedere che la Porta non seppe nulla della congiura e dell'appoggio che il Cicala avrebbe dovuto darle, onde non gli si ebbe a movere alcun rimprovero per la sua condotta verso i congiurati calabresi; ma che veramente egli non avea recata «nessuna sodisfattione con la sua uscita di quest'anno», onde si sparse la voce che gli sarebbe stato tolto l'ufficio di Capitano del mare, la qual cosa poi non si verificò[408].

Ma è tempo oramai di vedere l'atteggiamento del Viceré dietro le relazioni successivamente avute. Non appena gli fu partecipato che il Campanella era prigione, con la circostanza che nella sua fuga non avea presa la via di Roma, egli ne mandò subito la notizia a Madrid, insieme con la lettera dello Spinelli e la lista degl'individui catturati fino a quel momento[409]. Compiaciuto che tra costoro vi fosse il Campanella «principale promotore di quella rivolta», con un compagno suo e dippiù con due altri frati dello stesso ordine, diceva essere stata gran fortuna l'aver preso il «capo di quella macchinazione» il quale l'avrebbe fatta conoscere interamente; e mostravasi egli pure persuaso, che dalla via nella quale si era messo il Campanella con la sua compagnia si scorgeva «quanto grande vigliaccheria era stata il mettere il Papa in quel ballo», poichè se ci avesse avuta qualche cosa, sarebbe andato a Roma e non già in Turchia, dove gli dicevano che si era diretto. Ma non ci è noto che avesse adottato il consiglio dello Spinelli di far carcerare in Napoli Mario del Tufo e di richiedere a Roma il Marchese di S.to Lucido; abbiamo invece ogni motivo di ritenere che non se ne fosse curato, giacchè per lo meno il Residente Veneto non avrebbe mancato di darne notizia. In sèguito, avendogli lo Spinelli mandato copia della Dichiarazione di fra Tommaso, col parere che si venisse subito a tortura ne' frati in Calabria, siccome altra volta si era fatto in materia di eresia, il Vicerè ne scrisse subito al Duca di Sessa e a D. Alonso Manrrique e partecipò tutto, comprese la copia della Dichiarazione del Campanella e la lettera dello Spinelli, a Madrid[410]. Ordinò di procurare da S. S.tà che rimettesse a lui il gastigo de' frati di Calabria, «i quali non solo erano traditori, sibbene anche i maggiori eretici che si fossero mai visti»; e bisogna dire che egli si lusingasse troppo di avere ammaliata la Curia Pontificia con le sue proteste di devozione e di tenerezza, per poterle dirigere una dimanda simile. Inviando poi la Dichiarazione del Campanella a Madrid, mostrava di credere aversi proprio per quella a vedere come, nel modo che teneva, rivelasse con parole equivoche di essere eretico! E aggiungeva che «gli dicevano esser cosa orrenda le eresie le quali gli si provavano in un'Informazione presa *coll'intervento* del Visitatore del suo ordine», e che «grazie a Dio era stato impedito a tempo». Infine esprimeva il suo parere che il Cicala per questa volta se ne tornerebbe con la gola al posto suo, senza essere signore di Calabria come si pensava, se pure non cercasse d'investire qualche terra marittima, ciò che intendeva poter recare poco danno secondochè Carlo Spinelli gli avea scritto. Contemporaneamente, mercè un'altra lettera della stessa data, si faceva a raccomandare Lauro e Biblia, i quali continuavano a reclamare la ricompensa, e, come ci mostra il Carteggio Veneto, qualche settimana dopo si ricoverarono in Napoli[411]. Egli avea loro assicurato che S. M.tà avrebbe data una ricompensa corrispondente al servizio fatto, ed essi allora gli scrivevano di supplicare S. M.tà che deliberasse di dar loro la ricompensa, giacchè per suo Real servizio aveano rinnegato i loro parenti ed amici, e si vedevano nella impossibilità di vivere in quella terra; e così egli supplicava S. M.tà dicendo che per certo meritavano una ricompensa, ma aggiungendo che avrebbe cercato di sapere da loro cosa pretendessero e ne avrebbe dato conto (ottimo modo per pigliar tempo e mostrarsi zelante così con quegli scellerati come con S. M.^{tà}). Ancora, allorchè gli giunsero le lettere del Capitano De Ayala e dello stesso Spinelli sull'arrivo e sulle mosse dell'armata turca, le inviava senz'altro a Madrid[412]; e supplicava S. M.^{tà} di ordinare che si scrivesse al Principe di Scilla, che aveva atteso subito a soccorrere co' 600 uomini di fanteria e cavalleria, e così pure al Principe di Scalèa, riconoscendo il loro ben servito in quella occasione. E finalmente, con un'altra sua lettera[413], inviava la relazione dello Spinelli intorno alla partenza dell'armata turca, con una seconda relazione della quale parleremo tra poco, notando come al nemico fosse accaduto il rovescio de' disegni che avea concepiti, mentre si restituiva a casa sua con tanto poca riputazione, ed aggiungendo di avere pur allora avuto avviso da Corfù che il 21 settembre il Cicala era comparso con la sua armata a 30 miglia da quell'isola in ritorno alle sue coste. Partecipava inoltre che S. S.^{tà} gli avea concesso di «poter dare la corda a' frati e clerici catturati per quella rivoluzione, con l'intervento del Nunzio», e però egli avea subito spedito un corriere a Carlo Spinelli, perchè li mandasse a Napoli con persona prudente e di confidenza. — Ben si vede come fin d'allora fosse stato dato ordine che i prigioni ecclesiastici venissero spediti a Napoli; ma per loro disgrazia l'ordine non potè essere eseguito così presto, poichè, come vedremo, non si credè opportuno servirsi della via di terra e dovè aspettarsi che le galere fossero disponibili per servirsi della via di mare: quanto poi alla licenza avuta dal Papa di dar la corda a quegli ecclesiastici, bisogna in siffatte parole riconoscere un'altra di quelle piccole vanterie delle quali gli spagnuoli si dilettavano molto. La lettera del Card.^l S. Giorgio al Nunzio, la quale tratta dell'incidente[414], mostra che il Vicerè, adottando precisamente il parere dello Spinelli, avea dimandato che s'inviasse un Commissario per conto della Chiesa al luogo in cui gli ecclesiastici prigioni erano custoditi, perchè intervenisse «agli essamini et à tutti gli atti» che si farebbero, e per rendere meno ingrata la domanda avea detto che quel Commissario poteva essere spedito dal Nunzio e rappresentare il Nunzio: ma S. S.^{tà} avea fatto sentire all'Agente di S. E. che i prigioni ecclesiastici doveano condursi a Napoli, essendo parso che per rispetti gravi la causa si facesse piuttosto in Napoli con la presenza del Nunzio addirittura; e comandava al Nunzio di ricevere i prigioni, quando verrebbero a Napoli, come prigioni suoi, e di attendere alla causa con tutta la diligenza necessaria, mentre d'altro lato i Ministri del S.^{to} Officio interverrebbero nella parte dell'esame concernente l'eresia. La stessa lettera ci mostra pure che il Vicerè, al tempo medesimo, si era doluto con S. S.^{tà} del Vescovo di Mileto perchè proteggeva i fuorusciti e si comportava poco bene con parole e con fatti; inoltre avea dimandata l'assoluzione dalla scomunica che quel Vescovo avea lanciata contro il Principe di Scilla ed altri (vale a dire D. Fabrizio Poerio e D. Luise Xarava), essendo stato restituito alla Chiesa quel Marcantonio Capito che avea dato occasione alla scomunica, ed il Papa comandava al Nunzio di far venire il

Vescovo in Napoli, prendere informazioni e riferire, poichè intendeva soddisfare S. E. su questi due punti[415].

Avendo il Vicerè mandate non poche lettere e relazioni a Madrid, potrebbe credersi che di là fossero venuti a quest'ora ordini e provvedimenti: nulla di tutto ciò; appena nel mese successivo venne una lettera di S. M.^{tà} in risposta a quante ne erano state fin allora mandate, e però non accade dovercene pel momento occupare. Frattanto in Napoli si erano già cominciate a divulgare le notizie di Calabria; il Vicerè medesimo, smesso il segreto, ne avea discorso con gli Agenti degli altri Stati accreditati presso la sua persona, come sappiamo da' Carteggi dell'Agente di Toscana e del Residente di Venezia. Abbiamo già avuta occasione di parlare di Giulio Battaglino Agente di Toscana, napoletano e prete, attaccatissimo al Gran Duca per servitù di vecchia data. Egli trovavasi in cordiali relazioni col Vicerè e con la Viceregina, avendoli accompagnati nella loro venuta da Spagna, dove si era temporaneamente ma inutilmente portato dietro ordine del Gran Duca, per cercare di ottenergli dal nuovo Sovrano Filippo III un miglioramento di titolo per parte de' Ministri Regii, che gli davano semplicemente l'Eccellenza: specialmente era ben visto dalla Viceregina, per la quale, già da che stava in Ispagna, avea fatto venire dal Gran Duca una delle solite cassette degli olii ed un quadretto, nè cessò mai più dal far venire e vetri e bambocci di Lucca, e poi cappelli di paglia, e poi un fucile, poichè la Viceregina si dilettava pure di caccia, e tra le ville, che insieme col Vicerè onorava, c'era anche quella del Battaglino posta sull'alto di Posilipo. Basterà dire che potè scrivere al Gran Duca: «queste Ecc.^{ze} mi amano et mi tengono in assai buona opinione, confidano loro negotii, et mi ammette la Sig.^{ra} Contessa particolarmente *padrona del marito* (scritto in cifra) a' trattenimenti del giocar seco alla primiera»; inoltre, «la Sig.^{ra} Vice Reina mi chiama come creato di casa etiandio mentre la stà a letto»[416]. Con una simile qualità egli nelle sue lettere riesce molto esatto, ma è più che sobrio ed aggiunge poco o nulla alle cose che conosciamo mediante il Carteggio Vicereale; con la qualità di prete poi egli dà prova perfino di lepidezza, quando fa intravvedere che il Campanella sarà bruciato vivo come eretico. Il 21 settembre egli ebbe dal Vicerè «pieno ragguaglio delle cose di Calabria», e non mancò di far venire dal Gran Duca lettere di congratulazione per la «scoverta et insieme oppressa congiura». Quanto al Residente di Venezia, occupava allora tale ufficio Gio. Carlo Scaramelli, venuto in Napoli nel luglio 1597, già vecchio in diplomazia avendo funzionato da Segretario pure in Costantinopoli, e quindi da lungo tempo consapevole de' malanni e delle miserie de' calabresi, de' quali in Costantinopoli si trovava una colonia[417]. Assai più diffuso del Battaglino, nelle sue lettere egli scriveva quanto poteva raccogliere da ogni parte, e quindi scriveva anche parecchie frottole le quali dovevano allora aver corso nella città, ciò che ha pure il suo lato importante. Così rilevasi che fin dalla 2ª settimana di settembre già era penetrata in Napoli la notizia della scoperta della congiura, la quale riferivasi a Catanzaro, promossa dal Campanella, in relazione col Turco che avrebbe dovuto occupare Stilo! Ma il 21 settembre veramente il Vicerè gli comunicò varii particolari, in ispecie quelli relativi alle mosse dell'armata turca, ed egli non mancò mai d'innestare alle notizie autentiche quelle di piazza, come l'essere stato il Campanella preso in abito militare etc. etc. Noi non intendiamo qui fermarci sulle lettere del Residente per ismentire le voci inesatte che vi si trovano raccolte: ci basterà avervi notato il curioso miscuglio delle notizie di piazza e delle notizie di Corte, miscuglio che si vedrà continuato anche in sèguito, nello svolgimento de' processi e nelle rassegne delle esecuzioni. Ma dobbiamo per ora far avvertire questo fatto, che sebbene, da buon veneziano, dovesse essere inclinato a ritenere la Spagna maestra di artificii ed inganni anche ferocissimi, così all'estero come all'interno, egli non pose mai in dubbio la congiura, nè allora nè in sèguito; solamente più tardi raccolse anche l'opinione manifestata da molti, che coloro i quali aveano da principio maneggiato tale negozio, l'avessero aggrandito in voce per aggrandire loro stessi in effetti, ciò che è avvenuto realmente sempre in ogni negozio di questo genere e non vale ad infermarne l'essenza. Aggiungiamo che le date e le notizie medesime, con poche varianti, si riscontrano anche negli Avvisi del tempo, che i lettori potranno consultare tra' nostri Documenti; vogliamo soltanto notarvi, che al pari delle lettere del Residente Veneto, essi diedero anche i nomi di taluni congiurati perfino di secondo rango. Oltre fra Dionisio Ponzio e Maurizio de Rinaldis, le lettere del Residente fecero conoscere Claudio Crispo di Pizzoni e Cesare Mileri di Nicastro; e gli Avvisi fecero conoscere il Barone di Cropani e Muzio Susanna di Catanzaro. Ma ci conviene tornare oramai a Carlo Spinelli, allo Xarava e agl'infelici prigioni calabresi.

Stava ancora lo Spinelli in Castelvetere, quando furono presi in Stilo e condotti a lui Giulio Contestabile ed un altro (certamente Geronimo di Francesco); immediatamente, il 28 settembre, egli ne fece relazione al Vicerè[418]. In questa seconda relazione, scritta da Castelvetere, rammentava che per altre cause avea inviato in alloggiamento a Stilo la Compagnia di D. Antonio Manrrique, e faceva sapere di aver data a costui una nota di alcune persone che con dissimulazione e tempo avrebbe dovuto catturare, particolarmente un Giulio Contestabile clerico ne' quattr'ordini sacri, intorno al quale diceva: «mi sarei recato fino a Costantinopoli per prenderlo, se avessi saputo di certo che là si fosse trovato» (onde si vede che alle così dette spagnolate partecipavano già molto bene anche i napoletani), «essendo questo clerico uno de' più vigliacchi e de' principali nella congiura, così come fra Tommaso Campanella, per quello che tengo provato contro di lui, come pure per avere questo vigliacco preso il ritratto del Re Nostro Signore e postolo sotto i suoi piedi, dicendogli mille ingiurie come sta provato». Ora D. Antonio avea colto ad un tempo costui ed anche l'altro parimente congiurato, e trovandosi il Contestabile clerico e soggetto del Vescovo di Squillace, egli aspettava l'ordine di S. E., per sapere cosa avesse a fare di lui, e se S. E. comandasse d'inviarlo insieme co' frati, perchè così avrebbe eseguito; e frattanto faceva sapere che avrebbe tradotto que' prigioni a Squillace con gli altri, recandosi là tra giorni. Aggiungeva che in conformità degli ordini avuti per far prendere i clerici di Seminara, colpevoli di resistenza alla giustizia e di ripresa di carcerati dalle mani di essa, avea provveduto in guisa che, essendo presi, li consegnerebbe in nome di S. E. al Vescovo di Mileto; e a tale proposito diceva, «questi clerici vanno armati di ogni specie d'armi, e sempre stanno nelle Chiese con altri fuorusciti favorendosi vicendevolmente, ciò che questi Vescovi permettono, e temo che la maggior parte delle vigliaccherie che si fanno sieno imputabili a' clerici, propriamente perchè non vengono gastigati e sono di esempio agli altri». — Ma come mai era avvenuto un simile cambiamento verso il Contestabile e il Di Francesco? Il Campanella non ne parlò nella sua Narrazione, tuttavia ne abbiamo notizie sufficienti negli Atti giudiziarii che si conservano in Firenze[419], e non ne manca qualche cenno anche nel processo di eresia. Sappiamo che dopo la denunzia del Contestabile e la richiesta di una Commissione al Di Francesco contro il Campanella e complici, la Commissione fu accordata: entrambi si diedero alla ricerca degl'incolpati, e come assai più tardi ebbe a dire fra Pietro di Stilo nel processo di eresia, entrambi cercarono di far pigliare Gio. Geronimo Prestinace morto o vivo[420]; quanto poi al Campanella, come ci mostrano gli Atti di Firenze, essendo stato lui già preso, ne furono dal Di Francesco carcerati i parenti. Abbiamo visto che il Campanella si mostrò esasperato contro di loro fin dal momento della sua cattura, e che nello scrivere la sua Dichiarazione calcò la mano particolarmente sul Contestabile e il Di Francesco, esponendo fra le altre cose l'oltraggio fatto da Giulio al ritratto del Re; ma in sèguito, e forse nel sapere che il suo vecchio padre e il suo fratello Gio. Pietro erano venuti nelle stesse carceri di Squillace per mano di que' ribaldi, egli diede contro il Contestabile una formale denunzia o «capi *in scriptis*» come allora si diceva; ed anche il Petrolo diede una Dichiarazione scritta nello stesso senso, che trovasi integralmente inserta nella Difesa del Contestabile, e che poi in Napoli disse di avere scritta ad istigazione del Campanella. Si trattava sempre dell'oltraggio fatto dal Contestabile al ritratto del Re Filippo nella camera di fra Tommaso, e non vi fu nemmeno una completa uniformità nella esposizione delle circostanze occorse da parte di entrambi i rivelanti, senza dubbio perchè non ebbero agio di ridursele bene a memoria tra loro. Ad ogni modo ne risultò la cattura di lui e del Di Francesco, mentre non si era per anco compita l'informazione commessa all'Auditore Di Lega su i capi che il Contestabile avea dato contro il Campanella, e condotti dapprima a Castelvetere, tra il 22 e il 23 settembre, vennero anch'essi nelle carceri di Squillace al sèguito di Carlo Spinelli.

A Squillace intanto lo Xarava non era rimasto inoperoso. Tutto induce a ritenere aver lui, anche da solo, atteso a continuare gl'interrogatorii e le torture: poichè dalla numerazione de' folii del volume 2.° del processo veniamo a conoscere che, dopo

Claudio Crispo, furono successivamente esaminati Cesare Mileri e diversi testimoni, il Gagliardo, il Conia, il Marrapodi, l'Adimari, e poi il Pisano, e vedremo che in una relazione dello stesso Xarava, del 28 settembre, è citata una deposizione del Pisano, la quale, trovandosi integralmente riportata in copia nel processo d'eresia, mostra essere stata fatta il 24 settembre alla presenza del solo Xarava; oltracciò anche nella relazione predetta è annunziata l'esecuzione capitale di due disgraziati avvenuta il 27, ed è scusato il ritardo nella spedizione de' rimanenti con l'assenza dello Spinelli e con la malattia e morte del Mastrodatti, onde si era mandato a chiamare un altro che lo sostituisse. Calcolando tutte queste circostanze e tenendo presenti le date, bisogna conchiudere che lo Xarava abbia agito egli solo, mentre lo Spinelli era occupato a guardare le mosse dell'armata turca, e che poi, menati a termine gli Atti, lo Spinelli sia intervenuto nella spedizione, ossia nella pronunzia della condanna di coloro pe' quali non rimaneva a far altro. Ecco ora i risultamenti degli esami per ciascuno de' soprannominati, giusta i cenni che se ne hanno negli Atti conservati in Firenze.

Cesare Mileri[421] depose essergli stato detto da fra Dionisio che avea concertato con fra Tommaso e Maurizio una congiura per ribellare il Regno, che per questo aveano l'aiuto del Turco, che intendevano d'impadronirsi di molte terre, che «il capo di detta congiura era D. Lelio Ursino il quale si voleva impatronire di tutto il Regno», che a tale effetto aveano concertato di fare una massa di fuoruscitì ed altre genti, ed in ogni terra tenevano molti congiurati «preparati pel momento in cui giungesse l'armata del Turco»; che fra Tommaso diceva dovere questo Regno nel 1600 mutare padrone e doversi essere gran rivolture, che egli si offerse di stare in ordine con altri congiurati e di trovare altri compagni; che dopo andò a vedere Francesco Antonio Dell'Ioy amico suo e gli comunicò la congiura, e costui gli disse che stava in ordine poichè fra Dionisio già glie l'avea comunicata, e parimente Gio. Francesco di Nuzzi gli disse lo stesso. Aggiunse che tanto fra Dionisio quanto il Dell'Ioy dicevano essere in quel concerto molti fuoruscitì ed altra gente di qualità di quella provincia, ed egli lo sapeva, perchè da giugno in poi, sino a che fra Dionisio si pose in fuga, egli l'accompagnò in alcune terre, in Catanzaro, in Girifalco, in Nicastro ed altre, nelle quali fra Dionisio parlava segretamente con diverse persone e poi gli diceva che quelle persone dovevano prender parte alla rivolta. Aggiunse ancora essergli stato detto da fra Dionisio, che egli medesimo e il Campanella avevano mandato in Turchia a trattare col Turco acciò fosse venuto in soccorso «volendogli dare molte fortellezze e terre in potere», e che a tale effetto nel mese di giugno era venuto Amurat Rais con le galere per conchiudere la ribellione, e su quelle galere era andato Maurizio de Rinaldis ed avea conchiuso che l'armata fosse venuta in settembre; che egli, il Mileri, con quelli da lui nominati «e tutti gli altri che erano concorsi», aveano concertato che alla venuta dell'armata turchesca sarebbero entrati nelle terre, avrebbero ammazzato tutti gli Ufficiali e coloro i quali ricusavano di aderire, e avrebbero dato aiuto all'armata turchesca «acciò fusse entrata dentro dette provintie et impatronitasi delle terre con fortellezze». Infine, interrogato sulla causa della ribellione, depose che «fra dionisio, quando li cominciò à ragionare di questa rebellione, li disse, che il Rè era uno tiranno et mandava tanti alloggiamenti, et li facea pagare pagamenti fiscali et non l'havea voluto mandare l'indulto, e li tenea cossì oppressati, e perciò li persuase si fusse rebellato perchè saria vissuto liberamente et senza tanti travagli, et esso deposante si contentò ribellarsi per vivere liberamente senza essere soggetto alla Corte, et aspettava la giornata che si havea da fare». Fu questa la deposizione del Mileri, ed essa mostra che questo giovane senza esperienza, il quale certamente non era stato fatto consapevole di molte particolarità sulla congiura, dovè non solo perdersi di animo, ma anche concepire grandi speranze di potersi salvare prestandosi alle più estese rivelazioni. Dopo che ebbe deposto, gli fu amministrata la tortura, durante la quale confermò ogni cosa, ma rettificò ciò che concerneva Gio. Francesco Nuzzi, dicendo che non era intervenuto nel trattato. È lecito credere che non dovè sottostare ad una grossa tortura, poichè evidentemente avea rivelato anche troppe cose, e in quanto a sè medesimo avea confessato nel più ampio modo: la tortura dovè essergli amministrata, come allora si diceva, «ad tollendam omnem maculam et ad afficiendos complices», e riesce senza dubbio notevolissimo che in essa egli ebbe piuttosto a diminuire le rivelazioni fatte. Circa poi il merito di queste rivelazioni, non può non colpire che mentre aveva accompagnato fra Dionisio per diverse terre e vistolo confabulare con parecchi, non fosse giunto a conoscere il nome di alcuno, neppure delle persone di Nicastro sua città natale, oltrechè, impegnatosi a trovar socii, in tanto tempo non avesse saputo trovare che il solo Dell'Ioy; e frattanto diceva essersi «concertato con tutti gli altri che erano concorsi» e con costoro dover fare la rivolta ed aiutare l'armata turca, per darle le terre e le fortezze, come ripeteva più volte. Si può facilmente qui vedere la sollecitazione dello Xarava, che con ogni probabilità dovè perfidamente lusingare l'ingenuo cospiratore, e co' suoi interrogatorii suggerirgli quanto volle che egli deponesse. Il Mileri avea ben potuto conoscere che c'era un progetto di rivolta e decidersi a prendervi parte; forse avea potuto anche udire da fra Dionisio le mutazioni previste dal Campanella, poniamo anche doversi avere l'aiuto del Turco, e perfino dover essere D. Lelio Orsini il futuro padrone del Regno, perocchè fra Dionisio si era già posto in via di dirne d'ogni specie per eccitare gli animi: ma difficilmente avea potuto sapere più di questo, onde si spiega il fatto che a suo tempo vedremo, dell'avere cioè anche lui, quando veniva barbaramente giustiziato, con altissime grida smentite le cose dette. Intanto rileviamo che egli era «confesso», e quindi spacciato.

Dopo di lui venne la volta del Gagliardo e compagni, i quali intendevano sempre di rappresentare la parte di rivelanti, esponendo le cose dette loro da Cesare Pisano, mentre il tribunale pretendeva che fossero complici. Ma parrebbe che gli esami di costoro fossero stati fatti in Castelvetere, e poi ripetuti anche con la tortura in

Gerace: quest'ultima circostanza è sicura, come vedremo più oltre; la prima trovasi attestata dal Gagliardo medesimo, ma in una sua confessione posteriore di varii anni, avutasi quando, per altri delitti, stava per essere giustiziato[422].

Felice Gagliardo fece un'amplissima deposizione[423]. Narrò che già prima della venuta di Cesare nelle carceri, fra Giuseppe Bitonto avea detto che tratterebbe le cose di lui in Condeianni, e frattanto stesse di buon animo «che vederà succedere cose che li saranno di grandissima utilità». Narrò poi la visita fatta al Pisano dal Campanella, da fra Dionisio e dal Bitonto, nelle carceri di Castelvetere verso il 1° luglio, con ragionamenti segreti e la presentazione che il Pisano fece di lui al Campanella, siccome uomo che potea «servire et movere genti», e le parole dettegli da fra Tommaso, «dati credito a quello che vi dirà et raggionerà Cesare, per che quanto ve dirà depende da me» (le quali proposizioni servirono pur esse in sèguito come gravissimo capo di accusa contro il Campanella); inoltre narrò le parole dettegli da fra Dionisio, «attendetivi à disbrigare, perchè fra Gioseppe vicario de Condeianne vi procurarà la remessione delle parti, et come sareti fore, raggionaremo di meglio garbo, fra tanto Cesare Pisano vi raggionarà a luongo, datili credito»! Narrò di avere udito da detto Cesare e da' frati che erano venuti ad oggetto di trattare col Principe della Roccella per fare liberar Cesare, il quale di poi comunicò così a lui come al Marrapodi e al Conia, che il Bitonto in S. Giorgio gli avea detto essere Campanella il primo uomo del mondo, ed essere andato molto tempo in giro trattando con molti potenti e particolarmente col Turco mediante lettere, «per far sollevare questo Regno, et levarlo dalla suggezione di Rè di Spagna et metterlo in libertà, et che per tale effetto havea uniti li fuorusciti dell'una et l'altra provintia di Calabria al numero di 800, et che pensavano un giorno di questo mese di Settembre fare detta sollevatione, et che volesse esso Cesare entrare in detta congiura, et che convocasse quanti amici e parenti potesse, al che esso Cesare s'offerse». Aggiunse di aver udito parimente da Cesare che alla congiura partecipava il Vice-Conte di Oppido fratello di fra Dionisio, e che stando in Oppido in compagnia di detti frati e del Vice-Conte, il Campanella scrisse una lettera e la mandò per lui a' fratelli Moretti, i quali vennero allora in Oppido e si riunirono in segreto soli, e presero concerti per la rivolta. Aggiunse pure di avere udito dallo stesso Cesare che «il Campanella havea stabilito alli congiurati nova sorte di vestiti, cioè una tabanella bianca fino alle ginocchie con maniche lunghe, et un coppolicchio (*intend.* berrettino) ligato à modo di turbante di Turcho, et che havea da mutare linguaggio, et che voleano uccidere tutti li Preiti, et Monaci che non voleano adherire, et che voleano brusciare tutti li libri et fare nuovo statuto, et che voleano liberare tutte le Monache dalli monasterij, et voleano fare il *crescite* etc. e gridare à tempo del sollevamento, viva la libertà et mora Rè di Spagna, et che voleano tagliare à pezzi lo Governatore, et auditori et tutti quelli che non erano della loro parte, et così fare voleano à Stilo et altre terre, et uccidere tutti li Signori della Provincia, quali chiamavano tiranni, et nel Castello di Stilo s'havea da gridare, viva la libertà, et mora il Rè, et volevano fare Stilo Repubblica et chiamare il detto Castello Mons pinguis, et che fra Tomase si havea da chiamare il Messia venturo, come già detto Cesare lo chiamava, et fatta detta sollevatione, haveano d'andare per ogni terra li predicatori à predicare la libertà, et che saria venuta l'armata del Turco à darli aggiuto». — Per verità non si può non riconoscere che avessero dovuto realmente esservi stati discorsi molto spinti non solo sulla congiura ma anche su' disegni delle riforme le quali si sarebbero attuate nella futura repubblica, sia tra il Bitonto e il Pisano, sia, come è pure assai credibile, tra il Bitonto e lo stesso Gagliardo prima della carcerazione di costui: lo mostrano le notizie perfino su' nuovi abiti da doversi indossare, alludendo senza dubbio a' cittadini del nuovo Stato, e su' libri da doversi bruciare, alludendo senza dubbio a' libri latini in materia di fede e di pratiche religiose; le quali notizie furono anche accertate da fonti abbastanza sicuri, ma venendo in processo molto tempo dopo e senza alcun rapporto con la deposizione del Gagliardo. Si direbbe pure che sempre nuove notizie avessero dovuto di tempo in tempo giungere a' detenuti nelle carceri di Castelvetere, poichè essi sapevano perfino il tempo della venuta dell'armata turca, la quale notizia non poteva conoscersi ancora allorchè furono rinchiusi nel carcere: ma qui probabilmente influì la voce che già se n'era diffusa, ovvero anche la studiata maniera d'interrogare dello Xarava facilmente compresa dal Gagliardo, il quale per certo non era uomo da farsi scrupolo per le menzogne. Quanto poi all'essersi i Moretti concertati col Campanella, con gli altri frati e con Ferrante Ponzio in Oppido, dietro una lettera scritta loro da fra Tommaso e portata da Cesare Pisano, è possibile che costui l'abbia detto tra' compagni di carcere, per vantare l'opera sua ed anche per accrescere l'importanza della congiura con nomi di persone molto riputate; ma da nessun'altra parte emerse mai alcun cenno di una escursione del Campanella in Oppido, e del resto vedremo che il Pisano medesimo sul punto di morte si disdisse esplicitamente intorno a' Moretti.

Seguì l'esame di Geronimo Conia[424]. Egli fece una deposizione non dissimile da quella del Gagliardo, dicendo ancora di avere udito da Cesare Pisano, che gli piacevano i pensieri del Campanella comunicatigli da fra Dionisio, che più volte avea condotto Eusebio Soldaniero a Stilo presso il Campanella, che costui e fra Dionisio aveano trattato co' Vescovi di Mileto e di Oppido i quali gli offersero aiuto, e il Vescovo di Mileto avea favorito i fuoruscidi della sua diocesi per tenerli ad ogni sua richiesta o devozione, ed aveva anche scritto al Vescovo di Gerace ed al Principe della Roccella per far liberare Cesare. Aggiunse che Cesare era andato col Campanella, con fra Dionisio, col Bitonto e col Jatrinoli, alla Grotteria presso fra Paolo, e quivi mandato a chiamare Notar Domenico Spasari, il Campanella e fra Paolo cercarono persuaderlo di consentire alla congiura, come uomo potente che egli era, perchè confidavano potersi la Grotteria guardare con cento uomini; ma lo Spasari disse di non poter dare altro aiuto che di danaro, e fra Paolo disse che se ne sarebbe poi parlato, e il Campanella disse che non v'era bisogno di danaro ma si contentava di ciò che avrebbe trattato con fra Paolo. Aggiunse infine, sempre a detto di Cesare, che di questa congiura si era cominciato a parlare fin da quaresima scorsa, al tempo in cui il Campanella leggeva filosofia a' fratelli Moretti, ma nel maggio propriamente si era cominciata ad ordire. — Tale fu la deposizione del Conia. Essa non ci dà, come quella del Gagliardo, indizii d'intelligenze anteriori tra il Conia ed i frati, ma pure vi si può notare la rivelazione delle intelligenze corse tra il Campanella ed alcuni Vescovi, ciò che mostrerebbe perfino avere fra Dionisio già messo innanzi i Vescovi prima della sua andata a Catanzaro; in fondo poi essa riusciva ad aggravare di molto le condizioni di fra Paolo, ed esprimeva sempre le vanterie di Cesare Pisano, il quale in realtà parrebbe che avesse voluto mostrare ai suoi compagni di carcere non esservi alcuno più di lui informato delle cose della congiura.

Successivamente si ebbero le deposizioni di Gio. Angelo Marrapodi, di Orazio Santacroce e Camillo Adimari[425]. Costoro, come si espresse il Mastrodatti nelle scritture che possediamo, deposero nel modo medesimo del Gagliardo: solamente il Marrapodi aggiunse di non aver voluto condiscendere, e di aver avuto dal Pisano la raccomandazione che almeno non dicesse nulla; l'Adimari, dal canto suo, aggiunse che non l'aveano rivelato prima perchè non gli diedero credito, e quando udirono essere stato carcerato il Campanella, tennero quelle cose per vere e le rivelarono al Principe. Tutto per verità induce a credere che costoro, compreso il Conia, non avessero condisceso in modo formale alle premure del Pisano, il quale, come vedremo a suo tempo, sul punto di morire li scusò interamente, nominandoli ad uno ad uno e tralasciando solo il nome del Gagliardo.

Veniamo all'esame di Cesare Pisano[426]. Intorno a costui sappiamo che fece la sua deposizione, ebbe il tormento, ratificò la confessione fatta in tormento e nello stesso giorno fu sottoposto a un nuovo esame che porta la data di Squillace 24 settembre: abbiamo dunque una data certa che ristabilisce la cronologia precisa del nostro racconto. Nella deposizione il Pisano cercò di vendicarsi del Gagliardo. Disse che non conosceva il Campanella nè fra Dionisio, ma solo il Bitonto, il quale gli era cugino; che col Bitonto erano venuti alle carceri di Castelvetere due altri frati, uno de' quali seppe dal Gagliardo essere il Campanella, e vide que' frati e il Gagliardo parlare un pezzo segretamente, e quindi Felice gli disse che aveano parlato di negromanzia lodandogli il Campanella come un grande uomo. Negò il fatto della congiura, ma attestò che il Gagliardo, dopo di aver conferito co' frati disse, «questi Monaci parlano di gran cose, non per Dio posso credere che loro ne possano uscire». Fu allora posto alla corda, malgrado la sua qualità di clerico; e la corda dovè essere terribile, o dovè fargli un terribile effetto, poichè in essa rivelò tutta la congiura. Narrò che nel maggio scorso era andato a Bagnara e Messina col Bitonto e fra Dionisio, e che il Bitonto, prima d'imbarcarsi gli disse, «stà di buon animo, che voglio che te trovi ad una fattione che volimo fare, che sarà l'esaltatione tua», aggiungendo che era cosa di grande importanza, che vi bisognavano uomini di valore e che al ritorno glie la dichiarerebbe; come infatti, al ritorno, incontrati i detti frati con fra Giuseppe Jatrinoli e il bastardo di Alfonso Grillo di Oppido, gli dissero di andare con loro a Stilo per vedere il Campanella, ed avendo la sera pranzato in Stignano, quivi fra Dionisio e il Bitonto gli comunicarono che col Campanella avrebbero presa risoluzione di ribellare il Regno e sottrarlo al dominio del Re di Spagna, avendo con loro molti fuorusciti e molti gentiluomini e Signori, tra' quali nominarono il Marchese di Arena. Giunti a Monasterace dove trovavasi il Marchese, fra Dionisio e il Bitonto parlarono un pezzo segretamente col Campanella, ed insieme si recarono presso il Marchese, quindi i tre frati col resto della compagnia se n'andarono a Stilo: nel convento di Stilo trovarono parecchi fuorusciti, e l'indomani i frati negoziarono a lungo col Campanella, e di poi costui, nel licenziarsi dal Bitonto e dal Jatrinoli, poichè fra Dionisio rimase con lui, disse che andassero con cautela e segretezza. Aggiunse che, incontrato un gentiluomo di casa Prestinace, i detti frati Bitonto e Jatrinoli parlarono strettamente con costui, e poi gli comunicarono essere anche costui de' congiurati. Aggiunse che il Bitonto gli disse inoltre avere fra Dionisio predicato in Terranova, ed avere quivi concertata la ribellione col proprio fratello, e con altri. — Questo sunto della confessione del Pisano certamente non è completo: sappiamo infatti dalla sua «esculpatione» in punto di morte, che disdisse quanto avea detto «alla corda che ebbe in Squillace» circa Orazio Santacroce e il fratello di lui, come pure circa Geronimo Conia[427]; ciò serva una volta di più a fare avvertire che ci rimane sempre a conoscere non poco intorno a' laici involti in questa causa. Pertanto la confessione fu da lui ratificata, come per regola si dovea sempre fare scorse 24 ore. E nello stesso giorno si volle interrogarlo sulla nuova legge che il Campanella intendeva di pubblicare, e qui il Mastrodatti che fece il Riassunto degl'indizii scrive di omettere le eresie nefandissime e detestabilissime dette dal Pisano «propter earum turpitudinem»: ma avendo la copia del processo verbale, che fu poi in Napoli trasmessa al tribunale per l'eresia, possiamo dare un piccolo saggio almeno dei tratti principali, massime in rapporto alle cose del nuovo Stato da fondarsi ed alla partecipazione de' voluti complici[428]. Disse dunque che a Stignano, in casa del Grillo, oltre i frati suddetti era venuto anche fra Domenico Petrolo, e si era parlato del Campanella affermando che «era lo primo homo del mondo, et il vero legislatore et vero Messia che havea da reducere li huomini alla libertà naturale con la vera raggione, poi che Christo con dudici poveri huomini s'haveano impatronito del mondo, et essò campanella voleva monstrare come era tutto falso, et che con la sua predica et dottrina, et con il valore de tanti che lo sequitavano con le arme haveria levato la fede de cristo, et impatronitosi esso del mondo dicendo che il Papa, et l'Ecclesia non erano vere, ma era autorità usurpata, et che se l'haveano pigliata per dominar' il mondo, et che li monasterii di monaci et moneche l'haveano fatti acciò non se creassero homini, et che il Papa et Cardinali, Arcevescovi, et altri prelati erano tutti tirandi et sodomiti, et che Cristo era un pover'homo, et che s'havea pigliato per apostuli dudici peczienti, et che li miraculi che havea fatto tanto Cristo, quanto li santi non era vero, ma erano stati scritti dalli detti apostuli soi parenti, et che li miraculi fatti da san' Francesco de paula non erano miraculi, ma che l'havea fatti in virtù dell'herbe perche era girugico; et che non era vera la santiss.ª Trinità, mà che era un solo Idio, et che la madonna santiss.ª era moglie di san'Gioseppe, et che non nce era inferno, ne purgatorio, ne diavoli, ne angeli, et che l'anime tanto di turchi, quanto di Cristiani quando passavano da questa vita tutte andavano à Dio». E qui una serie di goffe ed immonde scempiaggini contro gli Apostoli, contro i Sacramenti, in ispecie contro il sacrificio della Messa, e poi «che il campanella era il vero messia che havea da redurre il mondo in libertà et levarlo da tirannia della setta che steva, et che ogniuno potria essere signore che s'haveriano spartuto bonamente tutte le cose tra loro in comune se goderiano li signore (*forse* si godevano li Signori) alli quali chiamavano tiranni del mondo, et che Dio non fece ecceptione di nullo, et tutte le robbe le creò per servitio de tutti, le quali cose havendo inteso esso deposante, si bene non le credeva in tutto, concorreva con lloro che li dicevano; questo è pensiero deli litterati, et predicaturi di farlo conoscere al mondo, che delli populi non voleano altro eccetto le arme, et cossì esso deposante nce concorreva de buon'animo à detta rebellione». Dietro altre interrogazioni disse che ciò era accaduto in giugno, dieci o dodici giorni prima della sua carcerazione, che nelle carceri di Castelvetere avea comunicato tutte queste cose a Felice Gagliardo, il quale «li respose che esso le sapeva più prima, poi che nce l'haveano detto li predetti fra Gioseppe bitonti et frà Gioseppe Jatrinoli che ad altri esso deponente non l'hà detto, mà tutti li predetti monaci erano di detta openione che alla loro persuasione esso deposante nci concorreva più per la libertà della rebellione che per altro». — È inutile ora fermarsi sul valore di queste rivelazioni del Pisano: si dissero poi molte cose almeno per attenuarle, ma vedremo che sul punto di morte egli le smentì appena in piccola parte e ne aggiunse alcune altre, affermando di averle omesse «ad instigatione et prighiere di fra Thomase Campanella» quando erano carcerati «in la città di Squillaci». Intanto egli era confesso sull'accusa di aver consentito alla ribellione, e quindi non doveva aspettarsi che una condanna capitale: ma occorreva ancora fare una confronta tra lui ed altri che si trovavano in Gerace, e quindi fu riserbato ad ulteriori esami ed ulteriori strazii in quella città.

Dopo il Pisano potè forse essere esaminato qualche altro testimone di nessuna importanza, come un Domenico Messina, ed ancora Giuseppe Grillo, il quale fece del pari una deposizione insignificante[429]; poichè disse solo aver conosciuto fra Dionisio in Oppido, quando vi andò a vedere suo fratello Ferrante, e poi averlo accompagnato, due giorni dopo, a Condeianni, di dove, unitamente col Bitonto, col Jatrinoli e col Pisano, venne ad alloggiare per una sera in una casa di Gio. Alfonso suo padre, e l'indomani se ne partirono e non li vide più. Ma per certo le confronte del Pisano con altri, e gl'importanti esami di Gio. Tommaso Caccìa, che dalla numerazione de' folii del processo risultano al sèguito di quelli finora narrati, non si fecero in Squillace: lo attestò più tardi in Napoli, nel tribunale per l'eresia, fra Domenico Petrolo, il quale disse che il Caccìa «in Squillaci non fù essaminato... et in hieraci hebbe la corda»[430]; ciò che del resto si spiega con l'incidente della mancanza del Mastrodatti, e con l'ordine dello Spinelli che si cominciasse a far giustizia e che il tribunale si trasferisse a Gerace. Vi fu dunque una temporanea sospensione dello svolgimento del processo, durante la quale si ebbe l'esecuzione di Claudio Crispo e Cesare Mileri, che conosciamo mercè una relazione dello Xarava, ed ancora la tanto aspettata cattura di fra Dionisio, di Maurizio, di Gio. Battista Vitale ed un altro, che conosciamo mercè una lettera di Gio. Geronimo Morano; questi due documenti, da noi rinvenuti in Simancas, ci pongono in grado di esporre i fatti anzidetti in tutti i loro particolari. — Lo Xarava, ottenuta dal Pisano quella deposizione infarcita di eresia, ebbe cura d'inviarne copia al Vicerè per trarre profitto di tale circostanza, come già altra volta lo Spinelli avea fatto: esagerando ogni cosa fuor di misura, egli voleva indurre il Vicerè ad ottenere senz'altro da Roma la licenza di proseguire in Calabria il processo contro gli ecclesiastici, ed è notevole l'accanimento che in tale occasione mostrava contro il Campanella[431]. «Tra gli altri, egli scriveva, che hanno confessato il trattato e congiura di ribellarsi contro il Re nostro Signore, uno che si chiama Cesare Pisano, gentiluomo della terra di S. Giorgio, ha deposto le eresie che V. E. potrà comandare di vedere con la copia del capitolo della sua confessione che va con questa; il quale capitolo mi è sembrato d'inviare a V. E. perchè possa considerare il danno che questo maledetto eresiarca del Campanella deve aver fatto in queste provincie, avendo contaminata la maggior parte della gente di esse con la sua abominevole e falsa dottrina, che secondo confidava di trarre ad esecuzione il suo dannato intento, come già avea concertato con la venuta dell'armata, è segno certo che tenea molti a sua devozione i quali seguivano la sua falsa setta, perchè essendo uomo di tanto pellegrina intelligenza, siccome mostra, non può immaginarsi che si mettesse a tentare un'impresa tanto ardua senza sufficiente fondamento di aiuto, e tale da potergli assicurare il successo che si prometteva e dava ad intendere a tutti; e per potere scovrire queste cose e sradicare e gastigare coloro che sono incorsi in simili errori contro Dio e S. M.tà, non potendo farlo interamente senza il braccio di S. S.tà, per esservi in mezzo tanti ecclesiastici che sono gli autori da' quali si debbono sapere gli altri, potrà V. E. comandare che si prenda l'espediente che meglio le sembrerà convenire». Ma S. E. avea preso l'espediente, fin da che lo Spinelli glie ne avea scritto altra volta, e non avea potuto ottenere da Roma quanto si desiderava.

Il 27 settembre si fecero le prime esecuzioni capitali in persona di Claudio Crispo e Cesare Mileri, e per dare l'esempio in più largo teatro, si fecero in Catanzaro. La relazione medesima dello Xarava, scritta il giorno dopo, ne dà le notizie autentiche, e solamente tace i nomi de' giustiziati: ma oltrechè non ci sarebbero altri cui poter riferire quelle esecuzioni, i nomi suddetti emergono anche da testimonianze

285

raccolte nel processo di eresia; d'altronde li cita con tutta esattezza una lettera del Residente Veneto[432], la quale fornisce anche particolari molto precisi comunque incompiuti, mentre due lettere dell'Agente di Toscana accennano il fatto senza nomi e senza troppi particolari[433]. «Si è cominciato, scriveva lo Xarava il 28, a far giustizia di questi carcerati con la dimostrazione che il delitto richiede, essendosi ieri mandato a eseguire quella di due in Catanzaro: furono condannati ad essere arrotati, tanagliati e strozzati in mezzo alla piazza, e ad esser quivi appiccati per un piede, a dopo 24 ore a essere fatti in quarti e poste le loro teste in una gabbia sopra la porta principale della città col titolo de' loro nomi e del delitto, inoltre ad avere diroccate le loro case e confiscati i loro beni». Tutte queste circostanze ed in ispecie le ultime sono degne di nota. Il Campanella, nell'Informazione, scrisse che «nullo fu condannato per ribello veramente, non confiscandosi beni, nè spianandosi le case loro», ma pur troppo non fu così: scrisse inoltre, nella Narrazione, che «dui morti in Catanzaro da Xarava si ritrattaro» e da questo lato, senza parlare della contradizione coll'altro asserto, dobbiamo dire che vi fu realmente qualche cosa di simile, difatti più tardi in Napoli, nel processo dì eresia, il Barone di Cropani e il Di Francesco attestarono che que' disgraziati, con altissime grida, dicevano aver confessato la ribellione per forza di tormento e persuasione dello Xarava[434]. Noi abbiamo a suo tempo fatto osservare che ciascuno di loro avea dovuto confessare più cose che non gli costavano, l'uno pe' tormenti, l'altro per le persuasioni dell'interrogante, e però potea bene spiegarsi una loro consecutiva ritrattazione, bensì parziale: ma del resto l'orribile strazio che si fece di loro dovè farli gridare pur troppo, e forse dire di non sentirsi colpevoli di ribellione, non potendo nemmeno capacitarsi che un disegno delittuoso si dovesse punire come un delitto consumato. Intanto essi morivano entrambi nel modo più atroce, mentre c'era anche una sensibile differenza nel grado della loro colpa. Il Crispo lasciava un fratello giovanetto ed il padre, Ferrante; il Mileri lasciava due sorelle fanciulle senza alcuno appoggio, e nell'Archivio di Stato abbiamo rinvenuto un documento che ne attesta la misera fine[435].

IV. Compiute le due prime esecuzioni, il tribunale venne trasferito a Gerace, dove lo Spinelli avea determinato di far residenza per ragioni che tra poco ci saranno chiare, ingiungendo allo Xarava che vi si recasse. Il giorno 29 lo Xarava partì per quella città «con tutti i carcerati», tra' quali Cesare Pisano che dovea confrontarsi con altri detenuti appunto in Gerace; ma quivi occorse pure aspettare l'arrivo di un altro Mastrodatti capace di servire all'ufficio, che lo Xarava avea mandato a chiamare. Vi fu dunque un trasporto di tutti i carcerati, durante il quale i frati poterono vedersi ma non mettersi in relazione tra loro, e si ebbe in sèguito dal Petrolo, nel tribunale per l'eresia, la notizia di un fatto del Campanella avvenuto in tale occasione. Solevano i prigioni tradursi a coppie, «ligati a mano a mano con una corda» formando una catena: una squadra di armati li accompagnava, e il capo di squadra era allora uno spagnuolo. Costui marciando a cavallo dovè dirigere al

Campanella qualche parola discorrendogli di morte: il Campanella filosoficamente gli disse che non v'era morte, ma mutazione di essere; il Petrolo, che veniva dietro di lui, udì quelle parole e poi le ripetè, confessando di non saper bene «come lui l'accomodasse»[436].

Scorsi pochi giorni, venne la notizia che fra Dionisio, Maurizio e Gio. Battista Vitale, erano stati presi: il 30 settembre Gio. Geronimo Morano, con una sua lettera da Monopoli, l'annunziava al Vicerè in Napoli e naturalmente anche allo Spinelli in Calabria[437]. Il Morano scriveva che partitosi di Cosenza in traccia di Maurizio e del cognato di lui con due altri compagni, caminando giorno e notte e tenendo sempre nuove fresche, avea preso fra Dionisio in Monopoli[438]; poi, continuando sempre sulla traccia di Maurizio, avea preso in Nardò un Gio. Ludovico Todesco, ed avea quivi saputo che Maurizio si era imbarcato a Brindisi sopra una Marsigliana comandata da Francesco Maresca per recarsi a Venezia; avendolo seguìto per terra ed avendo saputo che la Marsigliana dovea caricare olio a Monopoli, erasi quivi diretto ed avea trovata la nave ancorata a due miglia dalla città, non permettendo il mare procelloso nè che la nave si potesse avvicinare, nè che la gente potesse montare a bordo. Il 30, calmatosi il mare, il Governatore di Nardò Agostino di Guardisciola ed il Giudice Stefano Garonfalo, con due feluche, si spinsero verso la Marsigliana, presero Maurizio e il Vitale e li consegnarono al Morano. Costui, il giorno dopo, traduceva tutti que' prigioni in Calabria a Carlo Spinelli. Dandone l'annunzio al Vicerè, egli scrivea: «riceva V. E. l'animo con che l'ho servito, et non haria sparagnato la vita per condurre infine questo servigio, come farò in ogni altra occasione del servitio di sua Maestà et di V. E.». — Adunque Maurizio avea saputo sfuggire a' suoi persecutori, traversando nientemeno che le provincie di Basilicata, Bari e terra d'Otranto, in compagnia di fra Dionisio, Gio. Battista Vitale e un Gio. Ludovico Todesco, il quale ultimo vedesi soltanto qui nominato, e mostra bene esserci rimasto ignoto un certo numero di congiurati anche d'importanza; se il braccio del Governo, aiutato anche dalla fortuna di mare, finì per raggiungerlo, ciò non toglie nulla alla destrezza che egli seppe mostrare. D'altra parte tutto ciò conferma abbastanza aver lui veramente avuto in animo di salvare il Campanella, quando si diede a corrergli dietro fin oltre Stignano; poichè se si fosse proposto di guadagnare l'indulto col sacrificio di un complice, potea bene sacrificare fra Dionisio, che agli occhi del Governo avea quasi lo stesso valore del Campanella. Si vede pertanto come erri il Giannone nell'affermare che «alcuni spensierati furono presi senza contrasto, fra' quali fu Maurizio di Rinaldo»; non saprebbe dirsi per quale fatalità la nobile figura di Maurizio abbia dovuto rimanere falsata da tutti i lati. Conosciamo poi che fra Dionisio era vestito da secolare, avendo fin dalla notte del 3 settembre, nel fuggire da Pizzoni, deposta la tonaca fratesca; ma gli Atti conservati in Firenze fanno sapere di più, che avea preso il nome di D. Pietro Antonio Grasso e si era munito di una fede di sanità della città di Lecce[439]; quest'ultima circostanza mostrerebbe che i fuggiaschi avessero dovuto percorrere tutta la terra d'Otranto per trovare un imbarco. Aggiungiamo che i principali armigeri di Gio. Geronimo Morano, nella persecuzione e cattura di que' fuggiaschi, doverono essere Aurelio Biase e Giuseppe Pascalone, giacchè essi vennero poi a deporre col Morano segnatamente sulla cattura di fra Dionisio. Aggiungiamo ancora un altro fatto avvenuto a fra Dionisio nel suo arrivo in Calabria, siccome egli medesimo ebbe poi a narrarlo in Napoli nel tribunale per l'eresia: mentre veniva tradotto a Gerace, passando per Cosenza, il Governatore, che era in quel tempo D. Francesco de Regina Conte di Macchia, ebbe curiosità di vederlo e di dimandargli se era della setta del Campanella e se credeva che la fornicazione fosse peccato, giacchè il Campanella ritenevа che non lo fosse; ed egli si fece a smentire così l'esistenza della setta, come la credenza falsamente attribuita al Campanella[440].

Il Vicerè, con sue lettere del 4 e dell'8 ottobre, inviò subito a Madrid la relazione del Morano e quella dello Xarava[441]. — Nel partecipare la notizia dell'importante cattura di Maurizio e compagni «capi della congiura di Calabria», fece anche conoscere come fin dal 28 settembre era stato da lui ordinato allo Spinelli che, dopo giustiziati quattro de' più colpevoli, inviasse tutti gli altri in Napoli a buon ricapito, avendo voluto che fossero quivi tradotti a fine d'investigar bene le loro colpe e quivi gastigarli; e però nel giorno precedente avea scritto che, vagliata bene la causa di Maurizio de Rinaldis, facesse giustizia anche di lui, ed inviasse in Napoli gli altri con tutti i rimanenti incolpati. — Nel partecipare poi l'esecuzione già avvenuta de' due «trovati colpevoli nella congiura che andavano fomentando», inviò pure l'ultima dichiarazione di Cesare Pisano, e nel tempo medesimo la copia dell'Informazione presa dal Visitatore contro il Campanella (questa era rimasta in Napoli fin allora), per mostrare a S. M.[ta] ciò che essi andavano disseminando pel paese, e ripetè che aveva ordinato l'invio di tutti i carcerati, per investigare molto radicalmente tale negozio, e dare il gastigo che conveniva.

Si scrisse allora finalmente una lettera da Madrid, in risposta ad otto lettere Vicereali, cioè a dire in risposta a tutte le lettere che erano state mandate intorno alla congiura: ne abbiamo rinvenuta in Simancas la minuta senza data, ma questa si può facilmente desumere, leggendovisi che l'ultima lettera ricevuta era quella del 4 ottobre[442]. In essa S. M.[ta] si sbaglia sul nome del Campanella che chiama Matteo, ma con solenne gravità si compiace che la congiura sia stata scoverta, approva le misure prese, ringrazia la divina Provvidenza e rinforza gli ordini di rigore verso gli incolpati. «Ho gradito molto, egli dice, essere stata (la congiura) scoverta così a tempo, che voi abbiate potuto arrestare, come lo faceste, mercè la prevenzione e i così buoni rimedii, come li applicaste, i danni che poteano seguire dal rimanere celata più a lungo; a Dio si debbono grazie di tutto, e fu molto savio dar conto a S. Sta del negozio e del trovarsi alcuni ecclesiastici colpevoli e indiziati in questi delitti, perchè con sua autorizzazione e commissione poteste procedere contro di loro, come lo faceste, e l'avere ordinato che si esegua la giustizia de' quattro più colpevoli in questo delitto, come lo sarà, e così ve ne dò incarico e comando, che ordiniate di procedersi contro gli altri i quali appariranno di esserlo, con un rigore che la gravezza de' loro delitti merita; ma con un certo intervallo, per dar tempo che si scovrano i rimanenti complici che in que' delitti si abbiano, e si sradichi ad un tempo questa mala semente di eresia e ribellione, procurando di sapere con particolarità se abbiano tenuto qualche intelligenza con Cicala, e se sieno compresi in essa quegl'individui che nel principio i carcerati nominavano, de' quali, e nemmeno di alcuno di loro, non si è visto finora che siasi proceduto all'arresto». Era dunque un disappunto per S. M.^{tà} che qualche Vescovo o qualche Nobile di alto rango non si trovasse già nelle mani del fisco; d'altra parte non obbliava i denunzianti e conchiudeva: «A Fabio di Lauro e Gio. Battista Biblia, che avvisaste essere coloro i quali scovrirono la congiura di questa gente, darò ricompensa come voi glie la offriste per tale servizio, ed è giusto che si dimandi, e perchè si agisca più oculatamente, mi avviserete con brevità di ciò che si potrà fare per loro; e di mano in mano mi riferirete con particolarità ciò che si andrà facendo in questo negozio, che per essere della qualità che è, conviene saperlo». Dopo tutto ciò si potrà ancora gridare contro la crudeltà dello Xarava e dello Spinelli, ma si dovrà convenire che costoro interpetrarono perfettamente le intenzioni non solo del Vicerè ma anche del Re.

Aggiungiamo qui le notizie sulle cose di Calabria, che al momento cui siamo pervenuti l'Agente di Toscana, e il Residente Veneto trasmettevano a' loro Governi[443]. — L'Agente di Toscana, nel partecipare che due prigioni erano stati tanagliati e strozzati con titolo di ribellione, faceva anche sapere essere partite quattro galere per levare il Card.^l Guevara[444], e quattro altre partire allora per Lipari e Calabria (10 ottobre), a fine di mutare le compagnie spagnuole; aggiungeva che forse con esse sarebbero venuti in Napoli i prigioni della congiura calabrese. Poco dopo annunziava essersi congratulato col Vicerè, da parte della Serenissima Casa di Toscana, per la scoverta e la repressione della congiura (12 ottobre), aggiungendo che il Vicerè gli avea dato conto dell'esecuzione fatta e del trovarsi carcerati più di cento, tra' quali otto frati col Campanella; inoltre faceva sapere il richiamo dello Spinelli, a suo avviso insieme co' prigioni, e la commissione di formare i processi da affidarsi a' dottori. — Il Residente Veneto, giusta il suo costume, partecipava le notizie raccolte da ogni maniera di fonte. Erano usciti in campagna circa 200 calabresi tra colpevoli e intimoriti, essendosi trovati molti disposti per la libertà di coscienza, con la quale il Campanella disegnava allettare gli animi. Un Maurizio de Rinaldis, dapprima uomo d'arme in servizio del Re, poi contumace per omicidii, favorevole alla ribellione ed anche all'eresia, insieme con un fra Dionisio Ponzio si era ritirato nelle montagne di Cosenza, mettendosi a capo de' fuorusciti, e si temeva che avrebbe potuto là mantenersi a lungo (29 settembre e 5 ottobre). Il Vicerè che avea già in animo di mandare suo figlio in Calabria, ne era dissuaso dal Consiglio per la poca età di lui e la gravità del negozio, e andrebbe il Presidente Montoya per le cose di giustizia e un D. Alonso Rosa per le cose di campagna (confusione di nomi e di fatti). Alcuni calabresi, mandati dalla Corte contro i fuorusciti, li avevano combattuti «con spararsi reciprocamente senza balla» (voci popolari). Intanto era venuta nuova certa che Maurizio e il Ponzio erano stati «ritenti in una filucca 16 miglia in mare per opera di loro particolari nemici a' quali furono promessi gran premii», onde gli animi si erano sollevati. S. S.^{tà} avea fatto spedire un Breve al Nunzio, perchè i religiosi colpevoli potessero venire puniti anche nella vita in Napoli, ma formandosi i processi coll'assistenza de' ministri ecclesiastici. Tutti i prigioni sarebbero quanto prima tradotti in Napoli, ed intanto erano stati giustiziati alcuni laici in Catanzaro i quali avevano dichiarato Signori e cittadini napoletani essere partecipi di quella congiura «senza haver saputo però nominare alcuno, il che perturbò assai in generale questa città». Più tardi (12 ottobre), specificava i nomi de' due giustiziati, Crispo e Mileri, e il genere del loro supplizio, «perchè con Mauritio Rinaldo, anch'esso retento, mandarono un prete a Costantinopoli a trattar col Cigala» (voci popolari). Inoltre indicava il numero de' prigioni, riducendoli a 60, al di sotto del vero, «la maggior parte huomini di qualche conto, essendo anco fra essi alcuni baroni», con la voce che nella famosa fiera del 18 ottobre in Monteleone se ne sarebbero giustiziati alcuni, e gli altri, insieme con gli ecclesiastici, sarebbero venuti a Napoli. Infine annunziava che il Lauro e il Biblia, rivelanti della congiura, erano già in Napoli, «ricercando ricognitione tale che possano vivere sicuri delle insidie dei parenti numerosissimi degli imputati». — Come si vede, tra molte stramberie, non mancano qui notizie degne di nota: è facile scorgerle, ma sopra due di esse dobbiamo richiamare l'attenzione e fare qualche commento. In primo luogo dobbiamo notare che in Napoli, a' 5 di ottobre, gli animi erano perturbati a motivo dell'affermata partecipazione di Signori e cittadini napoletani nella congiura, senza che se ne sapessero i nomi: ciò mostra che il Viceré non solo non avea seguito l'avviso dello Spinelli di carcerare alcuni di costoro, ma non avea neanche fatto trapelarne i nomi. In secondo luogo dobbiamo notare che il Viceré volea mandare suo figlio in Calabria e poi ci mandò il Montoya siccome è attestato pure dal Residente in un'altra sua lettera anteriore[445], nella quale dice che il Viceré volea mandare suo figlio con due de' Consiglieri primarii del Governo: forse intendeva mandarlo come Governatore in luogo del De Roxas, ma poi se ne astenne per riguardo a Carlo Spinelli; e quanto al Montoya, vedremo che egli andò difatti a Catanzaro per commissioni speciali, ma alquanto più tardi, segnatamente per l'omicidio di Marco Antonio Biblia fratello di Gio. Battista, pugnalato in odio di costui che aveva rivelata la congiura[446].

Intanto lo Xarava, provvedutosi del nuovo Mastrodatti, ripigliava il corso del processo e delle torture in Gerace. Egli dovè dapprima far il confronte di Cesare Pisano col Gagliardo, Santacroce, Marrapodi, Adimari, e un po' più tardi col Conia, siccome trovasi disegnato nella citata sua relazione, e fino ad un certo punto può desumersi ancora dalla numerazione de' folii del processo, la quale al sèguito delle deposizioni sopra riferite mostra una grossa lacuna, appena occupata da un «nuovo esame» del Santacroce[447]. Questa lacuna si spiega assai bene col fatto che le confronte, i nuovi esami ed anche le torture non diedero risultamenti degni di nota. Certo è che Felice Gagliardo ebbe la tortura e «si vide in pericolo di morte a Jeraci», poi ebbe «una seconda corda a Napoli et hebbe a morire», e queste prime torture furono «crodelissime, con funicelle, acqua freda e bastonate, et non confessò»; in tal guisa si espresse egli medesimo innanzi a' Delegati del S.to Officio, sul punto di essere giustiziato, varii anni dopo[448]. Certo è pure che Gio. Angelo Marrapodi «hebbe la corda a hierace»; lo dichiarò nel processo di eresia in Napoli un suo figliuolo giovanetto, che lo seguì pe' diversi luoghi in cui stiè carcerato, vivendo col fare qualche servigio a taluni de' frati egualmente carcerati[449]. Infine è indubitato che Geronimo Conia fu sottoposto egli pure ad un nuovo esame e alla tortura, ma un po' più tardi, dopo l'esame e la tortura del Caccìa; e di costui sappiamo con sicurezza essere stato esaminato e torturato in Gerace, poichè, nel processo di eresia fatto in Napoli, si ha una deposizione del Petrolo, il quale esplicitamente attesta che il Caccìa «à Squillace non fù essaminato... et à hieraci hebbe la corda». Come dicevamo, nè da' nuovi esami nè dalle torture doverono ottenersi risultamenti degni di nota; e però di alcuni di questi Atti non si ebbe a fare alcuna menzione ne' Riassunti degl'indizii, di altri, come quelli del Santacroce e del Conia, si riportò un piccolo brano che in realtà non ci apprende nulla di nuovo[450].

Importante invece riuscì, se non l'esame, la confessione in tortura di Gio. Tommaso Caccìa, il quale comunque clerico ne' 4 ordini, al pari del Pisano, non fu risparmiato dallo Xarava. Egli era stato catturato da Giulio Soldaniero e condotto dapprima a Squillace, di poi a Gerace, e qui fu sottoposto agl'interrogatorii[451]. Nulla troviamo registrato intorno alla sua deposizione, ciò che autorizza a ritenere aver lui deposto negativamente; ma in tortura confessò con molta ampiezza, e narrò tutte le circostanze nelle quali si era impegnato per la ribellione. Recandosi un giorno con Marcantonio Contestabile e Gio. Francesco d'Alessandria a Stilo, prima di giungervi incontrarono fra Dionisio che andava con Cesare Pisano ed uno o due altri monaci, e fra Dionisio disse a Marcantonio che andava a Monasterace a trovare il Campanella, e così essi se n'andarono a Stilo, nel monastero, ove trovarono Giuseppe Grillo che disse di stare aspettando fra Dionisio; nella sera venne il Campanella con fra Dionisio, il Pisano e gli altri due monaci e mangiarono, quindi, partiti gli altri e rimasti soli col Campanella e fra Dionisio, nella sua cella fra Tommaso dichiarò la congiura e i preparativi di essa, e che «volea essere monarca del mondo e dare nova legge». E sempre diceva che «in quest'anno 1599 e 1600» dovevano accadere grandi mutazioni, sollevazioni e rivoluzioni, così conoscendo per scienza, astrologia e profezie, e però beato chi in questo tempo si trovasse con forza d'armi, ed ognuno dovea stare preparato e procurare di cercare amici, aggiungendo, così fra Tommaso come fra Dionisio, che Maurizio De Rinaldi e un altro di Reggio, di Casaspano, aveano preparata una quantità di fuorusciti tenendoli pronti per quella giornata. Allora insieme con Marcantonio Contestabile e Gio. Francesco d'Alessandria, ad istanza del Campanella e di fra Dionisio, concertarono di ribellarsi, e i detti frati dicevano esservi molti altri congiurati per fare la Calabria repubblica e ribellarsi dalla soggezione del Re e degli ufficiali, con l'aiuto del Turco e di altri Signori che aveano a loro divozione. Inoltre, tornato di poi a Belforte, fra Dionisio venne a chiamarlo da parte di Claudio Crispo che avea da parlargli in Pizzoni, ed egli vi si recò insieme con fra Dionisio: l'indomani, vedutisi col Crispo, con fra Dionisio e fra Gio. Battista di Pizzoni, si parlò di nuovo della congiura, e il Crispo diceva di avere apparecchiati molti fuorusciti per la giornata della ribellione. Aggiunse pure che mentre era nel monastero di Stilo, vennero più volte a parlare segretamente col Campanella Fulvio Vua, Gio. Gregorio Prestinace, Tiberio Marullo, Giulio Contestabile e Geronimo di Francesco, ed egli non udì di che parlassero ma giudicò che dovessero trovarsi in detta ribellione. Questa sua confessione egli poi ratificò, e nella ratifica disse pure che a Stilo Giulio Contestabile un giorno, dopo di avere parlato segretamente al Campanella, dimandò a Marcantonio cosa gli paresse di quanto il Campanella diceva e se lo ritenesse per vero, e Marcantonio rispose che troppo era vero e presto lo vedrebbe. — Adunque il Caccìa rivelò tanto il convegno di Stilo quanto il convegno di Pizzoni; ma specialmente intorno a quest'ultimo non rivelò tutto, e disse pure diverse cose che per lo meno non avea potuto udire in Stilo, come p. es. l'aiuto del Turco e l'aiuto de' Signori, de' quali aiuti sappiamo che in Stilo non si era parlato ancora. Queste ed altrettali circostanze gli furono probabilmente estorte dallo Xarava con l'atrocità de' tormenti, giacchè i tormenti dati al Caccìa non solo furono atrocissimi, ma ancora furono dati mentre egli avea la febbre. Molti l'attestarono in sèguito nel processo di eresia, e basta citare fra Pietro di Stilo e Geronimo di Francesco, il quale disse che a tale proposito fu consultato il medico, e costui per timore affermò che il tormento si poteva dare. Così non recherà sorpresa che egli pure, al momento di essere giustiziato, abbia avuto a fare ritrattazioni: ma in fondo, sul punto essenziale della quistione, egli era «confesso», e quindi non poteva aspettarsi altro che una condanna di morte.

Dopo il Caccìa, come abbiamo già avuta occasione di dire, fu esaminato e torturato il Conia, il quale, nella confessione in tortura, giusta il sunto molto arruffato datone dal Mastrodatti, affermò che c'era stato concerto di ribellione tra il Campanella, fra Dionisio ed altri nel modo più volte ripetuto, da porsi ad effetto alla venuta dell'armata turca che essi aspettavano[452]. — Successivamente furono compilati gli Atti relativi alla cattura di fra Dionisio; ma la sua condizione di ecclesiastico non permetteva di fare altro intorno a lui, e si proseguirono gl'interrogatorii de' laici, vale a dire di Maurizio, del Vitale, e con ogni probabilità anche del Todesco.

Maurizio, chiamato a fare la sua deposizione, non rivelò nulla[453]. Disse che si era allontanato, avendo udito che Carlo Spinelli catturava coloro i quali aveano parlato col Campanella e fra Dionisio; che avea parlato col Campanella una volta in casa di D. Gio. Jacopo Sabinis, ed un'altra volta a Davoli, nel monastero, verso la metà di luglio, stando allora in casa di D. Marco Antonio Pittella, ma aveano trattato della loro «natività». Gli furono quindi amministrate torture atrocissime, ed egli egualmente non rivelò mai nulla, ond'è che ne' Riassunti degl'indizii non se ne trova fatta menzione. Ma è indubitato che ebbe torture enormi, alle quali se ne aggiunsero poi altre non meno atroci, rimanendone una nozione abbastanza confusa. Nella sua ultima rivelazione fatta in Napoli innanzi a' Delegati del S.to Officio, sul punto di essere giustiziato, egli disse puramente e semplicemente di avere avuto «più volte la corda», senza aver mai voluto manifestare cosa alcuna contro i frati; il Residente Veneto, in una sua lettera della quale si parlerà più oltre, scrisse che avea «sofferto in tre mesi quaranta hore di corda et altri tormenti... senza haver mai confessato alcuna cosa»; ma Mons.r Mandina, che fu giudice per l'eresia e potè saperlo in modo autentico, lo disse «per septuaginta horas tortus et nihil confessus»[454], e tutto induce a credere che egli parlasse propriamente delle torture avute in Napoli, non già di quelle di Calabria, che doverono essere certamente più atroci. Ed intanto questa prova di maravigliosa fortezza non recava alcun vantaggio alla sua causa: con la protesta di applicare la tortura «non pro veritate habenda sed pro praecisa responsione habenda et citra praejudicium probatorum» il fisco soleva annullare i benefici effetti di una risposta negativa in tortura; e Maurizio, se non risultava confesso, pur troppo risultava «convinto» dalle concordi testimonianze avverse, a capo delle quali la Dichiarazione del Campanella, oltrechè dalle stesse sue lettere venute nelle mani della giustizia. E però la sorte sua non poteva esser dubbia.

Quanto a Gio. Battista Vitale, egli avrebbe voluto imitare Maurizio ma non ci riuscì[455]. Nella deposizione disse, che essendosi scoverto un trattato fatto da fra Dionisio e dal Campanella di ribellarsi e far venire i turchi «et si dicea che Mauritio era andato in torchia per questo effetto», e vedendosi che si carceravano tutti gli amici che aveano conversato co' predetti, Maurizio risolvè che se ne fossero andati a Venezia e a S.ta Maria di Loreto, sino a che passasse la furia e si scoprisse la verità; e così partirono da Davoli, dove stavano già da nove mesi in casa di D. Marco Antonio Pittella. Si venne quindi alla tortura, ed egli non resse allo strazio: ecco qui raccolti e disposti alla meglio i brani sparsi della sua lunga confessione. Narrò che da nove mesi erano assenti da Guardavalle insieme con Maurizio «per certe pugnalate», ricoverati a Davoli in casa del Pittella, e con costui Maurizio diceva avergli il Campanella manifestato che «quest'anno» doveano esservi grandi guerre e rivoluzioni e il Regno dovea mutare padrone, e che insieme col Campanella aveano concertato di far gente e far ribellare quelle provincie. Che dopo alcuni giorni Maurizio era andato a trovare il Campanella, e quindi avea detto che con lui e fra Dionisio si era concluso di effettuare detta ribellione, e per facilitarla «volevano invocare l'aggiuto et favore del turco che li mandasse l'armata, con la quale e con l'aggiuto de' Popoli haveriano levato questo regno dal dominio del Rè di Spagna e fattolo republica, et che esso fra Thomase haveria fatto nova legge, et ridotto ogni huomo à libertà naturale, et mandato molti predicatori predicando la libertà, et che haveano parlato à questo effetto a molti di Stilo parenti del detto Mauritio di Casa Carnevale e Sabinis come di casa Condestabile, et altri loro parenti et amici; alli quali fra Tomase con fra Dionisio haveano parlato, et procuravano far pacificare li Carnevali con li Conestabili, per che si haveano da trovare in detta rebellione per quanto diceva detto Mauritio». E dietro interrogazione, specificando meglio le persone, aggiunse, «che Mauritio li disse, quando tornò da Stilo, che li parenti suoi et altri, che s'haveano da trovare a detta rebellione, erano Gio. Paolo e Fabio Carnevale, Ottavio Sabinis, Gio. Jacovo Sabinis, Marc'Antonio Conestabile, Giulio Conestabile, Fabio Conestabile, et Geronimo di Francesco che tutti si erano offerti a detta rebellione». Aggiunse ancora che dapprima intese dire da tutti quelli di Davoli che nel monastero di S. Maria del Trono di detta terra erano venuti Gio. Paolo di Cordova ed Orazio Rania ed aveano parlato col Campanella «et fra Dionisio»; e poi, passando per la casa del Pittella, costui gli disse «come Oratio Rania, Gio. Paolo di Cordova, et Gio. Tomase di Franza erano venuti à trovare Mauritio et fra Tomase Campanella, et haveano trattato detta rebellione dentro lo monastero di S.ᵗᵃ Maria del Truono». Aggiunse che Maurizio «ogni hora dava animo ad esso deposante et a Donno Marco Antonio Pittella», che dopo essere sceso dalle galere de' turchi raccontò al Pittella l'appuntamento preso con Amurat Rais, che in giugno con Geronimo Baldaya fuoruscito si era partito per raccogliere gente, e Geronimo diceva «lassa fare a me ch'io busco gente assai che staranno in ordine per la giornata che vene l'armata del Turco, et allhora daremo dentro»; che il Pittella diceva esservi in Catanzaro molti gentilhuomini ed altri i quali partecipavano alla congiura, e che venivano spesso lettere da Catanzaro a Maurizio e i corrieri dicevano mandarle il Rania; che Maurizio «con questo pretendea farsi gran homo per che saria stato padrone di molte terre... et persuadeva lo Donno Marco Antonio et esso deposante se voleano concorrere con esso et ritrovarsi à questa fattione che li saria stato gran utile; lo Donno Marco Antonio si offerse a questo, et esso deposante disse, io vengo dove vai tu, per che a me me tieni alla maneca» (*intend.* affibiato a te). — La tortura data al Vitale fu del pari straordinaria: da un brano della Difesa de' Cordova si ha che fu perfino trascinato alla coda di un cavallo (ad caudam equi raptatus). Ciò spiega sempre più la rivelazione da lui fatta di tanti nomi e di tanti particolari, che per lo meno non poteva conoscere, mentre da molti indizi apparisce che i capi della congiura conducevano le cose con cautela, e non mettevano ogni cosa a conoscenza di tutti: basterebbe la sola deposizione del Caccìa a mostrarlo, e d'altronde vedremo p. es. lo stesso Maurizio, nella sua ultima rivelazione, smentire la partecipazione del Pittella, che il Vitale nominava con tanta larghezza. Facciamo queste avvertenze, perchè non rechi poi meraviglia il vedere questo disgraziato, nel suo estremo supplizio, dichiarare che tutto gli era stato estorto dallo Xarava per forza di tormenti. Egli pertanto era «confesso» e quindi votato alla morte.

Come dicevamo, forse anche Gio. Ludovico Todesco fu esaminato dopo costoro. A lui si poteva per lo meno imputare che avesse aiutato Maurizio nella fuga, onde a' termini del Bando dello Spinelli era reo di morte: e il vedere dalla numerazione de' folii del processo l'inserzione di quel Bando al sèguito degli Atti relativi al Vitale darebbe motivo di credere che per l'appunto il Todesco dovè essere inquisito e forse condannato in virtù del suddetto Bando. Ma non ce n'è notizia ne' Riassunti degl'indizii a noi pervenuti con gli Atti esistenti in Firenze; e ciò vorrebbe dire non aver lui avuto nulla a rivelare intorno agli ecclesiastici, che sono contemplati in que' Riassunti. Dicasi lo stesso di tanti e tanti altri carcerati già fin da' primordii della repressione della congiura. Per lo meno i principali tra loro, come Geronimo del Tufo, il Barone di Cropani, Ferrante Ponzio, i due Moretti etc. etc., difficilmente si può credere che non sieno stati esaminati in Calabria; e così pure Geronimo di Francesco che fu preso in compagnia di Giulio Contestabile, con tanta prevenzione e tanto sdegno dello Spinelli. Il Contestabile, per la sua qualità di clerico ne' quattro ordini sacri, dovè esser lasciato al foro ecclesiastico, siccome già lo Spinelli si proponeva (ved. pag. 316); se non si procedè con lui come col Pisano e col Caccìa, questo verosimilmente accadde perchè egli vestiva tuttora l'abito clericale, mentre il Pisano e il Caccìa l'aveano deposto da un pezzo; risulta infatti da una numerosa quantità di documenti conservati nell'Archivio di Stato che era teorica del Governo, combattuta continuamente da' Vescovi, non doversi ritener clerici coloro i quali da un pezzo ne aveano deposto l'abito. Ma pel Di Francesco ci pare impossibile che non siasi proceduto ad interrogatorii d'ogni maniera; probabilmente egli dovè essere negativo in tutto.

Aggiungiamo qui che il Pittella, indiziato per tante vie e poi così fortemente compromesso dal Vitale, fu catturato da un Gio. Andrea Spina, ma mentre era tradotto in carcere a cavallo, riuscì a fuggire: lungamente ricercato dalla giustizia vedremo che fu poi catturato di nuovo, ma molto più tardi, nel 1601, e quindi lo troveremo in Napoli[456]. Di tutti gli altri nominati dal Vitale abbiamo solamente notizia che fu catturato Gio. Paolo Carnevale e con lui Tiberio Carnevale[457], ma non Fabio Carnevale nè Fabio Contestabile, che troveremo in qualità di testimoni in un'altra Informazione ecclesiastica presa dal Vescovo di Squillace nel novembre e dicembre di questo stesso anno 1599. Quanto poi a Marcantonio Contestabile, egli rimase sempre contumace, e vedremo che dal tribunale di Napoli fu dichiarato forgiudicato, con Gio. Francesco d'Alessandria, Alessandro Tranfo, Matteo Famareda, Francesc'Antonio dell'Ioy, e Tulibio dello Doce (o Dolce), come del pari Gio. Geronimo Prestinace e forse anche Fulvio Vua, che sappiamo essersi entrambi nascosti[458]; inoltre Geronimo Baldaya, che fu certamente preso ed interrogato circa una lettera di Maurizio a Gio. Francesco Ferrayma trovata chiusa presso di lui[459], dovè essere rilasciato e poi ricercato di nuovo, probabilmente dietro le confessioni del Vitale, e vedremo anche lui dichiarato forgiudicato, ma presentatosi e processato in Napoli, liberato e poi ricercato ulteriormente, come si dirà a suo tempo. Aggiungiamo ancora che delle altre persone ecclesiastiche nominate o sospettate come aderenti alla congiura fu successivamente preso un certo numero, all'infuori del Jatrinoli e di Gio. Jacovo Sabinis, i quali doverono rimanere fuggiaschi, non essendoci pervenuta alcuna notizia di Atti giudiziarii concernenti le loro persone. Fin dal 23 settembre era stato già preso fra Scipione Politi Francescano, conosciuto come amico intimo del Campanella; l'Auditore Gio. Lorenzo Martire andò a carcerarlo nel convento medesimo di Stilo dove egli dimorava[460]. Fu poi preso l'8 ottobre fra Pietro Musso di Monteleone Domenicano, che il barricello di Monteleone carcerò sotto il castello di quella città: un fra Leonardo suddito di fra Pietro, mentre costui volea farlo carcerare, lo denunziò come amico del Campanella, e un D. Domenico Pulerà di Pimeni presentò allo Xarava due lettere dirette a fra Pietro e rinvenute fin da luglio in un libro di lui durante una visita che gli fece, una di fra Dionisio del 10 giugno e l'altra del Pizzoni del 25 luglio, nelle quali si parlava di congregazione di fuoruscioti e di armi; inoltre un nipote di questo fra Pietro andò caritatevolmente a deporre che il Pizzoni era stato in luglio a visitare suo zio nel convento di Maierato e gli portò due pistole ed un fucile, ed egli stesso, fra Pietro, si procurò un'altra pistola e con queste armi se ne andò, soggiungendo che nell'udire la cattura del Campanella e di fra Dionisio avea detto che gli dispiaceva[461]. Inoltre fu preso un fra Vittorio d'Aquaro sacerdote Agostiniano, il 9 ottobre, sulla via di Mamola, mentre tornava dalla Sicilia in Calabria: fu preso un fra Giuseppe da Polistina, terziario Domenicano, in Reggio, mentre di là s'imbarcava per Messina, ad oggetto di ricuperare certe robe lasciate in eredità al suo convento. E furono presi alcuni altri, ma ancora più tardi, e li vedremo a suo tempo.

Intanto fra Cornelio e il Visitatore, decisi a non lasciare la preda, ripigliarono lo svolgimento del loro processo unitamente col Vescovo di Gerace, che li secondò nel modo più sciagurato: ciò accadde il 13 ottobre, e si ebbe in tal modo il così detto processo di Gerace, fatto da costoro assistendo alle sedute e facendo sentire la loro influenza lo Spinelli, lo Xarava, diversi altri laici, co' metodi soliti ed anzi peggiorati; sicchè gli ordini di Roma, dettati dall'amore della verità e della giustizia, riuscirono del tutto infruttuosi. Era allora Vescovo di Gerace fra Vincenzo Bonardo romano, già Segretario della Congregazione dell'Indice e poi Maestro del Sacro Palazzo, uomo punto tiepido nella difesa de' dritti giurisdizionali ed anzi prepotente siccome abbiamo avuto opportunità di vedere altrove (pag. 121-122): ma dovè forse allora essere invaso anche lui dal terrore che lo Spinelli e lo Xarava aveano finito per incutere in quelle sventurate provincie, onde si annullò interamente innanzi a fra Cornelio e agli ufficiali Regii; nè sarebbe troppo arrischiato l'ammettere che lo Spinelli, sollecitamente informato dal Governo della deliberazione presa in Roma e nota fin dal 17 settembre, circa gli esami de' frati da farsi dal Visitatore e fra Cornelio insieme coi Vescovi locali, avesse lasciato Squillace e fatto tradurre tutti i prigioni a Gerace, precisamente per profittare della debolezza in cui era caduto il Vescovo di quel luogo. Certamente in Gerace gli ordini di Roma per lo meno non furono interpetrati a dovere. Lungi dal prendere *altre informazioni con secretezza e diligenza laddove occorressero*, si volle procedere all'esame non solo di diversi altri prigioni ma anche di quelli già esaminati scegliendo opportunamente gl'individui che sarebbero risultati in danno: così fu esaminato di nuovo Giulio Soldaniero senza rivelarne la condizione di guidato, fu esaminato il clerico Pisano che era stato già perfino torturato dallo Xarava e il clerico Caccìa che fu lasciato poco dopo torturare egualmente senza prenderne nota e senza farne alcuna rimostranza, ma non furono esaminati il clerico Contestabile e i frati Politi, Musso, Aquaro, Polistina, oltre fra Dionisio, verosimilmente perchè si sapeva dover risultare per lo meno negativi; e furono dal Vescovo e dal Visitatore commessi gl'interrogatorii a fra Cornelio «come bene informato di tutto il negozio», con la più grande condiscendenza verso gli ufficiali Regii, con una estesa pubblicità e col solito corredo delle suggestioni, delle minacce, de' terrori, senza farne mai parola ne' processi verbali. Allorchè gl'infelici prigioni vennero in Napoli, questi fatti si scovrirono mano mano, nè soltanto per opera degl'interessati ma anche per opera degli altri carcerati, come p. es. del Contestabile e del Di Francesco, che aveano vista o udita una parte di quegli scandali: lo Xarava medesimo disse ingenuamente al Vescovo di Termoli Giudice dell'eresia, che il Pizzoni non voleva confessare ma che alle insistenze di lui testificò, e il Vescovo non mancò di farlo sapere a Roma, togliendo così ogni dubbio possibile su' fatti asserti[462]. — I prigioni si trovavano nelle carceri del castello dette «la Marchesa». Fra Cornelio andava là a catechizzarli individualmente, manifestando sempre che «per sutterfugger lo giudicio temporale» bisognava deporre eresie: questo fece anche col Pizzoni eccitandolo a confermare l'esame primitivo, come attestò poi il Di Francesco che trovavasi nella medesima carcere; ma principalmente egli cercò di catechizzare coloro i quali non si erano esaminati ancora, e massime i due clerici, Cesare Pisano, che non ne avea bisogno essendosi già prestato, e Gio. Tommaso Caccìa, che dovea pur trovare qualche modo di scampare la vita, e poteva sperarlo solo dalla remissione al foro ecclesiastico. Qualche volta il Visitatore accompagnava fra Cornelio in tale ufficio, e se non trovavano arrendevolezza, minacciavano i riluttanti, giuravano che non sarebbero usciti dal castello che in pezzi, sputavano sul viso, come fecero p. es. col Petrolo, il quale non intendeva di confermare tutto l'esame di Squillace. Allorchè poi si teneva seduta, ci era il Vescovo, il Visitatore, fra Cornelio, il Mastrodatti della Curia Vescovile Biagio Perlongo, e qualche sacerdote come testimone, p. es. Curiale de' Curiali, Ferrante Guido, Gio. Antonio de Rinaldis, Antonio Lucissa; fra

Cornelio, intitolandosi anche *utriusque juris doctor*, dirigeva gl'interrogatorii ed avea cura di mettersi sempre in mostra, ciò che si rivela ottimamente da' processi verbali. Ma ci era anche Carlo Spinelli, lo Xarava, ed inoltre il Capitano di campagna (il Ruffo) con un certo numero di birri, e fu notato che mentre fra Cornelio sedeva sopra uno sgabello con poca dignità, lo Spinelli e lo Xarava erano adagiati sopra sedie a modo di Giudici; nelle mani di costoro si lasciavano pure talvolta gl'imputati, ed essi li interrogavano egualmente circa l'eresie, che anzi sappiamo essere stato presente anche il Principe di Scalèa in una di queste sedute straordinarie. Accadde inoltre talvolta, nelle sedute formali, che sorgessero contestazioni sulle cose scritte, non venendo trovate concordi con le cose dette, e s'interrompessero le sedute con scene di violenza, le quali aveano un sèguito entro le carceri, dove si finivano di redigere e firmare gli esami: intanto nulla di tutto ciò si rileva menomamente da' processi verbali. Tra le scene di violenza, meritano di essere ricordate quelle avvenute col Petrolo e con fra Pietro di Stilo. Il Petrolo dalla sala del tribunale fu bruscamente rimandato in carcere, e il Capitano di campagna gli tolse mantello e cappello per fargli sfregio, sicchè i suoi compagni di carcere lo videro rientrare in quella foggia «che pareva un pescatore»; ma dopo tre giorni venne fra Cornelio a fargli premura che firmasse il processo verbale, quindi fu chiamato al luogo della corda in presenza del Visitatore, dello Xarava e del Mastrodatti, e dicendogli fra Cornelio che il processo verbale era stato emendato, lo Xarava afferrandolo pel petto lo condusse alla banca e l'obbligò a firmare. Fra Pietro di Stilo poi, come già in Squillace così pure in Gerace, fu più volte interrogato senza che si scrivesse nulla, perchè rifiutava di dire ciò che si voleva; gli furono allora mostrati da fra Cornelio alcuni ferri, co' quali gli minacciava di fargli stringere il petto, e il Capitano di campagna, che era presente, faceva mostra di averne compassione; poi finalmente, dopo parecchi tentativi, si potè redigere il processo verbale del suo esame. Ora nella procedura ecclesiastica, e così anche nella procedura secolare pe' delitti comuni, il solo condurre l'imputato nel luogo de' tormenti equivaleva a un primo grado di tortura detto *territio*, e la tortura, in qualsivoglia grado, non poteva amministrarsi che dopo di avere compiti gli esami informativi e ripetitivi, e data all'imputato la copia degl'indizii raccolti contro di lui[463]. Gravissime dunque furono le irregolarità, con le quali si menarono innanzi gli Atti del processo di Gerace, e le circostanze suddette debbono servire ad essi di commento; passiamo ora a farne l'esposizione nel miglior modo che ci sarà possibile.

Primo fra tutti, il 13 ottobre, fu esaminato fra Pietro Ponzio[464]. Rispondendo a diverse interrogazioni, egli disse ingenuamente che credeva di essere stato carcerato perchè fratello di fra Dionisio, espose dove e come e perchè lo avea visto negli ultimi tempi, attestò l'amicizia di lui col Campanella da più di 14 anni avendo sempre continuato ad essere amici, dichiarò di aver saputo che era stato preso a Monopoli dicendosi comunemente che procurava una ribellione col Campanella ed altri frati e secolari, negò che fra Dionisio gli avesse mai parlato di tal cosa. Ed a fine di non fargli conoscere il modo di esame che era stato adottato, i Giudici decisero di non procedere oltre con lui. — Fu quindi esaminato fra Paolo Jannizzi della Grotteria[465]. Egli disse che credeva di essere stato carcerato per un fatto occorsogli a Filogasi (avea dato uno schiaffo al Baglivo di quella terra), ma che intese essere stato carcerato per le cose del Campanella; narrò che due volte sole avea visto il Campanella, la prima in Napoli sette o otto anni avanti, allorchè egli, fra Paolo, trovavasi in carcere e il Campanella passando per la via fu da lui pregato di far giungere una sua lettera al P.e Superiore, la seconda in Pizzoni, dove lo trovò verso la metà di luglio col fratello giovanetto e due altre persone a lui ignote, oltre i due figliuoli di Ferrante Crispo, il Caccìa e Giovanni di Filogasi, tutti armati di fucile e pistola, eccetto uno de' figli di Crispo. Disse di non sapere che costoro, in Pizzoni, avessero mangiato carne di venerdì, ma che fra Gio. Battista di Pizzoni, venendo da Monteleone a Gerace, gli avea detto di essere stato carcerato per questa causa; negò di aver parlato di altro col Campanella che di cose comuni, avendogli il Campanella, insieme con fra Gio. Battista, detto solamente che i letterati non erano premiati nè esaltati secondo il dovere; ma attestò che costoro «tutto il giorno parlavano con li banniti in secreto et a longo», e dietro interrogazione aggiunse che per le cose stategli dette e per quelle da lui viste teneva il Campanella «per homo tristo et per malissimo christiano, et il simile... di fra Gio. Battista di Pizzone». Si scusò intorno al libro di negromanzia, affermando non essere di suo carattere e non averlo nemmeno letto. Dietro altra interrogazione disse di aver conosciuto fra Dionisio e di averlo, negli ultimi tempi, visto in Pizzoni solamente per una notte di passaggio, nè avergli parlato per le antiche inimicizie che avea seco; ed aggiunse che era stato inquisito di aver voluto ammazzare fra Ponzio Provinciale, onde avea riportata la condanna di tre anni di galera ed avea scontato questa pena.

In una 2.ª seduta, il 16 ottobre, furono esaminati molti altri, e ne' processi verbali trovasi notato che l'interrogatorio fu commesso a fra Cornelio. Comparve dapprima fra Pietro di Stilo[466], del quale gioverà ricordare che in Squillace era stato interrotto l'esame non appena cominciato. Egli continuando quell'esame, dietro interrogazioni, disse avere udito dal Campanella che il Papa e il Re si accordavano a' latrocinii, che l'elezione del Papa non era canonica contando per una sola le molte voci de' pensionati del Re, che il vivere della Corte Romana era biasimevole, che il Papa facea molte cose contro il dovere, i Cardinali erano tiranni e lussuriosi della peggiore specie; inoltre che si burlava del peccato della carne, senza ritenerlo veramente lecito, e soltanto per detto del Petrolo egli sapeva che una volta avea manifestato non esservi nell'ostia consacrata il corpo di Cristo. Dietro altre interrogazioni speciali disse che il Campanella si burlava de' miracoli, affermando che egli pure ne farebbe «in comprobatione della sua scientia et delle sue opere, et che i miracoli non erano altro che una applicatione de intentione di quello alla cui persona si faceva il miracolo, et ch'ognuno potea far miracoli in questo modo»; che mai gli era occorso di averlo udito chiamarsi Messia nè Profeta, bensì Monarca, avendo detto anche «in presentia di Gio. Gregorio Presinacio nella camera sua... che tutti gl'altri homini che di niente erano venuti a qualche dignità o imperio haveano havuti solamente tre pianeti ascendenti favorevoli, ma che esso n'havea setti, et che per questo aspettava la Monarchia del mondo come anco li fu detto da un valentuomo astrologo delle parti di Germania che si trovava nell'inquisitione». Circa all'averlo udito discorrere di mutazioni di Stato, disse che in Arena, nel palazzo del Marchese, gli avea detto che era stato scritto contro di lui da quelli di Stilo al Nunzio ed al Papa che avesse amicizia co' banditi, e che per scienza e per profezie di Sta Brigida e del Savonarola egli provava «ch'in quest'anno seranno gran revolutioni e mutationi di stato... et questi stati muteranno regni et si faranno republiche et sarà bono in questi tempi per chi si troverà armato et che haverà arme assai di difender se stesso», soggiungendo che non sapeva «si volesse dire di se stesso ma havea molti amici et adherenti». Specificando poi questi amici disse che i principali erano Giulio Contestabile, Fulvio Bua e sopra gli altri Gio. Gregorio Presinacio; tra' monaci poi fra Dionisio e M.° Scipione Politi Conventuale. Per detto del Petrolo affermò, sempre dietro interrogazioni, che il Contestabile avea calpestato il ritratto del Re Filippo, e prescelto quello del Gran Turco. Circa fra Dionisio, tre volte costui era venuto a Stilo da che egli era Vicario nel convento; nulla avea detto mai contro la fede, se non che parlava pubblicamente del peccato di carne della più brutta specie e perfino se ne gloriava. Circa Giulio Soldaniero, lo conosceva per avergli una volta portata una lettera del Campanella, e pregatolo da parte di fra Tommaso che si recasse da lui ma senza discorrere di altro. Tutto ciò non parve ai Giudici conforme a verità, e fu deciso di rimandarlo nelle carceri per poi continuare l'esame, e frattanto gli si domandò se avesse mai detto di volere prender moglie, e subito fra Pietro accettò di averlo detto spesso e in molti luoghi ma per burla.

Nel medesimo giorno, quantunque dal processo verbale dell'esame di fra Pietro di Stilo si rilevi che era già tardi, furono esaminati il Bitonto e tutti i rimanenti frati. — Il Bitonto[467] dovè prima di tutto dar conto del come e perchè si trovasse senza abito monastico, senza chierica e con lunga barba; e rispose che fu preso mentre dormiva e non gli fu dato tempo di vestirsi, che s'avea tolta la corona per certe infermità e la barba gli era cresciuta! E narrò che si era rifugiato in una vigna, poichè gli fu detto dovere esser preso come amico del Campanella. Quindi narrò la sua antica conoscenza col Campanella, la visita fattagli in giugno con fra Dionisio, fra Jatrinoli, il Pisano e il Grillo, trattando cose di frati, e la fermata a Stignano in casa Grillo, dove il Petrolo e il padre del Campanella gli aveano donato qualche vivanda e fra Dionisio avea detto certi concetti predicabili; ma i Giudici non ne furono contenti. Dietro altre interrogazioni, disse di conoscere Cesare Pisano suo parente e di essere andato con lui a Bagnara e a Messina; negò di aver mai consacrate più particole fuor di bisogno, negò di aver mai saputo un abuso osceno dell'ostia consacrata. Circa fra Dionisio, disse di averlo conosciuto da molto tempo, di essere stato con lui e col Pisano in Oppido, in Bagnara dove predicò, ed in Messina dove egli comperò materasse e fra Dionisio libri, zafferano e pepe; aggiunse di averlo visto poi un'altra volta ed essere andato allora con lui e col Pisano presso il Campanella per pregarlo che gli procurasse qualche predica, tornando poi per Castelvetere dove trovò carcerato il Gagliardo; aggiunse ancora di averlo visto una terza volta quando con lui e col Campanella andarono a Castelvetere, dove visitò il Pisano carcerato ed ebbe occasione di incontrarsi ancora col Gagliardo, dicendogli soltanto che stesse di buon animo. I Giudici non furono contenti, e l'avvertirono che continuerebbero l'esame «etiam rigorose». — Venne quindi chiamato il Pizzoni, e rilettogli l'esame primitivo, egli lo confermò e ratificò in tutto e per tutto. Lo stesso fece il Lauriana e si giunse finalmente al Petrolo. Il Petrolo[468] confermò del pari il suo esame primitivo ma volle emendate due cose; la prima, che il Campanella avesse comunicate le sue opinioni a' gentiluomini da lui nominati, ciò che era stato detto per errore; la seconda, che egli avesse lasciato l'abito per timore di esser preso ed ucciso dalla Corte, mentre dovea dirsi per timore di essere ucciso da Maurizio de Rinaldis, avendo lui, Petrolo, sconsigliato il Campanella di recarsi presso Maurizio.

Il 18 ottobre, fu esaminato Giulio Soldaniero[469], il quale egualmente confermò e ratificò l'esame primitivo. Due cose pertanto si fanno notare nel processo verbale del suo nuovo esame; la prima, che il Visitatore neanche questa volta vi fu presente; la seconda, che fra Cornelio gli suggerì «che avverta aver detto queste cose per zelo della fede e della religione, come pure della fedeltà che deve al Serenissimo Re, e non per odio ne passione alcuna», e il Soldaniero rispose, «io l'ho detto per zelo della fede et per fidelità ch'ho portato et porto a Re Filippo nostro Signore et non per odio ne passione alcuna»!

Il giorno seguente, 19 ottobre, furono esaminati il Pisano e il Caccìa, ed anche per costoro fu dato a fra Cornelio l'incarico di esaminare, quasi che fossero semplici testimoni e non già principali. Il Pisano fu, al solito, loquace oltre misura[470]. Disse trovarsi carcerato «per conto della rebellione procurata in questi Stati», e dietro successive interrogazioni rispose, che andando lui carcerato in Castelvetere, il Bitonto gli disse di stare allegramente perchè avrebbe nelle carceri trovato il Gagliardo molto amico suo, ed andatovi, il Gagliardo gli si presentò come amico del Bitonto, il quale era stato una volta col Jatrinoli a visitarlo in quelle carceri; e così egli, il Pisano, cominciò allora a parlare al Gagliardo della ribellione. Ma qui i Giudici gl'imposero silenzio, volendo che trattasse solo delle cose della fede. Ed egli disse che cominciò a parlargli del Campanella nuovo Messia, il quale volea fare nuova legge; e ripetè le solite proposizioni da lui manifestate contro Cristo, contro la Trinità, ammettendo «un solo Dio o sia spirito che governa il tutto et move gli cieli», contro i miracoli di Cristo e la sacra scrittura, che era stata dettata dagli amici di Cristo: ma negò di avere intorno a Maria detto altro, se non che fosse moglie di S. Giuseppe e nera, appoggiandosi al *nigra sum*; confessò di aver parlato delle cattive relazioni tra Gesù e S. Giovanni, comunque non vi avesse creduto, ed attestò che giammai fu redarguito intorno a ciò nè dal Gagliardo nè da alcun altro. Aggiunse aver negato il purgatorio, l'inferno e il paradiso, negato anche il Sacramento dell'altare, raccontando che nella cena di Stignano fra Dionisio l'avea predicato con gli esempi di pugnalate date all'ostia, del pugno datole da un inglese in Roma e di qualche altro fatto osceno; non accettò che questo fosse stato commesso da lui, e nemmeno dal Bitonto. Proseguì la storia delle proposizioni da lui dette al Gagliardo contro il Papa e i Cardinali, contro l'istituzione monastica, contro Cristo, contro i digiuni, contro l'immortalità dell'anima; negò qualunque altra cosa appostagli, e specialmente di aver detto che nè per Cristo nè pe' paternostri si sarebbe mai fuori di carcere ma solo co' danari. Circa il Campanella disse di aver manifestato che era nuovo Messia, farebbe miracoli come Cristo, predicherebbe la libertà, ed avrebbe più seguaci ed acquisterebbe più Stati, perchè avrebbe la virtù unita con l'armi. Negò poi di professare i detti errori e disse di averli manifestati a que' compagni di carcere «per indurli o confirmarli alla rebellione temporale», attribuendo a fra Dionisio l'averglieli insegnati in que' viaggi ad Oppido, Bagnara e Messina, e poi a Stignano ed a Stilo, nei quali l'accompagnò insieme col Bitonto. E qui fece un'altra volta la noiosa ripetizione di tutte le cose dette, nel modo in cui le aveva espresse fra Dionisio, dal quale solamente affermò di averle udite, mentre gli altri frati plaudivano. Circa i suoi compagni di carcere in Castelvetere, manifestò l'opinione che Felice Gagliardo non solo professasse quegli errori ma anche ne sapesse più di lui, essendone stato istruito dal Bitonto, e così pure Orazio Santacroce «al quale aveano confidata ogni cosa» e dal quale udì che gli piaceva la ribellione progettata da' frati perchè volea vendicarsi del Vescovo di Gerace ed ammazzarlo con le sue mani! Finì dunque per accusare anche il Bitonto, mostrandosi, da parte sua, pentito di aver manifestato quegli errori. Da ultimo interrogato se avesse conosciuto il Campanella e se gli avesse mai parlato, disse di averlo veduto soltanto per dodici ore, quando da Monasterace lo accompagnò a Stilo insieme co' frati, i quali lo presentarono a fra Tommaso come uno degli amici, e fra Tommaso, perchè erano a cavallo, si volse a lui e disse «bene, bene», e non iscambiarono altre parole.

Si passò quindi all'esame di Caccìa[471]. Costui disse egualmente trovarsi carcerato «per causa della rebellione procurata in questi Stati»; ma i Giudici gli vietarono di proseguire e gli ordinarono di rispondere alle interrogazioni, ed egli disse di credere che veniva esaminato «per conto delle cose di fra Thomaso Campanella et di fra Dionisio Pontio et di fra Gio. Battista di Pizzoni per conto delle sue heresie et opinioni». Narrò che avea conosciuto il Campanella una volta in Stilo, quando vi andò col Contestabile verso la fine del maggio, rimanendovi per otto giorni, un'altra volta parimente in Stilo rimanendovi tre giorni, ed una terza volta in Arena. Avea conosciuto pure fra Dionisio le due prime volte che era stato presso il Campanella, e poi una terza volta quando l'accompagnò a Pizzoni, di dove fra Dionisio subito fuggì per timore di Carlo di Paola venuto a carcerare fra Gio. Battista e il Lauriana. Aveva inoltre conosciuto il Pizzoni nel convento in cui era Vicario, ed era stato quattro volte presso di lui. Disse di ritenerli tutti e tre «per homini tristissimi et pessimi et per mali Christiani» per alcune cose scandalose che aveva udite da loro. E cominciando dal Campanella narrò, che avendogli dimandato se conoscesse arte magica, il Campanella gli disse «o chiotto, e tu credi che ci siano diavoli?... pezzo di chiotto, non cè ne diavoli ne inferno»; ed altra volta disse di volere «far nova legge, et che quando cominciasse a predicare che allora si sentirebbe la verità et la legge che esso volea fare, la quale sarà la vera legge di vivere et meglio di questa delli Christiani», soggiungendo: «non me communicò il particolare della legge o della verità che pretendia di predicare, si bene intesi da esso proprio nel sudetto loco che volea far mutar il modo di vestire da quello che s'usa adesso et volea che si portasse una giobba longa o sia veste, ma non sò come o di che colore». Venendo a fra Dionisio disse che una volta, lui presente, volendo andare a Messa, egli se ne burlò, chiamandola una bagattella; nè altro udì mai da lui contro la fede. Infine, venendo al Pizzoni, disse che una volta, avendogli detto di sgridare il nipote Fabio già frate che da poco tempo avea deposto l'abito monastico e si facea chiamar Lucio, perchè avea mangiato carne nella sera della vigilia di S. Bartolomeo, non lo volle fare, burlandolo col dire che vigilia s'intendeva il dì e non la notte; e un'altra volta, nel leggere lui, il Caccìa, un tratto di Plinio in cui si parlava della natura, dimandato al Pizzoni cosa fosse questa natura di cui parlava Plinio, egli rispose che la natura era ciò che noi chiamiamo Dio, e che non v'era altro Dio che la natura. Dichiarò di non conoscere altri frati, e di ritenere che que' tre credessero realmente a quelle opinioni, mentre egli non vi avea mai creduto e si era sempre allontanato da loro quando le avea udite. Ma era venuto a conoscenza de' Giudici che nel convento degli Agostiniani di Belforte, dove egli soleva dimorare, una volta, avendo lui trovato su di un tavolo un Gesù crocifisso lo avea gettato a terra, e si volle sopra di ciò interrogarlo; ed egli rispose che si trattava solo di una testa di crocifisso, la quale non avea nemmeno riconosciuta, e facendogli ingombro, l'avea gettata a terra. Notiamo poi che la qualità di clerico fu ammessa da' Giudici tanto pel Caccìa quanto pel Pisano, e trovasi debitamente registrata nei processi verbali.

È questo, in succinto, il processo di Gerace, che per la presenza del Vescovo nella compilazione di esso riuscì tanto più grave, non avendo il Vescovo in realtà fatto altro che covrire e lasciar passare la malvagità de' frati Inquisitori e la prepotenza degli ufficiali Regii. Ma dobbiamo ancora vedere il valore delle deposizioni raccolte. E cominciando da quella di fra Pietro Ponzio, possiamo dire che essa non aggiunse nulla, e servì solo a mostrare che veramente fra Pietro non era stato fatto consapevole di queste faccende. La deposizione poi di fra Paolo della Grotteria aggravò certamente le condizioni del Campanella e di fra Gio. Battista, massime dal lato della congiura, quantunque non avesse fornito che semplici indizii ed apprezzamenti degni di un ex-galeotto, il quale non si faceva scrupolo di calcare la mano su' compagni nell'impresa, credendo di propiziarsi i Giudici in questa guisa. Ma grave riusciva sopra tutte le altre la deposizione di fra Pietro di Stilo: egli rivelava finalmente parecchie e non lievi cose tanto circa l'eresia quanto circa la congiura, ed evidentemente dovea saperne molte di più, giacché, e per l'amicizia che lo legava al Campanella, e per la sua posizione di Vicario del convento che lo costituiva responsabile di aver tollerato cose simili, avea tutto l'interesse di celare quanto più poteva. Senza dubbio, dopo tante rivelazioni fatte dal Pizzoni e dal Petrolo, dopo tante rivelazioni fatte anche da' laici, le quali aveano già condotto alla morte il Crispo e il Mileri, negare ulteriormente era di grandissimo pericolo per lui, di niun vantaggio alla causa: adunque non trattavasi più solamente di dir cose di eresia per sottrarsi alla Corte temporale, ma anche di lasciare la parte dell'ingenuo che oramai non poteva più persuadere alcuno, badando tuttavia a rivelare il meno possibile. E rivelò le cose certamente più comuni e più frequenti a trovarsi in bocca al Campanella, e parlò soltanto delle opinioni di lui sul Re, sul Papa e sulla elezione Papale, sulla poca importanza de' peccati di carne e la nessuna importanza de' miracoli, e se non tacque l'opinione sul Sacramento dell'altare, ciò accadde perché essa era nota al Petrolo ed egli era in grado di capire che costui non avea dovuto tacerla. Così, con la stessa altissima probabilità con la quale si è detto che il Pizzoni, seguìto poi dal Petrolo, rivelò tutto ed anche qualche cosa di più, può dirsi che fra Pietro di Stilo rivelò molto meno di quanto conosceva: e naturalmente deve dirsi, che l'avere taluni abbondato nelle rivelazioni delle cose di eresia, con la speranza di sfuggire in tal modo la Corte temporale, va inteso non già nel senso di *avere inventate le eresie*, ma nel senso di *non averle nascoste*. Per farsi un giusto concetto della causa, interessa grandemente che tutto ciò sia ben fermato. Le violenze, usate da fra Cornelio poterono esser dirette a pretendere che fra Pietro facesse altre e più gravi rivelazioni, ma quelle che fra Pietro fece non vennero strappate a forza: difatti vedremo in sèguito dichiarato da lui che «fra Cornelio scriveva troppo diffusamente», ridotta così l'asprezza ma non negata la qualità delle sue rivelazioni; e veramente è naturale ammettere che tanto la parola «sceleratissimo» usata verso il Campanella nel primo esame, quanto diverse altre parole aggravanti usate nel secondo esame, non sieno state le precise parole di fra Pietro, ma, attenuate pure convenientemente queste parole, il fondo delle cose non riusciva sostanzialmente modificato. Lo stesso deve dirsi delle rivelazioni di fra Pietro circa la congiura. È superfluo notare quanto sia grave il fatto deposto che il Campanella riteneva dover essere monarca del mondo in virtù di sette pianeti favorevoli, ciò che era suggellato anche coll'autorità di un astrologo germanico; nella premura di scolparlo dell'essersi lasciata dare la qualità di Messia e di Profeta, fra Pietro non dovè calcolare l'importanza della sua rivelazione. Del resto si sforzò di dire che il Campanella, dietro i presagi e le profezie di future repubbliche, raccomandava di avere molte armi per *difendere sè stesso*, ma non potè nascondere che avea *molti amici e aderenti*, la qual cosa doveva essere un fatto più che notorio. E fra essi nominò Giulio Contestabile, senza dubbio pel risentimento eccitato dalla sua mala condotta, e più ancora per la necessità di dover dire la faccenda dell'oltraggio fatto all'immagine del Re, essendo ciò conosciuto anche dal Petrolo; nominò il Vua e il Presinacio, certamente perchè li sapeva nascosti ed al sicuro dalle unghie del fisco; ma non nominò Maurizio e con lui quanti altri egli dovea aver visti e conosciuti nella sua posizione di Vicario del convento di Stilo. Dei frati poi nominò appena fra Dionisio per la ragione che era un aderente manifesto anche troppo, e fra Scipione Politi per una ragione rimasta ignota ma che ci dovè essere, poichè questo frate, sebbene nominato da tante e così gravi testimonianze e già carcerato, non fu menomamente travagliato. Da ultimo non potè nascondere che conosceva il Soldaniero e gli avea portata una lettera del Campanella, essendosi probabilmente persuaso che il Soldaniero, nel suo voltafaccia, avea dovuto rivelare e forse anche presentare questa lettera. Come ben si vede, egualmente da siffatto lato la deposizione di fra Pietro venne ad aggravare la condizione del Campanella, sebbene fosse stata condotta con una discrezione notevolissima. I Giudici non poterono essere soddisfatti, perchè si aspettavano da lui molto più, e manifestamente non a torto. Anche per noi, attese le qualità di fra Pietro, questa deposizione non può non avere una importanza grande, nè solo per quello che dice, ma anche per quello che non dice e lascia trasparire sufficientemente. Il Campanella aveva presagi di vicine mutazioni ed anche presagi grandiosi per la persona sua, insinuava l'utilità di armarsi, aveva molti aderenti e scriveva a fuoruscsiti per chiamarli a sè: questi grandi tratti bastano a chiarire la causa, e nella farragine di deposizioni d'ogni risma, trovandone taluna come questa, non sospetta, sopra di essa conviene fondarsi per avere una guida meno fallace nella intralciata quistione.

Poco ci tratterrà il giudizio sul valore delle rimanenti deposizioni. Il Bitonto, negativo in tutto, trovò una scusa per ogni interrogazione, ma una scusa tale da sfidare qualche volta la pazienza de' Giudici, e per tal modo non recò alcun vantaggio a sè nè agli altri. Il Pizzoni poi giunse solo a confermare quanto avea deposto, mentre pure sappiamo che voleva per lo meno emendate alcune cose e non vi riuscì; questo ci comprova che nella prima deposizione avea rivelato più del vero. Lo stesso va detto pel Petrolo, le cui emendazioni non mutarono sostanzialmente le cose, dovendosi tuttavia notare, che quella introdotta per ispiegare meglio la sua fuga venne troppo tardi per potere veramente scusar lui denigrando Maurizio. Del Lauriana poi, come del Soldaniero, è inutile occuparsi: con ogni probabilità essi non avrebbero nemmeno saputo ripetere tutte lo cose dette nella loro prima deposizione, laddove a qualche Giudice, e p. es. al Vescovo, fosse venuto in mente di esigerlo; intanto tutti costoro ribadivano le accuse, e le cause del Campanella riuscivano sempre peggiorate. Quanto al Pisano, egli, poco più o poco meno, ripetè sempre le solite cose, come lo abbiamo visto innanzi al Delegato del Vescovo di Gerace e poi innanzi allo Xarava, e come lo vedremo sul punto di essere giustiziato; tuttavia questa volta si mostrò risentito e vendicativo più del solito verso coloro i quali riteneva essere stati rivelatori delle cose sue, specialmente verso il Santacroce, oltre il Gagliardo. Tale sua costanza nelle deposizioni, mentre addimostrava che egli diceva il vero, riusciva aggravante massime per fra Dionisio e gli altri frati compreso il Campanella, sebbene anche questa volta egli avesse dichiarato un po' meno del vero le brevi relazioni avute direttamente con lui. Infine quanto al Caccìa, costui veramente aggiunse cose di eresia ed aggravò sempre più le condizioni del Campanella, di fra Dionisio e del Pizzoni: non ne conosceva molte, e ciò prova da una parte che non glie ne furono artificiosamente suggerite da alcuno quando trovavasi nelle carceri, e d'altra parte che in realtà non v'era ne' frati il proposito di seminare eresie, come fra Cornelio e i Giudici laici pretendevano; invece quelle poche che dichiarò, e il modo in cui disse di averle sapute, provano che se fra Dionisio ne parlava, ciò avveniva realmente perchè voleva, a modo suo, spiriti forti i soldati della futura ribellione, e se ne parlava il Campanella, ciò avveniva o perchè vi era condotto dalla necessità dietro certe dimande, o perchè alludeva a' principii religiosi che avrebbero avuto impero nel futuro Stato.

Pertanto una copia di questo processo, come veniva certamente spedita a Roma, così veniva anche rilasciata agli ufficiali Regii. Gli Atti esistenti in Firenze mostrano indubitabilmente tale compiacenza de' Giudici ecclesiastici, e fanno rilevare che questa copia rimase come allegato di tutto il processo di tentata ribellione, mentre la copia dell'Informazione presa da fra Cornelio e dal Visitatore era stata inserta nel 1.° volume de' processi medesimi[472]. Il Vescovo di Gerace verosimilmente chiuse gli occhi sopra una simile infrazione delle norme assolute del S.to Officio e degli ordini formali di Roma, che intimavano diligenza e segretezza, come li chiuse certamente sopra gli esami fatti e le torture inflitte da' Giudici laici al Pisano e al Caccìa, mentre venivano riconosciuti clerici ne' quattro ordini sacri. Del resto avea chiusi gli occhi anche sulla mancanza di segretezza durante gli esami, per l'intervento degli ufficiali Regii e della loro gente armata, la qual cosa si fece sentire in modo non lieve a carico de' poveri inquisiti; giacchè non solo divennero sempre più diffuse le voci di congiura e di eresia, ma ne andarono per le piazze le più minute particolarità, e così in qualche altra Informazione, che si ebbe a prendere posteriormente, si trovarono generalizzate assai più di quanto era legittimamente imputabile agl'inquisiti. Vedremo tra poco che in una nuova Informazione commessa da Roma al Vescovo di Squillace, e presa in novembre e dicembre di questo stesso anno, si raccolsero molte e molte cose specialmente «de fama publica, de auditu incerto post carcerationem», e non si potrebbe dire con precisione quante ne avessero disseminate gl'inquisiti e quante i Giudici. Ma a' Giudici medesimi, segnatamente a quelli ecclesiastici, nocque non poco la loro sciagurata maniera di procedere: lo zelo eccessivo di fra Cornelio, secondato per lo meno dalla notevole acquiescenza del Visitatore, al contrario di ciò che costoro si attendevano, come ingenerò sospetto in Roma, così ingenerò disgusto e sospetto nel pubblico; il processo di eresia fatto in Napoli venne poi a rivelare le voci corse sul proposito, e gioverà qui riferirle. «Comunemente fra Cornelio e il Visitatore si tenevano Vescovi»; di fra Cornelio «dicevasi che lo volevano fare sin fino Arcivescovo di Toledo»! Era questa senza dubbio una caricatura, ma da essa si desume l'impressione che i procedimenti di fra Cornelio aveano destata: nè vale il dire che tali voci vennero messe innanzi dagl'inquisiti che aveano interesse di farlo, come fra Pietro di Stilo, il Petrolo, ed anche il Bitonto, il quale disse perfino di avere udito l'Avvocato fiscale assicurare fra Cornelio «che se li saria procurato un Vescovato»[473]; vedremo più tardi fra Cornelio, deluso e malcontento, recarsi da Napoli in Ispagna, ed il Nunzio risentirsene con vivacità, la qual cosa non potrebbe spiegarsi senza ritenere che le voci corse avessero davvero un fondamento. D'altra parte dicevano «alcuni preti in Hieraci, che fra Cornelio havea preso de li dinari da Misuracha acciò che andasse contra li monaci e facesse tutto il possibile contra di essi e questo per havere la taglia»; molti attestarono ancora avere udito dal padre del Pisano, ed egualmente dal Caccìa, che entrambi aveano dato danaro ed altre robe a fra Cornelio dietro promessa di farli rimettere al foro ecclesiastico, ed egli li avea traditi. Il Campanella medesimo raccolse poi queste voci e le addusse nelle sue Difese; ma per verità almeno quanto al Mesuraca, non occorreva l'opera di fra Cornelio e non era stata neanche bandita una taglia o premio per la cattura del Campanella; quanto poi al Pisano ed al Caccìa, la cosa potè esser vera, essendo avvenuto pure qualche altro fatto che pose in evidenza lo spirito di profitto di quel tristo frate. Il fatto fu questo. Allorchè l'opera sua era compiuta, e rimaneva soltanto che gl'inquisiti fossero tradotti a Napoli, egli cercò danaro da' conventi di Calabria sotto pretesto di sovvenire gl'inquisiti; il danaro fu sborsato, ma non giunse a coloro pe' quali era stato raccolto, e il Visitatore anche questa volta per lo meno lasciò fare. Il Vescovo di Termoli, Giudice dell'eresia in Napoli, volle poi informarsi di tale faccenda e scrisse a Roma intorno al Visitatore e a fra Cornelio in questi sensi: «la verità è che si fecero dar molti denari per provedere a questi carcerati, et non gli è stato provisto, mà frà Cornelio li hà spesi in venir à Roma, et si come intendo ne diede conto alli superiori in Calabria»[474].

Passiamo ora a narrare le ultime gesta dello Spinelli e dello Xarava in quelle sventurate provincie. Secondo gli ordini già dati dal Vicerè, essi dovevano far giustiziare quattro de' più colpevoli, ed inoltre anche Maurizio dopo di averne vagliata bene la causa, quindi tradurre tutti i rimanenti carcerati in Napoli. Ma, come il Vicerè medesimo fece sapere a Madrid con sua lettera del 20 ottobre[475], essendo i carcerati più di cento, e tra loro venticinque fuorusciti ed otto o dieci frati, a fine di risparmiare questo peso alle terre per le quali avrebbero dovuto passare, egli ordinò a D. Garzia di Toledo che con quattro galere, raccogliendo i soldati inviati a Lipari e ad altre parti, se ne venisse al Pizzo o a Scalèa e di là avvertisse lo Spinelli di recarsi con tutti i carcerati ad uno di que' posti, per imbarcarsi con loro nelle galere e tornarsene in Napoli; quivi giunti, egli diceva, «se ne vedranno le colpe e si procederà con loro come meglio convenga, procurando di esaminare radicalmente il fatto di questo negozio e quelli che vi si troveranno colpevoli». Sappiamo che le galere erano partite da Napoli il 10 8bre (ved. pag. 330), ma l'adempimento della loro commissione a Lipari e poi il mare procelloso furono cagione di tanto ritardo, che gli ordini del Vicerè si poterono eseguire solamente ai primi di novembre. Da' folii del processo finora noti non apparisce che in tutto questo tempo si fossero fatti altri esami di qualche importanza: ma bisogna sempre ricordarsi che la massa de' sunti a noi pervenuti è solo quella che direttamente o indirettamente riguarda gl'inquisiti ecclesiastici, e mentre da una parte si trova ancora in que' sunti qualche cosa di siffatto genere, d'altra parte sappiamo che vi furono perfino altri laici «convinti e confessi» e poi giustiziati nel porto di Napoli; riesce quindi manifesto che fino all'ultimo momento la persecuzione continuò e il tribunale non cessò mai di funzionare. Noi abbiamo cercato di raccogliere in un elenco i nomi di tutti coloro i quali si trovano citati in ogni maniera di documenti, e massime ne' processi, come carcerati o perseguitati per la causa del Campanella: i lettori lo troveranno in una delle Illustrazioni annesse a' Documenti e potranno prender conoscenza di questi nomi[476]. Qui ne menzioneremo appena taluni, che non abbiamo ancora avuta occasione di citare e che poi vedremo emergere nel corso degli avvenimenti; p. es. Francesco Antonio di Oliviero di Nicastro, che il Campanella nelle carceri di Napoli segretamente ebbe a compiangere perchè del tutto estraneo a que' maneggi[477]; Marco Antonio Giovino (correttamente Ingioino) di Catanzaro, a' cui fratelli venne poi imputata l'uccisione del fratello del Biblia per vendetta[478]. Ma principalmente dobbiamo menzionare taluni catturati da Giulio Soldaniero e Valerio Bruno, i quali, dopo di aver consegnato Gio. Tommaso Caccìa, continuarono in siffatti servizii e si meritarono poi l'indulto consegnando «in Gerace» Gio. Battista Bonazza alias Cosentino di Nicastro, Fabio Furci, Scipio lo Jacono, Cola Politi, Conte Jannello, Marcello Barberi, tutti di Tropea, ed Orazio Paparotta (o forse meglio Paparatto) di Nicotera. I nomi di costoro con la qualità di «forasciti et rebelli» si leggono appunto nell'indulto concesso dallo Spinelli al Soldaniero e al Bruno, ed i primi tre, il Bonazza, il Furci e il Lo Jacono son detti «confessati in tortura et condennati a morte», gli altri son detti «carcerati in questo tribunale per tormentarli»[479]. Sul Bonazza noi abbiamo rinvenuto nel Grande Archivio documenti i quali mostrano essere stato già prima del 1599 catturato e condannato a morte e poi mandato alle galere per omicidio[480]; bisogna perciò dire che in quest'anno fosse evaso ed ascritto tra' congiurati siccome anche il Pizzoni attestò; per fermo le parole dell'indulto non lasciano dubbio circa la nuova imputazione fatta a lui ed a' suoi compagni e dànno il modo d'interpetrare i nomi e la condizione di almeno tre su' quattro individui che vennero più tardi impiccati sulle galere in vista di Napoli come ribelli, senza essersene saputo mai altro. I processi ecclesiastici fanno anche conoscere per incidente come e dove il Bonazza e i suoi compagni furono presi: essi erano rifugiati nel convento di S. Francesco di Paola di Tropea e vennero assediati dal Soldaniero con la sua comitiva, ed anche da un Camillo di Fiore con un'altra comitiva; costoro promisero che catturando que' rifugiati li avrebbero consegnati nelle carceri Vescovili, ed invece, burlando il Vicario, li tradussero a Monteleone e poi a Gerace nelle mani dello Spinelli, onde il Vescovo di Tropea ebbe a scomunicarli[481].

Come pe' laici, egualmente per gli ecclesiastici continuarono le catture e si prese anche qualche Informazione, ma sempre d'ordine dello Spinelli; e da questo lato abbiamo notizie incomparabilmente più complete, fornendole gli Atti esistenti in Firenze ed inoltre i Preliminari del processo di eresia fatto in Napoli. Mentre il tribunale ecclesiastico funzionava in Gerace, il 13 ottobre fu catturato fra Francesco di Tiriolo Domenicano, essendogli stata trovata una licenza per andare in Candia e Venezia, una carta scritta in turco e certe lettere nelle quali si diceva dover lui andare in Turchia per fare un riscatto; lo prese il Capitano Manfusio nel convento di Cutro[482]. Verso il 18 ottobre fu catturato D. Gio. Battista Cortese clerico del Casale di Pimeni in casa di Gio. Vincenzo Camarda, ed inoltre D. Gio. Andrea Milano sacerdote di Filogasi, mentre si ritirava nella sua abitazione; si ricorderà che entrambi erano stati nominati nella lettera scritta dal Crispo a Geronimo Camarda e caduta nelle mani del fisco[483]. Il 20 ottobre fu catturato anche D. Marco Petrolo di Stignano, quel buon sacerdote che dopo aver dato ricetto al Campanella lo denunziò; un Ferrante de Sanctis napoletano lo prese di notte in casa del cognato[484]. Verso il 23 ottobre fu catturato D. Colafrancesco Santaguida di S.ta Caterina sacerdote, mentre assisteva a certe lezioni; lo prese Gio. Battista Carlino Commissionato dello Spinelli, perchè quattro testimoni deposero esser lui andato in giugno sulle galere turche e statovi circa un'ora in compagnia di diversi altri, fra' quali i due clerici Giovanni Ursetta e Valentino Samà della stessa terra, e costoro furono egualmente catturati[485]. E fino all'ultimo momento, quando i prigioni erano sul punto d'imbarcarsi al Pizzo, fu ricordato D. Domenico Pulerà che abbiamo visto altrove denunziante di fra Pietro Musso: era sacerdote di Pimeni e stava a Filogasi presso il Vescovo di Mileto; lo Spinelli credè bene di chiamarlo al Pizzo e farlo imbarcare egualmente[486]. Aggiungeremo che fu unito agli altri anche un Giulio di Arena, clerico coniugato di Maierato, il quale fu preso dal Governatore del Pizzo e condotto sulle galere, onde si trovò poi nella lista degli ecclesiastici prigioni, senza che apparisca alcun altro provvedimento per lui[487]: le nostre ricerche nell'Archivio di Stato ci hanno fatto trovare un documento, il

quale mostra che questo clerico veniva richiesto da Napoli per altri delitti[488].
Aggiungeremo ancora che il 31 ottobre, se pure non è uno ¡sbaglio del Mastrodatti
nella indicazione del mese, fu presa una Informazione a Stilo dall'Auditore De
Lega intorno alle relazioni tra Giulio Contestabile, il Campanella ed altri[489]:
dodici testimoni, tra' quali due donne, attestarono più o meno l'amicizia del
Campanella con Giulio e col Di Francesco, con Marcantonio Contestabile, col
Caccìa ed altri fuorusciti, col Vua e col Prestinace che si erano assentati; taluno
affermò pure che il Di Francesco una volta avea dimandato uno spirito familiare al
Campanella e costui rispose che non ne sapeva niente; altri affermarono di più che
il Di Francesco e il Campanella avevano insieme mangiato carne in giorni proibiti!
Ciò mostra che oramai tra le popolazioni le notizie dell'ordine temporale e dello
spirituale correvano congiunte in guisa, che pure i Giudici laici avevano a
raccogliere da persone indifferenti fatti dell'una e dell'altra categoria.

I carcerati riuniti per essere tradotti a Napoli furono al numero di 156, come risultò
appunto nel loro arrivo e troveremo accertato da diversi fonti. Ognuno avrà visto
che erano stati messi insieme tanto quelli ritenuti veramente colpevoli quanto i
semplici sospetti, gl'imputati e parecchi testimoni: basta ricordare che a lato di fra
Tommaso trovavasi carcerato non solo il fratello Gio. Pietro, ma anche il vecchio
padre Geronimo, a lato di fra Dionisio trovavasi fra Pietro Ponzio suo fratello etc.
Ma ognuno avrà visto pure che molti, e non di lieve importanza, erano riusciti a
tenersi nascosti; abbiamo altrove citati parecchi di costoro e potremmo citarne
ancora diversi altri, come p. es. Ottavio Sabinis, Paolo e Fabrizio Campanella,
Geronimo Ranieri etc. E però, tenuto conto anco dei fuggiaschi e perseguitati, il
numero de' compromessi risulta sempre ragguardevole; nè si deve passare sotto
silenzio che dietro quella mostruosa denunzia di Lauro e Biblia il numero de'
carcerati dovè essere dapprima molto più grande e dovè poi mano mano
assottigliarsi, certamente per una parte assai insignificante in via di pura e semplice
giustizia; la qual cosa ci conduce a parlare anche, da una parte, dell'accanimento e
ferocia dimostrata dal volgo verso il Campanella e i suoi aderenti veri o supposti,
e, d'altra parte, delle iniquità e ruberie commesse da' Giudici laici in tale occasione.
Il Campanella in più luoghi de' suoi scritti diè chiare prove del suo profondo
disgusto verso que' di Stilo in particolare, e le popolazioni in generale, per
l'accanita persecuzione che n'ebbe, e il concetto del «popolo», che egli,
repubblicano, ebbe a farsi dietro la persecuzione sofferta, merita di essere rilevato:
si può vederlo nelle sue Poesie, dove segnatamente egli l'espresse con più
calore[490]. In altri suoi scritti poi affermò esservi stato un numero grandissimo di
carcerati, ben superiore a quello che conosciamo tradotto in Napoli dallo Spinelli,
e un numero ragguardevole di «riscatti» e di «composte», nominando perfino
gl'individui che vi furono soggetti, oltre le cupidige e le promesse di titoli e di
ricompense a' rivelanti e persecutori. Nelle Lettere che scrisse il 1606-07 al Papa,
a' Cardinali etc. egli spesso accennò a questi fatti; nella 3ª lettera al Papa, da noi

pubblicata, scrisse, che «fingendo di salvarla (la Calabria) la spopolaro, la sacchiaro, la compostaro». Nella Narrazione poi naturalmente si espresse con molto maggiore larghezza. «Seguio Spinelli e Xarava a carcerar quasi due mila persone in tutte le terre, dove era stato Campanella e F. Dionisio, et alcuni Baroni... Quelli che non preveniro d'accusare e fur accusati, si sforzaro riscattarsi con denari e chi pagava mille, chi due mila, chi tre mila, chi cento, chi cinquecento docati per non andar carcerati alli Commissarii et à Xarava e Spinelli. Pagaro assai quelli che già eran carcerati e subito eran liberati... Colui che nominava più gente, et dicea il tale, el tale ponno esser complici quello era più stimato da Spinelli e Xarava, e chi volea dir una parola in difesa loro era carcerato per ribelle, e se pagava era liberato, se no era afflitto miserabilmente, come anche quelli che murmuravano delle composte si facevano alle terre oltre della paga che dava loro il Rè e faceano ciò che lor piacea non solo impunemente, ma premiati, e travagliando li contradicenti alle composte loro». E nell'Informazione, accennate anche le promesse di titoli di Conti e Marchesi fatte ad ognuno che rivelasse, scendendo a' particolari de' riscatti soggiunse: «Si compostaro assai gente in danari, dicendosi, che dovean morire *jure belli*, et ognuno volea perder più presto la robba, che la vita, però davano quanto teneano, et io sò che G. Francesco Branca di Castrovillari pagò docati mille. G. Francesco Suppa di S. Caterina col figlio docati mille. Cicco Vono col nepote di Stignano 2500 libre di seta, Giulio Saldaneri pigliato nel convento di Suriano per opera di F. Cornelio, e del Polistena, indultato perchè dicesse heresia, e ribellione, docati 3000, et la propria anima come esso stesso solea dire, come appar in processo del S. Officio. Gio. Thomaso di Franza tallaroni 200, li Moretti M. Antonio (*volea dire* Ferrante) et Jacopo fratelli, furo compostati 7000 docati in Jeraci, e perchè poi non li volsero pagare, furo condotti in Napoli con gli altri, che non si volsero ritrattare: ci son altri più compostati; oltre le terre e casali per dove passavano, come salvatori della provincia, qual hanno ruinata e disertata con le scorrerie che faceano». In verità il numero di due mila carcerati non corrisponde menomamente alle notizie su' progressi delle catture, quali risultano dalle relazioni dello Spinelli al Vicerè e da quelle degli Agenti di Firenze e di Venezia a' loro Governi; ma noi non rifuggiamo punto dal credere che la lista di carcerati e le altre indicazioni datene dallo Spinelli rappresentarono solo quella parte di essi che non potè liberarsi co' riscatti, tale essendo stato pur troppo il costume di quei tempi, favorito da' poteri enormi che ne' casi straordinarii solevano concedersi anche per la sola persecuzione de' fuoruscíti, ed aggravato dalla necessità di servirsi di tanti Commissionati avidi e ladri, onde le regioni sottoposte a simili flagelli rimanevano veramente disertate[491]. È naturalissimo che lo Spinelli abbia seguito anche in Calabria il sistema scellerato di quell'età, e si può ritenere per certo che i suoi Commissionati ne abbiano fatte d'ogni genere, non essendo neanche quelli di ordine più elevato rimasti paghi alle ricompense di nobiltà, alle quali ci è pervenuta notizia che aspiravano; poichè, come del Visitatore e di fra Cornelio si disse che attendevano Vescovati, parimente si disse di D. Carlo Ruffo che pretendeva essere Principe di Stilo, di Gio. Geronimo Morano che pretendeva un Marchesato, di Ottavio Gagliardo che pretendeva una Baronia[492]. Ma i profitti non doverono essere tanto grandi in persona dello Spinelli, sapendosi, come abbiamo già avuta occasione di notare altrove, che egli rimase pur sempre nelle strettezze (ved. pag. 237): tuttavia un documento rinvenuto nell'Archivio di Stato ci mostra che lo Spinelli dovè ottenere dal Vicerè anche prima di partire dalla Calabria, in data del 31 ottobre, una sanatoria straordinaria, mediante ordine all'Audienza di Calabria ultra di «non intromettersi nelli negotii da lui fatti nella predetta provincia, etiam per la sua absentia»[493]. Ciò comproverebbe che le affermazioni del Campanella non furono del tutto infondate, e che i carcerati messi insieme per essere tradotti in Napoli rappresentarono realmente la parte residuale di un più gran numero, il quale forse andò diminuendo al punto, da dover essere negli ultimi tempi rinforzato anche con individui a' quali fin allora non si era data importanza; la qualità degli ecclesiastici, che abbiamo visto carcerati negli ultimi tempi, menerebbe perfino a una simile conclusione. Ripetiamo poi che vi doverono essere molti fuggiaschi, e la Turchia dovè offrire anche questa volta il luogo di rifugio agli esuli: se dovessimo credere alle voci corse allora, fino a tre mesi dopo la partenza de' carcerati continuava ancora l'emigrazione in Turchia, ed aveva raggiunta una cifra esorbitante[494]. Queste voci erano senza dubbio esagerate; ma vedremo nelle Allegazioni del fisco in Napoli posti a carico del Campanella, oltre gl'infelici giustiziati, i «molti altri contumaci che erano fuggiti e che aveano perduto i beni e la patria»!

Alla fine di ottobre D. Garzia di Toledo, Consigliere del Collaterale anche lui come lo Spinelli, Castellano di S. Elmo in Napoli, Comandante le Regie galere per quegli anni, era già con quattro galere a Tropea «per imbarcare i prigioni Calavresi»; questo ci mostra il carteggio del Residente di Venezia, con la notizia di una lettera a lui scritta da D. Garzia da quel luogo e in quella data, a proposito di certi schiavi e cannoni che egli avea comperati da un capitano veneziano[495]. D'altro lato lo Spinelli, che avea dovuto recarsi a Catanzaro per presedere alla nuova elezione del «reggimento» della città, il 3 novembre giungeva al Pizzo, come si rileva dal luogo e dalla data dell'indulto concesso al Soldaniero ed al Bruno: con lui trovavasi la massa de' carcerati, la quale fu fatta fermare propriamente in Bivona, borgata oggi diruta, posta sulla spiaggia al sud del Pizzo, ed ecco quanto sappiamo intorno al viaggio fatto da quegl'infelici. Da Gerace i carcerati furono condotti in lunga catena a coppie, percorrendo un buon tratto di paese e dando uno spettacolo straordinario alle città e terre per le quali passavano. Massime i più gravemente incolpati si facevano notare per la loro età giovanile: poichè de' frati, il Campanella non avea che 31 anno, fra Pietro Ponzio 30, fra Dionisio probabilmente 32 o poco meno, fra Pietro di Stilo 27, il Petrolo 26, il Lauriana 28, il Bitonto 32, il Pizzoni 35, fra Paolo 38; de' laici e clerici poi Maurizio non avea che 27 anni, il Caccìa e il Pisano 25,

Giulio Contestabile 32, Geronimo di Francesco 26, Felice Gagliardo 22, Geronimo Conia 21, Giuseppe Grillo 19 etc. etc. Per ogni verso essi avrebbero dovuto destare una profonda pietà; non di meno dalle rivelazioni avute in Napoli col processo di eresia conosciamo che il volgo, cioè a dire l'immensa maggioranza, li chiamava «inimici di Dio e del Re». L'avere essi trattato co' turchi, l'aver voluto dare la provincia a' turchi, l'essersi imbevuti di eresia, l'essersi proposti di far la vita dissoluta, come n'erano corse le voci, avea certamente eccitato ognuno contro di loro, senza contare l'odio e il disprezzo che suole accompagnare chi non riesce in altrettali imprese: il Campanella, già prima tanto esaltato, venne allora mostrato a dito con gioia feroce dalle moltitudini, che esalavano la loro ignoranza e i loro istinti di brutale malvagità, invano negati dagli adulatori del popolo ancora più spregevoli degli adulatori de' Principi; dovè quindi convincersi appieno che

«Il popolo è una bestia varia e grossa»

come di poi cantò. In Monteleone vi fu una fermata della carovana, e Padri Gesuiti confortarono a ben morire alcuni de' carcerati, che avrebbero dovuto essere «quattro de' più colpevoli» aggiuntovi poi «benanco Maurizio de Rinaldis», secondo gli ordini dati dal Vicerè fin da' primi di ottobre: ma effettivamente sappiamo solo i nomi di Maurizio e di Gio. Battista Vitale, che sarebbero stati confortati, e sappiamo che il Vitale non volle dare ascolto alle esortazioni de' Padri Gesuiti, ripetendo le eresie insinuategli da fra Dionisio[496]. Ma presto la carovana si rimise in via e poggiò a Bivona, dove la raggiunsero fra Cornelio e fra Gio. Battista di Polistina, i quali con la loro presenza e la loro unione contristarono ancora gli infelici frati prigionieri. Secondo il Pizzoni, che trovavasi legato a mano a mano con fra Paolo della Grotteria in un magazzino di sali, il Campanella, mediante un soldato del Capitano Figueroa, l'avrebbe quivi minacciato di porlo in più grave intrigo laddove non attendesse a ritrattarsi: secondo fra Pietro di Stilo ed anche secondo il Petrolo, fra Gio. Battista di Polistina avrebbe detto a ciascuno di loro che badassero bene a deporre contro fra Dionisio, aggiungendo a queste raccomandazioni lusinghe e minacce, come vedremo nel processo di eresia svoltosi in Napoli. Che era intanto avvenuto, perchè in Monteleone non si facessero più le esecuzioni capitali prescritte? Ce lo dice il Carteggio Vicereale e quello del Residente di Venezia, il quale ultimo ci fornisce a tale proposito notevoli particolari. Secondo il Residente, «haveva d.to Spinelli sentenciato Mauritio Rinaldi, Capo secolare della congiura, di essere à Monteleone segato vivo à traverso, ma non havendo per tempi fortunevoli potuto le galee prender porto in quella parte, hà riservato così fatto spettacolo da farsi in questa città a beneplacito del Vicerè»[497]. Anche in un'altra lettera posteriore, scritta con più di un mese e mezzo di intervallo, il Residente tornò a menzionare l'atroce ed insolita condanna di Maurizio «di esser segato vivo tra due tavole», e ciò dà motivo di ritenere che non sia stata questa una delle ordinarie frottole in corso per la città; quanto poi al motivo per cui la condanna non fu eseguita, bisogna dire che le galere non poterono

313

tenersi al sicuro ed aspettare impunemente qualche giorno. Infatti una lettera Vicereale, scritta quando i carcerati vennero in Napoli, ci dice che «si aveano da giustiziare in Monteleone sei che erano convinti e confessi, e per non far trattenere le galere, li condussero con gli altri», ciò che spiega pure quanto sappiamo de' conforti a ben morire prestati ad alcuni da' Gesuiti in Monteleone. Vi fu dunque una semplice mancanza di tempo, avendo dato verosimilmente fretta il mare procelloso in un posto di poco sicuro ancoraggio. Ma alfine i carcerati s'imbarcarono, e con loro, oltre lo Spinelli e lo Xarava, anche fra Cornelio e il Visitatore; e si imbarcarono dippiù taluni di quelli che si erano distinti nella repressione della congiura. Certamente s'imbarcò sulla capitana di D. Garzia il Principe della Roccella accompagnato da molti dei suoi servitori «con l'occasione dell'anno santo», vale a dire del Giubileo che era stato indetto, come abbiamo rilevato da un'altra Informazione di S.^{to} Officio; e ben s'intende che costui, al pari degli altri suoi socii in benemerenza, andava a riceversi i sorrisi, le lodi e i favori, che il Vicerè si sarebbe benignato di accordargli.

Lasciamo ora che gl'infelici prigioni arrivino in Napoli, ove ripiglieremo la cronaca de' loro strazii, e fermiamoci ancora a vedere ciò che accadde in Calabria durante e dopo la loro partenza, sempre in rapporto al nostro argomento.

Il fatto più importante per noi fu la novella Informazione, che il Vescovo di Squillace ebbe a prendere sulle cose del Campanella, per commissione di Roma. Avuta la copia dell'Informazione presa dal Vescovo di Gerace, la Sacra Congregazione Romana evidentemente non poteva rimanerne soddisfatta: per lo meno, essendo stato affermato così da fra Cornelio come dal Vicerè che Stilo con le sue vicinanze fosse tutto imbevuto delle eresie del Campanella, la cosa non risultava menomamente chiarita; sorgeva dunque l'assoluto bisogno di una ulteriore Informazione, e questa fu subito commessa al Vescovo di Squillace, nella cui diocesi erano comprese la città di Stilo e le altre terre delle quali volea conoscersi la condizione vera. Il testo dell'Informazione o «Processo di Squillace» non ci è pervenuto, ma ce ne sono pervenuti i Sommarii molto precisi, redatti in Roma e mandati a' Giudici dell'eresia in Napoli, e ci è pervenuto anche tutto intero un Supplimento alla detta Informazione commesso da uno di cotesti Giudici, il Vescovo di Termoli. Tra le deposizioni, che fanno parte del Supplimento, ve ne sono due che ricordano le deposizioni anteriori del 5 novembre e del 19 dicembre 1599[498], le quali date servono a mostrare quella del processo di cui parliamo, cominciato anche un po' prima che il Campanella e socii partissero dalla Calabria, proseguito per due mesi e verosimilmente anche più, atteso il gran numero di coloro che furono chiamati a deporre: il Supplimento stesso ci mostra che presedè alla formazione del processo il Vescovo in persona, Tommaso Sirleto, insigne uomo appartenente all'insigne famiglia de' Sirleti di Guardavalle patria di Maurizio, assistito dal suo Vicario generale Agazio Mantegna[499]. Furono chiamati a deporre tutti i frati dei conventi di Stilo e di quelli delle terre vicine, p.

es. di quelli di Sta Caterina, come ne diè notizia una delle deposizioni raccolte nel processo di eresia fatto in Napoli[500]; ma furono chiamati anche molti ecclesiastici secolari e molti laici delle migliori famiglie di Stilo e luoghi vicini, come si rileva da' nomi che si leggono a capo di ciascuna deposizione. Gioverà ricordare quelli che sono stati già citati finora, e qualche altro che si dovrà ancora citare nel corso di questa narrazione, segnatamente quelli che si fanno notare per qualche condizione speciale; poichè ricordarli tutti sarebbe perfino inutile, mentre si possono rilevare da' Sommarii del processo[501]. Furono dunque tra coloro che deposero, naturalmente a carico, dei Contestabili Paolo e Fabio, che sappiamo essere l'uno padre e l'altro fratello di Giulio e di Marcantonio; de' Carnevali poi Gio. Francesco e Fabrizio, che abbiamo veduto altrove essere ecclesiastici, l'uno zio e l'altro fratello di Gio. Paolo, dippiù Fabio altro fratello, Prospero padre e Minico (Domenico) altro zio. Vi fu ancora Giulio Presterà, che sappiamo giovane e medico, amico del Campanella, Gio. Jacovo Prestinace che ci risulta cugino di Gio. Gregorio l'intrinseco del Campanella, Francesco Plutino il capitano nominato dal Campanella nella sua Dichiarazione, Francesco Vono che abbiamo visto del pari amico del Campanella, che vedremo nominato da lui nella sua pazzia e che sappiamo essersi liberato dalle persecuzioni per la congiura mercè molte libbre di seta[502]. Potremmo citare altri nomi degni di menzione, come uno Scipione Presterà, un Gio. Maria Gregoraci, diversi Jeracitano, qualcuno de' Crea, Vigliarolo, Principato etc. tutti di Stilo, e parecchi che ci risultano di Guardavalle, di Stignano, di Sta Caterina, di Riaci, di Camini, di Girifalco. Ci limiteremo ad aggiungere che vi fu pure quel Tiberio Lamberti che presentò la denunzia di D. Marco Petrolo, vi furono due donne (Francesca Scivara e Caterina di Francesco), infine anche un Marcello Salinitri e un Carlo Licandro, i quali, deponendo contro il Campanella, non nascosero di essergli nemici, senza che ne apparisca il motivo[503]. E noteremo che il non esservi stati taluni altri conosciuti come stretti amici del Campanella, p. es. Tiberio e Scipione Marullo, i fratelli D. Gio. Jacobo e Ottavio Sabinis, rende sempre più credibile che costoro si tenessero nascosti; la qual cosa può dirsi con fondamento anche maggiore per quelli egualmente conosciuti come parenti di fra Tommaso, p. es. Paolo e Fabrizio Campanella, de' quali si deposero alcune proposizioni già manifestate dal Campanella e commentate da loro, senza vederli interrogati e senza saperli carcerati e partiti per Napoli.

Assai ci pesa il dover dare un cenno di ciò che emerse da questo processo di Squillace, poichè da una parte riesce impossibile esporre tutta la colluvie di cose che si raccolse, e d'altra parte esponendo con un po' d'ordine le cose principali riesce inevitabile una riproduzione di quanto si è detto a proposito delle opinioni manifestate dal Campanella nel periodo della congiura. Ma gioverà conoscere testualmente le cose principali co' nomi di coloro che le rivelarono, e apprezzarne il valore e l'importanza. Cominciando dalle cose riferibili al nuovo Stato, si affermò che il Campanella «volea fondare una nuova setta per vivere liberamente et fare il *crescite*» (test. Fabrizio Carnevale, Marcello Salinitri, Gio. Consueva), che «voleva far mutare habito et vestimenti et dire che ci era libertà di coscienza» (Gio. Jacobo Prestinace), che nella «nuova setta di libertà» s'indosserebbero «certi habitelli et copulini» (Ottavio Buccina), che gli uomini si abbiglierebbero «con veste bianche sino al ginocchio, con una tovaglia alla testa che pendi à dietro, et con un capellino in testa» (Gio. Jacobo di Reggio), ed era con altri salito sul monte di Stilo, dove mangiarono ed intitolarono quel monte «monte pingue e di libertà» (Scipione Presterà, Francesco Bartolo etc.); che era Profeta, che volea farsi chiamare il Messia di Dio della verità etc. (Gio. Andrea Crea, Geronimo Jeracitano, Gio. Francesco Carnevale, Giuseppe Ranieri ed altri). Venendo alle cose riferibili alla Religione ed alla Chiesa, bisogna notare che in questo processo non vi fu alcuna deposizione intorno all'opinione della non esistenza di Dio attribuita al Campanella pei processi anteriori, ma intorno a Gesù, alla sua resurrezione, a' miracoli, non che intorno al Crocifisso, si depose avere il Campanella detto, che Gesù «non è stato figliolo di Dio» (Gio. Andrea Crea), che «fu bravo huomo e capo di sette» (Marcello Salinitri a detto di Giulio Contestabile, Francesco Plutino etc.), che nella predica avea dichiarato essere il precetto *quod tibi non vis alteri ne feceris* stato detto da un filosofo gentile prima di Cristo (Tiberio Vigliarolo), che «non bisognava si adorasse il Crocifisso perchè era un pezzo di legno» (Paolo Contestabile e Fabio Contestabile a detto di Marco Antonio che l'aveva udito dal Caccìa), che «non si doveva credere ad un appiccato» (Giulio Presterà, Luzio Paparo, Lorenzo Politi, Desiderio Lucane), che «Cristo avea potuto fare che ci fosse un altro in croce e che esso non fosse morto» (fra Scipione Barili a detto di fra Scipione Politi), che «le cose che si dice haver fatto Moisè tutte sono state per ingannare li popoli» (fra Francesco Merlino), che «bravo huomo era stato Mosè e Maumetto e Christo, e che se bene Martino Lutero haveva acquistato 26 o 27 Provincie non haveva fatto nulla» (Francesco Plutino). Quanto alla Trinità, a' Sacramenti, all'Eucaristia, all'inferno, purgatorio e paradiso, si depose avere il Campanella detto, «che tutte le cose della nostra fede si possono passare eccetto che questa cosa della Trinità, che vi sieno tre persone in una» (Gio. Gregorio Argiro), che era stato udito Paolo Campanella parlare al fratello Fabrizio di proposizioni di fra Tommaso intorno alla Trinità ed ai Sacramenti, dicendo che «non credeva si consacri hostia», e soggiungendo «havrei pagato cinquanta ducati a non intendere queste cose» (Gio. Domenico Pilegi), che il Campanella medesimo avea detto a Fabrizio «provarsi che il sacramento non era sacramento» (Gio. Jacobo Vigliarolo), che «aveva uno spirito nell'unghia» (fra Berardino), che non credeva esservi il diavolo, chiamandolo *babao* per far temere le genti (Carlo Licandro), che avea detto a Fabio Contestabile «si pigliasse spassi e piaceri... che del resto è pensiero di chi è» (Fabio Contestabile), ritenendo non esservi inferno (Fabio Carnevale, Desiderio Lucane ed altri). Quanto ad orazioni, che il

Campanella avea cancellato da un libro di preghiere, appartenente alla Congregazione del Rosario e presentato allora al Vescovo, alcune invocazioni a Maria, a S. Domenico, a S. Giacinto, a Sta Caterina, per ottener grazia, «che non voleva si dicessero» (Gio. Francesco Carnevale), ed era stato direttamente veduto quando le cancellava (Fabio Carnevale, Fabio Contestabile). Ed ancora avea detto «la fornicazione non essere peccato,... essere cose naturali» (fra Gio. Battista di Placanica); e una volta «con altri nella propria cella fece il crescite con una certa Giulia» (Gio. Maria Gregoraci). Ed avea mangiato carne in giorni proibiti (molti), anche in casa di Geronimo di Francesco e del suo zio Domenico Campanella (Fabrizio Carnevale, Fabio Contestabile), adducendo la regola Apostolica *comedite quod appositum est vobis* (Gio. M.ª Gregoraci); e una volta chiese chi avesse prescritto tali proibizioni e gli fu risposto, la Chiesa, e il Campanella soggiunse «chi è la Chiesa? li fu detto che sono il Papa, Cardinali et altri Prelati, et il Campanella rispose, il Papa e Cardinali chi sono? li fu detto che sono huomini, il Campanella rispose, io ancora sono huomo» (Prospero Vitale). E la sua scienza era «una Cabala che imparò da un Armeno» (Gio. Jeracitano), ed «havea promesso a Geronimo di Francesco uno spirito familiare per vincere al giuoco» (Gio. M.ª Gregoraci). Che nel predicare a Stilo «metteva comparatione sopra gl'idoli», e riteneva «che i figliuoletti de' Turchi morendo non vanno all'inferno, perchè crescendo potriano conoscere la fede e si fariano Christiani», oltracciò che «Dio ha altro modo di salvar l'homini che per il battesmo» (diversi). Che non credeva alla scomunica, che nelle prediche «essaltava più del dovere li filosofi et scrittori Gentili» e ne' discorsi diceva che «S. Thomasso fù huomo et che alla dottrina sua si può aggiungere, et che era cavata da altri Dottori antichi et particolarmente da Lattantio firmiano, al quale havea gran credito»; nè era vero che il Crocifisso avesse detto a S. Tommaso *bene scripsisti de me Thoma* (Tiberio Vigliarolo, Gio. Antonio Primerano, Lorenzo Consueva). Nemmeno credeva che gli Atti degli Apostoli facessero fede, «perchè quello che trattano lo trattano per traditione di S. Paolo» (Gio. Battista Rinaldo). Che infine non mostrava di gradire tante diverse Fraterie (fra Gio. Battista di Placanica), non credeva che bisognasse «dire Paternostri che erano cose perse» (Paolo e Fabio Contestabile a detto di Marcantonio), nè credeva giovare a' defunti la Messa detta o fatta dire da chi si trovava in peccato mortale (diversi).

Furono queste le cose essenziali rilevate col processo di Squillace, in materia di eresia più che in materia politica, attesa la qualità della Commissione data al Vescovo, e, come si vede, esse venivano a colpire propriamente il Campanella e non altri; appena qualche volta, da uno o due testimoni, fu nominato con lui fra Dionisio, segnatamente ad occasione del voler fondare la nuova setta e del doversi disprezzare il crocifisso. Invece fu da qualcuno tratto in iscena il povero vecchio Geronimo padre del Campanella, come testimone ed anche come principale. Si depose aver lui detto che richiedendo al figlio di voler predicare a Stilo, il figlio rispose che non volea «fare l'officio di Canta in banco» (Marcello Fonte), che inoltre «gli avea preconizzato tanto il bene quanto il male da dover accadere a' suoi figliuoli» (Callisto Jeracitano), che infine avea composto quel tale libro che superava quelli degli Apostoli (Scipione Ciordo). Ne abbiamo già parlato abbastanza altrove e non occorre insistervi ulteriormente. — Quale intanto deve dirsi il valore e l'importanza di siffatto processo? In verità fa molta impressione il vedere che la massima parte delle cose deposte si sia avuta con le clausole «de fama publica, de auditu incerto», e non di rado pure, ciò che è sempre più notevole, con la clausola «post carcerationem»; questo dà fondato motivo di ritenere che le opinioni incriminabili poterono anche esser diffuse in molta parte per colpa de' Giudici de' processi anteriori, che ne fecero correre le voci per le piazze, dalle quali taluni testimoni specificatamente affermarono di averle raccolte. Ma mettendo pure da parte tutti i testimoni che deposero per voce pubblica, ne rimangono sempre alcuni che deposero cose udite o viste direttamente, ovvero cose udite o viste da persone state molto dappresso al Campanella, e per la loro condizione speciale riescono a dare alle loro deposizioni una gravità notevole. Basta dire che più d'uno affermò di avere udito quanti deponeva da fra Scipione Politi conosciutissimo amico del Campanella, e, a quel che pare, solito a mantenere vive le sue conversazioni col riferire le opinioni delle quali il Campanella gli avea tenuto discorso; qualche altro affermò di avere udito quanto deponeva da D. Marco Petrolo, da D. Marco Antonio Pittella, da Paolo e Fabrizio Campanella, da Giulio Contestabile, da Marcantonio Contestabile; nè deve sfuggire che deposero i Carnevali malgrado avessero Gio. Paolo e Tiberio carcerati, deposero i Contestabili malgrado avessero Giulio carcerato e Marcantonio perseguitato, depose Desiderio Lucane che sappiamo avere anche lui un figlio carcerato[504]. Adunque, per un certo numero di cose raccolte con questo processo, non si può sconoscerne menomamente la provenienza dal Campanella, essendovi anche una concordanza significante tra esse e quelle che da altri fonti ci risultano appartenenti senza dubbio a lui; nè deve sfuggire che molti, p. es. Giulio Presterà, Francesco Vono, il capitano Plutino, i quali certamente ebbero relazioni col Campanella, e così pure tanti altri, poterono deporre per voce pubblica ciò che aveano saputo direttamente, non convenendo loro di dire che l'aveano saputo direttamente da lui, perchè sarebbero divenuti responsabili del non averlo denunziato. In conclusione poteva dirsi una calunnia l'avere il Campanella imbevuto di eresie la città di Stilo e luoghi circonvicini, ma non già l'avere di tempo in tempo enunciati principii punto ortodossi. E risultava grandemente notevole la raccolta fatta di simiglianti principii, perocchè di tutta la massa delle accuse, che vedesi ridotta a 34 capi nel Sommario complessivo dell'ultimo processo di eresia, 8 o 9 capi soltanto non riuscivano nè confermati nè smentiti dalle deposizioni di Squillace, ma 13 ne riuscivano confermati, e 9 altri ne sorgevano interamente nuovi. Oltracciò si avevano elementi tali da mostrare il giusto valore della scusa che già si meditava, che cioè i frati inquisiti di congiura avessero rivelato e fatto rivelare cose di eresia a fine di scansare la Corte temporale. È superfluo dire quanto le condizioni del Campanella ne divenissero aggravate, e non è arrischiato l'ammettere che segnatamente per questo processo di Squillace egli abbia dovuto rimanere tanto dolente di «Stilo ingrato» che egli onorava; di Stilo infatti, e amici suoi per giunta, erano principalmente coloro i quali avevano questa volta dato materia a «fabbricare processi con processi» come egli cantò nelle sue Poesie[505].

Ci rimane a dire qualche cosa delle condizioni nelle quali la Calabria si venne a trovare dopo la partenza dello Spinelli co' carcerati. Abbiamo già avuto altrove occasione di vedere che le quistioni giurisdizionali e le inimicizie private non ebbero alcuna tregua; naturalmente i fuorusciti medesimi, pel rigore eccessivo e le vessazioni spropositate, erano già cresciuti di numero, ed abbiamo un documento il quale ci mostra esserne stato lo Spinelli medesimo, avanti di partire, interpellato dal Vicerè[506]. I Governatori che successero nella Calabria ultra, D. Pietro di Borgia, e poi D. Garzia di Toledo sopra nominato, e poi D. Carlo de Cardines Marchese di Laino etc., come pure quelli della Calabria citra, D. Alonso de Lemos, D. Antonio Grisone, e poi D. Lelio Orsini l'amico del Campanella, rivestiti essi medesimi, più o meno, di poteri straordinarii, ed aiutati anche da Commissarii speciali, si affaticarono per più anni alla «extirpatione de' forasciti» senza mai venirne a capo. L'Audienza di Calabria ultra, rimasta priva dell'Avvocato fiscale e poi provvedutane in persona di Gio. Andrea Morra[507], fece conoscere al Vicerè il suo imbarazzo per «l'ordine di non intromettersi in le cose ha fatto il spettabile Carlo Spinelli», poichè si era preso un Carlo Logoteta di Reggio che da tre anni scorreva la campagna, e così due altri, e se ne trovavano ancora molti, tutti guidati dallo Spinelli: ma il Vicerè nemmeno credè opportuno di revocare l'ordine, e comandò d'inviare alla Vicaria i catturati ed a lui una nota particolare e distinta di tutti i guidati, che naturalmente l'Audienza non avea modo di conoscere[508]. La città di Catanzaro, già tanto conturbata dalle fazioni municipali, si risentì pel nuovo «reggimento» istituito dallo Spinelli, e l'Audienza fece sapere al Vicerè che la città pretendeva «di non essere stata intesa in la busciola et forma dell'electione fatta per il spettabile Carlo Spinello... e si era ordinato al Capitaneo et Sindico di detta Città che apresse la cascia dove stava tutto lo che si era fatto per raggione di detta busciola, la quale non si ha possuto aprire per star'in poter'del rettore del Jesu di detta Città con una delle chiave, al quale essendosi ciò notificato etiam in scriptis non l'ha voluto dare»; ma il Vicerè anche in tale occasione non volle scovrire lo Spinelli, diè ragione a' Gesuiti e comandò di «non far altra diligentia per aprire la sopradetta cascia» dovendosi solo «osservare la detta busciola che stava ordinata o pur farsi l'electione del Governo come si faceva per prima»[509]. E nominati più tardi gli Eletti deputati a far l'elezione del nuovo reggimento, si trovò affisso nella piazza pubblica un «cartello infamatorio» contro quegli Eletti; e si venne con poteri straordinarii alla cattura di un Marcantonio Paladino ritenuto autore di detto cartello, ed allora di notte fu rotto il carcere «di fora, con scarpelli et violentia grande» e fu fatto fuggire il Paladino con gli altri carcerati, onde si ebbero nuove Informazioni e nuove catture[510]. Ma un avvenimento ancor più notevole fu l'uccisione di Marcantonio Biblia, fratello di Gio. Battista denunziante della congiura, pugnalato verso la fine di novembre in Catanzaro. Abbiamo già avuta occasione di dire altrove che questo Marcantonio Biblia era credenziere della gabella della seta di Catanzaro fin dal 1595. L'Archivio di Stato ci offre più memoriali di Gio. Battista Biblia al Viceré, co' quali «fa intendere come per havere scoverto esso supplicante la congiura et rebellione tentata in disservitio d'Iddio et de sua M.^{tà} da Marco Antonio giovino et altri... l'istesso Marco Antonio ha fatto occidere nella città di Catanzaro a pugnalate Marc'Antonio suo frate da Gio. et Scipione giovino fratelli del detto Marco Antonio», e ricordando altri omicidii già commessi da costui conchiude col ricorrere «alli piedi di V. E. che resti servita ordinare che il detto Marco Antonio sia afforcato come V. E. s'è degnato ordinare acciò l'altri non presumano fare l'istesso in persona d'esso supplicante et fratelli rimasti». E abbiamo, al sèguito di questi memoriali, le Commissioni speciali date dal Viceré dapprima al Consigliere D. Giovanni Montoja de Cardona, poi al Giudice D. Giovanni Ruiz Valdevieto, quello stesso che troveremo assai più tardi membro del tribunale costituito in Napoli per giudicare il Campanella e gli altri frati intorno alla congiura. Nel suo sdegno il Viceré cominciò col dare gli ordini più severi: «farreti sfrattare tutti li parenti di detti delinquenti sino al quarto grado dove à voi parirà più convenire, et confiscarrete et farrete confiscare li beni delli delinquenti predetti e deroccare le loro case, et procederreti contra d'essi, loro complici, et fautori à tutti l'altri atti che saranno de giustitia usque ad sententiam inclusive» etc.; ma poi, tornato a più miti consigli, dispensando il supplicante dalle spese per la Commissione, diede ordini meno brutali e prescrisse di procedere «usque ad sententiam exclusive»[511]. Ci manca finora ogni altra notizia sull'esito di queste Commissioni, ma vedremo che Gio. Battista Biblia ci guadagnò l'ufficio che già teneva il fratello, oltre il privilegio di nobiltà, come egualmente Fabio di Lauro ebbe altri favori e grazie in ricompensa della denunzia fatta.

Tornando al Campanella, notiamo che con questo di Squillace si chiuse la serie de' processi di Calabria, e ricordiamo che ve ne furono non meno di quattro. Vi fu un processo propriamente pei laici formato dallo Spinelli e Xarava, appena iniziato in Catanzaro, proseguito in Squillace, finito per una piccola parte in Gerace: in esso si trattò della congiura, ed oltrechè vennero giudicati e condannati alcuni clerici, non fu risparmiato il Campanella, essendosi avuta da lui, come anche dal Pizzoni, una Dichiarazione d'importanza grandissima. Vi furono tre processi per gli ecclesiastici e propriamente pe' frati, uno formato da fra Marco e fra Cornelio in Monteleone e per una piccola parte in Squillace, un altro formato dagli stessi Giudici unitamente col Vescovo di Gerace in Gerace, un altro formato dal Vescovo di Squillace con la sua Corte ordinaria in Squillace: nel primo si trattò dell'eresia e della congiura ad un tempo, nel secondo della sola eresia, e in entrambi si ebbero di mira tutti i frati incriminati, e si fece sentire l'influenza della malvagità fratesca e della ferocia degli ufficiali Regii; nell'ultimo si trattò della sola eresia, si ebbe di mira esclusivamente il Campanella e non si fece sentire alcuna perniciosa influenza almeno in un modo diretto. Il Campanella non fu mai chiamato innanzi a' Giudici durante tutti questi processi, ma fuori ogni dubbio entrambe le sue cause peggiorarono costantemente.

INDICE DEL VOL. I.

CAP. II. — Ritorno del Campanella in Calabria e sua congiura (1598-1599)pag. 110

(169). Commenti su questi fatti; al Campanella devesi non solo l'idea ma anche l'indicazione de' mezzi per attuarla, rimanendo a lui riservato l'ufficio di futuro capo della repubblica (173). Tutti si pongono all'opera; Maurizio va sulle galere di Amurat venuto alle coste di Calabria; il Campanella è chiamato dal Marchese di Arena a Monasterace (175). Fra Dionisio va con un fra Giuseppe Bitonto e un Cesare Pisano fino a Messina; durante il viaggio sviluppa eresie per eccitare il Pisano; di poi con la stessa compagnia, e con l'aggiunta di un fra Giuseppe di Jatrinoli e un Giuseppe Grillo, dopo altri discorsi di eresie in Stignano, torna presso il Campanella riconducendolo da Monasterace a Stilo (176). Anche Marcantonio Contestabile e il Caccia, con un altro fuoruscito, tornano a Stilo (Page_180). Altra escursione del Campanella con fra Dionisio e il Bitonto a Castelvetere, per pregare il P.pe della Roccella in favore di Cesare Pisano ivi carcerato; nel carcere veggono un Felice Gagliardo, al quale, come ad altri carcerati, il Pisano parla de' progetti del Campanella e ripete i discorsi di eresia (181). Tornato a Stilo il Campanella eccita il Pizzoni a parlare con Giulio Soldaniero fuoruscito; intanto è chiamato di nuovo dal Marchese di Arena in Arena (184). Il Pizzoni, fra Dionisio e Gio. Pietro fratello del Campanella, come pure Marcantonio Contestabile col Caccia e un altro fuoruscito, accompagnano fra Tommaso ad Arena; fra Dionisio col Pizzoni ne partono per parlare al Soldaniero in Soriano; colloquii di fra Dionisio col Soldaniero, manifestando i disegni del Campanella e molto eresie (186). Il Pizzoni con un altro fuoruscito a nome Claudio Crispo ritorna ad Arena; giunge quivi una lettera che annunzia avere Maurizio preso gli accordi col Turco; fra Pietro di Stilo con Fabrizio Campanella armato viene egli pure in Arena, forse latore della lettera; altre lettere di Maurizio, di Claudio Crispo e del Pizzoni (188). Comparisce una cometa che raddoppia il fervore del Campanella; tutta la compagnia va in Pizzoni; convegno e banchetto di Pizzoni; fra Pietro di Stilo va a Soriano recando una lettera del Campanella al Soldaniero; parte presa da fra Pietro nella congiura (191).

III. Venuta di fra Marco da Marcianise per una visita nella provincia di Calabria; fra Dionisio va al convento di Taverna già assegnatogli; vi fa quistione con fra Cornelio di Nizza e bastona un altro frate; fra Cornelio è scelto per suo Compagno da fra Marco (196). Il Campanella torna a Stilo, e chiamato da Maurizio va presso di lui col Petrolo e Fabrizio Campanella a Davoli; Maurizio espone i patti conchiusi col Turco; son chiamati Gio. Tommaso di Franza e Gio. Paolo di Cordova che vengono con Orazio Rania da Catanzaro; concerto con costoro per fare un'insurrezione in Catanzaro (197). Incontro di Gio. Battista di Polistina, nemico di fra Dionisio, col Campanella in Davoli: parole scortesi dettegli dal Campanella; fra Gio. Battista va a Soriano, e il Soldaniero gli comunica la faccenda della congiura e dell'eresia (201). Maurizio va in giro a raccogliere fuorusciti; il Campanella scrive al Crispo e poi va a S.ta Caterina; fra Dionisio, condannato dal Visitatore, si rimette in giro con un Cesare Mileri e finisce per andare a Catanzaro, dove mostra gran premura di essere assoluto, e cerca affiliarti per la congiura, dicendo che vi partecipavano il Papa, il Card.¹ S. Giorgio, diversi Vescovi, diversi Nobili (202). Parla col Franza, col Cordova, con due fratelli Striveri ed altri, parimente con Fabio di Lauro e Gio. Battista Biblia; tratta per fare entrare in Catanzaro 4 a 5 cento uomini incogniti e di notte; enumera gli aiuti che si avranno, mettendo innanzi per la prima volta la frottola dell'intervento di alti personaggi, che evidentemente non poteano intervenire (207). Intanto il Campanella in Stilo mantiene corrispondenza anche in cifra, continua nei colloquii con maggiore espansione, fa una scampagnata con gli amici sul monte di Stilo eccitando le più vive speranze (215). Cenni delle istituzioni politiche e religiose in progetto, come si può desumerli principalmente dalle deposizioni che si ebbero in sèguito da fra Pietro di Stilo e dal Petrolo, e poi da moltissimi altri (217). Trattavasi di fondare ciò che fu scritto di poi nella *Città del Sole*; si ha un notevole riscontro tra le cose allora dette e quelle in sèguito scritte, e rimangono così chiarite la congiura e le sue cause, non che la parte presavi dal Campanella, e perfino la verità o la falsità di molte cose deposte nel processo (220). L'idea non era punto democratica ma altamente patriottica, e per essa il Campanella compromise tutto, facendola abbracciare egualmente non da soli malfattori, ma anche da uomini stimabilissimi come Maurizio e fra Dionisio tra gli altri; nè i preparativi erano di poca importanza quando la congiura fu scoperta (222).

CAP. III. — Scoperta della congiura e processi di Calabria (dalla fine di agosto a tutto 10bre 1599)pag. 226

I. Fabio di Lauro e Gio. Batt. Biblia denunziano la congiura al Fiscale di Calabria; poi mandano una 2ª relazione al Vicerè, il quale ne scrive subito a Roma e a Madrid, e fa partire Carlo Spinelli per investigare e punire (226). Il Vicerè Conte di Lemos; suoi dubbi sulla congiura, la quale venne in fondo rivelata secondo le esagerazioni affermate da fra Dionisio (230). Clemente VIII e il Nunzio Aldobrandini; tenerezze di Roma col Vicerè a quel tempo; la richiesta da parte del Vicerè, di poter carcerare i frati, è accordata dal Papa (232). Carlo Spinelli e i suoi antecedenti; istruzioni solite a darsi in analoghe circostanze; capitani e soldati partiti con lo Spinelli (235). Nuova denunzia tardiva ed incompleta da parte di 5 Catanzaresi, tra' quali il Franza già stato a Davoli, per salvarsi; la denunzia, passata per la via dell'Audienza, svela il segreto della congiura e fa intendere che lo Spinelli veniva per essa; il Vescovo di Catanzaro ne dà avviso a fra Dionisio il quale se ne parte immediatamente (239). Fra Dionisio va a Stilo per sollecitare il Campanella ad uscire col Petrolo in campagna; il Campanella si nega e ripara a Stignano presso D. Marco Petrolo, il quale lo denunzia; Giulio Contestabile lo denunzia egualmente, e procura una commissione al cognato Di Francesco contro di lui (242). Lo Spinelli giunge in Catanzaro, fa prendere il Rania e lo affida al Governatore, ma il Rania fugge e poco dopo è rinvenuto soffocato in una vigna presso la città; lo Spinelli si duole del Governatore ed inizia il processo (243). Il Vicerè in Napoli affetta preoccupazione per un voluto sbarco di turchi in Abruzzo e una voluta peste nella Marca d'Ancona; emana bandi per la peste in realtà diretti a premunirsi dalla parte di Roma; ma poi, viste bene avviate le cose di Calabria, revoca i bandi e spedisce ordini di rigore contro i congiurati (246). La denunzia di D. Marco Petrolo è mandata allo Xarava e il denunziante finisce per essere carcerato come ricettatore; la commissione al Di Francesco giunge un po' tardi, e costui può soltanto carcerare i parenti del Campanella (248). Crescendo il numero de' carcerati lo Spinelli ordina di tradurli nel castello di Squillace, dove il processo continua, venendo carcerato anche Geronimo del Tufo; prevenzioni verso i Nobili e i Vescovi (250). Guidati e Commissionati contro i presunti colpevoli; il Soldaniero ed il Bruno, Gio. Geronimo Morano e D. Carlo Ruffo Barone di Bagnara; Nobili titolati venuti in aiuto del Governo, il P.pe della Roccella, il P.pe Di Scilla, il P.pe di Scalèa; notizie intorno a costoro (253). Altro aiuto potente dato da fra Marco e fra Cornelio, accordatisi col Governo nell'istituire un processo a' frati, co' più iniqui maneggi suggeriti dagli odii frateschi (257).

II. Antecedenti segreti del processo ecclesiastico di Calabria; fra Domenico da Polistina e fra Cornelio; colloquii di costui con lo Spinelli, Xarava e Lauro; sue comunicazioni esagerate al Card.¹ S.ᵗᵃ Severina e al P.ᵉ Generale; costringe il Soldaniero a far da denunziante e persecutore de' congiurati, procurandogli anche un guidatico e una promessa d'indulto dallo Spinelli (258). Titolo e data del processo; 36 capi di accusa; assertiva di richiesta a procedere anche da parte dello Spinelli, del Governatore e perfino del Vescovo di Catanzaro; lettere del Vescovo e del Governatore; commenti (262). Commissione data dal Visitatore fra Marco di catturare il Pizzoni e il Lauriana; particolari della cattura; fra Dionisio col Caccia stava con loro, ma travestito se ne fugge (263). I due frati prigioni dati in consegna a D. Carlo Ruffo nelle carceri di Monteleone; esame del Pizzoni che svela ogni cosa anche con esagerazione e malignità; artifizii e terrori per avere simili deposizioni (264). Esame del Soldaniero commesso dal Visitatore a fra Cornelio, tutto ben concertato; esame del Lauriana, e giudizio su tale esame; commento sul processo, che

324

in fondo non creava fatti essenzialmente falsi, ma li traeva a luce, li esagerava anche e li ribadiva con male arti (267). Intanto il Campanella è catturato insieme col Petrolo; particolari della cattura; ricovero in S.ᵗᵃ M.ᵃ di Titi; arrivo di Maurizio, fuga per sottrarsi a Maurizio, ricovero e travestimento presso Gio. Antonio Mesuraca a' dintorni della Roccella, tradimento del Mesuraca; commento in particolare sulla condotta di Maurizio (272). Il Campanella è tradotto alle carceri di Castelvetere; apprende per via che il Pizzoni ha rivelato anche eresie e consiglia al Petrolo di far lo stesso: lo Xarava viene a Castelvetere e riceve dal Campanella una Dichiarazione scritta; sunto della Dichiarazione e giudizio sopra di essa (277). Lo Xarava portasi a Monteleone e riceve una Dichiarazione scritta anche dal Pizzoni; inoltre una cifra di cui si sarebbero serviti il Pizzoni e il Campanella, e una copia delle deposizioni fin allora raccolte da' due frati col processo ecclesiastico (281). Passaggio del Campanella col Petrolo dalle carceri di Castelvetere a quelle di Squillace; intanto nelle carceri di Castelvetere il Gagliardo e compagni, saputa la carcerazione di lui, denunziano al P.pe della Roccella il Pisano amico del Campanella che li aveva eccitati alla congiura, e lo denunziano anche al Vescovo di Gerace per le eresie loro manifestate; il P.pe comunica queste cose allo Spinelli, ma i denunzianti son ritenuti partecipi della congiura; d'altro lato il Vescovo di Gerace fà prendere un'Informazione, che rende la condizione del Campanella sempre peggiore (283). È preso dal Morano Claudio Crispo, e gli si trovano due lettere, l'una di Maurizio, l'altra del Campanella; fra Marco e fra Cornelio continuano a far carcerare frati; son presi e poi rilasciati fra Vincenzo Rodino e fra Alessandro di S. Giorgio; son presi fra Pietro di Stilo, fra Paolo della Grotteria, fra Pietro Ponzio, fra Giuseppe Bitonto; fra Paolo è trovato in possesso di una lettera del Campanella al Crispo e di libercolo di segreti e cose superstiziose; il Bitonto è trovato in abito secolare ed armato (284). Deposizioni che i due Inquisitori raccolgono da taluni di costoro; esame di fra Pietro di Stilo interrotto; esame del Petrolo, che avvilito depone tutto anche con esagerazione (287). Lettera del Card.ˡ di S.ᵗᵃ Severina a fra Cornelio, che prescrive doversi mandare il Campanella a Napoli, e prendere le informazioni unitamente co' Vescovi de' luoghi; così il Campanella non è sottoposto ad alcun esame in Calabria (290).

III. Catturato il Campanella, lo Spinelli ne dà partecipazione al Vicerè, affrettandosi a riconoscere che il Papa non dovea aver che fare nella congiura; dà notizia anche di varii incidenti e de' provvedimenti presi; manda una lista di 34 carcerati; di poi informa che erano state anche seminate eresie, ed erano apparsi i primi legni turchi ben presto seguiti da tutta l'armata (291). Altre catture di que' giorni e continuazione del processo contro i laici; sono esaminati Lauro e Biblia e poi gli Striveri col Franza; particolari di questi esami e commenti (294). Esame di Gio. Paolo di Cordova e di suo fratello Muzio; prime torture molto gravi; debbono rispondere anche della morte del Rania; è esaminato il Soldaniero, di poi Claudio Crispo, che finisce per confessare ampiamente in tortura; giudizii su tali esami (298). Inoltre sono esaminati Cesare Mileri e Tommaso Tirotta, ma lo Spinelli è costretto a partire per l'arrivo dei legni turchi; mosse de' primi legni comparsi nella marina di S.ᵗᵃ Caterina e Guardavalle; fanno segnali ma non hanno risposta; poi sopraggiunge l'armata che si mantiene lontana dalla costa e manda 4 galere verso Stilo che fanno pure segnali inutilmente, quindi si dirige verso il capo di Bianco; lo Spinelli va con truppa a Castelvetere per sorvegliarne le mosse, mentre continuano le catture degl'incolpati (303). L'armata con 26 galere va, come al solito, alla fossa di S. Giovanni avendo preso due navi Ragusèe; due galere vanno verso Reggio donde si tirano cannonate, e prendono un'altra nave; due schiavi cristiani fuggiaschi dànno notizie dell'armata e de' voluti disegni del Cicala; succede una scaramuccia tra gli spagnuoli e 500 turchi discesi a terra per fare acqua; dopo ciò l'armata torna verso Castelvetere, ma tenendo vento favorevole si dirige verso Cefalonia; lo Spinelli se ne torna a Squillace (306). Viene notizia da Corfù che l'armata si ritira a Costantinopoli; notizie inesatte date poi dal Campanella e da qualche storico circa le cose dell'armata; non vi furono rimproveri al Cicala in Costantinopoli per non avere soccorso i congiurati (308). Lettere e giudizii del Viceré su tutti questi fatti; scrive a Roma immediatamente, partecipando che i frati erano anche eretici, e dimandando che se ne rimetta a lui il gastigo; scrive a Madrid per la ricompensa a Lauro e Biblia, ed annunzia l'accertato ritiro del Cicala verso Costantinopoli (309). Roma fa sapere che la causa del Campanella deve farsi in Napoli, e che venendo i prigioni debbono essere tenuti come prigioni del Nunzio; aderisce poi ad un'altra richiesta del Viceré, che il Vescovo di Mileto venga a Napoli, e che siano assoluti il P.pe di Scilla, il Poerio Governatore del Pizzo e lo Xarava, quando veramente fosse stato riposto nella Chiesa, donde era stato estratto, un clerico che avea data occasione alla scomunica (311). Il Viceré partecipa la scoperta della congiura agli Agenti di altri Stati accreditati presso di lui; relazione del Battaglino e dello Scaramelli; costui trasmette a Venezia anche le notizie di piazza, oltre quelle di Corte, e non pone mai in dubbio l'esistenza della congiura (313). Carcerazione di Giulio Contestabile e Geronimo di Francesco, dietro formale denunzia del Campanella, forse esasperato per la carcerazione di suo padre e suo fratello seguita per opera di costoro; il Petrolo, sollecitato dal Campanella, fa una denunzia nello stesso senso (315). Continuazione degli esami in Squillace, presedendovi il solo Xarava; particolari della deposizione di Cesare Mileri, che confessa ampiamente, convalidando in tortura le cose confessate; esami del Gagliardo, Conia, Marrapodi, Santacroce e Adimari (317). Esame di Cesare Pisano, che dapprima nega, poi in tortura confessa ogni cosa; quindi sottoposto a nuovo esame, circa la nuova legge del Campanella, rivela una quantità di eresie; esami secondarii di Domenico Messina e di Giuseppe Grillo; la causa è sospesa per morte del Mastrodatti (322). Prime esecuzioni in persona di Claudio Crispo e Cesare Mileri in Catanzaro; sono arrotati, tanagliati, strozzati, quindi appiccati per un piede e poi squartati; le loro teste son poste in gabbia sulla porta della città, le loro case diroccate, i beni confiscati (326).

IV. Trasferimento del tribunale e di tutti i prigioni a Gerace; notizia della cattura di fra Dionisio, Gio. Ludovico Todesco, Maurizio e Gio. Battista Vitale, per opera del Morano alle marine di Puglia; invio a Madrid dell'esame del Pisano infarcito di eresie e della copia dell'Informazione presa da fra Marco e fra Cornelio (327). Risposta da Madrid con ordine che si usi rigore, e che si facciano proposte per premiare i denunzianti (329). Notizie che allora correvano in Napoli sulle cose di Calabria; relazioni ulteriori dell'Agente di Toscana e del Residente Veneto (330). Si ripigliano le sedute del tribunale in Gerace con le confronte del Pisano, e con nuovi esami ed anche torture del Gagliardo, Santacroce, Marrapodi, Conia etc., seguite dalla confessione in tortura del Caccìa (332). Esami di Maurizio e del Vitale, verosimilmente anche di Gio. Ludovico Todesco e di varii altri già carcerati; notizie di coloro che furono presi successivamente, e di coloro che riuscirono a nascondersi o a fuggire (334). Intanto fra Marco e fra Cornelio ripigliano il loro processo coll'intervento del Vescovo di Gerace, e talvolta anche la presenza di Spinelli, Xarava, ed altri laici; molti e gravi abusi verificatisi non ostante l'intervento del Vescovo (339). Sono esaminati fra Pietro Ponzio, fra Paolo, e poi fra Pietro di Stilo, il Bitonto, il Pizzoni, il Lauriana, il Petrolo; inoltre il Soldaniero, il Pisano e il Caccìa (341). Giudizio sul processo di Gerace, sull'opera di fra Cornelio e sulle deposizioni raccolte (347). Anche di questo processo è rilasciata copia agli ufficiali Regii; triste giudizio del pubblico; malvagità di fra Cornelio (350). Ultime gesta dello Spinelli; altri esami ed altri catturati anche negli ultimi tempi; catturati dal Soldaniero e dal Bruno, oltre il Caccìa, un Bonazza, un Furci, un Loiacono etc. (351). Catturati anche altri ecclesiastici per ordine dello Spinelli; informazione particolare sulle relazioni di Giulio Contestabile col Campanella (354). Prigioni 156, ma molti imputati sono nascosti o vanno fuggiaschi; altri sono stati rilasciati dietro pagamenti (356). D. Garzia di Toledo con 4 galere a Tropea; i prigioni in lunga catena son diretti a quella volta; bestiale atteggiamento delle moltitudini verso di loro (359). Manca il tempo di giustiziare Maurizio, condannato ad essere segato vivo, insieme con 4 altri più colpevoli in Monteleone; imbarco di tutti i prigioni e de' loro persecutori a Bivona; fatti notevoli al momento dell'imbarco (360). Un'altra Informazione è commessa da Roma al Vescovo di Squillace; molti esaminati, molte cose raccolte: giudizio su questo nuovo processo (361). Condizioni nelle quali rimane la Calabria dopo la partenza dello Spinelli co' prigioni per Napoli; il fratello del Biblia è pugnalato in Catanzaro; col processo di Squillace si chiude la serie de' processi di Calabria, risultando sempre più gravi le condizioni del Campanella (367).

ERRATA

pag. 37; vers. 26: allorchè venne — leg. allorchè tornò.

NOTE:

1. «Me rebellem haereticumque fecerunt, quoniam praedico signa in sole et luna et stellis contra Aristotelem aeternantem mundum» etc. Così nella Lett. proemiale dell'*Atheismus triumphatus.* pubblicata dallo Struvio fin dal 1705.

2. Cyprianus, Vita et philosophia Campanellae, Amsteld. 1705; 2ᵃ ed., Traiecti. ad Rhenum 1741. — Echard, Th. Campanella, in Quetif et Echard, Scriptores ordinis Praedicatorum, Lut. Paris. 1719-21, vol. 2°, pag. 505, ed anche unito alla d.ᵗᵃ 2ᵃ ediz. del Cyprianus.

3. Vedi nell'ediz. del Capialbi la pag. 50, dove il Campanella dice che «lui solo resta preso son 21 anno per far mostra», ciò che mena al 1620; dippiù la pag. 20, dove dice, «però oltre alli prefati libri che scrivea esso Campanella», e de' libri egli parla veramente nell'Informazione, ciò che indica dover questa precedere la Narrazione. Del rimanente anche il titolo dell'Informazione lo dimostra, poichè reca «Informatione sopra la lettura delli processi... con la Narratione semplice della verità» etc. Siamo sorpresi che questo sia sfuggito al Capialbi che lo pubblicò tale scritto, ed egualmente al Palermo che lo riprodusse nell'Archivio Storico italiano an. 1846.

4. Baldacchini, Vita di T. Campanella, 2ᵃ ed. Nap. 1847. — Centofanti, T. Campanella e alcune sue lettere inedite, Arch. Storico italiano an. 1866. — Berti, Lettere inedite di T. Campanella e Catalogo de'suoi scritti, Rom. 1878. — Amabile, Il Codice delle lettere del Campanella nella Bibl. nazionale, Nap. 1881. — In moltissime di queste lettere si hanno notizie sulla faccenda della congiura e sulle cause e condizioni della prigionia.

5. Il Centofanti annunziò la scoperta del così detto «processo contro il Campanella» e ne fece sperare la non lontana pubblicazione il 17 marzo 1844: il Palermo pubblicò il sunto de' documenti in parola, con molti e molti altri che dovè estrarre da voluminosissime collezioni, nel corso del 1846; e bisognerebbe non aver mai fatte simili ricerche, per non sapere quanto tempo costi il raccogliere, collazionare, e dare stampato un gran numero di documenti. Il Centofanti in sèguito non se ne diede più pensiero; ed allorchè tornò a pubblicare le lettere del Campanella, il 1866, nell'introduzione disse di avere annunziate le carte del processo il 1843, ma si attenne ad una disquisizione molto elevata, senza il menomo esame de' fatti processuali, e comunque accennasse alla convinzione che il Campanella «alcuna cosa fece o tentò di fare», dichiarò questo un «difficile problema, il quale ferma l'attenzione dello storico, e la cui perfetta soluzione è tuttavia fra le cose desiderate».

6. Baldacchini, Vita di Tommaso Campanella, 2ᵃ ediz.ᵉ Nap. 1847, pag. 83.

7. D'Ancona, Della vita e delle opere di T. Campanella, Discorso promesso alle Opere del Campanella, Torino 1854, pag. 142 e 151-52.

8. Berti, Tommaso Campanella, nella Nuova Antologia, luglio 1878, pag. 226.

9. Spaventa, Saggi di Critica filosofica, politica e religiosa, Napoli 1867, vol. I.° parte 1ª.

10. Ved. Fr.ᶜᵒ Fiorentino, B. Telesio, vol. 2.°, Firenze 1874. pag. 133.

11. Ved. Atti dell'Accademia delle Scienze morali e politiche di Napoli, vol. 13.° an. 1875, pag. 9 ad 11.

12. Ved. Albèri, le Relaz. degli Ambasciatori Veneti al Senato, ser. 3.° vol. 1° Firenze 1840, relaz. di Costantino Garzoni, pag. 382; vol. 2.° rel. di Antonio Tiepolo, pag. 150; vol. 3° rel. di Paolo Contarini, pag. 221-22.

13. Ved. Fr.ᶜᵒ Sav.ⁱᵒ Arabia, Tommaso Campanella, Scene, Nap. 1877.

14. Come si legge in fine della sua 1ª ediz.ᵉ della Vita del Campanella (an. 1840), il Baldacchini dimandò di voler fare ricerche nell'Archivio di Stato, e il Soprintendente Spinelli, che ne tolse la cura sopra di sè, finì per scrivergli una lettera con la quale fece sapere che il processo del Campanella fu «formato fuori la giurisdizione de' tribunali della capitale, per cui non esiste in Archivio», ed aggiunse non essersi trovato nulla nelle Esecutorie, Dispacci del Collaterale, Provvisioni in forma Cancelleriae, Lettere Regie, Processi del Collaterale etc. — Inoltre si legge nel Rendiconto delle tornate dell'Accademia Pontaniana (an. 1865, tornata 11 giugno pag. 58), che avendo l'Accademia a proposta del Baldacchini impegnato il Soprintendente Trinchera perchè si cercasse ancora nell'Archivio qualche notizia, egli fece sapere di «aver fatto ripetere le ricerche per le notizie concernenti il Campanella, senza che si ottenesse alcun favorevole risultamento». — Tutto ciò mostra una volta di più, che le ricerche si debbono fare da chi ha già bene studiato l'argomento, su cui si vogliono notizie. E quanto al voler trovare il processo nell'Archivio di Stato, si conosce oramai da un pezzo che esso fu disperso o bruciato anche prima che il Campanella fosse liberato dal carcere, e nel 1620 non si trovava più. Se ne potrebbe solamente trovare qualche copia, come quella posseduta dal Giannone, ma non nell'Archivio. Ed aggiungiamo che si potrebbe del pari trovare non nell'Archivio, bensì in qualche Biblioteca, una «Relazione di Carlo Spinelli Luogotenente generale in Calabria», che si vede citata, a proposito di Gio. Geronimo Morano, dal Duca della Guardie (Discorsi delle famiglie estinte, forestiere etc. Nap. 1641 pag. 264); essa riuscirebbe importante poco meno del processo, ed è bene che i ricercatori lo tengano presente.

15. Rendiamo pubbliche grazie al cav. F.° Sanchez Diaz Direttore dell'Arch. in Simancas ed a' suoi solerti Impiegati, che dapprima alleviarono il nostro poco lieto soggiorno in quella infelice borgata, e poi ci diedero prova gratissima che come sappiano degnamente soddisfare agl'impegni presi: diversi tratti, che avevamo copiati di mano nostra, ci hanno fatto rilevare la grande diligenza con la quale venne condotta la copia trascritta a nostre spese de' documenti che avevamo rinvenuti. È superfluo poi parlare degli Archivii italiani, dove per altro tutto è stato trascritto di mano nostra: la cortesia degl'Impiegati di questi Archivii è ben nota a chiunque li abbia anche una sola volta visitati.

16. Ecco un elenco di tali documenti: i due primi stanno nel Carteggio Vicereale, gli altri tutti nel Processo di eresia. 1° La denunzia di Fabio di Lauro e Gio. Battista Biblia, che fu la prima base del processo; 2° La dichiarazione scritta dal Campanella subito che fu preso; 3° L'esame di Cesare Pisano al cospetto dello Xarava; 4° L'indulto concesso da Carlo Spinelli a Giulio Soldaniero e Valerio Bruno fuorusciti e denunzianti, ad istanza di fra Cornelio; 5° L'esame di fra Gio. Battista di Pizzoni; 6° Le

confronte del Pizzoni col Campanella, e poi con fra Dionisio, come pure quella di fra Dionisio con fra Silvestro di Lauriana; 7° L'esame di fra Domenico Petrolo; 8° Il secondo esame di fra Domenico fatto a sua richiesta; 9° Le cartoline scritte trovato indosso al Campanella quando fu spogliato per dargli il tormento del polledro; 10° La relazione di due dialoghi notturni tra il Campanella dichiaratosi pazzo e il suo amico fra Pietro Ponzio, raccolti dagli scrivani mandati a spiarli.

17. Berti, Nuovi Documenti su Tommaso Campanella tratti dal Carteggio di Giovanni Fabri, Roma 1881 (15 9bre). — Di questa Memoria a soli 100 esemplari l'autore ci ha fatto dono, e glie ne rendiamo pubbliche grazie.

18. Alludiamo all'uso delle parole «inquisito, confronta, cerca» etc. che si trovano adoperate ne' processi abitualmente. A proposito poi della lezione precisa de' documenti, che ci siamo sforzati di riprodurre con fedeltà, non sarà forse inutile fare avvertire che spesso la medesima parola, adoperata a breve intervallo, vi s'incontra variata oltre ogni aspettativa: p. es. non è raro incontrare in due o tre versi successivi «esamine, essamine, examine». Era tanto spinto il gusto del vario nel 1600, da riuscire assai difficile l'adagiarsi in una dicitura uniforme; non vorremmo quindi che il fatto venisse attribuito a poca esattezza di riproduzione da parte nostra.

19. Ved. Colet, Oeuvres choisies de Campanella, Paris 1844; e Angeloni Barbiani, Tommaso Campanella, Saggio critico, Venez. 1876

20. Ved. Lettera del Card.[1] S. Giorgio al Nunzio Aldobrandini del 18 giugno 1594 Cod. Strozziani filz. 207.

21. Ved. Capialbi, Documenti inediti circa la voluta ribellione di F. Tommaso Campanella, Nap. 1845, p. 16 in nota.

22. Ved. nell'Arch. di Roma, Processi, il proc. 251; num.° del registro 69, fol. del proc. 1298. E cons. Bertolotti, Giornalisti, Astrologi e Negromanti, nella Rivista Europea, febb. 1878. — D'altronde anche in una delle lettere del Campanella da noi pubblicate, quella degli 8 luglio 1607 a Mons. Querengo, egli dice di avere «anni 39 da finir a Settembre». Ved. il Codice delle Lettere del Campanella etc. Nap. 1881, pag. 61.

23. Ved. nel vol. III Doc. 304, pag. 247.

24. Ved. Doc. 1°, pag. 4.

25. Così nelle sue Poesie fllosofiche, ediz.ᵉ D'Ancona p. 107:
«Povero io nacqui, e di miserie vengo
nutrito in mille prove».

Anche nella lett. a Mons. Querengo pocofà menzionata si legge: «io in bassa fortuna nacqui».

26. Berti, T. Campanella, nella Nuova Antologia, luglio 1878, pag. 202.

27. Così nella sua opera De Sensu Rerum, lib. 3. cap. 11. Ma anche in molti altri luoghi egli parla de' maravigliosi pronostici di questa «indotta feminuccia» che era la sua carità, e che egli maritò, come disse nel processo. Avvertiamo che nel citare qualche brano dell'opera De Sensu rerum, diamo la preferenza a un ms. italiano «Del senso delle cose», che si conserva nella Bibl. Nazionale di Napoli (I, D, 54) e che rappresenta la ricomposizione originaria dell'opera dopochè era stata perduta: esso ci offre un modo di scrivere corrente, molto usato dal Campanella ma poco conosciuto, abbastanza rozzo ma assai curioso.

28. Ved. Doc. 1°, c, pag. 6. Ad esso fa riscontro un altro documento della stessa epoca e proveniente dagli stessi luoghi, che si trova nelle stesse scritture *Partium*, vol. 1477 fol. 208. Prospero Carnevale di Stilo, il cui nome incontreremo nel corso di questa narrazione, in data del 2 10bre 1598 si duole che alcuni cittadini, e tra gli altri un Bernardino Stolca che faceva l'arte di scarparo, per non pagare «si sono levati dall'arte con andarne a spasso».

29. Ved. Doc. 336, pag. 300; 337, pag. 301; 369, pag. 370.

30. Ved. per gli studii della puerizia, la lett. del Campanella a Mons.ʳ Querengo sopracitata. L'essere stato fra Tommaso dapprima chierico fu deposto nel processo da lui medesimo, fin dal suo primo interrogatorio, e poi anche da altri; ved. Doc. 304, pag. 247; e Doc. 347, pag. 320.

31. Ved. Doc. 281, pag. 211, e la nostra Copia ms. de' processi ecclesiastici tom. 2°, fol. 277. Poniamo qui che nella *Numerazione de' fuochi* di Stilo per l'anno 1532 (vol. 1385 della collezione) si legge, «n.° 20. Agacius Zoleus an. 50; Angelica uxor an. 40». Non costui, bensì qualche suo nipote dovè essere Agazio Solea grammatico, di cui si parla nel testo; e lo si trova citato come testimone, con la qualità di Nobile «nobil. Agazio czolea» in un processo del 1572 (ved. *Processi della Camera della Sommaria* n.° 7654), «Acta inter univ.ᵐ Casalis Comini terrae Stili et univ.ᵐ Casalis stignani et alias». Quivi è registrato anche «not. Franc.° campanella».

32. Ved. Th. Campanellae *Medicinalium*, Lugduni 1635, lib. 6, cap. 2. p. 324.

33. Ved. *De Sensu rerum*, lib. 4, cap. 18.

34. Ved. *De libris propriis Syntagma*, ediz. del Crenius, Lugd. Batav. 1696.

35. Ved. nell'Arch. di Stato il vol. 170, fasc. 1. fol. 46 t.° della così detta *Scuola Salernitana*, che comprende le carte dello Studio di Salerno ed anche parecchie carte dello Studio di Napoli. Vi si legge: «Ego Julius Cesar Campanella de Stilo spondeo, voveo et juro, sic me deus adjuvet per haec sancta dei Evangelia». Notiamo ancora che verso la stessa epoca, e propriamente nell'anno 1586, le *Matricole dello Studio di Napoli* recano tra gli altri «Paulo Campanella de Stilo leggista», che dovea essere cugino di fra Tommaso e che troveremo menzionato nel corso della vita di lui.

36. Vedi nell'Arch. di Stato il *Rollo de' Lettori* di quest'epoca, ed inoltre le *Matricole dello Studio*. Non mancano gli esempî di persone solamente licenziate che dimandavano ed ottenevano permesso d'insegnare: si può citare, tra gli altri, il caso del celebre Mario Schipano, che era soltanto licenziato e dimandava di laurearsi il 20 giugno 1601 (ved. *Scuola Salernitana* vol. 188), ed aveva già ottenuto il permesso d'insegnar logica due anni prima. «Die 7 mensis septembris 1599 fuit concessa licentia Mario Schipano legendi logicam scholaribus matriculatis et non aliter, per annum a data praesentium; fecit professionem» (ved. lo zibaldone delle *Certificatorie e Rolli de' lettori* di quest'epoca tra le carte della Cappellania maggiore). — Relativamente al Bando sopramenzionato, esso trovasi ripetuto quasi ogni anno nelle *Matricole*: reca, al solito, un grossolano pretesto e dice così: «Banno et Comandamento da parte dell'Ill.ᵐᵒ et Excell.ᵐᵒ etc. (*si metteva il nome del Vicerè dell'anno*). — Essendo informati che per molti doctori et altre persone se leggono nelle lloro case et in altri lochi fora del pup.ᵉᵒ studio di questa m.ᵉᵃ et fidelissima Città de Napoli diverse sorte de lectioni di legge di phil.ᵃ et med.ᵃ et altre lectioni che se leggono et soleno leggersi nel d.ᵗᵒ pup.ᵉᵒ studio dalli pup.ᵉⁱ lectori di quello, et che etiam detti pup.ᵉⁱ lectori leggono fora del studio predicto oltre le lectioni che se leggono nel d.ᵗᵒ studio, dal che n'è nato e nasce che li studenti et scolari quando vanno nel detto pup.ᵉᵒ studio per haverne inteso et intenderne lectioni fora di quello fanno romore di sorte che impediscono li lectori di leggere, et alli altri studenti, et scolari d'intendere le lectioni predette, et stando previsto et ordinato nel dicto pup.ᵉᵒ studio il numero de lectori li quali sono salariati dalla

Regia Corte, et leggono lectioni d'ogni scientia, conviene che tutti detti studenti et scolari vadano ad intendere le lectioni predette nel dicto studio dalli decti lectori ordinarii salariati dalla detta Reg.ª Corte et non da altri fora lo studio predetto. Pertanto attal che così s'essegna et per evitare li detti romori che sono soccessi per il passato nel detto studio per le cause predette Ordinamo, et Comannamo per il presente banno che dal dì della pubblicatione d'esso avante et infuturum non debbia nessuna persona de qualunque qualità se sia leggere nelle case ne in altro loco fora del detto studio nessuna lectione di legge filosofia et medicina eccetto che la lectione dell'instituta juxta testum sencza ordine et licentia nostra in scriptis, sotto pena à quello che contravenerà di tre anni de relegatione nell'Isola de Capri, Ordinando, et Comandando al m.eo Regente della gran Corte dela Vicaria et alli m.ei giudici di quella che attendano a fare osservare il presento banno et contra li transgressori debbiano esseguire la detta pena irremisibiliter. Datum» etc. (seguono le firme). — E ci sono anche capitati tra mano alcuni curiosi processi di questo genere.

37. Ved. p. es. a proposito di Gaetano Argento, il Settembrini, Lezioni di Letteratura Italiana, Nap. 1872, v. 3.º p. 19.

38. Ved. Th. Campanellae, *Philosophia sensibus demonstrata* pag. 3, e Doc. 304, pag. 246.

39. Per la dichiarazione del Campanella ved. Doc 402, pag. 500; per quella de' due frati, che furono fra Francesco Merlino e fra Gio. Battista di Placanica, ved. Doc. 353 e 354, pag. 333 e 335, infine per la dichiarazione de' tre frati, che furono fra Alessandro di S. Giorgio, fra Giuseppe Bitonto, e fra Vincenzo Rodino, ved. Doc. 283, pag. 215; 297, pag. 232; 284, pag. 217. Fra Vincenzo parlò della dimora in Nicastro dopo S. Giorgio.

40. D'Ancona, Op. di T. Campanella, Torino 1854. Disc. preliminare pag. 14.

41. Baldacchini, Vita di T. Campanella, 2.ª ed. Nap. 1847. pag. 27 e 28.

42. A suo tempo non mancheremo di dare notizie più larghe su tutti i Signori del Tufo.

43. Per la dichiarazione del Pizzoni ved. Doc. 278, pag. 199; per quella di fra Pietro Ponzio ved. Doc. 294, pag. 226.

44. Nelle *Matricole dello studio*, degli anni 1586-87 e 1587-88, trovasi «Ferrante Pontio de Nicastro leggista». — Nella *Scuola Salernitana* (vol. 170, fasc. 4.º cart. 83. t.º riferibile all'anno 1591) trovasi «Ferdinandus Pontius Neocastrensis» col suo giuramento autografo, avendo conseguita la laurea. — Nella *Numerazione de' fuochi* di Nicastro (vol. 1309 della collezione) per l'anno 1598 si legge: «nº 939. Ferrante di Ponzio u.j.d. f.º del q.m Jacovo a. 27 [in veteri n.º 684 in precedenti n.º 734» (solo). — «n.º 1267. Francesco de Pontio f.º del q.m Jacovo de ferrante a.... [in vet. n.º 684 sub focolare avi, in preced. n.º 1085, et in comprobatione dicunt monacum ordinis predicatorum et vocatur fr. dionisius ad praesens priorem in monasterio dive marie ann.te hujus civitatis, dicunt ad praesens monacum ut supra». — «n.º 1268 Pietro di Pontio f.º del q.m Jacovo de ferrante a.... [in vet. n.º 684 sub foculare avi, in preced. n.º 1086, et in comprobatione dicunt monachum ordinis predicatorum, dicunt ad praesens monacum ut supra».

45. Ved. Doc. 380, pag. 393.

46. Jani Nicii Erythraei, Pinacotheca imaginum, Coloniae 1642, tom. 1.º p. 41.

47. Franc. Fiorentino, Bernardino Telesio, Firenze 1872-74.

48. Jo. Pauli Galterii, Praxis tutelaris, Neap. 1601 (ediz. dedicata a D. Lelio Orsini), e poi Neap. 1621; Practica criminalis instrumentaria, Neap. 1619.

49. Ved. nell'Arch. di Stato la *Numerazione de' fuochi* di Acquaformosa per l'anno 1595 (vol. 1156 della collezione). Al fol. 2 vi si legge: «Se possede lo pr.ᵗᵒ Casale de acqua for.ˢᵃ per lo Civile tantum per lo Rev.ᵐᵒ Fantino petregnano arcevescovo di Cosenza, et per lo m.ᶜᵒ Mutio Campolongo se possede la Jurisditione delle Cause criminale et mixte». — Ved. inoltre i Reg.ⁱ *Partium* vol. 1139 fol. 12, let. del 14 8bre 1589, in cui si parla del suo feudo e del suo bestiame; e vol. 1490 fol. 5, let. del 19 gen.º 1598, in cui si parla della sua cittadinanza di Altomonte e dimora in Cosenza, onde non deve pagare la gabella della macina, mentre ha pagato gli adoni feudali; infine i Reg.ⁱ *Curiae* vol. 54 fol. 29, lett. del 31 marzo 1603. Quest'ultima è una risposta Vicereale a D. Lelio Orsini (un altro amico acquistatosi in sèguito del Campanella), il quale era allora Preside della Provincia di Calabria Citra e Commissario di campagna contro i fuorusciti; e gioverà riportarla. «Philippus etc. Don lelio orsino per una vostra deli cinque di novembre havemo visto quello ci servite (*sic*) intorno alli eccessi commessi per Mutio Campolongo Capitanio de Cavalli della nova melitia, che havendo il Capitanio di Altomonte carcerato un barbiero, il detto Mutio li mandò a dire che l'excarcerasse, il che recusatosi detto Capitanio, il detto Mutio dentro la casa della Corte li disse molte parole ingiuriose minacciandolo, et cossì anco nella strata publica, et di poi poco distante da detta terra venendo detto Capitanio a cavallo, uno schiavo del predetto Mutio se li fe avante dicendoli per che non haveva liberato lo barbiero poichè il suo padrone ci l'havea pregato, et rispostosi per detto Capitanio che non era tempo, il detto schiavo con un bastone li donò molte bastonate, et de più havendo detto Capitanio preso carcerato un albanese del Casale d'Acqua formosa nel quale detto Mutio tiene la iurisdittione criminale, si chiamò l'alguzino che lo portava carcerato, et li disse che lo lassasse, et che non pigliasse più carcerati li soi vassalli che haveria crepato de mazze etiam lo predetto Capitanio, del che vi ha parso darcene aviso con tutto lo de più per quella andate significando, et ci supponete ad ordinare di possere conoscere la detta causa, Al che rispondendo vi dicimo che ci ne contentamo, et vi ordinamo che debiate procedere contra il predetto Mutio Campolongo a quanto serà di giustitia in virtù della vostra Commessione che da noi tenete, però non procederete ad atto inretractabile nè ad exequtione di sententia contra di esso senza prima farne parte a noi, et farci destinta relatione di quanto passa, acciò vistosi il tutto possiamo ordinare quello si haverà da exequire, et questo è quanto ci occorre intorno a detta vostra. dat. Neap. die ultima mensis Martii 1603. D. Franc.º de Castro». — Non risulta che tale ordine avesse avuto effetto: ecco un'altra lettera Vicereale diretta nell'anno seguente a Giulio Palermo successore di D. Lelio Orsini, quale si legge del pari ne' Registri *Curiae*, vol. 55, an. 1604, fol. 97. «A nostra notitia è pervenuto che mutio campolongo patrone del criminal della terra de acqua formosa habbia usato molto insulentie (*sic*) in persona di don domitio laudato preite de Cassano, et desiderando noi saperne la verità di come è passato detto negotio ci ha parso commetterlo a voi... *etc.* 18 febbr. 1604. El conde (*int.* El conde de Benavente)».

50. Capialbi, op. cit. pag. 56 nota, e pag. 65. — «Gio. Francesco Branca nacque in Castrovillari circa il 1557 da Bernardino nativo di Citraro, e Covella di Rario, dottorato in filosofia e medicina ritornò in patria e sposò Alessandra Dionisio di Castrovillari. Ebbe tre figlie e diè in dote a ciascuna ducati 3,000 somma a que' tempi non indifferente: la sua primogenita, Vittoria, sposò nel 7 maggio 1598 il dottore in legge Tiberio Poù napoletano. Morì il 24 agosto 1621, avendo lasciato in testamento a' frati conventuali del suo paese la biblioteca e i suoi manoscritti che andarono smarriti per l'espulsione de' frati nel principio di questo secolo».

51. Ved. *Numerazione de' fuochi* di Rogiano (vol. 1345 della collezione). Nell'anno 1562 si legge: «n.º 222 Loyse de Rogliano a. 27, Marcella uxor a. 22; Dom. f.º a. 2. [In nova Plinius f.º n.º 99, et Ferdinandus alius f.º n.º 308». — Nell'anno 1596 si legge: «n.º 99. Plinius Roglianus Artis medicae doctor q.ᵐ Aloysii a. 30; Antonia uxor a. 20; Fulvia filia a. 2.; Cesar a. 20, Diana a. 18 famuli. — n.º 308. Ferdinandus de Rogliano q.ᵐ Aloysii a. 25» (*senz'altro*). — Nell'anno 1641 tra' nomi de «Fuochi

estinti» si legge: «n.° 36 Prinio Rogliano, in vet. n.° 99. — n.° 101. Ferdinando Rogliano, in vet. n.° 308». — Si avverte inoltre che nella numerazione del 1596 trovasi pure un Platone Rogliano, un Partenio Rogliano etc. E si aggiunge infine che nella *Numerazione de' fuochi* di Altomonte (vol. 1145 della collezione) trovasi per la discussione degli aggravii citato come testimone due volte, a cart. 115 e 117 «Plinio Rogliano A.M.D.» rilevandosi che fu contumace; donde desumiamo che egli doveva avere possessioni in Altomonte.

<u>52</u>. P.ᵉ Fiore, Calabria illustrata, Nap. 1691, tom. 2.° pag. 394.

<u>53</u>. Ved. Doc. 278, pag. 199.

<u>54</u>. Ern. Salom. Cyprianus, Vita Campanellae, 2.ᵃ Ed. Traiecti ad Rhenum 1741, p. 4.

<u>55</u>. D'Ancona, op. cit. pag. 48 e seguenti.

<u>56</u>. Per le testimonianze processuali citate qui sopra ved. Doc. 328 e 329, pag. 281 e 282. Avvertiamo che alle ultime circostanze suddette non si può aggiustar fede facilmente: a chiunque avesse dato motivo di far parlare gravemente di sè, in materia di fede, soleva affibbiarsi una mala fine, semprechè egli era lontano e la vera fine non si poteva conoscere.

<u>57</u>. Il brano dell'*Atheismus triumphatus*, rilevato dal Berti nell'ediz. di Roma 1630 pag. 150, sarebbe il seguente: «Hanc scientiam.... (*int. la Magia*) multi a Daemone ex parte docentur: quod mihi jam non est dubium, postquam Astrologum *supradictum* hanc quoque scientiam, et alias docere promisit artes, simulans sese Angelum esse. At ego increpavi Astrologum, cum mihi dolosa ejus verba retulisset, et dissolutum est commercium, ac deceptionem sui nuncius agnoscens recessit a visionibus, et suggestione sola moraliter deceptus necem obiit violentam». Ma questo brano, come si vede, richiama un altro brano precedente, che dovrebb'essere quello della pag. 113, il quale dice così: «Ipse magno arsi desiderio experiundae hujus veritatis (*int. l'apparizione de' Demonii*), quod tandem non sine Dei providentia, ex meo (*sic*) malo operante mihi bonum assecutus sum. Scio Astrologicum virum moderatum, qui ex constellatione in genesi cujusdam juvenis idiotae argumentatus est illi apparituros intellectus abstractos, licet incerta argumentatione; tunc avidus experiundi instruxit juvenem quomodo esset rogaturus Angelos Lunae, et Stellis praesidentes, quos philosophi, vel solos non negant Peripatetici, qui negant Daemones et Angeles alios omnes. Disposuitque confectis orationibus cerimoniisque. Tunc juvenis coepit mirifica videre, et responsa accepit Astrologus per illum de rebus gravissimis, et qui apparebat ei Spiritus simulabat se esse Angelum, et aliquando esse lunam, aliquando Solem, aliquando Deum. Sub his enim et aliis formis apparebat inter somnum et vigiliam. Veritates plurimas annunciabat. Multique apparuerunt, sed paulatim ad magis falsa pertrahere conati sunt idiotam adolescentem...» (*qui enumera una serie di falsi principii annunciati dagli Spiriti*).. «Tandem amicus signa petit, sicut Gedeon per juvenem. Pollicitus est qui apparebat: sed exinde dolis usus est incredibilibus, quò curiosum virum Astrologum dubitantem, et meliora consulentem, ab illo misero juvene separaret. Quem deinde saparatum, ut libuit, deceperunt, et ad violentam necem pertraxerunt. Tunc alium virum praestolantem promissa ante casum juvenis aerumnae atrocissimae ad majorem experientiam tennerunt diu, donec propriis visionibus agnovit quae vix unquam intellexisset». Dobbiamo ancora fare avvertire che quest'ultimo brano offre qualche variante nell'ediz. di Parigi 1636, leggendovisi a pag. 161: «Ipse magno arsi desiderio experiundae hujus veritatis... (*come sopra*) quod... *ex eo* male operante mihi bonum assecutus sum. Astrologus ingenuae probitatis, Astrologica superstitione Haly Abenragel curiose provocatus, nondum expertus doctrinam sanctorum quod in omnibus vanis observationibus sese ingerit Daemon: ex genesi cujusdam juvenis idiotae argumentatus illi apparituros intellectus abstractos, quamvis id nec ipse crederet, experiundi gratia quod Plinius et Aristoteles contra dogma Christianum falsum esse docent: instruxit juvenem quomodo invocaret Angelos siderum, quos Peripatetici solum extare concedunt: ad

nos autem non descendere. Tunc juvenis coepit mirifica videre.... etc. (*il resto come sopra, aggiuntovi dopo la parola* «intellexisset» *quamvis viri sancti et philosophi multi haec asserant*). — Evidentemente tra un brano e l'altro c'è un garbuglio circa la persona dell'astrologo, che una volta rappresenta la parte di colui il quale avea le visioni del demonio camuffato da angelo, con la promessa che gli avrebbe insegnata la magia etc.; ed un'altra volta rappresenta la parte di colui il quale sorvegliava e criticava le rivelazioni dell'angelo e lo scovriva demonio. Sembra che al Berti sia caduto sott'occhio unicamente il brano riportato sopra in primo luogo. Ad ogni modo da esso non risulta quanto il Berti dice, che cioè al Campanella «avanti che entrasse in carcere, un astrologo, il quale fingevasi angelo, promise insegnargli la magia per parte di Dio: ma essendosi ben presto accorto dell'inganno, ruppe bruscamente ogni pratica, tanto che l'astrologo vedendosi a tal modo deluso, si tolse violentemente la vita» (Nuova Antologia, luglio 1878 pag. 207). Al Campanella non toccò altro qui, che riprovare le ingannevoli promesse fatte dal demonio all'astrologo, aprire gli occhi a costui, il quale ruppe il commercio col demonio e poi finì per morte violenta. Ma le Lettere del Campanella già pubblicate dal Centofanti (Archivio Storico an. 1866, pag. 30-34, e 66) danno molta luce su questo fatto, e mostrano fuori ogni dubbio che esso accadde appunto nel carcere, durante il luglio o agosto 1603; sicchè avremo naturalmente ad occuparcene a suo luogo.

<u>58</u>. Berti, Lettere inedite di T. Campanella e Catalogo dei suoi scritti, Roma 1878, pag. 71 in nota.

<u>59</u>. Deposizioni di fra Giuseppe Bitonto e fra Francesco Merlino; ved. Doc. 297 e 352, pag. 232 e 332.

<u>60</u>. Meno esattamente il D'Ancona (op. cit. pag. 78) con la scorta forse del Fontana lo disse eletto il 1589. Quétif ed Echard (Scriptores ordinis Praedicatorum, Lutet. Paris. 1721, t. 2, pag. 292) lo dicono veramente Commissario gen.[le] dell'Inquisizione nel 1588, e nello stesso anno Generale dell'Ordine. Nell'iscrizione funeraria, che è del 1600, leggesi «assumptionis suae anno XII a die XX maii». Questa iscrizione si trova nella Cappella de' Brancacci in S. Domenico, sormontata dal ritratto del Beccaria, opera di Carlo Sellitto; un viso lungo, magro e pallido, con sorriso sforzato, fisonomia come quella che suol darsi a Mefistofele: avremo ancora a parlare di lui in relazione col Campanella.

<u>61</u>. Jani Nicii Erythraei, Pinacotheca imaginum, Coloniae 1642, tom. 1.° pag. 42.

<u>62</u>. Ved. Fiorentino, Bernardino Telesio, v. 2.° pag. 23.

<u>63</u>. Ved. nell'Arch. di Stato la così detta *Scuola Salernitana*, vol. 4.° fasc. 2.° (anno 1614), e vol. 188.° fasc. 4.° (anno 1601-1603). I cartoni, che quivi si conservano, riflettono una disputa in filosofia sostenuta da Gio. Bernardino Pasanisi di Manduria, una in medicina da Francesco Costa di Salerno, una in legge dal nobile Marcello Macedonio di Napoli: nella disputa in legge figura da preside il lettore pubblico delle *Instituta* Francesco Fenice alias Abate Aristotile, che soleva firmare con l'aggiunta di questo soprannome. Le proposizioni in filosofia sono non meno di 50, distinte sotto più rubriche: Ex metaphysica; Corporis naturalis principia; Caussae; Affectiones; Corpus simplex; Rerum generatio et corruptio; Corpus vivens; Instrumentum sciendi.

<u>64</u>. Ved. nell'Arch. di Stato la lettera del Cappellano maggiore D. Girolamo della Marra, per la nomina del lettore Baldassarre Paglia, in data del 31 agosto 1672.

<u>65</u>. Vedi la *Descrizione di tutti i luoghi pii di Napoli*, con l'importantissima *Numerazione e' fuochi ed anime di Napoli e suoi borghi*, fatta a 7bre 1591, ottobre 93, giugno 96, e 7bre 98, ms. che si conserva in copia nella Biblioteca di S. Martino. — La numerazione fu eseguita dall'autorità ecclesiastica, non essendovi per Napoli una numerazione di fuochi governativa: e possiamo assicurare, sapendolo da altre fonti, che l'originale di quel documento fu scritto da Notar Francesco

di Napoli nel 1598, e diretto al Card.[1] Gesualdo ad occasione di una nuova circoscrizione parrocchiale che allora si fece. La popolazione di Napoli e borghi vi si trova notata in anime 225,769; quella de' Monisteri e Conservatorî in anime 7,365.

66. Ved. nell'Arch. Mediceo, scritture Strozziane, Carteggio del Nunzio Aldobrandini, filz. 222, la lett. del Nunzio al Sig. Statilio Paolini de' 5 giugno 1592. Vi si legge: «Io trovo qua un modo di vivere molto licentioso di quasi tutti i Regolari, che con molto scandalo et querela di questa città vanno giorno e notte soli et accompagnati dove lor piace, e tal'hora, quanto intendo, con armi proibite, nè solo in casa Donne sospette, ma alle pubbliche Commedie, sì che nel signor Vice Re et in questi Ministri Regii è venuto concetto che non si faccia eccesso notabile in questo Regno, che non c'intervenga o Preti o Frati. Ho pensato che sia bene darne notitia a N. S.[re] acciò S. S.[tà] possa commandare sopra il rimedio che gli par meglio, perchè se bene tengo il Breve contro à quelli che stessino alla strada (*intend.* datisi al brigantaggio), non di meno quanto alle cose soprascritte, che ho trovato per molti riscontri vere, et non ho lasciato occasione d'avertirne i loro superiori, non ho autorità alcuna, rispetto a' Privilegii di detti regolari».

67. Ved. per tutti i particolari del tumulto e ribellione de' frati principalmente i dispacci del Residente Veneto in Napoli, testimone oculare e non sospetto di partigianeria; essi furono già pubblicati dal Mutinelli, Storia arcana ed aneddotica d'Italia, Venez. 1855 tom. 2.° pag. 166 e seg.[li] Ved. inoltre nel Carteggio del Nunzio Aldobrandini, filz. 208, la lett. del Card.[l] S. Giorgio al Nunzio del 6 giugno 1595. — Il Residente Veneto fu realmente testimone oculare, poichè il palazzo di Venezia aveva alle spalle il giardino del convento di S. Domenico, ed una terrazza di esso esistente in fondo al cortile dava facile passaggio a quel giardino. Come è noto agli amatori delle cose napoletane, il Palazzo di Venezia era quello che vedesi alla strada Trinità Maggiore (già strada del Seggio di Nido) un po' più in là del Palazzo del Principe della Rocca, dirimpetto all'imbocco della strada de' Pignatelli: era stato donato alla Serenis.[ma] dal Re Ladislao nel 1412, e fu specificatamente capitolato e restituito dopo le guerre d'Italia nella pace fatta a Bologna il 1529; si potrebbe tessere tutta la storia de' successivi mutamenti che vi furono introdotti con le notizie in gran numero che ne abbiamo incontrato nell'Archivio di Venezia. Oggi ancora vi si vede in fondo al cortile una terrazza, che all'epoca della quale trattiamo era guarnita di un portico a colonne e trovavasi ad un livello molto più basso, tanto che non una volta fu saltata da individui che scappavano innanzi a' birri e cercavano un asilo nel giardino de' frati: il portico fu poi guasto dalla cannonata dell'8bre 1647, durante l'insurrezione; avendo anche il popolo rotte le mura interne di questo Palazzo e degli altri contigui, per inoltrarsi da S. Domenico, dove si era barricato, verso il locale de' Gesuiti e il campanile di S. Chiara, dove aveano presa posizione gli spagnuoli.

68. Ved. Lett.[e] del Nunzio del 20 10bre 1602 e 3 7bre 1604.

69. Ved. Doc. 361, art. 48-49, pag. 354.

70. Ved. nell'Arch. di Stato i Registri *Privilegiorum* vol. 41 an. 1546-47 fol. 35.

71. Ved. il brano del *Syntagma* sopra riportato, a pag. 22. Per la deposizione che attestò avere il Campanella dimorato presso Mario del Tufo ved. il Doc. già citato, n.° 352, pag. 332.

72. Ved. i Registri *Privilegiorum* vol. 86, an. 1587-88, fol. 262.

73. Ved. Registri *Privilegiorum* vol. cit. fol.° 82; e Registri *Sigillorum* vol. 31, an. 1595, data 17 marzo.

<u>74</u>. Tutte queste notizie intorno a' detti Signori Del Tufo sono state rilevate dagli scrittori patrii in materia di nobiltà, segnatamente da Gio. Batt. Del Tufo, Cronologia dell'Illma famiglia del Tufo, Nap. 1627. Vero è che questa Cronologia manca appunto di date; ma, come si è visto, le Scritture dell'Archivio di Stato ce le hanno fornite a sufficienza. Vogliamo intanto anche porre qui alcuni specchietti genealogici da noi compilati, per facilitare a' lettori la conoscenza dei Signori del Tufo e loro parenti co' quali il Campanella fu in comunicazione; tale conoscenza potrà forse aprire la via a qualche ulteriore ricerca.

A. — Giovanni del Tufo Sig.^{re} di Lavello, 2.° genito di Giacomo e Mariella della Valle m. a Vincenza Capece-Latro.

Giacomo, creato nel 1536 Marchese di Lavello m. a Lucrezia della Tolfa.

Paolo Gov.^{re} di Milano etc. etc. (v. sotto).

Maddalena m. a Lodov. d'Abenavolo de' 13 di Barletta.

Antonia m. a Adriano Carafa della Spina.

Gio. Geronimo 2.° March. di Lavello m. a Isabella di Guevara; poi ad Antonia Carafa della Spina.

Mario (v. sotto)

Giacomo

etc. etc.

Beatrice m. a Ettore Pignat

etc. etc.

Gio. Geronimo 4.° M.^{se} di Fabrizio Duca di Vietri.

Innico.

Emilio.

Isabella m. a *Gio. Milano

Costanza m. a *Geronimo

etc. etc.

Francesco 5.° M.^{se} di Lavell Capurso.

Isabella m. a Gio. di Sangro

Giovanni 3.° March. di Lavello m. a Caterina Caracciolo sorella del Duca d'Airola.

Paolo Barone di Vallata e Vietri.

336

Gio. Antonio.

Gio. Francesco.

etc.

B. — Mario del Tufo Sig.^{re} di Minervino, f.º di Gio. Geronimo 2.º M.^{se} di Lavello, m. a Fulvia Persona e divenuto Barone di Matina.

Ascanio m. a Antonia Guarina.

Giacomo.

Francesco.

Paolo.

Antonia m. a Innico del Tufo f.º di Giovanni 3.º M.^{se}.

Giovanna m. a Franc. del Tufo Bar. di Vallata.

C. — Paolo del Tufo 2.º genito di Giovanni Sig.^{re} di Lavello m. a Violante Caracciolo.

Marcello m. a Giov. Carafa di Montenegro.

Fabrizio m. a Porzia Muscettola.

Ascanio.

Ottavio.

Orazio.

Giulia.

Aurelia m. a Alfonso del Tufo f.º di Giacomo d.º *della Bandiera.*

. . .

Geronimo m. a Costanza del Tufo f.ª di Giovanni 3.º Marchese.

Camilla m. a D. Carlo Siscara.

Camillo

Marcantonio Vesc. di Melito.

Placido.

337

75. Moltissimi documenti intorno a Mario del Tufo si trovano sparsi nelle scritture del Grande Archivio di Napoli. Pe' fatti qui asserti ci basterà citare solamente i Reg.[1] *Partium* vol. 1208, 1288, 1380, 1485: quanto alla razza di cavalli di Mario, e alle sue relazioni col Gran Duca di Toscana, abbiamo nell'Arch. Mediceo rinvenute molte sue lettere anche autografe, e di esse ci riserbiamo di parlare più oltre con maggiore opportunità.

76. Ved. Fiorentino, Della vita e delle opere di Giovan Battista de la Porta, nella Nuova Antologia vol. 51° maggio 1880 pag. 251. — I fonti a' quali alludiamo nel testo sono: 1° Bart.° Chioccarello, De illustribus scriptoribus qui in civitate et Regno Neapolis floruerunt, libro pubblicato in parte (Neap. 1780, vol. 1.°) ed in parte rimasto manoscritto e così acquistato dalla Bibl. Naz. di Napoli; il Chioccarello conobbe personalmente Gio. Battista Della Porta e frequentò la casa di lui e le conversazioni che vi si tenevano; consacrò un art.° speciale a Gio. Vincenzo Della Porta. 2° Lettera di Gio. Battista Longo intorno a' fratelli Della Porta e segnatamente intorno a Gio. Vincenzo, annessa al libro inedito di Gio. Battista Della Porta, intitolato «Taumatologia, Criptologia, Calamita, Chironomia», libro già appartenuto alla Bibl. Albani ed ora esistente nella Bibl. della Facoltà di Medicina di Montpellier: questa lettera, che insieme al detto Codice abbiamo potuto esaminare in una delle nostre escursioni a Montpellier, vedesi scritta da Napoli in data 11 agosto 1635, e forse venne diretta a Cassiano Del Pozzo, in origine proprietario del detto Codice, il quale non fu ignoto al Chioccarello, e fu fatto vagamente conoscere dal Libri (Histoire des sciénces mathematiques en Italie, Paris 1841, t. 4°, nota VIII, pag. 406).

77. Pel privilegio che conferisce l'ufficio sud.^{to} a Nard'Antonio della Porta, ved. i Registri *Privilegiorum* vol. 34, an. 1540-42 fol. 94. Pel privilegio nobiliare di tutta la famiglia, ved. i medesimi Registri, vol. 30, an. 1534-49 fol. 241; esso è in data di Bruxelles 31 10bre 1548, e un po' più concisamente riproduce quello che diamo in esteso pe' De Rinaldis (risc. Doc. 2 b, pag. 6): non sapremmo poi dire se tale privilegio sia conciliabile col fatto che vediamo asserto, che cioè i Della Porta sieno stati nobili fin dal tempo degli Angioini.

78. Intorno a Gio. Antonio Pisano maestro del Porta, siamo in grado di dare qualche altra notizia al di là di quella raccolta dal Fiorentino presso l'Allacci: poichè fu lettore pubblico in medicina «pratica», e nell'Archivio di Stato non mancano documenti che lo ricordano. Cominciò le sue lezioni nel 1557 succedendo al Bozzavotra, con la provvisione di D.^{ti} 80 annui, e vi rinunziò per vecchiaia il 18 8bre 1585, succedendogli per pochi giorni D. Antonio Alvarez, e quindi, morto costui, Gio. Geronimo Polverino. Ma nel frattempo diè lezioni anche di anatomia, la qual cosa dimostra la sua grande cultura, poichè nessuno aveva osato insegnarla dopo Gio. Filippo Ingrassia (1548-53). Vide stentatamente accresciuta la sua provvisione a D.^{ti} 123 l'anno, con qualche altro meschino sussidio talvolta, come ad occasione della morte di Gio. Leonardo Colombino senese, lettore di jus civile, quando insieme ad altri lettori ne fece dimanda con un suo memoriale di cui ci resta una relazione così concepita: «Memoriale del magnifico ar. et. me. do. Jo. Antonio pisano lector ordinario de la lectura de la pratica com provisione de la R.ª Corte de docati cento vinti tre lo anno sub data Neapoli xiij. Januarij 1567. in lo quale memoriale se expone per sua parte che havendo lecto multi anni la lectura de medicina con satisfacione de li audienti, et la provisione esser poco, et questo anno voler di novo fare la anatomia senza pagamento alcuno ad bono publico, per sua parte supplica V.ª Excell.^{tia} che delli denari del studio che avanczano per la morte de Colombino se li faccia gratia di qualche aiuto di costa di quanto restarà servita V.ª Excell.^{tia}». Il Pisano fu anche Protomedico dal 1570 in poi, e non lasciò alcuna opera ma molte ricchezze, come tanto spesso è accaduto e continuerà ad accadere in Napoli: nel 1586 divenne Barone di Pascarola, comprando questa terra da D.ª Popa Carafa Marchesa di S. Elmo (ved. i Registri *Privilegiorum* vol. 79, an. 1586-87 fol. 32 e 192).

<u>79</u>. Poniamo qui una breve notizia di questo Codice tuttora non studiato, desumendola dagli appunti che ne prendemmo in Montpellier. In una lettera preliminare all'Imp. Rodolfo il Porta dice che gli manda l'opera da lui chiesta, dandola in iscritto affinchè non muoia seco, e ciò in cambio dell'amore che gli ha portato. La Taumatologia vi è rappresentata da un Indice diffuso che comprende 11 libri, la Criptologia è rappresentata da un libro in 15 capitoli, la Calamita da un trattato unico di 40 pagine, la Chironomia da due libri, il primo di 18, il secondo di 14 capitoli. Gli 11 libri della Taumatologia sono così intitolati: 1.° della prospettiva (vi si parla del telescopio, degli specchi etc.); 2.° delle cifre o numeri; 3.° de' veleni e antitodi; 4.° i rimedii della medicina (trovati da lui che ha avuto un corpo debole, e provati ogni giorno in sua casa su molti per cortesia); 5.° i più ascosi segreti della natura; 6.° della virtù de' numeri; 7.° della trasmutazione de' metalli; 8.° della medicina spagirica et distillatoria; 9.° dell'iconomia et accrescer l'entrata; 10.° i segreti della guerra; 11.° de varie operationi. Son distesi per intero soltanto il libro 2.° de' numeri in capitoli 47, e il libro 4.° de' rimedii (per errore detto pure 2.°) in capitoli 23, cominciando quest'ultimo con le parole «est praesens liber medicus» etc. Abbiamo detto nel testo che tra' segreti ve ne sono de' mostruosi: basterà citarne uno che per la sua oscenità vedesi ricoperto da una carta incollatavi sopra, la quale per altro non impedisce di poterlo leggere a trasparenza, spiegando tutto il foglio contro una viva luce; esso ha per titolo «ut coles in quantumvis magnitudinem et longitudinem excrescat; cap. 8»! Così nella Criptologia si parla della liberazione de' Demoniaci, di segreti ad amorem, di amuleti, di verghe che dimostrano tesori nascosti, e tutto ciò con una iattanza delle più disgustose. Evidentemente il libro fu scritto per uso e consumo dell'Imperatore, che si conosce essere stato oltremodo ghiotto di simili cose. Riesce poi perfettamente giustificata l'opinione del prof. Fiorentino, che la «Chirofisonomia di G. Batt. della Porta tradotta da un ms. latino dal Sig. Pompeo Sarnelli, Nap. 1677» rappresenti la traduzione della Chironomia del Codice di Montpellier: non abbiamo avuto modo di farne il confronto letterale, ma abbiamo rilevato il numero de' libri e de' capitoli che si riscontra in modo soddisfacente.

<u>80</u>. Ved. *De sensu rerum*, lib. 3.° cap. 13.

<u>81</u>. Ved. Campanellae, *Medicinalium juxta propria principia*, Lugduni 1635. — 1.° Nel libro 6°, cap. 6°, p. 395 si legge: «Utebatur Porta mirifico collyrio statim sanante, cujus non memini, sed in libro magiae suae inscriptum invenitur, et in mei repentinam oculi afflicti et sanguinei sanitatem coram multis perfecit, suis ipse manibus instillando». Infatti nella Magia del Porta, ediz. nap. del 1589, lib. 8, cap. 4, p. 153, è registrata la preparazione molto complicata di tale rimedio, che al Porta medesimo fu applicato da un empirico, e che egli si diè premura di acquistare dall'empirico «muneribus, praecibus, dolo, aere». E poniamo qui che nel ms. della Taumatologia, lib. 2, cap. 2, pag. 157 si trova invece registrato un collirio diverso, fatto col vitriolo di Cipro traslucido, strofinato e triturato sul fondo di uno scodellino di creta (fictile labellum) in cui vi sia acqua di rose o di fonte, sino a che questa divenga di colore cianeo florido, ovvero soltanto florido, da applicarsi poi nel seguente modo: «bombice aqua madefacto, clauso infirmo oculo cilia madescant, ut relaxato oculo, claudendo et reserando erebris ictibus versetur, donec cornea leviter vigetur, vel humescat paulatim» (questo serva a mostrare che la Taumatologia non è la riproduzione delle cose esposte nella Magia). — 2.° Nel lib. 6°, cap. 5°, p. 381 si legge ancora: «Ita evenit equitanti mihi tota die agitato incitatoque cursu: etenim obtuso dolore coxendices dolere coeperunt. Coenavi ex cerebro porcelli, inter coetera, quod fluxioni est aptum: dolui in profundis coxendicis cum somno executerer; eram adolescens 23 annorum, non multum eruditus in medicinalibus: bibebam frigidum, cum viro principe vescebar laute: ingravescebat dolor, et per menses plures decubui. Sanguinis detractio, in pede, et manu, spasmum fecit, abeante calore. Sanatus in balneis et sudatoriis Puteolanis saepe cantatis, donec omisso frigido potu et lauto vietu in peregrinationibus, exsiccatus, et per cauterium, incidi in febrem tertianam, quae me prorsus sciatica, et cauterio liberavit post duos annos». Successivamente, a pag. 383, si legge: «Sudatoria Agnanae mihi profuerunt». — 3.° Infine a pag. 368 è registrato il caso del P.e Maestro Aquario da lui curato.

<u>82</u>. Ved. nell'Arch. di Stato *Lettere Regie pe' lettori* vol. 1.°, fol. 15 e 34. Da altro fonte abbiamo che l'Aquario sia morto propriamente il 17 luglio 1591 (Chioccarello, De illustribus etc. parte ms. che conservasi nella Bibl. nazionale di Napoli). Egli si chiamava propriamente Mattia de Gibone della terra di Aquaro in Principato Citra, ed era stato lettore in Torino, Milano, Venezia e Roma, dove ebbe anche l'ufficio di Teologo del Card.[l] di Sta Severina. Non cessò mai di essere un peripatetico accanito: il Campanella lo disse dottissimo, e tale veramente si mostrò nelle sue opere che furono parecchie; Additiones libr. fratr. Sylvestri Ferrariensis Rom. 1576, e Venet. 1605; Dilucidationes in 12 libros Aristotelis, Rom. 1584; Commentaria in libr. fratr. Joannis Capreoli, con una Vita Capreoli, un trattato De Controversiis in D. Thomam e un altro trattato De libris S.[ti] Thomae, Venet. 1589; Formalitates juxta doctrinam Angelici, op. post. Neap. 1605. Oggi il suo nome è dimenticato!

<u>83</u>. Per gli antecedenti di fra Serafino da Nocera ved. Quètif ed Echard, Scriptores ordinis Praedicatorum, Lutet. Parisior. 1721, tom. 2, p. 451. Per la carcerazione e il processo sofferto, ved. nell'Arch. di Stato in Firenze, Scritture Strozziane, Carteggio del Nunzio Aldobrandini; lett. da Roma del 7 marzo 1597, e 8 9bre 1600; e lett. da Napoli del 6 7bre 1596, 1° 1Obre 1600, 16 febb., 2 marzo, 16 maggio e 28 10bre 1601, 20 9bre 1602, 9 maggio 1603. — Aggiungiamo qui che nel nostro precedente lavoro sul Campanella (Il Codice delle Lettere etc. pag. 18), parlando di fra Serafino, avevamo messa in dubbio la sua qualità di lettore di S. Tommaso nello studio pubblico: ma nuovi documenti da noi rinvenuti non ha guari ce l'hanno mostrato lettore, bensì molto più tardi del periodo da noi contemplato, dal 1615 al 1627, anno in cui fu fatto Vescovo di Mottola (il 14 aprile), e poi morì dopo soli 5 mesi di Episcopato (29 7bre).

<u>84</u>. Non manca pure un altro grave argomento atto a far determinare la data e il luogo in cui questo trattato fu composto. Nell'opera De sensu rerum (lib. 4.° cap. 20) il Campanella disse che nella sua adolescenza era stato nemicissimo degli astrologi ed avea scritto contro di loro, ma che ne' suoi infortunii avea appreso scovrirsi da loro molte verità. Poi nella lettera a Monsr Querengo da noi pubblicata (ved. Il Codice delle Lettere etc. p. 61) disse che avea dannati gli astrologi «quando era di 19 anni», e in seguito avea veduto «altissima sapienza intra molta stoltitia loro albergare». Così questi due brani che si compiono a vicenda, mentre non contradicono essenzialmente a ciò che si è visto intorno alle sue relazioni coll'Ebreo astrologo in Cosenza ed Altomonte il 1588-89, fanno conoscere che vi sia stato un primo scritto nel quale si condannavano gli astrologi, naturalmente quello De investigatione rerum, composto nel 1587 e naturalmente in Nicastro.

<u>85</u>. Ved. gli elenchi delle opere del Campanella annessi alle sue lettere del 1606 pubblicate dal Centofanti, e il memoriale del 1611 pubblicato dal Baldacchini. Uno degli elenchi è riprodotto anche nel Doc. 520, pag. 600.

<u>86</u>. Op. cit. lib. 1.°, cap. 12: «nella prima compositione di questo libro che feci latino, et mi fu rubato da falsi frati in Bologna con altri libri, et hor mi bisogna refarlo per non haverli mai recuperato» (sic; non diversamente si legge nella stess'opera tradotta in latino e stampata).

<u>87</u>. Op. cit. lib. 4.°, cap. 1.°

<u>88</u>. Alludiamo alla lettera di Baccio Valori diretta al Gran Duca di Toscana il 15 8bre 1592, che fu pubblicata dal D'Ancona e che a suo tempo esporremo.

<u>89</u>. Ved. nell'Arch. di Stato la così detta Scuola Salernitana vol. 170 fasc. 3° fol. 59, e fasc. 4°, fol. 28, 29 e 83. Inoltre le Matricole dello studio an. 1587-88 e seg.[ti]

<u>90</u>. Il Berti (Vita di Giordano Bruno, Firenze 1868 pag. 45) molto avvedutamente pensò che costui fosso Gio. Vincenzo Colle da Sarno, autore dell'opera dal titolo singolare Destructio destructionum

Balduini quas quidem destructor adimplevit, Neap. 1554. Era precisamente lui, e la sua qualità di medico trovasi dichiarata nel *Rotulo delli magnifici lettori* del 1566 esistente nell'Arch. di Stato. Scrisse anche una *Expositio vera et facilis super quinque textus lib. posterior. Aristotelis cum commentis Averrois*, oltre le *Additiones et annotationes ad Hieronimi Balduini Expositionem in lib. I. posterior. Aristotelis dilucidatum a Jo. Thoma Zancha studii Neapolitani rectore*, stampate prima in Napoli (raris.) e poi in Venezia 1563 apud Hieronim. Scotum. Quivi pure s'intitola «Artium lector», e nella dedica al Conte di Sarno dice avere impiegato molto tempo «studendo aliosque docendo». Aveva per salario appena d.[ii] 25 l'anno: nel 1567 si ebbe forse ad annoiare di questo meschino trattamento, mancò alle letture e fu deputato in suo luogo, d'ordine del Vicerè, Gio. Geronimo Provenzale, che essendo poi stato promosso alla lettura della filosofia estraordinaria, venne sostituito dal Vivolo. Questo Provenzale, che era anche dottore in Teologia, fu nel 1595 creato da Clemente VIII Vescovo di Minori, ma poi trattenuto in Roma quale suo Archiatro fin quando non se ne trovò un altro, che fu Giacomo Bonaventura, del quale avremo anche a parlare in questa narrazione; egli allora, già promosso nel 1598 all'Arcivescovato di Sorrento, potè andarsene alla sua Diocesi. Durante la sua permanenza in Roma scrisse al Nunzio Aldobrandini varie lettere confidenziali, ed una fra le altre merita di essere additata agli eruditi, trovandovisi descritta la funzione eseguita in S. Pietro per l'abiura e la benedizione del Re di Francia, una di quelle «attioni che non accadono allo spesso» (Ved. nel Carteggio del Nunzio, filz. 209, Lett.[ra] da Roma del 24 7bre 1596).

91. Trascriviamo qui il detto Breve inciso sulla lapide, della quale, pel nuovo ed infelice destino dato al convento, non si potrebbe garentire la durata. «Pius V. Pont. Max. Dilecti filii salutem et Apostolicam Benedictionem. Exponi nobis nuper fecistis quod cum in domo vestra Sancti Dominici Neapolitani ordinis fratrum praedicatorum extet una Libraria seu Bibliotheca optimis libris diversorum generum satis ornata. Vero quia permulti ex eis qui per Bibliothecas non inveniuntur furto sublati reperiuntur et ignoratur an à fratribus vel secularibus personis qui illuc studendi causa seu ficto colore ingrediuntur surrepti sint, qui quidem libri eo in loco ad publicam utilitatem conservantur adeo ut non videatur conveniens dictam Bibliothecam seu Librariam perpetuo clausam teneri veruntamen opere precium esset libros ipsos furandi vel auferendi occasionem tollere. ut igitur tutè suis horis et temporibus cunctis dicta Libraria seu Bibliotheca aperta remaneat et terror malefaciendi incutiatur pro parte vestra nobis fuit humiliter supplicatum ut vobis in praemissis oportune providere de benignitate apostolica dignaremur. Nos igitur hujusmodi supplicationibus inclinati ad futuram dictae Librariae seu Bibliothecae et illius librorum conservationem contra omnes et singulos cujuscumque dignitatis status gradus ordinis vel conditionis existentes tam seculares quam dictae domus et quorumvis aliorum ordinum regulares ac tam laicos quam ecclesiasticos queslibet libros inde auferentes seu extrahentes ex quacumque causa sine expressa nostra vel Romani Pontificis aut saltem Magistri Generalis dicti ordinis pro tempore existentis licentia in scriptis habita excomunicationis majoris latae sententiae penam à qua à nemine praeterquam à nobis vel a Romano Pontifice aut a Magistro Generali praefato pro tempore existenti nisi duntaxat in mortis articulo constituti absolvi possint toties quoties contra factum fuerint (?) Apostolica auctoritate tenore praesentium perpetuo tulimus et promulgamus et quicquid secus super his a quoquam quavis auctoritate scienter vel ignoranter attentari contingerit irritum et inane decrevimus non obstantibus. c. Datum Romae apud Sanctum Petrum sub annulo piscatoris (*sic*). Die XVI Junii MDLXXI. Pontificatus nostri anno sexto. — B.° Melchiorius da Hanieri.

92. Sarà bene avere sott'occhio fin d'ora i brani de' Documenti principali che dànno notizia de' travagli del Campanella: essi si riducono a quattro, e due ne sono stati già pubblicati da un pezzo, ma non apparisce che sieno stati bene ponderati, due altri sono stati pubblicati da noi recentemente. — 1.° Lettera proemiale annessa alla copia dell'*Atheismus triumphatus* inviata allo Scioppio nel 1607, trovata a Jena e pubblicata dallo Struvio il 1705 (Collectanea manuscriptorum ex codicibus et fragmentis etc. excerpta, Jenae 1713, fasc.[us] 2.[us] 1705): vi si parla di *cinque* processi, ed a quanto pare ordinatamente ma non completamente. «Quinquies citatus in judicium, primo causam dixi

interrogantibus, qui litteras scit cum non didicerit? ergo no daemonium habes. At ego respondi me plus olei, quam ipsi vini consumsisse, et mihi ab eis dictum fuisse sacra suscipienti, accipe Spiritum Sanctum; de quo certi sunt, quod docet omnia, teste Joanne, de daemone autem incerti, unde acceperim et stultos esse illos, qui in se hunc Spiritum non sentientes, negant aliis quod dant: et tribuunt diabolo sapientiam, coeteraque dona Dei. Secundo accusatus quod tempore nocturno quid contra praelatum paraverim, quod sane mihi non modo propter philosophiam id non admittenti, sed visus defectu laboranti impossibile erat. Adde quod propriam aedem non habens, cum alio hospes ego dormiebam, et dixi: interrogate eos qui mecum dormierunt. Si enim ego peccavi, et ipsi peccarunt. Sed iniquitas non quaerebat dolictum, sed me facere delinquentem. Deinde accusarunt me quod composuerim librum de tribus impostoribus: qui tamen invenitur typis excusus annos triginta ante ortum meum ex utero matris. Deinde quod sentirem cum Democrito: quoniam (*fors.* quum) ego jam contra Democritum libros edideram. Item quod de ecclesiae Republica et doctrina male sentirem, cum tamen ipse de Monarchia Christianorum scripserim, ubi ostendi, nullum Philosophum potuisse sic rectam depingere Rempublicam, ut Romae ab Apostolis instituta est. Item quod sim haereticus, ego autem scripseram dialogum contra haereticos nostri temporis et cujusque saeculi, quo in prima disputatione contineantur (*fors.* convincantur).... Nunc tandem me rebellem haereticumque fecerunt quoniam praedico signa in sole et luna et stellis contra Aristotelem aeternantem mundum» etc. — 2.°
Lettera latina al Papa ed a' Cardinali, scritta nel 1607, pubblicata dal Centofanti (Archivio Storico Italiano, an. 1866, p. 73): i diversi capi di accusa vi sono citati in disordine, ma si trovano articolati bene. «Saepe accusatus de haeresi..... Primo ex dicto unius Judaizantis molestatus; secundo ob rithmum impium Aretini, non meum; tertio ex depositione conterranei quaerentis salutem suam in manifestatione haeresum fictarum adversum me et multos alios, ut scivi postea in patria mea, quod etiam se retractaverit pro me et pro illis, et testes examinati sunt ab episcopo Scyllacensi. Alias quod haberem demonium comprehensus sum, alias quod deturpassem reverendissimum P. Generalem in conventu Patavino, ubi triduo quasi ante deveneram, et non habebam proprium cubiculum, cum alio cubabam, et noctu patratum scelus etiam mihi cum aliis ex sola aemulorum sciolorum ficta suspicione imposuum est» etc. Si noti il «quod haberem demonium *comprehensus sum*, che riguarda il caso sopra narrato. — 3.° Lettera allo Scioppio dell'8 luglio 1607 (Ved. Il Codice delle Lettere etc. Nap. 1881, p. 55). «Cum jam annis 16 vel in carceribus latuerim, vel persecutionibus laborarim, et si dicam 20 annos, non mentiar». Riflettendo che la lettera ha la data del 1607, co' 16 anni da che fu rinchiuso in carcere ci troviamo al 1591. — Lettera a Mons.ʳ Querengo della stessa data (Ibid. p. 61) «Dalli 23 anni di mia vita sin' al finir à Settembre, sempre fui persequitato e calunniato da che scrissi contra Aristotile di 18 anni; ma il colmo cominciò a 23 con questo titolo: Quomodo literas scit cum non didicerit? Son 8 anni continui che sto in man di nemici et per sapientiam et per stultitiam 7 volte dalla presentissima morte il Senno eterno mi liberò: et inanti à questi 8 anni stetti in carceri *più volte*, che non posso numerar un mese di vera libertà, se non di relegazione». Riflettendo alle date ci troviamo sempre al 1591 quale anno iniziale delle prigionie, e fatta anche una gran parte alle esagerazioni, abbiamo ben più di due o tre processi. — Aggiungiamo poi che oltre le notizie tratte da' documenti suddetti, vi sarebbero pure quelle che si leggono nell'Informazione pubblicata dal Capialbi: esse fanno conoscere qualche nuovo capo di accusa fra' tanti, e specificano meglio qualche altro già noto.

93. Ved. Archivio Storico Italiano tom, 9.° an. 1846, pag. 406.

94. Ved. Doc. 3, pag. 12.

95. Ved. Lett. del Nunzio Aldobrandini al Card.ˡᵉ Aldobrandini Camerlengo, del 6 genn.° e 21 genn.° 1600, nell'Arch. di Firenze.

96. Ved. p. es. la Lett. del Nunzio al Vicerè del 17 10bre 1598, ibid.

97. Ved. per ciò che da noi è stato affermato la Lett. del Nunzio al Signor Statilio Paolini, del 10 luglio 1592, l'altra del 12 marzo 1593 etc. etc. Il documento pubblicato dal Palermo nell'Archivio Storico è del 1603.

98. Ved. le due lett. del Nunzio degli 11 febbraio 1600, e quella del Card.[l] di Sta Severina de' 28 aprile 1600; Doc. 87-88 e 308 b, pag. 62-63 e 25 7.

99. Ved. Doc. 401, pag. 486.

100. Ved. Berti nella Nuova Antologia, luglio 1878, pag. 210. Notiamo ancora che il Berti s'inganna quando dice che l'andata del Campanella a Roma sia accaduta «nell'anno stesso che vi veniva pure carcerato da Venezia Giordano Bruno»: egli appunto ci ha fatto conoscere che il Bruno venne tradotto a Roma nel gennaio 1593, ed è nota da un pezzo una lettera del Campanella pubblicata dal Palermo, come son note diverse altre lettere pubblicate dal D'Ancona, che ci mostrano il Campanella nell'ottobre 1592 già in Firenze, e nel 1593 già passato a Padova.

101. Il Campanella medesimo ci fece conoscere tale circostanza nella «Defensio libri sui de Sensu rerum» premessa alla 2ª ediz.[e] di quest'opera (Paris. 1637, p. 90), aggiungendo che i tre libri del Telesio proibiti furono quelli De Natura rerum, De Somno, e Quod animal universum ab unica animae substantia gubernatur, e che il medico suo amico e conterraneo, Tiberio Carnevale (latinamente Carnelevarius), rilevò dal S.[to] Officio le proposizioni da doversi correggere in que' libri e tra esse non c'era quella del senso delle cose. Riflettendo alle date, bisogna dire che tale ultimo fatto non abbia potuto accadere se non dopo il 1596, forse nel 1598, quando il Campanella ritornò in Napoli, dove il Carnevale abitava. Poichè l'«Index librorum prohibitorum cum regulis etc. auctoritate Pii IV primum editus, postea vero a Syxto V auctus, et nunc demum S. D. N. Clementis VIII jussu recognitus et publicatus», vedesi stampato in Roma «apud impressores Camerales 1596», e poi stampato ancora in Napoli, in 16.°, «apud Tarquinium Longum 1597». Bisogna quindi rimandare ad una data anche posteriore a tali anni l'essersi potuto il Campanella rassicurare, mercè Tiberio Carnevale, intorno alla censurabilità dell'opinione sua sul senso delle cose.

102. Non ci è sfuggito pertanto che nella prefazione del «Prodromus philosophiae instaurandae» pubblicato dall'Adami, costui promise un libro delle «Quaestiones», di cui disse, «hic loco erit librorum viginti, quos de universitate rerum conscripserat, qui deperditi fuere», e poi, nel frontespizio della «Realis philosophiae epilogisticae partes quatuor», lo stesso Adami, credendo di poter presto pubblicare anche le dette Quistioni, aggiunse, «quibus accedent Quaestionum partes totidem contra omnes sectas veteres novasque». Sapendosi che la Filosofia epilogistica e le Quistioni furono scritte in risarcimento del libro di Fisiologia perduto, come si vedrà a suo tempo, dovrebbe conchiudersi che le opere de Rerum universitate e la Physiologia sieno una cosa sola; tuttavia ricordiamo che dell'opera De rerum universitate si avevano «libri 2» non già 1, come si rileva dagli elenchi delle opere proprie dati dal Campanella, segnatamente dall'elenco dato nel memoriale al Papa del 1611, che fu pubblicato dal Baldacchini.

103. Ved. Campanellae De sensu rerum lib. 3.° cap. 9, e lib. 4.° cap. 17. — Una volta è ricordato un amato fanciullo di «D. Lelio Orsino nostro» che cadde di cavallo e morì, avendone D. Lelio prevedute in un sogno tutte le circostanze; un'altra volta son ricordate le aggressioni patite da D. Lelio in Napoli «dalli smargiassi pagati a darli morte», ed in Germania, mentre viaggiava, «da uno stuolo di rustici», nelle quali circostanze «con la vista» e «col deto minacciando», mentre non aveva armi, li disanimò e li fece voltare indietro. Così nel ms. italiano «Del Senso delle cose» altrove citato.

<u>104</u>. Poniamo qui un brano ridotto della tavola genealogica con le notizie intorno a D. Lelio dateci dal Litta (Famiglie celebri d'Italia tom. 8.°, tav. 28): ci serviranno per vedere quale sia lo stato presente delle nozioni intorno ad uno de' principali soggetti che figurano nelle faccende del Campanella:

Antonio Duca di Gravina, con Felicia di Pietro Ant. Sanseverino P.pe di Bisignano ebbe

Giulia

Lucrezia

Ginevra

Ferdinando Duca di Gravina

Maria

*Lelio

Pietro ecclesiastico

«Lelio era Barone di Pomarico e Signore di Montescaglioso. Pretendendo di essere l'erede della madre si trovò involto in molte liti, per cui viveva in Roma. Clemente VIII profittò dell'opera sua mandandolo al Gran Duca Ferdinando nel 1593, onde comporre le controversie col fratello D. Pietro de' Medici. Tornato a casa e trovatosi nello Stato di Bisignano, ebbe parecchi incontri coi malviventi che infestavano que' luoghi e che furono da esso sempre con felice successo sconfitti. Ciò attrasse l'attenzione del Viceré Conte di Benevento (*int.* Benavente), che lo nominò volentieri preside della Calabria nel 1603. Ma dopo tre mesi, assalito dalla podagra in Cosenza, morì. Dicono che morisse di veleno procuratogli da mano ignota, che vuol dire procuratogli dagli spagnuoli, mentre era a parte de' disegni di Tommaso Campanella di formare una repubblica delle Calabrie di cui forse Lelio doveva esser capo. Maritato a Beatrice di Flaminio Orsini suo zio, vedova di Camillo Caracciolo Principe di Avellino». — Le inesattezze, come si vede, son parecchie; c'è inoltre una nuova versione de' fatti del Campanella in Calabria inammissibile sotto tutti gli aspetti. Cominciando dal giustificare dapprima i fatti da noi asserti, diciamo che le qualità di clerico e di cameriere segreto del Papa datesi da D. Lelio si trovano registrate nell'Arch. di Napoli *Partium* vol. 1196 an. 1591; la qualità di Domicello Romano nell'Arch. Mediceo, sentenza assolutoria stampata, emessa dal Nunzio di Nap. Mons. Malaspina Vescovo di Sansevero in data 3 10bre 1591, *Notizie di Napoli et Sicilia* filz. 4143; e ben si vede che trattasi qui di ripieghi per esimersi dalla giurisdizione ordinaria, e rimane fermo che nel 1591 D. Lelio stava nel Regno, dove stava pure nel 1580 come si rileva da una sua lettera autografa al Duca di Urbino, esistente nell'Arch. d'Urbino, *Napoli diversi* filz. 202 lett. del 16 aprile 1580. Per la qualità di cittadino napoletano nato in Napoli, ved. *Partium* vol. 1285, an. 1593; pel suo ritorno da Roma a Napoli in 10bre 1594 *ib.* vol. 1359, an. 1595; la missione affidatagli dal Papa presso il Gran Duca di Toscana, durante la sua permanenza di 3 anni in Roma, dal 1592 al 1594, è accertata anche da una lett. di Giulio Battaglino del 26 9bre 1593, esistente nell'Arch. Mediceo filz. 4084. Per le sue relazioni col P.pe di Bisignano e le sue liti di successione si citeranno i documenti più in là. Pe' suoi interessi in Napoli si potrebbero citare moltissime scritture, comprese le *Cedole di Tesoreria*, vol. 424, fol. 102 e 705; per l'eredità degli erbaggi di Pomarico e Montescaglioso avuta da D.ª Maria Orsini nel 1596 ved. *Banchieri antichi*, banc. Gentili anno 1592-99 fol. 69 e 101, ed anche 88, come pure *Partium* vol. 1388 etc. etc. Aggiungiamo che tornato da Roma a Napoli, dal 1595 in poi, vi rimase fino all'agosto del 1598: nel 1597 si adoperò assai ma inutilmente a favore della banda dello sciagurato Virginio Orsini presa nel Regno dal Governo Vicereale, e solo in agosto 1598, a causa delle sue liti, andò momentaneamente a Madrid essendo allora Eletto del Seggio di Nido, come ci risulta dal Carteggio del Residente Veneto esistente nell'Arch. de' Frari, lett. di Napoli del 2 10bre 1597, e del 1.° 7bre e 27 8bre 1598. Ma già prima che finisse il 1599 era tornato a Napoli, come ci risulta da due sue lettere al Gran Duca di Toscana del 22 9bre e 17 10bre 1599, che si trovano nell'Arch. Mediceo *Lettere di particolari* filz. 893 e 894: bensì nel 1600 tornò a Roma pel giubileo e vi si trattenne a lungo in casa del Duca di Gemini Gio. Antonio Orsini, come ci risulta dalle Lettere di Francesco M.ª Vialardo al Governo di Toscana esistenti nell'Arch. Mediceo, lett. del 15 aprile, 4 agosto e 15 settembre 1599, non che dagli Avvisi di quel tempo; egli era allora disgustato del Governo Vicereale che tardava ad immetterlo nel possesso di curatore degli Stati del P.pe di Bisignano, conformemente alle decisioni favorevoli ottenute dal tribunale. Poi vedremo come solamente nel 1601, dopo lunga aspettativa motivata senza dubbio dall'essere stato troppo nominato nelle faccende del Campanella, ottenne di andare in Calabria e vi perseguitò felicemente i banditi; onde il Governo ebbe a nominarlo governatore della Calabria citra, e in tale condizione, nel 7bre 1603, morì di morte affatto naturale, essendo già in eccellenti relazioni col Governo Vicereale. — Adunque non fu Barone di Pomarico e di Montescaglioso prima del 1596; pretese all'eredità del P.pe di Bisignano e non della madre; viveva in Napoli, dove le liti si agitavano, e non in Roma; si trovò in Calabria non prima del 1601, quando le faccende del Campanella erano già chiarite, con pieno gradimento degli spagnuoli. Potremmo aggiungere che piuttosto il Principe di Avellino Camillo Caracciolo dovè sposare Beatrice Orsini vedova, giacchè dopo Beatrice, egli sposò ancora in terze nozze Dorotea di Alberto Acquaviva Duca di Atri e morì nientemeno che il 28 8bre 1617. Ma credere che il Campanella avrebbe designato D. Lelio capo della repubblica equivale a sconoscere affatto l'indole del Campanella; e credere che gli spagnuoli, con un simile precedente, avrebbero posto D. Lelio a capo di una provincia in Calabria equivale a sconoscere affatto l'indole degli spagnuoli.

105. Fiorentino, B. Telesio, Firenze 1872-74, vol. 2.°, pag. 417. Ved. Anche Odescalchi, Memorie istorico-critiche dell'Accademia de' Lincei, Roma 1806, pag. 267, 275.

106. Ved. la lett. del Campanella al medico Gio. Fabre da noi pubblicata (Codice delle Lettere etc. pag. 45) e la Nuova Appendice agli *Articuli prophetales* che si trovano ms. nella Naz. di Napoli (Doc. 268bis, pag. 193).

107. La lettera pubblicata dal Fabroni appartiene ad un periodo assai posteriore a quello di cui qui trattiamo; essa è del Campanella, diretta al Gran Duca Ferdinando secondo, in data di Parigi 6 luglio 1638 (Ved. Fabroni, Lettere inedite di uomini illustri Fir. 1773-75, tom. 2.°, p. 1; ed anche Baldacchini, Vita di Campanella, 2ª ed. Nap. 1847 p. 195). Quella pubblicata dal Berti, diretta, come abbiamo detto, al Galilei, è in data di Napoli 13 gen. 1611 (Ved. Berti, Lettere inedite di T. Campanella, Roma 1878 p. 11). Tutte le altre sono sincrone o presso che tali, e per ordine di data precede la lettera da noi rinvenuta: essa è di Giulio Battaglino, Agente di Toscana in Napoli, diretta a Lorenzo Usimbardi Seg.io di Stato, in data di Napoli 4 7bre 1592 (Ved. Doc. 3 pag. 12). Seguono le 4 lettere rinvenute nel Carteggio di Ferdinando primo dal D'Ancona: la 1ª di Baccio Valori, forse diretta all'Usimbardi; la 2ª è del Campanella al Gran Duca; la 3ª del Campanella all'Usimbardi (tutte queste in data di Firenze 15 8bre 1592); la 4ª del Generale de' Domenicani in data di Milano 18 9bre 1592 (Ved. D'Ancona Op. di T. Campanella, Disc. proem. p. 75 e seg.). Viene da ultimo la lettera pubblicata dal Palermo: essa è del Campanella al Gran Duca, in data di Padova 13 agosto 1593 (Ved. Archiv. Storico an. 1846 p. 428, ed anche Baldacchini, Op. cit. p. 193). Al Baldacchini era stato negato di prender copia di queste lettere!

108. Anche il Campanella nell'opera *De sensu rerum* lib. 2.° cap. 23, parla della virtù di uno stallone di Mario del Tufo chiamato Montedoro. Le lettere di Mario del Tufo al Gran Duca si trovano annesse a quelle di Giulio Battaglino, e sono dapprima interamente autografe, di poi autografe nella sola firma. Cominciano, come quelle del Battaglino, dal 1592, non essendone stata fatta raccolta negli anni antecedenti; e continuano sempre, ma noi non le abbiamo ricercate oltre il 1605 (filze 4084 a 4091 in

notevole disordine). Le date sono: da Napoli 29 agosto 1592 (invio di cavalli); da Mondorvino 29 maggio 1593 (ringraziamenti per «li tanti duoni» che S. A. è restata servita di mandare a lui e alla Sig.^{ra} Fulvia sua); e poi del 26 marzo 1600, 25 9bre 1600, 15 marzo 1601, 28 8bre 1601, 10 9bre 1602, 31 marzo 1603 (fin qui sempre invio di cavalli giungendo a dire che la razza è più del Gran Duca che sua); 28 e 30 mag. 1603 (raccomanda suo figlio Francesco, che sta a Pisa, e mostra il desiderio di un'Abbadia per lui); 25 giugno 1605 (invio di cavalli). — Ma in questi e in tutti gli anni intermedii sono innumerevoli le lettere del Battaglino e poi del Turaminis che gli successe, come pure di qualcuno degli Agenti dello Stato di Capestrano e baronia di Carapello appartenenti al Gran Duca per l'acquisto fattone vendendosi i beni del Duca di Amalfi, nelle quali lettere si parla di Mario del Tufo, de' suoi cavalli e de' marzolini del Gran Duca. Solamente dopo il 3 giugno 1599 fino al 26 marzo 1600 non si parla mai di Mario del Tufo (circostanza da notarsi); e in una lettera del 10 maggio 1600 egli è detto «altiero e schizzinoso forte, che diventerebbe nemico se non gli si desse dell'Illustr.^{mo}», onde è respinta una lettera a lui diretta nella quale siffatto titolo era stato dimenticato; in un'altra lettera poi del 14 aprile 1603 è detto cognato del Reggente Costanzo.

109. Anche da documenti esistenti nell'Arch. di Napoli Giulio Battaglino appare napoletano e prete. Tra' *Processi della R.^a Camera della Sommaria* ce n'è uno segnato col n.° 7775 e col titolo, «Acta civilitatis neapolitanae petitae per mag.^{cus} Laurentium et Julium battaglinos tamquam ortos; An. 1567»: vi risultano figli di Giovanni e Porzia Villana, e Giulio, secondogenito, sarebbe nato verso il 1551; avrebbero avuto 5 sorelle (4 di esse, insieme con Giulio, sono menzionate ne' Reg. *Partium* vol. 1465 fol. 75-76). Nel 1589 gli fu accordata dal Re di Spagna la nomina di Cappellano di S. M.^{tà} ed una pensione di D.ⁱ 300, assegnati sopra l'arrendamento de' ferri di Calabria (ved. Reg. *Partium* v. 1176 fol. 53). Anche in altre scritture è detto «di Napoli, Rev.^{do} dottore» (ved. *Privilegiorum* vol. 114 fol. 9): lo dichiara poi egli medesimo più volte nel suo Carteggio (ved. Arch. Mediceo let. de' 26 maggio e 1° agosto 1596, e 9 7bre 1600), come dichiara egli medesimo i suoi obblighi al Gran Duca Ferdinando, essendo la sua casa stata condotta «dalla miseria a mediocre stato, per avere suo fratello e lui recuperata la patria col favore di S. A.» (ved. let. del 5 9bre 1595). Suo fratello Lorenzo è detto da lui «poco esperto di negotii e travagliato da quasi continua podagra», sposo di una tedesca, già Donna della Ser.^{ma} D. Giovanna d'Austria, che egli tolse in moglie in Toscana, e che gli diede due figli Pompeo e Giovanni, il primo de' quali fu poi giudice e trovasi molto spesso nominato nell'Arch. di Napoli. Questo Lorenzo Battaglino, col titolo di Barone, è citato anche in un ms. della Bibl. nazionale di Napoli, «La Verità svelata di Silvio ed Ascanio Corona» etc., dove figura quale amico di Scipione e Gio. Battista Tomacelli, napoletani emigrati in Firenze, a tempo del Vicerè Card.^l Granvela. Anche il Residente Veneto nel suo Carteggio parla di Giulio Battaglino con molta stima, e dice che era stato già 7 anni continui in servizio di S. A. mentre era Cardinale (ved. Arch. Veneto Lett. di Napoli del 20 8bre 1598). Vedremo Giulio molto pregiato specialmente dal Vicerè Conte di Lemos e dalla Contessa sua moglie a tempo delle sventure del Campanella in Napoli.

110. Ved. op. cit. lib. 2.°, cap. 29. Riporteremo le parole medesime del Campanella, attenendoci alla lezione del ms. napoletano. — «Parlai con uno dotto fiorentino che credeva le Belve dovere resuscitare à gloria con l'huomo, perchè santo Paulo dice che ogni creatura piange aspettando la sua redemptione e libertà della corruttione, et che tutte faranno decreto che l'Agno divino è degno de aprire il libro dell'Apocalissi, come ivi è scritto, et dicendoli io che ciò se intende dell'huomo ch'à simiglianza con tutte le creature, stava duro alla sua credenza, che pure molti Indii tengono. Poi dicendo io che era bestialità credere che le mosche, et polici, e Zanzere havessero à resuscitare in gloria, et che la terra non basta à rifare tanti corpi de animali, poichè ogni dì ne moion millioni di millioni, et di tante specie, che misurata la grossezza della terra, et la rotondità, et poi donando ad ogni huomo un passo di terra per il suo corpo, che ha da ripigliare, non basta quasi all'huomini, tutta à refare i corpi facendo il conto esquisito, et egli comminciò a discredere quella sententia bestiale, in favore delle bestie».

111. Ved. l'Informazione pubblicata dal Capialbi, pag. 50.

112. Riscontra la nota a pag. 46, segnatamente i brani ivi riportati della lettera pubblicata dallo Struvio e di quella pubblicata dal Centofanti. La lettera pubblicata dallo Struvio è stata certamente negletta da tutti i biografi.

113. Ved. Arch. di Urbino, clas. 1.ª div. G, filz. 148, Carteggio Agenti di Roma; Giacomo Sorbolongo; disp. degli 11 feb. 1600. — Le opere del Chiocco a noi note, oltre quella sopra menzionata, sarebbero: Carmen, De Balsami natura et viribus juxta Dioscoridis placita; altro Carmen, De Contagii natura, siderum vi et thermis Calderianis; ancora un Carmen, Psoricon; inoltre, Musaeum Franc. Calceolarii jun. Veronensis a Benedicto Ceruto incoeptum, ab Andrea Chiocco luculenter descriptum et perfectum; infine De Collegii Veronensis illustribus medicis et philosophis.

114. Ved. nell'Arch. Mediceo, lett. di Giulio Battaglino del 18 9bre 1597, filz. 4086.

115. Così nell'op. del Chioccarello, De viris illustribus etc.

116. Risc. intorno a questo libro ciò che ne dice il D'Ancona Op. di T. Campanella, disc. prelimin. pag. 135.

117. Le notizie dell'orribile fine di fra Antonio da Verona ci risultano dalle Lettere con avvisi esistenti nell'Archivio Mediceo, e dalla Collezione di Avvisi già dell'Archivio Urbinate, esistente nella Biblioteca Vaticana. — 1.º Arch. Mediceo filz. 3623, Lettere di Fr.ᶜᵒ M.ª Vialardo scritte da Roma dal 1597 al 1602; 27 7bre 1599 «fu fatto morire... a Campo di fiore un frate Antonio già cappuccino Veronese abbrucciato di notte, huomo sceleratissimo che ostinava che Cristo N. S.ʳᵉ non ha redento il genere humano». — 2.º Bibl. Vaticana Cod. 1067 Urbinate, Avvisi dell'anno 1599; a, Roma 28 7bre Sabbato, «Giovedì mattina in Campo di fiore à punto sù l'alba alle nove hore si abbruggiò vivo un tal Veronese con habito da frate Cappuccino, che se bene non era religioso da sè si haveva preso il d.º habito. Il peccato suo era heretico formale ostinato, et fu abbruggiato così di notte perchè l'Amb.ʳᵉ Francese non vuole che avanti al suo Palazzo si faccino simili giustitie, non perchè non voglia si castigano gli Heretici come dicono suoi malevoli, ma per non sentir ne veder quello horrore». b, Anversa li x ottobre, Roma 28 7bre «Giovedi mattina in Campo di fiore avanti giorno un sciagurato di Natione Veronese, fingendosi religioso, era perfido heretico; 8 anni carcerato per l'inquisitione fu abbrugiato vivo senza essersi mai voluto disdire». — Nessuno vorrà prendere sul serio l'assicurazione che questo Veronese non fosse frate, giacchè convenzionalmente, pel rispetto all'abito, si soleva così mentire: del pari nessuno vorrà ritenere alla lettera che egli fosse stato già 8 anni carcerato, poichè tanta precisione di notizie, per cose di S. Officio, non si può pretenderla in un menante. Forse furono 5 gli anni passati in prigione, e basta sapere che la colpa era stata scoperta alcuni anni prima: del resto si conosce che in questi estremi casi indugiavasi alcuni anni perchè il delinquente si decidesse a pentirsi, come fu fatto anche in persona di Giordano Bruno.

118. C'importa giustificare quanto abbiamo detto sull'essenza del relapso, e basterà riferire alcune proposizioni di Jacopo Simancas da Cordova, Vescovo di Zamora e di Pax, quali si leggono nella sua opera tanto spesso citata dai trattatisti, «Institutiones catholicae, quibus ordine ac brevitate digeritur quicquid ad praecavendas et extirpandas haereses necessarium est, auctore Jacobo Septimacensi etc. etc. Vallis oleti 1552 cap. 55, fol. 196: Jure relapsi dicuntur qui post abiuratam solemniter haeresim, de qua legitime constabat, iterum in eamdem inciderunt;... Hi quoque relapsi dicuntur, qui propter aliquam haeresim simpliciter vel generaliter, ut moris est, abiurarunt et postea in quamcumque aliam haeresim relabuntur... Sed et is relapsus est, qui vehementer suspectus haeresim publice abiuravit, et postea incidit in eamdem... Demum ille relapsus habetur qui post abiuratam haeresim de qua ante abiurationem, vel postea, legitime constat, haereticos acceptat, deducit, visitat, associat, vel eis

347

munera mittit, aut favorem impendit...». Tale è il senso larghissimo del relapso. Nè si creda che esso appartenga alla giurisprudenza di Spagna e non d'Italia: si può rimovere questo dubbio consultando p. es. Umberto Locato, Vescovo di Bagnorea, già Inquisitore di Piacenza e poi commissario generale del S.^{to} Officio di Roma, nel suo Dizionario intitolato «Opus quod Judiciale Inquisitorum dicitur, Romae 1570»: vi si troveranno registrati appunto i 4 casi descritti dal Simancas, anche con la designazione compendiosa «deprehensi, vehementer suspecti, in quamcumque, fautores in fautoriam». I due ultimi casi a taluni scrittori di giurisprudenza inquisitoriale sembrarono veramente ammessi con troppo rigore, ma non per questo la giurisprudenza mutò. Abbiamo voluto chiarire con una certa larghezza questo punto, giacchè ci pare inteso alquanto diversamente p. es. dal Berti nella Vita di Giordano Bruno, 1868, pag. 291. Ripetiamo che il relapso dovea sempre morire, pur quando si fosse mostrato penitente (ved. anche Eymericus, Directorium Inquisitorum Romae 1578, pag. 387; Masini, Sacro Arsenale, Roma 1639, pag. 308 e 331). E così noi ci spieghiamo che simili disgraziati, tenuti a lungo in carcere stretto ed oscuro, con ceppi maniglie e catena, e continue prediche che ricordavano loro come l'anima sarebbe bruciata anch'essa dopo l'abbruciamento del corpo (secondo le prescrizioni della giurisprudenza inquisitoriale), difficilmente si pentivano, e rimanevano piuttosto esasperati dall'indugio che si frapponeva alla loro morte; onde poi andavano al supplizio con superbo disdegno e con gioia feroce, tanto da dovergli applicare un freno alla lingua che chiamavasi «giova», come di fatto si conosce essere avvenuto incredibilmente spesso.

119. Ved. Doc. 401, pag. 482 e 498.

120. La proposizione del Naudeo trovasi nella lettera che egli scrisse a Gaspare Scioppio dimorante in Padova nel luglio 1639, quando gli annunziò la morte del Campanella avvenuta in Parigi: «Quas (aemulorum calumnias) nullibi gentium quam hic *ubi minime conveniebat* expertus est». Ved. Naudaei, Epistolae, Genevae 1667, epist. 82.ª pag. 614.

121. Ved. Doc. 332, pag. 286.

122. Ved. l'ediz. orig.^{le} pag. 52.

123. Ved. Doc. 401, p. 479.

124. Il D'Ancona (Op. cit. pag. 83) riporta un po' confusamente quest'ultimo tratto del *Syntagma*, che per altro non è punto chiaro: il tipografo poi gli fa anche dire Clavio per Clario, e Curzio Aldobrandini per Cinzio Aldobrandini.

125. Il Fiorentino ne ha parlato nel suo B. Telesio, Firenze 1872 t. 1.º pagina 356. Notiamo che al Codice è stato assegnato il titolo di *Compendium Philosophiae* etc., ma l'abbreviazione che vi si trova, e che abbiamo avuto cura di rilevare, autorizza a leggere tanto «Philosophiae» quanto «Physiologiae», e ciò che il *Syntagma* ne dice obbliga a leggere *Compendium Physiologiae*.

126. «De variis carminibus vulgaribus locuti sumus in vulgari poetica scripta anno 1596, oblataque Cynthio Card. Aldobrandino»; nell'Appendice alla *Philosophiae rationalis pars 4.ª Poeticorum*, Paris. 1638, pag. 239.

127. Abbiamo stimato plausibile che quest'ultimo Discorso sia stato pure scritto nel 1595, perchè in alcuni appunti da noi presi nel Catalogo del Britisch-Museaum in Londra troviamo che esso, tradotto in latino col titolo «De Belgio sub Hispanicam potestatem redigendo», fu stampato nel «Mylius, De rebus Hispanicis 1602» e poi anche nello «Speculum Consiliorum hispanicorum 1617»; ma non abbiamo avuto ancora modo di poter consultare questi due libri, e notiamo che il Berti, nel Catalogo delle opere del Campanella, lo pone tra gl'inediti.

<u>128</u>. Per ciò che trovasi asserto nell'Informazione ved. ediz. orig.^{le} pag. 50. Sebbene il Campanella, così questa volta come anche peggio in sèguito, abbia parlato di Venezia e de' Veneziani con un certo odio, bisogna indubbiamente cercare il suo pensiero riposto soltanto nelle Poesie, dove potea parlare senza que' riguardi che tanto spesso l'obbligarono a mascherarsi. Si legga tutto il Sonetto a Venezia, che comincia con le parole «Nuova Arca di Noè» etc. (Doc. 515, pag. 580, e nell'ediz. D'Ancona p. 86); vi si rileverà ben altro che odio.

<u>129</u>. Francisci Clarii Foroliviensis, de humanitate ill.^{mi} Principis Caroli Archiducis Austriae Serenissimi Oratio, Patav ap. Paul. Maietum 1585.

<u>130</u>. Dialoghi dello Ecc.^{mo} Sig.^r Gio. Battista Clario, dedicati all'ill.^{mo} Sig.^r Gio. Ulrico Libero Barone di Eggenperg, Venezia 1608, appr. Gio. Batt. Ciotti senese. Nella dedica il libro è detto «piccolo parto natomi mentre ancor molto giovinetto mi trovava in Roma», e il Barone d'Eggenperg è detto anche Consigliere segreto dell'Arciduca Ferdinando: da alcune poesie preliminari apparisce che la stampa del libro fu promossa da un Sig.^r Marino Battitorre, Conte Palatino, Consigliere dell'Arciduca Ferdinando e Commissario alla Zecca di Stiria. Notiamo tutte queste circostanze, per intendere come mai il Campanella negli anni posteriori potè parlare anche dell'Arciduca Ferdinando quale sua antica conoscenza. I Dialoghi hanno per titoli: 1° della consolazione; 2° dell'avversità; 3° delle ingiurie; 4° della felicità dell'uomo; 5° della caccia; 6° della fortuna; 7° del freddo; 8° della pietra; 9° della trasmigrazione delle anime.

<u>131</u>. Vedi i Dialoghi citati, pag. 34.

<u>132</u>. Dial. cit. pag. 220. Non sarà inutile anche rammentare che nella fine del Dialogo 2° Panfilo dice di sentir gente alla finestrella della prigione e di credere che sia il gentilissimo Sig.^r Ricchierio; che in un altro Dialogo sta per interlocutore un Giulio, il quale poi si scopre essere Giulio Belli; che nell'ultimo Dialogo stanno per interlocutori un Lelio e un Sigismondo. Tutti questi nomi meritano di essere tenuti presenti, poichè un giorno potranno forse dare altra luce su questo periodo della storia del nostro filosofo. Giulio Belli dev'essere stato senza dubbio quel letterato nativo di Capo d'Istria, che fu segretario del Card.^l Dietrichstein in Moravia, e che pubblicò l'«Hermes politicus sive de peregrinatoria prudentia, Francof. 1608» e più tardi la «Laurea austriaca, sive De bello germanico etc., Francof. 1627».

<u>133</u>. Ved. Doc. 296, pag. 230.

<u>134</u>. Vedilo anche ne' nostri Documenti: Doc. 503, pag. 574. Noi serberemo sempre in queste citazioni la dicitura originale, sebbene antiquata; preferiamo vedere il Campanella qual'era in tutto e per tutto.

<u>135</u>. Ved. Doc. 458, pag. 557.

<u>136</u>. Ved. Doc. 493, pag. 571.

<u>137</u>. Ved. Doc. 496, pag. 572.

<u>138</u>. Ved. Doc. 514, pag. 580.

<u>139</u>. Ved. Giornale Napoletano, an. 1875 pag. 69. La copia sud.^{ta} della Casanatense ha per titolo «Dialogo politico contro Luterani et Calvinisti et altri heretici, che possi convincerli ogni mediocre ingegno alla prima disputa, perchè il modo usato con loro è un allungar la lite, il che è specie di vittoria a chi mantiene il torto. Questo tiene l'Arciduca Massimiliano». Oltre al ricordo di tale

circostanza, dell'essere stato cioè il libro inviato a Massimiliano, è notevole anche l'intestazione di esso, analoga a quella che si legge nelle premesse fatte con le lettere del 1606-07 pubblicate dal Centofanti, e col memoriale al Papa del 1611 pubblicato dal Baldacchini. Questa differenza d'intestazione tra le due copie, di Parigi e di Roma, contribuisce anche a mostrare che esse appartengono a due tempi, e mentre quella di Roma sarebbe più recente, quella di Parigi sarebbe più antica e con tanto maggiore verosimiglianza la copia destinata al Card.^{le} Alessandrino.

140. Ved. D'Ancona, Op. di T. Campanella, Disc. prelim. pag. 83.

141. Ved. Doc. 4, pag. 13.

142. Ved. Doc. 401, pag. 479.

143. Se ne trova fatta varia menzione nelle lettere del 1606 al Card.[1] Farnese e al Card.[1] S. Giorgio pubblicate dal Centofanti, e nel memoriale al Papa del 1611 pubblicato dal Baldacchini; quivi si citano, «due Apologie» pel Telesio *ad S.^m Officium*. Cons. Doc. 520, pag. 600.

144. Agli ammiratori del Tasso farà piacere senza dubbio il conoscere che nel Carteggio del Nunzio Aldobrandini (filz. 207 e 224) si trovano le seguenti lettere: 1.° Il Card.[1] S. Giorgio al Nunzio, 15 agosto 1594: «Il Sig.^r Torquato Tasso è amato singolarmente da me, come a punto richiede il merito della virtù sua». Continua dicendo che stava in casa di lui e dovea tornarvi; si conferì in Napoli per sanità e per una lite; importa che non gli siano negate stanze dai monaci di S. Severino e di S. Martino. Lo raccomanda vivissimamente. — 2.° Id. id., 2 7bre 1594. Faccia pagare al Sig.^r Torquato Tasso sino a 50 scudi, che sarà pronto a rimborsarglieli, avendo a tornare in casa di lui dove è stato già alcuni mesi e dove è aspettato. — 3.° Il Nunzio al Card.[1] S. Giorgio, 26 agosto 1594. Ha ricevuta la lettera in raccomandazione del Sig.^r Torquato Tasso, «al quale (soggiunge) come non mancai quando venne qui far le offerte che convenivano, così non mancherò nel suo particolare interesse di parlare al Viceré, et far ogni offitio che fosse necessario, et pur hieri stando con l'Abbate di Sanseverino feci per me stesso l'offitio che adesso mi comanda, il quale rinnoverò con la prima occasione che tenga». — 4.° Id. id., 9 9bre 1594, «Al Sig.^r Torquato Tasso ho fatto dare le sue lettere, et ho mandato una polisa per il banco dell'Olgiatti, perchè li siano pagati a suo comodo si come ella comanda».

145. Ved. Doc. cit. loc. cit.; e Doc. 401, pag. 482 e 498. Avvertiamo intanto che nella Lettera latina al Papa egualmente pubblicata dal Centofanti (a pag. 74) si dice essere stata data al Card.[1] S. Giorgio la «Monarchia del Messia», ciò che potrebbe far ingenerare il dubbio che le due opere siano state diverse solo ne' titoli.

146. Ved. Doc. 401, pag. 486.

147. Ved. Doc. 19, pag. 32.

148. Berti, Lettere inedite di T. Campanella, Roma 1878, prefaz. pag. 10.

149. Deposizione di fra Vincenzo Rodino di S. Giorgio, degli 8 7bre 1599, che dice aver conosciuto il Campanella in diversi posti, e fra essi «tre anni sono il mese di giugno in Roma in Sta Sabina»; ved. Doc. 284, pag. 217.

150. Ved. Carteggio suddetto nell'Archivio di Firenze, Scritture Strozziane, filza 210, Let. del Card.[1] S. Giorgio al Nunzio degli 8 9bre 1597. — Intorno al Fontana quale ingegnere della R.^a Corte ved. nell'Archivio di Napoli, *Cedole di tesoreria* vol. 424, fol. 549, ed anche i volumi seguenti.

151. Ved. nell'Archivio di Venezia Senato-Secreta, Napoli 1597 n.° 13, disp.° del 13 gen.° 1598.

152. Ved. Doc. 514, pag. 580.

153. Come abbiamo altrove accennato (pag. 53 in nota) quest'opera deve dirsi una ricomposizione ristretta e modificata delle altre *De universitate rerum* e *Physiologia*, perdute. Insistiamo sulla parola «modificata» e la spieghiamo. Dell'opera *De universitate* è scritto che avea «dispute contro tutte le sètte»; del *Compendio di Fisiologia* è scritto che l'autore «proponeva le opinioni di tutti gli antichi e le comparava con le nostre»; ma veramente questa proposta e comparazione delle opinioni degli antichi fu scissa dal corpo delle opinioni proprie, e in ciò sta la notevole modificazione introdotta quando l'opera fu ricomposta. Le opinioni proprie furono assegnate all'*Epilogo, o Philosophiae realis epilogisticae partes quatuor*, e le opinioni degli antichi con la comparazione, o le dispute contro tutte le sètte, furono riserbate per un'opera distinta ma annessa all'*Epilogo*, la quale fu poi composta molto più tardi, verso il 1609-1610, promessa nel 1623 col titolo *Quaestionum partes totidem contra omnes sectas veteres novasque* (ediz. di Frankfort), ma venuta in luce solamente nel 1637 col titolo «*Disputationum in quatuor partes etc. contra sectarios* (ediz. di Parigi). Aggiungiamo qui che la 1.a parte dell'*Epilogo o Filosofia epilogistica* conserva sempre il titolo di *Fisiologia*.

154. Ved. Berti, Let. inedite del Campanella, Roma 1878; let. del 4 10bre 1634 e 9 aprile 1635, pag. 30 e 40.

155. Deza, Della famiglia Spinola *etc.* Piacenza 1694, pag. 299.

156. Ved. Doc. 19, pag. 28 e 32.

157. Ved. Giul. Ces. Capaccio, Il Forastiero, Nap. 1634 pag. 7. Il Capaccio si vanta di essere stato suo scolare.

158. Ved. Michelangelo Macrì, Memorie istorico-critiche intorno alla vita e alle opere di *Mons*.r fra Paolo Piromallo, Nap. 1824, pag. 343. — Nella *Numerazione de' fuochi* di Nola per l'anno 1562-63, esistente nell'Arch. di Napoli (vol. 128 della collezione) abbiamo trovato questo che segue, munito di annotazioni posteriori segnate in margine: «n.° 1880 Federicus d'Antonio d'Cola Stigliola alias d' palena a. 42; Justina uxor a. 40; (*) Nicolaus Antonius filius a. 17; Felix filius a. 15; Paulinus filius a. 9; Felippus filius a. 4; Molistinus filius a. 2; Margarita filia a. 13; Joseph frater a. 35 [Iste (*int.* Federicus) fuit inventus per inquisitionem. cum juramento deposuit stetisse per viginti quinque annos ad... mag.ci hieronimi de libertino, quando neapoli et quando in civitate nolarum, et sunt anni quatuor q. continue stetit prout ad praesens stat in ditta civitate nolarum cum tota familia». (*Annotazioni posteriori*): «Federicus mortuus ab an. 35; Id. Justina ab an. 29; Nicol. ant. mort. ab an. 27 Incigniero; Felice mort. ab an. 30; Paulinum mort. ab an. 27; Id. de aliis; Joseph absens in ispania pro molione (*sic*) sue cesaree majestatis». Adunque l'età di Colantonio, come è qui registrata pel 1563, farebbe vedere che l'anno della sua nascita sia stato il 1546: e però dovrebbe ritenersi con ogni probabilità un errore di stampa quello che leggesi nell'Odescalchi (Memorie istorico-critiche dell'Accademia de' Lincei, Roma 1806, p. 267), che cioè era di 69 anni l'età sua riconosciuta il 24 gennaio 1612, quando ebbe l'onore di essere ascritto all'Accademia dei Lincei; avrebbe dovuto dirsi di anni 65. Veramente essendo morto l'11 aprile 1623, e leggendosi nella epigrafe funeraria composta dal suo figliuolo Gio. Domenico esser morto quasi ottuagenario, si avrebbe un margine molto largo; ma ne' cenni biografici premessi al libro del Telescopio lo si dice morto a 76 anni, e da ciò si vede che la notizia inserita nella Numerazione de' fuochi è abbastanza precisa.

159. Ved. nelle Op. del Galilei edite dall'Albèri, Firenze 1851, t. 8.° pag. 386. Let. del 1.° giugno 1616. Dopo la condanna del Galilei, lo Stigliola gli scrive, ed emette l'opinione che si debba reclamare per un nuovo esame e revisione; inoltre soggiunge: «a me par spediente, con ogni prudenza, far avvisati li Signori che governano il mondo, che coloro, che cercano metter dissidio tra le scienze e la

351

religione, siano poco amici dell'una e dell'altra parte, stante che la religione e la scienza, essendo ambe divine, sono di conseguenza concordi».

160. Poniamo qui un cenno degli Atti del processo: servirà a far conoscere sempre meglio il genere di vita e le tendenze di quest'uomo, che a' tempi suoi fu tenuto in grandissimo pregio da' maggiori dotti. Gli Atti del processo capitati nelle nostre mani, citando appena un'altra inquisizione precedente sofferta per conto del Nunzio *Mons*.r Malaspina, recano che nel luglio 1595 lo Stigliola trovavasi carcerato in Roma, e Carlo Baldino Arcivescovo di Sorrento, Ministro dell'Universale Inquisizione Romana e Delegato del Card.l di S.ta Severina, a nome della Sacra Congregazione procedeva contro di lui in Napoli. — L'azione comincia, come tanto spesso, da un Gesuita, un Gesuita molto inteso a que' tempi, Claudio Migliaresi, il quale trovandosi in casa del Principe di Conca, presente il Duca di Seminara, il cav.r Cesare Mirobello ed altri, ha udito dal Principe che lo Stigliola (addetto a far disegni di fabbriche nel Palazzo di lui), discorrendosi delle cose della fede e richiesto intorno alle sue credenze religiose avea manifestato che le avrebbe esposte quando vi fusse un Concilio aperto, che la S.ta Sede diceva in un modo e gli ultramontani in un altro, i Gesuiti in un modo e quelli della nova religione in un altro; dippiù che al Principe di Avellino aveva una volta detto essere il mangiar carne in giorni proibiti, ovvero il fornicare, come portare un pugnale, che nessuno lo vede non reca pena; che infine, sollecitato dal Principe di Conca a manifestare quali fussero le sue credenze, avea detto «volete che D. Carlo Baldino mi metta la mano al collaretto?» Per questo doveva essere niente di buono, e veramente dovunque era stimato eretico. Spiegava poi il Deuteronomio alla moglie ed a' figli, e frattanto teneva la stampa in casa e leggeva a circa 400 scolari oltrechè a diversi Signori. — Tutte queste cose denunziò il Gesuita, aggiungendo che non avea mancato di parlare pure al Vicerè ed al Reg.te Marthos «che se sariano mossi per quel che potria importare anche al Stato», e infatti, quando egli si rivolse poi al S.to Officio, vide che già il Marthos ne aveva scritto a *Mons*.r Baldino e all'Arcivescovo di Napoli. — All'esame di costui seguono nell'agosto 1595 gli esami del Principe di Conca, del Duca di Seminara e di D. Cesare Mirobello, i quali confermano tutte le cose predette aggravandole; ne risulta che lo Stigliola era pure nemicissimo de' Gesuiti perchè cercavano di far proibire molti libri, che non aveva la corona di paternostri, che approbava il procedere del Re di Navarra, che leggeva anche a franzesi, e leggeva ad alcuni scolari una lezione di Scritture con le porte serrate (*sic*). — Segue l'esame di Giulia Giovine, napoletana, di anni 30, moglie dello Stigliola, chiamata a deporre con giuramento. A successive interrogazioni risponde: che il marito trovasi in Roma carcerato ma non sa perchè; è ingegniero; dà letture in case di Signori; non si ricorda che abbia letto in casa (pia menzogna); soleva leggere a lei «e alli garzuncielli» in camera sua le vite de' Santi, i Salmi, il Testamento vecchio e il nuovo; ha visto franzisi in casa sua ma non sa il perchè; lodava il Navarra perchè era sapiente ed amava li huomini da bene, non perchè era heretico; non ha voluto mai magnare carne in giorni proibiti, neanche essendo malato; una volta ha portato due corone alle figliole femine (*sic*). — C'è ancora l'esame di Alessandro Pera Canonico napoletano, che ha udito il Principe di Conca parlare contro lo Stigliola, e tra le altre cose dire che spiegava in casi il 3.° libro de' Re; una volta nel discorrere con lui del miracolo del mar rosso, lo Stigliola disse che un astrologo conobbe essere la cosa avvenuta per accesso e recesso del mare; un'altra volta, nel discorrere del governo di questo Regno, sospirando disse il verso del Petrarca, «Anime belle et de virtuti amiche Terranno il mondo»; infine lo credeva buono, e se di male sol quanto ha udito dal Principe di Conca. — Segue una lettera del Card.l di S.ta Severina con gli articoli del fisco compilati in Roma (8 10bre 1595); poi gl'Interrogatorii per le ripetizioni de' testimoni; poi gli esami ripetitivi de' suddetti Signori e della Giovine, che vanno fino al 4 aprile 1596. — Qui finiscono gli Atti, poichè, naturalmente, il processo ebbe termine in Roma. Senza essere gravissimo, il processo lascia nell'animo una profonda tristezza. Mentre riesciono assai curiose ed interessanti le notizie delle vedute religiose, delle aspirazioni politiche e della vita dello Stigliola, spandono una fosca luce quel Gesuita, quello stretto accordo del trono e dell'altare, quel ricorso del Gesuita prima al trono e poi all'altare, quella tortura morale fatta soffrire alla moglie dello Stigliola; un mucchio di miserie.

161. Altre notizie intime abbiamo rinvenute in un ms. esistente nella Bibl. naz. di Napoli (X, B, 52) intitolato «Della vita e della morte dell'Ill.ma et Ecc.ma Sig.ra D.a Isabella Feltria della Rovere Pr.sa di Bisignano», autore un Gesuita che l'aveva confessata per 37 anni e che scrisse dietro ordine de' superiori. Ma non si creda che vi sia in esso qualche notizia della lunga e crudele carcerazione sofferta dal Principe, non senza l'opera della sua Signora e forse degli stessi Gesuiti: vi si dice solamente che ad occasione de' debiti, «successa la provista del Curatore per i stati a beneficio dell'herede, et acciò le cose si facessero con pace e senza disturbo, il Conte di Miranda ordinò al Principe si retirasse di stanza in Gaeta». Sono invece narrate tutte le devozioni e perfino le giaculatorie della Signora, ed è registrata anche l'opinione della sua santità, dopo che avea dato ogni suo avere alla Compagnia.

162. Ved. i Reg.i Curiae, vol. 27 (an. 1573-75, 6.° del Vicerè Card.l Granvela) Let. Vicereali del 20 gen. 1574 fol. 51, del 21 8bre fol. 184, del 18 9bre fol. 203. In esse sono contemplate appunto le riforme della casa, le donazioni, le ricerche di danaro da parte del Principe.

163. Ved. i sud.ti Registri Curiae vol. 31 (an. 1582-85, 2.° del Duca d'Ossuna seniore) Lett. Vicereale del 31 gen.° 1583 fol. 9 con la quale si ordina che la Pr.sa non esca dal Regno. — Inoltre nell'Arch. d'Urbino oggi in Firenze, Carteggio de' particolari, clas. 1.a div. G. filz. 102 (Napoli diversi dal 1580 all'84); lett. di Gio. di Tomase del 15 aprile 1580; let. di Jacobo Bonaventura, da Bari 18 marzo 1583, da Napoli 8 aprile 1584, da Bari 21 agosto 1591. Nella lettera da Napoli il Bonaventura dice che ha vista la Principessa che ha male alle narici e i medici promettono, ma egli crede che non sanerà senza ferro e foco, ed afferma che «per queste parti non vi son persone exercitate in simili affectioni», e fa conoscere che la Pr.sa desia trovarsi in quella giornata nelle mani di S. A. Ser.ma — Ben si vede che non sempre i medici della capitale hanno fatto sentire il loro peso su quelli delle provincie; ma vi è stato un tempo nel quale accadeva l'opposto.

164. Sulla morte del giovane Duca di S. Marco, di cui si hanno pure due lettere autografe negli Arch. Urbinate e Mediceo, vedi nell'Arch. di Urbino filz. sud.ta 102, let. di Cesare Pulci da Nap. 28 9bre 1595 e nell'Arch. Mediceo, Scritture Strozziane, Carteggio del Nunzio Aldobrandini filz. 225, let. del Nunzio del 27 9bre 1595. — Sull'assistenza e sulle manovre de' PP. Gesuiti ved. Arch. d'Urbino Carteggio Agenti di Napoli filz. 214, let. di Giulio Giordano del 1.°, del 17 e 23 gen. 1596: Arch. Mediceo, Lett. di Capostrano e Napoli filz. 4091, let. di Gio. Francesco Palmieri del 14 7bre 1604. — Su' rimedii invocati dalla Principessa ved. Arch. Mediceo, Lettere di Napoli filz. 4086, let. di Giulio Battaglino del 3 feb. 1598, con la quale chiede a S. A. per la Pr.sa l'unto da fuoco. Di unti, ogli e balsimi del Gran Duca, da fuoco, da spasimi, di anici, contro i vermi etc. sono frequenti le richieste ne' Carteggi dei suoi Agenti in Napoli. — Sulla richiesta della Pr.sa di entrare nel Monastero di S. Sebastiano «con 6 donne, mentre D.a Giovanna d'Austria che è giovane ne tiene 5», ved. Arch. Mediceo Carteggio sud.to del Nunzio Aldobrandini filz. 226; let. del Nunzio del 4 8bre 1596. Il Duca di S. Marco era stato già adocchiato da Papa Clemente e destinato sposo ad una sua nipote: così si hanno anche varie notizie di lui nel Carteggio del Nunzio Aldobrandini.

165. Ved. nell'Arch. d'Urbino Carteggio di particolari filz. 202, le due lettere di D. Lelio Orsini, la prima interamente autografa del 16 aprile 1580, la seconda autografa nella sola firma del 13 gen.° 1598. — Sulla celebre causa della successione di Bisignano, durata oltre 30 anni, si trovano pure consulti ed allegazioni in diverse opere legali: ved. de Ponte Jo. Franc. Consiliorum t. 1. Venet. 1595, cons. 147, p. 790-91, e t. 2. Neap. 1616, cons. 146, p. 779; de Marinis Don. Ant. Juris Allegationes in Op. Juridica Venet. 1758, alleg. 43, p. 130; Roviti Scip. Consilia, Neap. 1622, t. 1. cons. 1. ad 11. p. 18 a 58. La parte presa da D. Lelio Orsini si può desumere molto bene da tutti questi fonti. Egli morì molto prima che la lite finisse, e D.a Giulia Orsini, già Marchesa di Fuscaldo e poi sposa a D. Tiberio Carafa che continuò la lite, e volle sempre chiamarsi Principessa di Bisignano, morendo istituì erede il Re, come avea già fatto pure il vecchio Principe: e il Re accettò la successione, e ritenuti D.i

500 mila in benefizio della Curia, diede il titolo e la dignità di Principe di Bisignano a D. Loise Sanseverino primogenito del Conte della Saponara.

166. Ved. Arch. Mediceo Lettere di Napoli filz. 4087, let. di Gio. Vincenzo Ruffolo del 20 e del 29 7bre 1599 (disordinatamente disposte); ed Arch. di Venezia Senato-Secreta, Napoli 1598 Scaramelli, let. del 1.° 7bre 1598.

167. Pe' particolari dell'arresto del Principe ved. nell'Archivio di Urbino, Carteggio degli Agenti di Napoli, filz. 212 let. di Antonio Leoncino del 27 luglio 1590. — Per l'interesse spiegato da D. Lelio Orsini nel 1591 ved. Ibid. filz. 214, let. di Gio. Benedetto Venturelli del 7 7bre 1591. — Per la commendatizia a nome del Papa ved. nell'Arch. Mediceo, Scritture Strozziane, Carteggio del Nunzio Aldobrandini, filz. 207, lett. del Card.l S. Giorgio al Nunzio del 3 giugno 1594, e filz. 224, let. del Nunzio al Card.l S. Giorgio del 1.° luglio 1594. Segnatamente questa commendatizia dovè essere sollecitata da D. Lelio, il quale stava in Roma a quel tempo ed in ottime relazioni col Papa; si noti che la dimora di D. Lelio in Roma fu accidentale e limitata a' soli tre anni sopra indicati, al contrario di quanto dice il Litta.

168. Per la traduzione del Principe da Gaeta in Napoli, ved. nell'Arch. d'Urbino la detta filza 212, let. di Giulio Giordano de' 16 e 23 febb.° 1596, e nell'Arch. Mediceo filz. 4085, let. di Giulio Battaglino del 22 febb.° 1596. — La notízia de' sussidii avuti dal Gran Duca di Toscana leggesi nell'Arch. Veneto Carteggio di Napoli, let. dello Scaramelli del 1.° 7bre 1598. — La corrispondenza del Principe si legge nell'Arch. Mediceo, Lett. di Napoli di Particolari filz. 4152. Comincia dal 3 gen. 1590, da Sarano. Continua col 25 apr. 1592; 8 marzo, 19 luglio e 3 9bre 1593; 15 giugno, 8bre e 10bre 1594, da Gaeta o Castello di Gaeta, firmato talvolta «lo infelice compare Ppe di Bisignano»; marzo 1598 dal Castelnuovo di Napoli, firmato «lo infelice Ppe di Bisignano». Segue un'altra lettera del 25 agosto 1598 da Chiaia. Poi ve ne sono ancora diverse posteriori. — Egualmente tra le Lettere di Napoli di Giulio Battaglino, filz. 4086, se ne trova un'altra del Principe del 17 marzo 1598 dal Castelnuovo, firmata «lo infelice» etc. Intanto nella stessa filza una let. del Battaglino del 6 mag. 1597 reca che nella Chiesa del Gesù si erano pacificati il Principe e la Principessa, rimanendo d'accordo che non avrebbero coabitato insieme; evidentemente si era fatto uscire il Principe per compiere quella funzione e poi lo si era ricondotto in Castelnuovo; ed ecco la necessità di tenere ben presenti le date soprariferite. — La transazione fatta con la Principessa si legge nell'Arch. di Napoli, Registri *Privilegiorum*, ad occasione del Regio assenso, vol. 112 (an. 1597-98) fol. 36, e vol. 118 (an. 1599) fol. 6. — L'obbligo del Principe di tener la casa in luogo di carcere, e la cauzione data da D. Lelio si trovano ne' Registri *Sigillorum*, per la riscossione delle tasse relative al Regio assenso, vol. 37 (an. 1600) sotto le date del 20 maggio e 22 giugno. — Per la notizia della fuga co' suoi particolari e i suoi motivi, ved. nell'Arch. Mediceo filz. 4086, let. di Giulio Battaglino del 1.° 7bre 1598, e meglio ancora nell'Arch. di Venezia Carteggio di Napoli, let. dello Scaramelli del 1.° 7bre e 28 8bre 1598: col suo testamento il Principe intese di procurarsi un migliore assegnamento, render sicuto quello della Principessa e provvedere alla sorte di un suo figliuolo naturale, che condusse con sè nella sua fuga e che dovè essere Carlo Sanseverino.

169. Ved. per questi fatti specialmente nell'Arch. di Venezia Carteggio di Napoli, let. dello Scaramelli del 1.° 7bre, 27 8bre, 10 e 17 9bre 1598 e 13 febb. 1601. Al momento della fuga del Principe di Bisignano corse voce che fosse con lui fuggito anche D. Lelio, ma non era vero; ved. nell'Arch. di Modena gli Avvisi di Roma del 2 7bre 1598. La partenza di D. Lelio per la Spagna avvenne in 8bre 1598; egli era allora Eletto della città di Napoli pel Seggio di Nido.

170. Ved. Doc. 401, pag. 479.

171. Ved. T. Campanellae *Medicinalium*, Lugduni 1635, lib. 6°, cap. 29, pag. 517.

172. Ved. *Medicinalium*, pag. 633.

173. Per l'ufficio di lettore nello studio pubblico, ved. i Registri *Sigillorum*, vol. 36 (an. 1599): «a 26 di giugno Lettera al Rev.do cappellano maggiore per la quale se provede la lectura de theorica de medecina in persona del dottore michele polito con provisione de D.ti ducento lo anno per morte de Joan berardino longo» (*intendi* vacata pel passaggio del Tancredi alla lettura vacata per morte del Longo).

174. Ved. nell'Arch. di Napoli per le promozioni del Tancredi le Scritture della Cappellania Maggiore, *Lettere Regie*, vol. 1, fol. 5, 13, 18, 72. — Per la dignità di Conte Palatino, ved. Registri *Privilegiorum* vol. 129 (an. 1603-04) fol. 7. Questa dignità, a' tempi de' quali ci occupiamo, non dava che in vita il titolo, e in morte il dritto di portare sulla bara la spada, gli speroni d'oro, e un libro aperto. Era un modo di onorare la scienza ne' lettori, che ci apparisce superiore all'odierno aumento quinquennale di stipendio, condito da una croce di Commendatore che viene giù a caso o dietro le insistenze de' più procaci. Del resto anche per la dignità di Conte Palatino era necessario solamente avere insegnato 20 anni, e comunque fosse di obbligo un processo informativo che attestasse di aver fatto un lodevole insegnamento, i 20 anni rappresentavano la condizione essenziale; laonde era sempre riconosciuto il principio, che quanto più si è goduto lo stipendio, tanto più si ha dritto ad essere stimato, senza vedere chiesto mai alcun conto delle opere pubblicate. Difatti dopo che era stato già dichiarato Conte, il Tancredi pubblicò le due opere che di lui si conoscono: «De fame et siti libri tres, Venet. 1607» e «De Antiperistasi omnigena sive de naturae miraculis, Neap. 1621». La sua condizione di Barone della Podaria è notata sulle sue opere (Podariae regulus) ed attestata da' *Cedolarii* in data 11 febb.° e 6 marzo 1622. La condizione di medico del Nunzio è attestata dal Nunzio medesimo nel suo Carteggio; ved. filz. 235, lett. del 6 maggio 1605.

175. Ved. nell'Arch. di Urbino filz. 203, Napoli diversi, e nell'Arch. Mediceo filz. 4152, Lettere di Napoli di Particolari.

176. Per l'ufficio di Doganiero ved. nell'Arch. di Napoli Registri *Curiae* vol. 27 fol. 54. t.°; pel titolo di Duca, Registri *Privilegiorum* vol. 107 fol. 192; quivi le imprese militari di Fabrizio sono meglio specificate, anzichè negli scrittori di cose nobiliari come il De Lellis, Famiglie nobili della città di Napoli ms. della Bibl. nazionale (VI. F. 9) pag. 243, e Campanile, Storia dell'Ill.ma famiglia di Sangro, Nap. 1615, pag. 69.

177. La copia della decisione leggesi nell'anzidetta corrispondenza del Duca di Vietri esistente nell'Arch. d'Urbino filz. 203. Le lettere scritte durante la prigionia, e spesso con la data «da Castelnuovo», son sette. Nella 1a del 15 10bre 1598 dice «A capo de 47 di mi è stato permesso il posser scrivere»; seguono le altre del 22 gen.°, 21 marzo, 16 luglio, 8 8bre 1599, una 6a senza data, e una 7a del 4 febbraio 1600, nella quale è trascritta integralmente la decisione della Gran Corte, che conclude «Ducem Vetri non esse interrogandum super praedictam inquisitionem, et propterea non esse procedendum contra ipsum». Con un'altra lettera degli 11 febb.° 1600 è dato l'annunzio della liberazione avvenuta.

178. Questo Scipione Orsini era della linea di Mario Orsini, Conte di Pacentro, Signore di Oppido e di Pietragalla; aveva pure un fratello a nome Lelio, sposo a Giulia Dentice, da non doversi confondere col nostro D. Lelio.

179. Nulla di tutto ciò si legge in Adimari, Historia Genealogica della famiglia Carafa Nap. 1691, vol. 3, sebbene di ciascuno de' suddetti Carafa e loro parenti vi sia una distinta menzione, e quella di D. Francesco sia abbastanza larga (ved. vol. 2°, pag. 304). Invece nel Carteggio del Residente Veneto, let. del 29 10bre 1598, e in quello dell'Agente di Toscana, let. del 6 agosto 1600, si hanno le notizie

che abbiamo sopra riferite testualmente; ciò che poi accadde in sèguito rilevasi con sufficienti particolarità nel Carteggio Toscano, avendo D. Ottavio Orsini primogenito del Conte di Pacentro, il 13 febb. 1600, sposato D.a Francesca di Toledo, ed essendo perciò divenuto parente del Gran Duca (ved. oltre la lett. suddetta, quelle del 22 agosto, 5, 12 e 27 7bre, e 17 8bre 1600; 17 agosto, 4 ed 11 7bre 1601, nell'Arch. Mediceo, filze 4087-88; ved. due lett. autografe del Conte di Pacentro nella stessa filza 4087, ed anche, nello stesso Arch., gli Avvisi di Roma filz. 4028, Avv. del 30 marzo 1602: da questi documenti è stato desunto ciò che costituisce il sèguito della nostra narrazione). Abbiamo ritenuto che il Marchese di S. Lucido, di cui qui si tratta, sia D. Francesco Carafa, perchè nel Carteggio Veneto è detto «nipote di D. Cesare», e costui è indicato come «già fatto Veneziano»; ved. let. del 9 febb.° 1599, (di questo D. Cesare abbiamo pure trovata qualche lettera al Duca di Urbino in data di Murano 1593, nell'Arch. di Urbino filz. 202, ed alcune altre al Gran Duca di Toscana in data di Venezia 1599, nell'Arch. Mediceo filz. 894). Da ciò ci è risultato abbastanza chiaro che si tratti di D. Francesco, e per farlo intendere a' lettori poniamo qui due specchietti genealogici:

A. — Diomede Carafa 4.° genito di Galeotto Conte di Terranova m. a Girolama Villani;

    — Cesare ritiratosi a Venezia.

    — Francesco Grande Ammirante.

    — Ferdinando militare.

    — Fabio.

    — Ottavio che con l'eredità di una zia acquistò Anzi e divenne March.se d'Anzi.

B. — Ottavio 1.° Marchese d'Anzi m. a Crisostoma ossia Costanza Carafa figlia di G. Battista Conte di Policastro.

    Francesco 2.° March. d'Anzi, divenuto anche di S.to Lucido; fu tre volte sposo:

        1.° a Giovannella Carafa, March.sa di S. Lucido per eredità di suo zio Ferrante, vedova di G. B. Franc

           — Ottavio 3.° Marchese di Anzi e March. di S. Lucido

           — Crisostoma sposa di Fil. Brancia Ppe di Casalmaggiore.

        2.° a Emilia Brancia sorella del detto Ppe di Casalmaggiore;

           — Gio. Battista sposo a Adriana de Franchi.

           — Diomede Tenente generale M.° di Campo.

           — Tiberio Capitano di cavalli.

           — Antonio d.to Pier Luigi Teatino.

           — Cesare Capitano di cavalli.

        3.° a Porzia Caracciolo Duchessa di Cerce, già due volte vedova, con la quale non ebbe figliuoli.

Diomede Vesc. di Tricarico.

Tiberio, divenuto Ppe di Bisignano sposando Giulia Orsini, poi Ppe di Scilla, Belvedere *etc.*

Pier Luigi Cardinale.

Carlo Domenicano.

Lucrezia m. al Conte di Celano.

Crisostoma monaca.

Aggiungiamo che in un Cod. ms. della Bibl. nazionale di Napoli (X, C, 20) col titolo, «Desgratiato fine di alcune case Napoletane», essendone riconosciuto per autore Ferrante Bucca, si parla del «Marchese d'Anzi e Ppe di Bisignano» Francesco M.a Carafa sposo della «figlia del Marchese di S.to Lucido», ricchissimo, che fece omicidii (senza altra particolarità) onde fu forgiudicato, dovè spender molto per accomodare le sue faccende e infine le accomodò. Venuto in Napoli perdè la moglie con la quale avea fatto due figli, e ne prese un'altra di casa Brancia con la quale fece molti figli. Tiberio suo fratello 2.° genito gli lasciò il titolo di Ppe di Bisignano» *etc.* Poi stando in molta e gran *privanza*, come allora si diceva, col Conte di Lemos Vicerè (int. il Conte di Lemos figlio, 1610-1616) ebbe con lui alcuni disgusti (senza dir quali), onde fu posto nel peggior criminal del Castelnuovo e quindi dal Conte medesimo tradotto in Spagna acciò non fosse liberato dal successore; ivi fu condannato alla relegazione in vita in un'isola di Africa, ma giunse poi ad essere graziato, e tornato In Napoli prese moglie por la terza volta sposando la Duchessa di Cerce. Non istante le ricche doti che lo sorressero, finì nella miseria. Come si vede, le particolarità di questo racconto non brillano tutte per esattezza e tanto meno per chiarezza; ma è riconoscibile sufficientemente il Marchese di S.to Lucido della nostra narrazione, con gli omicidii in essa riferiti, pe' quali nel 1598 era «commossa e quasi divisa la città». Ne' *Cedolarii* ci è rimasto il ricordo che «il 28 marzo 1616, nella Sala Reale del Castello nuovo, *extra carceres*, con l'assistenza del R.° Consigliere Pomponio Salvo», Francesco Carafa dovè rinunziare al figlio primogenito Ottavio la terra d'Anzi unitamente al titolo di Marchese; la data del fatto mostra bene che esso avvenne poco prima che egli fosse trascinato in Ispagna. E in mezzo a tante vicende amò le buone lettere: già suo zio D. Ferrante Carafa di S.to Lucido era stato protettore dell'Accademia di Gio. Battista Rinaldi finita nel 1580; egli fondò più tardi l'Accademia degl'Infuriati (ved. Capaccio, il Forastiero, Nap. 1634 p. 10, e Camillo Minieri Riccio, Accademie fiorite nella città di Napoli, Arch. Storico delle Prov.e Nap.e an. 4.° 1879, p. 530).

180. Ved. nel Carteggio del Residente Veneto la lettera del 9 febb.° 1599.

181. Ved. per fra Pietro da Catanzaro il processo di eresia del Campanella, Doc. 332 b, pag. 288. Per fra Filippo Mandile il Carteggio del Nunzio Aldobrandini, lett. da Nap. de' 30 marzo e 21 aprile 1600 (grazie fattegli). Per P.e Gio. Batt. da Polistina Ibid. let. da Roma de' 18 lugl. e 17 8bre 1597 (con suo memoriale autografo), 22 9bre 1597 e 2 gen. 1598; let. da Nap. de' 4 8bre 1596, 25 luglio, 29 agosto e 30 8bre 1597, 30 genn. 1598.

182. Ved. nell'Arch. di Firenze il Carteggio del Nunzio Aldobrandini, varie let. da Napoli di 7bre 1594, 4 agosto 95 e 20 febb.° 98; e lett. da Roma del 17 luglio 1595, 31 agosto 96. Nell'Arch. di Napoli i Registri *Curiae*, vol. 38, fol. 53, lett. dell'ultimo di giugno 1596; fol. 126 e 128, lett. del 9 e 22 maggio 1598; fol. 150, lett. del 31 luglio 1598. Nell'Arch. Veneto lett. del 14 aprile 1598.

183. Ved. la nostra Copia ms. de' proc. eccles., tom. 1°, fol. 264.

184. Ved. il Carteggio del Residente Veneto, lett. de' 25 7bre, 6 8bre e 27 8bre 1598; e il Carteggio del Nunzio Aldobrandini, lett. di Roma de' 9 maggio e 20 7bre 1598, e de' 2 genn.° e 16 marzo 1599.

185. Ved. dep. del Pizzoni e del Lauriana; Doc. 278, pag. 199, e 280,v pag. 208.

186. Ved. nell'Arch. di Stato, Registri *Curiae*, vol. 38, an. 1595-99 fol. 123; e vol. 45, an. 1596-601, fol. 97, lett. Vicereale all'Auditor di Lega in data 23 luglio 1598.

187. Su questi diaconi selvaggi sono numerosissimi i cenni sparsi ne' Registri *Curiae*; ma una notizia abbastanza precisa, bensì di data posteriore di molto, può leggersi ne' Registri *Notamentorum Collateralis Consilii* an. 1626, vol. 9, fol. 69. Essi furono dapprima nominati da' Sindaci per spazzare le Chiese e prestarvi i più bassi servigi, venendo scelti tra le persone che non possedevano nulla *in bonis*: ma secondo lo stile ecclesiastico, che in fondo è stato sempre quello del riccio, i Vescovi s'impossessarono del dritto di nomina, ne usarono ed abusarono a loro talento, e non occorre dire che vennero subito appoggiati dalla Curia Romana in tali abusi.

188. Ecco uno de' documenti del tempo di cui trattiamo, intorno alla faccenda del Capito, alla quale tanto alluse il Campanella nella sua Narrazione. Registri *Curiae*, vol. 38, fol. 116 t.° «All'Audientia di Calabria ultra. Philippus *etc.* Spectabiles et magn.er viri, Deve ricordarsi la R.a Audientia la pretendenza che hà tenuta et tiene lo R.do Vescovo di Mileto de voler conoscere de la causa de Marc'Antonio capitò diacono selvaggio inquisito de la bastonate date ad un monaco dell'ordine di san basilio, et le hortatorie che per noi li sono state scritte che desista da questa sua pretendenza, la quale non può militar poi che decti diaconi selvaggi non hanno mai goduto nè godono in questo Regno exentione alcuna di foro temporale nè altre prerogative, ma sempre sono stati trattati et si trattano come tutti li altri laici, et retrovandose al presente d.to capite (*sic*) carcerato nel Castello della terra del pizzo per detta causa, in nome di questa R.a audientia et de la Gran Corte de la Vicaria, mandò d.to Rev.do Vescovo il suo fratello carnale nomine placido del tufo laico in d.to Castello, il quale sotto la sua parola fè uscire d.to carcerato per una stanza libero, et poi la notte per maneggio dato da lui et de duoi criati di detto Rev.do Vescovo lo fe fuggire per una corda, et al presente se ne sta in casa del predetto Rev.do Vescovo, et non convenendo che simili eccessi cossì fatti, et machinati in dispreggio dela giustitia et de la real Jurisditione dela M.tà sua habbino da passare cossì impuniti, ci è parso farvi la presente per la quale vi dicimo et ordinamo che con il più maggior secreto che sarà possibile, et che in voi et da voi si può confidare et sperare, dobbiate con ogni exquisita et exactissima diligenza havere nelle mani et carcerare nelle carceri di quessa regia Audientia lo d.to placido del tufo fratello di d.to Rev.do Vescovo de Mileto una insieme con detti duoi criati d'esso Rev.do Vescovo che hanno fatto fuggire detto carcerato dal Castello predetto, Et carcerati che li haverete ce ne debiate subbito dar particolare aviso con vostre lettere con insertione de la presente, acciò ve si possa per noi ordinare quel che haverete intorno a ciò da exequire. Et non farete lo contrario si havete cara la gratia et servitio de la pred.ta M.tà Datum Neap. die 28 mens. februarii 1598. El Conde de Olivares. Vidit Gorostiola, V.t de Castellet....» *etc.* — La sorte di Placido del Tufo ci risulta da' Registri *Sigillorum*, vol. 37, an. 1600: «6 de giugno; Lettera alla Vicaria, per la quale se fa gratia à Placido de lo tufo d'ogni pena incorsa per causa de la fugita de marcantonio capito dal castello del pizzo». — Intorno alle hortatorie notificate per bando, ved. *Curiae* vol. 38, fol. 160 t.°, lct. del 20 agosto 1598; e vol. 40, fol. 205 t.°, let. del 15 8bre 1598. — Daremo più in là le lettere dei tempi successivi, risguardanti la nuova cattura del Capito poichè il Vescovo non l'avea punito, l'effrazione delle carceri da parte de' preti con la liberazione del catturato, la terza cattura seguita dalla liberazione e riposizione nella Chiesa dalla quale era stato dapprima estratto, col contento di S. S.tà, che accorda l'assoluzione dalla scomunica al Principe di Scilla, al Poerio e allo Xarava dietro dimanda del Vicerè.

189. Ved. nell'Arch. di Firenze il Carteggio del Nunzio Aldobrandini, filz. 230, lett. del 9 giugno 1600.

190. Ved. nell'Arch. di Napoli, Registri *Curiae* vol. 38, fol. 116, lett. del 28 febb.° 1598; vol. 49, fol. 19, lett. del 24 10bre 1599, e vol. 55, fol. 201, lett. del 22 7bre 1604.

191. Ved. i detti Registri *Curiae* vol. 49, fol. 57, lett. del 29 7bre 1600; vol. 38, fol. 144. t.° lett. dell'ultimo di giugno 1598; vol 48, fol. 109, let. del 19 10bre 1600; vol. 52, fol. 48, lett. del 23 marzo 1602; vol. 55, fol. 133 t.°, e 186, lett. del 14 maggio e 27 agosto 1604.

192. Registri *Curiae* vol. 44, fol. 75, lett. del 19 gennaio 1598; vol. 46, fol. 21, lett. del 9 10bre 1599.

193. Ibid. vol. 47, fol. 148 t.°, lett. del 10 7bre 1601; e vol. 48, fol. 138, lett. del 6 luglio 1601. — Vol. 46, fol. 8, lett. del 3 10bre 1599; e vol. 48, fol. 10 t.°, lett. del 13 7bre 1599.

194. Ved. nel Carteggio del Nunzio filz. 231, lett. del 28 7bre 1601.

195. Ved. Registri *Curiae* vol. 38, fol. 200, lett. del 30 aprile 1599; vol. 46, fol. 4 t.°, lett. del 31 luglio 1599; ibid. fol. 1, lett. del 25 luglio 1590.

196. Ved. nel Carteggio del Nunzio Aldobrandini, filz. 212, lett. del Card.l S. Giorgio al Nunzio, del 25 di 7bre 1599. «Saranno false senza dubbio le relationi fatte al Viceré di que' Vescovi, dei quali egli si è doluto con V. S., ma si come ella dovrà et scusarli et difenderli sempre, così ella potrebbe in certi casi investigare la verità delle cose, et quando giudicasse così, avvertirne i proprii Prelati». Intende ognuno che gli avvertimenti del Nunzio, non derivanti da deliberazioni della Corte di Roma, sarebbero rimasti inascoltati, e però neppur uno se ne trova mai fatto da lui.

197. Ved. Doc. 176, pag. 88.

198. Ved. i Registri *Curiae* vol. 38, fol. 12, 56, 75, 80, 85 t.°, lett.e dal 23 feb.° 1596 al 23 maggio 1597; ibid. fol. 154 e 155 t.°, lett. del 17 e 21 agosto 1598; vol. 46, fol. 29 t.°, lett.re del 14 gen.° 1599; vol. 55, fol. 154, lett. del 24 giugno 1604.

199. Registri *Curiae* vol. 38, fol. 23, 50, 93, 106, lett. del 4 aprile e 10 8bre 1596, 28 agosto e ult.° 7bre 1597; vol. 45, fol. 100 t.°, lett. del 24 luglio 1598; vol. 43, fol. 138, lett. del 23 10bre 1598; vol. 46, fol. 30 t.°, lett. dell'ult.° di 10bre 1599; vol. 49, fol. 51 t.°, lett. del 28 luglio 1600; vol. 52, fol. 206 t.°, lett. del 13 genn.° 1603, e vol. 53, fol. 56, lett. del 30 marzo 1603. — Inoltre Carteggio del Nunzio Aldobrandini, filz. 216, lett.e di Roma da luglio a 10bre 1602, e filz. 238, lett. di Napoli del 9 maggio 1603, dove si parla di 4 prigioni de' Melissari fatti morire in Reggio e 2 soli mandati in Napoli.

200. Egli dovrebb'essere l'autore di quelle pubblicate nel libro di Commedie curiose Nap. presso Dom. Castaldo 1615, libro citato dal Toppi ma da noi non visto finoggi. Le Commedie furono dapprima stampate separatamente: una sola di esse «Le Sorelle; Cosenza per Leonardo Angrisano 1595» fu citata dall'Allacci (Drammaturgia accresciuta, Ven. 1755 pag. 731). Lo Spiriti dice il Barracco fatto Cav.r Gerosolimitano a' 3 giugno 1592 (Memorie degli Scrittori Cosentini, Napoli 1750 pag. 132).

201. Reg. *Curiae*, vol. 38, fol. 113 e 202, lett. del 13 febb.° 1598 e 22 maggio 1599; inoltre Reg. *Sigillorum*, vol. 37, nota del 7 aprile 1600, riport. nel Doc. 229, pag. 120.

202. Reg. *Curiae* vol. 38, fol. 74 e 111, lett. del 30 9bre 1596 e 15 gen.° 1598. — Ibid. fol. 136, lett. del 17 giugno 1598. — Ibid. fol. 157 e 166, lett. del 21 agosto e 30 7bre 1598; vol. 41, fol. 75 t.°, lett. degli 8 8bre 1598, e vol. 49, fol. 23 t.°, lett. del 28 giugno 1600.

203. Reg. *Curiae*, vol. 38, fol. 133, lett. del 12 giugno 1598; e vol. 41, fol. 75 t.°, lett. degli 8 8bre 1598.

204. Ved. i Registri *Officiorum Viceregum*, vol. 6.° (an. 1593-96) fol. 103: «Expedita fuit provisio patens officii Capitaneatus civitatis Lanciani in persona magnifici Alonsi de Rozas pro uno anno integro, deinde in antea ad beneplacitum, cum provisione lucris gagiis et emolumentis solitis et consuetis *etc. etc.* Neapoli die 9 mens. Xbris 1594. (*sotto*) s'è spedita la presente d'officio di Lanciano non obstante che non vaca per ordine di sua Ex.a». — Inoltre ved. i Registri *Sigillorum* vol. 30 (an. 1594) not. a 9 10bre, «Capitania de lanciano in persona del magn.co Alonso de roscias»; e ibid. vol. 31 (an. 1595) not. a 14 9bre «Capitania de Cotrone in persona di Alonso de rosa d'anoya». — Malamente il P.e Fiore (Calabria illustrata, vol. 1.° pag. 46-47) lo registra tra' presidi di Catanzaro col nome di D. Antonio de Rosas: anche i documenti dell'Archivio, che ne parlano come preside, lo dicono sempre D. Alonso.

205. Citeremo mano mano i documenti trovati in Napoli: quanto alle lettere trovate in Firenze, esse stanno nell'Archivio Mediceo, filz. 4152 (lett. di Napoli di particolari dal 1590 al 1620), e filz. 4091 (Lett. di Capestrano e Napoli all'Usimbardi dal 1603 al 1605), e mostrano esservene stata ancora qualche altra più antica. La 1.a, del 15 mag.° 1597 a S. A., reca, che è stato ammalato e non ha potuto mandare la tavola di diaspro: la manderà con un uomo a posta in una feluca. La 2.a, del 6 gen.° 1604, reca, che aveva offerta la tavola di diaspro gli anni passati scrivendo dalla Calabria e S. A. l'accettò: che atteso là sua partenza per la Spagna non potè mandarla, ed ora, tornato nel Regno qual Consigliere di S. M., torna ad offrirla. La 3.a, del 20 gen.° 1604, reca che manderà la tavola di diaspro. La 4.a, del 23 agosto 1604, reca, che aspettando la comodità delle galere di S. A. ha tardato, ed ora la manda. La 5.a, del 18 luglio 1605 all'Usimbardi, reca, che vorrebbe da S. S.tà per mano di S. A. la dispensa di qualunque irregolarità commessa nel passato, e qualche beneficio in Ispagna o qualche Abbadia nel Regno. — A queste lettere fanno compagnia tre altre di Gio. Francesco Palmieri Agente di S. A., la 1.a del 16 gen.° 1604, la 2.a del 24 agosto 1604, la 3.a del 13 maggio 1605: nelle due prime si parla dell'invio della tavola di diaspro, dicendo che pare «un mare mezzo fluttuoso de diversi colori», nell'ultima si dice che ha dato di sua mano allo Xarava la lettera dell'Usimbardi.

206. Ved. i Registri *Curiae*, vol. 34, fol. 13, lett. del 18 maggio 1590; nel testo è registrato semplicemente l'Avvocato fiscale, ma nella pandetta è dichiarato D. loyse Xarava.

207. Ved. Registri *Sigillorum* vol. 30 (an. 1594): «a 21 de ottobre. Lettera per la quale Sua Ecc.a commette al m.co Advocato fiscale loyse sciarava de castiglio la visione delli conti delli Sindaci et altri administratori del peculio dela università de Catanzaro de deci anni in qua, sig.re et exequ.re contra loro per spatio de mesi sei a ragione de d.i 12 lo mese». Inoltre, Ibid. vol. 31 (an. 1595): «11 di luglio. Lettera al Advocato fiscale dell'Aud.e de Calabria per la quale se proroga la patente in persona de detto advocato fiscale per altri mesi sei de vedere li conti dela città de Catanzaro».

208. Registri *Curiae*, vol. 38, fol. 20 e 23, lett. del 20 marzo e 4 aprile 1596; vol. 45, fol. 7, lett. del 5 aprile 1596.

209. Ibid. vol. 40, fol 32, lett. del 5 aprile 1596, e vol. 38, fol. 29 t.°, lett. del 17 maggio 1596.

210. Ibid. vol. 43, fol. 6 e 13, lett. del 9 maggio e 5 luglio 1596; vol. 38, fol. 45, 51 e 55 t.°, lett. del 14 giugno, 5 e 19 luglio 1596; vol. 40, fol. 59, lett. de' 17 luglio 1596.

211. Ibid. vol. 43, fol. 2, lett. del 27 marzo 1596; vol. 45, fol. 100 t.°, lett. del 24 luglio 1598; vol. 40, fol. 193, lett. del 20 agosto 1598.

<u>212</u>. Ibid. vol. 38, fol. 189 t.°, lett. del 7 febb. 1599; e vol. 43, fol. 160, lett. del 25 maggio 1599.

<u>213</u>. Crediamo sia bene riportare per intero i documenti che riguardano questo tratto della vita dello Xarava, e che si trovano nei Registri *Curiae*, vol. 38, fol. 187, e vol. 43 fol. 141 t.° — 1.° «All'Audientia di Calabria ultra. Philippus *etc*. Magnifici viri *etc*. È pervenuto a nostra conoscenza che per voi non si è permesso che il mag.co Avocato fiscale di quessa provintia entre nel tribunale dela regia Audientia ad exercitar suo officio sotto pretesto che se ritrova scomunicato dal R.do Vescovo di Melito, et come che di ciò ne nasce molto disservitio di S. M.tà non convenendo che se li faccia questo obstacolo essendose già provisto per la sua absolutione; Per ciò vi dicimo et ordinamo che non obstante che se ritrova scomunicato debbiate permettere che entre nel tribunale di questa regia Audientia et in ogni altro luoco dove sarà necessario ad exercitar d.° suo officio de Advocato fiscale nè li farrete detto obstacolo nè li darete impedimento alcuno che tal'è nostra volontà et intentione. Datum neapoli die 28 mens. Jannarii 1599. El conde de olivares» *etc*. — 2.° «Risp.ta al m.co advocato fiscale di Calabria ultra. Philippus, *etc*. Mag.ce vir regie fidelis dilecte, Alla regia audientia di quessa provintia havemo scritto et ordinato che permetta che voi debiate entrare nel tribunale de d.ta regia audientia ad exercitare il v.° officio de advocato fiscale non obstante che ve ritrovate scomunicato dal R.do vescovo di melito, poichè qui per noi si è provisto che siate absoluto. ci è parso darvene aviso per risposta di quanto sopra ciò ci havete scritto per la vostra del 20 Xbre proximo passato. dat. neap. die 28 Januarii 1599. El conde» *etc*.

<u>214</u>. Ved. Gualtieri Paolo, Glorioso trionfo, ovvero leggendario de' SS. Martiri di Calabria Nap. 1630. L'ingresso di Marino Consalvo in Terranova accadeva nel 1575.

<u>215</u>. Ved. nell'Arch. di Venezia il Carteg. dello Scaramelli, let. della data sud.ta che comincia colle parole «In Calavria son molti fuorusciti» *etc*.

<u>216</u>. Registri *Curiae*, vol. 38 fol. 186 t.°, lett. del 26 gennaio 1599; ibid. fol. 209, lett. del 30 giugno 1599, *etc. etc.*

<u>217</u>. Registri *Curiae*, vol. 46, fol. 15 t.°, lett. del 29 8bre 1599; vol. 54, fol. 15, lett. dell'ultimo di febb.° 1603.

<u>218</u>. Ved. il d.to Carteggio filz. 208, lett. da Roma del 16 agosto 1595; ved. anche tutto il resto di questa filza e la seguente 209.

<u>219</u>. Ved. il Carteggio anzid.to filz. 229, lett. da Napoli del 3 7bre e 12 9bre 1599; filz. 230, lett. del 5 maggio, 16 giugno, 22 7bre e 26 10bre 1600; filz. 231, lett. del 26 gennaio, 9 febbraio, 26 8bre 1601; filz. 232, lett. del 28 giugno 1602; filz. 233, lett. del 19 luglio 1603; filz. 234, lett. del 23 luglio 1604. — Avremmo potuto citare molte e molte altre lettere, ma queste sole son sufficienti.

<u>220</u>. Per la discesa de' corsari di Biserta, nel 1595, ved. nell'Arch. di Firenze il Carteggio dell'Agente di Toscana in Napoli, filz. 4085, lett. del 3 giugno d.to anno. Per la discesa de' turchi del Bassà Cicala, nel 1598, ved. nell'Arch. Veneto il Carteggio del Residente in Napoli, filz. n.° 14, lettera del 29 7bre e 6 8bre d.to anno.

<u>221</u>. Poniamo qui un elenco de' legni corsari di Barberia, appunto del 1598, che oltre la flotta di Costantinopoli tenevano in allarme le popolazioni delle coste cristiane e massime italiane; lo desumiamo da una relazione del Residente Veneto degli 8 7bre 1598. «In Alger, bastarda di banchi 26 e galea di banchi 24, ma la bastarda esce solo per servizio del Re; una bastarda di banchi 26 di Amurat Rais; una galea ordinaria di banchi 25 di Assan Rais; un'altra di banchi 24 di Ali Memi; una di banchi 23 di Giafer genovese, ed una galeotta di banchi 21 di Occhiali conserva di Giafer, et

Bergantini n.° 6 tutti armati in Alger di 10 e 12 banchi. In Bugia, una galeotta di banchi 21 di Memi Rais detto mal riposo; costui naviga sempre solo e mai si ferma, et è in gran stima. In Bona, una galeotta di banchi 21 di Sali Suliman. In Tabarca, tre bergantini di banchi 12 e 13 l'uno. In Biserta, la bastarda del Re di banchi 26; una galeotta di banchi 21 di Cogia Sali, et una simile di Casadali, et bregantini n.° 5 simili a' sopradetti. In Mahometa, una di banchi 23 di Giafer Sali, et una di banchi 22 di Assan Sali. In Affrica, una di banchi 20 di Donali Bey. In Tripoli, una bastarda di banchi 26 che suole unirsi quando con uno e quando con un altro delli Corsari predetti, et due bergantini come gli altri. In uno galee et galeotte n.° 15, et bergantini n.° 16.» — Fra tutti i corsari qui nominati il più temuto era il vecchio Amurat Rais, che vedremo figurare nella nostra narrazione.

<u>222</u>. Ved. i Reg. *Litterarum S. M.tis* vol. 10.° (an. 1599-601) fol. 360.

<u>223</u>. Ved. la Relazione del Bailo Giovanni Moro [1590] tra le Relazioni degli Ambasciatori Veneti pubblicate dall'Albèri, Firenze 1858, vol. 14, p. 374.

<u>224</u>. Ved. Reg. *Partium* vol. 1247bis, an. 1593, fol. 92; vol. 1271, an. 1594 fol. 194; vol. 1306, an. 1595, fol. 182. In questi ed altri documenti napoletani si trova piuttosto scritto «Cicala», mentre i documenti spagnuoli e veneti recano «Cigala»: naturalmente abbiamo preferito la prima maniera.

<u>225</u>. Ved. la Relazione del Bailo Matteo Zane [1594] loc. cit. p. 428.

<u>226</u>. Ved. Gualtieri, Glorioso trionfo *etc.* p. 435, e Sagredo, Memorie Storiche de' Monarchi Ottomani, Bologna 1684, p. 463. — Il resto delle notizie intorno al Cicala è desunto principalmente dalle Relazioni pubblicate dall'Albèri, in ispecie da quelle di Gio. Francesco Morosini [1585], Giovanni Moro [1590] e Matteo Zane [1594]; pel tratto di tempo posteriore, dal Carteggio de' Baili Geronimo Capello, Vincenzo Gradenigo, Francesco Contarini e Nani, oltracciò dal Carteggio del Residente Veneto in Napoli.

<u>227</u>. Per l'invasione delle coste di Calabria fatta dal Cicala ved. principalmente una lettera del Residente Veneto, che fu pubblicata anche dal Mutinelli (Storia arcana ed aneddotica d'Italia, Ven. 1855, vol. 2°, p. 173); le notizie di fonte strettamente napoletano, ne' tempi de' Vicerè, son sempre attenuate di molto quando si riferiscono a disfatte.

<u>228</u>. Tutte le parole virgolate sono estratte da' bellissimi Rubricarii del Carteggio di Costantinopoli, e così pure la massima parte delle rimanenti notizie. Ved. in ispecie il Rubricario n.° 6 e il seguente.

<u>229</u>. Ved. la collez. degli *Avvisi di Roma* che si conserva nell'Arch. di Modena. Vi si legge, «A dì 30 di 7bre 1598. Per informattione del Cigala et suoi disegni, si manda copia delle infrascritte lettere portate da uno straordinario di Messina passato a Genova» (seguono le lettere al Vicerè di Sicilia ed alla madre, e la risposta del Vicerè). Ved. anche Gualtieri, op. cit. p. 436; egli le trascrisse da un fascicolo di scritture appartenenti a Girolamo Stinca napoletano, ma non mostrò di conoscere la lettera del Cicala alla madre. Crediamo che piacerà a' nostri lettori averle sott'occhio insieme con le altre. — «1° Osservandis.ma et amantis.ma madre. Dopo di havervi salutato assai; non è per altro questa mia amorevole lettera, che come sapete già anni 30 in 40 che io sono partito da voi et più non vi hò visto, desidereria prima della morte vedervi. Adesso hò scritto una lettera al V. Re di Sicilia acciò vi mandi, et per questo conto hò fatto franco un Christiano portator di queste. Et anco gli anni passati per vedervi era venuto in questo loco et non è potuto essere che io habbia havuto ventura di vedervi et mi fù detto che vi havevano posto in carcere et ferri, et questo fù causa che io havessi messo à fuogo, et sacco Rigio. Et se adesso vi manderanno acciò complisca secondo il gran desiderio che io tengo di vedervi, et che non resti in questo mondo privo della vista vostra, io vi prometto rimandarvi, si che si voi mi amate come io amo voi cercherete licentia di venirmi à vedere. Et anco voi sapete ben che al tempo

362

di Pialì Bassà di buona memoria in questo luoco si sono alzate bandiere di fede et poi si facevano bazari et riscatavano schiavi, si che madre mia carissima altro desiderio non hò in questo mondo che vedervi con speranza in Dio che venirete. Alli miei SS.ri fratelli, et sorelle farete le mie raccomandationi. Et se vi manderanno, subito che vi haverò visto vè rimanderò senza danno nè male alcuno, et ritornerò al camino mio. Et queste bandiere di fede quando si alzavano, voi sapete che il S.°r mio padre li mandava presenti, et per tutto dimani ne stò aspettando risposta. Il vostro figliolo Sinan Bassà Visir, et Capitanio.» — 2.° «Ill.mo et eccell.mo che dentro alli seguaci di Christo buono è stato eletto in la Isola di Sicilia Vicerè, in la fine Dio faccia il migliore. Questa non è per altro, se non per farvi intendere, come sapete, che costà si ritrova la povera vecchia di mia madre, la quale per ritrovarsi alla fine di sua vita, desidero vederla, e spero che arrivando questa mia lettera vi contenterete mandarmela in una barca di costì, perchè non tengo altro desiderio se non da vederla, senza voler far danno a nissuno, e da poi haverla vista, tornarla a mandare, come feci li giorni passati del Sig. mio fratello, il qual venne in Costantinopoli, e dopo che lo viddi, lo tornai a mandare. Il portator di questa è un Christiano il qual era schiavo, li ho dato la libertà, e lo mando per questo servitio. Resto con grandissimo desiderio aspettando il successo, e non pensi che lo mando per tenere nuove, per che sappiate che tanto voi costì, quanto noi altri, di quello che di nuovo (sic) in tutte parti, tenemo piena informatione, e buona. Con questo sto aspettando con vostra cortesia, che vi degnate mandarmela con una barca, ò se non, avvisarmi à che banda ordinate mandi un vascello e dopo a man salva tornarmelo à mandare, per tutto dimani aspetto risposta; e se in tempo d'altri capitani havendo venute in questo porto l'armate d'onde stiamo s'alzaro bandiere di fede, e si fè bazaro, e si ricattarono li schiavi, adesso per quello che tocca a mia parte si farà. A mia madre hò scritto una carta, vi contenterete mandare a darle ricapito, Di settembre a' 20 Domenica. Sinam Baxa Visir Capitan. (sotto) Al Sig. D. Pietro Capitan delle galere di sicilia me raccomando molto, sendo stato sempre il Sig. Padre di buona memoria amico del mio di buona memoria.» — 3.° Excel.mo et tenuto trà li Turchi Sinam Baxa Visir Capitan, Ricevi la vostra, e la lessi con molto gusto, e per veder dimanda tanto pietosa, ho rimesso la determinatione, che volea pigliare la Signora Lucretia, che per sua Christianità, et haver tenuto tanto honorato marito, et esser madre d'un capitano tanto valoroso mandarla con una galera di fanale accompagnata con suoi figli, e nipoti, e voi mandate qui con due galere di fanale il vostro figlio maggiore per pegno, che starà in poter del Capitan generale D. Pietro di Leva rispettato, et honorato conforme la sua qualità, et in sicurtà dò in pegno mia parola in nome di S. M., e nel ricatto potran venire, una, due, o tre galere, che alzando bandiera di sicuro s'attenderà al ricatto. D. Pietro di Leva ha ricevuto, e manda altre tanto, e dice se ricordi dell'amicitia delli due Padri. D. Berardino de Cardines.» (Si avverte che queste due ultime lettere sono state ricavate dal Gualtieri, che lesse Sinam invece di Sinan; la prima è ricavata dal Carteggio del Residente Veneto).

230. Ved. nel Carteggio di Costantinopoli (Arch. di Venezia) segnatamente le lettere del 13 9bre 1598, 12 giugno 1599 e 13 marzo 1602.

231. Ved. P.e Fiore, Calabria illustrata vol. 1°, p. 183. Il convento divenne Priorato assai più tardi, dietro la grossa eredità avuta dal dot.r Prospero Carnevale. Fin da' tempi del Campanella si trattava d'ingrandire almeno la Chiesetta, e vedremo che il Campanella medesimo se ne occupò: ma più tardi veramente la Chiesa fu ingrandita e detta di S. Domenico, rimanendovi una semplice cappella di S. M.a di Gesù, come oggi si vede.

232. Vogliamo dire fin d'ora che il Campanella nutrì sempre per fra Pietro altrettanto affetto e molta gratitudine. Di lui parlò nell'opera De sensu rerum in due luoghi, nel libro 2° cap. 20 e lib. 3° cap. 10 come segue: 1° «E Pietro mio di cocentissima natura ha senso sagacissimo, che di poco argomenta assaissimo, ma pochissima memoria.» — 2° «Ma pietro mio è picciola testa di calore cocentissimo, et antivede sagacemente ogni cosa, ma poi non se ne ricorda perchè lo spirito esala e non comunica le passioni allo spirito vegnente et hà fuligini, che le si interrompe il discorso, et troppo mesto quando sta solitario, il che appetisce quando è digiuno che lo spirito combatte con le fuligini del sangue al

fin'arso essalante, et quando è allegro è soverchio allegro che si diletta di Boffonerie, perchè gode lo spirito di non combattere con le fuligini et perchè è sottile assai si dilata troppo in allegrezza senza retegno e si diffonde che non può frenarsi, et tali malinconici buffoni vidi io molti; ma pietro mio è di tal sagacità che subbito interpreta quello che se pensa l'altro, et quando un amico è tradito d'altri egli subito lo pensa, et li mali dell'amici, come venatico, odora et prevede, et una volta andò a pigliare acqua del fonte lontano cento cinquanta passi per un amico commune, et questo non vuolle aspettare et quello tornò con l'acqua, et ne disse s'è partito ne? io sentii uno che mi disse proprio quando pigliavo l'acqua dal canale, di à presterà buon giorno che non posso aspettare, et molti simili esempii in lui ho visto di sagacità, quando l'aria è tranquilla, talch'è vero il senso dell'aria, et la communicanza comune.» Gioverà tener presenti siffatte qualità di fra Pietro, per apprezzarne gli atti; ed aggiungiamo che nell'Archivio di Stato non manca qualche notizia di fra Pietro e del padre suo Vittorio Presterà, originario di Riaci casale di Stilo; ved. Reg. *Partium* vol. 1220, an. 1592, e vol. 1238, an. 1593.

233. Si può intorno a questo periodo della vita del Campanella consultare almeno la deposizione processuale di fra Gio. Battista di Placanica, e così pure quella di fra Francesco Merlino, individui abbastanza indifferenti ed ingenui. Ved. Doc. 351 a 354, pag. 329 a 335.

234. Ved. Doc. 401 p. 479, e 402 p. 500; cfr. Capialbi, Documenti inediti, nota 2.a p. 65.

235. Quanto alle Difese ved. Doc. 401, p. 479, 482 e 498; quanto alla Lettera, ved. Archivio Storico italiano an. 1866, p. 74; quanto alla Narrazione ed Informazione, ved. Capialbi p. 50-51 e 21; quanto al *Syntagma*, ved. ediz. del Crenius, Lugd. Bat. 1696 pag. 176. Quivi si legge: «Mox in Calabriam reversus in patriae meae stylo (*sic*), composui Tragoediam Mariae Scotorum Reginae, secundum poeticam nostram non spernendam. Item scripsi de Auxiliis contra Molinam pro Thomistis et diversa opuscula in gratiam amicorum.»

236. Nella nostra precedente pubblicazione sul Campanella (Il Codice delle lettere *etc*. Nap. 1881) a p. 91-93 abbiamo ricordato le parecchie copie della *Monarchia di Spagna*, che conosciamo trovarsi tuttora manoscritte in varie biblioteche italiane e straniere, ed abbiamo notato che tra quelle esistenti in Napoli due copie recano nel Proemio l'indirizzo del libro al sig. Regg.te Marthos Gorostiola che l'avea richiesto, l'invio di esso dal conventino di Stilo, la data del 10bre 1598, mentre una terza copia al pari di un'altra che si conserva in Parigi (ms. ital. num. nuov. 875), reca la data dell'anno «1598 che fu 30° dell'età dell'autore», e si mostra indirizzata semplicemente a un «signor D. Alonso» dal «conventino di Stilo», invece di dire dalla «celletta» come altre copie recano senza alcuna data. Naturalmente due ipotesi riescono possibili: o le copie col semplice indirizzo a D. Alonso, e coll'invio sia dalla celletta, sia dal conventino di Stilo senza data, rappresentano la primitiva lezione dell'opera rifatta in Napoli il 1601, nel qual caso il nome del Reg.te Marthos con la menzione di tutte le altre parecchie circostanze sarebbe un'interpolazione posteriore; o invece queste circostanze appartengono alla primitiva lezione suddetta, nel qual caso vi sarebbe stata una soppressione o meglio diminuzione posteriore. Non ci sembra dubbio che la prima delle due ipotesi debba essere preferita; e tanto più che vedremo D. Alonso De Roxas «amico per lettera» del Campanella in Calabria, e d'altro lato non si comprende perchè il Marthos, il quale potè forse in Napoli sollecitare il Campanella che scrivesse un libro simile, non avrebbe dovuto essere menzionato appunto nella Difesa, dove sarebbe riuscito un testimone di grandissimo peso; invece lo si trova menzionato con insistenza in varii altri documenti posteriori, nella Lettera del 1606 al Card.le S. Giorgio pubblicata dal Centofanti, nel Memoriale del 1611 al Papa pubblicato dal Baldacchini, nell'Informazione del 1620 pubblicata dal Capialbi. Intanto, per una erronea interpetrazione di alcune parole che leggonsi nella versione latina stampata ed anche negli esemplari italiani manoscritti più noti, è prevalsa l'idea che il libro sia stato composto scorsi dieci anni della prigionia; e c'interessa molto il dimostrare che ciò non sussiste. Notiamo dapprima che quanto all'indirizzo e alla provenienza del libro, ne' detti esemplari italiani è citato «D. Alonso» e nella versione latina è citato un «N. N.», con l'invio senza data dalla «celletta» latinamente detta

«tuguriolo». Ora le parole che hanno fatto verificare l'erronea interpetrazione sarebbero quelle dell'ultimo brano del libro, «Ho detto assai, sebbene per essere stato dieci anni in travaglio, non posso avere le relazioni ed altre scritture e non ho libri, neanco la Bibbia, e sono ammalato»; ciò che nell'edizione latina fu tradotto, «Satis disseruisse mihi videor..., licet decennali miseria detentus et aegrotus, nec relationibus instrui nec libris aut scientiis ullis adiuvari potui, quin et ipsa S. S. biblia mihi adempta fuerunt». Ermanno Conringio tra gli altri, avendo sott'occhio la sola traduzione latina, si fece a dire: «Scripsit hoc opus decennali miseria in paedore carceris et aegrotus» etc. Ma le parole sopradette hanno un riscontro nelle altre che si leggono nel Proemio, «Secondo che V. S. mi ha richiesto sig. D. Alonso, uscito dall'infermità e da dieci anni di travagli, e senza libri, ricoverato in questa celletta brevemente dirolle» etc.; ciò che fu tradotto, «Cum mihi proposuerim disserere id quod Excell. vestra, domine N. N. à me flagitavit, liberatus infirmitate et decennali calamitate, etiam destitutus libris in hoc angusto meo tuguriolo, brevi stylo, succintèque... exponam». La celletta o il tuguriolo, e l'essere uscito o liberato da dieci anni di travagli, escludono evidentemente il carcere. D'altronde dieci anni di carcere rimanderebbero la composizione del libro al 1609; e più documenti, come la lettera allo Scioppio del 1607 pubblicata dallo Struvio, quella al Card. S. Giorgio del 1606 pubblicata dal Centofanti, mostrano che il libro era stato scritto molto prima. I dieci anni di travaglio sarebbero quelli patiti dal 1588, dapprima in Calabria e poi vagando fuori di Calabria, con varie persecuzioni e prigionie donde l'infermità. L'autore quindi accenna sempre all'avere scritta l'opera il 1598 nel convento di Stilo.

237. Vedi su questa Emilia gli Art. profetali, Doc. 401, p. 497. Essa vi è chiamata semplicemente sorella, ma in Calabria le cugine si chiamavano anche sorelle e sorelle in 2a, e nel processo non ne mancano esempi: nel processo (Doc. 402, p. 500) il Campanella medesimo la dice figlia dello zio e la cita in primo luogo tra le altre, aggiungendo che egli la maritò. Ne scrisse poi anche nella ricomposizione dell'opera *De Sensu rerum* (v. lib. 3.° cap. 11), ma con qualche piccola variante. Cfr. qui la pag. 3 del presente libro.

238. Questi autori, e i precedenti, sono i soli che si trovano citati negli Art. profetali, ma da una lettera allo Scioppio pubblicata dal Centofanti (Arch. Storico 1866, p. 85) si rileva quale massa enorme di autori, d'ogni età, d'ogni regione e d'ogni fede, egli aveva consultata, rilevandone le *osservanze* citate pure nella Narrazione.

239. Ved. nell'Arch. Veneto il Carteggio del Residente in Napoli, lett. del 20 aprile 1599. Le parole «presso la Roccella», adoperate dal Residente, debbono prendersi in senso largo; Amurat catturò individui anche di S.ta Caterina e di Guardavalle, nella marina di Stilo.

240. Ved. Doc. 401, pag. 482-83.

241. Ved. Doc. 250, pag. 163.

242. Così nella sua Dichiarazione: v. Doc. 19, pag. 28. Nella lettera che scrisse alcuni anni più tardi al Card. Farnese (v. Archivio Storico 1866 p. 59) disse aver predicato l'anno 1598; ma evidentemente trattasi di un errore e con ogni probabilità del copista.

243. Così nella Dichiarazione e nella Difesa; v. Doc. sud.to pag. 28, e Doc. 401, pag. 497.

244. Depos. di fra Domenico Petrolo, nel suo 3° esame informativo del 29 mag. 1600.

245. Depos. di fra Silvestro di Lauriana ripetuta pure dal Pizzoni; v. Doc. 278, pag. 202.

Così poi, nelle Poesie, lamentandosi con Dio dell'insuccesso potè dire:
«Se favor tanto a me non si dovea

per destino o per fallo;
sette monti, arti nuove, e voglia ardente
perchè m'hai dato a far la gran semblea
e il primo albo cavallo,
con senno e pazienza tante genti
vincere?.....»

Si avverta questo aver saputo *vincere tante genti con senno e pazienza*. Si tenga inoltre presente aver lui medesimo negli Art. profetali fatto conoscere che l'albo cavallo era il Domenicano predicatore, e quindi il primo albo cavallo significherebbe il primato tra' Domenicani.

<u>246</u>. Depos. di fra Gio. Battista di Placanica; v. Doc. 354, pag. 336.

<u>247</u>. A questo si accenna nella Lett. al Card.l Farnese, e nell'altra al Card.l S. Giorgio (v. Archivio Storico, an. 1866, p. 60 e 68).

<u>248</u>. Ved. la Lett. al Card.l Farnese pocanzi citata, e la Lett. allo Scioppio dello stesso tempo (ibid. p. 19). Una dello inferme da lui vedute in questo tempo dovè essere senza dubbio la Badessa di Stilo perpetuamente rauca (ved. *Medicinalium*, Lugd. 1635 p. 372).

<u>249</u>. Ved. Doc. 336, pag. 300.

<u>250</u>. La credenza che il Campanella avesse il diavolo nell'unghia dovè diffondersi al punto, che la si trova pervenuta anche in Roma più tardi ed in un modo ancora più goffo; confr. il Doc. 202 e, pag. 101.

<u>251</u>. Vedremo che le richieste e i desiderii suddetti si ebbero da Gio. Tommaso Caccia di Squillace, Geronimo di Francesco di Stilo, Gio. Tommaso di Franza e Gio. Paolo di Cordova di Catanzaro, Felice Gagliardo di Gerace.

<u>252</u>. Nella *Numerazione de' fuochi* di Stilo (vol. 1385 della collezione), al fasc. per l'anno 1641, tra' nomi dell'estratto della vecchia numerazione, vale a dire dell'anno 1596-98 si leggono i seguenti: «n.º 200. Paulo Contestabile a. 52; Porfida uxor a. 52; Giulio f.º a. 26 (*sic*); Geronimo f.º a. 30 (*sic*); Fabio f.º a. 24; Marcantonio f.º a. 22; Clementia famula a. 26; Giulio Vitale fam.º a. 2.». Dall'ordine di successione de' nomi si vede chiaramente che sono state qui scambiate tra loro le età rispettive di Giulio e di Geronimo: così nel processo di eresia, sotto la data 1600, Giulio è detto di anni 33. — Inoltre: «n.º 83. Geronimo f.º di Geronimo di Francesco a. 23; Laudomia uxor a. 15; Cornelia mater, uxor secunda pred.i Hieron.i a. 50; Catarinella Vasile famula a. 46; Pietro Paulo f.º di d.a Catarinella a. 15; Gio. Angelo f.º d.a pred.a Catarinella a. 12; Francesco f.º di d.º Geronimo a. 4; Hieronima f.a a. 2.». Ed al fasc. per l'anno 1630: «n.º 170. Laudomia Contestabile vedova del q.m Geronimo di Francesco a. 40; Sir D. Antonio di Francesco f.º sacerdote canonico di Messa a. 30; Paulo f.º soldato, huomo d'arme di S. Donato a. 26; Carlo f.º clerico.....» etc. etc. Qui si vede che l'età di Laudomia è indicata con molta cortesia, come lo dimostra evidentemente l'età dei figliuoli. E non sarà inutile notare che il Capialbi (Doc. inediti p. 18-19 nota) s'inganna certamente in tutto e per tutto circa la genealogia di Marcantonio Contestabile. — Quanto poi ai Carnevali, parimente nobili di Stilo, dapprima nella numerazione del 1545 si legge: «n.º 86. Joannes baptista Carnevale a. 30; Dianora uxor a. 25; Joannes franciscus filius a. 7; Prosper filius a. 3. Poi nell'anzidetto estratto della numerazione vecchia (1596-98) si ha: «n.º 209. Prospero f.º di Gio. Battista Carnevale a. 54; D. Fabritio f.º a. 23; D. Gio. Francesco fratre a. 60». Ancora: «n.º 249. Gio. Paulo f.º di Prospero Carnevale a. 25; Angelica uxor a. 20; Francesco f.º a. 1; Giovannella pandolfo famula a. 50». Inoltre: «n.º 864. Fabio Carnevale f.º di Prospero a. 25». E nell'elenco de' Focularia addita per comprobationem veteris numerationis si legge: «n.º 512. Dottor Tiberio Carnevale f.º del q.m

Prospero a. 24. [dissero habitare nella città di Napoli da anni 40» (si ricordi che il fasc. è del 1641).
— Ecco ora i documenti riferibili alle qualità delle persone ed alle inimicizie. 1.° Arch. di Stato,
Reg. *Partium*, vol. 1512 fol. 177 t.° Avviso all'Audienza di Calabria perchè non sieno molestati i
fideiussori di Geronimo Contestabile n. j. d. e Geronimo di Francesco, i quali abilitati ad avere la casa
di Gio. Geronimo Morano in Catanzaro loco carceris con fideiussione di D.ti 1000 per ciascuno, si
sono presentati in Vicaria; 20 febb. 1595. — 2.° Ibid. vol. 1355 fol. 44. Ricorso dell'Università di
Stilo contro Geronimo di Francesco rieletto Sindaco de' nobili senza che siano passati i tre anni voluti
dalle prammatiche; deve desistere; 20 7bre 1595. — 3. Reg. *Sigillorum* vol. 31 (an. 1595); «a 24 de
novembre; Lettera ala Vicaria per la quale se fa gratia à Marc'antonio conestabile de la pena incorsa
del homicidio commesso in persona de paulo campaczo, ha pagato per elemosina D.ti 170 per la
fabrica de S.to dieco» (i Santi facevano assolvere anche dagli omicidii purchè si pagasse per la loro
custodi). — 4° Reg.i *Curiae* vol. 38, fol. 120 t.° Let. Vicereale all'Audienza di Calabria: «Magnifici
viri *etc.* Dal Rev.do Arciprete di Stilo ci viene scritto come marco antonio connestabile con altri li dì
passati lo insultorno armati de arme prohibite sotto pretesto che sia accorso a prendere un beneficio
che pretendeva un clerico giulio connestabile si come dalla copia che con questa ve se invia più
largamente vederete, supplicandoci che per esserne quelle persone potenti fossemo serviti provedere
al loro condegno castigo....» *etc.* conclude che pigli informatione «et doni subito particolare et
distinto aviso. Dat. Neap. 10 aprile 1598.» — 5.° Reg. *Partium* vol. 1477 fol. 98 t.° Fabio Contestabile
si duole essere stato impedito dal Capitano e Giudice di Stilo nell'ufficio di Maestro di camera di d.ta
terra, ad istanza di certi di casa Carnelevari ed altri, mentre trovasi regolarmente eletto in sostituzione
di suo fratello Geronimo Contestabile; 28 7bre 1598. — 6.° Reg.i *Curiae*, vol. 43, fol. 110: «Al
mgn.co don diego de vera. Mag.co vir *etc.* Dal Mag.co Governatore della città de Stilo con sua lettera
delli 25 del passato mese di giugno ci viene scritto li delitti ed eccessi che per Paulo Contestabile con
quattro suoi figli, e uno genero nomine Geronimo de francisco sogliono committere; et il termine
imperioso che usano con li officiali regii et altre persone....» *etc.*; conclude che «s'informi del d.to
negotio e scriva acciò si possa ordinare lo de più s'haverà da esequire. Dat. neap. 29 luglio 1598». —
7.° Arch. di Firenze, Carteggio del Nunzio Aldobrandini, filz. 213, Lett. da Roma del 4 agosto 1600,
col seguente memoriale al Papa che si rimette al Nunzio: «D. Gio. Francesco et D. Fabricio Carnevale
de Stilo diocesi de Squillace humim.te fanno intendere à V. B. come falsamente con reverenza se
ritrovano inquisiti nella Corte dell'Ill.mo Nontio de Napoli de negotii illiciti et recettatione de forusciti
à querela et denuntia de Geronimo contestabile et Geronimo de francesco cognati, inimici capitali di
essi supplicanti et de luoro fratelli; si sono esaminati contra di essi Paolo contestabile, clerico Giulio,
et Fabio et Marcantonio figli del d.to Paolo, tutto per haver remissione del tentato homicidio in
persona di Gio. Paolo Carnevale fratello de D. Fabritio e nepote de D. Gio. Francesco.... *etc.*; D. Gio.
Francesco ha 70 anni et è vecchio, D. Fabritio ha cura di anime, e dimandano che le dette cause di
ricetto de fuoruscti siano commesse al Vescovo di Squillace, dopo di aver transalte col Nunzio quelle
de' negotii illiciti, mentre il Gio. Marco Antonio contestabile se ritrova forascito in campagna con
comitiva, che facilmente per strada procuria uccidere essi supplicanti». A questa lettera fa riscontro
l'altra del Nunzio, ved. filz. 230, lett. del 25 agosto 1600, con la quale dice essere uno dei ricorrenti
contumace della sua Corte, perchè malgrado il precetto si partì da Napoli, e reputar bene che la causa
sia lasciata in Napoli. — Per la deposizione di Giulio Contestabile circa l'inimicizia, ved. Doc. 333,
p. 295.

253. Ved. la depos. di fra Pietro, Doc. 348, pag. 325. Ma circa l'incidente del brutto titolo dato dal
Campanella a Gesù crocifisso, dobbiamo pure fare avvertire che una delle sue idee fu sempre il voler
vedere nelle immagini Gesù trionfante in gloria piuttostochè Gesù supplizato a modo degli schiavi:
e così la croce gli riusciva sgradevole; e vedremo che una volta, pensando di una croce piantata sul
margine di una via, disse al Petrolo che quella «gli facea mal'ombra». Nelle Poesie (ved. Doc. 510,
pag. 578, e D'Ancona p. 35), appoggiandosi anche all'opinione di S. Bernardo, egli cantò la sua idea
favorita in quel Sonetto che dice:
«Se sol sei hore in croce stette Christo

367

. . . .
che ragion vuol, ch'e' sia per tutto visto
depinto e predicato frà tormenti» *etc.*

254. Ved. Doc. 401, pag. 484. — Quanto a' documenti intorno alle persone delle quali sopra si è parlato, essi sono tratti del pari principalmente dalla *Numerazione de' fuochi* di Stilo. — Nell'elenco de' fuochi della vecchia numerazione 1596-98, che si diedero come estinti nel 1641, si legge: «n.° 9. Bernardo Prestinace U. J. D. f.° di Alfonso a. 66; (*) Gio. Gregorio f.° a. 20; Berardina f.a an. 10». — Nel solito estratto poi della detta numerazione inserto nello stesso fasc. del 1641, si hanno i nomi seguenti: — «n.° 186. Ottaviano f.° di Mase Vua a. 59; (*) Fulvio f.° a. 24; Tiberio f.° a. 20; Francesco f.° a. 11» etc.; e notiamo pure che questo Fulvio Vua nelle Difese del Campanella, scritte più tardi, trovasi detto Sindaco di Stilo (ved. Doc. 401, pag. 479). — Inoltre: «n.° 245. Giulio fratre di Ottavio Sabinis a. 14 (*sic*); (*) D. Giovanni Jacovo fratre a. 23; Giulia mater a. 70»; «n.° 69. (*) Tiberio f.° di Vincenzo Marolla a. 41; Fraustina uxor a. 28; (*) Scipione f.° a. 11; Marcello f.° a. 4; Gio. Luca f.° a. 2; Benegna f.a a. 12»: — Ancora: «n.° 29. (*) Giulio Presterà A. M. D. a. 24; Giovannella mater a. 61». Quanto a Francesco Vono, che il Campanella nella sua pazzia chiamava anche Cicco Vono, ricordiamo trovarsi citato dal Parrino pel 1641, a tempo del Vicerè Duca di Medina las Torres, il vecchio capitano «Francesco dell'antica famiglia Bono di Stilo, il quale avea negli anni suoi giovanili sodisfatto alle parti di valoroso soldato». — Aggiungiamo che nella sua Dichiarazione il Campanella nominò pure Gio. Paolo Carnevale e Marcello Dolce tra coloro a' quali avea parlato delle mutazioni. Sul primo abbiamo già date le notizie opportune: sull'altro dobbiamo dire che era a dirittura un giovanetto. Abbiamo infatti nello stesso elenco suddetto de' fuochi che si diedero come estinti: «n.° 62. Anniballe f.° de Jo. Cesare del Dolge a. 50; Dianora uxor a. 45; Gio. Cesare f.° a. 20; Horatio f.° a. 10; (*) Marcello f.° a. 12»; e dobbiamo aggiungere che nel processo di eresia svolto in Napoli, una testimonianza di Geronimo di Francesco raccolta il 7 aprile 1601 lo disse già morto.

255. Riguardo al figlio di Nino Martino ved. quanto abbiamo detto a p. 131. Riguardo a' Grassi, nominati poi anche dal Pizzoni, il quale li specificò meglio dicendoli figli di Jacovo Grasso, daremo più in là documenti da noi trovati nell'Arch. di Stato, che li mostrano volgari fuorusciti e malfattori.

256. Nella *Numerazione de' fuochi* di Squillace (vol. 1353 della collezione) l'elenco fatto nel 1643 de' «Focularia penitus extincta» secondochè si trovavano già notati nella vecchia numerazione del 1597 reca: «n.° 342. Francesco Cacia a. 50; (*) Gio. Thomase f.° a. 22; Sabella faienza famula a. 47»: il processo, fattosi nel 1599, naturalmente reca l'età del Caccia in anni 25.

257. Ved. Doc. n.° 2, *b, c, d*, pag. 6 a 9.

258. Nell'originale "attacamento". (Nota per l'edizione elettronica)

259. Il Berti disse Maurizio fuoruscito da più anni; ma veramente la deposizione di Gio. Battista Vitale, che si ha tra' documenti raccolti dal Palermo, reca: «da nove mesi eramo con Maurizio absentati da Guardavalle per certe pugnalate», ed ancora, «da novembre 1598 non è stato più in Guardavalle ma in Davoli». Ved. Doc. 265, pag. 181.

260. Che Maurizio non fosse solo alla presenza del Campanella, si può rilevarlo anche dalla Dichiarazione, dove il Campanella dice che Maurizio gli dimandò se avesse trattato col Capitano di Stilo per la sua libertà (*intend.* per la transazione che gli avrebbe resa la libertà), ed avendo lui risposto che non si poteva accordare nemmeno per 100 ducati, Maurizio disse, «non mi curo, la scoppetta et questi compagni mi faranno libero»; ved. Doc. 19, pag. 30.

261. Ved. nel Doc. 244 i brani che leggonsi a pag. 141-143; inoltre il Doc. 307, a pag. 254; ancora nel Doc. 19 il brano a pag. 30. Alle Rivelazioni di Maurizio e Dichiarazione del Campanella può aggiungersi egualmente la confessione in tormentis del Campanella medesimo, quantunque i brani di essa giunti fino a noi riguardino propriamente gli ecclesiastici suoi compagni. A questi quattro documenti basterà che rivolga la sua attenzione chi vorrà parlare della congiura del Campanella.

262. Così leggesi nella Dichiarazione, attribuendo al Principe di Squillace la nota del fatto, e a Giulio Contestabile il pensiero di giovarsene contro gli spagnuoli.

263. Ved. il lib. della *Monarchia di Spagna* ediz. D'Ancona, cap. 30°, p. 214.

264. Ved. la Lett. del 15 giugno 1599; Doc. 170, pag. 86. — Quanto al frammento suddetto della Difesa di due imputati, esso trovasi in una nota del Capialbi alla Narrazione del Campanella, e concerne l'Allegazione o «Factum pro Joanne Paulo et Mutio de Corduva», di cui abbiamo riprodotto ne' nostri documenti quanto se ne sa (ved. Doc. 240, pag. 125). Ricordiamo intanto aver detto che nell'aprile, il Venerdì santo, i Corsari di Barberia aveano preso 40 persone «presso la Roccella», cioè non lungi dalla marina di Stilo (ved. pag. 152): verosimilmente, come solevano fare, le galere tornarono in giugno perchè si potesse trattare il riscatto, e Maurizio colse tale occasione per andarvi. Troveremo pure altri inquisiti della terra di S.ta Caterina, terra egualmente della marina di Stilo, accusati di essersi trattenuti più di un'ora sulle galere de' turchi «nel mese di giugno passato» (ved. Doc. 262, pag. 174); si noti questa data, che si riscontra bene anche con le notizie del Carteggio Veneto, e permette di determinare il tempo dell'andata di Maurizio sulle galere. Passiamo poi sopra alle parecchie versioni che su questa andata si ebbero ne' processi e nel pubblico, essendosi detto che era stato mandato a Costantinopoli un prete, che v'era stato mandato un gentiluomo, che vi era andato Maurizio medesimo *etc.* etc.; tutt'al più esse potrebbero ritenersi quale indizio che vi sia stato bisogno di avere l'adesione di Costantinopoli, ciò che del resto apparisce naturalissimo nel senso di avere l'adesione del Cicala.

265. Ved. la stessa Lettera Veneta suddetta del 15 giugno 1599.

266. Così ne' *Cedolarii*. Nella *Numerazione de' fuochi* di Arena (vol. 1138 della collezione) al fasc. dell'anno 1596, tra gli «Agravii che si danno per la terra di Arena» trovasi questo in primo luogo: «Dominus D. Scipio Concublet an. 34; d. Beatrix de Aragona a. 30; d. Franciscus filius a. 8; d. Carolus filius a. 7; d. Petrus filius a. 5; d. Isabella filia a. 3 (seguono un domestico e 5 famule) [dicono che è Marchese di detta terra, et che la detta sua fameglia è forestera, et non deve esser focho».

267. Ved. i *Cedolarii*, e De Lellis, Discorsi delle Famiglie nobili del Regno di Napoli, Nap. 1654-71, part. 3.a pag. 188-89.

268. Nell'originale "immediatamante". (Nota per l'edizione elettronica)

269. Giuseppe Grillo avea non più di 19 anni di età, ed era figlio naturale di Gio. Alfonso, che talora, nel processo, trovasi anche detto Gio. Tommaso; per confusione di nomi egli medesimo, Giuseppe Grillo, è indicato alle volte con uno di que' due nomi. Intorno a Gio. Alfonso, e ad un altro suo figliuolo chiamato Cesare, leggesi un curioso avvenimento ne' Reg. *Curiae* vol. 54 fol. 13. Si era presa un'informazione contro Gio. Alfonso per incetta di grano, ed ecco Cesare innanzi al Vicario di Squillace dichiararsi figlio naturale di Gio. Alfonso e clerico, con una donazione del grano fattagli dal padre. Il Vicario dice che essendo quel grano proprietà di un clerico, non si debbono dare molestie; il Giudice di Stilo pretende che la cosa si dimostri; il Vicario lo scomunica!

270. Il fatto dell'Inglese era vero. Anche nella grande Collezione di Scritture di S.to Officio esistente nella Biblioteca del Trinity-College in Dublino (sez. 2a, vol. 6°, pag. 44, an. 1607) leggesi una sentenza contro Franc.co Michele figlio di Honfredo Windsor di Eston, condannato per diversi capi, e tra gli altri per quello di aver detto «insignem illum haereticum annis elapsis Romae combustum, ob sacrilegum facinus contra sacram eucharistiam commissum, fuisse martirem». Questo ci pose nell'impegno di fare qualche ricerca; ma nella Storia arcana ed anneddotica del Mutinelli, vol. 1.° pag. 131-32, leggemmo i particolari del fatto avvenuto in fine di luglio, ed anche l'abbruciamento avvenuto a' primi di agosto 1581. «Quell'heretico inglese, che fece quella scelerità che scrissi, nella Chiesa di S. Pietro, è stato abbrugiato vivo, con haverseli dati molti colpi di fuoco nel corpo con torce accese, mentre che lo conducevano al patibulo, nel quale è stato con tanta fermezza che ha dato che ragionare assai». Si seppe esservi una brigata di persone venute a Roma col proponimento di commettere quella bestialità; e la cosa fu imitata anche in sèguito, nè l'esempio dell'abbruciamento servì a nulla. Nel Carteggio del Vialardo agente segreto pel Gran Duca di Toscana (Arch. Mediceo, filz. 3623) in data del 6 feb. 1600 trovasi riferito che «un Inglese a S. Girolamo della Carità fu per levar l'hostia dal prete, e fuggì e non si trova»: ma negli Avvisi di Roma della Collez. Urbinate (Biblioteca Vaticana, cod. 1068) in data del 5 febbr. 1600 si legge: «è stato carcerato un inglese qual insolentemente nella Chiesa di S. Girolamo et parimente in S.to Eustachio tentò di far cader il S.mo Sacramento di mano al Sacerdote mentre communicava alcuni fedeli». Nel Carteggio dell'Ambasciatore di Venezia Gio. Mocenigo (Arch. Veneto, Senato-Secreta n.° 43-44) in data del 12 febbr. 1600 trovasi riferito che «È stata scritta à S. S.tà di Germania una lettera, senza data, nella quale viene avisata che erano da quelle Provincie partiti alcuni heretici incognitamente per venirsene in questa città et trovar occasione di maltrattare et dispregiare li S.mi Sacramenti» etc.; e poi in data del 26 febbr. d.to anno: «Domenica nella Chiesa di S. Marcello un francese heretico tentò di dar delle mani sopra il Sant.mo Sacramento et di maltrattarlo, et sarebbe avvenuto quando non fossero stati quelli della Chiesa avisati li giorni passati insieme con tutti li altri di questa città». Si direbbe che l'abbruciamento avesse piuttosto eccitato gli eretici di tutti i paesi a commettere simili ribalderie.

271. Questa parte della nostra narrazione poggia specialmente sulle rivelazioni fatte dal Pisano in punto di morte innanzi a' Delegati della Curia Arcivescovile (ved. Doc. 306, p. 248), ed anche sulla deposizione fatta innanzi allo Sciarava nel tribunale laico (ved. Doc. 408, p. 507) corretta dalle discolpe ultime fatte innanzi a' Bianchi di giustizia che l'assisterono a ben morire (ved. Doc. 238, p. 124). Gioverà avvertire fin d'ora, che avendo il Pisano nelle sue ultime rivelazioni attenuate le deposizioni fatte antecedentemente, ed avendo anche nelle discolpe ritrattate diverse cose già da lui asserte, dobbiamo ritenere tutto il rimanente quale espressione della verità; avrebbe potuto revocare ogni cosa, laddove ogni cosa fosse stata falsa ed estorta per ferocia di tormenti.

272. Vedremo quest'ultimo fatto a suo tempo: circa le informazioni che arrivavano al Cicala da Messina, ved. Doc. 5, pag. 14.

273. Ved. Doc. 244, pag. 140.

274. Ved. Registri Curiae vol. 38 (an. 1595-99) fol. 88 t.°: «All'Audientia di Calabria ultra etc. Philippus etc. Spectabiles et magnifici viri. Da Giovanni Piatti ci viene scritto come havendolo inviato l'Auditor Capece in la città di Jerace mediante ordine vostro a trattare con il Vescovo di quella città per la consignatione di donna Isabella Ardoina che steva nel monisterio a Castel'vetere, nel ritorno del territorio della Roccella fu assaltato da Pietro Veronise (sic) et felice gagliardo de Jerace armati à modo di forasciti, et havendolo malamente trattato li roborno nove ducati, etc. Ordine di pigliare informatione assicurandosi de' delinquenti, e di avvisare. Nap. 19 giugno 1597. — Prima di questo tempo e fin dal 18 maggio 1594 il Veronese avea funzionato in Catanzaro quale luogotenente del Portolano di Calabria D. Gio. de Alagana: ma da poco tempo,

trovandosi in servizio, era stato assaltato e gli aveano recisi entrambi i pollici. Ved. Reg. *Partium* vol. 1313 fol. 28, e vol. 1444 fol. 302. Quali costumi!

275. Ved. Doc. 242, pag. 139.

276. Ved. Doc. 302, pag. 240 e 242.

277. Lo vedremo nominato quando la compagnia se ne andò a Pizzoni. Talora, nel processo si parlò di un Giovanni Moravito fuoruscito; e nella *Numerazione de' fuochi* di Filogasi, vol. 1243 della collezione, per l'anno 1595 si legge: «n.° 109. Gio. Batt.a Moravito an. 25; Rosiasa Sonnina moglie an. 45; Jo. pietro Aracri f.° del 1° marito a. 15; Scipione f.° ut supra a. 12; Perna f.a ut supra a. 10».

278. Ved. Doc. 355, pag. 339.

279. Abbiamo detto che la Dichiarazione fu scritta in un momento di altissimo sdegno verso Giulio Contestabile; dobbiamo aggiungere che la confessione fu fatta in un momento di altissimo sdegno verso il Pizzoni e quando il Crispo era stato già giustiziato. Ne vedremo i motivi a tempo e luogo, ma è necessario avere notizia del fatto fin d'ora, per rendersi conto delle varianti del Campanella e poter prescegliere la versione più plausibile.

280. Nella *Numerazione de' fuochi* di Stilo, il solito estratto della vecchia numerazione (an. 1596-98) contiene ciò che segue: «n.° 411. Pietro Cosentino alias de Gioya a. 60; Giovannella uxor a. 50; (*) Colella f.° a. 18; (*) Giovannello f.° a. 16; Salvatore f.° a. 25». Taluno de' di Gioia divenne poi parente de' Campanella, molto più tardi; così nella Numerazione del 1630 si legge: «n.° 378. Giulio Cosentino alias di Gioia a. 67; Vittoria Campanella moglie a. 30 (*con due figli*) [diacono silvaggio pretende immunità».

281. Così trovasi chiaramente scritto nel processo di eresia (ved. Doc. 279, pag. 207), ma nel processo di tentata ribellione leggesi 25 capi, (ved. Doc. 244, pag. 132).

282. Ved. Doc. 295, pag. 227.

283. Nell'originale "fuorusctii". (Nota per l'edizione elettronica)

284. Per la Dichiarazione del Campanella ved. Doc. 19, pag. 28; per la confessione di Maurizio ved. i relativi brani ne' Doc. 244, p. 141; 247, p. 159; 263, p. 175; 265, p. 182.

285. Vedremo che pure alcuni anni dopo i terribili tempi de' quali trattiamo, questi due gentiluomini, e segnatamente Gio. Tommaso di Franza scampato con male arti dalla burrasca, continuavano nelle prepotenze e negli omicidii in Catanzaro. Questo ci mostrano documenti da noi rinvenuti nel Grande Archivio, dei quali daremo conto al luogo opportuno.

286. Ved. Doc. 394, pag. 455-56; e Doc. 334, pag. 297.

287. Nella *Numerazione de' fuochi* di Tropea (vol. 1398 della collezione; numeraz. del 1595) alla rubrica di Ricadi si legge: «n.° 261. Gio. Battista Soldano a. 34; Sorgentia Vangeli moglie a. 30 [Dicono bandito et che mai have habbitato in Ricadi».

288. Ved. per queste lettere il Doc. 242, p. 137.

289. Ved. le parole della magnif. Dianora Santaguida dette a Marcello Contestabile, nell'Informaz. presa dal Vescovo di Squillace per commissione del Vescovo di Termoli; nella nostra Copia ms. de' proces. eccles. tom. 1.° fol. 314.

290. Ved. la dep. di Jacovo Squillacioti di S.ta Caterina nell'Informaz. suddetta; nella nostra Copia ms. de' proces. eccles. tom. 1.° fol. 315-1/2.

291. Nella *Numerazione de' fuochi* di Nicastro (vol. 1309 e 1310 della collezione) si ha una numerazione del 1596 ed una renumerazione del 1598; entrambe recano Cesare Mileri. In quella del 1599 si legge: «n.° 783. Cesare Miliero f.° del q.m thomase a. 26; Honesta sore a. 14; Giovanna sore a. 12». Ma sospettiamo che possa esservi qui un errore, e che l'età di Cesare avrebbe dovuto dirsi di 16 anni, in corrispondenza dell'età delle sue sorelle; rimanendo accolto il nostro sospetto, avrebbe nel 1599 avuto 17 anni di età.

292. Nella *Numerazione de' fuochi* di Nicastro (vol. 1309 cit.) al fasc. della renumerazione del 1598 si legge: «n.° 1266. Antonino Sersale f.° del q.m ferrante a. 42; Mario f.° a... [dicunt absentem in civitate catanzarii, et est baro terrae cropani». La nobiltà de' Sersali si faceva rimontare fino a Sergio, Duca della Repubblica Sorrentina; una branca dei Sersali di Sorrento sarebbe stata questa trapiantata in Calabria. Ved. Fra Girol. Sambiasi, Ragguagli di Cosenza e di 31 sue nobili famiglie, Nap. 1639 p. 185, e De Lellis, Famiglie nobili della città e Regno di Napoli, parte ms. esistente nella Bibl. naz. di Napoli (VI. F. 6).

293. Ved. nell'Arch. di Stato i Reg. *Partium* vol. 1274 fol. 201, dove si notifica che «a ultimo de gen. 1595» il Viceré ha concesso a lui tale officio; inoltre ne' Reg.i *Sigillorum*, vol. 31, an. 1595, è not. «a ultimo de febraro... privilegio del officio de credenzero de la gabella dela seta de Catanzaro de Marc'Ant. biblia»: nel corso di questa narrazione vedremo confermato che costui era fratello di Gio. Battista Biblia con altre circostanze di molto interesse.

294. Tutte queste notizie, come le consecutive, si rilevano segnatamente dalle due formali denunzie che di poi si ebbero (ved. Doc. 7, p. 15, e 205, p. 106), ed ancora dal complesso de' documenti trovati in Simancas. La trattativa per l'entrata di uomini armati in Catanzaro di soppiatto, separatamente dagli altri maneggi, fu condotta in modo più segreto tra un numero di persone assai ristretto; e così i due denunzianti principali, Biblia e Lauro, non ne seppero nulla. Si vedrà in sèguito che non c'è alcun motivo per dubitare delle cose dette in tali denunzie quanto alla parte essenziale; e che vi furono solamente esagerazioni notevoli quanto al numero de' congiurati, de' fuorusciti e de' frati, per magnificare il servizio reso; del resto nulla vieta di ammettere che tra le tante esagerazioni fra Dionisio avesse introdotta anche questa, per magnificare le forze della congiura ed invogliare a prendervi parte.

295. Nelle *Cedole di Tesoreria e Cassa militare* per l'anno 1597 (vol. 429) fol. 265 si legge: «A 12 di luglio 1597 A Fabritio de lo tufo Gov.re della prov. de Calabria ultra ducati sessanta li sono com.ti pagare per suo salario de giorni 18 vacati a pigliar mostra alle Compagnie de cavallaria oria, scalea, et cravina in luglio 1595 incluso l'accesso, et recesso, a ragione di d.i 100 lo mese pagati della cassa delle tre chiavi, per esso a Geronimo dello tufo suo herede, et per esso a Marino de fusco suo procuratore, D.i 60, 0, 0». — Quanto all'ufficio di Capitano di Tropea tenuto più tardi da Geronimo, i documenti si riferiscono all'anno 1616, e leggonsi ne' Registri *Curiae* vol. 80, fol. 176, e vol. 83, fol. 177: entrambi contengono un ricorso di Dianora Ciaccio, che chiede giustizia contro Geronimo Capitano di Tropea, per essere stato causa della morte di Pietro cocchiero suo marito «fandoli dare molte bastonate», ed aver poi voluto «la remissione per forza». Signori e popolari, laici ed ecclesiastici, erano fatti tutti a un modo, prepotenti sempre.

296. Ved. nell'Archivio Storico an. 1866, p. 70 (al Card.l S. Giorgio) «noi voltammo il male a voi per manco male»; p. 81 (al Papa e Cardinali) «ego inveni negotium Turcarum, quia Mauritius nominatus ascendit triremes pro redemptione concivium suorum» etc. etc. Come è possibile ritenere tutto questo dopo ciò che si legge nella sua Dichiarazione?

297. Un *Mons*.r Baraffone o Baruffone era segretamente inviato da Roma nell'agosto o settembre 1599, e se ne trova un cenno misterioso nel Carteggio del Nunzio; ma molto più tardi, dopo un anno e più, venne il fatto a luce. Nel Carteggio dell'Agente di Toscana, filz. 4088, al sèguito delle lettere di agosto 1600 si legge, che col pretesto di soccorrere Canissa, per mezzo del Vescovo di Nicastro, il quale provvedeva armi, e poi col pretesto di sorprendere Camura in Albania già pertinente a' Veneziani, forse voleasi dal Papa prender piede a Tremiti, farne una commenda pel Card.l S. Giorgio e avere un porto. Nel Carteggio del Residente Veneto, le lettere de' primi di 10bre d.to anno recano anche questi progetti di conquista di Tremiti da parte del Papa, e la spedizione delle armi fatta da *Mons*.r Montorio Vescovo di Nicastro, co' maneggi segreti di *Mons*.r Baraffone.

298. Ecco i documenti che abbiamo potuto raccogliere per chiarire la posizione de' Nobili sopra menzionati. — 1.º Circa D. Lelio Orsini, nell'Arch. Mediceo, Carteggio universale filz. 893, fol. 627, una sua lettera al Granduca con firma autografa, in data di Napoli 22 8bre 1599 dice, che aspetta sempre la venuta del corriere di Spagna il quale deve portare la sentenza del suo negoziato, che ora vede allungarsi tale arrivo, che ne darà avviso come il corriere giungerà secondo i comandi avuti. L'essersi dato l'ufficio di curatore a Gio. Serio di Somma risulta da' varii documenti del tempo notati ne' Reg.i *Privilegiorum* e *Sigillorum*; la dimora di costui in Calabria e la Commissione datagli contro i fuorusciti risulta dalla Lett. Vicereale de' 18 mag. 1599, notata ne' Reg. *Curiae*, vol. 45, fol. 153. — 2.º Circa il Principe di Bisignano, ecco dapprima quanto si legge negli Avvisi di Roma esistenti nell'Arch. di Modena: «1598, 2 7bre; si ritrova qua incognitamente et se ne sta ritirato il P.pe di Bisignano scappato con bellissimo stratagemma dalle mani del V. Re di Napoli che lo teneva prigione, raccontandosi che sendo habilitato dal d.to V. Re di haver la casa per carcere con sicurtà fattali da D. Lelio Orsini, l'uno e l'altro (*questo falso*) se ne siano scappati... con voce che d.to Principe voglia passare in Spagna et farsi sentire dal Re. — 21 8bre, il P.pe di Bisignano si trova a Pesaro dal Ser.mo d'Urbino et coll'occasione della Regina (*la Regina di Spagna che passava per l'Italia recandosi a Madrid*) passarà in Spagna. — 18 9bre; di Ferrara lettere del 21 dicono che vi era arrivato il P.pe di Bisignano quale havea seco un suo naturale di 6 anni solamente, attendendo l'arrivo del Duca d'Urbino, sperando col mezo di S. S.tà con questa occasione di poter effettuare qualche negotio buono per la sua causa con d.ta Regina, acciò sia mediatrice col Re per rimediare alli suoi malanni, e fra tanto haver qualche trattenimento appresso d.to Duca. — 1599, 18 gennaio; si aspetta qui il P.pe di Bisignano per vedere d'accomodar le sue cose col Re di Spagna. — 20 marzo; venerdì arrivò qua *Mons*.r Santorio e il P.pe di Bisignano incontratisi vicino à Roma». Nel Carteggio Veneto da Napoli una prima lett. del 19 gen.º 1599 reca, «S. M.tà ha ordinato che i beni liberi di Bisignano siano venduti, ed egli tornando sia ricondotto in libertà con piezaria come prima; fra tanto non si danno i duc.ti 6 mila a' suoi corrispondenti e si ode con disgusto, oltre gli altri particolari dei suoi viaggi, il suo stare ora in Fiorenza spesato da quel Principe». Un'altra lett. del 17 agosto reca: «Il P.pe di Bisignano se n'è ritornato in questa città liberato del tutto dal V. Re con haverlo fatto reintegrare nelle rate del suo assegnamento di scudi 500 il mese delle sue entrate dal dì della sua fugga (*sic*) fin'hora, et gli dà anco speranza di lasciarlo andare a vivere al suo stato in Calavria, dovendosi però continuar la estintione de' suoi debiti.» etc. Nel Carteggio Toscano da Napoli filz. 4087 due lett. del Principe medesimo al Gran Duca in data del 23 agosto 1599 recano essere lui tornato in istato di libertà in casa sua da dieci dì, con speranza di andarsene presto agli Stati suoi. Compie la serie delle pratiche fatte nella sua escursione la notizia posteriore che trovasi negli Avvisi di Roma collez. Urbinate, esistente nella Bibl. Vaticana cod. 1067: «27 8bre 1599; il P.pe di Bisignano ha fatto spedire qua un Breve per via secreta, con indulto di poter adottare o surrogare un tale per suo figlio». 3.º Quanto al Duca di Vietri, abbiamo veduta altrove (pag. 106 in nota) la sua lunga corrispondenza autografa, esistente

373

nell'Arch. Urbinate in Firenze, che dà le informazioni autentiche sull'andamento della sua causa. La notizia delle feste da lui ordinate, all'occasione dell'entrata del Conte di Lemos, trovasi ne' Diurnali di Scipione Guerra fol. 81, ms. esistente nella Bibl. nazionale di Napoli (X, B, II). — 4.° Non avendo nulla da aggiungere intorno a Mario e Geronimo del Tufo, ci rimane a dire che la permanenza e il modo di vivere del Marchese di S. Lucido in Roma, al tempo del quale trattiamo, rilevasi dal Carteggio di Francesco M.a Vialardo esistente nell'Arch. Mediceo, filz. 3623. Una lettera di costui in data di Roma 23 8bre 1599 reca: «il Caraffa Marchese di S.to Lucito, che sta qui, mangia a suono di trombetto». Dal Carteggio poi del Nunzio Aldobrandini, filz. 212, lett. da Roma del 26 9bre 1599, rilevasi che il Papa mandò al Vicerè un Breve per raccomandarlo, sollecitato dal fratello di lui *Mons*. Carafa. Ancora un'altra lettera del Vialardo (loc. cit.) in data del 1.° gennaio 1600 reca: «il Marchese di S.to Lucito ha fatto venir qua Tiberio suo fratello». Infine da altre lettere dello stesso Vialardo, come anche da quelle di Gio. Niccolini Ambasciatore Toscano in Roma (filz. 3316) e dagli Avvisi del tempo, si rileva che nella Settimana Santa del 1600 egli ebbe una quistione di precedenza con D. Francesco Colonna P.pe di Palestrina, seguita da biglietti di sfida che indignarono il Papa e provocarono il suo arresto, finito poi con la pace fatta tra' due contendenti mercè l'opera del P.e Cesi.

299. Ved. Doc. 311, p. 261. Veniamo assicurati che oggi si conserva sempre il nome di Lanzari ad una contrada presso Stilo, all'uscire della città, e che fino a pochi anni indietro vedevasi ancora, sul margine della via che attraversa tale contrada, un basamento in muratura sul quale sorgeva una croce, che fu menzionata dal Petrolo, e che segnava il confine dell'ambito giurisdizionale de' Domenicani.

300. Così p. es. la proposizione che Maria fosse una schiava nera di Egitto ricavandolo dal motto *nigra sum*, e l'altra che le lettere *INRI* poste sulla croce costituissero una parola atrocemente ingiuriosa in ebraico, si trovano ripetute in molti processi anteriori a questi tempi, rappresentando le scempiaggini di coloro i quali presumevano di atteggiarsi a spiriti forti, come accade di rilevare anche dalla collezione de' processi di S.to Officio esistente in Dublino: non era quindi nemmeno necessario che le ripetesse fra Dionisio, il quale poi certamente ne divulgò molte altre, senza la menoma partecipazione del Campanella. Da ogni lato apparisce indubitabile che vi sieno stati erronei apprezzamenti delle parole del Campanella su' temi più intricati, come quelli di Dio, della Trinità, de' luoghi di premii e di pena, degli angeli buoni e tristi. Sul tema dei diavoli sarebbe veramente curioso di conoscere i concetti riposti del Campanella, anche per illustrazione di certi fatti della sua vita ulteriore: certamente al tempo del quale trattiamo egli era burlava, professando, nel caso di coloro a' quali si dicevano apparsi, «essere follie e spiriti fuliginosi e humori frigidi che calano», nel caso poi delle donne ossesse, «haverle per pazze»: i suoi motteggi su questo articolo si trovano ripetuti da parecchi, ed anche per tale motivo non sembra che vi sia luogo a dubbio.

301. Per comodo de' lettori, tra le Illustrazioni annesse a' Documenti, abbiamo raccolti alcuni Cenni della *Città del Sole* e delle *Quistioni sull'ottima repubblica* in rapporto alle cose emerse ne' processi di congiura e di eresia; ved. Illustraz. I, pag. 609.

302. Ved. nella *Città del Sole*, ed. D'Ancona p. 272 e 273.

303. Sarebbe bastato aver dato uno sguardo alla sua definizione della Democrazia, tanto diversa da quella che oggi si professa; al sacrificio assoluto da lui imposto all'individuo di fronte allo Stato (abolendo, com'egli diceva, l'amor proprio o singolare, per l'amor comune o universale), mentre oggi si vuole che ognuno possa far conto dello Stato come se non esistesse; infine alla prevalenza assoluta da lui accordata alla cultura, mentre oggi si ritiene un gran fatto il suffragio universale, e non si chiede al Rappresentante del popolo, e neanche al Ministro, quella guarentigia del sapere che pur si chiede al più umile de' professionisti. Ne ricorderemo qualche cosa. 1.° Aforismi politici; ed. d'Ancona pag. 13: «Il dominio d'uno buono si dice Regno e Monarchia; d'uno malo si dice Tirannia; di più buoni si dice Aristocrazia; di più mali Oligarchia; di tutti buoni Polizia; *di tutti mali Democrazia*». 2.°, Città

del Sole, ib. p. 244: «*Perduto* l'amore proprio, rimane sempre l'amore della comunità». 3.°; Quist. sull'ottima repubblica, p. 291: «Per gl'ignoranti è bene *servire* al sapiente ed al probo»; ciò che fu pure espresso tanto vivacemente nelle Poesie filosofiche, p. 72 (*correz. tratta dall'ediz. Adami*), «Assai sa chi non sa, se sa obbedire».

304. Ved. *Poesie filosofiche*, ed. cit. p. 110,
«Stavamo tutti al buio, altri sopiti
d'ignoranza nel sonno, e i sonatori
pagati raddolciro il sonno infame;
altri vegghianti rapivan gli onori
la roba, il sangue, o si facean mariti
d'ogni sesso, e schernian le genti grame.
Io accesi un lume...».

305. Ved. *Poesie filosofiche* p. 102, nota 1ª al Sonetto intitolato «A Dio».

306. Ved. *Poesie filosofiche* p. 125, Canz. 3ª in Salmodia metafisicale.

307. Ved. Doc. 7, pag. 15.

308. Ved. Doc. 8, pag. 17.

309. Ved. Doc. 15, pag. 24.

310. Nell'originale "espresa". (Nota per l'edizione elettronica)

311. Ved. Doc. 6, pag. 14. Riportiamo la materia di queste Lettere con una certa larghezza e quasi traducendole, tanto per riprodurre fedelmente i fatti in esse esposti, quanto per facilitarne il riscontro a coloro i quali provassero difficoltà ad intendere l'idioma spagnuolo.

312. Ved. nell'Arch. di Firenze il Carteggio del Nunzio Aldobrandini filz. 212, Lett. da Roma del 3 luglio 1599.

313. Ved. le Lettere di Giulio Battaglino al Segretario del Granduca di Toscana, estratte dall'Archivio Mediceo e pubblicate dal Palermo (Archivio Storico Italiano tom. 9.°, Firenze 1846); Lett.ª 1.ª: ne' nostri Documenti n.° 160, pag. 83.

314. Nell'originale "2.°". (Nota per l'edizione elettronica)

315. Il Litta, Famiglie celebri d'Italia tom. 5.°, poco esattamente lo dice fatto Nunzio in Napoli nel 1596. Fra' tanti Aldobrandini in carica, pe' quali non mancavano in Roma le Pasquinate (ved. gli Avvisi della Collezione Urbinate nella Bibl. Vaticana, cod. 1068, 8 gen.° 1600), c'era anche un fratello di Jacopo a nome Pietro, capitano della Guardia Pontificia.

316. Ved. il Carteggio del Nunzio Aldobrandini filz. 212, Lett. da Roma del 3 luglio 1599.

317. È il meno che di lui si possa dire. L'Agente di Toscana Giulio Battaglino lo descriveva al suo Governo quale uomo «aridissimo», di cui nella città «si fa conto come non ci fusse...; in somma un poco urbano e manco officioso fiorentino», notevole per «la sua estrema zotichezza». Trattandosi di uno che dovremo vedere giudice del Campanella, importa raccogliere notizie di lui da ogni parte. — Ved. nell'Arch. Mediceo, Carteg.° di G. Battaglino filz. 4085-4086, Lett. del 17 mag. 1596 e 3 luglio 1598.

318. Ved. il Carteggio del Nunzio, filz. 212, Lett. da Roma del 9 8bre 1599.

319. Ved. Doc. 44, pag. 47.

320. Ved. Doc. 45, pag. 47.

321. Riportiamo questa iscrizione, che dà in compendio la vita di Carlo Spinelli nella sua parte più gloriosa: «Carolus Spinellus marchio ursi novi, magnus animo, major consilio, in aula Ferdinandi Caesaris consiliarius, marchio clavis aureae, tractandis, regendis natus armis, humanus in hostes, in suos munificus, Italici nominis ubi jus fasq. studiosus, exempla majorum, auspicia sequutus Austriadum pro Caesare, pro Regg. Hispaniae Philippo II. III. IV. ann. IV et XXX. in Italia, Belgio, Germania, centurio, magister aciei, dux exercitus, collatis signis decertavit X. Saepe hostium sanguine imbutus, ter suo purpureus, Abberstathium, Betlehemum, Gaboreum, ducesque alios docuit quid in armis possit Italus. Ter ad Pragam coronam meritus muralem, aucthor praelii repetundae pugnae Germanis terga dantibus, capiendae urbis, in quam primus irrupit. Dedita sui opportunitate subsidii Breda, Ostenda, Inclusa, Bolduco, Vercellis. Ter obsidionalem, et civicam, liberatis obsidione Possonia, Uxavia, Jesino, provinciis, regionibus, exercitibus. Has inter laureas summus Dux Genuae, restinguendo intento cum Allobroge bello; nec audentibus in invicti viri vitam armis, manu cadit medica anno aetatis LIX. S. h. CIDIDCXXXIII. Insepulto monumentum nomini fratri suavissimo Jo. Baptista marchio boni albergi p.».

322. Ved. la Monarchia di Spagna nelle Op. del Campanella, ed. d'Ancona pag. 194, e confronta col Parrino, Teatro *etc.* Conte di Miranda. — Per le notizie sulla vita dello Spinelli ved. i Registri *Privilegiorum* v. 91 fol. 77 e v. 120 fol. 12: quivi si ha il suo stato di servizio ufficiale, ad occasione della sua nomina a Consigliere del Collaterale, e della facoltà di trasmettere ad uno dei suoi nipoti una pensione di cui godeva.

323. Ved. Ricca, La Nobiltà delle due Sicilie, Istoria de' feudi, Nap. 1859, vol. 1.° p. 115.

324. Questo rilevasi da un cenno di caso analogo inserto nell'indice del vol. 30 degli ordinarii Reg. *Curiae*. Ma perchè i lettori abbiano una certa idea degli usi del tempo, sarà bene che prendano conoscenza del testo della Commissione data al medesimo Spinelli dal Conte di Miranda, l'11 giugno 1590, per la persecuzione de' fuorusciti in tutto il Regno e specialmente nelle provincie d'Abruzzo, dove scorreva la campagna il famoso Marco Sciarra (ved. Reg.¹ *Curiae* vol. 33, an. 1588-89, fol.° 110 t.°). Trascriveremo qualche brano dei poteri concessi allora allo Spinelli. «Prohibire per banni publici che nesciuno presuma armare, ricettare, alimentare, favorire, et in qualsivoglia modo aiutare detti forasciti delinquenti, contumaci o forgiudicati sotto le pene pecuniarie et corporali che a voi pareranno etiam di morte naturale; et quelle irremissibiliter essequire nelle persone et beni de' trasgressori... Procedere a publicatione di banni contra forasciti prefigendo termine di giorni sei a comparere nella presentia vostra, et non comparendo personalmente non solo possano essere impune occisi ma ancora che siano castigati da voi... Stabilire pe' persecutori premii fino a d.¹ 500 per ogni capo da pagarsi da' thesorieri provinciali, guidare, indultare, et ancora quelli eccettuati. Poter fare sfrattar li parenti utriusque sexus nelli gradi di parentela agnationis, cognationis, et affinitatis, per distantia di paese o dal Regno come ve parirà, imponendo pene di frusta, di galera, relegatione, deportatione et etiam de morte naturale à chi contravenirà come ve parerà... Discacciare gli amici, adherenti, fautori di detti forasciti di qualsivoglia stato grado o conditione se siano per la distantia che vi parerà, o confinarli come vorrete, imponendo pena di tratti di corda, frusta, galera, relegatione et pecuniaria, come meglio ve parerà, et essequendola irremisibiliter secondo la qualità delle persone che contraveneranno, ancora che non ve costasse per informatione che fossero amici adherenti fautori, che per essere cose occulte volemo se ne stia al sospetto che ne havereti... Authorità di fare brugiare, deroccare case, torre, molini, tagliar vigne et devastare altre possessioni non solo di capi di forasciti, ma di

delinquenti, contumaci et seguaci loro, fandoli deroccare brugiare et devastare de manera che non se ne possano servire in nesciun tempo... A la quale persecutione farete attendere per mare, et per terra, non solamente da la gente pagata et destinata, ma da tutti et qualsivoglia huomini di qualunque stato grado et conditione si sieno, Baroni titulati et non titulati come ve parirà, da Capitani et soldati di battaglione, da ufficiali regii o di baroni, sindici, eletti, mastri giurati, giurati, barricelli, capitani di campagna, revocando tutte le salve guardie et privilegii di essentioni, *etc. etc.* et essequire pene di tratti di corda, di frusta, relegatione et galera, di morte naturale a chi non assisterà ubidirà et serverà nella persecutione et guardia di passi come saranno comandati et ordinati *etc. etc.* concedendovi ancora authorità de pigliare ogni sorte di vascelli per la guardia di mare che ve parerà o per traettare gente come sarà necessario, pigliare cavalli giumente et muli per la persecutione et servitio predetto, pigliare gente per corrieri, far munitione di vittovaglie dali luochi e per li luochi che ve parerà in sustentamento dela gente che andarà nella persecutione predetta; allogiare et dislogiare soldati nelle città terre castelli o casali che ve parerà ancor che fossero Camare reservate et fossero in qualsivoglia modo privilegiate et essente, ordinando che per lettere provisioni o patente di dislogiare non si piglino danari directe nec indirecte sotto pena severissima» *etc. etc.* Seguono ancora sei altre pagine in folio riempite da poteri di questo conio, ed ognuno intende che l'ultimo ordine suddetto era suggerito dagli abusi soliti a perpetrarsi per le così dette «composte» delle quali il Campanella parlò. Come lo Spinelli abbia allora, nel 1590, adempito alla sua missione, come l'abbiano servito i Commissionati e soldati da lui dipendenti, è facile rilevarlo dalle lettere Vicereali che si leggono nel volume citato, non mancando in esse i richiami allo Spinelli medesimo. Costui alle volte si allontanava da' punti più minacciati, come p. es. quando se ne tornava in Aquila alla ricerca di un Orazio de Antonellis aquilano, strettissimo amico di Marco Sciarra che aiutava con una sua comitiva; e il Vicerè era di tempo in tempo costretto ad ordinargli che andasse a' confini dove bisognava provvedere. D'altra parte aveva posto guardie e nominati Commissarii perfino in terra d'Otranto e nella città di Ostuni, per la cattura di Marco Sciarra che combatteva su' confini dello Stato Romano; e il Vicerè era costretto ad accogliere le lagnanze di quei popoli, che erano «travagliati e gravati di molta spesa», e ad ordinare che si revocassero quel provvedimenti non necessarii, e così pure quelle commissioni ad individui che, quando a loro pareva, davano «peso e inquietudine alle città domandando gente tanto di piede come di cavallo». Nè sarà inutile aggiungere che scorsi i due anni della Commissione data allo Spinelli, questa passò ne' medesimi termini suddetti ad Adriano Acquaviva Conte di Conversano, e vi fu una lunga sequela di Commissarii Locotenenti, senza aver mai raggiunta l'estirpazione dei fuorusciti.

325. Ved. Doc. 206, pag. 107.

326. Ved. Doc. 32, pag. 40.

327. Ved. Doc. 205, pag. 106.

328. Non dobbiamo tacere che nel processo della congiura vi fu la testimonianza di un Alfonsino Serra, dalla quale risulterebbe, che mentre lo Spinelli passava per Nicastro, certamente recandosi a Catanzaro, fra Dionisio si trovò egualmente a Nicastro e subito dopo si recò a Girifalco (ved. Doc. 247, p. 155). Questo indicherebbe che fra Dionisio sentì forse il bisogno di vedere anche qualche altro ne' detti posti, ma non smentirebbe che se ne andò successivamente a Stilo per vedere il Campanella e quindi Maurizio.

329. Ved. Doc. 10, pag. 18.

330. Ved. per le notizie suddette i Reg.[i] *Curiae* vol. 46 (an. 1599-601) fol. 38 t.° e 48 t.°; due Lett. Vicereali all'Audienza di Calabria del 21 aprile e 17 agosto 1600, intorno alla quistione di Guarino de Bernaudo e Camillo Passalacqua; l'ultima di esse solamente chiama D. Alonso de Roxas «olim

governatore». Inoltre nell'Arch. Veneto, Carteggio di Napoli per l'anno 1600, n.° 16, una Lett. del Residente del 9 aprile d.^{to} anno, che cita D. Alonso de Roxas parente della Viceregina governatore di Calabria; ad essa fa sèguito la copia di una Lett. «a D. Alonso de Rosa governatore di Calabria» da parte di D. Francesco de Castro, figlio del Conte di Lemos, funzionante allora da Vicerè. Ancora nell'Arch. di Napoli i Reg. *Curiae*, vol. 47 (an. 1599-601) fol. 55 t.°: una Lett. Vicereale del 15 maggio 1600, che commette a D. Pietro de Quiroga il sindacato del governo del mag.° D. Alonso de Roxas conforme alla Prammatica. Dippiù i Reg.ⁱ *Sigillorum*, vol. 37 (an. 1600) alla data 18 9bre, ove si legge: «Incomenda del offitio de' governatore de la provintia de calabria ultra in persona de D. Pietro borgia insino ad altro ordine de sua M.^{tà} o de sua Ecc.

331. Ved. Illustraz. li, pag. 612.

332. Ved. Doc. 408, pag. 509.

333. I fatti suddetti risultano dal Carteggio del Residente di Venezia (ved. Doc. 171 a 174, pag. 87 e 88), ed hanno un riscontro con documenti da noi rinvenuti nell'Arch. di Stato in Napoli. 1.° Nei Reg.ⁱ *Curiae* vol. 36 (Curiae 2 pestis, an. 1593-1642) fol. 27-28, dopo un Bando del 31 luglio contro le provenienze di Ragusa e luoghi convicini, si legge quest'altro: «Philippus *etc.* Banno. Si bene per altri banni di ordine nostro emanati sia prohibito sotto pena di morte naturale che non si doni (*manca* pratica) a vascelli, persune, et robbe che venessero da molti luochi suspetti di peste si come da quelli più largamente appare, et alli quali ci rimettemo et volemo che restino in loro robore et efficacia, tuttavolta per nuovi avvisi che tenemo se intende che non solo nelli luochi predetti tuttavia corre detto suspetto di peste, ma anco nell'infrascritti altri luochi ciò è la terra di fiume nelle parti della marca del stato Ecclesiastico, et per lo trafico che se tiene tra detti luochi et questo Regno sogliono al spesso da quelli venire et confluire in questo Regno vascelli et gente et robbe de varie et diverse sorte delle quale dandosi prattica de facile potriano nascere alcuni inconvenienti et danno alla generale salute di questo suddetto Regno.... (segue l'ordine a tutti e singoli officiali, maggiori e minori, tanto Regii che di Baroni *etc. etc.* di non dare e non far dare pratica sotto pena di morte naturale, nella quale si dichiarano incorsi quelli che venissero da detti luoghi ed entrassero nel Regno). Dat. neap. 28 augusti 1599. El conde de Lemos». — 2.° Ibid. fol. 29, a' 4 7bre 1599 «Commissione in persona del dot.^r Marco Ant.° Morra per quello che ha da exequire nel passo di Sangermano in materia di peste»; ordine che vi si conferisca e respinga indietro facendo mandato sotto pena di morte naturale *etc.* — 3.° Ibid. fol. 30, id. id. al dot.^r Paulo Capece per quel che ha da eseguire «nel passo di Fundi». — 4.° Ibid. fol. 31, id. id. al dot.^r Francesco Longobardo... «nel loco et passo de Tagliacozzo». — 5.° Ibid. fol. 31, t.° «All'Audientie di terra d'Otranto, Calabria citra, Capitanata, Calabria ultra» *etc. etc.* «Illustres et mag.^{ci} viri. Li giorni passati intendendomo che nella terra di fiume nella marca del Stato eccl.^{co} correva sospetto di peste fu per noi publicato banno prohibendo il commercio della terra predetta sin come dal detto banno havereti visto, et come che semo informati che la detta terra di fiume non è quella del detto loco della Marca ma è sito nel capo de istria ci è parso revocare il sop.^{to} banno et prohibire il commercio della detta terra de fiume sita nel capo de istria et altri lochi sin come dalla copia che con questa ve si invia vedereti.... *etc.* Neap. 6 settembris 1599. El conde de Lemos».

334. Ved. Doc. 12, pag. 20.

335. Ved. Doc. 260, pag. 173.

336. Ved. Reg.ⁱ *Partium* vol. 1235 e vol. 1485.

337. La notizia delle parole sconvenienti che avrebbe dette il Vescovo di Mileto trovasi nel Doc. 15, pag. 23. La condotta poi del Vescovo di Nicastro era veramente un po' strana, mentre sin dalla fine

dell'anno precedente il Governo avea tolto il divieto all'entrata di lui nel Regno, e sin dal marzo dell'anno in corso avea con molti sacrificii conchiuso l'accomodamento, del quale la Curia Romana si era dichiarata soddisfatta. I Registri *Curiae*, vol. 38 (an. 1595-99) fol. 173-75, recano la Lett. Vicereale all'Audienza di Calabria in data del 27 novembre 1598, nella quale si ricorda che il 31 gennaio passato era stato dato ordine di sequestrare l'entrate temporali del Rev. Vescovo di Nicastro «et dato anche ordine a tutte le terre e città di marine et mediterranee di quessa Provincia ch'al ritorno dovea fare detto Rev. Vescovo da Roma per conferirse in detto Vescovato non dovessero in modo alcuno permettere farlo smontare ne intrare in questo Regno, et il simile le sue robbe et gente»..; e si finisce con la revoca degli ordini anzidetti. — Quanto all'accomodamento fatto, ne abbiamo già dato qualche cenno altrove (ved. pag. 116): parrebbe che all'infuori della revoca del decreto del Sacro Regio Consiglio, tutto il resto de' capitoli concordati fossero stati accolti, e quindi anche gli ufficiali del Duca di Ferolito sacrificati. Sicuramente il Carteggio del Nunzio, filz. 212, reca una Lett. del Card.[1] S. Giorgio in data del 16 marzo 1599, la quale manifesta il «contento grande per l'accomodamento delle cose di Nicastro». Laonde giustamente riusciva non facile a spiegarsi la protratta permanenza di quel Vescovo in Roma.

338. Non ci è stato possibile rintracciarne alcuna notizia nel Carteggio del Nunzio relativo a questo periodo. Parrebbe che il Card.[1] S. Giorgio non avesse creduto di doverne parlare al Nunzio, e che più tardi il Vicerè medesimo gliene avesse detto lui qualche cosa, onde poi il Nunzio ne trasmise notizia a Roma, segnatamente con Lett. in data 17 settembre la quale manca, e il Card.[1] San Giorgio, in risposta, il 25 d.[to] scriveva: «Saranno false senza dubbio le relazioni fatte al Vicerè di quei Vescovi, dei quali egli si è doluto con V. S., ma si come ella dovrà et scusarli et difenderli sempre, così ella potrà in certi casi investigare la verità delle cose, et quando giudicasse esser bene così, avvertirne i proprii Prelati» (ved. filz. 212 data sud.[ta]). Aggiungiamo che, a nostro avviso, con siffatti antecedenti bisogna intendere quelle altre parole che poco dopo, il 1° ottobre, il Card.[1] S. Giorgio scriveva al Nunzio, cioè «della congiura ci maravigliamo ogni dì più, et à V. S. toccherà d'avvisarne quel che se ne scoprirà di mano in mano»: a Roma non faceva maraviglia propriamente che una congiura vi fosse stata, ma faceva maraviglia che fosse stata così spinta innanzi, mettendovi tanto in mostra la persona del Papa e la partecipazione de' Vescovi.

339. Ved. Doc. 264, pag. 177.

340. Nelle *Cedole di Tesoreria Cassa Militare*, vol. 431 (an. 1599) fol. 401, t.° si legge: «a 2 d'agosto. All'Ill.[e] Principe della Scalea Capitano di gend.[e] et per esso a Carlo Spinello suo creditore D.[i] trecentotrentatre tt. 1, 13 senz'altra poliza particolare per suo soldo di mesi cinque finiti a ultimo luglio 1599 a ragione di D.[i] 800 lo anno...».

341. Ved. i *Cedolarii* e Della Marra D. Ferrante Duca della Guardia, Discorsi delle famiglie estinte, forastiere o non comprese ne' Seggi, Nap. 1641, pag. 345.

342. Ved. i Registri *Privilegiorum Curiae* vol. 146 (an. 1610-1613) fol. 121; De Lellis, Cod. ms. della Nazionale di Napoli, VI, F. 10: e Aldimari, Historia genealogica della famiglia Carafa, Nap. 1691, vol. 4.° pag. 275 e seg.[ti]

343. Ved. nel Carteggio del Nunzio esistente in Firenze, filz. 208, Lett. del Card.[1] Aldobrandini del 22 9bre 1595: Raccomandi al Vicerè D. Carlo Ruffo Barone della Bagnara, perchè «si degni servirsene et impiegarlo in qualche carico honorato»; ne ha già scritto caldamente a S. E. — E nell'Arch. di Stato di Napoli i Registri *Curiae*, vol. 43 (an. 1596-1597) fol. 49: «Commissione in persona del m.[co] Auditore oquendo per pigliare informatione delle cose» etc. «Philippus etc. Magnifice vir etc. Semo informati che per D. Carlo ruffo Barone della Bagnara si sono commessi, et si commetteno di continuo molti e diversi contrabanni de Cavalli, oro,

379

Argento, et moneta, il quale tiene attimolizzati li suoi vassalli di manera che niuno ardisce dir cosa nessuna di dette extrattioni ne di altri infiniti agravii et delitti che d.ᵗᵒ Don Carlo fa, come più particularmente lo vedereti per la copia di lettera et Capi che con questa vi se inviano...». Segue l'ordine che pigli informazione contro li delinquenti fautori et complici.... tenga a disposizione del Vicerè li carcerati e mandi «l'informatione clausa et sigillata come si conviene acciò quella vista possa provedere lo de più che parirà convenire». Nap. 14 agosto 1597.

344. Ved. *Numerazione de' fuochi* di Stilo (vol. 1385 della collez.) fasc. per l'anno 1532: «n.° 92 (conc.ᵗ cum nova numeratione n.° 229) Mag.ˢ Joannes Ant. moranus a. 45; berardina uxor an. 38; Joannes Hieron.ᵘˢ a. 23; Ysabella uxor a. 20 [solus.] Fagustina a. 2; diana a. 1: [filii dicti Jo. Hieron.] Joannes franciscus suprad.ⁱ Jo.ⁱˢ Antonii fil. a. 20; Lucrecia fil. a. 20; Lucrecia alia fil. a. 6; Catarina famula a. 25; Catarinella famula a. 20; Francisca mater Jo.ⁱˢ Antonii a. 70». — E nel fasc. per l'anno 1545: «n.° 229 (conc.ᵗ cum veteri num. n.° 92). Mag.ˢ Joannes Hieronimus moranus a. 36; Isabella uxor a. 30; Fragustina f.ᵃ a. 14; Diana f.ᵃ a. 13; Jo. Antonius filius a. 10; Beatrix filia a. 5 [Filius q.ᵐ Joannis Antonii et nepos q.ᵐ Francisci locotenentis. De quo se gravantes quia non produxerunt fidem civitatis catanzarii tanquam ibi abitantes, Ideo provisum quod non remaneat pro foculari hic sed deducatur hinc et habeatur ratio in dicta civitate tempore numerationis faciendae dictae civitatis».

345. Ved. i Registri *Privilegiorum* vol. 32, fol. 15 vol. 38 fol. 115, e vol. 37 fol. 58 e 62.

346. Ved. i Registri *Significatoriarum Releviorum*. Reg. n.° 32 fol. 154 t.°; e Della Marra Duca della Guardia, op. cit. p. 264. — Daremo in sèguito altri documenti su D.ᵃ Camilla.

347. Ved. i Registri *Curiae*, vol. 38 (an. 1595-1599) fol. 56: «All'Aud.ᵃ di Calabria ultra, che avisi si a tempo si comprò detta casa per il Sindico di Catanzaro per residenza di quel tribunale vi fu alcuna collusione. Philippus *etc.* Magnifici viri *etc.* havemo inteso che gio. geronimo morano olim Sindico di questa città in tempo del suo officio fè opera che una casa de gio. battista morano suo fratello che non se haveria trovato a vendere comparse per questa predetta città per duc.ᵗⁱ tre milia dove habia de fare residenza il tribunale di questa R.ᵃ Audientia non obstante che detta casa sia incomoda et in essa bisogna farsi magiore spesa che in qualsivoglia altra et maxime in circundarla di strade publiche et isolarla, et tutta la fabrica che vi è oltre che non è bona non viene à disegno, et poichè volemo intendere come passa il tutto ci è parso farvi la presente con la quale vi dicimo et ordinamo che vi debbiate informare...» *etc.* Dat. 19 luglio 1596.

348. Ved. Doc. 394, pag. 456.

349. Ved. su questo punto di giurisprudenza. Eymerici Directorium Inquisitorum; accedunt scholia Fran.ˢᶜⁱ Pegnaé, Rom. 1578, pag. 374, «anche gl'infami e criminosi, oltrechè gli spergiuri, possono ammettersi come testimoni, non già l'inimico capitale; e a pag. 239 si chiarisce, che sono considerati pure quali nemici incapaci di testificare «qui cum inimicis capitalibus commorantur, et qui ex contraria sunt familia *vel factione*». Inoltre Masini, Sacro arsenale overo Pratica della S.ᵗᵃ Inquisitione, Rom. 1639 pag. 335: «È di tanto momento l'inimicitia capitale di un testimonio col Reo, che non gli si crede, ancorchè deponga contro al Reo nella tortura e nell'istesso articolo di morte».

350. Ved. Doc. 377, pag. 388.

351. Ved. Doc. 269, pag. 194.

352. La cosa non sarebbe stata censurabile, se i 36 capi di accusa avessero avuto realmente corso nel pubblico, ma questo riusciva impossibile anche pel gran numero de' detti capi. Si conosce che vi erano

tre maniere di procedere, «per accusationem» cioè ad istanza di uno che si costituiva parte (caso rarissimo), «per denuntiationem» dietro la rivelazione di uno che non si costituisca parte (caso ordinario), e «per viam inquisitionis» dietro la pubblica voce e fama (caso non raro). Ved. Eymericus op. cit. pag. 283.

353. Ved. Doc. 270, pag. 197.

354. Riscontr. i Doc. 278, pag. 199; 280, pag. 208; 303, pag. 244.

355. Ved. pag. 242. Il Campanella, nella Narrazione, dice che fra Dionisio «andò al Convento di Pizzoni per appartarsi, dove andando li sbirri a pigliarlo con D. Carlo Ruffo, si fuggio travestito et D. Carlo prese carcerato F. G. Battista di Pizzoni Vicario del convento e F. Silvestro di Lauriana». È chiaro che egli non era bene informato.

356. Ved. Doc. 278 b, pag. 198.

357. Il Campanella nella Narrazione scrisse: «Piacque al Visitator e poi ai laici questa deposizion d'heresia, perchè non poteano far verisimile il primo processo contra il Papa e Prelati». Ma tale primo processo non vi fu, e il Visitatore sapeva le cose di eresia fin dal mese precedente e ne aveva pure mandata la notizia a Roma per mezzo di fra Cornelio, prima che il Pizzoni le deponesse; anzichè rilevarle dal Pizzoni, il Visitatore glie le dettò, e perciò ebbe molto piacere che il Pizzoni ne deponesse più di quante ne conosceva. Vedremo poi che fu veramente opera del Campanella l'aver tolto dalla mente de' Giudici la partecipazione del Papa nella congiura.

358. Durante il processo informativo non era lecito nè il *terrore* così detto *prossimo*, vale a dire il far condurre l'imputato al luogo del tormento, nè il *terrore* così detto *rimoto*, vale a dire per parole; il terrore, «territio», consideravasi come un primo grado della tortura. Anzi il contegno, che l'Inquisitore dovea tenere, era ben diversamente prescritto: ved. in Masini, Sacro arsenale Rom. 1639, p. 315 e 323; art. 40.° e 64.° — 1.° «Il Giudice mentre essamina i Rei deve mostrarsi nel volto anzi rigido e terribile che nò, ma non mai precipitar nell'ira incontro ad essi ancorchè gli stimi huomini cattivi e scelerati: nè per qualsivoglia cagione promettere loro giammai l'impunità». — 2.° «Nell'ammonire i Rei a dover pianamente dir la verità... usino gl'Inquisitori maniere piacevoli, e caritatevoli, non aspre, o spaventevoli, acciochè i Rei per timor dei Giudici non dicano qualche bugia».

359. Ved. Doc. 279, pag. 203.

360. Ved. Doc. 280, pag. 207.

361. Ved. Doc. 33, pag. 41. Le prescrizioni della procedura ecclesiastica sull'argomento possono leggersi in Masini op. cit. part. 1.ª pag. 10, e part. 10.ª p. 314, art. 35. — 1.° «Sarà avvertito (l'Inquisitore) di non permettere che i Notari diano copie degli Atti del S.to Officio per qualsivoglia causa fuor che al Reo, e solamente quando pende il processo et egli dee far le sue difese, et all'hora senza il nome dei testimonii, e senza quelle circostanze, per le quali il Reo potesse venire in cognizione della persona testificante». — 2.° «Non deono nè possono gl'Inquisitori per niuna occasione somministrare ad altro tribunale giammai nè indicii nè persone di qualsivoglia condizione o qualità».

362. Il convento e la Chiesa di S. M.ª di Titi oggi si trovano a pochi passi da Stignano, ma diverse circostanze mostrano che a' tempi dei quali trattiamo trovavansi più lontani ed abbastanza isolati.

363. Ved. Doc. 19, pag. 32. Che il Mesuraca avesse obbligazioni al padre del Campanella si rileva da alcuni versi di un Sonetto di fra Tommaso che noi per la prima volta pubblichiamo (ved. Doc. 489 p. 569):
«La vita che dovevi al padre mio
così la rendi sconoscente ingrato?».

Vi sarebbe qualche indizio che il padre del Campanella lo avesse accompagnato in questa corsa; ma così fra Tommaso come il Petrolo lo tacquero, forse per non comprometterlo maggiormente.

364. Il Mesuraca fornì l'abito da secolare ed anche portò via le vesti fratesche, come si rileva da un verso del Sonetto del Campanella già citato:
«Ma perchè pria le vesti mi trasporte?»

Il Campanella muove rimprovero al Mesuraca di questo fatto, che pure compiuto fin da principio era una precauzione evidentemente necessaria.

365. Ved. Doc. 282 p. 214; 319 pag. 271; 380 pag. 391. Si noti che relativamente alla cifra, il Petrolo una volta disse, «essendo alla Roccella, et *havendo* (il Campanella) diverse scritture, tra l'altre una scritta in cifra» etc., e un'altra volta disse, «essendo alla Roccella con fra Thomaso Campanella, un giorno o dui prima che fussemo pigliati, *vennero* alcune lettere al Campanella, quali esso Campanella mi disse ch'erano di fra Gio. Battista da Pizzone, et erano scritte à zifra» *etc.* Certamente è poco verosimile che in quelle strette il Campanella conservasse ancora lettere in cifra, ed è ancor meno verosimile che lettere in cifra arrivassero fino alla Roccella, mentre difficilmente potea sapersi dove il Campanella fosse: tutto ciò potrebbe mostrare solamente la premura del Petrolo di voler nascondere che egli conoscesse le pratiche della congiura prima della sua fuga, la quale sarebbe stata un puro atto di cortesia verso il Campanella; del resto non sarebbe neanche impossibile che le lettere, scritte dal Pizzoni qualche giorno prima della sua cattura, fossero state portate dal padre del Campanella, postosi immediatamente in fuga co' due frati e ridottosi alla Roccella presso il Mesuraca.

366. La scusa del Mesuraca è rivelata dal Sonetto del Campanella già citato, il rimanente dalla Narrazione.

367. Potrebbe credersi che da principio non fosse convenuto ad alcuno dei due mettere innanzi siffatto motivo della persecuzione di Maurizio, perchè avrebbero così implicitamente riconosciuto di essere complici nella congiura; ma bastava che fossero ricercati dalla giustizia sotto questa imputazione, perchè a Maurizio avesse potuto venire in mente di profittare delle loro persone, e quindi, da parte loro, il mettere innanzi tale fatto non sarebbe stato di alcun pregiudizio. Bisogna pure notare che il Petrolo parlò più tardi del voluto disegno di Maurizio, propriamente nel tribunale per l'eresia, non in quello per la congiura, e poi il Campanella, più tardi ancora, trovata in processo questa diceria ne profittò; ma non fu bello da parte sua infamare in tal modo la memoria di Maurizio, lasciandosi trasportare da un risentimento del pari non giustificabile che provò in sèguito verso di lui. E si sa quanto vivaci e precipitosi fossero i risentimenti nell'animo fervido del Campanella.

368. Ved. i due Sonetti contro Xarava, Doc. 452 e 453, pag. 555.

369. Riscontr. il Doc. 19, pag. 28.

370. Questo risulta anche dalla parte del Carteggio del Nunzio già pubblicata dal Palermo, e ci sorprende che sia sfuggito a' biografi Campanelliani, poichè vi si legge: «Stando pur fra Thomaso Campanella su la negativa etiam d'una narrazione del fatto scritta di sua mano sin nel principio che fu preso» *etc.* (ved. Doc. 84, pag. 61). Vero è che il Palermo, per abbreviare ed italianizzare, lesse «e d'una narrazione del fatto», onde si vede quanto sia preferibile riportare i documenti come stanno; ma

intanto potea rilevarsi che il Campanella avea scritta di suo pugno una narrazione compromettente e che invano cercò di negarla.

371. Ved. Doc. 244, pag. 135.

372. Ved. Doc. 288, pag. 220.

373. Ved. Doc. 244, pag. 138. La lettera del Principe della Roccella dovè probabilmente essere firmata col semplice nome di Fabrizio Carafa, e il Mastrodatti diede a costui il titolo di Principe dello Sciglio; ma è evidentissimo che solo il Principe della Roccella poteva scrivere quella lettera.

374. Ved. Doc. 290 a 292, pag. 221 a 224.

375. Ved. Doc. 15, pag. 24; e Doc. 244, pag. 137.

376. Ved. i Registri *Curiae* vol. 64, fol. 149 t.°, Let. del 26 gen.° 1607.

377. Le parole virgolate sono del Mastrodatti, che così si espresse nel dare notizia di questo libercolo (ved. Doc. 254, p. 170); noi lo pubblichiamo tutt'intero, essendo di pochissime pagine, nel Doc. 287, pag. 219.

378. Ved. Doc. 282, pag. 211.

379. Ved. nel Carteggio del Nunzio il Doc. 48, pag. 48.

380. Ved. Doc. 15 e 16, pag. 22 e 24.

381. Ved. Doc. 18, pag. 25.

382. Ved. Doc. 178 pag. 91, e 180 pag. 92.

383. Ved. Doc. 244 pag. 129, e 247 pag. 152.

384. Ved. nel Carteggio Vicereale il Doc. 15, pag. 24. — Nella Narrazione del Campanella si legge: «E così s'esaminavano poi in segreto li revelanti, come F. Dionisio parlò con li tali, e tali; e che Mauritio bandito per morte d'homo era capo. A cui scrissero che voleano uscir seco in campagna; e si facean venir lettere da lui, e diceano, che quelle eran lettere di ribellione: e ne presentaro due che parlavano del tempo di far la vendetta di lor nemici, et uscir fuori *de repente*, fingendo ch'eran del tempo di ribellare: e l'altre lettere, che spiegavano la verità meglio, s'occultaro da loro».

385. Ved. Doc. 247, pag. 152.

386. Ved. Doc. 244, pag. 131.

387. Ved. Doc. 244, pag. 131.

388. Questo Marchese di Vigliena è citato anche dal Campanella nell'opera *De Sensu rerum et Magia* lib. 4.° cap. 19, appendice (ed. Paris. 1637, p. 218); dicevasi nientemeno che egli avesse saputo ottenere la rigenerazione di un uomo fatto in pezzi e messo in un vaso!

389. Ved. Doc. 244, pag. 132.

390. Ved. Doc. 18, pag. 27.

391. Ved. Doc. 244, pag. 132.

392. Doc. 391 pag. 415, e 240 pag. 126. L'acqua fredda durante l'amministrazione della corda costituiva un gravissimo tormento. Ippolito de Marsiliis bolognese, che fu l'inventore di esso, e che troveremo anche inventore della veglia, ne parla a questo modo: «Sed ego aliquos reos habui in fortiis meis, dum fui jusdicens, qui aut incantationibus, aut constantia, aut fortitudine aliqua tormenta non timebant, ideo ego adhibui talibus reis duo genera tormentorum. Primum est, nam debet spoliari et ligari reus, et debet torqueri aliquantulum, non tamen sufficienter cum communi tortura, et si non vult confiteri quia non timeat seu non crucietur in ipsa tortura, tunc quia est calidus et in sudore, etiam si esset glacies in terris, tunc facias sibi proijci magnam quantitatem aquae super capite et dorso, et permittas eum dissolutum a chorda sic quiescere per horam, et deinde cum erit frigidatus, facias iterum eum torqueri, et tunc ossa ejus cantabunt et strepitum facient, et tunc cruciabitur acrius in duplum quam primo fuerat, et istud est terribile tormentum». De Marsiliis, In nonnullos ff. et C. titulos commentaria, Venet. 1635, fol. 44. Non si comprende questa efferata crudeltà degli antichi Giudici; anche meno si comprende come l'odierna svenevolezza abbia potuto tener dietro a tanta crudeltà!

393. Doc. 244, pag. 132.

394. Ved. Doc. 244, pag. 132. Non deve sfuggire che nella 1ª deposizione sua, presso fra Cornelio, trovasi scritto essersi in Pizzoni riuniti più di 35 capi; questa differenza in più si deve forse attribuire al gusto di fra Cornelio.

395. Ved. Doc. 244, pag. 138; 260, pag. 163; 15, pag. 24.

396. Ved. Doc. 244, pag. 138.

397. Ved. Doc. 18, pag. 26.

398. Questa condizione apparisce qui per la prima volta nelle deposizioni dei laici; i due primi rivelanti aveano solamente detto, che i navigli turchi doveano «servir para yr acosteiando la Calabria y inpedir qualquier socorro de mar». I frati cominciarono a dire che i turchi doveano dare milizie da sbarco per occupare le fortezze, e il Campanella medesimo vi alluse abbastanza. Lo Xarava dovè apprenderlo dalle deposizioni de' frati e farlo poi dire dal Crispo e successivamente da tutti gli altri.

399. Ved. p. es. Hieron. Gigantis, De crimine lesae Majestatis (in Zilett. Tractatus illustrium in utraque facultate etc. Venet. 1584 vol. 11, pars 1ª) fol. 66; ed ancora Prosp. Farinacii, Decisiones de indiciis et tortura (cum Ambrosini Tranquilli, Proces. informativ. Venet. 1649) a p. 334: «Crimen lesae majestatis multa habet specialia. Bene leviora indicia sufficiunt ad torquendum, ubi agitur de tractatu, consilio vel conspiratione secreta, prout in aliis delictis occultis, et hoc non propter criminis atrocitatem sed propter probationis difficultatem». E a pag. 347, parlando de' delitti atroci, de' quali il massimo era considerato quello di lesa Maestà: «potest judex gravioribus et atrocibus tormentis uti, sed non insolitis et novis».

400. Ved. Doc. 244, pag. 135.

401. Ved. i Registri Quinternioni t. 20, fol. 78

402. Ved. Doc. 23, pag. 35.

403. Ved. Doc. 244, pag. 135.

404. Ved. Doc. 22, pag. 33.

405. Ved. Doc. 25, pag. 36.

406. Ved. Doc. 24, pag. 36.

407. Ved. Doc. 30, pag. 39.

408. Ved. Sagredo, Memorie istoriche de' Monarchi Ottomani, Bologna 1684 pag. 468. Confr. il nostro Doc. 199, pag. 99.

409. Ved. Doc. 14, 15 e 16, pag. 22 a 24.

410. Ved. Doc. 17, 18 e 19, pag. 25 a 28.

411. Ved. Doc. 20 pag. 33, e Doc. 181 pag. 93.

412. Ved. Doc. 21, 22 e 23, pag. 33 a 35.

413. Ved. Doc. 24 e 25, pag. 36.

414. Let. del Card.[1] S. Giorgio del 26 settembre. Ved. Doc. 48, pag. 48.

415. Diamo qui il sèguito dei documenti sulla faccenda del Capito, per la quale il Vicerè dolevasi della condotta del Vescovo di Mileto, e restituendo quel clerico alla Chiesa si faceva a chiedere l'assoluzione del Principe di Scilla, del Poerio e dello Xarava (confr. pag. 119 in nota). — 1.º Registri *Curiae* vol. 43, fol. 178 t.º «Al Capitano di Seminara... Magnifice vir. Comple al servitio di S. M.[tà] et per quanto tocca alla bona administratione de la giustitia che si habia nelle mani Marc'Ant.º Capito, il quale se ritrova in quessa terra di Siminara. Perciò vi dicimo et ordinamo che al ricevere de la presente con ogni secretezza possibile debbiate usare exactissima diligentia et procurare di haverlo nelle mani, et subito, à buon recapito, et con buona custodia debbiate inviarlo cautamente recto tramite nelle carcere de la Gran Corte de la Vicaria avisandoce incontinenti de la recevuta di quesmo et di quanto intorno acciò exequireti. Dat. neap. die 25 junii 1599. El Conde» (*int.* Olivares). — 2.º Ibid. vol. 46 fol. 1. «Al Gov.[re] de Calabria ultra... Mag.[e] vir, regie Consiliarie fidelis dilectis.[me] Havemo ricevuta la vostra per la quale ci date aviso della captura de ordine nostro fatta de Marco Antonio Capito dal Capitano de Seminara, et la violentia usata da Preiti di detta terra in prenderselo da dentro le carcere dove se ritrovava rompendole a forza d'accette con gran tumulto, et come per diligenza usata da detto Capitaneo et suo Giudice con aiuto d'altri Particolari lo ritornorno a carcerare, et de vostro ordine se ritrova al presente nelle carcere de quessa R.[a] Audientia, et ci supplicati vi debbiamo ordinare quel che d'esso havete da esequire, al che respondemo et vi dicimo et ordinamo che debbiate subito al ricevere della presente inviarlo retto tramite cautamente con bona custodia dentro le carcere della Gran Corte della Vicaria facendo presentare al Rev.[do] Vescovo de Melito l'alligata nostra che con questa ve s'invia dandoci subito particolar'aviso di quanto exequirrete, et dell'inviata di detto Capito fandolo de maniera che non vi succeda fuga ne altro strepito. dat. Neap. die 25 julii 1599. El Conde de lemos». — 3.º lb. vol. 47, fol. 19 t.º «Al spettabile Carlo Spinello... Philippus *etc.* Spectabilis vir collateralis et Consiliarie, regie fidelis dilectis.[me] Semo stati avisati come un Hettorre Saijvedra di Seminara li giorni adietro diede aiuto et favore ali preti et Jaconi di detta città, che scassorno le carceri di quella, et si presero a forza d'arme Marco antonio capitò, che di ordine nostro era stato carcerato per il capitano della città predetta, et ultimamente detto Saijvedra assaltò un criato del giudice che è stato in essa città ponendo mano ad uno scoppettuolo per amazzarlo,

al che soggionse il maestro giorato et lo prese carcerato come già lo tiene, et perchè lo scassamento di dette carcere intendemo che sia stato fatto da detti preti et Jaconi con consulta, et fomento de loro parenti laici, li quali parenti patri et fratelli et altri gentil'homini et cittadini di detta città vanno suducendo li populi che per haver dato forsi essi aiuto à detto Capitano nel prender Marco antonio capitò diano memoriale et suppliche al Rev.^{do} Vescovo di Mileto excusandosi di quel che hanno forsi fatto et aiutato detto capitano. per questo vi dicimo et ordinamo che debbiate carcerare lo detto Hettorre Saijvedra, et tutti li altri parenti di detti preti et clerici, et inviarli subito retto tramite nelle carceri della gran corte della Vicaria con aviso vostro particolare à noi facendone destinta relatione, accio quella havuta, et vista possiamo provedere et ordinare quel che convenerà per la bona administratione della giustitia et conservatione della real giurisditione della M.^{ta} sua. dat. neapoli die 15 mensis septembris 1599. El Conde de Lemos». — 4.º *Carteggio del Nunzio Aldobrandini* filz. 212, let. del Card.^l S. Giorgio al Nunzio del 25 7bre 1599; «Della sodisfattione che ha data il Viceré co 'l promettere di mandare quel clerico di Mileto nella propria chiesa, donde fu levato dalla Corte secolare, non ne ha ricevuta poca N.^{ro} Sig.^{re}.» — 5.º Ibid. let. del 26 7bre 1599 (ved. Doc. 48, pag. 49): ed inoltre let. del 22 10bre 1599, e filz. 230 let. del Nunzio del 1º gen.º 1600, con la quale chiede facoltà di assolvere anche il Poerio e lo Xarava. — 6.º Reg. *Curiae* vol. 49, fol. 2 t.º «Al Capitano de Seminara. Philippus etc. M.^{re} vir. Havemo ordinato che Marco Antonio Capito qual per ordine del Ill.^e Conte de Olivares nostro predecessore fò preso da quessa Corte, et mandato in queste carceri de la Gran Corte de la Vicaria, sia liberato et riposto nella chiesa da dove fu extratto acciò possa godere dell'immunità ecclesiastica. Et come che non per questo deve restare impunito del delitto per esso commesso, vi dicemo et ordinamo che trovandolo fuori della detta Ecclesia lo debbiate carcerare et inviare retto tramite in queste predette carceri de la gran corte de la Vicaria con aviso vostro, acciò che havuto et visto per noi, se possa provedere ed ordinare lo di più che convenerà per la buona et retta administratione de la giustitia. — dat. neap. die 30 septembris 1599. El Conde de Lemos». — 7.º Ibid. vol. 48, fol. 24 t.º «Resposta al Capitano de Seminara Philippus etc. Mag.^e vir. Havemo ricevuta la vostra in resposta della nostra delli 30 di settembre proximo passato, per la quale ve fu ordinato che havessivo devuto avisare il castigo che haveria dato il Rev.^{do} Vescovo di Mileto à Marco antonio capito, et per quella ve dite che non ha fatto altra demostratione contra d'esso che ordinarli che non uscisse dal monasterio. Et perchè il castigo che si haverà da dare al detto capito non se ha da dare dal detto Vescovo, ma dalli officiali regii, ò da noi, à chi tocca e compete darli detto castigo, et l'ordine che vi fu dato da noi non fù per altro se non per sapere che demostratione havea fatta detto Rev.^{do} Vescovo contra d'esso. Per ciò in resposta di detta vostra, non occorre dirvi altro se non ordinarvi come per questa ve dicimo et ordinamo che debbiate attendere alla puntuale executione di quanto da noi vi fù ordinato in havere in le mani detto Marco antonio fuora del ecclesia et inviarlo subito retto tramite in la gran corte della Vicaria à buon recapito. Dat. neap. die decima tertia mensis Novembris 1599. El Conde de Lemos». — Come si vede, il Governo non rinunziò mai a voler punito il Capito, e il Vescovo non cessò mai dal lasciarlo impunito: mancano intanto altri documenti, e vi è ragion di credere che gli ordini del Governo sieno rimasti ineseguiti.

<u>416</u>. Ved. per le notizie sud.^{te} nell'Arch. di Firenze il Carteggio di Napoli, filz. 4087, lett. del 29 marzo 1599 da Valenza, e quelle da Napoli de' 27 luglio, 7 7bre, 27 7bre, 1.º 8bre etc. etc.

<u>417</u>. Nella Relazione del Bailo Paolo Contarini, letta al Senato il 1583 (ved. Albèri, ser. 3ª, vol. 3.º, pag. 222), si legge che il famoso Ucciali avea fabbricato presso la sua casa «un grossissimo casale» che si chiamava *Calabria nuova*, e vi lasciava anche vivere cristianamente i maestri calabresi dell'arsenale che si erano condotti bene. Il Residente Scaramelli egli stesso, riferendosi a' tempi suoi, dice essere «i due terzi de i renegati di Constantinopoli Calavresi» (ved. Doc. 176, pag. 89).

<u>418</u>. Ved. Doc. 26, pag. 37.

<u>419</u>. Ved. Doc. 264, pag. 177.

420. Ved. Doc. 418, pag. 523.

421. Ved. Doc. 244 pag. 138, e 247 pag. 154.

422. Ved. Doc. 518, pag. 582.

423. Ved. Doc. 253, pag. 167; 244 pag. 138, e 247 pag. 156.

424. Ved. Doc. 244, pag. 139; e Doc. 247, pag. 156.

425. Ibid.

426. Ved. Doc. 244 pag. 140; 247 pag. 157; 255 pag. 171.

427. Ved. Doc. 238, pag. 124.

428. Ved. Doc. 408, pag. 507.

429. Ved. Doc. 247, pag. 158.

430. Ved. Doc. 386, pag. 405.

431. Ved. Doc. 32, pag. 40.

432. Ved. Doc. 181, pag. 92.

433. Ved. Doc. 164 e 165, pag. 85.

434. Ved. Doc. 373, pag. 382; e nostra Copia ms. de' proc. eccles. tom. 1 fol. 263-1/2.

435. Nella *Numerazione de' fuochi* di Nicastro (vol. 1311 della collezione) alla lista de' gravami pel 1632, fol. 39, si legge: «n.° 682. Honesta et Giovanna Milerio q.^m thomase sono morte molti anni sono, senza figli et povere». Confronta col docum. analogo riportato in questa nostra narrazione a pag. 206 in nota.

436. Ved. Doc. 319, pag. 272.

437. Ved. Doc. 28, pag. 38. La notizia quattro giorni dopo era pervenuta in Napoli.

438. La data precisa della cattura di fra Dionisio fu il 28 settembre, siccome egli medesimo attestò nel tribunale per l'eresia. Ved. Doc. 332, pag. 287.

439. Ved. Doc. 247, pag. 158-159.

440. Ved. Doc. 332, pag. 287.

441. Ved. Doc. 27 e 31, pag. 38 e 39.

442. Ved. Doc. 29, pag. 38.

443. Ved. Doc. 164-165, pag. 85; e 179-181, pag. 91-92.

444. Questo Cardinale portavasi a Napoli per comporre un'altra quistione giurisdizionale curiosa: qualche convento di Monache si era rifiutato di accogliere una Visita da parte dell'Arcivescovo di Napoli.

445. Ved. Doc. 178, pag. 91; lettera del 28 settembre.

446. Ancora più tardi, nell'anno seguente, un D. Alonso de Lemos et Alva fu mandato come Governatore ma in Calabria citra. È pure possibile quindi che sia così nata una confusione tra questo D. Alonso, il figlio del Vicerè, e perfino D. Alonso de Rosa nominato egualmente come uno da doversi mandare. Cfr. i Reg. *Sigillorum* nell'Arch. di Nap. vol. 37, an. 1600, sotto la data 14 giugno.

447. Ved. lo Schema del processo in appendice a' Documenti, Illustraz. II, pag. 617. La lacuna si nota tra il fol. 147 e il fol. 176 del vol. 2.° del processo.

448. Ved. Doc. 518, pag. 583.

449. Ved. Doc. 325, pag. 276.

450. Ved. Doc. 247, pag. 158.

451. Doc. 244, pag. 140, e Doc. 247, pag. 158.

452. Ved. Doc. 247, pag. 158.

453. Ved. Doc. 244, pag. 141.

454. Ved. Doc. 395, pag. 466.

455. Ved. Doc. 247, pag. 159; 263, pag. 175; 265, pag. 181.

456. Sulla sua cattura e fuga vedi tra gli Atti esistenti in Firenze il Doc. 265 pag. 183; sulla sua ripresa e processo vedi nel Carteggio del Nunzio la lettera di costui del 6 aprile 1601, Doc. 119 pag. 71; il clerico di cui si parla in questa lettera, tacendone il nome, non può essere che il Pittella.

457. Questo risulta dalla Informazione di S.^{to} Officio presa molto più tardi, nel 1605, contro fra Pietro di Stilo. Il 30 agosto 1605 un Francesco Ubaldini di Stilo, testimone, dice: «Saranno credo da quattro anni in circa io mi trovava quà in Napoli, ed intese dire publicamente che vennero carcerati fra Pietro Presterà, fra thomaso Campanella, Tiberio Carnevale, Gio. Paolo Carnevala, et altri per causa della rebellione, portati da Carlo Spinello con le galere, et foro portati carcerati nel Castello novo et castello uovo (*sic; int.* dell'ovo), ma con fra Pietro non occorse parlarli, et al castello del ovo parlai con questi Carnevale nominati».

458. Ved. Doc. 244, pag. 137.

459. Ved. Doc. 265, pag. 181.

460. Ved. Doc. 256, pag. 172, e la Ricognizione de' carcerati ecclesiastici fatta in Napoli dall'Auditore del Nunzio.

461. Ved. Doc. 258 pag. 172, e la Ricognizione suddetta. Cons. questa stessa per gli altri due frati che seguono.

462. Ved. Doc. 394, pag. 448.

463. Che la *territio* fosse un primo grado di tortura, e che il reo confesso per terrore dovesse dirsi *confesso per esame rigoroso*, ossia per tortura, è attestato da tutti gli scrittori di giurisprudenza Inquisitoriale. Così p. es. Locatus Fr. Umbertus, Opus quod Judiciale Inquisitorum dicitur, Rom. 1570, pag. 375, «ductus solum ad locum torturae, si confitetur, dicitur confessus in tormentis»; Eymericus Nicolaus, Directorium Inquisitionis, Rom. 1578, pag. 165, «paria sunt confiteri in tormentis vel motu tormentorum»; Masini Eliseo, Sacro Arsenale, Rom. 1639, pag. 371, «il reo che solamente condotto nel luogo della tortura, o quivi spogliato, o pur anco legato, senza però essere alzato, confessa, dicesi haver confessato ne' tormenti o nell'esame rigoroso».

464. Ved. Doc. 294, pag. 225.

465. Ved. Doc. 295, pag. 226.

466. Ved. Doc. 296, pag. 228.

467. Ved. Doc. 297, pag. 231.

468. Ved. Doc. 300, pag. 235.

469. Ved. Doc. 301, pag. 236.

470. Ved. Doc. 302, pag. 237.

471. Doc. 303, pag. 243.

472. Ved. la citaz. delle deposizioni di fra Pietro Ponzio e fra Pietro di Stilo nel Doc. 244, pag. 143, e di quelle degli altri frati Ib. pag. 133-134.

473. Ved. Doc. 389, pag. 412.

474. Ved. Doc. 394, pag. 449.

475. Ved. Doc. 34, pag. 41.

476. Ved. Illustraz. IV, pag. 644.

477. Intorno a costui nella *Numerazione dei fuochi* di Nicastro, (vol. 1309 della collez.; fascio della Renumerazione del 1598) si legge: «n.° 642. Franc.° Antonio de Oliverio del q.° Gio. Pietro an. 22; Dianora cuccia uxor an. 22; Diana Grillo mater an. 52» (seguono due servi e due famule). Circa la sua innocenza ne' fatti della congiura ved. Doc. 350, pag. 328.

478. Ved. Doc. 210 e seg.ti, pag. 110 e seg.ti.

479. Ved. Doc. 377, pag. 388.

480. Nella *Numerazione de' fuochi* di Nicastro (vol. e fascio anzidetto) si legge: «n.° 1315. Gio. battista bonazo an. 24 [Dicunt absentatum ab hac civitate propter homicidium Rosae riccie et ad praesens dicunt ad regias triremes ad remigandum». Ciò nel 1598, e questa pena della galera doveva essere seguita ad una delle frequentissime così dette «composizioni» in luogo della condanna di morte, la quale condanna si rileva da due Documenti esistenti ne' Registri *Curiae*, vol. 45 fol. 67, e

vol. 38 fol. 115. — 1.° «Risp. al Capitano di Tropea. Philippus *etc.* Magnifice vir, Havemo visto le vostre delli 22 et 29 del passato per le quali ci scriveti come haveti carcerato alcuni forasciti tra li quali vi è Gio. battista bonacza che per quessa corte è stato già condennato a morte, et che havendolo adimandato il governatore di quessa provintia per fare alcune diligenze che dopoi lo haveria restituito, et Jacovo massimita il quale tiene ducento ducati di taglione con lo depiù che sopra ciò ci scriveti supplicandoci fussemo serviti ordinare perchè vi sia restituito il detto gio. battista et vi si pagasse li detti ducati ducento per il taglione...» *etc.* (Lo loda e gli partecipa aver già dato ordine conforme alla dimanda). Dat. 23 febbraio 1598. — 2.° «All'Audientia di Calabria ultra. Philippus *etc.* Spectabiles et magnifici viri, Dal magnifico Capitano di Tropea ci viene scritto come essendo carcerato Gio. battista bonacza famoso forascito et condennato a morte, per voi li è stato dimandato dovessivo consignarcelo (*sic*) per non so che diligentie che volevivo fare, et che poi ce l'havestivo tornato, et cossì anco havendo preso tre altri forasciti tra li quali vi è Jacovo massimita il quale tiene ducati di taglione (*sic*), fossimo serviti ordinare che sia restituito il detto Gio. battista et pagato il taglione...» (Ordina di restituire Gio. battista al Capitano perchè possa procedere contro di lui conforme a giustizia etc.) Dat. 27 febbraio 1598. — Nella *Numerazione* poi di Tropea (vol. 1398, anno 1595) abbiamo rinvenuto: «n.° 232 Fabio Furci, f.° de Mase mort. ab an. 4, an. 18; M. Faustina sore moneca an. 40; M. Portia sgrugli matre an. 64; Giovanne de Casale Drapia famulo ab an... an. 12. [Nobiliter vivit, et in cat. fol. 162» *etc.*

481. Gioverà conoscere questo incidente per comprendere sempre meglio la persona del Soldaniero e la miseria di quei tempi. Nel processo di eresia contro il Campanella e socii, il 21 agosto 1600, il Soldaniero interrogato se sia stato mai scomunicato dice: «Io so stato scomunicato per havere preso alcuni ribelli in chiesa, et credo che fusse un solo monitorio». Nel processo contro Orazio Santacroce e Felice Gagliardo per certi scritti proibiti trovati nella cassa di fra Dionisio, il 6 marzo 1602, il medesimo Soldaniero dice: «In nessuno tempo, ne dal Vescovo di Tropea, ne da altro io sono stato scomunicato, ne lhò inteso dire, ne mi e stato referito, mai tal cosa hò saputo, ne inteso, però sono dui anni, è più, che io per ordine del sig. Carlo Spinello locotenente di S. E. alhora in Calabria andai à Tropea per carcerare Gio. battista bonazza alias Cosentino forascito, et altri suoi compagni, et havendo inteso che stavano salvati dentro lo monastero de san Francesco de Paolo sito dentro la città di Tropea, non volsi entrare al monastero, ma con la mia comitiva assediai lo monastero che non potessero fuggire, et stava llà guardando, lo dì sequente venne Camillo di fiore con maggior autorità dela mia, et con assai gente armata de Corte, et andò dal vicario del vescovo che non so per nome, et poi venne al monastero col detto vicario, et entrorno dentro lo monastero, et lo detto Camillo li pigliò carcerati, che lo vicario li cacciava dal monastero ad un per uno, et Camillo, se li portò a monte leone, et dallà ad hierace, et a tropea si disse che s'havevano da portare alle carceri del vescovo, ma Camillo li condusse con la sua comitiva alli detti luoghi et io non me intromesi à cosa alcuna quando foro carcerati quelli forasciti che stavano in detto monastero, perche Camillo havea maggiore autorità, è comitiva dela mia, Et io andai con Camillo dove andò con li carcerati, et per tal causa non fui altramente scomunicato, perche non me ne impacciai à cosa alcuna, è così è la verità. — *Interrogatus et monitus ut dicat veritatem, et consulat animam suam si fuerit pro causa predicta excommunicatus publice cum affixione cedulonum a Rev.*ᵐᵒ *Dom.° Episcopo Tropiensi, vel saltem sibi relatum fuit quod fuerat excommunicatus, Resp.*ᵗ Io hò ditto, è dico che non fui scomunicato altramente per detta causa ne per altra dal vescovo di tropea, ne da altro, perche io non pigliai carcerati li forasciti, ne io entrai al monasterio dove stavano li forasciti per conto di pigliare li forasciti carcerati, si bene che entrai alla chiesa ad ascoltare la messa, et come fummo a monteleone lo vulgo et huomini di Monteleone dissero che io l'intese, come lo vescovo di tropea havea scomunicato tutti quelli che havevano pigliato carcerati li forasciti che stavano dentro di quello monastero, è dissero ancora che particolarmente haveva scomunicato detto Camillo di fiore perche havea promesso di ponere quelli banniti dentro le carceri del vescovato, è che poi lhavea gabato, et io non intesi tra me essere scomunicato, ne incorso alla scomunica poiche non m'impacciai à cosa alcuna alla carcerazione di detti banniti, ne intesi, ne mi fù riferito che io fussi stato scomunicato, et per tal causa io sono stato

sempre alle chiese, et alli divini officij, et così ha ponto fu la verità, dicens, questo lhò narrato alli miei confessori et me hànno assoluto». Eppure nello stesso tribunale conoscevasi il testo dell'indulto, che egli aveva ottenuto appunto per avere presentato que' ribelli.

482. Ved. Doc. 257, pag. 172, e la Ricognizione degl'incriminati ecclesiastici fatta in Napoli.

483. Ved. Doc. 261, pag. 173, e Ricogn. suddetta.

484. Ved. Doc. 260, pag. 173, e Ricogniz.

485. Ved. Doc. 262, pag. 174, e Ricogniz.

486. Ved. Doc. 259, pag. 173, e Ricogniz.

487. Ved. la Ricognizione suddetta.

488. Ne' Registri *Curiae* vol. 46 fol. 13 t.° si legge: «All'Audientia di Calabria ultra. Philippus *etc.* Magnifici viri, Semo stati avisati che per li officiali dell'Ill.° Principe de Melito è stato preso carcerato Giulio d'Arena inquisito de molti delitti a querela di parte il quale pretende essere clerico salvatico, et perche volemo intendere li meriti di sua causa, et prevedere contra di esso quel che sarà di giustitia, vi dicemo et ordinamo che debbiate inviare persona di confidenza, et à buon recapito, à prender detto Giulio d'Arena da poter dell'officiali di detto Ill.° Principe che lo tengono, a li quali per questo ordinamo che debbiano subito consegnarvelo una con li atti et Informationi che saranno contra di esso et havuto che l'harete debbiate subito retto tramite, et sotto buona custodia inviarlo con detti atti et Informationi nella gran Corte de la Vicaria carcerato con aviso vostro a noi avisandoci del tutto particolarmente, acciò vi possiamo in d.ta sua causa provedere et ordinare quel che sarà di Justitia come di sopra, Et cossì lo debbiate exequire che tal'è nostra voluntà. Dat. neapoli die 26 8bris 1599. El Conde de lemos».

489. Ved. Doc. 244, pag. 136.

490. Qui vogliamo solamente ricordare ciò che cantò essergli avvenuto dopo la scoperta della congiura, compiendo una strofa il cui principio, a proposito della congiura, è stato già da noi riportato altrove (ved. la nota a pag. 223):
«Io accesi un lume; ecco qual d'api sciame
scoverti, la fautrice tolta notte
sopra me a vendicar ladri e gelosi;
e que' le paghe, e i brutti sonnacchiosi
del bestial sonno le gioie interrotte:
le pecore co' lupi fur d'accordo
contra i can valorosi,
poi restar preda di lor ventre ingordo».

491. Si tengano presenti le cose dette nella nota c a pag. 237.

492. Ved. Doc. 389, pag. 412 *etc.*

493. Ved. Doc. 208, pag. 108.

494. Ved. il Dispaccio dell'Ambasciatore Veneto in Roma; Doc. 196, pag. 98. Inoltre l'Avviso del Vialardi; Doc 202 *e*, pag. 101.

495. Ved. nell'Arch. Veneto il Carteggio di Napoli, Lett. del 2 9bre 1599.

496. Ved. Doc. 307, pag. 256.

497. Ved. Doc. 184, pag. 94.

498. Ved. le depos. di Scipione Ciordo e di Fabio Contestabile, nella nostra Copia ms. tom. 1°, fol. 313.

499. È noto che i Sirleti di Guardavalle diedero a Squillace successivamente: 1.° Guglielmo Sirleto, che promosso Cardinale rinunziò al Vescovato nel 1568; 2.° Marcello Sirleto, uomo di molto merito, i cui libri andarono poi alla Barberiniana, morto nel 1594; 3.° Tommaso Sirleto, cugino di Marcello e nipote del Cardinale, già laureato in Padova, custode della Vaticana, ove andarono i suoi libri e i suoi manoscritti; egli morì il 1601. — Successe Paolo Isarezio Domenicano, e poi ancora Fabrizio Sirleto altro cugino di Marcello e Tommaso. Ved. P.ᵉ Fiore, Calabria illustrata, Nap. 1691, vol. 2.° pag. 317.

500. Ved. Doc. 352, pag. 331.

501. Ved. Doc. 393, pag. 421 passim.

502. Di parecchi fra costoro abbiamo potuto dare a tempo opportuno le notizie tratte dalla Numerazione de' fuochi di Stilo (ved. pag. 162 e 167); diamo ora quelle degli altri soprannominati, che ci è riuscito trarre dallo stesso fonte. 1.° Nell'elenco della Numerazione del 1641: «n.° 198. Minico Carnevale f.° del q.ᵐ Gio. Battista a. 75; Lucretia uxor a. 50»; (ricordiamo aver notato che Prospero Carnevale era anche figlio di Gio. Battista). — 2.° Nell'estratto della vecchia numerazione 1596-98: «n.° 158. Lonardo f.° de Alfonso Prestinace a. 67; Beatrice uxor an. 47; Scipione f.° a. 28; Gio. Antonio f.° an. 20; Gio. Jacovo f.° a. 25» etc. (ricordiamo aver notato che Gio. Gregorio Prestinace era figlio di Bernardo, e costui figlio egualmente di Alfonso). Inoltre, «n.° 315. Francesco Prutino (sic) a. 52; Ottavia uxor a. 35; Gio. Battista f.° nat.ˡᵉ a. 18; Silvia socera a. 55; Olimpia famula a. 80».

503. Solamente per Carlo Licandro potremmo dire che era figlio di Domenico, Barone di Placanica (ved. Privilegiorum vol. 66 fol. 111, e vol. 122 fol. 28), e potremmo ricordare che il vecchio Barone di Placanica aveva importato a Stignano la peste, alla quale il padre del Campanella avea dovuto provvedere. In ciò si può sospettare un antico motivo di odio; ma un altro meno antico, e al tempo stesso più certo, si può riconoscerlo nelle varie liti che il padre del Campanella, qual Sindaco di Stignano, aveva dovuto intentare al Barone di Placanica, assiduo disturbatore della pace di Stignano. L'Arch. di Stato ne fornisce diverse prove (ved. Reg.ⁱ Partium vol. 1313, fol. 14 e fol. 135); tra le altre cose molti abitanti di Stignano, come vassalli del Barone, si facevano riconoscere forestieri e quindi non pagavano pesi, ma non volevano desistere dall'entrare nel parlamento ed avervi voce.

504. Risulta questo fatto da una deposizione raccolta nel processo di eresia. Ved. la deposizione di Giuseppe Grillo nella nostra Copia ms. de' proces. eccles. tom. 1.°, fol. 132.

505. Ved. Doc. 438, pag. 550.

506. Ved. Doc. 207, pag. 108.

507. Ved. i Registri Sigillorum vol. 37 (an. 1600) alla data 11 marzo.

508. Ved. Doc. 214, pag. 113.

509. Ved. Doc. 215, pag. 114.

510. Ved. Registri *Curiae* vol. 48 fol. 87 t.° Lett. Vicereale del 23 agosto 1600; e vol. 49 fol. 61, Lett. Vicereale del 6 8bre 1600.

511. Ved. Doc. 210 a 213, pag. 110 a 113.

CPSIA information can be obtained
at www.ICGtesting.com
Printed in the USA
LVHW101130291222
736096LV00026B/422

9 783368 017620